Perles
et
Chapelet

Roman

© **Les éditions JCL inc., 1999**
930, rue Jacques-Cartier Est, CHICOUTIMI (Québec) G7H 7K9 Canada
Tél.: (418) 696-0536 – Téléc.: (418) 696-3132 – www.jcl.qc.ca
ISBN 2-89431-184-2

MARIO BERGERON

Perles
et
Chapelet

LES ÉDITIONS JCL

DU MÊME AUTEUR:

Le Petit Train du bonheur, Chicoutimi, Éditions JCL, 1998, 369 p.

Le Conseil des Arts du Canada depuis 1957 | The Canada Council for the Arts since 1957

Nous reconnaissons l'aide financière du gouvernement du Canada par l'entremise du Programme d'Aide au Développement de l'Industrie de l'Édition (PADIÉ) pour nos activités d'édition.

Notre maison d'édition bénéficie également du soutien du ministère du Patrimoine canadien et de la Sodec.

*À Gérard Héon
et Nicole Lizé.*

PREMIÈRE PARTIE

SIGNÉ JEANNE T.

1920-1922
De la petite Jeanne...

Triste! Triste Noël!

Pour la première fois, le réveillon se déroulera chez mon frère Roméo. Nous ne voulons pas nous retrouver entre les murs de notre maison de la rue Champflour, sans notre mère, notre petit frère Roger; et sans l'aîné Adrien. Il n'y aurait eu rien d'autre que la tristesse et la désolation de mon père, rien que l'ombre de cette année 1918 qui enfin s'enfuyait.

Elle nous avait tout pris. Elle avait détruit le monde. Et des champs ravagés de l'Europe, elle était venue, la tueuse! Vengeance, avait-elle crié! C'est Dieu qui l'a voulu, disait-on partout. Du haut de son nuage, il avait clamé: «Vous avez désiré vous entre-tuer, détruire vos frères et sœurs et ma création? Tenez! Souffrez!» Et Dieu l'avait envoyée, la tueuse!

Moi, je ne croyais pas tellement à cette hypothèse. Mais tant de gens colportaient cette idée. Et en toute logique, il faut admettre que tout cela se tenait debout: la guerre, les morts qui pourrissent et hop! voilà la tueuse envoyée par Dieu! Mais je n'y croyais pas. Ni mon frère Roméo. Cependant, le brouillard dans le fond des yeux de mon père Joseph me hurlait: «C'est ça qui est arrivé, Jeanne! C'est ça et rien d'autre!» La tueuse avait achevé ceux qui ne voulaient pas mourir par les armes.

Je me souviens...

En septembre, tout allait rondement à Trois-Rivières. Ma grande sœur Louise s'occupait du *Petit Train*, notre restaurant situé face à la gare. Roméo pouvait enfin respirer librement avec la fin de la guerre, maman était maman, et Roger faisait ses mauvais coups de garnement de neuf ans, fier et sans peur comme le petit sportif qu'il était. Moi, je survivais entre mes pinceaux et les reproches de mon père. Et puis, un mois plus tard, le temps de quelques jours, Roger s'est éteint sans crier gare. Pas le temps de s'en remettre que la tueuse a grugé maman. Et encore plus vite. Tellement vite...

Pauvre maman! Si pieuse... On a regardé deux secondes, puis le croque-mort a cloué le cercueil. Il l'a descendu en terre à toute vitesse. Le curé, aussi rapidement, a récité quelques latineries et les hommes ont jeté du sable sur le dernier lit de ma mère. Le curé avait un air de dire: «Suivant!» C'était ainsi partout, dans toute la province... Nous avons fermé le restaurant et on s'est enfuis à la campagne chez mon oncle Hormisdas. C'est à ce moment-là que mon père a cessé de parler, que Louise s'est mise à trébucher dans ses prières. C'est de cette façon que la famille Tremblay l'a connue, la tueuse.

Six mois plus tôt, cette stupide guerre avait emporté Adrien, mon grand frère. Lui qui pourtant était là depuis le début, qui avait survécu à plusieurs combats et à ses enfers. Une balle perdue. Je ne sais pas. Le Ministère nous a écrit en anglais: «Mort en brave pour son pays, l'arme à la main.» Roméo, en voyant la lettre, voulait se rendre à Ottawa pour tous les égorger.

C'est qu'il savait de quoi il en retournait, Roméo! Il y est allé au front, Roméo! Pas longtemps. Ce qu'il fallait. En 1914. Au début. Quand la parade était belle. Il s'y est rendu juste assez de temps pour dire avant tout le monde ce qui se passait là-bas et préparer une guerre d'un autre genre ici même. Une guerre folle qui l'a tant éloigné de sa femme Céline et de son fils Maurice. Il parcourait les campagnes et les villes pour dire aux jeunes de s'éloigner des bureaux de recrutement, et, le temps de la conscription venu, mon grand frère, tel un héros de la paix, a caché beaucoup de ces garçons dans les bois.

Je ne suis pas restée longtemps chez l'oncle Hormisdas. J'ai rejoint Roméo et Céline à Trois-Rivières. Je l'ai affrontée, la tueuse! On a désinfecté le restaurant et la maison à la chaux et au savon phéniqué. On a arraché le papier peint et sablé tous les murs. Sous le nez de la tueuse! À sa barbe! En lui grimaçant! Et puis, la vilaine est repartie comme elle était arrivée: telle un vent hanté, une bourrasque inattendue, l'ombre affolante de la mort. Après, nous avons essayé de faire comme avant. Mais mon père est revenu de chez l'oncle Hormisdas avec des trous à la place des yeux.

Triste, triste Noël...

Il me restait une année. Je voulais qu'elle s'en aille, cette décennie de souffrances. Et plus les mois de 1919 passaient, plus je me disais qu'en ce premier janvier 1920, rien ne serait comme autrefois. Plus de guerre, ni de maladies assassines. Peut-être plus de petite Jeanne Tremblay, qui avait passé ces douze mois à soigner son père. Ce père qu'elle aimait, mais qui semblait détruit par ces dernières horribles épreuves. Imaginez tout de même ce gaillard à la fin de la quarantaine, perdant son aîné, son cadet, sa femme, qui voit son autre garçon estropié par des balles allemandes. Il ne lui restait que Louise, la vieille fille, et moi, la jeune peintre pas toujours sage.

Pauvre papa Joseph...

Maintenant, mon père passe tout son temps à prier, à lécher les vitraux de l'église de notre paroisse Notre-Dame-des-sept-Allégresses. Lui qui, jadis, si fier et indépendant, tirait la langue aux curés et à tout ce qui était trop bien organisé. Lui si dynamique, drôle, attachant... Le voilà maintenant toujours perché sur ses grands chevaux, apeuré par son ombre et dénonçant tout ce qui ne se trouve pas dans les Écritures. Il est devenu tout ce qu'il reniait jadis, tout ce que je ne veux plus être à partir du premier janvier 1920.

La veille, j'ai pris mes ciseaux et han! dans la tignasse! Adieu les nattes, les chignons, les tresses et les sueurs des mois d'été! J'ai fait comme ces jeunes femmes américaines qui avaient gagné salaire dans les usines de guerre et coupé leurs longs cheveux pour être plus confortables.

Je suis arrivée au réveillon comme une illustration de catalogue de grand magasin. Papa a bondi en criant: «Jeanne! Tes cheveux!» Alors, j'ai fait une dernière révérence de petite fille. Bonsoir, je suis Jeanne Tremblay, artiste peintre de Trois-Rivières. J'entre dans la nouvelle décennie, celle qui me permettra de rire et d'effacer tout ce qui a été détruit auparavant.

«Papa a tort de se fâcher pour si peu.
Je me souviens qu'en 1900, il clamait tout haut
qu'on entrait dans l'ère du modernisme.
Qui dit ce mot signifie bouleversement, dérangement.
Nous ne sommes plus au dix-neuvième siècle;

les femmes changent si rapidement, surtout depuis la guerre.
Jeanne est encore jeune. Ça lui va bien, cette coiffure courte.
Certains diront que ce n'est pas convenable.
Ceux-là mêmes qui en riront dans dix ans.»
Roméo Tremblay, frère de Jeanne, janvier 1920.

Avant de couper ma chevelure, afin d'entreprendre cette nouvelle décennie du bon pied, je voulais vivre la bohème. Celle de Paris et des livres à l'index. Vivre pour mon art, préférer dépenser le peu d'argent en ma possession pour des tubes au lieu d'acheter de la nourriture. C'est pourquoi mon père et ma sœur me traitaient de fainéante.

Grande sœur Louise voulait que je travaille comme serveuse au *Petit Train*. Mon père désirait que je me serve de mon talent de peintre pour dessiner des paysages ou d'autres niaiseries du même genre. Moi, je rêvais de la bohème: souffrir pour des tableaux, des vrais, ceux du fond de mon cœur. Ces toiles qu'il me serait impossible de vendre et dont personne ne voudrait, de toute façon. Mais cent ans après ma mort, les collectionneurs du monde entier se les arracheraient. Les biographes pourront écrire: «Ah! la grande Jeanne Tremblay! Elle a vécu dans la pauvreté toute sa vie! Seul son art comptait pour elle!» La bohème... Mais Trois-Rivières n'est pas Paris, et le Canada ne ressemble pas à la France. C'est une ville industrielle, Trois-Rivières! Keuf keuf keuf les usines et grr grr grr de maugréer ses ouvriers aux ongles sales! Pas l'endroit idéal pour faire éclater la bohème.

J'ai aussi voulu être la première fille chauffeur de taxi de la ville, mais mon père a refusé que je me joigne à sa flotte de conducteurs. «Ça ne ferait pas sérieux pour mon commerce, Jeanne! Tu es trop jeune et les clients, en te voyant, refuseraient de monter dans mes automobiles!»

Fainéante! Paresseuse! Nonchalante! Traîne-la-patte! Et ça se lève à dix heures le matin! C'est que je viens de passer la nuit à peindre, avec à mes côtés un verre d'eau et, face à moi, une chandelle. Plus de Trois-Rivières dans la nuit. Que moi face à la toile. Et les frissons le long de mes bras. Et le regard du personnage que je peins. Celui-là qui naît de mon cœur. Et avant que mon père ne mette le grappin dessus pour le refiler deux dollars au premier Baptiste venu, je vais entreposer le tableau chez mon frère Roméo. Depuis le temps, il en a protégé un certain nombre.

Deux, trois, quatre mois pour produire un tableau. Et la délivrance triste de dire que c'est terminé. Je le montrerai à ma sœur pour qu'elle me rétorque que c'est bien beau, mais! Mais qui est cette personne sur ton tableau? C'est pas la réalité! Les gens n'ont pas les yeux grands comme ça! Je fais tout en rond. Je dessine des cercles partout. Je ne sais pas pourquoi. Ça doit venir de mon enfance. Je me donne à cet art depuis que je suis toute petite. Roméo, lui, écrivait des histoires. Très tard le soir. Avec une bougie et un verre d'eau. Je me souviens...

J'entrebâillais sa porte et le regardais écrire. Il savait que je le surveillais. Alors, il me racontait l'histoire qu'il venait d'inventer. Moi, heureuse, j'illustrais son récit. «Bravo! Bravo, la Jeanne! Tu es très talentueuse!» Il passait tout son temps à m'encourager. Toujours. Quand un grand frère vous complimente si souvent... Oh! et puis mon père m'encourageait aussi! L'heureux homme de cette époque voyait sa petite fille obtenir des angelots sur tous ses dessins scolaires. Et la bonne sœur lui disait que j'étais bien bonne en dessin, mais l'arithmétique, hein... Pour papa, c'était bien quand j'étais petite. Mais aussitôt devenue grande...

«Songe à te marier, Jeanne!» Je voulais juste penser à peindre. Et rêver de la bohème. Alors, mon père criait. Je lui répondais de pareille façon. Pourtant, jamais papa n'avait empêché Roméo d'écrire. Mais une fille, ce n'est pas pareil... Ah! au diable les souvenirs! Vive les années vingt!

Donc, je parlais de mes cheveux. Les filles sont expertes à faire zigzaguer mèches et couettes en un abracadabra. Les plus jeunes se baladent avec des frisettes et les plus scrupuleuses - comme ma sœur Louise - portent leur tignasse en un chignon sévère. On peut aussi les laisser descendre sagement dans le dos, avec un ruban décoratif. Comme ma belle-sœur Céline aime à le faire.

Mais pourquoi je raconte tout ça?

Ah oui! Coupés aux épaules, comme je viens de faire, c'est pour les protestantes, les Américaines ou les filles à la vertu douteuse. J'aime les États-Unis. Tout ce qu'on reçoit de là-bas est tellement plus beau. Dans les magazines, on parle de cette coiffure courte comme d'une nouvelle mode. Ça a commencé doucement dans les usines de guerre. Quand une fille se les faisait coincer dans une rotative, elle avait avantage à sacrifier sa crinière.

Dans le quartier, ma nouvelle coiffure a été la grosse nouvelle: la fille de Joseph Tremblay est «peignée» comme une fillette de quatre ans. Elle en avait de si beaux, si noirs, longs et épais. Pendant une semaine, j'ai senti sur moi les regards d'étonnement ou de désapprobation. À notre restaurant *Le Petit Train*, le soir, ma nouvelle tête a été le sujet de conversation chez les midinettes de l'usine de textile Wabasso. «Il fait si chaud à l'usine. On serait tellement mieux avec les cheveux courts!» de faire l'une d'elles.

Je les vois souvent, ces filles de la Wabasso. Certaines sont des amies du temps de l'école des sœurs. D'autres viennent de la campagne, arrivant en ville afin de gagner un salaire pouvant aider le père de famille cultivateur. Chaque instant, des gens de partout envahissent Trois-Rivières à cause des usines. Quand deux sœurs s'amènent ici pour travailler au textile, l'usine les paie moins cher parce que les patrons savent qu'elles vont habiter ensemble, envoyer leurs gages au père, etc.

Je sais tout cela, car j'ai grandi là-dedans. Tout dans notre quartier vit au rythme du sifflet des usines. Les ouvriers viennent à notre restaurant pour un café, parlent des mauvais coups des contremaîtres ou chialent contre la chaleur et la saleté. Les filles me racontent leurs malheurs d'amoureuses en chômage et de travailleuses en surplus de tâches. «Il faut bien gagner un peu d'argent avant de se marier.» Et si tu ne te mariais pas? «Moi? Finir vieille fille?» répondent-elles, offusquées.

Comme ma sœur Louise, par exemple. Elle est vieille fille depuis l'âge de deux ans. Aujourd'hui, elle en a vingt-neuf, mais en paraît quarante. Scrupuleuse, grenouille de bénitier, autoritaire, ne souriant jamais. Bref, une vraie casse-pieds. Pourtant, Louise est une femme hors de l'ordinaire; il n'y en a pas beaucoup qui sont patronnes de restaurant, même si *Le Petit Train* demeure la propriété de mon père. Louise y besogne depuis l'ouverture, en 1908.

Inévitablement, tous les membres de ma famille ont travaillé au *Petit Train*. J'aime bien aider un peu, le soir, car il y a des jeunes qui viennent y écouler du temps. J'entends alors des intrigues, des conversations avec tous les accents de la province de Québec. Et tous ces petits faits et ces visages inspirent la peintre que je suis.

Louise me permet d'exposer mes toiles dans le restaurant. Une fois, un riche voyageur en avait examiné une et offert trente dollars. Une fortune pour une fille de mon âge! Mais j'avais refusé en un quart de seconde. Papa avait crié: «T'es folle? Je vais toutes les vendre, à ce prix-là, moi!» Depuis ce temps, j'expose juste quand je suis présente. Mais j'aimerais bien une meilleure galerie d'art que *Le Petit Train*. Mais maintenant, tout ça va changer! Finie la bohème! Je veux me faire connaître comme artiste. Je veux de l'argent. J'adore l'argent. J'ai besoin d'argent pour ma liberté.

Je veux devenir une peintre riche et célèbre. J'irai à Paris côtoyer les grands artistes. Tout cela d'ici cinq ans. Mais avant d'en arriver là, je devrai peindre des saletés et les vendre rapidement. Ce soir, je descends mon chevalet devant la fenêtre donnant sur la rue Champflour, ce qui attire rapidement la curiosité des jeunes, regroupés derrière moi.

«Que dessines-tu, Jeanne?
— La gare, là. Juste en face.
— Il me semblait que tu ne dessinais que des visages, pas des choses.
— Ça, c'était en 1919. Nous sommes en 1920, maintenant.
— Je ne comprends pas ce que tu veux dire.»

Je gribouille un brouillon. J'y consacre trop de temps, mais je sens que je donne comme une espèce de spectacle pour les jeunes. Peindre est un acte personnel et intime. Je ne le fais jamais en public. Mais les «oooh!» et les «aaah!» se cognant dans mon dos font ressortir ma nature vaniteuse. Je me suis juré de ne pas passer plus d'une journée à ce tableau et d'en produire trois du genre par semaine. Le lendemain après-midi, je me réinstalle près de ma fenêtre, pressée d'en

17

terminer avec ce travail honteux. Cette fois, c'est mon père qui arrive à mes côtés.

«Je peins la gare. Et je vais vendre ce tableau au patron de la gare. Dix ou cinq dollars. Ensuite, je vais peindre le marché aux denrées. Et je vais vendre le tout au clerc du marché.

— Bon! Enfin tu te décides! Depuis le temps que je te dis de dessiner des choses utiles et payantes!

— J'obéis à ce que j'ai décidé, papa.»

Au fond, il a raison. Cela fait bien longtemps qu'il me conseille de peindre pour vendre et faire plaisir à ma clientèle. Il y a peu d'artistes peintres à Trois-Rivières. Mais la ville déborde d'entreprises commerciales, de patrons riches, de bourgeois en moyens. Je veux bien sacrifier quelques heures de mon temps à ces gens pour avoir l'argent me permettant d'acheter plus de matériel. Je pourrai, afin de peindre de meilleures toiles, quitter la maison familiale et me rendre à Paris, où je serai parmi les illustres. Ce n'est pas une chimère! Ça va arriver, je le jure! Paris! Paris! Je veux tant Paris!

Je termine cet idiot de tableau le soir même. Quelle horreur! Là, sur ma toile: la gare de Trois-Rivières. Grise! Vieille! (D'ailleurs, on parle de la démolir.) Avec une rue! Tout aussi grise! Et un cheval! Et trois passants! Et une automobile! Puis un tchou qui approche, au loin! Effroyable! Mais l'homme de la gare tombe en pâmoison devant ce bidule. Il achète. Pour mettre au mur de son bureau. Dix dollars. Merci, monsieur. C'est facile! Paris, me voici!

«Aussi loin que je me souvienne, Jeanne a toujours dessiné.
Elle a autant de talent dans ce domaine que
Roméo en a pour l'écriture.
J'accepte que ma fille soit une artiste, même si monsieur
le curé considère que ce n'est pas le rôle d'une femme.
Mais il faut qu'elle comprenne que son travail doit payer.
Pour faire de la peinture son métier,
il faut qu'elle mette son talent au service du public.
Il était très beau, son dessin de la gare.
Je sais qu'elle s'en moquait. Elle a tort.

Dix dollars, c'est un bon prix.
Mais je suis certain qu'elle me cache des choses.»
Joseph Tremblay, père de Jeanne, avril 1920.

J'ai dressé la liste de toutes les usines et entreprises, de tous les commerces et associations qui pourraient se vanter de posséder un tableau personnalisé. Peindre ce genre de futilités sera comme un travail. Je le ferai comme les filles de la Wabasso qui se bouchent le nez à la pensée d'entrer à l'usine chaque jour. Mais elles sont si contentes d'en sortir et de toucher leur maigre pitance afin d'acheter une robe, de se payer une petite distraction au cinéma ou une soirée de flânerie au *Petit Train*. Je n'ai jamais travaillé dans ce sens. J'essaie. J'en parle à Roméo. Il hausse les épaules en m'offrant un petit sourire moqueur, l'air de vouloir me signifier que ce manège ne durera pas six mois. Je lui explique qu'il ne connaît pas la nouvelle Jeanne Tremblay, celle des années vingt.

«Tu me fais penser à papa!

— Quoi? À lui?

— À l'homme qu'il était avant tous nos malheurs. Ne viens jamais me faire croire que tu as eu une enfance malheureuse près de papa.»

Il est vrai qu'à l'époque de mon enfance, mon père n'était pas un homme ordinaire. Il ne faisait rien comme tout le monde. Et orgueilleux comme pas un! Roméo me raconte que le 31 décembre 1899, notre père l'avait impressionné par un discours sur le nouveau siècle, celui du modernisme. Et dès le premier janvier 1900, papa avait rejeté toutes les valeurs de l'ancien siècle. Un peu comme je viens de faire avec les années dix.

Je surprends beaucoup Roméo en travaillant à ces horribles peintures tout l'automne. Après la gare, j'ai dessiné le magasin à rayons Fortin de la rue Notre-Dame, ainsi qu'une station-service de la rue Saint-Maurice. Pas une tâche bien agréable! Mais le tout a empiré lorsque les gérants de ces établissements m'ont demandé de faire le portrait des gens de leur famille. Ouais, mais ce sera plus cher, m'sieur!

J'ai donc dessiné monsieur, madame et fiston au coin du

feu. Dans la chaleur de leur confort du grand salon. Je prenais tout mon temps, je mimais l'artiste inspirée par la grâce des sujets. Éblouis par tant de professionnalisme, ils me traitaient aux petits oignons et me donnaient du thé et des biscottes. Diable que ce tableau leur a coûté cher... L'homme de la station-service, lui, voulait juste son épouse. Une vraiment grosse avec une fabuleuse collection de mentons. Et souriante comme un chien heureux de revoir son maître. Moi qui aime les rondeurs, j'étais étouffée de rire derrière mon chevalet. Et ça a coûté encore plus cher...

Cet argent gagné me garde au chaud pour le reste de la saison froide. Je passe mes nuits à dessiner une paysanne du genre angélique et virginal. Avec de grands yeux ronds. Et une douceur et une tendresse. Je la termine avec les rayons de soleil de mai. Elle et moi avons vécu ensemble, partagé notre intimité. Tous les traits de son visage, je les ai vécus. Je suis amoureuse d'elle, je veux la serrer dans mes bras et la protéger de la menace de vente de papa et des sarcasmes de Louise. Je l'apporte chez Roméo, comme les autres toiles.

«Honnêtement, Jeanne...

— T'en as trop, n'est-ce pas?

— Bien... oui! Pour être franc. Et avec les enfants... je n'aime pas trop ça. Tout à coup que mon Maurice décide de lui faire des moustaches, à ta belle?

— Je ne peux pas la laisser à la maison. Papa va la vendre!

— Mais il faut finir par vendre, Jeanne!

— Je vends des cochonneries aux marchands! Pas mes vraies toiles!

— Oui mais... les plus anciennes? Tu leur es encore autant attachée?»

C'est vers l'âge de treize ans que j'ai commencé à peindre sur toile. Il me reste cependant beaucoup d'esquisses, de fusains, ou de dessins au plomb des années précédentes. Mais la toile, l'odeur du solvant, les tubes ratatinés et le gazouillement du pinceau sur le canevas, c'est tellement autre chose! Ma raison de vivre! Est-ce qu'on a le droit de vendre sa raison de vivre?

À mes débuts, les sujets étaient un peu enfantins. Comme

mon tout premier tableau: une fillette et son chien. Les deux avaient d'ailleurs des yeux de chien. J'aime peindre des visages de femmes. Ils frappent plus mon imagination. Les hommes ont de beaux yeux, mais leur carrure colle mal à une toile et à la délicatesse du geste du pinceau. Alors, je peins des grands-mères, des ouvrières des usines, des bourgeoises ridicules, des tendres, des mélancoliques, des effrayées. J'ai dû produire une vingtaine d'œuvres en six ans. J'aime tellement ma bergère que je veux lui faire une place de choix chez Roméo. Je décide donc, à contrecœur, de sacrifier cette voyageuse perdue en descendant du train. C'est pour faire plaisir à Roméo. Mais de retour chez moi, avec ma voyageuse, je pleure comme douze fontaines: je ne pourrai jamais vendre cette toile! Roméo a deviné. Il revient en fin d'après-midi pour me consoler et tenter de me convaincre. Nous prenons le chemin vers la rue Notre-Dame et le rayon peinture de chez Fortin.

«Voilà enfin un de tes tableaux, Jeanne! Depuis le temps que je te vends des tubes, il était temps que je voie ce dont tu es capable. Mais c'est très bien, jeune fille! Vraiment très bien.

— C'est à vendre, monsieur Vaillancourt.

— À vendre?»

Il examine avec attention ma voyageuse, puis offre quinze dollars. Roméo s'offusque et s'en suit une conversation à l'emporte-pièce, principalement composée de chiffres. Je garde précieusement ma voyageuse entre mes mains et nous sortons avant que la situation ne tourne au vinaigre.

«Tu vaux plus que ça, Jeanne. Il voulait profiter de ta jeunesse.

— Je m'en fiche.

— Tu ne veux vraiment pas savoir combien valent tes toiles?

— Pourquoi diable? Je fais le sacrifice de peindre des stupidités pour de l'argent, pourquoi je vendrais mes vraies toiles?

— Parce qu'il faut faire ce pas, Jeanne! C'est pas en peignant des commandes à cinq dollars que tu vas gagner l'argent pour aller à Paris.»

Je rentre au *Petit Train* avec mon œuvre, la préservant des griffes des filles de l'usine désirant la voir. Roméo va jaser avec papa, mais moi, je suis déjà terrée dans ma chambre, avec encore le goût de pleurer. Je me sens comme une bouteille vide jetée à la mer. Je me confie à mon journal intime. Je passe la nuit à regarder ma voyageuse, tout en ayant encore la bergère dans le sang. Quand je termine un tableau, je suis toujours morose, découragée, sombre.

Je n'en veux pas à Roméo! Il fait ces suggestions de façon plus civilisée que mon père. Vers trois heures, je parcours pour la millième fois mon livre de reproductions des grands romantiques français. Delacroix, Courbet, Corot: les poètes... Eux aussi ont probablement été incompris à leur époque. Je ne dis pas que je suis Delacroix. Mais ma voyageuse vaut au moins vingt fois plus que la stupide toile de la famille du grand patron de chez Fortin. Tiens... tout à coup, ça me fascine... combien je vaux?

«Les acheteurs de peintures sont des passionnés.
Quand ils font l'acquisition d'un tableau à gros prix,
c'est pour le chérir et l'éloigner de la destruction du temps.
J'ai accepté d'entreposer chez moi les toiles de Jeanne
en ignorant qu'elle allait en réaliser autant.
Je comprends son attachement émotif à ses toiles.
C'est celui d'une jeune fille.
Le déchirement initial qu'elle ressentira après
une première vente majeure fera d'elle une femme.»
Roméo Tremblay, frère de Jeanne, mai 1920.

C'est à quinze ans que je me suis rendue toute seule à Montréal pour la première fois. Sans avertissement. Partie de bon matin et revenue au début de la soirée. «Où étais-tu passée?» À Montréal, papa. Il m'avait interdit de sortir de la maison pendant un mois! Mais par la suite, j'ai pu aller à Montréal ou à Québec comme je l'entendais. Enfin, après mille recommandations de mes parents...

Maintenant, je vais dans ces villes assez régulièrement pour voir des expositions de peintures, acheter des journaux d'art, trouver des disques de musique ragtime et rencontrer mes fournisseurs de bouquins. Nous avons des marchands de livres à Trois-Rivières, et même une bibliothèque de quartier, mais ces gens-là n'ont rien de bien captivant à m'offrir. Je ne dis pas à mon père que seuls les livres à l'index m'intéressent. De toute façon, à part son almanach et le journal local, il ne lit rien. Il sait juste que nos évêques interdisent certains livres parce que jugés immoraux. Mais comme j'ai l'habitude d'aller chercher ces délicieux ouvrages en compagnie de Roméo, mon père ne se pose pas de question sur mes achats littéraires.

Pour ce périple, Roméo et moi emmenons ma voyageuse, afin de visiter quelques boutiques d'art et de savoir «combien je vaux». Roméo aime bien les livres de littérature classique et les romans d'aventures du dix-neuvième siècle. Pas tellement mon style. Moi, quand ça dépasse quatre pages, je m'endors. En conséquence, je ne lis que de la poésie. Charles Baudelaire est mon préféré. Quand je m'imprègne d'un poème à la puissance évocatrice, je flotte sur du velouté et je sens le poète me toucher le long de la colonne vertébrale. Alors, je peux peindre. Les poètes sont les écrivains idéaux pour m'aider à me mettre en marche devant une toile.

Ce voyage en train est avant tout un prétexte pour passer des heures dans l'intimité avec mon grand frère. Nous ne nous disons rien, pourtant. Il lit et je griffonne dans mon calepin. A-t-on vraiment besoin de mots pour communiquer, entre artistes? Parfois, je le prends par le bras et je pose ma tête sur son épaule. Comme il me sourit délicatement, les gens croient que nous sommes un jeune couple. Je me sens alors flattée.

Trois-Rivières est une ville assez pauvre au point de vue artistique. Pas question de la comparer à Montréal! Dans la grande métropole, on trouve de tout! De toutes les couleurs, de toutes langues et religions! Puis il y a les galeries d'art, les théâtres, les restaurants français, les salles de danse et les beaux palaces de cinéma qui présentent rapidement les meilleurs films américains.

Nous voici dans une première boutique de peintures. Un monsieur âgé, avec un lorgnon au bout de son nez crochu, examine à la loupe ma voyageuse. Après quelques minutes, il fait: «Soixante dollars. À prendre ou à laisser». Roméo décide rapidement de refuser cette offre. Nous visitons cinq autres boutiques. Tout le monde désire acheter ma voyageuse! Habile, Roméo fait grimper les prix. Le dernier homme nous offre quatre-vingt-dix dollars.

«Alors, Jeanne?

— Alors quoi? On voulait savoir, non? On sait maintenant. Dans cinq ans, il m'en donnera cent soixante-quinze.

— Ou trente dollars.

— Je ne vends pas, Roméo! Je suis venue pour savoir! Pas pour vendre.

— Jeanne, nous nous étions pourtant bien entendus.

— Tu veux m'arracher le cœur?»

Roméo s'excuse auprès de l'homme. Le marchand me retient par l'épaule en me disant mon tort, puis m'encourage à persévérer dans mon œuvre. Tout ceci confirme surtout que je suis une artiste dont les toiles ne doivent pas être prises à la légère. Je suis très stimulée! Je ne suis pas venue pour rien. Roméo boude pendant une heure. Moi, je regarde toutes les vitrines de la rue Sainte-Catherine. Je veux tout! Il me faut tout! Les robes! Les chapeaux! Les bijoux! Mais je n'ai que vingt dollars, provenant de la vente de mes cochonneries aux marchands de Trois-Rivières.

«Regarde, Roméo! Une autre boutique! Allons voir!

— Mais puisque tu ne vends pas...

— Tout à coup que je vaux cent dollars dans celle-là? Tu te rends compte? Cent!»

Le local de ce commerçant est tout petit. Pour une rare fois, il y a un jeune à la place du traditionnel usé à barbichette blanche. Il prend ma voyageuse, la retourne en tous sens et se met à parler sans cesse, avec un accent de la vieille France. Peut-être est-il un vrai Parisien!

«C'est du simili-romantique transposé dans un décor nord-américain du début du siècle. Assez bâtard, en réalité.

— Pardon?

— Bâtard. Juxtaposition de deux styles opposés. Intéressant, mais un peu trop conservateur au goût de ma clientèle. Le tout a de belles qualités, par contre. Un grand souci du détail et beaucoup d'émotion dans un visage où prédominent des rondeurs intéressantes. Je vais vous donner des adresses. Ici, ça ne vendrait pas.

— Pourquoi?»

Roméo me tape sur l'épaule et me désigne du regard les toiles accrochées à son mur. Du moderne! Je sais de quoi il s'agit, j'ai vu des illustrations dans les journaux d'art. Mais c'est la première fois que j'en examine de près.

«Dadaïsme, vous savez? Anticonformiste? Le révolte contre le pouvoir?

— Oui, j'en ai entendu parler. C'est très intéressant comme idée. Je comprends maintenant pourquoi mon tableau ne se vendrait pas ici.

— C'est très bien, votre tableau, mademoiselle. Mais c'est bourgeois.

— Vous venez de Paris?»

Je sors de là avec une revue sur le dadaïsme. Roméo a les yeux crochus d'avoir trop regardé ces œuvres choquantes et bizarres. Il n'y comprend rien, le pauvre! Moi non plus, d'un autre côté... Mais il ne faut jamais rejeter ce qui est neuf et moderne, de notre temps et de mon âge. J'ai toujours ma voyageuse sous le bras. Et je suis heureuse de cette situation. Nous allons maintenant aux livres. Comme des voleurs, nous frappons à la petite porte d'une maisonnette située loin de la rue. Un jeune homme à la mèche blonde rebelle nous ouvre. «Ah! monsieur Roméo de Trois-Rivières.»

Nous fouillons sans guide dans des boîtes jetées à même le sol. Ces livres viennent de France et d'Angleterre, ces pays merveilleux où les artistes n'ont pas à se cacher pour exercer leur métier. Ces contrées où nous pouvons tout voir, goûter, palper, sentir ces poèmes, ces musiques et peintures.

Je dépense tout ce qui me reste en publications de poésie, et Roméo est bien fier de deux énormes briques, reliées sévèrement, et d'un Charles Dickens d'origine. Nous payons et ressortons en prenant garde de ne pas nous faire voir. Le voyage est terminé: il faut reprendre le train et rouler vers notre petite ville d'usines. Dans le wagon, Roméo s'empresse de feuilleter délicatement le Dickens, en sursautant d'émerveillement à chaque paragraphe. Moi, je suis bouche bée devant un de mes livres de poésie. Je n'avais jamais rien lu de pareil! Une poétesse du début du siècle: Renée Vivien et son recueil *Cendres et poussières.* Quelles émotions étranges et séduisantes...

«C'est difficile d'être artiste dans notre province.
Les Européens sont plus libéraux et ouverts.
Ici, tu dois marcher dans le chemin tracé
par nos élus et nos religieux,
surtout dans une ville moyenne comme Trois-Rivières.
Les gens ne comprennent pas toujours
ce que les artistes veulent évoquer.
C'est plus vrai pour Jeanne que pour moi.
J'aime ma petite patrie, ses gens et nos coutumes;
Jeanne a définitivement la tête ailleurs.»
    Roméo Tremblay, frère de Jeanne, juin 1920.

Je suis en faveur de l'été. Je crois que c'est la meilleure invention de Dieu. Et avec mes cheveux courts, je me sens encore plus légère pour épouser les jaunes rayons de notre astre bienfaisant. C'est une saison où tout le monde semble heureux. Même les malheureux. Il y a des balades à la campagne - car il y en a qui aiment la campagne, ne me demandez pas pourquoi - les sports pour les hommes, le lèche-vitrines, les concerts en plein air, le verre d'eau glacée après une longue randonnée, les enfants qui s'écorchent les genoux sur les trottoirs, sans oublier le gazon où il fait bon s'étendre, surtout quand un écriteau nous interdit d'y marcher.

À Trois-Rivières, lors de la belle saison, tout le monde converge vers le centre-ville. Près de la rue des Forges, il y a le fleuve Saint-Laurent à regarder couler, des barques pour s'y promener et des bateaux étrangers pour nous faire rêver. Puis il y a le parc Champlain, joli coin de verdure romantique avec ses enfants polis trépignant autour du marchand de glaces ambulant. C'est ce parc que je choisis pour ma nouvelle activité commerciale: peindre en public. Je m'installe près d'un arbre, avec mon chevalet, ma tablette de carton et ma valise de tubes et de solvants. Les passants semblent étonnés par ma présence. Tiens, une artiste! Tout allait rondement jusqu'à ce qu'un policier me cueille d'un radical: «Où est votre permis?»

«Un permis pour peindre?

— Oui, mademoiselle. Surtout si vous vendez le produit de votre travail.

— Mais vous êtes malade?

— Pardon?»

Donc, un permis. Et sans remerciement, messieurs. Je m'installe à nouveau. Les gamins cachés derrière les arbres ricanent quand je les aperçois. Les jeunes hommes regardent plus la longueur de ma jupe que mon travail. Les vieux observent sévèrement, un doigt crochu dans la fossette de leur menton. Je fais des visages quelconques. Je suis là avant tout pour trouver des clients. Neuf fois sur dix, on me demande si je fais des paysages. «Ce serait beau dans mon salon.» Je réponds que les arbres existent avant tout pour le bon plaisir des chiens.

«Vous pouvez me faire le couvent des ursulines? Avec la rue Notre-Dame. Mais pas d'automobiles, dans la rue. Des charrettes et des chevaux.

— Oui, je peux faire ça.

— Et le prix? Et en combien de temps?»

J'ai dessiné trois couvents des ursulines en deux jours. J'ai aussi travaillé à une vue du fleuve, à partir de la terrasse Turcotte. Avec un bateau sur le majestueux. En une semaine, je produis une dizaine de tableaux et j'en vends huit, à dix dollars pièce. Ce n'est pas très fatigant, mais bien payant. Roméo, qui est journaliste, écrit même un entrefilet sur mon activité d'artiste. Une façon de me payer une publicité déguisée.

Avec une partie de cet argent, je vais à Montréal chaque samedi pour voir un bon film, chercher des livres de poésie, m'acheter une robe dernier cri. Je retourne aussi voir ce Français et sa boutique d'art moderne. Je peux y rencontrer d'autres peintres, d'abord étonnés par mon jeune âge et le fait que je suis une femme: une denrée rare dans le milieu. Puis nous échangeons des points de vue sur nos techniques et des opinions sur les courants actuels en peinture. Le dadaïsme, c'est intéressant comme idée. C'est

de l'anti-peinture. C'est tordre le cou à la peinture traditionnelle. C'est jeter sur la toile toutes ces pulsions qu'on a
l'habitude de garder secrètes.

Le Français en est très friand et m'invite à expérimenter
ce style. Je m'exécute dans sa boutique. Mais le résultat ne
l'enthousiasme pas. Ça ressemble à une tache d'encre névro-
sée. Quel plaisir de parler avec un tel connaisseur! Il
m'entretetient de Paris, de Londres et de New York! Toutes
ces métropoles où il se passe tant de choses extraordinaires
pour les artistes! Mais, malheureusement, à chaque fin d'après-
midi, je dois retourner dans la contrée de la Wabasso et des
ignorants qui me demandent de dessiner des paysages.

«Vous dessinez des paysages?

— Oui, mais c'est plus cher.

— Pourquoi est-ce plus cher?

— Parce que les tubes de vert et de bleu coûtent plus
cher.

— Ce serait combien?

— Vingt dollars.

— C'est très, très cher.»

Je dessine donc un paysage à cet homme. Avec un lac
idiot. Avec derrière une montagne crétine. Et des arbres.
Un tas d'arbres répugnants! Et vous voulez une barque et un
quai avec ça? Quel sale moment je passe à lui dessiner son
paysage! Et le salaud n'en veut pas! Pas à son goût!

Au cours de cet été 1920, j'ai gagné pas mal d'argent à
peindre des stupidités pour les flâneurs du parc Champlain.
Assez, en principe, pour me tenir confortable tout l'automne.
Mais en réalité, j'ai presque tout dépensé pour mes voyages
à Montréal. Amusant, non?

«Ma fille a tort de mépriser les tableaux qu'elle a faits pour les gens.
La rue des Forges, la terrasse Turcotte, le parc Champlain et
les vieilles maisons du temps de la colonie sont devenus,
grâce à son talent, des témoignages disant:
voici Trois-Rivières en été 1920.
Dans vingt-cinq ans, elle fera tout pour récupérer ces toiles.»
Joseph Tremblay, père de Jeanne, septembre 1920.

J'ai enfin trouvé mon nouveau sujet! C'est une habituée du *Petit Train* du nom de Lucie. Oh! je n'ai pas l'intention d'enfermer Lucie dans une chambre et lui demander de rester immobile devant ma palette. De toute façon, j'en serais incapable. Je serais trop gênée de peindre avec quelqu'un dans le même environnement que moi. Je sais, je sais, l'été dernier, j'ai peint en plein air! Mais ce n'était pas de la peinture: juste du commerce.

Lucie est de mon âge. Elle travaille depuis trois ans à la Wabasso. Et elle déteste ça! Surtout quand les trois quarts de son maigre salaire doivent être envoyés à la ferme de son père à Saint-Édouard. Vous comprenez... la famille de douze enfants et la pauvre terre ancestrale et toutes ces choses si si si si tristes. Alors, on expédie l'aînée à l'usine de la ville pour aider.

Chaque fois que je rencontre Lucie, elle chiale. Elle parle contre les patrons, montre le poing en songeant aux contremaîtres, aboie contre son salaire, hurle contre le bruit, et fustige la chaleur de l'usine. Et, de plus, elle est incapable de trouver un futur mari parmi les employés.

Je vais donc peindre une fille, mais pas précisément l'image de Lucie, devant sa machine à tisser, avec toute cette haine, ce dégoût et ce découragement bien imprimés sur son visage. Les croquis de ce projet m'enthousiasment. Je passe un mois à en faire, à chercher le visage idéal, tout en oubliant mes peintures de commande pour les commerçants. Tout à coup, on dirait que la bohème revient... Ce doit être à cause des poèmes de Renée Vivien. Je commence à les connaître par cœur. Je les garde pour moi comme un secret fascinant, n'en parlant qu'à mon cahier intime.

Je n'ai pas trouvé un autre recueil de ses poésies. Mon fournisseur de Québec m'a dit que même à Paris, les livres de Renée étaient à l'index. Il ne sait pas combien elle a publié de recueils. En fait, il sait vaguement de qui il s'agit. À la bibliothèque, j'ai cherché dans les ouvrages sur l'histoire de la littérature pour trouver un chapitre la concernant, mais mes fouilles ont été vaines. Un poète en jupon, ça n'intéresse pas ces savants.

Je suis tellement prise par les poèmes de Renée et la

réalisation de mes croquis que j'oublie de m'enthousiasmer pour la bonne nouvelle concernant Roméo: sa femme Céline attend un troisième bébé. Il faut le voir, Roméo, avec ses petits, Maurice et Simone! Quel papa gâteau! Un guili par ici et un p'tit bec par là. Le papa modèle! Roméo me promet que je pourrai choisir le nom de ce bébé. Pour une fille, ce sera Renée, en l'honneur de ma chère poète de France.

Céline est une brave femme. Je l'ai toujours aimée, parce que différente des autres. Elle est bègue. Elle trébuche sur tous les mots et rougit quand sa phrase refuse obstinément de se compléter. Oh! pas bête pour autant, la Céline! Assez de son temps, je crois même! Bien sûr, elle ne sort pas souvent de son logement, avec deux enfants en bas âge. Quand je vais la voir, ce qui arrive très souvent, c'est toujours comme si c'était la première fois, tant je découvre chez elle un beau synonyme au mot bonheur.

Nous parlons alors des derniers films et de la mode. Nous communiquons comme deux grandes amies remplies d'un respect mutuel. Ma vie à Trois-Rivières sans Céline et Roméo ne serait rien. Ce sont eux qui me retiennent dans ma ville natale. Sinon, Trois-Rivières n'a qu'un très mince intérêt pour moi. Tout juste des souvenirs de belle enfance dans le quartier Saint-Philippe et de mon père à l'époque où il avait un cœur.

Avec la venue d'un troisième enfant, son travail régulier au journal *Le Nouvelliste,* Roméo décide de se faire construire une maison, dès l'été prochain. Bravo! Ça me fera plus d'espace pour entreposer mes peintures. Son optimisme, jumelé à celui de Céline, me permet de tenir le coup chez moi, où il est devenu de plus en plus difficile de vivre entre l'austérité de Louise et les élans de tristesse de mon père. Je ne me sens plus à ma place! Je rêve tant de m'en aller, de m'enfuir vers Paris, ou les États-Unis. Mais je suis encore si jeune...

J'ai eu dix-neuf ans en décembre. Peu avant cet anniversaire, Louise et mon père sont venus fouiller ma chambre à coucher, à la recherche de mes livres de poésie, pour en vérifier le contenu. Mais comme j'avais prévu le coup, j'ai caché mes Renée Vivien sous le plancher du fond de ma penderie. Ils n'ont rien trouvé. C'est juste l'idée qu'ils viennent perquisitionner dans ma chambre qui m'a beaucoup dérangée. Depuis ce temps, on ne se parle plus beaucoup. Papa pousse la porte et vérifie en silence si je travaille.

Je m'arrache les yeux à ma travailleuse tout en faisant des petites toiles de vedettes de cinéma, à la demande de monsieur Robert, le patron du théâtre Gaieté. Ayant entendu parler de mes tableaux vendus aux marchands du centre-ville, il m'a commandé ces toiles afin de les installer en permanence dans le hall de sa salle. Crayonner Charlie Chaplin est quand même plus intéressant qu'immortaliser le marché à poissons du port. Eh oui! C'est arrivé! J'en rirai quand je serai célèbre, à Paris.

J'aime beaucoup les vues animées. J'y vais avec Roméo et mon père depuis l'âge de douze ans. Je raffole de l'ambiance chaude des gens coude contre coude, sursautant à chaque poursuite, frissonnant à chaque moment palpitant et se tenant les côtes après avoir vu une bonne blague. Je goûte le bruit des applaudissements à la fin d'un bon film ou du numéro de vaudeville. J'adore écouter la musique du petit orchestre, braillant une mélodie sur une scène d'amour et hoquetant un rag un peu fou lors d'un film amusant. Il y a aussi le décor, le placier bien habillé qui gentiment nous mène jusqu'à notre siège, l'attente avant le début de la projection et le soupir commun quand enfin le spectacle commence.

Plus que les comédies de vaudeville - qui sont parfois bavardes et vulgaires - le cinématographe est un art visuel qui sait exprimer en un seul geste un sentiment, une humeur, une phrase. Certains films sont visuellement supérieurs à d'autres. Quand je vois le visage doux et fragile de Lillian Gish, je me sens transportée dans un autre monde. J'essaie de la dessiner en noir et blanc, avec ce baume devant ses yeux. Mademoiselle Gish est la plus belle femme que je puisse imaginer. Je me demande souvent si elle existe pour de vrai, si tous ces gens à l'écran ne sont pas le résultat d'un beau rêve de magicien.

Pour ce travail, je choisis, avec l'accord du patron, les acteurs et actrices les plus populaires: Mary Pickford, Charlie

Chaplin, Gloria Swanson, Douglas Fairbanks, Lillian Gish et le gros Fatty. Ces six tableaux vont m'enrichir de soixante dollars. Ils seront aussi vus par beaucoup de gens. Ces personnes qui pourraient me téléphoner pour une commande. Pourquoi donc voulais-je vivre la bohème? Avoir de l'argent est bien plus plaisant!

Avec tout ce que j'ai gagné cette année, j'ai doublé ma garde-robe, acheté des disques, des livres de poésie, ne me suis pas privée de sorties à Montréal. J'ai acquis un peu d'indépendance. Évidemment, papa aurait préféré que j'économise pour mon trousseau. Mais les billets sont imprimés pour l'agrément. Nous vivons dans un monde où l'argent est roi et je veux bien travailler à sa cour.

Ah oui... le trousseau! J'en ai un. Toutes les filles en ont un. Un coffre en cèdre rempli d'objets que maman fabriquait ou m'achetait. Mais je ne sais pas à quoi tout cela sert. Sinon que ça me sera utile quand enfin je partirai du giron familial. Parce que moi, le mariage...

Elles ont toutes peur de rester vieilles filles, les jeunes filles! Moi, je veux garder ma liberté et mon indépendance. On ne peut être peintre et élever six enfants en même temps. Ils ne font rien comme les autres, les artistes! Papa passe son temps à me dire: «Fais donc comme les autres!» Eh bien, moi, je ne veux pas me marier! À moins que ce ne soit avec un poète, un peintre, un sculpteur ou un écrivain. Mais dans une ville d'ouvriers comme Trois-Rivières, cette denrée ne court pas les rues.

Les garçons de mon âge travaillent dans les usines. Ils sont sales, parlent mal et ne connaissent rien de beau. Les autres sont des petits employés de manufacture ou de magasin. Pas plus d'envergure que de culture. À Trois-Rivières, tout le monde se tue à la tâche, mais gagne peu. Les journaux de Montréal disent que nous sommes une ville en expansion. Alors, ils mettent une belle photographie des usines s'élançant dans un ciel souriant, avec comme gros titre que «L'avenir porte un nom: Trois-Rivières». Mais ce n'est pas mon avenir. Et puis, sur les photos, les usines sont si grosses qu'elles font ombrage aux maisons qui les entourent.

J'aime bien les filles des usines, celles qui viennent perdre du temps au *Petit Train*. Elles n'ont pas plus d'instruction que les garçons. Elles ont juste plus d'éducation. Elles sont plus curieuses, légères, moins prétentieuses. En leur compagnie, je peux parler de rêves, de robes, de coiffures ou de films. Avec les garçons, les conversations se résument à moi, moi, moi et aux sports. Les filles de mon âge ont toutes été amoureuses plusieurs fois. Pas moi. Moi, j'aime mes toiles. Et les mauvaises langues disent que Jeanne aime Jeanne. Mais c'est bien rare que Jeanne pleure pour Jeanne.

Il arrive de temps à autre que j'accepte l'invitation d'un garçon, principalement pour danser. Ou pour une sortie au cinéma. Mais dans ce dernier cas, ils ne pensent qu'à profiter de la noirceur de la salle pour me prendre les mains, alors que je ne désire qu'être emportée par la beauté des images. Maintenant, je vais au cinéma en paix, avec d'autres filles. Voilà ma situation de jeune vieille fille. Pas de regret, pas de chagrin. Le beau rêve du grand jour devant l'autel, je le laisse aux midinettes de la Wabasso. Moi, j'ai des tableaux à créer.

Mais depuis quelque temps, je suis maussade. Je ne vais pas très bien. L'hiver est horrible. Ma travailleuse prend du temps à naître. J'ai déjà détruit deux toiles presque achevées. Ce n'était pas ce que je voulais! Comme ça fait mal quand tu découvres que ce n'est pas ce que tu désirais! C'est comme un déchirement, une trahison. Je passe des nuits blanches. Je tourne. Je me ronge les ongles. Exaspérée, je lance un pinceau sur le mur. Je soupire. Je rage. Et je recommence. L'artiste est née pour souffrir.

J'essaie en vain de me distraire en visitant une exposition de toiles dans le hall de l'hôtel de ville. Des paysages et des fleurs! Vomissures! Un, deux commerçants ont téléphoné. J'ai refusé. Je ne peux plus! J'ai mon œuvre qui me tord le cœur! Ce n'est pas le temps de me rendre peindre un étalage de légumes!

Je végète. Je perds mon temps. Je broie du noir. Et toutes les autres couleurs aussi. Papa s'en mêle et je fiche le camp. Et il pleut. Je tombe sur mon derrière et je dis un mot de bûcheron. L'auvent d'un magasin me garde à l'abri. Elle est laide, cette robe en vitrine! Et elle est froide, cette pluie! Un policier, qui fait sa ronde, me frappe l'épaule en me disant, avec son air de papa: «Ça ne va pas, mademoiselle?» Oh vous, hein, la paix!

Papa vient au poste de police juste pour me dire: «Tu y es! Tu y restes!» De toute façon, l'amende, c'est moi qui la paie. Mais à mon retour de cette soirée derrière les barreaux, papa m'attend avec son spectre de menaces. La plus terrible consiste à m'enlever mon matériel de peinture. Me tuer? Mon propre père veut me tuer? Je monte à toute vitesse enfouir dans ma valise livres et vêtements. Et je traverse vite à la gare. J'attends depuis une demi-heure, quand Roméo vient me cueillir. Louise, la traîtresse, lui a téléphoné.

«Roméo, je n'en peux plus! Toi, tu as pu écrire librement. Il t'avait même aménagé un coin du garage pour que tu puisses le faire!

— Jeanne, papa ne t'empêche pas de peindre.

— Maintenant, oui!

— Comprends donc que ce n'est plus le même homme. Il a souffert avec toutes ces épreuves. Alors, on lui téléphone pour lui dire que sa fille est en prison... Essaie de comprendre sa réaction.

— En prison! En prison! Quelle histoire! Le policier m'a embêtée, je lui ai donné un coup de pied. C'est tout.

— Et où iras-tu?

— À Montréal. Puis à Paris.

— Avec ce que tu as en poche, tu risques plutôt de t'arrêter à Louiseville. Tu voudrais vivre avec moi, Jeanne?

— Hein?

— Dans ma future maison. Je te laisserais le grenier. Tu pourrais peindre en toute paix et laisser traîner tes livres de poésie. J'ai toujours voulu t'avoir tout le temps près de moi. J'ai besoin que tu sois souvent près de moi. Céline va comprendre.

— Papa ne voudra jamais! Il me l'a dit cent fois: tu restes ici jusqu'à ta majorité.

— On va aller lui parler. Sait-on jamais? Tu aimerais vivre avec moi?

— Oh! Roméo... tu sais bien que oui. Je suis si heureuse quand tu es près de moi.

— On va lui en parler. Calmement. Mais fais-moi plaisir...

— Quoi encore?

— Fais juste dire: "Papa, je te demande pardon". C'est facile.
— Facile à dire pour toi!»

Il m'a eue, le grand frère. Par son charme! Mais papa ne veut pas que je parte. À moins que je ne travaille, que je rentre dans son droit chemin. Autant dire que ça ne fonctionnera jamais, le beau projet de Roméo. Je me couche plus calme, ce soir-là. Après avoir trop pleuré, je rêve éveillée. Je me vois dans le grenier de la future maison de Roméo. À n'importe quelle heure de la nuit. Au cœur du silence. Moi et mes tableaux respirerons enfin. Puis, j'ouvre mon livre de Renée Vivien et je murmure un vers. Et je retourne à mon tableau. Au matin, Céline vient me voir et me demande ce que je désire pour le déjeuner. Elle s'intéresse à ce que je peins. Roméo et moi passons des heures à parler d'art. Parfois, par grand bonheur, nous sommes seuls, juste lui et moi, dans la grande maison. Nous buvons du vin, comme à Paris. Et quand la nuit revient, je retourne à ma peinture.

Quel beau rêve!

Mais la réalité m'ordonne de me lever à dix heures trente, même si à trois reprises, depuis son réveil, Louise est venue secouer mon matelas. Il y a un grondement qui vient du restaurant, et les bruits de la rue et de la gare me cassent les oreilles. De plus, j'ai un rayon de soleil visant directement mon œil droit. J'entends le téléphone et mon père qui parle fort en bavassant avec ses employés de sa compagnie de taxi. Vous croyez que c'est agréable de vivre dans un lieu public?

Je me mire dans mon café quand, sans crier holà, Louise entre dans la cuisine et me donne l'ordre de préparer le dîner et de faire le ménage. Papa revient de la cour. Nous sommes face à face. Malgré la négociation de Roméo, il n'a pas oublié l'affront que j'ai fait à son nom à cause de l'anecdote du policier. Après le repas, je dois surveiller le restaurant et servir les clients, car Louise doit se rendre acheter des effets au marché. Je suis à l'heure de la pause café des cheminots. Ils sont noirs de suie, rient grassement et font beaucoup de bruit. Et ne donnent pas de pourboire.

Louise n'a pas eu le temps d'aller au bureau de poste. «Sois gentille, Jeanne...» Et il vente encore! Nous soupons à toute vitesse et c'est encore moi qui récolte la vaisselle. Le soir, Louise revient se reposer. Je retourne au restaurant. Elle va tricoter des bas pour le futur bébé de Céline. Un oncle arrive avec sa femme. Ils viennent veiller. Ils vont jouer aux cartes. Ils vont crier. Je demeure dans le restaurant à écouter les filles de la Wabasso. Enfin arrive l'heure de fermeture. Mais comment voulez-vous que mes toiles et moi puissions cohabiter dans un monde aussi infernal?

«Jeanne Tremblay a été très mal élevée et provocante,
disant à notre policier des mots qu'une jeune fille ne doit
jamais prononcer, surtout sur la voie publique.
Après avoir été poliment avertie de se calmer,
elle a frappé notre constable à la jambe,
avec le bout pointu de son soulier.
Quand il l'a prise pour l'emmener au bureau,
elle lui a donné un coup de coude dans le ventre.
De telles attitudes contre l'autorité ne peuvent être tolérées.
L'été dernier, quand elle peignait en public,
elle passait son temps à narguer nos agents.
Son père devrait lui montrer à avoir
plus de respect envers ses aînés.»
Rosaire Cusson, policier de Trois-Rivières, mars 1921.

Au début du nouvel été, je reprends mon commerce de peintre publique au parc Champlain. Les enfants se groupent près de moi et je m'amuse à leur distribuer des dessins de tout ce qu'ils me demandent. J'espère que leurs parents, surtout s'ils sont des vieux bourgeois ratatinés, prendront en note mon nom et mon adresse accompagnant chacun de ces cadeaux.

Quand il y a beaucoup de gens, je m'installe sur mon banc face à mon chevalet. Mais quand je suis presque seule, je préfère m'asseoir contre un arbre et dessiner au fusain quelques esquisses de visages féminins. Puis, tout à coup, un policier me fait signe du bout de sa botte de ne pas me poser sur l'herbe. Je le fustige d'un regard, quand soudain, arrivant de nulle part, ma sœur Louise me saisit par le bras, faisant tomber sur le sol ma tablette et mes crayons.

«Idiote! Regarde ce que tu as fait!

— Pourquoi est-ce que tu t'amuses à provoquer tout le monde? Pourquoi tu te comportes en mal élevée en public? Pourquoi es-tu si mauvaise?

— Parce que! Parce que! Parce que!»

Je lui fais une grimace et ramasse mes affaires. Exaspérée, Louise s'en va et moi, comme Chaplin, je lui mime un coup de pied au derrière. Le policier reste planté là, mains sur les hanches, autoritaire comme un I. Je relève le menton et vais mon chemin. Je me trouve un autre coin d'herbe, mais hélas! je n'ai plus le goût de dessiner quoi que ce soit. Je boude. Je suis survoltée. Je sors une cigarette de mon sac à main, mais je n'ai pas d'allumette. Je m'approche d'un vieux monsieur pour lui demander du feu. Il fait des yeux de crapaud en disant que c'est épouvantable de voir une jeune fille fumer en public.

Ah non! Pas encore cette vieille rengaine! D'abord, mes cheveux courts et maintenant revoici l'histoire traditionnelle de la cigarette en public! Est-ce qu'on va finir par le quitter, le début du vingtième siècle? La belle époque des femmes en corset, toutes en dentelles et avec des ombrelles? Il y a l'électricité dans toutes les maisons et des automobiles dans les rues, vous n'avez pas remarqué?

«Je suis une vilaine, une garce, une fille perdue et je vous en prie, comme je suis condamnée à l'enfer, donnez-moi du feu que je m'habitue tout de suite à sa chaleur.

— Je sais qui vous êtes! Vous êtes l'artiste! On sait ce que c'est, ces gens-là!»

En me faisant ce reproche, il me postillonne trois fois à la figure. Je laisse tomber ma cigarette de mon bec et lui réplique avec autant de coups de poing au thorax. Je termine par une grimace. Il part en criant. Je hausse les épaules, vais plus loin et pige une autre cigarette dans mon sac. Puis je quitte ce lieu maudit. Je marche dans les rues de Trois-Rivières. Que c'est petit! Si petit! Trop petit!

Je vais voir les ouvriers travailler à la maison de Roméo. Je regarde vers le grenier, celui que je désire tant habiter pour me soustraire à l'autorité de mon père et aux humeurs de vieille fille de Louise. Est-ce un faux espoir? Je suis toujours la petite fille de papa jusqu'à ma majorité. Il a toujours autorité sur moi. Comme ça me fait rire! Ce n'est qu'avec Roméo tout près de moi que je serai heureuse dans cette minuscule Trois-Rivières!

À Trois-Rivières, quand un aéroplane passe dans le ciel, tout le monde se paie un torticolis et une conversation de deux jours. À Paris, on organise des compétitions sportives avec ces engins! Tout ce qui est beau et progressiste vient d'ailleurs. Les plus belles toilettes de Paris et les vêtements folichons des États-Unis. La chansonnette parisienne fait soupirer d'insatisfaction mon père. Mais il tombe sérieusement en crise quand je passe un disque de rag américain!

Il y a aussi cette nouvelle danse, le tango, qui vient de nos voisins du sud. Cette danse commence à être à la mode, à cause d'un film dont le titre m'échappe. Le beau héros s'y perd dans un tango enivrant et, comme une mèche au bout d'un baril d'explosifs, cette danse est devenue très populaire auprès des jeunes. Avec mon guide des bons pas en main, j'essaie de danser le tango avec Roméo. Tu mènes, je mène, c'est à ton tour, c'est à mon tour, ratatata, à toi, attention à mes pieds, le gauche va là et le droit ici, ratatata et tu avances, à toi, à moi. On dit que les curés n'aiment pas cette danse parce que ça leur fait penser au geste de l'accouplement. Diable! Ils voient du mal vraiment partout!

Ceci dit, les occasions de danse sont plutôt rares à Trois-Rivières. À moins d'être la fille d'un patron d'usine. Dans un tel cas, il y a des thés dansants à la salle Métabéroutain, située sur une des îles de l'embouchure de la rivière Saint-Maurice. Mais le peuple n'est pas invité. Pour riches seulement. Et anglais de préférence. Il y a aussi des danses dans les grands hôtels de la ville. Je m'y suis rendue deux fois. Je n'ai pas tellement aimé ça. L'orchestre jouait des airs d'il y a vingt ans. J'aime tant danser! Mais je dois danser avec mon époque! Ah! ce rag! Et puis, finalement, il y a des soirées privées, chez des particuliers. Mais souvent, c'est au son des violons et des chansons à répondre que les invités s'amusent. Avec ces airs de chantiers, on se penserait de retour aux jours de la colonie! Moi, je préfère la musique américaine et la chansonnette française, qui me transportent loin de Trois-Rivières. Trop rarement, il y a une danse pour la jeunesse, placée sous la haute surveillance d'une douzaine de parents, chapelets à la main. Ma solution? À Montréal, chez les Anglais. Ça coûte un peu plus cher, mais il n'y a pas de prix pour satisfaire mon goût pour la danse.

Hop! dans le train de bon matin! Et quelques heures plus tard: Montréal! Un premier pas vers la civilisation! Je vais vite dans les galeries d'art, je dîne, je retourne voir des tableaux, je vais acheter des livres de poésie chez mon fournisseur, je soupe, je vais à la salle, je danse et, à onze heures, je suis sage dans le train du retour. Le temps de cinq heures, j'ai eu plus de plaisir qu'en cinq mois à Trois-Rivières.

Justement, un grand hôtel de Montréal annonce une démonstration de tango donnée par des professionnels. C'est pour samedi soir. Je cherche une compagne de voyage et trouve sur mon chemin Lucie, l'inspiration de ma travailleuse. Lucie qui m'amuse parce que jamais contente. Elle rêve du tango et de revoir Rudolph Valentino, l'acteur dansant dans le film dont j'oublie toujours le titre. Mais avec son maigre salaire, Lucie ne peut payer que le voyage en train. Elle me demande de lui prêter l'argent pour le séjour, avec promesse de remboursement rapide. De plus, une de ses cousines pourrait nous héberger pour la nuit. Belle perspective: ne pas être obligée de reprendre le train de onze heures me permettrait de m'amuser encore plus longtemps. D'accord! Nous irons!

Nous voici dans le train. Lucie chiale pendant la moitié du trajet. Tout y passe: ses parents, son patron, les compagnes de travail et même les petits gâteaux servis dans le wagon. Elle en veut aussi au bruit de l'usine, aux enfants qui jouent dans sa cour et l'empêchent de dormir. Comme c'est délicieux de l'entendre tant japper!

La seule chose que sa rage habituelle épargne, c'est cet acteur Valentino. Elle me montre, tout en la cajolant, une photographie découpée dans un journal. Elle le trouve très beau, séduisant, brave, courageux, idéal, magnifique, fort, galant, ténébreux, romantique, sensible. Elle l'aime bien, en somme. Pour me prouver ces dires, elle me donne des coups de coude en insistant pour que je regarde à la loupe sa photographie froissée. Puis elle me l'enlève des mains et la colle contre ses seins dans un élan passionnel qui me surprend beaucoup! Ouais, fais-je volontairement, il est pas mal...

«Pas mal? Comment pas mal? Juste pas mal?

— J'aime mieux les acteurs comiques. Puis les actrices, comme Lillian Gish.

— Comment? Que?... Toi qui es peintre, tu ne pourrais pas me faire un portrait de Rudolph?

— Oh! tu l'appelles par son prénom?

— S'il te plaît...

— Je peux bien, mais ça coûtera cher.

— Tu blagues, hein?

— Allez! Allez! Retourne-toi!»

Quelques coups de crayons sur ma tablette et les traits approximatifs de Valentino apparaissent sur le papier. Je le mets en position «à toi» de tango et entre ses pattes dispose une représentation sommaire de Lucie. Quand je lui dis d'ouvrir les yeux et de les poser sur le dessin, elle crie! Je sursaute, le temps de voir tout le contenu du wagon nous regarder! Elle se lance dans mes bras pour m'embrasser et m'inonder de remerciements. Un peu plus et je croyais qu'elle allait se mettre à brailler...

Enfin Montréal! Je veux tout de suite dénicher un beau restaurant, mais Lucie a le chic de me présenter un sandwich aux cretons qu'elle m'a préparé. Nous pique-niquons sur un banc public de la rue Sainte-Catherine. Les gens passent autour de nous. Elle et moi rions de les voir nous regarder. Nous nous amusons de leurs têtes, de leurs démarches.

«Vite! Allons à la salle, si nous voulons avoir une place!

— C'est que j'ai une petite course à faire. Ce ne sera pas long.

— Que veux-tu acheter? Une robe?

— Non, des livres.

— Des livres? Que tu es bizarre, l'artiste!»

Lucie semble intimidée par le sous-sol de mon fournisseur. Toutes ces caisses de bouquins entassées pêle-mêle, puis l'odeur des vieilles pages jaunies se mêlant à ce bric-à-brac qui ferait les délices d'un incendie. «Jeanne, je t'ai trouvé un livre de Renée Vivien.» Alors là, j'ai l'air de Lucie dans le train, se pâmant devant son dessin de tango. *La Vénus des aveugles*, par Renée Vivien! Édition d'origine, de 1904. Le livre a pris l'eau. Les pages sont gondolées et des cernes rebelles s'attaquent à certains vers de la poète. Qu'importe! Je m'y précipite! Enfin d'autres mots précieux de ma poète d'amour!

«Dis donc, l'artiste? T'es riche! Cinq dollars de livres!

— Allons voir Valentino.

— Oh oui! Vite!»

Lucie panique parce qu'une longue filée attend de façon impatiente à l'entrée de la salle de cinéma. Pour nous rendre au bout, nous déambulons le long d'un véritable troupeau de femmes et de jeunes filles. Les rares hommes qui attendent sont bien tranquilles et cherchent à ne pas se faire remarquer.

Je n'en peux plus! Il me brûle les doigts, mon nouveau vieux livre de Renée! Je l'ouvre vite et jette mes yeux sur ces précieux poèmes. Pendant que je me délecte de cette beauté, autour de moi jacassent les femmes à propos du regard ténébreux du bel acteur.

«Et quelle est l'histoire?

— L'histoire? Quelle histoire?

— Ben... de ton livre!

— Ce sont des poèmes. Pas une histoire.

— Je n'y connais rien, moi, l'artiste. Tu peux arriver à lire? Quand tu sais que dans quelques minutes tu vas te retrouver face à face avec Rudolph Valentino?

— Oui, je peux lire.

— Il est si beau, Jeanne! C'est péché mortel d'être beau comme ça!»

Il faut l'avouer: cette salle, ce n'est pas les petits cinémas de la rue des Forges de Trois-Rivières. Quel luxe! Quelle somptuosité! Et ce lustre doré, ces grands escaliers, ces tableaux, ces marbres, ces bas-reliefs, ce chandelier géant. Il y a même des statues! Et l'air distingué des placiers! Ces derniers n'ont d'ailleurs rien à faire que de s'enlever du chemin de ces hystériques se lançant vers les sièges les plus proches de l'écran, comme des chevaux de compétition vers le cordon final. Je suis entraînée dans le flux par la main de Lucie. Oh! cette salle! Un paradis! Un château! Un palace!

Et cette fosse d'orchestre! Ce n'est pas notre petit pianiste et notre violoniste du cinéma Gaieté! Un orchestre complet! Avec des musiciens habillés comme les lustres: impeccables et brillants! Et un maestro avec une baguette nerveuse!

Mais avant les images de Valentino, il y a le film sur les actualités, la chanteuse d'opérette, en plus d'un drame de l'Ouest. Je vous jure que personne ne regarde! Tout le monde continue à parler après avoir copieusement hué le début de chacun de ces spectacles. Je vais à l'entrée m'en griller une et jaser avec un jeune placier.

«C'est comme ça tout le temps?

— Depuis un mois, mademoiselle.

— Elles sont folles! De vraies malades! Des fêlées! Il est bien, mais pas si beau que ça. Je suis venue juste pour la scène du tango. J'accompagne une amie.

— Vous l'aimerez. Il est aussi un excellent acteur.»

Voici enfin le bijou! Et le SI-LEN-CE... et BAAAAM! de faire l'orchestre! Quand le nom du bellâtre apparaît au générique, un frisson parcourt la salle. Le voilà! Elles crient! Les spectatrices crient! À chaque fois qu'on le voit, on entend ce murmure. Quand la caméra le prend en gros plan, la folie s'empare de toutes. Lucie me griffe l'épaule en faisant «oooh!», comme si cet homme de nitrate allait sortir de l'écran afin de venir jusqu'à elle et lui faire bisou.

C'est un film d'action. En fait, pas du tout une œuvre romantique. Le genre de film qu'habituellement les femmes ignorent. Et puis, il y a Wallace Beery dedans: ma tête de salaud favorite. Il paraît que le film dure deux heures. Je me lève, car j'ai envie de pipi, le goût d'en brûler une autre et chercher à voir clair dans toute cette histoire d'idole mâle. Je passe pour la pire des cinglées: me lever pendant que Valentino est à l'écran! Mon jeune placier de tantôt est avec un homme à l'air sérieux qui a entre les mains une petite valise, comme celles des médecins.

«Puis? Quoi de neuf?

— Vous... vous ne restez pas dans la salle, mademoiselle?

— Deux heures, c'est beaucoup trop long pour un film. C'est l'équivalent de deux films. C'est...»

Pas le temps de terminer la conversation qu'un autre

placier fait de grands signes avec sa lampe de poche. Mon jeune et le vieux partent immédiatement vers la salle. Ils reviennent avec entre les pattes une fille évanouie. Le vieux sort les sels. Un médecin! Diable! Ils font venir un médecin à chaque représentation, car il y en a toujours une ou deux pour tomber dans les choux! Je retourne rapidement en dedans pour assister Lucie en cas d'une syncope. Je la retrouve le mouchoir à la main et le souffle haletant. À chaque plan rapproché, elle avance le bout du nez, les lèvres entrouvertes et les yeux humides. Cette image m'impressionne et me donne un goût incontrôlable de dessiner! Vite! Je rebondis à l'arrière pour faire un croquis!

Libérée de cette envie, je retourne dans la salle. Soudain, un cri commun me projette dans la réalité. Lucie me griffe à nouveau. C'est la scène du tango. À toi, à moi, ratata. C'est vrai qu'il le danse bien. Après la finale, la salle n'est qu'un lac de larmes. Les femmes hurlent de désespoir quand le fatal «The end» apparaît cruellement. Lucie a toujours les mains jointes et les yeux rougis. Je me lève, mais notre voisine ne bouge pas. Ça y est! Une autre dans le champ de pommes! Vite, doc! Les sels!

«Tu n'as pas aimé ça...
— Mais si, Lucie. J'ai adoré ce film.
— T'as passé ton temps à te lever...
— C'est que j'avais mal au ventre.
— Oh... excuse. On pourrait revenir pour la représentation de six heures pour que tu puisses le voir au complet.
— Maintenant, ça va mieux.»

Quand nous sortons, une autre queue attend pour entrer. Les femmes qui en arrivent confirment à celles s'y rendant qu'en effet, ce corbeau Valentino est le phénix de ces lieux. Mais je pense qu'elles le savent déjà. Ce qui n'empêche pas Lucie de me l'expliquer de nouveau.

Nous allons maintenant chez la cousine. Viendra-t-elle à la démonstration de tango avec nous? Sûrement pas avec ses treize ans! Avec son minois rousselé, cousine a plutôt l'air d'un garçon manqué qui cache un tire-pois dans son premier sac à main. Lucie me présente comme l'artiste de Trois-Rivières. Au singulier. Lucie parle de Valentino à la cousine.

Je fais la jeune femme bien élevée en offrant mon aide à la maman pour préparer le souper, tout en espérant son refus. Comme c'est le cas, j'essaie de me trouver un coin solitaire afin de jeter un autre œil aux poèmes de Renée Vivien. Avant de nous rendre à la démonstration de tango, nous nous poudrons le nez et ajustons nos bas. J'époussette mon chapeau et Lucie place comme il faut les rubans dans ses cheveux. La salle de danse est dans un hôtel de l'ouest de la ville, chez les Anglais. Mais les filles et leurs cavaliers parlent français. Toutes se sont faites belles afin d'épater la voisine. Je constate surtout que la mode des cheveux courts chez les femmes trouve de plus en plus de jeunes adeptes et que la coquetterie a le haut du pavé. Après les souffrances des années de guerre, il est temps que le monde redevienne beau! Les filles ont coiffé leurs garçons comme des petits Valentino, initiative donnant parfois des résultats un peu cocasses! Le parquet est ciré irréprochablement. Tout au fond de la salle, un grand orchestre ressemble au parquet. Il y a un long comptoir où des serveurs étouffés par leurs nœuds papillon attendent les commandes de la clientèle.

«Deux coupes de vin rouge, s'il vous plaît.

— Désolé, mademoiselle, vous n'avez pas l'âge requis. Il m'est interdit de vous servir.

— Ne me cassez pas les pieds, hein!

— Pardon?

— Servez-nous!»

«Jeanne, laisse tomber...» de pleurnicher Lucie. Je ne suis pas venue de Trois-Rivières pour boire du Coca-Cola! Va-t-il falloir faire comme tout le monde et nous trouver deux zigotos pour nous acheter du vin? En voilà justement deux spécimens se perdant en courbettes devant Lucie. Quand mon amie ouvre sa trappe, elle a l'air de ce qu'elle est: une fille d'usine.

«Écoute bien, mon bonhomme! Toi, tu ne sers qu'à une chose: faire mes courses au bar. Peut-être que je vais accepter de danser avec toi, à la seule condition que tu n'oublies pas ton rôle premier: va nous chercher à boire!

— Mais enfin, mademoiselle, je...

— Tut! Tut! Va au bar et rapporte, mon chien-chien.»

Lucie me tire la manche pour me ramener à l'ordre. C'est que je n'ai pas le goût de me faire miauler des compliments idiots dans le creux des oreilles. Et que je n'aime pas qu'un serveur à la face de pet me regarde de haut. Je suis ici pour la démonstration de tango et pour prendre plusieurs verres de vin, n'étant pas délimitée dans le temps par le train de onze heures.

L'orchestre se met à l'œuvre. Les couples se lancent sur la piste. Gauche, droite. Droite, gauche. Ils glissent comme les pièces d'un carrousel bien huilé. Lucie ne se fait pas prier pour accepter l'invitation d'un beau. Je sirote mon vin. Mon compagnon boude à mes côtés, bras croisés.

«Vous n'êtes pas très polie, si je puis me permettre.

— Je te permets.»

Après avoir terminé ma coupe, je lui accorde la danse demandée il y a une demi-heure. Non seulement se donne-t-il un air de grand lord, mais de plus, il ne sait pas conduire. Mais il se conduit bien. Pour l'instant. C'est de ma sœur Louise que je tiens cette attitude envers les hommes: il faut commander le respect. C'est d'ailleurs pour cela qu'elle est toujours vieille fille.

Après une heure et trois coupes, voici enfin le grand moment: la démonstration de tango par des professionnels des États-Unis. La femme est bijoutée de haut en bas et porte une robe de soie dont j'ose à peine deviner le prix. Son partenaire ressemble à un Fairbanks de palais avec sa fine moustache et ses cheveux lisses.

Ratata! Ratata! Ils volent, glissent, s'enchevêtrent, girouettent. Le tout en une symphonie de pas impeccables. Quelle grâce! IM-PEC-CA-BLES! Un spectacle en or qui va donner des complexes à tous les petits Valentino présents. Après cinq numéros parfaits, nous les applaudissons chaleureusement et les couples s'empressent d'essayer de les imiter.

Je préfère me cacher dans la salle de bains, pour me soulager et lire cinq poèmes. Devant le grand miroir, les femmes se repoudrent. J'entends un «pssst! pssst!» qui me semble destiné. Une jeune fille me tend une bouteille.

«It's gin!

— Oh! gin? Je connais, merci!

— You're french?
— French! Yes, je suis!
— Come on! Taste it!
— Thank you very merci!»

J'avale une petite gorgée. La jeune fille, à l'air espiègle avec ses grands yeux de poupée, m'encourage à en prendre davantage. Elle rit tout le temps, découvrant de grandes dents très blanches. Après quelques gorgées, je retrouve Lucie. Son cavalier l'a abandonnée. Son regard semble m'accuser: elle me fait le reproche d'avoir mal traité l'ami de son partenaire.

«Des hommes! Il y en a partout ici, Lucie! On va en trouver d'autres! Je vais t'en dénicher un tout de suite, moi!

— Un beau, hein!
— La perle, Lucie! La perle!»

Pauvre Lucie pensant que je ris d'elle! Peut-être que je ris d'elle, au fond... Soyons beaux joueurs et trouvons-lui son trésor. Quelques coups de cils feront l'affaire. De toute façon, il y a tant de célibataires dans cette salle que je n'ai qu'à pointer du doigt, comme au marché à poissons.

«Si vous le voulez bien, mademoiselle, accordez-moi cette danse.

— Oh! un impératif bien élevé!
— Pardon?
— Je veux bien à condition que tu ailles m'acheter une coupe de vin.
— Du vin? C'est que je ne peux pas en acheter. Je n'ai pas l'âge requis.
— Voilà bien ma chance. Tu ne connais pas quelqu'un qui pourrait m'en acheter?
— Mademoiselle, si vous le permettez, en toute politesse, le vin...
— Ça va! Ça va! Pas de morale! J'ai soif de tout, sauf de morale!»

Et voilà un autre frustré boudeur. Décidément, je ne comprendrai jamais les hommes! Je lui accorde sa danse, pour ne pas faire fuir son copain qui tangotte avec l'heureuse Lucie. Tout en dansant, le mien réclame ma biographie. Quel est ton nom? Où es-tu née? D'où viens-tu? As-tu des frères et des sœurs? Quel âge as-tu? Que faisais-tu hors de ma vie? Aussitôt le dernier pas soulagé, je me précipite vers la salle des toilettes. Je me poudre le nez en soupirant de lassitude. J'entends de nouveau «pssst! pssst!» en ma direction. C'est... oh! et puis allez! Si personne ne m'achète du vin, autant profiter de l'offre de cette Anglaise.

«Very good! Come on! Get a good one!

— Diable! C'est plus fort que tantôt! Qu'est-ce que t'as ajouté là-dedans?

— Hi! Hi! You're funny, frenchie!

— And you aussi. Merci, ça fait du bien!

— Are you a flapper? I'm a flapper!

— Vrai? Enchantée! Moi, je suis Jeanne!

— Do you wanna dance? Hot for a tango?

— Yes, le tango Valentino.

— Oh! Valentino... he's boring! So boring!

— C'est aussi ce que pense mon amie Lucie.

— Do you wanna dance?

— Danser? Avec toi, Flapper? D'accord!

— Flapper is not my name! I'm a flapper!

— Et moi Jeanne.»

Elle n'a pas dû bouger de là-dedans depuis tantôt. Cette petite est totalement ivre. Mais si joyeuse! Le temps de se rendre à la piste de danse qu'elle se cogne contre la porte, une table et un garçon qu'elle pousse à deux mains en riant comme une démente. Elle me prend la main et saisit ma taille. Ratata! Ratata! Elle siffle très fort la mélodie, se cambre et rit aux éclats pour un tout et pour un rien. Je m'amuse de sa bonne humeur. Au fond, je suis peut-être moi-même un peu ivre! Mais sûrement pas autant qu'elle! La pièce musicale terminée, elle se lance dans mes bras et me donne un gros baiser humide, puis s'en retourne à sa salle de bains en accrochant tout le monde sur sa trajectoire.

«Jeanne? Tu as une grosse marque de lèvres sur les joues...

— Oh! je vais l'enlever. Merci, Lucie.

— Qui est cette fille?

— Elle s'appelle Flapper et est complètement folle!

— Toi aussi, fais attention, hein... parce que tantôt, chez ma cousine...

— Amusons-nous! Ce sont des vacances! Demain tu

retourneras à la Wabasso et moi chez mon père! Profitons de ce bon temps!

— Tu as bu beaucoup, l'artiste...»

Le couple de professionnels du tango revient pour nous éblouir. Pendant que je les observe, une crampe d'estomac me ramène à la réalité. Ouille! Viiiiite! La salle de bains! Et, évidemment...

«I'm drunk! Life is so great!

— Oui, Flapper. Ça va mieux, merci.

— Oooh, look at that, Jeanne! That cute little bottle! Come on! Take a good shot! And let's dance! Let's mess the whole place!

— Je ne sais pas ce que ça veut dire, mais je suis d'accord!»

Main dans la mienne et l'autre à ma taille, Flapper ouvre la porte d'un grand coup de pied, ce qui dérange quelque peu le bonhomme se trouvant derrière. Sur la piste, nous nous cognons à tous les couples. Elle est fantastiquement ivre, cette folle! Et comme elle rit d'une manière si drôle! J'imagine que j'ai l'air aussi saoule qu'elle! Évidemment, un portier - et pas du plus petit modèle - vient poliment nous remettre à l'ordre.

La puce se lance dessus en le poussant avec ses mains. Comme le geste est vif et inattendu, le monstre recule et culbute contre une table, fracassant tous les verres qui s'y trouvent. Flapper s'étouffe de rire en le voyant sur son derrière. Elle se relance sur sa victime et lui verse du vin sur la tête. Ah! Ah! L'air qu'il a fait! Il appelle du renfort. Flapper s'accroche de nouveau à ma taille, m'entraînant dans sa course incontrôlable. Nous bousculons quelques gens et maltraitons une autre table, jusqu'à ce que trois costauds nous lèvent de terre et nous jettent à la rue.

Moi, secouée, je me demande ce qui vient de se passer. Flapper vérifie vite si la bouteille dans son sac est cassée. Comme ce n'est pas le cas, nous la vidons en deux traits. Elle m'embrasse encore, puis s'en va sur le trottoir en se frappant aux poteaux et en riant comme un disque rayé. Lucie est derrière moi, tapant du pied et me tendant mon manteau. J'étouffe un dernier sourire. Je ne sais pas qui était cette fille, mais jamais je n'oublierai ces moments! Et son nom: Flapper!

«Comme j'ai eu honte!
Une chance que personne ne me connaissait dans la salle.
En faisant ce scandale, Jeanne a gâché ma soirée.
Mais une semaine plus tard, je ne lui en veux plus.
J'ai même un petit sourire en la revoyant se lancer
sur les tables avec cette folle d'Anglaise accrochée à elle.»
Lucie Bournival, travailleuse de la Wabasso, août 1921.

Je garde pour moi cette aventure de la salle de danse montréalaise. Je n'en parle pas à Roméo. Je ne cesse de penser à cet événement. Quand, devant ma toile, mon inspiration revient, l'esprit de Flapper me cogne à l'épaule et je me remets à rire. Commettre des actes comme ceux-là, ce n'est pas ordinaire! Je pense que provoquer un tel grabuge dans un endroit public aurait été impossible, pour une jeune fille, il y a dix ans. On l'aurait mise en prison. Les hommes de la salle se sont contentés de la déposer sur le trottoir. Les temps changent.

Je la revois... cette lilliputienne se lançant à deux mains dans le dos de ce gros lard et... la tête qu'il a faite! Ah! Ah! Et comme une maniaque, se retourner vers moi et m'emporter dans sa destruction, tout en ne cessant de rire. Fantastique! J'ai pensé à son apparence. Encore une fois: impossible il y a dix ans! Avec ses cheveux vraiment courts, son toupet de petit chien, ça d'épais de rouge sur ses lèvres en cœur, ses colliers trop longs descendant sur un décolleté osé, ses longues boucles d'oreilles et ses ongles peints en rouge sang. Sa tête ronde, ses yeux charbonneux et une pleine boîte de maquillage appliqué sur ses joues de bébé.

Mais quand je songe trop à elle, Trois-Rivières me revient en pleine figure. La grisaille automnale, le tramway plein de bigotes habillées en noir me jetant un sale œil parce que je ne porte ni nattes ni chignon. Trois-Rivières et ses usines modernes où des centaines d'hommes et de femmes travaillent comme des forcenés pour un salaire misérable. Et le marchand Vaillancourt de chez Fortin avec ses peintures de pots de fleurs!

Mais qu'est-ce que je fais ici? Pourquoi je m'accroche à cette ville? Ma destinée est tellement ailleurs! Là où il y a de l'inconnu, de l'imprévu, de l'inattendu! Là où je peux rencontrer une fille comme Flapper! Là où je fraternise avec des gens de toutes les races, de toutes les religions! Où il y a des artistes à qui parler, où je peux visiter une exposition chaque soir! Et danser tous les nouveaux pas au son d'orchestres formidables! Et les meilleurs films américains! Et le théâtre de Paris! Qu'est-ce que je fais encore à Trois-Rivières?

Et quand j'ai ce tourbillon en tête, je songe à Roméo qui, à mon âge, pensait la même chose. Il en a payé le prix et est revenu avec la ferme intention de mourir à Trois-Rivières. Mais Roméo a fait la guerre! Nous ne sommes plus en 1914! Tout a changé si rapidement! Il n'y aura plus de guerre! Il faut enfin vivre! La liberté doit être à la mode! Je ne peux plus rester ici! Je dois partir! Montréal d'abord et Paris ensuite, après un détour par New York! Je dois organiser ma fuite!

Je n'en parlerai même pas à Roméo. D'abord, empocher beaucoup de dollars, afin de m'établir confortablement à Montréal avant mon départ pour la France ou les États-Unis. Et l'argent se gagne d'une façon qui me répugne: offrir mes services à ceux qui ont du liquide. Je ne sais pas si c'est par plaisir malsain, par goût de souffrir et de me faire mal, mais je me présente d'abord chez le quincaillier de la rue Saint-Maurice, près de chez moi. Je suis Jeanne Tremblay. *Bien sûr, la fille de Joseph.* Je suis artiste peintre. *Je suis au courant.* Et j'offre mes services. *Ah oui! J'ai vu le tableau que vous avez fait pour Fortin.* Qu'en dites-vous? Une belle peinture personnalisée? Pour mettre dans votre bureau? Quelle belle impression vous ferez sur vos commis voyageurs. *Ouais...*

«Et c'est combien?
— Quinze dollars.
— C'est très cher.
— Mais c'est unique. Il n'y en aura pas deux comme ça.
— Et si je vous payais en marchandise? J'ai reçu de la belle vaisselle, pour votre trousseau.
— En argent, seulement.»

Ils sont tous vaniteux, les marchands! Ils se croient si importants! Ce sont des rois! Des gens avec du pouvoir! Diable qu'ils sont importants et vaniteux!

«Je peux bien. Mais je travaille, moi! Je n'ai pas le temps de poser.

— Je fais juste un croquis en cinq minutes, et à partir de ce dessin, je peins le tableau.

— Oui, comme vous dites. Bon! D'accord!

— Merci, monsieur.

— Vous allez me mettre derrière le comptoir à clous. Car ici, c'est avant tout un magasin de fer. Et il faut voir mon nom derrière. Bien en évidence, le nom. Et dessinez-moi souriant. Je souris toujours à la clientèle. Sourire au client, c'est la base du succès en commerce. Votre père a dû vous le dire souvent.

— Je comprends.

— Et... entre nous... si vous me faites maigrir un peu, je ne dirais pas non.

— Ce sera fait à votre convenance, monsieur.»

Et voilà! Une crampe d'estomac! Après le marchand de poissons posant fièrement avec un esturgeon à la main, après le type de la station-service enlaçant amoureusement sa pompe à essence, voilà le quincaillier souriant à ses clous! En général, il n'y a pas plus de deux heures de travail pour un tel tableau. Mais je laisse traîner le tout pendant une semaine, afin de donner encore plus d'importance au sujet. Quand enfin j'apporte le précieux trésor, l'homme appelle tous ses employés pour leur montrer le chef-d'œuvre, bombant le torse et faisant claquer ses bretelles. Ça se termine toujours par un rondelet: «C'est très bien, ma petite fille.» Je fais une révérence polie.

«Que diriez-vous d'une peinture de madame votre épouse? Ou de vos enfants? Pour mettre dans votre salon. Toute votre parenté serait fière.

— Bien... pour le même prix?

— Oui.

— C'est intéressant. Oui, ça ferait classe. On a un beau foyer au salon. Ma femme pourrait poser devant. Je vais lui en parler.»

La plupart ont un foyer au salon. Ils veulent tous se faire peindre près du foyer. Mais c'est vite fait. Un sale moment à passer, et bienvenue aux dollars dans ma bourse. Dorénavant, je devrai me contrôler pour ne pas dépenser d'un seul coup. Maintenant, j'ai un but.

Trois jours plus tard, un quincaillier de la rue des Forges, ayant vu le tableau de son compétiteur, me téléphone pour un plus beau et un plus gros tableau. Mais pas plus cher, hein... Pas devant ses clous, celui-là. Il m'a fait le coup classique: installé en maître derrière son bureau, une plume à la main, faisant semblant de travailler. Sans oublier son air de ministre. De quoi rendre jaloux tous les marchands voisins. Du sérieux! Du précieux! Du solide! Le genre à claironner à tous vents: «Voyez comme je suis important: une artiste a fait mon portrait.»

Papa retrouve un peu de fierté à mon égard quand je me commets dans ces honteux égarements artistiques. Pour lui, cela signifie que je mets mon talent au service de la communauté. Je me rends utile. C'est sage et raisonnable. Il dit: «Roméo écrit pour la population. C'est son devoir. Ce qui ne l'empêche pas, dans ses loisirs, d'écrire pour lui-même. Prends modèle sur lui.»

Voyant que j'enchaîne tableau sur tableau pour la gloriole vaniteuse des commerçants, papa me laisse tranquille dans mon coin. Il ne chiale même pas quand, un peu avant Noël, je coupe mes cheveux encore plus court. Un peu avant le jour de l'an, je fête mes vingt ans. Vingt ans: les années vingt. Il est temps de vivre comme je l'entends. Comme l'artiste que je suis.

«Les récents voyages de Jeanne à Montréal
me laissent deviner qu'elle prépare sa sortie depuis cet automne.
Peut-être que ce ne sera pas comme elle l'imagine dans ses rêves.
Elle n'a pas compris l'erreur passée de Roméo:
c'est à la maison, près de sa famille,
avec les gens de sa religion et dans sa ville qu'on est le mieux.
Je pense que si elle part,
Jeanne va s'amuser six mois et souffrir dix ans.
Si papa la protège tant, c'est qu'elle est son trésor.
La petite égoïste ne s'en rend pas compte.
Jeanne est toujours une petite fille,
et les gamines sont toujours punies pour leurs mauvais coups.»
Louise Tremblay, sœur de Jeanne, décembre 1921.

1922-1927
...à une heureuse Jeanne...

Juste au moment où je me prépare en secret à remplir ma valise, Louise tombe gravement malade. Une crise du foie qui la contraint à un repos forcé. Mon père, craignant le retour de la grippe espagnole, passe son temps à l'église. Ses employés s'occupent des taxis, et moi, contre mon gré, je dois voir à la bonne marche du *Petit Train*, en compagnie de Thérèse, notre cuisinière. Et de plus, je dois faire l'entretien de la maison et veiller à ce que ma sœur prenne ses médicaments, se repose et ne saute pas dans ses boîtes de chocolats.

Ça ne me plaît pas! Vraiment pas! Mais je serais ignoble de me sauver à toutes jambes pendant ce malheur. Me voilà prise au *Petit Train* quinze heures par jour. Oh! comme je la soigne précieusement, ma grande sœur. Vite qu'elle guérisse et que je déguerpisse!

La morosité du froid de janvier s'ajoute à mon profond spleen. On a subi quelques tempêtes morbides, et, depuis trois jours, il fait un froid interdit. Et il y en a pour aimer ça! Chic! On va faire de la traîne sauvage et du patin! Moi, je vois l'hiver avec l'âme d'une ourse: c'est fait pour manger beaucoup, se coucher et dormir longtemps.

Les soirs sont monotones au restaurant, sauf au moment où arrive le train de huit heures. Des voyageurs entrent pour se désaltérer ou prendre un repas léger. De belles gens bien habillées, des voyageurs de commerce aux chapeaux démodés ou simplement des campagnards venant à la ville visiter de la famille.

Ce soir-là, je zigzague entre les tables avec mon plateau dans le creux de ma main quand la porte s'ouvre brusquement, claquant sous le vent de la tempête. Cachée derrière au moins cinq valises... «Flapper!» Je crie à nouveau son nom, sans tenir compte de la clientèle. Vite, je me lance vers elle pour me rendre compte que... ce n'est pas celle que je croyais.

«Flapper, oui je suis.

— Non, tu n'es pas.

— Mais oui. Je suis flapper.»

Je m'éloigne à reculons et me cogne sur une table inoccupée. La fille, avec pourtant un accent anglais, repousse la porte à deux mains, de la même manière dont Flapper avait bousculé le gaillard de la salle de danse. Même taille! Mêmes joues rondes! Même excès de maquillage! Elle s'approche, ôte son chapeau et... pas la même couleur de cheveux! Celle-ci est noire; l'autre était rousse. Mais mêmes cheveux courts! Elle s'assoit à un banc du comptoir, s'empare du menu qu'elle laisse tomber trente secondes plus tard.

«Quel froid hivernal! Je voudrais manger de la nourriture et boire un breuvage et ensuite une chambre pour la nuit.

— Mais ce n'est pas un hôtel, ici.

— Oh really? Pourtant, le garçon du train, il m'a dit qu'il y avait un hôtel devant la devanture de la gare.

— Oui, à quatre *blocs* d'ici. L'hôtel Canada.

— Blocs?

— Ici, c'est un restaurant. Vous pouvez manger, mademoiselle.

— Mademoiselle? Isn't it cute?»

Elle se secoue et des flocons tombent en cascade de son trop mince manteau pour la saison. Elle le retire. Dessous, qu'une simple robe courte, un long collier descendant sur ses seins un peu découverts, ce qui a vite l'effet d'alarmer tous les clients mâles du *Petit Train*. Moi, je me paie un torticolis à la surveiller et me cogne encore. Elle s'empare de nouveau du menu et le regarde yeux mi-clos, tirant de longues bouffées sur sa cigarette, dont elle rejette entièrement la fumée, créant autour d'elle un nuage nicotiné. Ce tic semble drôlement agacer les bourgeois assis non loin d'elle.

«Je vais manger un poulet au sandwich et boire une bière.

— Il n'y a pas de bière ici, mademoiselle. C'est un restaurant. Pas un bar.

— Pas de bière dans un restaurant où le pays n'est pas avec la prohibition? Quelle étrange ville!»

Diable! D'autres clients arrivent! Et ils veulent tous manger en même temps! Dans la cuisine, Thérèse fait claquer ses ustensiles et je me mords les doigts en pensant à la vaisselle qu'il y aura à laver dans une heure. Je n'aurai pas le temps de parler avec cette intrigante jeune Anglaise!

Mais après son repas, elle ne quitte pas son siège. Elle ne se rend pas à l'hôtel Canada. On la dirait attendant quelqu'un ou quelque chose. Parfois, elle fait un rapide tour sur son banc pour regarder les gens, balançant ses jambes, faisant une moue enfantine en allumant une autre cigarette. Je ne savais pas que j'étais celle qu'elle attendait. Quand les clients commencent à quitter le plancher et qu'entrent les filles de la Wabasso, mon étrangère m'offre un sourire en me retenant le bras.

«Je veux parler le français avec une personne dans mon âge. Dans le train, il n'y avait que des vieux et des fools. J'arrive de Montréal et de New York. J'ai passé la journée avec le train.

— Tu parles très bien français.

— C'est un langage si drôle.

— Heu... oui.

— Pour qui m'as-tu confonduite, tantôt?

— Il faut plutôt dire: «Avec qui m'as-tu confondue, tantôt?»

— Isn't it cute? Avec qui?

— Oh! une fille que j'ai vaguement connue à Montréal. Elle s'appelait Flapper.

— Flapper? Ce n'est pas un nom, flapper.

— C'était pourtant ce qu'elle me disait. Remarque qu'elle parlait en anglais et que je ne comprends pas tellement cette langue. Mais elle disait: «I am a flapper.»

— Oui! Ceci signifie qu'elle est une flapper. Mais ce n'est pas un nom de personne. Moi, je suis une flapper. Toi aussi, je pense.

— Je ne comprends pas.

— Je suis Sweetie! Sweetie Robinson! And you?

— Pardon?

— Oh... sorry! Et toi? Quel nom portes-tu?
— Jeanne. Jeanne Tremblay.
— Jeanne! Isn't it cute?»

Suis-je gourde! Tout ce temps passé à croire que ma Montréalaise s'appelait Flapper! Je continue à servir les filles de l'usine, zigzaguant du comptoir à leurs tables, pendant que Sweetie ne cesse de m'expliquer ce que signifie ce mot mystérieux.

Une flapper, c'est une jeune fille qui a grandi pendant la guerre et qui, par son attitude, refuse les vieilles valeurs du monde d'avant 1918. Elle exprime ce refus par ses cheveux courts, ses robes légères à la mode la plus récente, ses colliers, son maquillage. Elle aime aussi les danses modernes et les jeunes vedettes de cinéma. Elle adore la nouvelle musique, comme celle des Noirs américains (mais ceci, j'ignore ce que c'est). Elle se délecte des arts, boit et fume, fait tout pour ne pas ressembler à sa grande sœur (ah!). Bref, elle veut vivre pleinement son époque, celle qui ne connaîtra plus jamais la guerre et la grippe espagnole.

Mais c'est moi! Ça me ressemble! À cause de son rire et de son attitude légère, je me reconnais en Sweetie. Elle et moi sommes bien différentes des travailleuses de la Wabasso. Oh! elles sont gentilles. Mais un peu grises. Je veux être de toutes les couleurs! À part quelques timides coiffures courtes, on dirait ces filles sorties d'un calendrier de 1913. C'est en pensant à ceci que je vois revenir papa de l'église. Je suis en plein fou rire avec Sweetie. Il ne se prive pas pour me sermonner.

«Et la vaisselle? Tu n'aides pas Thérèse à faire la vaisselle?
— J'y vais, j'y vais...
— Et ta sœur? Je suppose que tu ne lui as pas donné ses pilules?
— J'y vais!»

Sweetie tend la main à mon père en bondissant sur ses pattes.

«Hello! Je suis Sweetie Robinson! Je viens de New York City dans le U.S.A. et par le train.
— Bienvenue, mademoiselle, dans notre belle ville et notre beau pays.

— Très froid il est, le beau pays.

— C'est une bonne bordée, en effet.

— Bordée?

— Ça veut dire qu'il tombe beaucoup de neige.

— Bordée... quelle langue amusante! Et faire la vaisselle? Est-ce que ça veut dire que vous construisez votre vaisselle?

— Non, ça veut dire la laver. L'ouvrage de ma fille.

— Oh! je peux! J'ai fait perdre le temps à votre fille. Je vais aider à... faire la vaisselle! Isn't it cute?»

À la cuisine, Thérèse range vite son roman de gare en entendant la voix de mon père. Avec tout ce qu'elle a préparé ce soir, Thérèse n'a pas le goût de nettoyer les assiettes. Pendant que je travaille les deux mains dans l'évier, Sweetie arrive et insiste pour aider, bien que je ne trouve pas poli de laisser une amie faire ma besogne.

«Hello! Je suis Sweetie Robinson! Et tu es?

— Thérèse, la cuisinière.

— What a strange name!

— Pardon?

— Je dis que c'est un nom étranger.»

Je lave et Sweetie essuie. Tout à coup, elle se met à chanter en anglais, imitant une cantatrice de vaudeville. Nous rions de bon cœur, jusqu'à ce que mon père se mette le nez dans la cuisine pour nous rappeler la présence de clients dans le restaurant. Après cette tâche, Sweetie retourne au comptoir pour fumer ses cigarettes. Je dois m'en passer: papa refuse que je fume dans son établissement. Sweetie intrigue les filles de la Wabasso. Elles lui posent des questions sur les États-Unis et sur sa robe osée. Elle ouvre alors une de ses valises pour leur montrer tous ses vêtements dernier cri. Les filles valsent de oh! en ah!, alors que mon père m'emmène à l'écart.

«Qui est cette fille?

— Une flapper.

— Réponds comme du monde, Jeanne.

— Je ne sais pas qui elle est. Elle est descendue du train et est venue ici en pensant que c'était l'hôtel Canada. Nous avons commencé à parler, car nous portons des vêtements semblables. Comme c'est une Américaine parlant français, elle doit être en visite chez des cousins. Elle est sympathique, non? Elle m'a aidée à laver la vaisselle.

— Oui, d'un côté...

— Sois gentil, papa. J'ai été une fille sage à m'occuper du restaurant, de Louise et de la maison. Puis-je inviter Sweetie à coucher ici?

— C'est vrai que tu es raisonnable depuis un bout de temps. D'accord, invite-la. Mais ne faites pas trop de bruit. Louise est malade.

— Merci, papa. Tu es un darling.

— Qu'est-ce que tu dis?

— Elle m'a appris ce mot. Il veut dire que tu es un chou de papa.»

«Je ne sais pas qui est la petite Anglaise,
mais elle n'est pas gênée.
J'ai juste remarqué la façon dont Jeanne la regardait.
C'est évident que ces deux-là sont semblables
et faites pour s'entendre.
Si Jeanne est peintre, mon intuition me dit que l'autre doit être
musicienne, écrivain ou actrice.
Oui! Actrice! Elle ressemble aux actrices des vues animées!»
Thérèse Landry, cuisinière au Petit Train, *janvier 1922.*

Quand elle entre dans ma chambre, Sweetie se cogne le regard sur ma toile de la travailleuse. Elle se penche vers elle et se met à dire des mots anglais de façon très rapide.

«C'est toi qui as peinturé ceci?

— Peint. Oui.

— Mais tu es une artiste!

— Oui, bien sûr. Regarde, j'en ai d'autres.»

Je lui montre les petits tableaux qui me servent d'ébauches pour mes œuvres importantes. Puis mes différents croquis. Je l'assure que mes vraies toiles sont entreposées chez mon frère et que si elle veut les voir, nous irons demain. Si elle a le temps, bien sûr.

«Moi aussi, je suis une artiste!

— Oh! vraiment?

— Je suis une pianiste. La meilleure pianiste de cinéma de tout New York!

— Quel beau métier!

— C'est bien payé, mais avant tout, la chaleur et l'amour du public sur mon égard passent avant en premier. Les gens ne paient pas pour voir le film, mais pour m'entendre.

— Tu dois jouer très bien.

— Aussi bien que tu peignes.

— Que tu peins.

— Quoi?

— Oh rien, laisse tomber...

— Je veux bien, mais je n'ai rien dans les mains.

— Chez mon frère Roméo, il y a un piano, car mon neveu prend des leçons. Je pourrais t'entendre jouer demain et tu pourras voir mes vraies peintures!

— Hey! Yes! C'est formidable, isn't it? J'arrive dans Three Rivières et me voici dans la maison d'une flapper française canadienne! Et une artiste! Il faut boire l'événement! J'ai un petit bouteille de cognac dans mon purse.

— D'accord! Ça s'arrose!

— Non, pas arroser. Boire.

— C'est ce que je dis.

— Arroser? Arroser quoi?

— Notre rencontre.

— Je ne comprends pas ce que tu veux dire.

— Buvons. Mais pas trop fort, à cause de mon père.

— Boire fort? Quelle langue amusante!»

Nous prenons quatre longues gorgées en ricanant. Je ne suis pas experte en alcool, mais il me semble que le contenu de son flacon pourrait réveiller un cimetière. Je lui prête une tenue de nuit. Sans aucune pudeur, elle fait voler tout son linge et se retrouve en vêtements de base devant moi. Elle ne ressemble pas aux belles des grandes peintures françaises et italiennes de la Renaissance. Je dirais même qu'elle me fait penser à un garçon en santé.

«Tu aimes mes seins?

— Pardon?

— Ils sont jolis. Comme des petits pommes. Je plains les filles qui ont des gros seins. Surtout quand on est flapper.

Montre-moi tes seins! Est-ce des petites pommes ou des petites poires?»

Elle me dit cela en enfilant sa chemise de nuit. Je rougis, puis enlève mes vêtements. «Des petites poires!» s'écrie-t-elle, juste assez fort pour que les pas de mon père viennent nous menacer. Vite! Vite ma chemise! «Excusez-moi, mister Tremblay d'avoir parlé fortement. Nous parlions de nos fruits favoris.» Nous étouffons un rire espiègle avant de nous mettre au lit. Je me sens bien. Comme elle est drôle et gentille! Et elle sent bon, de plus!

«Tu es en visite chez des parents? Pour parler aussi bien notre langue, tu dois avoir des parents au Canada.

— Ma mère est née ici. Quand elle était dans l'enfance, elle est partie pour Montreal. Plus tard, elle a rencontré my dad, qui est américain. Je suis née à New York. Mais avec ma mère, je parlais toujours le français dans la maison. Elle me racontait souvent des histoires de cette ville de Three Rivières. Mon père n'aimait pas cela. Il est très embêtant et démodé, mon père.

— Comme le mien.

— Je n'accorde pas bien avec lui. Mais maintenant, je suis libre. À New York, j'habitais un beau appartement toute seule.

— Et ton père ne protestait pas?

— Oui. Mais je suis libre.

— Et ta mère?

— Elle est morte, ma mère...

— Je suis désolée...

— Elle est morte de la maladie de la grippe qui a tué tout le monde. Tu sais?

— Oui, je sais. Ma mère aussi est morte de cette grippe. Et mon petit frère Roger aussi.

— Oh... shame! Quel malheur! Nos deux mères mortes dans la grippe! Mais la grippe et la guerre, c'est dans le passé. Ça n'existera plus. Il faut oublier ça, même si je m'ennuie beaucoup de ma mère que j'aimais par-dessus le tout. Je suis venue ici pour voir la maison où elle est née. Je veux voir le tombeau de mes grands-parents que je n'ai pas connus, mais dont ma mère parlait souvent. Et puis, je veux essayer de rencontrer des personnes qui ont joué avec ma mère quand elle était petit enfant. Ou même voir des parents que j'ignore l'existence. Depuis qu'elle est morte, je ne parle plus le français. J'ai une sœur et deux frères, mais ils ne parlent pas le français. Dans le train, j'écoutais les passageurs qui parlaient le français. C'est une belle langage et je l'aime beaucoup. Ça me faisait penser à la voix de ma mère. Je veux apprendre le français aussi bien que ma mère le disait et, de cette façon, elle sera toujours vivante en dedans de mon cœur.

— Comme c'est émouvant ce que tu me racontes là...

— Oui... mais maintenant que nous sommes des amies, je vais pouvoir parler le français tout le temps et améliorer.

— Je vais t'aider avec joie! Tu es ici pour combien de temps?

— Pour toujours! Je veux mourir dans la ville où ma mère est née et parler bien comme elle et devenir une Canadienne.

— Pour toujours? Mais puisque tu es la meilleure pianiste de cinéma de New York! Comment peut-on abandonner New York pour venir s'installer dans un coin perdu comme Trois-Rivières?

— Parce que j'aime ma mère et que je veux vivre là où elle a été heureuse. Je serai la meilleure pianiste de cinéma de Three Rivières.

— Nous n'avons que deux petites salles. Et elles ont leur pianiste et leur orchestre.

— Lorsqu'ils vont m'entendre, ils vont se battre pour me prendre. Je te l'ai dit: je suis la plus meilleure. Je suis absolument incroyablement bonne.»

Je ne dors pas tellement au cours de cette nuit. Parfois, je me lève pour observer les flocons se coller à ma fenêtre. Puis, je m'approche du lit pour regarder dormir Sweetie. Elle ressemble à une petite fille. À un petit ange. Comme elle est belle... J'ai conscience de son réveil. Je l'entends parler avec mon père et ma sœur. Ils ne me laissent pas la chance de lui enseigner qu'on ne dit pas Three Rivières. Mais, en général, papa et Louise n'ont pas le temps de placer un mot.

Quand je me lève, je la cherche en vain. Je croyais qu'elle

était partie, que notre conversation de la nuit dernière n'avait été qu'un doux rêve. Mais je la trouve dans le restaurant, aidant mon père à laver les tables. Je suis contente. Si contente! Je prête un manteau d'hiver à Sweetie afin de nous rendre chez Roméo, à l'heure du dîner. Je veux vite lui montrer mes œuvres, mais elle est aimantée par le petit piano du salon. Mon frère, tout en croquant un céleri, lui fait un signe de la tête, signifiant: «Allez! Servez-vous, mademoiselle!»

Alors do ré mi fa et leurs amis ont eu une syncope, se bagarrant entre eux, jouant à saute-mouton, se donnant des crocs-en-jambe. Les doigts de Sweetie, devenus furieux, frôlent, tapent, enfoncent, martèlent, caressent et torturent les blanches et les noires dans un maelström impromptu qui mêle à la fois le classique, la valse, le tango et le rag. Roméo reste stupéfait, une bouchée de céleri immobile au bout de ses lèvres. Elle joue *Maple Leaf Rag* à une vitesse ahurissante, les yeux fermés, le nez retroussé et la respiration profonde, comme si enfin elle était au cœur d'une délivrance.

«Je te l'avais dit que j'étais la plus meilleure.

— Oh oui! Je veux bien le croire! Et que les gens paient pour t'entendre en ignorant le film, je le crois aussi!

— Il n'y a pas plus fantastique que moi pour le piano. Tu devrais m'entendre sur un Snub Pollard!

— Et quand tu joues, tu as le diable au corps!

— Le diable? Pourquoi le diable? Que vient-il faire dans cette histoire?

— C'est une expression. Avoir le diable au corps veut dire que tu bouges beaucoup en suivant le rythme de la musique.

— Isn't it cute?

— Quel est ton vrai nom? de demander Roméo.

— Sweetie. Sweetie Robinson.

— Sweetie, c'est un surnom. Ça veut dire joli, ou même petite jolie.

— Je m'appelle Gwendolyn, mais je ne veux pas qu'on me nomme comme ça! Shit!»

Je ne connais pas l'anglais, mais je devine le sens de ce mot. Si Roméo trouve que Gwendolyn est charmant, moi, je juge ce prénom compliqué et lui préfère Sweetie. C'est plus harmonieux, souriant. On dirait un prénom disant: «Attention, le petit oiseau va sortir!» Rassasiée par sa séance de piano, Sweetie peut enfin jeter un œil à mes tableaux. Elle les examine un à un, bouche entrouverte, les yeux exorbités et en marmonnant de courts mots anglais.

«Mais qu'est-ce qu'elle raconte? que je murmure à Roméo.

— Jeanne, je pense que ton amie doit connaître tous les gros mots qui n'apparaîtront jamais dans un dictionnaire anglais... Ne les répète jamais.

— Ça veut dire qu'elle aime mes tableaux?

— Mais si j'aime tes tableaux? crie-t-elle en un sursaut, ajoutant, en s'agrippant à mes bras: Mais c'est gigantisque! Tu es une grosse, grosse, grosse artiste! Comme moi! Tu es ma sœur! Viens que je t'embrasse une joue! Come on!»

Malheureusement, pour le reste de l'après-midi et de la soirée, je dois m'occuper du *Petit Train*. Sweetie part donc seule, en bonne touriste, avec sa carte en main. Sa première intention est de fouiller les registres de la paroisse Immaculée-Conception pour retrouver la rue où sa chère mère est née. Mais comme le gros incendie de 1908 a tout ravagé l'ancienne ville, elle risque de ne pas retracer ce lieu.

L'après-midi est maussade. Je dessine mon vague à l'âme, ma tristesse de ne pouvoir accompagner Sweetie dans son exploration. Je ferme les yeux et je pense à hier soir, quand la porte s'est ouverte brusquement et que Sweetie est apparue, le visage caché par son chapeau, avec ses cinq valises à la main. Je dessine un croquis de cette image, puis je souris en pensant que ce serait une bonne idée pour un tableau.

Sweetie revient en plein achalandage du souper. Elle ne sourit pas. Je devine qu'elle a trouvé des maisons récentes à la place de celles de l'époque de l'enfance de sa mère. Mais elle juge que Trois-Rivières est une belle petite ville, avec des rues larges, des maisons attrayantes et une artère commerciale bien garnie. Tout ce qu'elle a retrouvé du passé de sa mère, c'est la terrasse Turcotte où, enfant, sa maman allait compter les bateaux. Une belle petite ville. «C'est très américain», me fait-elle remarquer. Elle ne sera pas trop dépaysée, dans ce cas. Sans qu'on le lui demande, Sweetie nous aide, papa et moi, pendant la ruée du souper. Je ne sais pas tout ce qu'elle a pu raconter à mon père ce matin, mais le résultat étonnant est qu'il la trouve agréable.

«Et tu as tout visité toute seule?

— Oui, mister Tremblay. J'avais une carte.

— Tu devais avoir froid. Il ne fait pas tellement beau. Un vrai temps de chien.

— Le temps de... chien? Quel chien? Je n'ai pas vu de chien.

— Je veux dire... c'est une température à ne pas mettre un chien dehors.

— Mais certains chiens aiment le froid.

— Heu... oui.

— Quelle langue amusante!»

Mon père pousse l'amabilité en me laissant la soirée libre, afin que je puisse sortir avec Sweetie. Bien sûr, son premier choix est le cinéma. Cet après-midi, elle a vu les affiches des salles Impérial et Gaieté. Elle a été étonnée de voir qu'il s'agissait de films américains, avec leurs titres en anglais.

Elle trouve la salle du Gaieté bien minuscule, mais d'autant plus chaleureuse, lui rappelant les cinémas de quartier de New York. Pas de grand orchestre: juste une petite formation. Ce soir, ô joie! c'est un Chaplin qui est à l'affiche. Je ris. Comme tout le monde. Mais pas Sweetie. Elle écoute l'orchestre et surtout son pianiste. Mais quand nous sortons, elle me raconte toute l'histoire dans les moindres détails, puis se met à imiter la démarche de Charlot, spectacle enchantant les passants de la rue des Forges. Elle reproduit parfaitement les mimiques et les gestes du célèbre acteur.

«Bon! Allons boire!

— Où?

— Ce serait plutôt à moi de demander ça!»

Dans la province de Québec, il faut avoir vingt et un ans pour boire dans un bar ou dans une taverne. Bien sûr, beaucoup de gérants tolèrent les jeunes. Seule, je me suis rendue à quelques reprises au bar de l'hôtel Régal. Mais je n'avais pas trouvé l'expérience bien drôle, car tous les hommes de la place me regardaient en s'imaginant que j'étais une mauvaise fille.

«Chez moi, l'alcool est interdit. Tu savais?

— Oui, la prohibition.

— Mais c'est facile de procurer de l'alcool. In reality, tout le monde est plus ivre qu'avant. Il y a des endroits qu'on appelle des speakeasies. C'est comme un bar caché. Dans un sous-sol, derrière un gaz station ou un magasin. Là, tu peux boire tant que tu veux. C'est très amusant. Toutes les flappers vont dans les speakeasies. Mais on a toujours peur que la police arrive. En fait, je n'ai jamais bu selon la loi.

— Ici, il n'y a pas d'alcool dans les bars.

— What?

— Du vin, du cidre et de la bière. L'alcool se vend dans des magasins spéciaux et tu dois le boire chez toi.

— J'aime bien la bière.»

Je pousse la porte du bar de l'hôtel Régal. Des hommes tournent la tête. Il y a quelques femmes. Ce sont plutôt des dames, devrais-je dire. Elles accompagnent leurs maris. Nous nous installons près du mur, loin de la fenêtre. Sweetie a vite fait d'enlever son manteau et de se sentir chez elle. «Hum hum!» de faire le serveur. «Hum hum!» de répondre Sweetie en lui montrant deux dollars. Elle se met à lui parler rapidement en anglais. L'homme fait la courbette et revient avec deux verres de bière.

«Que lui as-tu dit?

— Que j'étais une touriste de les États-Unis et que tu es ma cousine canadienne.

— Enchantée, cousine!

— Vous êtes la welcome.»

L'endroit n'est pas très agréable. L'ensemble fait vieillot. Un orchestre arrive et se met à jouer des airs ennuyeux du début du siècle. Sweetie se lève et me prend par le bras. Elle fait des pas extravagants, comme pour se moquer des autres danseurs. Je ris et me laisse mener.

«Ça fait longtemps que je n'avais pas dansé! J'avais des fourmis dans les jambes! Tu danses bien!

— Où des fourmis?

— Dans les jambes!

— Je ne comprends pas...

— Ça veut dire que j'avais le goût de danser! On dit: des fourmis dans les jambes!

— Quelle langue amusante! Fourmis dans la jambe... Oui! C'était funny, non? Il faut s'amuser! Beaucoup amuser! La vie doit être une fête! Nous avons beaucoup souffert de la mort de nos mères. Il faut maintenant rire! Et rire des gens aussi! They're so funny!

— Oui! Manquer un peu de respect à l'autorité est un loisir amusant! Tu sais ce qu'est le dadaïsme? Le surréalisme? En peinture? Et même dans les livres?

— Non, je ne sais pas. Explique à moi.»

Je lui raconte tout ce que je sais sur Paris, sur ce qui se passe là-bas quand on est jeune et artiste. Elle me dit que des choses semblables se déroulent aussi à New York, mais de façon américaine. Oui, il se passe tant de choses dans le monde! Mais nous sommes à Trois-Rivières...

«Il peut se passer tout ce qu'on veut là on est! Nous sommes libres et nous vivons d'une différente façon de l'autre génération.

— Facile à dire.

— Non! Tu le fais! Avec tes tableaux! Tes livres de poésie! Tu es une artiste, tu es belle, jeune et libre. It's easy!

— Tu crois que je suis belle?

— Et toi?

— Oui, je pense que je suis belle!

— Oui, tu es! Et les hommes au bout de la corde à pêche des flappers, ils ne sont que des vers de la terre qui bougent entre nos doigts!

— Eh bien ce soir, nous sommes entre filles!

— Tu as raison! Nous irons à la pêche une autre fois! C'est amusant de boire avec la liberté! Allons danser!»

Nous restons assez longtemps, à boire beaucoup, à fumer, rire et parler fort. Et à continuer à apprendre à nous connaître. Nous rentrons à la maison en chantant et en titubant. Et je me sens comme une fillette sur le point de faire sa prière à l'église: petit Jésus! Faites que ce soit vrai et que Sweetie reste pour toujours à Trois-Rivières!

«Les jeunes femmes ont un peu dérangé notre clientèle.
J'ai été tolérant parce que l'une d'entre elles était une touriste.
Mais je ne crois pas qu'elles seront bien accueillies,
si elles décident de revenir.
Leur attitude était déplacée et criarde.
Celle qui parlait français, je la connais de réputation.
C'est la peintre. Avec les artistes, ça finit toujours comme ça.»
Alphonse Dugas, serveur au bar de l'hôtel Régal,
janvier 1922.

Après deux semaines, papa et Louise commencent à trouver la présence de Sweetie un peu moins drôle. Elle ne va à aucune église et prend ses aises. Poliment, selon mon avis. De toute façon, Sweetie ira bientôt habiter en appartement. Elle attend des États-Unis les chèques que sa sœur aînée doit lui faire parvenir.

Sweetie gagnait beaucoup d'argent à New York! Ce n'est pas du tout par vantardise qu'elle se qualife de meilleure pianiste des salles de cinéma de cette ville immense. Elle m'a montré des coupures de journaux à son propos. Elle touchait de gros salaires et les gens lui demandaient des autographes dans la rue, comme à une Mary Pickford du piano!

Tout comme j'ai économisé pour préparer ma sortie, à laquelle je ne pense plus, Sweetie a depuis longtemps mis de côté ses dollars dans le seul but de venir s'établir à Trois-Rivières. Je continue à juger cette idée vraiment curieuse. C'est impossible! Quitter une grande métropole, un centre des arts, laisser tomber un emploi bien rémunéré, abandonner un bel appartement pour venir à... Trois-Rivières?

En attendant cet argent, Sweetie visite des logements. Je la guide. Les propriétaires semblent étonnés quand elle leur demande un quatre pièces. «Pour votre famille?» font-ils. «Non, pour moi seule et mon piano.» Quatre pièces pour une célibataire et un piano! Pas tellement dans les mœurs de chez nous! Oh! le piano! Le piano! Comme je ne peux passer une journée sans peindre ou dessiner, Sweetie arrive mal à respirer si elle ne touche pas un clavier. Elle ne se fait pas prier pour aller éblouir Roméo et Céline.

Elle ne cherche pas à se faire engager à l'une des deux

salles de cinéma. «J'irai quand ils rouleront le tapis rouge sur mes pieds.» Pour arriver à cet objectif, Sweetie se crée une grande réputation dans tous les bars d'hôtels de la ville. «Je joue le ragtime et le jazz. Je suis extraordinaire: engagez-moi.» Le premier l'a trouvée bien vantarde. Mais quand elle s'est exécutée sur son piano, il est resté pantois! Tout comme les gens qui l'entendent jouer. Elle y reste deux jours, puis va se faire employer par l'hôtel voisin. Ainsi de suite. Inévitablement, en deux semaines, la rumeur d'une petite Anglaise jouant incroyablement bien parvient jusqu'aux oreilles des deux patrons de salles de vues animées. De plus, elle dit qu'elle délimite son territoire dans les bars de la ville. Ainsi, personne ne cherchera noise à deux jeunes filles n'ayant pas l'âge requis pour fréquenter ce genre d'établissement. En retour de quinze minutes de piano par soir, Sweetie pourra boire et danser tant qu'elle le voudra.

Je pense que Sweetie est très intelligente. Et calculatrice: elle ne fait jamais rien pour rien. Roméo prétend que c'est le propre du caractère américain. Elle est une artiste, mais pas du tout une rêveuse comme moi! Nous nous entendons à merveille! Deux grandes amies! Je n'ai jamais eu de grande amie.

Et puis, un beau soir, papa se fâche. Il prend son grand air solennel pour annoncer à Sweetie qu'il serait préférable qu'elle se rende vivre à l'hôtel. Mon amie a l'air surprise de cette nouvelle, se demandant ce qu'elle a fait de mal. Après tout, elle trouve mon père gentil et aide Louise aux tâches de la maison et du restaurant. Bien sûr, pour s'amuser, elle a donné quelques claques aux fesses de Louise et a alerté toute la maisonnée en criant «Du feu! Du feu!» à deux heures de la nuit. Elle cherchait une allumette pour une cigarette. Mais tout ceci pour rire, pour se faire aimer.

Sweetie a l'air peinée du décret de mon père. Je bouillonne de furie! Je dis des gros mots et bouscule des chaises, pendant que Sweetie prépare ses valises dans ma chambre. Pour une fois que j'ai une véritable amie, il faut que mon père me l'enlève! Mais maintenant, il ne peut plus me traiter comme une petite fille! Je ne sais pas comment tout ça aurait pu finir, n'eût été de ce hasard qui emmène Roméo à la maison, ce soir-là. Il calme les esprits. Et je pars avec lui. Sweetie et moi passons cette nuit chez Roméo. Malgré ses doux conseils, je garde ma même idée: il faut que je parte! Je suis malheureuse entre mon père et ma sœur! Je me sens jugée, surveillée, critiquée. J'étouffe!

«Viens t'installer ici. Le grenier est prêt. Parce que si tu t'en vas en chambre, papa va t'en vouloir pour la vie. Et tu sais que ça ne se fait pas, Jeanne. Une jeune femme céliba-taire ne peut pas quitter sa maison quand son père y habite encore. Habiter chez son frère, c'est plus convenable. Et puis, je crois que tu as tort de tant rejeter papa. Vous aurez peut-être besoin l'un de l'autre plus tard.

— Jamais!

— Tu es dans l'erreur et tu le sais! Je vais aller voir papa demain et le raisonner. Il acceptera. Je suis ton grand frère, je peux être responsable de toi. J'apporterai tes effets.

— Et Sweetie?»

Elle est à la cuisine, très silencieuse, faisant semblant de ne pas entendre ce que je raconte à Roméo. Je ne l'ai jamais vue aussi sérieuse. Et soucieuse. Je la comprends très bien; à tort, elle se sent responsable de ce conflit familial.

«Je ne veux pas être la cause d'un drame de la famille. J'étais pour avoir un chez-moi aussitôt que j'aurai mon chèque et que je travaillerai au salle de cinéma. Je vais donc faire comme prévu. Parce que si je reste ici avec Jeanne, ce sera de ma faute si son père restera fâché avec elle et toi. Je ne veux pas être la cause de ça. Je vais aller habiter dans l'hôtel, en attendant.

— Mais non, mais non, Sweetie. Tu peux rester avec elle sous mon toit. Vous êtes de grandes amies. Je suis contente que Jeanne se fasse une amie.

— Mais je ne veux pas la bataille avec ton père.

— Papa comprendra. Jeanne est ma petite sœur. Elle sera en sécurité ici. J'irai voir mon père demain et nous mettrons cartes sur table.

— Pourquoi? Tu crois que ça va le calmer, de jouer aux cartes?

— C'est-à-dire que... heu... on va s'entendre. Et je t'assure de nouveau que tu n'y es pour rien dans cette histoire. Jeanne et papa étaient à couteaux tirés bien avant ton arrivée.

— Elle lui a tiré un couteau? Damned!»

Les jours suivants, Sweetie demeure très calme. Je m'installe dans mon grenier et elle va jouer du piano dans les hôtels. Elle fait tout pour aider ma belle-sœur Céline dans les tâches ménagères. Il pleut et neige toute la semaine. Le printemps ne veut pas arriver. Et quand enfin le soleil apparaît en douceur, Sweetie reçoit son argent et est engagée par l'Impérial, à raison de quatre soirs et deux matinées par semaine.

Elle loue tout de suite un logement de la rue Sainte-Julie, à quelques minutes de marche du *Petit Train*. Elle achète des vieux meubles et Roméo l'aide à s'installer. Elle et moi serons dans la même ville, chacune de notre côté. Je ne pense plus à quitter Trois-Rivières tant qu'elle y habitera. Pour toujours. Il le faut.

«Mon garçon Roméo m'a fait comprendre
que ce n'est pas avec le mépris qu'on rebâtit une confiance.
La petite Anglaise n'est pas si bête, malgré ses manières déplacées.
Elle vient d'un autre pays,
est d'une autre religion et a des mœurs différentes.
J'espère que tout en étant raisonnable,
elle demeurera amicale avec ma fille.
Jeanne va acquérir le sens des responsabilités
en demeurant avec Roméo, sa femme et les enfants.
Mais un père n'aime pas voir sa fille
quitter la maison sans être mariée.
Ça ne se fait pas. Mais il paraît que les temps changent.
Je ne voyais pas le monde moderne ainsi.»
Joseph Tremblay, père de Jeanne, mars 1922.

C'est avec empressement que je me rends à la première de Sweetie à l'Impérial. Depuis quelques jours, le patron indique sous ses affiches, en grosses lettres: «Avec mademoiselle Sweetie Robinson au piano.» Juste sous le nom de l'acteur John Barrymore. Sweetie prétend que, dans deux mois, son nom sera plus gros que celui de la vedette du film.

Elle est très sérieuse pour tout ce qui entoure son métier. Elle a d'abord regardé le film à plusieurs reprises et écrit un plan du scénario, indiquant le style de musique à interpréter selon les différentes scènes. Après, elle a donné des directives aux musiciens de l'orchestre, qui, dit-elle, n'ont pas apprécié se faire diriger par une jeune femme de vingt ans. Et qui est anglaise. Mais leur patron leur a ordonné de ne pas hausser le ton. Dehors, sur le trottoir, le gérant du cinéma concurrent, le Gaieté, fait les cent pas en se mordant les pouces, voyant la foule se presser pour entendre la merveille.

La salle est pleine, malgré le retour du beau temps. Sweetie entre par l'arrière, habillée dernier cri. D'un geste gracieux, elle salue les spectateurs et s'installe telle une reine à son petit banc. Aventures et romance pour Barrymore. Sweetie a trouvé la musique qu'il faut pour les sentiments, le danger, les larmes et les rires. Elle l'interprète avec toute l'émotion de son âme, appuyée discrètement par les trois violonistes et le percussionniste. Habituellement, quand le film n'a pas sa propre partition, on a l'impression que les musiciens jouent ce qui leur passe par la tête. Pas avec Sweetie. On sent que c'est bien mis en place, répété sévèrement. Tous entendent la différence! Et personne au monde ne peut jouer du piano comme elle! À la fin du film, elle se lève pour saluer de nouveau. Et elle se mêle à la foule, recevant son repas de compliments. Moi, je l'attends à l'entrée, en grillant une cigarette.

«Tu as été fantastique, Sweetie!

— C'est normal.

— Et les gens te l'ont bien rendu!

— Hein? Rendu?

— Je veux dire... quand tu as pris ton bain de foule, les gens ont reconnu ton grand talent.

— Bain de foule? Eux, je ne sais pas, mais moi, je t'assure que j'en ai pris un. C'est nécessaire pour une artiste d'être propre quand elle travaille devant un public.

— Oui!

— Tu ne restes pas pour le second représentation?

— Malheureusement non. Voir le même film deux fois, tu sais...

— Tu as tort. Je suis vingt fois plus meilleure lors du deuxième représentation.

— Mais je reviendrai te voir à la fermeture! Nous irons prendre un verre pour arroser cette grande première!

— Arroser! Je sais ce que tu veux dire! Quelle langue amusante!»

Nous nous rendons au bar où je peux lui poser cent questions sur son art. Elle m'en a déjà parlé, mais j'aime l'entendre se vanter de façon si naturelle. Où déniche-t-elle toutes ces mélodies? Improvisation, variantes d'air connus, mémorisation instantanée de centaines de feuilles de musique ingurgitées depuis son enfance. Mais le tout parfaitement retranscrit sur des feuilles de partitions! Comment trouver la bonne musique pour telle ou telle scène? Il faut d'abord aimer profondément les films et comprendre le sentiment que le réalisateur laisse suggérer.

Chaplin est drôle, avec sa démarche à angle obtus. Sautille la musique! Mais il sait aussi nous faire pleurer et réfléchir. Délicate la musique... Pour Sweetie, Charlot est l'acteur le plus difficile à mettre en musique. Les comédies de Sennett, c'est facile! Ça va vite, ça tombe sur son derrière et ça se lance des tartes à la crème! Et boom boom boom et ra ta ta ta, la musique! Valentino est du type européen; Sweetie puise ses airs dans le répertoire tzigane. Pour les drames de l'Ouest, elle joue du folklore irlandais. Sur l'écran, il y a une grande ville et son agitation? Robuste, la musique! Le contraire avec une plaine désertique. Mélancolique, la musique... Barrymore, il est beau! Les femmes l'aiment! Et il est brave! Les hommes l'admirent pour cette raison! Sweetie a su trouver les bonnes mélodies pour rejoindre les sentiments de ce double public.

Je pense à ses propos en rentrant dans mon grenier. Sweetie vient de me donner une leçon. Elle se fait plaisir, mais travaille pour le public. Et moi qui méprise les petits tableaux destinés aux commerçants! Pourtant, comme ils sont heureux de voir le résultat, ces crétins! Peut-être devrais-je faire ces peintures avec plus de soin et effacer mes arrière-pensées moqueuses? Ce serait une meilleure attitude et j'aurais probablement plus de clients.

Je fume une autre cigarette en songeant à tout cela et me verse un verre de cognac. Puis, je m'installe en paix devant ma toile. J'ai, depuis un certain temps, remisé ma travailleuse.

J'ai décidé de peindre Sweetie arrivant à Trois-Rivières, poussant la porte du *Petit Train* avec ses cinq valises entre les mains. Pour la première fois, je fais un personnage réel. Cette première image de mon amie m'a tant surprise! Pour la revoir, je n'ai qu'à fermer les yeux. Quand je les ouvre, je mets de la passion sur ma toile! Et je perds le souffle et je pleure: ce n'est pas bon! Ce n'est pas ce que je cherche! Souffre l'artiste, souffre! Mais cette toile de l'arrivée de Sweetie sera l'œuvre de ma vie, j'en suis persuadée.

La nuit suivante, je travaille à un croquis de son visage. Son visage! Comme une pomme souriante! Ses longs cils et son toupet de chiot! Sa petite fossette de poupée de porcelaine et ce regard franc, direct, si vivant! Et sa cacahuète de nez! Comme elle sera belle! Comme je la veux parfaite, cette peinture! Bien sûr, je garde ce projet secret. Ce sera une surprise pour elle! Mais Céline et Roméo sont au courant. Parfois, en pleine nuit, Roméo vient me regarder peindre sans se faire entendre. Comme lorsque j'étais enfant et que je l'espionnais quand il écrivait. Une certaine nuit, il ne peut s'empêcher de livrer ses commentaires.

«Ça, ce sera autre chose, Jeanne.

— Pourquoi?

— Parce que tu abordes un sujet réel avec le même amour que tu donnes à tes personnages imaginaires.

— Oui. Surtout que c'est une réalité que je ne peux oublier.

— C'est si beau, l'amitié. Et l'admiration.

— Peut-être que maintenant, je vais accepter de vendre mes toiles plus anciennes.

— Je te comprends. Tu vis dorénavant une autre époque.»

«*Depuis son arrivée chez moi,*
je vois Jeanne changer à chaque heure du jour.
Elle se sent moins étouffée par le milieu familial
et cela se reflète sur son comportement moins égoïste.
J'ai aménagé mon grenier à la mesure de sa personnalité.
Mais quand elle regarde par sa petite fenêtre,
je suis sûr qu'elle voit la tour Eiffel.»
Roméo Tremblay, frère de Jeanne, avril 1922.

Je suis l'artiste habillée trop jeune pour les vieux. Je suis la seconde flapper de Trois-Rivières. Je suis de mon époque, de ma jeunesse, de la mode vestimentaire américaine. Sweetie a une garde-robe impressionnante et reçoit de sa sœur tous les magazines présentant les robes au goût du jour. Par nos vêtements, nous chantons notre liberté de vivre, de rire, de sourire et de recommencer huit fois de suite. Quand nous nous baladons sur les trottoirs de la rue des Forges avec nos cheveux courts, nos jupes de collégiennes, nos genoux nus et nos bas roulés, nous sentons sur nous tous les regards réprobateurs des vieux. Que c'est plaisant de bousculer la bonne morale ronronnante! Surtout quand on est une artiste avec le physique idéal de la flapper!

En général, les autres filles nous trouvent un peu osées. Jusqu'au jour où elles oseront à leur tour. Les garçons comprennent mal. Ils nous prennent pour des filles faciles. Nous voulons certes nous amuser avec eux, mais quand leurs mains tentent un vagabondage débordant d'espérance, ils ont vite fait de comprendre le droit chemin du respect! Nous ne sommes pas des filles perdues! Ni des filles à marier! Nous sommes des flappers!

Sweetie m'a traduit un passage d'une nouvelle de Scott Fitzgerald, un écrivain aimant la nouvelle génération. Son héroïne, Nancy Lamar, est une flapper comme nous! Qui boit et fume et s'amuse! Sweetie ne lit que cet auteur. C'est le seul moderne. Elle n'a même pas voulu regarder mes poésies de Renée Vivien. «La poésie, c'est immobile: moi, je dois bouger comme mon époque!»

Pour affirmer notre état, nous passons une fin de semaine à Montréal. Voilà plus de six mois que je n'y suis pas allée. Elle va acheter des disques de jazz et moi des livres de poésie, sans oublier une visite dans une galerie d'art. Mais toutes deux, nous sommes ici pour le cinéma et la danse. Ce soir, Sweetie veut devenir Nancy Lamar, coller du chewing-gum sous son soulier et rencontrer un charmeur au pantalon blanc, pour l'aider à sortir de cette impasse.

Cette soirée sera pour moi la rencontre réelle avec le monde de la musique jazz. Sweetie m'en a beaucoup joué au piano et j'ai écouté ses disques. Formidable! Une musique jeune et neuve, qui nous ressemble! Le jazz, c'est comme le rag, mais en plus fou, plus nerveux. Chaque instrumentiste exprime son émotion autour d'un thème commun. C'est sautillant et délirant! Il y a sur l'affiche de notre salle de danse le nom d'un orchestre de jazz. Piano, batterie, trompette, guitare, banjo et contrebasse. Or, qui se rend dans cette salle pour entendre cette musique? Des jeunes! Juste des jeunes nageant dans notre époque! Et se noyant dans leur jeunesse! Les garçons sont élégants. Il y a les poseurs, les dandys, les riches et les pauvres déguisés en riches. Les étudiants de McGill et les petits travailleurs qui se transforment le temps d'une soirée comme les héros d'une nouvelle de Fitzgerald. Et qui accompagnent ces messieurs? Les flappers! Il y en a tant! J'ai l'impression d'être dans un congrès. Et tous ces gens parlent anglais. On dirait que ça ne touche pas les petites catholiques canadiennes-françaises comme moi. Les flappers dansent follement, rivalisent en bijoux à deux sous et en poudre aux joues! Elles lèvent bien haut leurs verres et fument à la chaîne. Elles passent d'un garçon à l'autre pour la danse. Et sans cérémonie, hein! Pas de «m'accorderez-vous cette danse, mademoiselle?». Non! Tu lui cognes à l'épaule, il se retourne et tu t'exclames: «Dansons!» Eux n'ont pas à se plaindre! Ils peuvent danser avec quinze filles différentes chaque soir sans passer pour des maniaques!

À la salle des toilettes, c'est la valse des tubes et des houppettes! Ça parle à toute vitesse, ça compare tel danseur avec tel autre. Et nous sortons vite, prêtes à saisir celui qui semble le plus habile. Je me souviens de ma dernière visite, quand j'ai rencontré cette ivre folle. C'était un peu comme aujourd'hui. Mais je ne savais pas le nom de cette précieuse manifestation! D'ailleurs, je ne sais pas pourquoi, je m'attends à chaque instant à voir apparaître Flapper, bousculant tout sur son passage.

C'est fantastique! La vie est maintenant à la mode!

Sweetie, en écoutant la musique, voit défiler dans son imagination les notes hoquetantes sur une portée colorée. Ses pieds battent la mesure et ses mains volent en tous sens à chaque changement de rythme. Elle me tape alors dans le dos en hurlant: «Tu as entendu cette double croche, Jeanne?»

Ben, c'est-à-dire... Elle a raison d'être heureuse! Cette musique, elle l'a connue avant tout le monde. Dans les hôtels de seconde zone et dans les speakeasies de New York, Sweetie entendait des orchestres de musiciens noirs jouant ce jazz. Elle achetait des disques mal enregistrés, vendus comme des livres à l'index.

Nous buvons de la bière dans des verres de cristal. Nous dansons avec tous les garçons de la salle et rions jusqu'à nous faire mal. Givrées de cette folle ambiance, nous montons dans le train pour Trois-Rivières. Sweetie a sous le bras son journal de New York et moi mon parisien. En approchant de la ville, j'ai un profond soupir d'ennui...

«On ne peut vivre ça à Trois-Rivières, Sweetie...

— Vivre dans l'impossibilité est aussi intéressant. Isn't it cute?»

Sweetie et moi, nous nous promettons de visiter Montréal le plus souvent possible. Cette fin de semaine m'a vraiment enthousiasmée! Jamais de ma vie je ne m'étais autant amusée et sentie aussi confortable! Et la musique jazz, j'ai a-do-ré! Nous surveillerons la venue des orchestres américains dans notre métropole. Je me sens d'ailleurs américaine. Comme si j'avais oublié Paris! Mais la ville de mes rêves revient me hanter, sous la forme des revues d'art que je rapporte de Montréal. On m'y parle de surréalisme, des poètes contemporains et des nouveaux peintres du modernisme. J'y vois aussi les photos de Kiki, la reine de Montparnasse. Kiki une rose entre les dents! Kiki et sa courte chevelure bouclée! Kiki la poitrine nue et son coin d'œil malicieux. Diable! Une flapper parisienne! Peut-être trouverais-je d'autres photographies de Kiki! Et de Mistinguett! Et une soirée sur la terrasse d'un café, après un spectacle des Folies-Bergères! Et la rive gauche et les poètes! La ville de Renée Vivien! Je m'y sentirais si bien! Sweetie et moi irons un jour à Paris, quand elle aura terminé sa crise fantomatique à propos de Trois-Rivières.

Sweetie découvre avec délices sa petite ville d'usines. Les gens l'adorent, cette jeune Anglaise jouant du piano comme une championne de vitesse. Elle aime le parc Champlain, la terrasse Turcotte, la rue des Forges et tous ces lieux qui m'embêtent parce que j'en ai fait le tour huit mille fois. Quand elle en sera fatiguée, j'irai avec elle à New York. Là, je saurai la convaincre de mettre le cap sur Paris. Pour l'instant, elle se fait un complexe vis-à-vis de Paris, à cause de mon marchand français que je lui ai présenté samedi dernier. «Il parle trop bien le français. Je ne peux pas parler bien comme les gens dans la France.» Moi, je l'adore, le français plein de fautes de Sweetie, ainsi que son bel accent pointu. «Quelle langue amusante!» dit-elle souvent. Notre langue doit lui apparaître encore plus amusante quand elle l'entend prononcée par les travailleuses de la Wabasso. Sweetie me demande tout le temps de la corriger. Elle dit que je ne parle pas comme ces filles de l'usine. C'est normal, j'essaie de soigner mon langage. C'est plus digne, pour une artiste.

Quand Sweetie ne travaille pas et que le soleil est au rendez-vous, elle vient me voir peindre au parc Champlain. Elle pose pour moi, même si elle a la bougeotte. Ceci permet aux gens de constater comme je suis bonne. Alors, ils me demandent de faire leur portrait. Les laides souhaitent devenir plus belles et les grosses plus maigres. Les moches désirent la coiffure de Valentino et les ouvriers veulent se voir en habit de député. En une bonne journée, je peux faire une dizaine de ces dessins, vendus cinquante sous pièce.

Sweetie observe nos us et coutumes. Je n'arrive pas à lui faire avouer qu'elle nous trouve un peu attardés. Même si elle trouve tout «Isn't it cute?», je vois parfois au coin de ses lèvres un petit sourire moqueur face à nos habitudes ancestrales. Elle trouve vraiment curieux que notre religion soit une manière de vivre pour bien des gens. Le Sacré-Cœur l'intrigue beaucoup. «Un homme avec un cœur en néon, comme ceux de Broadway.» Elle est étonnée par le nombre incalculable de prêtres et de religieux se baladant dans nos rues. Et, bien sûr, pour beaucoup de mes concitoyens, Sweetie est une protestante. Si on veut bien l'applaudir dans une salle de cinéma, on le fait au même titre que les artistes de vaudeville s'y produisant: c'est bien dans un théâtre, mais on ne parle pas trop à ces gens peu recommandables! À moins d'aimer le péché. Ou d'être un habitué des bars d'hôtels et des tavernes.

Le soir, Sweetie se déchaîne au piano, jouant un dixieland infernal sur une comédie d'Harold Lloyd. Les gens rient et hurlent leur bonheur d'entendre l'Anglaise. À la sortie, elle fume, mâche de la gomme et donne en spectacle ses vêtements flapper. Nous entrons au bar secouer plusieurs demiards de bière, tout en riant fort et en sifflant les garçons. Le patron nous tolère, car son établissement s'est rempli de clients arrivant de l'Impérial, suivant Sweetie dans l'espoir de l'entendre s'exécuter au piano du bar. Ce qu'elle fait, le mégot aux lèvres et le verre sur le coin de l'instrument. Sweetie jazze et ses courtes mèches virevoltent en tous sens. Alors, les gens la portent en triomphe et lui offrent une autre consommation. Sweetie empoigne le verre et boit son contenu d'un seul trait. Les dix-huit garçons autour d'elle applaudissent en lui faisant trente-six propositions. Mais elle les chasse tous pour rester en tête-à-tête avec moi.

En après-midi, Sweetie est plus sage et observatrice. Elle est polie et bien élevée. Mais le soir venu, elle se transforme en diablesse flapper! Mais je l'aime tout le temps. Après une soirée à ses côtés, je m'en retourne à mon grenier pour continuer le tableau la représentant en cet instant béni où elle est entrée dans ma vie, ce soir de janvier 1922 au *Petit Train*.

Parfois, Sweetie se rend au *Petit Train* pour jaser avec les filles de la Wabasso. Mon père la tolère à peine dans le restaurant, et Louise lui a même conseillé de ne pas revenir. Les deux ont l'impression que Sweetie est la cause de mon départ de la maison. Mon amie est peinée de tout ceci. Sous des dehors excentriques, Sweetie est une fille très sensible, cherchant beaucoup à se faire aimer et accepter. Je lui demande des nouvelles du restaurant. Sourire moqueur, elle refuse de répondre à mes interrogations. Oh! je le déteste autant que je l'aime, le *Petit Train*!

Il y a là des souvenirs heureux de ma belle enfance, comme le comptoir à bonbons où j'allais voler ma douceur après mille précautions. Puis Thérèse la cuisinière, les amies de la Wabasso venant le soir. Mais le restaurant est aussi l'antre de ma sœur énervante et je suis encore hantée par le grondement de la voix des clients qui toujours se faisait entendre jusqu'à ma chambre. Mais depuis des mois je passe mon temps à faire ce tableau de Sweetie et c'est le décor du *Petit Train* qui s'y trouve. Ah! au diable le maudit orgueil! Je l'aime, ce restaurant! Quand je passe devant, en tramway, je me tords toujours le cou en cherchant à regarder à l'intérieur.

Je m'y rends donc, avec Sweetie comme garde du corps. Il n'y a que Thérèse. Pas de papa, ni de Louise. Moi qui croyais que les filles de la Wabasso allaient m'accueillir en enfant prodigue... Elles n'ont d'applaudissements que pour Sweetie! Pour elles, Sweetie est le symbole de tout ce qu'elles n'osent être. Une fille libre! Avec tous les garçons à ses pieds! Comme une vedette de cinéma! Un être si hautement placé dans le firmament de l'inaccessible que c'est une bénédiction de la voir sur le plancher des vaches de ce petit restaurant de quartier.

«C'est simple! Il s'agit de le faire! Nous sommes libres!» leur dit-elle. Mais Sweetie connaît peu de choses de leur grise réalité. Après dix heures de travail dans le bruit et la chaleur, il faut retourner dans sa chambre de pension, gardée par une vieille fille de noir vêtue, qui a fait le vœu pieux de voir à la bonne conduite des jeunes campagnardes perdues dans une grande ville industrielle, lieu par excellence du péché. Au bout de la semaine, il y a une maigre paie, dont il faut donner la moitié ou les trois quarts au père cultivateur. Le reste de l'argent sert à payer la nourriture et la chambre. Parfois, il reste quelques sous. Alors, elles viennent au *Petit Train* et passent trois heures devant le même verre de limonade. Elles peuvent aussi se rendre au cinéma une fois par semaine, pour rêver devant les beaux vêtements de la vedette et pour écouter Sweetie. Voilà la vie, pour une fille employée dans une usine.

Il faut ajouter à ce répertoire une éducation religieuse stricte basée sur la peur du mal, du péché et de l'enfer où il fait très chaud et où des diables à grandes queues leur piquent les flancs avec des fourchettes pointues. Elles doivent aussi faire face à la malhonnêteté de certains des garçons les courtisant. Quand elles en trouvent un bon - et c'est souvent leur seul espoir de mettre un terme à ce genre d'existence - elles savent que ce jeune homme, dans trente ans, sera encore un ouvrier mal payé, rendu à demi sourd après tant d'années autour des machines de son usine de pâtes et papiers.

Je suis contente d'être une artiste et de ne pas avoir à subir ce genre de misère. Si Sweetie veut les entendre parler de leur vie, de leurs familles, les filles préfèrent battre en retraite et plutôt lui poser des questions sur New York et Hollywood. Avec son maquillage, une robe différente chaque jour, Sweetie leur apparaît comme ce qu'elles ne seront jamais. La seule de ces filles osant un peu ruer dans les brancards est mon amie Lucie, l'éternelle chialeuse. Ses discours sont la plupart du temps des coups d'épée dans l'eau, mais ses envolées contre les contremaîtres et les patrons sont une douce musique aux oreilles des autres filles. Elles hochent de la tête et approuvent. C'est comme si Lucie était leur voix.

Les religieux du quartier sont en train de construire un foyer pour jeunes filles. Un lieu pour les loger à bon marché et les protéger contre le mal de la ville. Une façon de les empêcher de se faire exploiter par les logeuses de chambres minables. Elles iront vivre sous l'œil sévère de religieuses, qui vont leur donner des cours de cuisine et de couture. Je ne serais pas très heureuse à l'idée d'habiter un tel lieu, mais la plupart des filles, elles, sont enthousiastes. «Au moins, on pourra profiter un peu plus de l'argent qu'on gagne de peine et de misère.» Elles auront davantage de sous pour s'habiller. Les robes sont un sujet qui les chatouille un peu, à force de voir tous ces beaux vêtements dans les vitrines des magasins de la rue des Forges et d'être incapables de se les payer. Toujours porter ces mêmes deux robes et cette unique jupe! Quand elles voient les toilettes de Sweetie, leurs yeux brillent d'envie.

Malgré ces malheurs et ces misères, toutes sont heureuses d'être à Trois-Rivières. À la campagne, il n'y a pas d'électricité. Les soirées sont longues à jouer aux cartes autour d'un fanal. À la ville, il y a de la lumière, des distractions gratuites et des visages différents à chaque coin de rue. Dans leur campagne natale, il n'y a qu'un rang impraticable, le même voisin depuis des générations et son grand dadais de fils qui vient chaque soir roucouler sa sérénade.

«Organisons une soirée dans mon chez-moi! Pour samedi!
— Oh! c'est une bonne idée, Sweetie!
— Il y aura du punch, du vin, une collation et mes disques de jazz. Allons leur parler!»
Toutes sont enthousiastes face à notre projet, mais seulement la moitié promet de venir. Les autres ont peur. Leur logeuse ne veut pas les voir rentrer plus tard que dix heures, elles n'ont rien à porter, elles travaillent le lendemain matin, le curé leur a dit de se méfier des protestants. Unanimement, elles posent la même question: y aura-t-il des garçons? «Bien sûr! Invitez-les tous! Ils sont les bienvenus!» de répondre ma flapper. Les filles se regardent dans un silence que Sweetie ne comprend pas. Je dois la prendre en retrait et lui expliquer.

«Pour la plupart d'entre nous, catholiques, inviter un garçon ne se fait pas. Il faut attendre que les garçons nous invitent.
— Strange!
— Ah! tu veux être canadienne-française...
— Je vais en trouver, moi, des garçons! C'est facile! Il y en a plein la rue!
— Oh! c'est certain! Et tu verras vite leurs intentions. Quand l'Anglaise les invite à veiller un samedi soir dans sa maison pleine de filles...
— Mais tu vois le mal partout, Jeanne!
— Mais non! Je t'explique comment sont la plupart des gens. Nos mœurs. Mets-toi en campagne si tu veux, moi, je fais juste t'avertir de ce qui peut arriver si tu invites tous les garçons que tu croises.
— Mais non! Ce ne sera pas à la campagne! Pourquoi tu me parles de campagne?»
Juste au moment de nos secrets, Louise et mon père reviennent de je ne sais trop quelle messe. Sweetie et moi avons la cigarette aux doigts. Mon père passe outre sans nous saluer. Louise arrête pour me dire: «C'est très vulgaire pour une jeune fille de fumer en public. Quand donc comprendras-tu cette chose pourtant si simple?» Mon père revient quelques minutes plus tard et s'installe à notre case. Sweetie baisse les paupières.

«Roméo m'a dit que tu payais ta chambre.

— Oui, papa. Je paie.

— Donc, tu travailles?

— Tous les jours.

— Tu fais du vrai travail? Qui paie?

— Oui, je fais quatre tableaux de la même maison, selon les quatre saisons.

— Qui t'a demandé ça?

— Une bourgeoise, épouse d'un comptable de la compagnie Shawinigan Water & Power. Et après, je vais faire des cartes de souhaits pour Noël.

— C'est très bien si tu travailles, Jeanne. Mais j'ai entendu parler de toi. Tu bois!

— Parfois, je vais prendre un verre.

— Tu n'as pas l'âge pour fréquenter ce genre d'endroits, ma fille!

— Ça arrive bientôt, papa.

— Comprends donc que c'est très mal, que tu vas passer pour une fille de rien.»

Je sens Sweetie fondre de gêne à mes côtés. C'est pourquoi je change vite le sujet de conversation. Je lui parle de ses taxis. Je lui invente un mensonge en lui disant que mes clients vantent le bon service courtois de sa flotte de voitures. Il reste près de moi en attendant le retour de Louise. Avec un doigt, je dessine des ronds autour du cerne laissé par mon verre de cola sur la table. Nous partons, sans oublier de saluer nos invitées du samedi soir. Juste assez fort pour que Louise redresse l'oreille. Mais que m'importent les opinions de cette grenouille de bénitier!

Sweetie m'invite à terminer la soirée chez elle. Nous jasons de notre future réception. Je veux bien de la fête, même si je n'apprécie pas son idée de garnir son plancher d'inconnus. Les garçons qui accompagnent les ouvrières, d'accord! Mais le premier Joseph venu risque d'avoir la dent longue, surtout quand l'hôtesse est une Anglaise protestante. Chez les catholiques, ces filles-là ont toute une réputation. Surtout quand elles travaillent en robe courte dans une salle de cinéma. Et depuis son arrivée ici, Sweetie s'est fait courtiser comme jamais une douzaine de filles ne le seront dans toute leur vie.

Moi, les garçons ne me touchent pas. Je suis snob, vous savez! Ils se sentent en état d'infériorité quand je leur dis «moi» au lieu de «moé». Et de toute façon, les garçons ne m'inspirent aucune peinture. Ils ne servent qu'à danser. Bien sûr, je ne dis pas, si je trouvais la perle rare. Un bijou comme mon frère Roméo, par exemple.

Sweetie, elle, attire tout ce qui porte pantalon. Elle est jeune, belle, disponible, et les billets sont bien légers au bout de ses doigts. Un garçon qui dirait d'elle «C'est à moi!» pourrait faire le coq devant tous ses confrères de la ville. Mais ça ne se produira pas: une flapper ne pense qu'à s'amuser et à sa liberté. Il viendra un temps, d'admettre Sweetie, où elle sera fatiguée des fêtes. Alors, à ce moment, elle aura tant vécu, tant rencontré de gens différents qu'elle saura mieux reconnaître son vrai homme, celui avec qui elle va se marier. Mais en attendant, bien de l'eau va couler sous les ponts!

Diable comme elle a des garçons à ses pieds! À la sortie de l'Impérial, chaque soir, une filée de candidats l'attend. On leur mettrait un billet entre les mains qu'ils feraient tout pour gagner le gros lot consistant à sortir avec elle ce soir-là. Dans la rue, au bar, au marché, partout où elle passe, les garçons la saluent en souriant, débordant du grand rêve de se mirer dans ses beaux yeux une quinzaine de secondes. Mais la plupart du temps, je suis à ses côtés. Alors, ils n'approchent pas, car au risque de me répéter, je suis la snob, l'artiste, celle qui ne parle pas comme tout le monde, qui pète plus haut que...

Nous avons bien organisé notre soirée. Le petit goûter, le punch et les bouteilles, le parquet ciré et une sélection des meilleurs disques. Il ne manque que le piano. Pauvre Sweetie! Pas encore de piano dans sa maison! «Je ne pourrai pas éblouir nos invités!» Elle veut en louer un, mais je la fais changer d'idée. Bientôt, elle aura économisé assez d'argent pour installer son instrument au salon.

Les filles arrivent à l'heure prévue. Seules ou en couple. Tout le monde est habillé en dimanche. (Hein? Quoi? Habillé en... dimanche? de demander Sweetie.) Les trois garçons inconnus que Sweetie a trouvés entrent en faisant du tapage et des blagues idiotes. Tiens! En voilà un qui s'amène avec son accordéon! Pour qui nous prend-il? Ce n'est pas une soirée de l'ancien temps! Mais, à ma grande surprise, les yeux de Sweetie scintillent: elle voit du noir et du blanc et saute dessus goulûment, se mettant à jouer les yeux fermés. Je trouve que ça fait bizarre de voir cet instrument idiot entre ses pattes. Mais tous se mettent à rire et à taper dans les mains devant cette démonstration. À la fin, elle remet poliment le monstre à son propriétaire. Alors, tout le monde entoure ma flapper pour lui dire comme elle est bonne musicienne. «Je suis imbattue dans l'accordéon», conclut-elle.

«Je vais à l'Impérial chaque mercredi pour t'entendre.

— Isn't it cute?

— Dans le feu de l'action, personne ne t'arrive à la cheville!

— Le... feu de l'action? Je ne comprends pas... Quel feu?

— Ça veut dire que tu es la championne.

— Bien sûr que je suis! Le feu de l'action... Quelle langue amusante!»

Le disque que Sweetie installe sur son gramophone fait entendre une musique inédite pour les filles. Mais pas besoin d'un livre d'instructions pour réaliser que c'est grouillant et amusant! Sweetie et moi faisons une démonstration de turkey trot. Puis d'un fox-trot et de toutes ces danses américaines se terminant par «trot». Un des garçons comprend du premier coup et va vite accompagner Sweetie. Après deux minutes, hop! elle le lance entre mes bras et je me démène devant lui, je l'empoigne et je le fais monter au huitième ciel. Et que le disque recommence dix fois de suite!

Les filles essaient de nous imiter. Ce n'est pas un grand succès, mais nous nous amusons ferme. Nous décidons de donner un cours de danse. Et re-hop le même garçon! Les filles font un «oh!» d'embarras devant notre sans-gêne. Mais après une demi-heure, tout le monde oublie la bienséance! Sauf un des inconnus qui confond taille avec fesse. Je ne veux pas faire de scandale en lui disant ma façon de penser! Ça briserait la fête. Je l'emmène donc dans un coin plus discret. L'idiot se croit enfin aux portes du paradis. Mais je lui parle, moi! À la Tremblay, je vous assure!

«C'est ça! Tu t'habilles court! Tu baisses tes bas, tu souris à tous les gars avec une bouteille de bière à la main et tu me repousses quand je t'offre ce que tu cherches depuis tantôt!
— Vieille mentalité! Je m'amuse, c'est tout!
— Agace!»
Je m'apprête à lui servir toute une gifle quand Sweetie me retient la main et m'entraîne pour danser. Il sort de sa cachette, s'installe bras croisés aux côtés de son ami, marmonnant des remarques que je devine trop, en ne cessant de me zieuter. Puis soudain, il crie très fort: «Agace!» Tout le monde se retourne vers lui. Au même moment, le disque cesse sa ritournelle.

«Agace? What? Qu'est-ce que c'est?
— Comme si tu ne le savais pas, maudite Anglaise! On est ici pourquoi, nous? Pour se faire niaiser par deux agaces?»

Un garçon trouve irrespectueux cette façon de nous adresser la parole. Il bouscule ces deux mal élevés. Quelques coups s'échangent et les filles s'arrachent les cheveux, se couvrent les yeux et se cachent la bouche avec leurs poings. Mais les deux vilains se retrouvent vite à la rue qu'ils n'auraient jamais dû quitter. Un froid s'installe au cœur de la fête. Mais elle reprend de plus belle quand Sweetie raconte ses souvenirs des salles de cinéma de New York. Et que tournent les disques!

«C'est vrai que c'est très excitant comme mode, mademoiselle Jeanne. Tu crois que bientôt toutes les filles vont s'habiller ainsi?
— Non mais! Est-ce que tous les garçons ont des pensées malhonnêtes?
— Mais! Je n'ai pas pensé ça, mademoiselle Jeanne! J'ai juste fait un compliment sur la nouvelle mode que toi et ton amie nous montrez!»

Je vais bouder dans la petite salle de bains. Le logement de Sweetie n'est pas tout à fait un parquet de danse grand format et les esprits peuvent vite s'enflammer. Il faudrait que les garçons puissent comprendre que les filles, à l'avenir, veulent juste s'amuser comme eux le font: sans contrainte! Je revois mon maquillage, me charbonne les paupières, ajuste mes colliers et égalise mes bas en dessous du genou. J'allume une cigarette et prends une longue gorgée de cognac. Un soudain fou rire parvient à mes oreilles. Je devine que Sweetie doit imiter Charlie Chaplin.

Trente minutes plus tard, on cogne à la porte. Comme nous craignons le retour de nos deux renégats, nous gardons un silence de méfiance. Un garçon va prudemment ouvrir. Un policier! Deux des filles, prises de panique, vont se cacher dans la chambre (et sous le lit, comme je le constaterai tantôt!). Sweetie s'avance et je la suis.

«On a eu des plaintes à cause du bruit. Il faut cesser tout de suite.

— Je comprends.

— Bruit? Quel bruit? Sweetie paie son loyer et est chez elle ici et...

— Jeanne! Tais-toi! Nous allons arrêter, monsieur le police.

— Immédiatement, sinon on vous embarque. Tous! Ça sent la boisson, ici? Les parents seront avertis, si vous ne cessez pas.

— Non mais, pour qui vous vous...

— Jeanne! Shut up! Nous arrêtons, monsieur.»

Mais quelle mollesse de la part de Sweetie! Je suis déçue! Pourquoi s'est-elle laissé marcher sur les pieds par ce guignol et ses grands airs de papa connaît tout? Calmement, elle invite nos amies à se retirer. En moins de trois minutes, nous nous retrouvons au milieu d'un silence lourd et d'un nuage de fumée de cigarettes.

«Mais pourquoi diable t'es-tu laissée faire?

— Parce que si je suis ici chez moi, en réalité je ne suis pas dans mon pays!

— En voilà une histoire!

— It's true! Si j'ai des problèmes avec les lois, ils vont me remettre dans le premier train pour New York. J'ai un papier de séjour et de travail pour un an seulement. Si j'ai des ennuis avec le policier, je ne pourrai rester ici. C'est simple!

— Diable... je n'avais jamais pensé à ça... Je m'excuse...»

Je la regarde d'un air désolé. Elle fait un tour sur elle-même et s'allume une cigarette avec le mégot de la précédente. Soudain, j'ai peur. Si une telle chose arrivait? Si le

Canada ne voulait pas de Sweetie? Qu'est-ce que je deviendrais? Cette pensée, mêlée à tout l'alcool que j'ai bu, me fait éclater en sanglots entre les bras de ma flapper.

«T'en vas pas, Sweetie! T'en vas pas!
— Mais non, je ne m'en vas pas.
— Vais pas. Pas vas pas.
— Hein?
— Dis: "Je ne m'en vais pas." Pas: "Je ne m'en vas pas."
— Isn't it cute? Dis, Jeanne? Qu'est-ce que ça veut dire, agace?
— C'est un aspect de notre langue qui est moins amusant...»

«J'ai participé à la veillée de l'Anglaise, Ti-Jean.
T'aurais dû voir ça!
Elle et la Tremblay! Habillées comme elles le sont,
on savait ce qu'elles voulaient!
Elles ont dansé avec tous les gars
et pris un coup comme des débardeurs.
Je te jure, Ti-Jean! J'ai encore mal aux lèvres, et ma chemise,
je l'ai jetée parce que l'Anglaise, elle l'a toute déchirée!
Je te le dis, mon Ti-Jean! Avec l'Anglaise et la Tremblay,
je te jure que ça se fait en criant ciseau!»
Pierre Savard, ouvrier à l'usine Wayagamak, août 1922.

Les vieux parlent du Noël du bon vieux temps, celui de la simplicité, de la famille aux quatorze enfants, de la chaleur humaine, du Noël du petit Jésus et de l'amour. J'espère que cette année, cette fête prendra son véritable sens en faisant oublier la querelle entre mon père et moi. Tout au moins, le temps d'une semaine. Le Noël traditionnel est associé à la vie à la campagne. Se rendre à la messe en carriole, et le notable du village qui tremble avant d'entamer un *Minuit, chrétiens* bourré de trémolos et de poids politique. Puis les enfants reviennent de cette cérémonie et, émus, pleurent en mettant la main sur une orange déposée dans le fond d'un bas de laine. Et la parenté qui va et vient pendant trois semaines, et tout ce beau monde qui se métamorphose en tourtière.

Ça ne se passe pas ainsi en ville!

Oh! bien sûr que la grande messe est émouvante! Moi qui ne suis pas une catholique exemplaire, je suis toujours touchée par la splendeur de la messe de minuit. Ce décorum! Ces couleurs! Cette odeur! Mais hors cela, c'est le train-train habituel: oncles et tantes surgissent, mangent, chantent, jouent aux cartes et puis s'en vont. Comme mon frère Roméo, je n'aime pas ces réunions bruyantes. À la ville, on se rend à la messe à pied ou en automobile. Des oranges, les enfants en mangent tous les jours. Et les petits voient dans les vitrines tous ces beaux jouets. Alors l'orange, hein... Et puis, il y a des gens qui font des cadeaux par intérêt. L'employé à son patron. Le patron à l'employé. En réalité, ces deux-là se guettent comme chat et souris toute l'année. Et les commerces font des soldes incroyables! Tellement incroyables que j'ai de la difficulté à le croire. Or, aussi curieux que cela puisse paraître, c'est ce Noël qui m'intéresse. Il est urbain! Il est moderne! Il grouille! Il est fou! Il ment! Il est un peu hypocrite, mais je lui pardonne.

L'idée de fabriquer des cartes de souhaits n'est pas la mienne. C'est Roméo, l'instigateur. Je les ai préparées en octobre. Des petites peintures très simples, amusantes, avec des personnages pleins de rondeurs. Ils représentent des enfants avec des bonshommes de neige, un couple de vieillards heureux, une famille s'en allant à la messe, le petit Jésus dans son étable avec sa paille, ses parents et son imbécile de bœuf.

Roméo a écrit les vœux à l'intérieur des cartes. Nous en avons fait imprimer cinq cents et nous partagerons les profits. Le résultat me rend fière: c'est un produit de consommation simple, bien fait, de bon goût et vendable. Les gens pourront les acheter pour accrocher à leur arbre, pour décorer la boîte d'un cadeau, pour mettre au centre d'une table ou pour envoyer par la poste à des parents lointains.

Comme des colporteurs, Roméo et moi sommes allés les vendre dans les grands magasins de la ville. Les marchands étaient d'abord réticents, avouant que des cartes du genre, ils en gardaient en entrepôt depuis dix ans. Nous avons insisté sur le fait qu'il s'agissait d'œuvres personnelles de deux artistes trifluviens. «M'ouais...» répondaient-ils. Alors, Roméo a sorti les violons en disant que la pauvre petite artiste que je suis avait besoin de sous pour survivre, que c'était un métier difficile, que j'étais jeune et que je méritais leurs encouragements. «On peut bien en prendre quelques-unes.» Bien vite, toutes les boutiques de Trois-Rivières en montraient des exemplaires en étalage. J'en ai gardé un certain nombre pour vendre à la gare, installée derrière un minuscule kiosque. Une façon de tâter la réaction immédiate du client et de proposer mes services pour d'autres réalisations.

Tout a bien fonctionné! Régulièrement, nous allions vérifier si le stock s'écoulait bien, en songeant qu'on pourrait doubler le nombre l'an prochain. Roméo se voit en vendre partout dans la vallée du Saint-Maurice, à Montréal, à Québec et pourquoi pas aux quatre coins du pays et dans le monde entier! Ensuite ce sera les Chinois et les Martiens, grand frère? Il a ri et m'a décoiffée.

Je ne suis pas folle, vous savez! Je sais très bien que Roméo a eu cette idée pour me donner le sens des responsabilités, pour que l'artiste soit au service du public. En fait, il m'a tenu le même discours que mon père. Sauf que Roméo l'a fait avec douceur et tact. Je n'ai pas gagné une fortune avec ces cartes. Mais je me suis occupée, j'ai rencontré des gens et j'avais l'impression d'être utile. De toute façon, il fallait économiser la moitié du profit pour l'investissement de l'année prochaine. J'ai dépensé ces gains en toiles, tablettes, tubes, solvants, pinceaux: toutes ces choses nécessaires que je déteste acheter. Il faut toujours qu'il me manque un bleu juste au moment où j'en ai besoin! Avec cette réserve dans le placard de mon grenier, je pourrai peindre l'esprit en paix pour un bout de temps.

Mon père est au courant de notre petit commerce. Il arrive au réveillon de Roméo avec un large sourire à mon égard. Mais il le perd vite en apercevant Sweetie à mes côtés. Il lui dit: «Tu n'es pas chez ton père pour la fête de Noël?» Sweetie a autant le goût de voir son paternel que moi de passer quelques heures avec le mien. Ma flapper est curieuse de voir comment se déroule une fête chez des Canadiens français. Après notre souper intime, oncles et tantes viendront fraterniser, puis, après la messe de minuit, tout ce beau monde ira réveillonner chez l'oncle Moustache, le rigolo de la parenté. Sweetie suivra.

Je ne donne qu'un conseil à Sweetie: dans le temps des fêtes, tu oublies ta ligne de flapper! Évidemment, elle me répond: «Quelle ligne? Où est cette ligne?» Quand elle voit tout ce que ma belle-sœur Céline a fricoté, je n'ai pas besoin de lui préciser le sens du mot «ligne». Céline est bien contente de recevoir dans sa première vraie maison. Il y a de l'espace et pas de voisins au-dessous, au-dessus, à droite et à gauche. Elle a pu décorer à son goût et cuisiner pendant une semaine. Elle est aussi fière pour ses trois enfants, même si la petite dernière, Renée, est trop bébé pour comprendre le sens de ce premier Noël.

Ma sœur Louise me demande de lui faire visiter l'endroit où j'habite. C'est petit, sombre, avec l'inclinaison de la toiture risquant de nous agresser si on marche trop aveuglément. Il y a un lit, un bureau, des tablettes pour mes livres et des tubes qui traînent partout. Sur le mur, près de mon oreiller, il y a la photographie de Kiki de Montparnasse, avec ses seins nus. Celle que mon neveu Maurice vient voir en cachette. Évidemment, cette œuvre signée Man Ray - un peintre devenu photographe - fait un effet monstre chez ma scrupuleuse de sœur.

«C'est une photographie artistique. Comme les peintres de la Renaissance qui dessinaient des courtisanes nues. C'est très esthétique et pas du tout grossier.

— Mais où donc s'en va le monde!

— À la dérive et moi, je vogue.

— Tu ne vas quand même pas un jour... faire des tableaux de femmes nues!

— Oh non! Moi, je vais faire des hommes nus!

— Tu dis ça pour rire, j'espère?

— Eh bien, les hommes peintres font des femmes nues et comme je suis une femme peintre, c'est normal que je songe à peindre un homme nu.»

Bien sûr que c'est une blague! D'abord, je n'y vois aucun intérêt et ensuite, artiste ou pas, je serais trop gênée d'avoir un Adam sous mes yeux pendant des heures. De crainte que mon père ne se décide à son tour à visiter mon atelier, j'enlève l'impudique Kiki pour la déposer précieusement entre les pages d'un livre des poésies de Renée Vivien. En bas, Maurice se met au piano. Les doigts de Sweetie n'en peuvent plus! Et c'est reparti! Regardez-moi! Écoutez-moi! Comme je suis bonne! Comme je joue vite! Comme il y a de l'émotion!

«Tu es très bonne pianiste, de faire ma sœur Louise sans y croire.

— Je suis merveilleuse.

— Est-ce que tu sais jouer de la musique religieuse?

— Oui, bien sûr.»

Sweetie connaît tout! Tout ce qui se pianote! Tout ce qui se lit sur des partitions! Sweetie lève les yeux au plafond dix secondes, et, appliquée, joue un *Ave Maria* délicat, à la grande satisfaction de Louise. Quand elle pratique ce style, ou du classique et des ballades populaires, Sweetie est comme moi devant une toile de commande. Ça ne la touche pas, mais elle est capable de le faire pour satisfaire sa clientèle. Sa passion, c'est le jazz! Mais son exécution de cet *Ave* émeut même mon père. En terminant, elle remercie leurs applaudissements par des révérences, s'allume une cigarette qui laisse une grosse marque de rouge sur le tube. Ce qui émeut un peu moins mon père et Louise.

Et voilà la tourtière! Et le ragoût! Et les patates! Et les légumes avec leur queue en tire-bouchon! Et le vin français et le bon pain tout fraîchement cuisiné à la manière de la grand-mère de la maman de Céline. Et mordent les fourchettes et valsent les couteaux! Et ce n'est pas tout! Il y a le dessert! La tarte et les gâteaux! Et les beaux fruits!

Sweetie voit arriver les oncles, tantes et cousins. Elle ne comprend pas toujours le langage rustique, mais semble amusée par leurs larges gestes et leurs rires gras. La famille paternelle est assez imposante. Ils ont tous entre quarante et soixante ans. Avec derrière eux une multitude d'enfants de toutes dimensions et une nuée de petits-enfants. Tout ce beau monde travaille en usine et dans les manufactures, sauf notre hôte, l'oncle Moustache, l'autre commerçant de la famille, ainsi que l'oncle Hormisdas, le cultivateur. Oncle Moustache est un ancien charretier converti aux vertus du camion. C'est un rude bonhomme, sévère, mais très jovial. Et il porte la plus incroyable moustache que l'on puisse imaginer. On m'a déjà affirmé que derrière elle se cache un visage. Beaucoup connaissent Sweetie, pour l'avoir applaudie à l'Impérial. Ils savent que cette Anglaise est amie avec la fille de Joseph. Ce gaillard de Moustache lève Sweetie de terre, lui donne un gros bec pour lui souhaiter la bienvenue.

«On a un piano au salon. Tu vas jouer, hein!

— Oui, avec la joie.

— Je t'ai entendue aux vues. Tu es très bonne.

— Je suis la meilleure.

— Hé! vous entendez la petite? C'est un as de pique!

— Un as... de... qu'est-ce que c'est?»

Elle est belle, notre messe de minuit. Et bien plus amusante que toutes les autres auxquelles j'ai assisté, car je dois servir de guide à Sweetie. Elle ne sait pas quoi faire, chanter ou dire. Elle écoute le latin du prêtre en ne cessant de bouger la tête, et en se demandant quel mot est du français. Quand elle voit les croyants s'aligner pour tirer la langue au saint homme, elle me retient par le bras.

«Je ne pourrai jamais faire ça! Never!

— Tu n'y es pas tenue. Attends-moi sagement ici.

— Mais tout le monde va me regarder!

— Ça devrait te plaire, non?»

Pour se faire regarder, Sweetie a eu comme experts mon père et Louise, qui trouvent bien scandaleuse mon idée d'emmener cette protestante à la plus importante messe catholique de l'année. Mais au milieu de la cérémonie, je sens que Sweetie commence à regretter cette expérience. Elle a hâte de sortir afin de jouer du piano et danser toute la nuit.

«Et maintenant? On danse?

— Non, on doit d'abord manger.

— Encore? Et ma ligne? Ligne... isn't it cute?»

Sous nos manteaux d'hiver s'impatientent nos robes et atours flappers. Papa m'en veut beaucoup de m'être déguisée «en folle» pour assister à la messe et veiller avec ses frères et sœurs. Quelle importance? Je sais que cela scandalise les vieilles tantes et fait rêver les jeunes cousines. C'est suffisant pour mon confort. J'ai quelques cousines de mon âge, dont une Marie vraiment très belle, fille de l'oncle Moustache. Elle m'a bien surprise en me dévoilant sa courte jupe bleu marine, ses gants moustiquaire et ses souliers blanc et rouge. Bravo! En voilà au moins une dans la bonne direction! Mais avant de passer à la fête, nous devons dévaster quelques tables de leurs mets chatouilleurs de narines. Sweetie mange comme un pinson, peu habituée aux rudes boustifailles traditionnelles de notre peuple.

«C'est très bon! Very good! Et même meilleur que chez ta sœur-belle! Et c'était loin d'être pas bon là-bas!

— Tante Irène est le cordon bleu de la famille.

— Quel rapport avec la nourriture? Et quel cordon?

— Sweetie, je t'adore!

— Ne ris pas de moi! Je veux comprendre toute la langue comme il faut. Mais ce que tu viens de me dire n'a aucun rapport avec la nourriture!»

Je ne sais pas si un réveillon de Noël est une bonne occasion pour initier ma famille au jazz et aux danses modernes, mais quand Sweetie est priée de donner un petit spectacle, je me crois à New York! Les oncles n'y comprennent rien et sentent le mal de mer les gagner en surveillant les trente-cinq doigts de Sweetie qui martèlent le clavier.

Évidemment, toute la jeunesse se rassemble rapidement autour d'elle. Les vieux abandonnent et préfèrent les parties de cartes. Sweetie explique le jazz et moi les pas du shimmy. Les garçons se posent trop de questions, mais les filles, plus agiles, captent vite la leçon. Elles ont entendu parler de cette danse dans les revues! Elles ne savent pas que cousine Jeanne connaît tous ces nouveaux pas à la mode chez les jeunes Américaines.

La jolie Marie est la première à bien comprendre le message. Elle m'accompagne pendant que Sweetie joue un rag sautillant. On forme un cercle autour de nous pour taper la bonne mesure avec les mains. Un neveu non identifié se jette devant nous pour en avoir le cœur net. Il est raide comme trois piquets. Tellement que Sweetie délaisse le piano pour m'aider à l'élastiquer. Il y arrive presque, avec un peu de bonne volonté et des rires. Je le tiens par la cravate afin de le guider. Je l'essouffle. C'est pourquoi il préfère une novice comme Marie. J'en cherche un nouveau, prêt à tout pour arriver dans le monde moderne de l'Amérique du Nord.

Quinze minutes plus tard, je me lance sur une chaise pour allumer une cigarette et prendre une grande gorgée de bière. J'en profite pour être une vraie flapper, détacher mes bas et les rouler en dessous du genou. Après cette pause, je me sens d'attaque pour un pas encore plus rapide, que je danse en solitaire au milieu de notre cercle rieur, la cigarette aux lèvres et le verre à la main.

C'est alors que de nulle part surgit mon père, hurlant mon nom. Tout le monde le regarde. «T'as pas fini d'agir en folle et de faire le scandale dans ta famille?» Je me sens embarrassée. Son frère Moustache lui tapote l'épaule en disant: «Allons, Joseph! Laisse ces enfants jeunesser et viens jouer aux cartes!» Aussitôt mon père disparu, j'écrase ma filtre, dépose mon verre sur le piano et salue majestueusement le cousin, lui demandant, moqueuse, s'il voudrait bien me faire valser. Valse, Sweetie! Joue-nous une valse! Nous rions de bon cœur. Mais je n'ai plus le goût pour le shimmy. Juste celui de faire un vrai scandale! Pour que papa ait honte le reste de ses jours!

Après presque une année aux côtés de Sweetie, je connais mon oiseau. Je sais que l'intervention tapageuse de mon père lui chatouille les sens. C'est elle qui jouait pendant que je dansais. Elle pense donc que ce drame est de sa faute. Sweetie ne veut déplaire à personne. Elle perd le goût de la musique. Elle laisse le piano se reposer. Le pauvre! Il doit encore se demander ce qui lui est tombé dessus!

Sweetie m'a déjà parlé de la dureté intransigeante de son père et de la douceur de sa mère. La perte de celle-ci lui a laissé un vide qu'elle cherche à combler par ses sorties publiques. Elle est une étrangère, une Anglaise. Elle est flattée d'être parmi nous et ne voudrait surtout pas qu'on garde un mauvais souvenir d'elle. Sweetie traverse du côté des vieux. Ils jouent aux cartes. Toujours les mêmes damnées cartes. Ils parlent de l'usine et vantent leurs enfants. Leurs épouses jacassent dans un autre coin et, prudemment, pointent du doigt les vêtements que Sweetie et moi portons.

Ma flapper regarde partout. Soudain ses yeux s'écarquillent: on mastique l'accordéon et on accorde une guitare.

«On va chanter, mademoiselle!

— Isn't it cute? Je suis bien contente.

— On va chanter des chansons à répondre!

— Répondre quoi?

— Ce qu'on chante.

— Je ne comprends pas...»

Je lui en ai déjà parlé, des chansons à répondre. Les mêmes depuis des siècles. «Comme du folklore irlandais?» a-t-elle demandé. Je ne sais pas si les Irlandais sont aussi ennuyeux que nous, lui ai-je rétorqué, précisant que tout le monde chante ces airs pendant le temps des fêtes. Typiquement canadien-français. Sweetie a été séduite par cette idée. Elle risque de désenchanter en entendant l'oncle Hormisdas.

Hormisdas s'installe, un pied sur une chaise, ordonne le silence. Il ajuste ses bretelles, sa cravate et toussote cinq fois. Il demande à nouveau le silence. Et quand, enfin, tout est en place pour sa chanson, il peut se mettre à l'œuvre: Wawawawa le chankier wowowowo la belle a pleuré et ouinouinouin et gna et gnu et cœur brisé et sluk sluk sluk y prend son violon et kuf kuf kuf et m'sieur l'curé et wa et wo et waf la belle à l'a wawawa.

«Est-ce qu'il chante en français?

— Oui.

— Isn't it cute?»

Et stru et stru à yabe et clu et clang et pis à dit couac cruct zouin et pis là à oh et à gna à pla à malheureux ouin ouin et pis là a recommence.

«Remarque que pour moi aussi, c'est du chinois.

— Ah! du chinois! Pourtant, tu viens de me dire qu'il chante en français.»

Pendant que Sweetie se décide à taper dans les mains et de giguer du pied, moi, j'attaque le bar, sous le regard effrayé de ma tante Catherine.

«T'es la fille à Joseph?

— Ouais.

— Comme t'as grandi!

— Ça arrive, dans la vie.

— Et l'Anglaise? C'est ton amie?

— Ouais.

— Elle a un genre...

— Comme tout le monde sur cette terre.»

Je lève et bouge la jambe pour montrer mes bas descendus. Sweetie n'a pas voulu arborer ce cri de guerre flapper pour le réveillon. Pourtant, dans la rue, au cinéma, partout elle montre ses deux trophées. Je vérifie mon maquillage et allume une cigarette, juste le temps que la tante déguerpisse. À la cuisine, les oncles essaient d'enseigner à Sweetie l'art de japper une chanson à répondre. Je préfère chercher Roméo. J'apparais devant lui comme une vision inattendue. Il a un bref sourire rieur.

«J'avais presque oublié que tu étais ma sœur.

— Pourquoi?

— Tu te démarques un peu de tout le monde.

— Je ne suis pas tout le monde, Roméo. Tu ne savais pas?

— Oui, ma flapper.

— Ça t'embête que je sois flapper?

— Pas du tout! Sauf qu'ici, ça fait un peu étendard. Remonte tes bas, Jeanne. Je t'en prie. N'importe où, tu as le droit et je trouve ça amusant. Mais ici, ça fait volontairement un peu trop m'as-tu-vu.»

Pourquoi diable suis-je incapable de lui dire non? Mon enfance parsemée de son attention? Ou tout son être: cultivé, intelligent, doux, ouvert à la liberté et à la beauté artistique. Quand je retourne à la cuisine, Sweetie gigue avec Moustache. Un doigt sur le menton, je la surveille s'amuser. Tout pour se faire aimer et accepter, que je repense. Et Sweetie sautille comme une catholique ne doit pas le faire. Le cousin danseur de tantôt la regarde avec envie. De haut en bas. De bas en haut. Mais en s'attardant surtout au milieu.

Je me jette dans la danse, devant elle, afin qu'elle se surpasse. Nous essoufflons Moustache et l'accordéoniste. Hormisdas voulait se remettre à chanter quand la compagnie réclame à Sweetie de jouer du piano comme à l'Impérial. Un tel dit qu'il l'a entendue lors de la présentation du film où Charlot s'occupe d'un garçonnet. Sweetie lève le doigt et se met à jouer cette musique particulière. L'autre nomme le film où Fairbanks est un aventurier masqué, et tout de suite elle offre la bonne mélodie. Quelle mémoire! Cousine Marie réclame le tango de Valentino, mais elle ne trouve aucun danseur satisfaisant, sauf moi.

Je donne la démonstration en sa compagnie, tout en enseignant les pas aux garçons. Les vieux retournent en douce vers l'accordéon et les jeunes recommencent la fête comme il y a une heure. Ce qui signifie une autre intervention de mon père. Cette fois, il est accueilli par les cousines. «Mon oncle! On s'amuse! C'est le temps des fêtes!» Bon! c'est décidé: je me saoule. Oh! ça m'est déjà arrivé! Depuis un an avec toutes ces sorties avec Sweetie! Dernièrement, elle m'a téléphoné en me disant: «Allons nous saouler!» J'ai trouvé drôle cette commande directe!

Sweetie est comme une girouette, ouvrant chaque oreille aux expressions anciennes, humant les odeurs de la cuisine, examinant les traits de visage. Sweetie vit avec ses cinq sens. Elle me fait penser à un poème de Renée Vivien. Parfois, quand je suis ivre, ces poèmes prennent en mon cœur une forme plus vivace. Dans mon grenier, je les trouve touchants et beaux. Mais ivre, ils me troublent autant que les souvenirs maternels que Sweetie cherche à retrouver.

Je pense trop. Et mon ventre se contracte. Je suis saoule, mais ça ne me fait pas autant de bien que les autres fois. Il y a une heure, j'ai vu Sweetie embrasser un cousin. J'espère que ce sera comme les autres fois: une aventure sans lendemain. Je ne voudrais pas qu'un garçon me la vole. Je me sens mal. Très mal! Je bouscule tout le monde pour ouvrir rapidement la porte et vomir dans la neige. J'ai le souffle court. Juste au moment où ça me reprend, je reçois une taloche derrière la tête. Je tombe à pleine figure dans la neige, tout en entendant mon père me réprimander. Il frappe et frappe et je me protège le visage comme je peux.

Roméo et Moustache arrivent par-derrière avec quelques oncles, afin de le calmer. Sweetie accourt pour m'aider à me relever. Elle s'approche de mon père pour lui dire que ce n'est pas très bien, ce qu'il vient de faire. Pas le temps de continuer que mon père hurle: «C'est de ta faute! Elle n'était pas très bien, mais depuis que t'es là, ça empire! C'est de ta faute, maudite Anglaise! Retourne donc chez toi et laisse ma fille tranquille!»

J'enlève la neige de mes cheveux et reprends mon souffle. Nous retournons dans la maison. Je boude, dépitée, bras croisés. Sweetie à mes côtés est à la limite d'une crise de larmes. Elle se lève, soupire, et revient avec deux verres de bière et autant de paquets de cigarettes. Elle se penche et déroule ses bas en dessous des genoux. Nous cognons nos verres à notre identité flapper. Dans trois jours, je serai majeure. Dans trois jours, je n'aurai plus de père.

«Quel beau réveillon de Noël!
On a chanté, dansé, ri, raconté des histoires de chantier.
Et comme dans toute belle vraie fête, quelqu'un a pleuré.
C'était Jeanne, la fille de mon frère Joseph.
J'ai eu l'impression que les deux
ne sont pas ce qu'ils devraient être...»
Moustache Tremblay, oncle de Jeanne, décembre 1922.

Le cœur un peu triste, je débute ma vie d'adulte, officielle et légale. Pas à cause des événements du réveillon de Noël, mais bien parce que je ne peux fêter avec Sweetie le premier anniversaire de son arrivée à Trois-Rivières. Elle s'est attachée à un garçon. Un Anglais. Le fils d'un ingénieur de l'usine de pâtes et papiers Canadian International. Le garçon à son papa. Et un Américain! Un véritable scénario idéal pour qu'elle soit tentée de retourner dans son pays, même si le Canada vient de lui accorder un prolongement de son permis de travail.

Je n'ai pas le goût de célébrer en solitaire. J'invite donc la belle cousine Marie. Même si elle porte des vêtements flapper, Marie n'ose pas trop encore vivre à fond. Se retrouvant au bar, elle suce pendant deux heures un verre de vin, me parlant de cinéma, de peinture et de mode. Des sujets qui m'intéressent, mais son ton est si sage. Sweetie m'entretient des mêmes sujets en faisant de grands gestes et en éclatant de rire à tout instant.

Je rentre dans mon grenier avec un peu de tristesse au cœur. Je me mets tout de suite à mon beau tableau de l'arrivée de Sweetie dans ma vie. Je la parcours avec délicatesse, m'attardant à des détails aussi menus que l'épiderme de sa peau. Je travaille à cette peinture tout en continuant à prendre des commandes. Alors que je suis penchée sur une de ces toiles, Sweetie me visite avec ce garçon. Elle veut lui montrer mes œuvres. Ils se tiennent par la main et parlent en anglais. Où est passée sa passion pour notre langue? Je n'aime pas cette rencontre. De plus, il a l'air si sérieux, cet héritier! J'écris ma peine dans mon journal intime.

«Et si tu te faisais un amoureux, toi aussi?

— Je n'ai pas le temps.

— Vous pourriez sortir en couple.

— Tu veux me faire brailler, Roméo? Elle n'a pas tenu sa promesse de flapper. L'amitié est plus importante que l'amour.

— On dirait que tu es jalouse parce que Sweetie est amoureuse. Tiens! Je vais t'en présenter un, garçon, moi ! Un nouveau qui travaille à l'imprimerie du journal et qui...

— Pour quoi faire?

— Parce que je ne t'ai jamais vue avec un garçon!

— Parce que tu n'en as pas eu l'occasion! Ils ne sont pas comme toi, mais j'en connais beaucoup! On danse, on rit, on parle, on s'amuse. Mais l'amour, le romantisme, le clair de lune, c'est bon pour les romans et les films. Pas pour ma vie.

— Tu vas demeurer vieille fille comme Louise...

— Vieille fille peut-être, mais pas comme Louise!»

Je trouve ma plus belle consolation de ce morne hiver dans la lecture de mes quatre livres de Renée Vivien. J'en trouve un nouveau à Montréal. Je me rends là-bas pour danser et boire, mais je reste dans ma chambre d'hôtel avec ces précieux trésors littéraires. Les mots de mon amie poétesse me réchauffent le cœur. Après l'avoir lue, je dessine toute la nuit. Juste des dessins surréalistes. Je souffre de ne pas avoir mes pinceaux et mes tubes, tout comme un ivrogne devient nerveux sans son biberon de whisky. J'ai l'âme à la dérive derrière ma mine de plomb. Je laisse choir sur le papier ce qui me pèse sur le cœur. Je regarde mes contours et les estropie un peu. J'inverse les ombres et déplace tout ce qui me semble logique. Dans ma chambre d'hôtel, je me sens comme une artiste perdue à Paris. Et demain, j'irai montrer mes esquisses à Artaud et ensuite j'irai prendre un rouge avec Aragon, tout en parlant de Rimbaud et de cinéma allemand.

Mais non! Mais non! Je suis une petite Tremblay de la province de Québec! Demain le train me ramènera dans ma ville grise, la plus industriellement dynamique du Canada. Woopee. À bord de mon wagon, pour passer le temps, je fais quelques gribouillis. À la hauteur de Louiseville, une idée géniale me vient aussi rapidement qu'une envie de pipi. Ah! il me les faut, mes pinceaux! Je tremble de ne pas les tenir entre mes doigts! Depuis que j'ai espacé mes sorties avec Sweetie, je creuse des sillons sur le bout de mes doigts à force de trop peindre et de trop dessiner.

J'entre à toute vitesse dans mon grenier, sans saluer personne, et j'attaque immédiatement une toile. Roméo, inquiet, me poursuit. En me voyant affairée aussi rapidement, il ne me demande rien et retourne vers ses enfants. Je me souviens juste qu'au matin, Céline monte pour me porter du thé et des rôties. J'avale ma boisson froide et le pain est toujours là, quand à la fin de mon rot créatif, je m'affaisse sur mon lit.

«Mais qu'est-ce que c'est, Jeanne?

— Une toile surréaliste.

— Et elle représente quoi?

— Une femme au travail dans une usine.

— Ne me dis pas que ta belle travailleuse est devenue... ça!

— Pas exactement. Qu'est-ce que ça veut dire, surréaliste, Roméo?

— Au-delà de la réalité.

— Voilà! Ce sont aussi des pulsions. Dans mon cas, j'ai poussé à l'extrême ma manie de dessiner des rondeurs.

— D'accord, Jeanne. Et j'en profite pour t'annoncer que, dès cet instant, je suis vieux.»

Elle est laide, ma travailleuse surréaliste! Et très ronde dans sa nudité repoussante! Et sa machine est ronde! Toutes deux ont des dents circulaires et jaunies! Et elle a sur son visage (rond) l'expression figée d'un automate! Je ne suis qu'une débutante en surréalisme. Et j'avoue que, pour moi, c'est plus un exercice de défoulement qu'un art.

Pauvre vieux Roméo de vingt-sept ans! Il est pourtant si gentil avec moi. Je l'adore autant qu'il m'aime. Après notre période des cartes de souhaits, il s'est mis en tête d'organiser ma première exposition. Moi, je suis trop paresseuse pour penser à mettre sur pied un tel événement. Il n'y a pas de galerie d'art à Trois-Rivières. Les rares manifestations culturelles ont lieu dans le hall de l'hôtel de ville. Personnellement, je ne vois pas l'intérêt d'une exposition de mes œuvres dans ma ville. Les gens vont juste dire que c'est beau et passer outre.

Mais Roméo m'explique que j'ai un bon nom à Trois-Rivières. Depuis deux ans, j'ai peint pour beaucoup de gens, et mes étés au parc Champlain devant mon chevalet ont laissé une bonne impression. Tout le monde sait que je suis «la» peintre. Roméo veut que les gens de Montréal et de Québec finissent par le savoir aussi. Établir une bonne réputation à Trois-Rivières est une belle carte de visite, avant de se rendre dans ces deux grandes villes. Aussi, Roméo me persuade de faire cette exposition non pas pour savoir «combien je vaux», mais bel et bien pour vendre. Il y a un an, j'aurais été incapable de laisser à autrui une de mes toiles. Maintenant, je comprends mieux cette nécessité. La peinture est ma passion, ma raison de vivre, mais elle doit aussi devenir un métier lucratif. J'ai en tête de m'acheter une automobile, et ce n'est pas en dessinant des portraits à cinq dollars que j'arriverai à me procurer l'argent nécessaire à ce projet.

En attendant ce grand événement de mars, je pars pour Montréal avec ma travailleuse surréaliste dans le but de la vendre et aussi de distribuer à mes marchands des cartes d'invitation pour mon exposition. Mon Parisien me donne soixante dollars pour la toile. Diable! Tant d'argent en un seul coup! Si j'en fais plusieurs de ce genre, j'aurai facilement mon automobile.

Comme je suis à Montréal, j'ai bien l'intention de fêter un peu, pour faire oublier la soirée passée dans ma chambre d'hôtel à lire Renée Vivien. En marchant rue Sainte-

Catherine, je tombe amoureuse d'un petit bijou en vitrine d'un chapelier. Un beau, tout coquet, minouchable et beige tendre. Avec un mince rebord qui mettra en relief ma frange et mes yeux. Devant la glace, je me lance des bécots d'admiration. Avec un tel couvre-chef, je serai la reine flapper de la soirée de danse. Pour bien l'agencer, je me procure aussi une jupe à plis, vraiment plus courte que tout ce que je possède. Il n'y a que Montréal pour nous offrir des boutiques dévouées entièrement à la fine pointe de la mode américaine. Avec une chemise de dentelle et une cravate, je serai moderne comme tout. Ces achats font diminuer mon profit de la vente de ma toile... mais qu'importe! Comment rester de marbre devant un tel bibi et une jupe aussi chou?

Avant la soirée, je vais souper dans un restaurant parisien. Un endroit en or avec de véritables serveurs distingués de la capitale de l'art. En surveillant mon accent, je choisis un mets exotique au nom mystérieux. Juste pour voir ce qui se trouvera dans mon assiette. Je suis certaine que ça va me caresser le palais. Comme la danse ne débute qu'à neuf heures, j'ai le temps de voir un film dans une magnifique salle sophistiquée, avec son grand orchestre de qualité, son orgue géant, et un écran haut comme une maison. J'aime bien la musique légère, mais trente violons qui tonnent lors d'une séquence dramatique, ça vous donne des frissons tout le long des bras.

La danse a lieu dans la même salle d'hôtel où j'étais allée à cette démonstration de tango avec Lucie en 21. Cet endroit où j'avais rencontré cette délicieuse folle. D'ailleurs, après avoir laissé mon manteau au vestiaire, je me rends directement à la salle des toilettes, poussée par l'impression de revoir cette fille, son flacon à la main, en train de rire et de pousser tout le monde. Faux sentiment. Elle est maintenant fantôme. Il n'y a qu'une flapper anglaise, cachée derrière un écran de poudre et de parfum. Elle s'extasie devant mon chapeau. Je lui rends la pareille en désignant ses gants.

Ce soir, l'orchestre invité est le Melody King Jazz Band, un orchestre montréalais qui est, dit-on, aussi bon que les ensembles américains vedettes du disque. Je vais vite au bar.

En apercevant mon minois si jeune, le serveur s'apprête à me repousser de la main. Comme j'ai prévu le coup, je sors de mon sac rien de moins que mon baptistaire! Ah! elle est majeure, la Jeanne T.! Elle les porte, ses vingt et un ans! Ce n'est plus la petite fille de son papa Joseph! Allez! Verse, crétin! Évidemment, derrière moi, il y a quinze filles qui m'ont vue déballer mon permis. Bien sûr, les petites, que tantine Jeanne va vous acheter du vin et de la bière! Pour me remercier, deux d'entre elles m'invitent à partager leur table, déjà pleine de garçons aux cheveux pommadés.

Ils sont les chevaliers servants de ces demoiselles. L'un d'eux, soufflant sur ses ongles, m'annonce qu'il est le roi incontestable du bunny hug. D'accord, mon lapin! On dansera! Et d'ailleurs, tout le monde ici n'attend que ça. Pas de temps pour la romance, ni pour changer le sort du monde par une discussion. Nous sommes jeunes et fous, nous adorons le jazz et les toilettes légères et on a laissé les interdits au vestiaire.

Une des filles dit avec tristesse que son père l'a déshéritée. Puis elle éclate d'un rire puissant en levant sa coupe. Une autre me confie qu'elle était au couvent il y a six mois. Depuis, elle a embrassé avec délices toute la liste des péchés du petit catéchisme. Les garçons se vantent de leurs conquêtes, même si toutes les filles autour savent que c'est faux. Les mensonges font partie du jeu de notre génération. Je sens que je vais passer une belle soirée!

L'orchestre arrive, courbant sous les applaudissements de feu. Tous les musiciens portent des habits noirs impeccables. Le chef d'orchestre est en gris, sans doute pour souligner sa notoriété. Ils saluent dans les deux langues et se lancent tout de suite dans un jazz à la Whiteman. Diable! On voit qu'ils ne sont pas là pour plaire à grand-père! Les tables se vident et le plancher ciré souffre sous nos pas fous. Et je ne me fais pas prier pour le martyriser! Les uns adoptent un fox-trot tandis que les autres préfèrent le shimmy. Moi, je mêle tout! Le jazz, c'est la liberté enfin conquise! Je bouge, je passe d'un garçon à l'autre sans que sourcillent leurs courtisanes. Filles et jeunes hommes deviennent des pièces interchangeables sur le grand échiquier jazzé. Les trompettes fouettent à l'unisson, alors que le percussionniste fait démarrer et accélérer la machine. Quand le piano réclame son solo, tout le monde lui cède la place, sauf le contrebassiste. Tout en applaudissant, nous continuons à danser. Le banjo, un peu en retrait, s'en donne à cœur joie quand, enfin, on le pointe du doigt. Après six pièces, ils n'ont pas encore abordé une mélodie lente. Nous n'en voulons pas! À la fin de leur première séquence, je sautille comme une fillette en les remerciant. Et soudain, tout le monde à la table me regarde. D'accord, les enfants! Et c'est la tournée de Jeanne!

Le champion de bunny hug, au rude prénom de Horace, se vante de ses performances en piste. C'est vrai qu'il est bon et que toutes les poudrées se l'arrachent. Ses vantardises me font penser à celles de Sweetie. Ah! la belle fête qu'elle rate! Je l'imagine excitée devant ce formidable orchestre! L'idiote! Elle doit passer ce samedi soir noyée sous les roucoulades imbéciles de ce fils à papa!

Nous avons le temps de prendre deux verres avant le retour du Melody King Jazz Band. Ils annoncent des versions jazz des plus populaires chansons des spectacles de divertissement des Ziegfeld Follies. Sweetie m'a parlé de ces revues populaires de New York, avec sur scène une multitude de belles danseuses plumées, entourant une chanteuse pailletée d'étoiles d'or. Après cette attente, nos pieds sont devenus impatients. Ils se vengent de plus belle, aidés par le vin et la bière. Dans un coin, les flappers encerclent un couple démonstratif et spectaculaire. Je me retourne et tombe entre les bras de Horace. Il me déclare que je suis la meilleure danseuse de la soirée. Il dit ça à toutes ses partenaires! «D'accord! D'accord!» s'excuse-t-il, ajoutant que je suis la plus jolie. Mais il le dit aussi à toutes! Et puis après? Danse, Horace! Danse! Fais-moi sautiller!

Diable qu'il est bon danseur...

À la salle de bains, les flappers troquent des peignes et des houppettes. Certaines échangent leurs bas! Je vois sur le grand miroir le nom des musiciens de l'orchestre écrit avec du rouge. Ce pauvre miroir qui n'en finit plus de dire qui est la plus belle! Ici comme dans la salle, Anglaises et Françaises ne forment plus qu'un seul peuple: celui de notre jeunesse et de notre folie! La soirée se termine trop tôt... Mais la nuit est à nous! Une fille de ma nouvelle bande nous invite à poursuivre cette joie dans l'appartement qu'elle partage avec une amie. Il y aura du vin, des cigarettes et des disques! Et pas de voisin en dessous! Allons-y!

Nous nous entassons une dizaine dans une Ford aussi chancelante que son conducteur Horace. Il zigzague dans la Sainte-Catherine et nos cris ameutent les paisibles passants, scandalisés devant cette jeunesse insouciante. J'ai toujours ma bouteille de vin à la main et ma tête tourne tellement que je me sens même prête à m'abandonner entre les mains des propositions de Horace. Il a les lèvres d'une petite fille, le visage rond de Lillian Gish et les yeux de Sweetie.

Soudain, une voiture de policiers nous somme d'arrêter le long du trottoir. Moi, je donne des coups de poing dans le dos de Horace, l'invitant à accélérer, à les déjouer, à les perdre! Mais ce dégonflé refuse d'amplifier nos sensations en se garant poliment, comme demandé, assuré de récolter une contravention. Vos papiers, s'il vous plaît. Je réponds «Bla! Bla! Bla!» à chacune des phrases de monsieur la loi. Les autres se font minuscules. Quelle honte! Jouer à l'enfant puni devant le gros méchant policier!

«Mademoiselle, vous êtes ivre, taisez-vous!

— Bla! Bla! Bla!

— Sortez du véhicule!

— Venez me chercher, monsieur le poulet!»

Comme ce crétin n'entend pas à rire, il me tire par le bras! Ce que je n'apprécie pas du tout! Je lui donne un coup d'escarpin sur son pied gauche, mais je n'ai pas le temps de le boxer au ventre qu'il me lève de terre pour m'asseoir sur le capot de la Ford. Je l'ensevelis de grimaces! Il me met aux arrêts, le salaud! Il devrait comprendre qu'une fille saoule entend à rire! Mais non! Il m'embarque après avoir gratifié Horace d'un billet! Adieu, la belle fête! Moi qui étais prête à voir le soleil se lever en écartant un épais nuage de fumée de cigarettes...

Je passe la nuit dans mon petit coin de cellule, avec en prime un sale mal de ventre. Ils me mettent à l'amende pour avoir insulté un agent de la paix et pour deux ou trois autres raisons dont je ne me souviens plus. Dix dollars. Plus le chapeau, la jupe, la cravate, le souper au restaurant, le film, les cigarettes et les tournées à la salle de danse; il ne me reste qu'un dollar de la vente de ma toile. Formidable, non?

«La jolie fille de Trois-Rivières a eu tout un culot!
Déjà qu'il n'était pas sage de conduire dans un tel état,
elle a rajouté à notre cas les pires insultes verbales
et des coups de poing au pauvre policier.
Je sais que nous sommes d'une génération qui aime la fête,
mais j'ai trouvé que cette fille provoquait par pure malice.»
Horace Valiquette, champion danseur de bunny hug,
mai 1923.

Sweetie m'est revenue en affirmant avec insistance qu'elle ne m'a jamais quittée. Elle a téléphoné souvent et je n'étais jamais à la maison. Parfois, en sortant de l'Impérial, elle me cherchait du regard pour aller prendre un verre. Bien sûr, elle est sortie quelques fois avec ce garçon, mais pas si souvent, affirme-t-elle. «C'était pour l'amitié et pour mes fonctions biologiques.» Je dessine un court sourire en entendant cette dernière expression, étonnée autant qu'effrayée. Elle qui dit souvent qu'il est important de se faire respecter par les hommes...

«Il me respectait quand même. C'est moi qui voulais. Et qui décidais!

— Et tu n'as pas de remords?

— Non. Pourquoi? Ne me dis pas que tu es encore une vierge!

— Ah mais si! Et propre!

— Je ne suis pas sale, Jeanne...

— Non... le mot était mal choisi... Disons que je suis surprise de cet aveu!

— Je m'ennuyais de toi. Tu n'étais jamais là. Tu dormais ou tu étais à Montréal. J'aurais aimé aller à Montréal avec toi, mais tu ne m'invitais pas! Toutes ces fêtes ratées! Damned!

— Oh! la dernière fois, je me suis amusée comme tout et ça s'est terminé par une nuit en prison!

— What? En prison? Toi?

— Mais oui. Ça fait deux fois que j'y vais. Ils te mettent là, tu paies un petit montant et tu sors. Ce n'est pas grave.

— Jail...

— Et toi... tu as fait des choses avec un inconnu...»

Nous nous regardons dans les yeux et éclatons de rire. Nous nous enlaçons pour nous consoler de nos graves péchés. Je suis heureuse de retrouver son odeur. J'ai comme le goût de pleurer. C'est vrai que j'ai peut-être été stupidement jalouse, que je n'ai pas fait l'effort d'aller la voir. Le garçon est reparti chez lui, aux États-Unis. Je suis contente. Je craignais tant que Sweetie l'accompagne.

«Je suis une Canadienne française! Tu veux que je te donne la preuve?

— Allez!

— Hier, j'ai filé un mauvais coton! Isn't it cute? Quelle langue amusante!»

Pour fêter nos retrouvailles, nous nous promettons toute une rasade au bar de l'hôtel Saint-Louis. «Nous allons être saoules et vomir partout! Ce sera fantastique!» dit-elle. Je veux bien! Mais peut-être pas jusqu'à ce point, car, après tout, demain matin, je dois être fraîche comme une violette pour ma première exposition. Je ne voudrais pas décevoir Roméo en m'y présentant avec la tête comme dix livres de boudin.

Roméo a fait les choses grandement. Pour l'ouverture de l'exposition, il y aura un cocktail avec les notables de la ville. Bien que ces gens-là me répugnent – je ne saurais dire pourquoi – j'ai promis à mon frère de bien me conduire et de m'habiller convenablement. Je fais la belle comme un toutou devant un biscuit. Je dépose ma frêle et douce main dans des pattes velues et craquelées. Et en souriant, je réponds poliment à toutes leurs balivernes: vous avez du talent, Trois-Rivières est fière de vous, continuez votre beau travail. Et ils me font signer le livre d'or. «Jeanne T.», que je leur laisse en héritage, comme sur mes toiles.

Pour ces gens, je suis la petite sœur de Roméo le journaliste du *Nouvelliste*. Je suis aussi la fille de Joseph Tremblay, pionnier du commerce dans le quartier Notre-Dame-des-sept-Allégresses. J'espère juste que les tableaux vont me procurer un prénom. Ces bons bourgeois examinent à la lorgnette chaque nuance de couleur, chaque ombrage, tous les détails de ces visages de femmes. Il y a des prix sous les tableaux. Des gros prix! Des vrais gros prix! Ces hommes sont riches. Ils dirigent, contrôlent, manipulent. Ils possèdent des usines et des manufactures. Ils ont l'argent pour acheter mes toiles. Qu'ils se dépêchent!

Je vais vite accueillir Sweetie d'un bécot, dès son arrivée tant attendue. Les gens se retournent sur son passage. Un peu de sa folle jeunesse fait du bien dans ce décor de soirée funèbre. Nous allons vers le punch. Roméo lève les yeux au plafond.

«Roméo m'a demandé de ne pas boire et de ne pas fumer.

— Comme c'est cruel.

— Que veux-tu? Il faut faire des sacrifices si je veux ma part du gâteau.

— Oh! ils ont aussi préparé du gâteau? Je peux en manger?»

Je fais mon intéressante devant une dame séchée. Elle veut connaître les méandres de mon âme. Alors, je lui réponds n'importe quelle niaiserie en me donnant un air de souffrance. L'effet de l'artiste tourmenté a toujours été populaire. Tout le monde me félicite, mais personne n'achète, jusqu'à ce que Charles Whitehead, la carotte des grosses légumes de la ville, manifeste de l'intérêt. Mon frère le connaît. Les deux discutent devant une toile. Roméo me fait signe d'approcher. Je dois répondre aux questions de ce millionnaire. Il a un doigt sur le menton et s'exclame: «I'll buy!»

Mon cœur fait huit tours sur lui-même. C'est quand même ironique que le propriétaire de la Wabasso désire acheter ma travailleuse. J'ai tant mis de temps, de peine et de souffrance à créer cette toile! Je pense à tout le matériel que j'ai gaspillé à la recommencer si souvent! Et elle veut me quitter le temps d'un «J'achète!» claironné par un propriétaire d'usine. Il l'emporte! J'ai les billets! Je signe le reçu. Il s'éloigne. Je me tords le cou à suivre chacun de ses pas.

«C'est si blessant, Sweetie! C'était mon tableau!
— Why? Tout se vend, Jeanne.
— Ça me fend le cœur!
— Isn't it cute?
— Je t'en prie!
— Pense à ton automobile, au plaisir qu'on aura!»

C'est Roméo qui s'occupe de la caisse pour les trois jours de l'exposition. Il sait trop bien que si j'entreposais cet avoir dans mon sac à main, j'irais tout dépenser en vêtements ou en sorties. Je cède une autre toile vers la fin de l'après-midi. Et ça m'a fait moins mal. Je me suis noyée huit heures de temps sous des compliments, souvent les mêmes. Si souvent que j'ai fini par y croire. Vouuuusss zzzêtes tune grââââânde tartissssteheu mademoizzzelle Trooomblay!

Le lendemain, nous attendons les journalistes de Québec et de Montréal. Eux sont importants! S'ils viennent... Car, après tout, qui osera se déplacer en province pour l'exposition d'une inconnue? Pour les Montréalais, on dirait que tout territoire hors de leur île n'existe pas. Roméo prétend qui si on n'essaie pas, nous aurons la certitude que personne ne viendra. Il s'en présente trois, à mon grand étonnement. Si eux me trouvent bonne, ils vont écrire un article ou me faire une réputation enviable auprès des acheteurs de leur ville. C'est drôle! On dirait que tout à coup je doute de mon talent! Surtout quand je vois le prix que Roméo demande pour mes œuvres. Je le trouve trop cher! En fin de compte, cette seconde journée s'avère bonnement extraordinaire! Ces spécialistes ont analysé chaque détail de mes toiles, découvrant des choses que j'ignorais moi-même. Vous êtes une grande portraitiste, ont-ils conclu à l'unisson. Ma bergère a fait l'objet d'une enchère. Quel compliment! Et c'est Roméo qui menait le jeu!

Au milieu de tous ces gens sérieux, la population trifluvienne se présente aussi en grand nombre. Principalement parce que c'est gratuit. Les femmes sur mes toiles ne sont pas des bourgeoises. Ce sont des personnes simples: une mère de famille, une vieille au dos courbé, une jeune fille qui attend le tramway, une mariée avant la noce, une fillette triste et désemparée, une boulangère, une petite espiègle. Toutes ces rondeurs, ces visages comme des jaunes d'œufs, ces doigts en ovale, ces lèvres en cœur ne peuvent être que des composantes féminines.

L'exposition se termine après les trois jours prévus. Un franc succès! On en parlera dans les journaux des grandes villes! Ainsi, je pourrai faire mon exposition annuelle. Et vendre. Tiens... ça ne me fait plus mal de vendre. Peut-être que le culte de l'argent m'atteint vraiment, au contact de l'Américaine Sweetie.

«Les teintes des toiles de mademoiselle Jeanne Tremblay
font ressortir avec vivacité les sentiments de ses sujets.
Elle possède une maîtrise de son art
très étonnante pour son jeune âge.
Elle a un style portraitiste européen mêlé à du
réalisme canadien-français de ce siècle.
Mademoiselle Tremblay est une artiste peintre digne de mention
et ses toiles prendront beaucoup de valeur avec les années.
Souhaitons qu'elle préserve ce talent pour longtemps.»
François Goyette, critique d'art, juin 1923.

J'ouvre mon premier compte d'économies dans une banque. En principe, un tel geste ne me ressemble pas. Mais je veux réellement cette automobile! Autant que Sweetie désirait son piano. Elle l'a acheté en février dernier. L'extase dans son logement de la rue Sainte-Julie! Je suis sûre qu'elle doit dormir dessus et manger face à lui. Elle avait invité toutes ses connaissances à venir l'entendre. Une belle occasion pour organiser de nouvelles fêtes.

Sweetie prétend qu'on peut célébrer sans argent. On entre dans un bar et on se fait payer des consommations par les hommes. Le problème est qu'ils nous collent aux flancs pour le reste de la soirée. Ils ne sont intéressants ni en conversation ni en amour. Mais Sweetie aime ce que les hommes lui disent, même si c'est bêta. Parfois, j'ai du mal à la comprendre.

Quoi qu'il en soit, en ce début d'été, je dois mettre en veilleuse ma vie de flapper, car je peins beaucoup. Mon exposition a attiré de nouveaux clients et m'a permis d'augmenter mes prix sans passer pour une voleuse. Les riches croient qu'avoir un Jeanne T. dans leur salon est synonyme de prestige local. Alors, je peins des enfants qui bougent tout le temps, des Mona Lisa de cuisine et des pater familias au regard intraitable.

En compagnie de Sweetie, je parcours les réclames dans les journaux pour choisir le modèle de ma future automobile. Nous voulons une voiture pour jeunes, vive, rapide: comme notre vie! Et pour quoi faire, au juste? Pour varier nos sorties, visiter d'autres bars de la région. Ceux de Trois-Rivières, on les connaît de fond en comble. Tellement qu'à l'hôtel Régal, en nous voyant arriver, le serveur apporte nos marques favorites sur notre table avant même de passer la commande. Et ces visages! Toujours les mêmes! On dit qu'à Shawinigan Falls, il y a de bons orchestres. Ce n'est pas tellement loin. Une automobile nous permettra ce genre de déplacement avec plus d'aisance que le train. Papa ne me laissait jamais conduire ses taxis. Ça ne faisait pas sérieux pour une jeune fille, prétendait-il. C'est vrai qu'à quatorze ans, j'avais abîmé une de ses automobiles en confondant marche arrière avec marche avant. Mais depuis, je me suis bien améliorée!

Sweetie et moi discutons de nos projets de voyages quand, sur le bord de la rue, se gare une Overland, exactement la marque et le modèle qui a jusqu'ici ma préférence. Un jeune homme en descend. Je serre mes lèvres et regarde ma pianiste. Nous avons une idée à l'unisson. Mais pas la même.

«Tu veux voler l'auto? Damned!

— Pas la voler! L'emprunter! On fait le tour de la rue et on la remet là. Tu as remarqué? L'imprudent a laissé ses clefs.

— Justement, ça veut dire qu'il ne sera pas dans la maison bien longtemps. Demandons-lui. C'est plus simple.

— Il va t'envoyer dans les choux.

— Hein? Quoi? Quels choux?

— Toi, mon chou!

— Parle distinctement, Jeanne!

— Il ne voudra pas!

— Aucun garçon ne me résiste! Wait and see!»

Ma folle cogne à la porte et, de son plus bel accent,

demande au garçon si par hasard il ne voudrait pas nous prêter sa voiture pour faire le tour de le rue. Bruyamment, il se précipite sur ses clefs et retourne dans la maison en claquant la porte. Les choux, comme je disais.

«Il ne veut pas.

— J'ai vu.

— Il m'a parlé de bouquet. Je ne sais pas pourquoi. Il a dit que c'était le bouquet. Tu comprends, toi?»

Un peu plus tard, je vois une autre automobile de mon goût. Sweetie me tire la manche pour chasser mes mauvaises idées. Comme nous sommes tout près du bureau du *Nouvelliste,* je cherche dans le stationnement la Ford de Roméo.

«C'est à Roméo. J'ai le droit de voler la voiture de mon frère, non?

— C'est déjà meilleur.

— Allons-y!

— Et la clef?

— Pas besoin de clef. Ma lime à ongles fera l'affaire.»

Vroom! Je pars à toute vitesse! Sweetie rit en tenant son chapeau! Nous nous lançons dans la rue Sainte-Marie, passons comme une flèche devant *Le Petit Train* en klaxonnant, puis de même façon devant l'appartement de Sweetie. Je parcours Sainte-Julie en un temps fou et attaque Royale intrépidement! Des Forges! Notre-Dame! Saint-Georges! Je zigzague! J'accélère! Je m'envole! Encore Royale! Nous transperçons le quartier Saint-Philippe! Je tourne sur moi-même et boxe de nouveau Royale comme dans un slapstick! Et puis, sagement, je remets l'automobile dans le stationnement de la cour du *Nouvelliste.* En descendant, je pars les jambes à mon cou, poursuivie par Sweetie qui se demande ce qui se passe. «Ce n'était pas la voiture de Roméo! Je ne sais pas à qui elle appartient!» Sweetie me dépasse et moi, j'arrête, me tenant les côtes à force de trop rire.

«You're crazy! You're nuts!

— Bien sûr! Il faut vivre! Ne pas avoir peur de l'aventure!

— What the hell! Shit!

— C'est drôle! Tu te fâches toujours en anglais! Es-tu capable d'être fâchée dans notre langue?

— Tu es... une tabarnaque!»

«Je crains les pires excès que pourrait faire
Jeanne avec une automobile.
Elle ne prend pas ce moyen de transport trop au sérieux.
Une automobile, ce n'est pas comme
dans les comédies au cinéma.
Pour Jeanne, c'est un jouet qui brille.
J'ai peur de la voir provoquer un accident.
Je suis certain qu'elle veut une automobile
dans le seul but de se griser de haute vitesse.»
        Roméo Tremblay, frère de Jeanne, juin 1923.

Les femmes sont belles en ce nouvel été. Peu à peu, elles ont jeté leurs carcans vestimentaires. Les nouvelles élégantes dévoilent et portent léger, comme sur les illustrations dans *La Revue populaire* ou dans les catalogues des grands magasins de Montréal. Le chic, bien sûr, vient de Paris; le confortable et le pratique nous arrivent des États-Unis. Dans les vitrines des boutiques des rues Notre-Dame ou des Forges, les mannequins de plâtre sourient aux rêves des fauchées de la Wabasso. Mais beaucoup d'entre elles ont des doigts d'or. Avec du tissu, du fil et des ciseaux, elles se confectionnent des parures dignes de leur jeunesse.

Il y a un peu moins d'une année, elles nous trouvaient osées. Mais maintenant, ces filles veulent aussi croquer dans la pomme de la vie par leurs vêtements légers. Partout, on voit les petits chapeaux ronds feutrés, les couleurs vives des souliers et les jupettes d'écolières. Mais les vêtements ne font pas la flapper. C'est une attitude plus qu'une mode, une façon de vivre jeune et libre. Et ce ne sont pas toutes les filles qui osent, coincées dans notre monde ancien, tenant encore le gros bout du bâton de la menace et de la peur.

Pour elles, Sweetie est un modèle. Non seulement se rendent-elles à la salle de l'Impérial pour l'entendre, mais aussi pour voir de quelle façon elle est habillée. Il faut dire que ma pianiste est une véritable carte de mode, qu'elle devance ce qui se porte à Trois-Rivières, car, en général, elle continue de s'habiller à New York. Sa sœur Judy lui envoie des journaux de mode. Sweetie indique ce qui lui plaît et retourne le tout avec un chèque. Un mois plus tard, cinq nouvelles pièces toutes fraîches viennent enrichir son impressionnante garde-robe. Moi aussi, je profite de cette chance! Je reçois des plans de coupe et ma belle-sœur Céline me fabrique les vêtements à la fine pointe de la mode américaine.

J'aimerais bien visiter New York. Je l'ai suggéré à Sweetie. Elle a haussé les épaules en disant: «Plus tard.» Quand le verre de trop arrive à sa bouche et qu'elle est de bonne humeur, Sweetie me parle de New York et de cette vie fantastique qu'elle a délaissée pour venir ici. Les orchestres de jazz dans les speakeasies! Les spectacles des Ziegfeld Follies! Les meilleurs films deux heures après leur sortie des studios californiens! Et les flappers partout dans les rues!

Ce qui manque pour compléter les vêtements et l'attitude flapper, c'est une héroïne. Un modèle! Par enchantement, juste au moment où j'y pense, elle arrive! Elle se nomme Colleen Moore et c'est une actrice de Hollywood. Sweetie et moi sommes à Montréal pour les disques et les livres - j'en profite pour vendre deux toiles - quand nous apercevons un long cordon de jeunes filles semblables à nous, devant la porte d'un cinéma. Nous jetons un coup d'œil à l'affiche et voyons Colleen. «Regarde, Sweetie! L'actrice est coiffée un peu comme nous!» Hop! au bout de la file!

Flaming Youth! Sweetie est incapable de trouver l'équivalent français pour ce titre et je n'ai guère besoin de le savoir! Tout est en place pour Colleen Moore: cheveux courts - mais vraiment très courts - les bas roulés et son irrespect pour les conventions du vieux monde. Elle boit sec, fume beaucoup, danse énergiquement et règne sur toutes les fêtes et réceptions. Il y a en prime une scène très osée d'un bain de minuit où on peut voir, à travers un nuage d'ombres, les provocantes silhouettes des jeunes. La séquence devait être plus longue, car les couteaux de nos censeurs ont encore charcuté des images. Mais la finale est stupide: la flapper repentie retourne chez ses parents en comprenant que, dans la vie, il y a davantage que les fêtes. Pouah! Mais ce n'est pas important, cette conclusion moralisatrice! Voilà enfin un film qui colle à la réalité des jeunes femmes nord-américaines. Adieu les héroïnes sophistiquées à la Shearer et à la

Swanson! Au revoir les ingénues à la Gish et Pickford! L'ère du jazz vient d'envahir nos écrans. En sortant, toutes les spectatrices sont unanimes: Colleen Moore est l'actrice la plus fantastique de tous les temps!

«Tu crois que ce film va venir à l'Impérial?

— J'espère beaucoup! Tout le jazz que je pourrais jouer avec ces images!

— Toi et Colleen Moore! Ce serait un cocktail explosif!

— Quel cocktail?

— Je veux dire que... qu'elle est extraordinaire et toi grandiose! Ça ferait des étincelles!

— Ah! je comprends! ...cocktail?

— Elle est vraiment superbe! Et sa coiffure! Et la scène du bain!

— Mais ce n'est pas une nouvelle actrice, you know. Je l'ai souvent vue dans d'autres productions.

— Mais avec ce film, elle deviendra une grande étoile! Un film flapper! Bravo! Je suis aux anges!

— Tu es quoi? Aux anges? Qu'est-ce que les anges ont à voir avec ce film?»

(Sweetie ne fait pas exprès pour me questionner tout le temps sur certaines expressions de la langue française. Roméo, qui est bilingue, m'a expliqué que la langue anglaise est plus logique et fonctionnelle que la nôtre. Alors, des agencements particuliers à notre dialecte peuvent paraître très illogiques pour les Anglais. Ils ont certaines de ces expressions dans leur langue, mais pas autant que nous. Je comprends pourquoi elle dit que le français est amusant.)

«Ça veut dire que je me sens très bien. Un ange, c'est très bien, non?

— Oui.

— Je suis aux anges signifie que je suis très bien, que je suis comblée.

— Isn't it cute?»

Avant de boire et de danser, nous cherchons dans tous les magazines des articles sur *Flaming Youth* et Colleen Moore. Nous n'en trouvons qu'un. Mais je suis certaine que la frénésie flottant dans la salle de Montréal est la même ressentie partout en Amérique pour cette actrice flapper.

À son retour à Trois-Rivières, Sweetie s'empresse de demander à son patron si le film de Colleen allait passer bientôt à l'Impérial. Il hésite maladroitement avant de lui avouer que la compagnie de production de ces films est plutôt associée avec le distributeur fournissant le Gaieté. «Mais je peux prendre des arrangements», s'empresse-t-il d'ajouter, craignant que Sweetie ne démissionne de l'Impérial pour travailler au Gaieté et avoir ainsi le plaisir de jouer sur les films de Colleen. Il faut dire que Sweetie est dans une position plus que confortable face à son emploi. La salle de l'Impérial est toujours remplie quand elle s'y produit. Des gens se présentent pour demander si l'Anglaise est au piano. Quand ce n'est pas le cas, ils s'en retournent à la maison!

Monsieur Robert, patron du Gaieté, lui a fait des offres d'or pour qu'elle travaille pour lui. Sa salle est à peu près vide quand Sweetie donne son spectacle à l'Impérial. Le public boude de plus en plus le Gaieté depuis l'arrivée de Sweetie chez le voisin. Ma flapper dit qu'un jour, elle ira travailler au Gaieté. À New York, Sweetie se servait de situations similaires pour faire grimper son salaire. Elle veut faire la même chose à Trois-Rivières, mais agit plus prudemment, à cause de son statut d'étrangère ne possédant qu'un permis de travail et de séjour.

Pour qu'elle puisse devenir canadienne, Sweetie doit prouver son apport au développement de notre société. Des ingénieurs, des hommes de science, il n'y en a pas beaucoup dans la province de Québec, d'où la présence de tous ces Anglais chez nous. Mais des musiciens, il y en a dans tous les cantons. Cependant, des musiciens exceptionnels qui font grimper le chiffre d'affaires d'un établissement ne sont pas monnaie courante. C'est pourquoi Sweetie reste à l'Impérial, même si le Gaieté lui propose plus d'argent. Elle aura besoin des bons mots du patron, de la lettre de recommandation aux responsables de l'immigration.

Sweetie doit aussi montrer son utilité à l'avancement du Canada. Pour remplir cette condition, depuis deux mois, elle donne des leçons de piano à des enfants. De façon très sérieuse et pour pas très cher. Et comme ce sont tous des enfants de patrons des usines... Elle ne leur enseigne pas le jazz, ni le rag. Que du classique. Avec gammes et portées. Et une sucette pour le petit chéri qui se prive de fausses notes.

En attendant la venue des films de Colleen à Trois-Rivières, Sweetie et moi décidons d'imiter davantage la coiffure de notre nouvelle idole. Nous coupons encore nos cheveux! Toujours plus court! La nuque dégagée, le toupet bien droit sur notre front et des pointes cachant nos oreilles. Avec cette coiffure, plus besoin de peigne, ni de brosse! Pour nous coiffer, au réveil, nous n'avons qu'à bouger la tête! Ce style nous fait ressembler à des poupées japonaises. C'est jeune! Fou! Et jazz! C'est flapper! Et ça efface à jamais le passé féminin des années dix! En nous voyant l'une à côté de l'autre, on dirait deux jumelles sorties de Hollywood ou de New York. Mais surtout pas de Trois-Rivières. Les filles de la Wabasso regardent nos cheveux en serrant les lèvres, se demandant si nous n'avons pas été trop loin.

«Tu es terrible, Jeanne. Mais c'est bien quand même. C'est joli. J'envie ta chance, ta liberté.

— Pourquoi ne le fais-tu pas, Lucie? Viens chez moi! Je sais très bien couper les cheveux!

— Si je fais ça, je vais décevoir mes parents. Je ne peux pas.

— Il faut oser, Lucie. Oser! Toi qui chiales toujours contre tout, tu ne devrais pas avoir peur d'une convention sociale semblable. Et tu aurais moins chaud à ton usine!

— Toi et Sweetie êtes d'ailleurs. Moi, je ne suis qu'une petite catholique canadienne-française.

— Cette peur...

— Je n'ai peur de rien. N'en parlons plus! On est amies quand même, non? On peut s'amuser malgré tout? Tiens! J'ai un peu d'argent! Nous irons à l'Expo ensemble!»

À Trois-Rivières, il n'y a qu'un seul événement pour rassembler jeunes et vieux: l'exposition agricole. La semaine de féerie pour les enfants, de l'étonnement pour les vieux, de la nostalgie pour les ouvriers anciens agriculteurs. Il est beau, mon bœuf? Elle est rouge, ma tomate? Elle a de gros tétons, ma vache? Il pue, mon cochon? Enfin, moi et les animaux de la ferme...

Heureusement, l'exposition n'est pas qu'agricole. Elle

est aussi moderne! Dans un édifice, des commerçants exposent leurs plus beaux meubles. Et des gens de la grande ville arrivent avec un plein wagon d'appareils électriques dernier cri! J'ai même entendu parler d'une glacière qui fonctionne à l'électricité et qu'on installe à l'intérieur de la maison! Ce sera très commode en hiver.

Par-dessus tout, ce que je préfère de notre exposition est le cirque américain et son parc récréatif. Des bidules de métal et de fer, s'élançant vers le ciel pour nous faire chavirer le cœur en tous sens. Parfois, ils emmènent des êtres étranges cachés sous des tentes mystérieuses. Une femme de 500 livres, un homme à trois bras, une fille barbue... Pauvres hères! Quel destin cruel de devenir des bibelots fêlés pour la curiosité morbide des Trifluviens!

Cette année, l'exposition fête ses noces d'argent. J'ai grandi en même temps qu'elle. À chaque visite, j'ai souvent l'impression de retrouver une amie d'enfance, toujours attentive à mon goût de m'amuser. Bien sûr, si l'envie de tourner dans une grande roue me prend, je n'ai qu'à sauter dans le premier train pour Montréal: il y en a tout l'été. Mais l'exposition de Trois-Rivières, c'est un peu comme si tous les amuseurs, artistes et saltimbanques venaient dans mon salon.

Et puis, il y a Sweetie, folle d'excitation face à un tel événement. L'an dernier, nous y avons passé la semaine. Arrivant de bon matin avec nos sacs de sandwichs, nous repartions à la fermeture avec dans les bras des chiens en peluche que des garçons nous avaient gagnés aux jeux d'adresse, dans l'espoir de nous séduire.

Pour cette saison, les organisateurs nous promettent encore plus d'attractions nouvelles et de spectacles inédits, dont celui d'un homme s'envolant dans un ballon à air comprimé pour redescendre en parachute. Woopee! Quelle sensation cela doit être de pouvoir s'envoler (comme un oiseau) puis de se jeter en bas avec le fol espoir de ne pas voir la corde se coincer! Un jour, j'irai en aéroplane pour vérifier la petitesse de ce monde.

Pour Sweetie et moi, c'est aussi une belle occasion d'affirmer publiquement notre différence. L'été dernier, ma pianiste avait eu le chic de traîner des vêtements de rechange avec elle, afin d'apparaître trois fois modifiée dans la journée! Une vraie flapper professionnelle! Il fallait voir tous les garçons s'agglutiner autour d'elle pour avoir la chance d'essayer de la flirter!

«Jeanne! Il nous faut des amoureux! Toutes deux en même temps! Ce n'est jamais arrivé! Sautons dans l'occasion: il y aura plein de garçons sur le terrain.

— Bof...

— Juste pour un mois!

— Et après? Qu'est-ce qu'on en fera?

— Je te donnerai le mien et tu me donneras le tien pour un autre mois! Isn't it cute?

— Bof...

— Fais-moi du plaisir!»

Nous sommes les premières sur la lignée pour l'ouverture. La cérémonie est trop longue. Le maire, habillé en maire pour l'occasion, offre un discours plein de vibratos indigestes, tandis que ses échevins sont transformés en statues de cire à ses côtés. Mais quand enfin son imbécile de ruban est coupé, c'est la folle ruée vers les exposants ou les mécaniques tournantes.

«Allons voir les exposants, pour nous en débarrasser tout de suite!

— Se débarrasser des exposants?

— Tel quel, Sweetie!»

Rien de spécial. Des beaux objets. Des laids aussi. Et des pires. Il y a un homme qui vend des toiles: encore des maudits paysages. Sweetie admire les phonographes dernier modèle et je m'attarde aux automobiles. Mon amie s'extasie devant un énorme piano blanc.

«Bon, on a tout vu. Allons nous amuser.

— Damned! Ce piano...

— N'en fais pas une montagne. Ce n'est qu'un piano. Allons nous amuser!

— Faire une montagne d'un piano? Alors là, je ne comprends plus rien à rien.»

Des hommes aux voix puissantes aboient des invitations bilingues, trois balles à la main. On dirait qu'ils sont en compétition afin de désigner celui possédant la voix la plus criarde. Sweetie donne son cinq sous et lance les balles n'importe où. Puis elle recommence. Inévitablement, un homme s'arrête pour lui enseigner la bonne méthode. Parfois, c'est un jeune. D'autres fois, un vieux. Comme dans le cas présent. Il ne fait tomber qu'une quille, l'idiot. Sweetie joint les mains, sautille sur place en avouant son si si si si grand désir de gagner cet ours en peluche. L'homme dépense trois dollars avant d'y arriver. Comme une danseuse de ballet, Sweetie se grimpe sur le bout des orteils pour l'embrasser en disant: «Thank you, darling!» Aussitôt éloignée, elle donne l'ours au premier enfant rencontré.

Un musicien ambulant amuse les curieux avec son instrument à feuilles perforées. Sweetie fait «peuh!» en haussant dédaigneusement les épaules. Ces machines automates la mettent hors d'elle-même, tout comme dans mon cas j'ai des nausées en voyant des pots de fleurs sur une toile. On est des artistes intègres, nous!

«Grimpons là-dessus! Ça tourne dans tous les sens et ce sera palpiteux!

— Palpitant, Sweetie. Palpitant.

— En plus? Damned!»

Ces engins à roulettes et à chaînes sont de plus en plus audacieux. Ils nous donnent le sentiment de danger qui, si souvent, manque à notre vie. Sweetie m'a longuement parlé du parc d'attractions de Coney Island, près de New York, où on peut voir les machines les plus modernes et excitantes. Il y a une plage à même le parc. Diable que j'aimerais aller à New York!

«Regarde ces deux-là. Invitons-les à monter avec nous et on va leur tenir le bras en hurlant très fort. Ils vont aimer ça. Lequel choisis-tu?

— Oh, Sweetie, pas tout de suite...

— Jeanne, tu as fait la promesse! Moi, je prends le petit! Il a l'air d'un garçonnier! Isn't he cute?

— Un garçonnet, Sweetie. Un garçonnet.

— Tu crois?»

Les flappers commettent des gestes que les filles bien ne doivent pas faire. Comme celui de Sweetie qui siffle les garçons et leur hurle: «Hey! Vous êtes deux, on est deux!

Allons là-dedans en couple!» L'un ouvre grand les yeux, se pointe du doigt, et ses lèvres murmurent un «Moi?» tout rondelet de surprise.

«Oui! Toi! Je suis Sweetie Robinson! Voici Jeanne T.!

— Je sais qui tu es. La pianiste.

— La pianiste et la peintre! Réalisez votre chance!» Il n'a pas le temps de placer un mot qu'elle l'a déjà saisi par le bras. Le mien s'appelle Hercule. Il est très grand, maigre comme un piquet, ce qui donne un aspect franchement ridicule à son prénom robuste. Nous grimpons. Sweetie hurle, même si le manège n'est pas encore en marche. Je l'imite, au grand étonnement de Hercule. Après trois tours, ils trouvent la situation drôle et se mettent à crier aussi. Mais en descendant, leurs deux amoureuses les attendent en tapant du pied. Elles se saisissent de leurs bras en nous lançant des dards avec leurs yeux. Je pouffe de rire.

«On ne peut pas tout avoir, Sweetie.

— La ferme!

— Ferme? Quelle ferme? Où vois-tu une ferme?

— Shut up!»

Sweetie continue à chercher ses proies. Mais en cet après-midi d'ouverture, il y a surtout des enfants. Les garçons sortant de l'usine vont sans doute venir s'amuser ce soir. Nous nous trouvons un coin d'herbe pour pique-niquer. Après le repas, Sweetie sort de son sac à main son flacon de whisky. Nous en prenons plus que prévu, excitées par notre conversation enthousiaste sur Colleen Moore. En retournant sur l'emplacement, j'ai l'impression d'être un peu saoule. Moment idéal pour ne pas rencontrer ma sœur Louise. Tiens, justement, la voilà!

«Tu pues la boisson! Tu es dégoûtante!

— Diable! Quelle gentillesse! Tu te rends compte, Sweetie? Ça fait six mois que je ne l'ai pas vue et elle m'accueille avec des mots si doux et tendres!

— Tu sais les malheurs qui t'attendent si tu ne te remets pas tout de suite dans le droit chemin?

— J'ai mon chemin. Et toi le tien!»

Sweetie m'entraîne par la manche. Elle a raison. Ne laissons pas cette crétine briser notre fête. Mais mon amie garde un silence lourd. De nouveau, elle se sent responsable et a peur de se faire détester par Louise. Je la rassure par un bécot sur la joue.

«Est-ce que je suis autant ivre?

— Mais non! Look! Soyons sur l'égalité, comme deux amies!»

Elle sort son flacon et prend une très longue rasade, me laissant la dernière gorgée. Adieu le flacon et au diable les bonnes âmes qui nous ont vues faire!

«Je connais un mot très amusant. Passer la brosse. Au bar, un homme m'a dit l'autre jour: "Tu passes la brosse, la pianiste!" Alors, je cherchais la brosse sans la trouver. Mais il m'a expliqué ce que ça voulait dire. Quelle langue amusante!

— Il s'agit plutôt de prendre une brosse.

— What? La prendre! La passer! Quelle différence?

— Boire comme un trou? Tu connais?

— Non. Boire comme... un trou? Isn't it cute?»

Nos rires me donnent le hoquet. Sweetie sent soudain sa tête tourner. Nous chantons fort en nous tenant par la taille et en nous cognant sur quelques passants. Bien fait pour eux! Ça leur apprendra à se mettre dans le chemin des reines flappers!

«J'ai une idée! Mangeons beaucoup et allons dans quelque chose qui tourne vite et haut! On pourra vomir et ça risque de tomber sur la tête de quelqu'un!

— Très bonne idée! Great! »

Des frites graisseuses font mon affaire, alors que Sweetie opte pour une barbe-à-papa sucrée et collante. Nous prenons place dans des petits aéroplanes suspendus par des fils de fer et tournant à vive allure de haut en bas et de bas en haut.

«Jeanne! Ça vient!

— Pas moi! Retiens-toi! Attends de passer près de la foule et jette tout ça sur eux!

— Je peux pas me retenir! I can't!

— Un effort! Hop! Prépare-toi!»

Magnifique! C'est tout sorti d'un jet double vers les badauds et, si je ne m'abuse, un homme en a reçu une partie sur son veston! J'attends le prochain tour pour vérifier et...

gagné! Le monsieur s'essuie, entouré de deux femmes qui le caressent avec des mouchoirs.

«Jeaaaaanne! Je veux descen-en-en-en-endre!

— Patience! J'ai l'estomac qui me gargouille encore!

— L'estomac qui te quoi...? Oooh! Not again!

— Vise! Oh! Sweetie... quel dommage! Un coup d'épée dans l'eau!

— Quoi?... Quelle épée?

— T'as raté! T'as jeté l'obus sur le pavé!»

En descendant, Sweetie se laisse choir par terre, dégoûtée, pendant que je me tords de rire en lui essuyant le bec. Ma tête tourne! Mon estomac se contracte! Je gonfle les joues et me précipite vite vers la clôture et jette tout ça sur le premier venu. Et c'était un curé! En le voyant aussi penaud, je me mets à rire en le pointant du doigt.

En cherchant à me rejoindre, Sweetie se cogne contre d'autres gens. Elle me tire par le bras, alors que je suis incapable de cesser de rire! Mais soudain, une main autoritaire nous coince. Un policier! Je m'élance mais mon pied rate la cible et je tombe sur mon postérieur. J'essaie en vain de le gifler. Il me serre le bras de façon un peu vive. Alors qu'il nous met à la rue, je l'inonde d'injures! J'ai le goût de grimper la clôture pour continuer de lui dire ma façon de penser! Sweetie est assise par terre, ébranlée et nerveuse. Je vais vite la rejoindre, la regarde dans le blanc des yeux, puis nous nous remettons à rire en nous éloignant, enlacées.

Le lendemain, les autorités nous interdisent l'entrée sur le terrain. Je ne pensais pas que l'incident de la veille provoquerait un tel drame. Je cherche à nous innocenter, mais il est vrai qu'avec notre allure, nous sommes repérables des milles à la ronde.

«Bon, c'est le dommage.

— Tu abandonnes trop vite! Nous allons entrer sur ce terrain les doigts dans le nez! Tu vas voir!

— Mais c'est très malpropre comme proposition!»

Sweetie doit me prendre pour une satanée têtue quand elle me voit revenir de la maison avec une pelle. Mais elle creuse sa part! Allez! Sous la clôture! Mais peut-être aurais-je dû oublier cette initiative, car c'est précisément ce jour-là que je dois tenir ma promesse concernant ces deux amoureux.

Sweetie fait son truc de lancer des balles n'importe où. Arrivent ces deux pinsons, tout droits sortis d'une usine de pâtes et papiers. Sweetie roucoule et ils nous suivent toute la soirée. C'est-à-dire qu'ils suivent Sweetie. Car moi, on le sait, je suis snob. Sweetie choisit le plus laid. Au départ, elle voulait le plus beau, mais elle était incapable de prononcer son Joachin de prénom. Elle opte pour Paul. Et Joachin me regarde de haut, les pouces accrochés à ses poches.

Nous quittons l'emplacement - par notre trou - et nous nous attardons sous des arbres. Je veux bien parler, être polie, faire connaissance, me montrer gentille, mais Sweetie se met à dévorer Paul. Joachin me regarde. Je ferme les yeux. Advienne que pourra! Il m'explore la bouche et je pense à autre chose. Il n'a pas très bonne haleine. Mais soudain, j'entends un paf! destiné à la joue de Paul. Ce qui donne à Joachin l'occasion d'enfin me laisser respirer. «Nous aimons nous amuser, mais nous sommes des filles honnêtes!» Bravo, Sweetie! Alors, on fait du main dans la main le long de la rue. Ils se mettent à raconter n'importe quoi. Je désire tant retourner chez moi et oublier cette histoire, mais en même temps, je ne veux pas déplaire à Sweetie. Nous terminons la soirée dans un petit restaurant avec promesse de nous revoir le lendemain soir.

De retour chez Roméo, le téléphone sonne depuis longtemps. Sweetie veut savoir. Tout savoir. Ce que je pense de Joachin, si je le trouve beau. Ce que nous allons faire d'eux. Et pendant combien de temps. Pour le paf!, Sweetie m'explique que Paul a fait glisser sa main sur sa cuisse.

«Tu te rends compte? Dans le premier soir!

— Impardonnable! Ils ne pensent qu'à ça, les garçons!

— Après une semaine, je ne dis pas...

— Sweetie, je ne sais vraiment pas si je vais suivre ton itinéraire dans cette aventure...

— Veux-tu rester vierge toute ta vie?

— Je t'expliquerai.

— D'accord! Puis! Il embrasse bien, ton Jomachin?

« — C'est dégoûtant! On dirait un chien qui me lèche la bouche!
— Montre-lui comment bien faire.
— Hein?
— Je t'expliquerai.»

Comme souhaité par Sweetie, tout ce tralala a duré un mois. Au bout de ce délai, nous étions supposées changer de partenaire, mais à la lumière de ces trente jours, nous avons jugé préférable de clore l'expérience. On en a vu de toutes les couleurs, chacune de notre côté.

Permissive, Sweetie a fait toutes les acrobaties possibles avec Paul. Celui-ci savait à quoi s'en tenir. Très clair dans son esprit. Sweetie le traitait en jouet et il en avait conscience. Or, il aimait bien ces amusements. Le problème est qu'il confiait toutes ses prouesses à son meilleur ami Joachin, qui arrivait chez Roméo les yeux brûlants de désir. Et moi qui supportais à peine ses baisers! D'ailleurs, il devait travailler quelques heures avant d'en obtenir un. Et pas très long. Sweetie s'est vantée d'un baiser de trente minutes. Moi, je lui en calculais un de vingt interminables secondes.

Le pire est que, malgré ces privations, Joachin est devenu fou d'amour pour moi. Tout y est passé: les fleurs, les lettres, les chocolats, les déclarations, les compliments et les larmes. J'étais principalement belle, avec tous les synonymes qu'il a pu trouver dans le dictionnaire de la bibliothèque de son quartier. Et puis si gentille, si tendre, si talentueuse. Et pas du tout snob! Ah?

Oh! pas un mauvais garçon, le Joachin! Loin de là! Un brave jeune homme! Mais un ouvrier d'usine, avec tout ce que ça comporte de différence entre sa réalité crasseuse et mon imaginaire artistique. Il avait cette manie de toujours arriver chez moi alors que j'avais une palette en main! Il m'a invitée à souper dans sa famille. Papa, maman, huit enfants et une mémère sans dents. Reçue en reine et mangé comme une truie. Ils nous ont laissé le salon. Chacun leur tour, ils venaient vérifier nos bonnes manières. Maman avec son plateau de sucre à la crème et papa cherchant une allumette pour sa pipe. Ils semblaient très fiers de voir leur garçon fréquenter une artiste réputée. Même si elle s'habillait un peu olé olé.

En réponse, Céline et Roméo l'ont convié à un dîner d'après messe. Je n'y tenais pas. Mais mon frère est devenu tout chose de me savoir à la main d'un garçon. La nouvelle a vite fait le tour de la famille Tremblay. La Jeanne se case enfin. Mon père est même venu pour me féliciter de mon sérieux et Louise m'a donné quelques conseils sur ce qu'une jeune fille honnête doit éviter de faire.

Les moments les plus agréables avaient lieu quand nous sortions à quatre. Pour danser, faire un pique-nique, assister à un concert ennuyeux au parc Champlain. Je me sentais en sécurité de savoir Paul et Sweetie entre nous deux. À chaque retour de fête, Joachin ne comprenait pas comment je pouvais boire et danser à toute vitesse, puis devenir raide comme un poteau électrique entre ses bras.

Tu veux vraiment le savoir, mon bonhomme? «Ça me dégoûte et je ne t'aime pas!» C'est à ce moment-là qu'il a fait sa crise de larmes. Je suis devenue mal à l'aise... Comment pouvais-je être si méchante envers quelqu'un de si gentil? De toute façon, un mois après notre rencontre, tout était terminé. J'ai brisé le cœur de Joachin. Et Paul est parti tout souriant avec la certitude d'avoir vécu des sensations dont il se souviendrait encore quand il serait vieillard.

Mais Joachin ne voulait pas de cette finale! Il m'a poursuivie pendant trois semaines. Coups de téléphone incessants, toujours à ma porte ou à ma fenêtre, se servant de Sweetie pour surveiller mes allées et venues. Paul essayait de le raisonner, mais Joachin le repoussait de la main. Un soir où Sweetie et moi sortions de l'Impérial, Joachin, totalement saoul, nous a barré le passage, hurlant à toute la rue des Forges que nous étions les pires salopes de la ville. On peut me traiter de n'importe quoi, mais il ne faut jamais utiliser ce mot!

Je me suis approchée à deux pouces de son nez et lui ai donné ce qu'il espérait depuis tout ce temps. À pleine main et en serrant très fort! Sweetie m'a promis que nous resterions entre filles pour un bout de temps. Mais deux jours plus tard, les yeux rêveurs, elle me disait: «Ils ne sont pas tous comme Jomachin, tu sais...»

«Tout ce qu'elle voulait, c'était faire Quasimodo avant Pâques.
Puis après, elle a laissé tomber ce brave garçon,
comme un chiffon sale.
Je prie pour elle tous les jours,
mais Dieu pardonne mal aux damnées.»
Louise Tremblay, sœur de Jeanne, septembre 1923.

Je l'ai achetée, mon automobile! Plus tardivement que prévu, mais je vais enfin rouler! Les gens vont croire que je me noie dans l'or. Des ouvriers travaillant dans les usines modernes de la ville industrielle par excellence de la province de Québec ne peuvent penser à se procurer une automobile. Et moi, l'artiste peintre, j'y arrive après moins d'une année d'économies. Mais j'ai travaillé, pour mon bonbon sur roues! Très fort!

Mais enfin, elle est entre mes mains, mon Overland! Je l'ai baptisée Violette! Quand j'étais enfant, je surnommais la première auto de papa du nom de Cocotte. Tout le monde à la maison parlait de cette Ford comme de la Cocotte. Donc, mon Overland sera Violette, du nom de la fleur et de la couleur favorite de ma poète Renée Vivien. Elle est merveilleuse et sent le bon tout neuf! Très classe! Pas un carrosse de vedette! Une rutilante comme ma jeunesse! Elle roule en ronronnant! Elle flotte! Elle glisse! Et contrairement à ce qu'en pense Roméo, je vais en prendre grand soin.

Évidemment, l'arrivée d'une voiture neuve dans le quartier devient une affaire nationale. Surtout quand c'est une jeune femme qui en est propriétaire. Jusqu'ici, généralement, les automobiles sont une affaire d'hommes. Je me demande même si je ne suis pas la première femme de la ville à en avoir acheté une. Que m'importe! Maintenant, je viens de doubler le nombre de mes amies. Elles veulent toutes faire un tour, tâter les sièges et la carrosserie.

Mais il va de soi que les premières personnes à avoir droit à une balade sont mon frère et sa femme Céline. Après tout, ils sont très bons pour moi. Ils endurent mes déplacements nocturnes sans me sermonner. Suite à un coup qu'on dit mauvais, Roméo ne me fait jamais la morale. Il se contente de me donner des conseils d'ami, de grand frère. Et c'est lui qui m'a aidé à acheter Violette. Car les moteurs et moi... La seconde à faire le tour d'honneur est bien sûr Sweetie! Elle regarde Violette avec un large sourire, marmonnant des compliments en anglais. Mais avec ma pianiste à bord, je roule un peu plus rapidement qu'avec la sortie teuf teuf de Roméo. Je me gare triomphalement en face du Gaieté, lui ouvre la portière. À l'affiche, il y a Colleen Moore et son film au titre extraordinaire: *The Perfect Flapper*! C'est Sweetie, la flapper parfaite!

J'ai le goût de parcourir chaque rue. J'ai l'impression que tous les gens me saluent. Grisée par ce sentiment de régner sur le toit du monde, je précipite un arrêt à cause de mon inattention. Le conducteur, qui est venu près de m'accrocher, descend de son véhicule, brandissant le poing en me sermonnant, insistant quatre fois sur le fait qu'une loi devrait être adoptée pour interdire aux femmes l'usage de l'automobile. Il repart. Je le suis! Je me colle à ses flancs! Je fais semblant de le harponner! Il perd patience! Hurle! Gesticule! S'arrache les cheveux! À la première bonne occasion, je le double, après l'avoir tassé sur le trottoir! Et na!

Le soir, je balade toutes mes amies de la Wabasso. On rit et on chante. On fait les folles pour effrayer les magasineuses de la rue des Forges. Toutes les filles m'envient. Je rentre chez moi comblée par cette journée. Ce n'est que le lendemain après-midi que je me rends compte que mon réservoir est à demi vide, tout autant que mon porte-monnaie. Diable... dans mon beau rêve, j'ai gommé cette triste réalité...

Une semaine plus tard, je peux entreprendre mon premier grand voyage. Il y a une danse à Shawinigan Falls. Cousine Marie et Sweetie sont de la partie, ainsi que Lucie. Toutes veulent conduire Violette. Dans le cas de Lucie et de Marie, ça peut aller, mais Sweetie traite vraiment trop Violette comme un rag sur son piano. Un beau voyage! Une bonne danse aussi! Mais un retour au ralenti. Encore un peu ivre. Je sens mes capacités diminuées. Mais quand un pneu fait pouf! je dégrise tout de suite.

«Tu sais comment remplacer ça, toi?

— Non, de faire Lucie.

— Moi non plus, de dire Marie, affolée.

— Bon... On n'est pas sorties du bois...

— Le bois? Celui-ci? Mais on n'est pas dedans.

— Oh! Sweetie! Je t'en prie! Ce n'est pas le temps!»

Dix minutes plus tard, nous entendons enfin une voiture. Nous nous plantons toutes quatre au milieu de la route en faisant des grands signes. En vain! Cet idiot passe à nos côtés dans un nuage d'indifférence. Sweetie lui hurle des mots vilains en anglais. Lucie-personne-ne-me-bouscule décide de remplacer la roue blessée, mais elle n'a même pas les outils nécessaires. Éclairée par nos allumettes, elle force comme trois chevaux à dévisser les boulons un à un. Peine perdue! Marie se met à brailler. Il fait noir et froid et il passe une automobile à toutes les heures.

Nous poussons Violette. Han! Han! Han! Et han! Nous chantons pour nous donner du courage. En fait, je crois bien que tout ceci représente une aventure amusante. Nous parvenons devant la maison d'un cultivateur, mais c'est pleine noirceur aux fenêtres. Sweetie décide de visiter la grange elle-même, à la recherche d'un tournevis. Mais elle sort vivement, les jambes à son cou en clamant qu'un taureau veut l'attaquer. En fait de taureau, Lucie ne trouve qu'une vieille laitière endormie et surprise. Nous, les urbaines... On fait tant de bruit que l'habitant se lève et sort, fusil à la main! Mais comme nous ne ressemblons pas à des renards attaquant ses poules, il nous remplace notre roue en deux temps, trois mouvements.

«Merci, monsieur.

— Vous voyez, les petites? Ce n'était pas la mer à boire.

— La mer? Ici? Et la boire?

— Sweetie, dis merci au monsieur et n'insiste pas!

— Oh! toi! Tu retardes mon évolution du français, ce soir!»

Roméo jure de me donner un abécédaire en mécanique durant l'hiver. Car le baptême de Violette ne dure que deux semaines. La saison froide sera bientôt là et je devrai entreposer l'Overland. Les fous roulant par temps froid enlèvent cinq années de leur vie à leur voiture. Je stationne sagement Violette dans le garage de Roméo. Nous la recouvrons d'un grand drap. Comme ces idiots d'oiseaux, elle reviendra toute gazouillante ce printemps. Je retourne au tramway pour les mois d'horrible blancheur.

«Elle est belle, l'automobile de Jeanne.
Mais je ne sais pas si elle va le demeurer longtemps.
Sur la route de Shawinigan Falls,
Jeanne roulait tellement rapidement que,
tout le long du voyage,
je sentais venir ma dernière heure.
C'est une voiture à son image:
jeune, solide, mais qui va trop vite.»
Marie Tremblay, cousine de Jeanne, octobre 1923.

En novembre, je travaille à mon commerce de cartes de souhaits, imprimant à nouveau les modèles de l'an dernier et créant d'autres dessins de Noël. Roméo réussit le tour de force d'en écouler un lot au célèbre magasin Dupuis de Montréal, avec promesse de ne pas en vendre à leurs concurrents. Me voilà avec une forte somme d'argent pour remplir mon coffre vide.

J'ai bien besoin de ces dollars. Il faut avouer que mon service de peintures vendues aux commerçants commence à piquer du nez. Après trois années, probablement que chaque maison bourgeoise, chaque établissement commercial a sa toile signée Jeanne T. On commence à me dire: «J'en ai une. Tu ne te souviens pas?» Alors, la vente de cartes de souhaits est une bonne alternative. Roméo pense aussi à des cartes pour Pâques, la Saint-Jean-Baptiste, la fête du Travail, et même la Sainte-Catherine! Roméo voit grand. Moi aussi. Mais pas autant que lui.

Je veux de l'argent. Beaucoup d'argent! Car les billets procurent les vêtements, les disques, les soirées de danse, les voyages à Montréal et les livres de poésie. Pour vivre pleinement mon état de flapper, j'ai besoin de billets de banque. Et ce n'est pas en vendant de temps à autre une toile à cinq dollars que j'aurai les sous nécessaires à mon rythme de vie.

Sweetie n'a pas ce problème. Elle gagne un excellent salaire à sa salle de cinéma, et sa mère, à son décès, lui avait laissé une petite fortune. Dans un mois, elle fêtera le deuxième anniversaire de son arrivée à Trois-Rivières. Elle donne des cours de piano, travaille fort et fait prospérer le commerce de l'Impérial. Légalement, elle est sans tache et elle s'est vite acclimatée à notre langue - elle s'améliore beaucoup - et à nos mœurs. Conséquemment, elle a demandé à devenir canadienne.

Souvent, lors de nos sorties, elle paie mes consommations. Et le contraire est déjà arrivé. Entre amies, ces questions ont peu d'importance. Quand elle me demande de venir prendre un verre après la fermeture de l'Impérial, je ne regarde jamais ma tirelire avant de partir. Ainsi a-t-elle payé nos deux derniers voyages à Montréal.

Il n'y a pas à insister: pour vivre pleinement notre flappernité, c'est à Montréal et chez les Anglaises qu'il faut aller. Pour les orchestres de jazz, les vêtements fous et les soirées de danse à l'emporte-pièce, il n'y a que la métropole. La dernière fois, il y avait un concours de danse. Même avec un partenaire que je ne connaissais pas, je me suis classée sixième. Sur trente couples, ce n'est pas un mauvais rang! C'est naturel chez moi: je suis sautilleuse. J'assimile tous les pas en trente secondes et j'ajoute un peu de mes mouvements naturels. Quand la musique vient m'étourdir, je m'envole hors de ce monde. Si je n'étais pas peintre, je serais probablement danseuse professionnelle. Et j'irais au music-hall de Paris ou chez les Ziegfeld de New York!

J'ai tant besoin de danser! Avec la peinture, les poèmes de Renée Vivien et l'amitié de Sweetie, la danse représente ce que j'aime le plus dans la vie. Et on dirait que chaque semaine apporte un nouveau pas dans les danses modernes américaines! Et quelques-unes viennent aussi de Paris! Il paraît que Montparnasse est envahi par le jazz et que leurs garçonnes valent bien nos flappers. Dansez! Dansez, jolies fleurs françaises!

Et puis une bombe éclate au moment où on s'y attend le moins: nos curés veulent interdire la danse! À la une dans les journaux! Les catholiques et les protestants s'unissent pour condamner les danses modernes! Le tango! (Bof...) Le fox-trot! Le turkey-trot! Le cheek-to-cheek! Le one-step et - horreur! - le shimmy! À pleines pages! Plusieurs jours de suite!

Ils s'en prennent aussi aux vêtements à la mode «qui offensent la modestie», au théâtre «instrument de déformation mentale» et enfin au cinéma qui est pour les spectateurs «une occasion de péché mortel». Sans oublier le commerce des boissons illicites. Diable! Je suis FI-NIE!!!

«Roméo m'a dit de ne pas en faire un plat! Non mais, tu penses qu'on va se laisser faire?

— Faire un plat? Tu veux dire... comme de la potasserie?

— De la poterie, Sweetie. Pas potasserie: poterie.

— Oui. Poterie. Pourquoi faire de la poterie? Quel est le rapport avec la décision?

— Sweetie! La situation est grave!

— Surtout s'ils veulent vider les salles de cinéma pour mettre de la poterie. Je vais perdre mon emploi, moi.

— Qu'est-ce qu'on fait?

— Je ne sais pas. Mais pour les plats, oublie-moi. Je ne suis pas habile avec les travaux des mains.»

Roméo croit que c'est une déclaration dont personne ne parlera dans un mois, que les hôteliers ignoreront ces ordres. Les lettres pastorales vont et viennent comme les saisons. Il prétend que ce n'est pas la première fois que cela arrive, qu'autrefois les curés s'attaquaient aux gigues et aux cotillons. Il est vrai que nos danses sont moins sages qu'une valse. Mais c'est l'époque qui le veut! Autrefois, nous vivions dans la prudence et la peur. Les danses reflétaient ces états d'esprit. Mais notre temps est plus joyeux! Après la guerre, il s'est passé... oh! et puis zut! Je ne reparlerai pas de tout ça.

«Tu te rends compte? M'empêcher de danser! Ils perdent les pédales, les curés!

— En hiver? Leurs pédales? Les pédales de leurs bicyclettes, tu veux dire?

— Non! Les pédales dans leurs têtes!

— Alors là, je ne te suis plus du tout...

— Il faut agir, Sweetie!

— Tu sais, dans les U.S.A., l'alcool est interdit et tout le monde est saoul quand même.

— Molle Sweetie! Tu es molle!»

Le lendemain, hop! Encore en première page! Et sur deux colonnes! Je téléphone à cousine Marie pour lui demander si elle veut se joindre à moi pour la danse de samedi prochain. Sa réponse ne laisse planer aucun doute: «Ah non, pas pour le moment.» Certaines filles de la Wabasso en font tout autant. «Je ne peux pas. Je n'ai pas d'argent.» Ah! cette peur de l'autorité! Surtout quand il est question d'enfer!

Et à qui cela s'adresse-t-il, au juste? Aux pauvres, probablement? Car, en fait de danses modernes, il n'y a pas de salle spécialisée à Trois-Rivières. Les riches ont leur salle Métabéroutain, avec des thés dansants chaque samedi soir. Une fois, avec Sweetie, on a été les espionner. Le nez dans la fenêtre, on les regardait dans leurs vêtements coincés, leurs conventions et leurs petits doigts bien droits. Est-ce que les lois du clergé s'en prennent à ce genre de danseurs? Je suis certaine que non!

Ce soir-là, en sortant du bar avec Sweetie, nous décidons d'aller faire pipi sur le perron de la première église venue. Au matin, rien n'y paraîtra. Mais il n'y a que ce geste symbolique pour satisfaire mon envie de me venger de leur étroitesse d'esprit. Je m'exécute pendant que ma flapper monte la garde en tremblant. Puis, elle s'installe à son tour et aussitôt que j'entends le bruit voulu, je crie: «Sweetie! La police arrive!» Elle hurle de peur et se met à courir en essayant de monter sa culotte! Je reste sur place, crampée d'un rire à n'en plus finir!

«You're nuts!

— Ah! Ah! T'aurais dû voir ta tête!

— You're crazy! Shit!

— Oh! la gentille petite Sweetie fâchée, fâchée en anglais! Kiss me et on n'en parle plus!

— No!

— Ne me dis pas que tu as eu peur? Habituellement, tu n'as pas froid aux yeux.

— Et ce n'est pas aux yeux que j'ai eu froid! Damned!»

Le lendemain, je décide de danser sur le perron de chaque église et à la porte des presbytères! Sans musique! Un shimmy endiablé! À Saint-Philippe, la servante sort me demander ce que je veux. Je danse! Je suis damnée! À Sainte-Cécile, le bedeau n'entend pas à rire et menace de téléphoner à la police. Et une grimace, tiens! Et pour couronner le tout, le presbytère de ma paroisse! Le vicaire sort, croise les bras et fait tss tss tss de la tête.

«Jeanne, il n'y a pas que des mauvaises danses. Il y a des danses sobres, bien de chez nous.

— Moi, je suis d'ailleurs, monsieur le vicaire! Je suis de New York et de Paris!

— Mais non, tu es la petite Tremblay de la rue Champflour. Et cesse de gigoter quand je te parle! Entre, il y a de la limonade et des biscuits. Nous serons mieux pour parler.

— Isn't it cute?

— Ne sois pas polissonne. Allons! Tu n'es plus une enfant. Tu es une jeune femme qui doit prendre ses responsabilités et servir d'exemple aux plus jeunes. Ton père s'en fait beaucoup pour toi.

— Moi, je vais danser! Personne ne m'empêchera de danser.

— Oui mais pour l'instant, tu vas t'essouffler. Entre. Il faut vraiment parler entre adultes. Il y a tant de choses dont j'aimerais t'entretenir. Ton frère Roméo ne jase jamais en adulte avec toi?

— On parle de littérature, de cinéma, de peinture et de Paris!»

J'ai droit à une leçon de morale. Un sermon. Un discours. Je suis tout le mal de la vie moderne. Je n'ai pas de vertu. Je parle mal. Je mâche de la gomme et je fume en public. Je bois. Je n'attache pas mes bas. Je m'habille court. Je siffle les hommes. Et je danse. On me pointe du doigt. Les vieilles filles m'en veulent. Je ne me douche pas à l'eau bénite. Je rate quelques messes. Dans le tramway, je fais des grimaces aux vieux. Je n'aime pas les policiers: ils sont trop beaux. Je suis une flapper! Oh! que tout ça va mal se terminer!

Je danse dans la rue Saint-Maurice! Je danse devant le poste de police! Sur les trottoirs de Sainte-Julie! Je me rends chez Sweetie en dansant. Je monte son escalier. Et je glisse!!! Et je déboule!!! Je descends express! Je me fais mal! Je me cogne la tête! Et je ne me souviens plus de rien, sinon que je me réveille à l'hôpital. Au travers du brouillard de mon regard fatigué, je distingue les silhouettes de Roméo, de

Céline et de Sweetie. Je ne sens plus mon pied gauche. Le bon Dieu l'a emporté pour me punir d'avoir trop dansé. Ma tête va exploser.

«Tu as une entorse. T'as le pied gauche gros comme ta cuisse. Et une merveilleuse bosse derrière la tête.

— Diable... C'est cette glace que je n'ai pas vue... Qu'est-ce qui va m'arriver?

— Des bandages, des compresses chaudes, du repos et une canne pour trois semaines.

— Oooh... maudit!

— Jeanne, je t'en prie.

— Maudit! Maudit! Maudit!

— Regarde. Sweetie t'a apporté des violettes.

— Ils m'ont eue, hein? Ils ont réussi à m'empêcher de danser?»

Elle reste sage, la Jeanne T. Devant le tableau fêtant l'arrivée de Sweetie dans sa vie. Je fais du douze heures face à ma toile. Il neige tout le temps. Noël approche. Tout le monde dans le tramway en parle. On va manger! On va veiller! On va se donner des cadeaux! On va danser! Danser? Ils vont danser?

Comme elle est étrange, la vie...

«Une triste expérience nous apprend que de nombreuses occasions de péchés naissent de la promiscuité des sexes, de celle qui se rencontre dans les théâtres d'amateurs et dans les bals. Ces amusements engendrent une familiarité dangereuse entre les deux sexes, favorisent le vice et ternissent, surtout chez les jeunes filles, ce blanc lis de chasteté, qui constitue leur principal ornement et qu'elles portent dans des vases fragiles.»
Cardinal Bégin, 20 décembre 1923.

J'ai achevé la peinture de Sweetie deux années après ce soir de janvier 1922 où, en pleine tempête, elle était entrée au *Petit Train* avec ses cinq valises à la main, pensant qu'il s'agissait de l'hôtel Canada. Il y a eu des ratures, des recommencements, des coups de pinceau inutiles. Il n'y a jamais eu de vide ni de découragement. Roméo dit que c'est la plus belle peinture de toute ma vie. Je le pense aussi. Elle ne sera jamais à vendre. Des œuvres comme celle-là, on n'en fait qu'une fois par existence. Elle est peut-être le centre de ma carrière. Avant, Jeanne T. était bonne. Puis, elle a fait Sweetie. Et après, elle a perdu la touche.

Je n'ai jamais parlé de ce tableau à Sweetie. Je voulais que ce soit une surprise. Mais je me doute bien que cet imbécile de Joachin a dû le dire à Paul, qui à son tour a confié le secret à Sweetie. Quand je téléphone à ma flapper pour lui demander de venir à mon grenier pour une surprise, elle a l'air au courant, tant sa joie semble préparée depuis quelques mois. Elle exprime sa satisfaction en anglais. Quand elle est contente, surprise ou fâchée, Sweetie l'est toujours dans sa langue. Puis, elle avance son bout de nez et regarde son visage sur ma toile, et soudainement, levant les bras au plafond, jette un œil vers Roméo en s'exclamant: «Regarde les détails! C'est comme si on me voyait les pidermes!»

«L'épiderme, Sweetie. L'épiderme.

— C'est ce que j'ai dit. Et mes mains! Look at mes mains! Je me souviens du froid. Mais de là à mettre une si petite teinte de rouge sur le bout de mes doigts, c'est... Damned, Jeanne! You're the greatest!»

J'ai l'air d'une élève de la petite école, titubant sur une jambe, attendant ma note d'examen. Sweetie passe une demi-heure à tout regarder à la loupe. Car des détails, des nuances subtiles de coloris, il y en a à profusion. Vue de loin, la peinture donne réellement l'impression de profondeur. On dirait Sweetie prête à sortir de la toile pour venir nous rejoindre. Puis soudain, l'émotion la gagne et elle se met à pleurer contre mon épaule, tout en continuant à marmonner en anglais. Céline et Roméo applaudissent. Mon frère fait éclater le bouchon d'une bouteille de champagne.

«Une grande occasion, ça s'arrose!

— Yes! Arrosons l'occasion!

— Mais un seul verre chacune! Ne buvez pas toute ma bouteille, selon vos habitudes de flapper!

— Mais non.

— Jeanne, en qualité de grande artiste, Sweetie, en tant que grand modèle, je vous lève mon chapeau!

— Pourquoi? Tu n'as pas de chapeau, Roméo.

— Ça veut dire que je salue votre grand talent!

— Isn't it cute?»

Après la sage fête de Roméo, nous nous rendons à l'hôtel ouvrir quelques Frontenac. Juste le temps de me rendre compte que les sévères ordres du cardinal Bégin sont vite tombés dans l'oubli. L'orchestre joue sa musique légère et les couples glissent à pas polis sur le parquet coloré. Sweetie bouche ses oreilles en entendant ce style de musique. Le serveur nous fait signe de nous calmer. Nous avons tant le goût à la fête que nous quittons cet endroit ennuyeux pour nous rendre dans une taverne. Je reviens à la maison au début de la nuit. Je range soigneusement la toile de Sweetie. Demain, j'irai la faire encadrer. En me retournant, je sursaute: Roméo est en pyjama près de la porte.

«Jeanne, je vais être obligé de faire mon rabat-joie.

— Non, non. Tu es le bienvenu.

— Tu bois beaucoup, Jeanne.

— Hein? Je ne suis pas saoule! Je n'ai pris que deux verres!

— D'accord. Je vais donc reformuler ma remarque: tu ne bois peut-être pas beaucoup, mais tu bois souvent.

— Je m'amuse, Roméo. Je fais ma vie. C'est tout.

— Tu sais que c'est ainsi que débute l'ivrognerie?

— Roméo, je t'interdis d'utiliser de tels mots! L'ivrognerie! Encore les mots de la peur, de la crainte de tout! De ta part, ça me surprend beaucoup. Je te croyais plus évolué. On dirait que c'est Louise qui vient de me parler.

— Du calme! Du calme, la Jeanne! J'essaie seulement de te donner un conseil amical. Ne monte pas sur tes grands chevaux.

— Des chevaux? Quels chevaux? Où vois-tu des chevaux ici? À cette heure?

— Ah non! Ne commence pas ce jeu! Ce n'est pas à Sweetie que je parle!

— Tout le monde en veut à Sweetie parce qu'elle est belle et sans gêne!

— Je n'ai pas dit que j'en voulais à Sweetie. Mais si tu insistes sur le sujet, je crois que Sweetie est beaucoup plus sage et contrôlée que toi et...

— Suffit, Roméo! Pas un mot de plus! Va te coucher! Laisse-moi!»

Le lendemain, je regrette la façon dont je me suis adressée à lui. Je crois, en effet, que j'avais un peu trop bu. Plus que les deux verres avoués. Dans ce temps-là, nos paroles ne concordent pas toujours avec notre pensée. Roméo est bon pour moi. Il n'a pas la sévérité abusive de mon père, ni le radicalisme de ma sœur Louise. Je suis bien dans son grenier. Je vis avec la famille de mon frère sans me préoccuper de leurs règles. Je suis libre. Il me conseille. Il m'aide. Il m'encourage. Cet argent gagné avec les cartes de souhaits, jamais je ne l'aurais eu sans lui. Pas d'exposition à l'hôtel de ville sans son dévouement. Il m'appuie dans ma carrière. Il est mon guide. Mon héros. Mon homme.

Quand je m'excuse et lui demande de me pardonner, il me rétorque avec le même ordre: bois moins. Bon. D'accord. Et de toute façon, ce n'est pas une mauvaise idée. J'ai plus de résistance que Sweetie, qui essaie de m'imiter et inévitablement devient malade. Si je bois moins, ce sera meilleur pour la santé de Sweetie. Et puis, je n'ai pas réellement besoin de consommer. J'ai mon flacon dans mon sac à main, mais je m'en sers juste pour effrayer les bourgeois. Hop! je me passerai de celui-là! J'ai aussi ma bouteille de cognac près de mon chevalet. Dorénavant, c'est au café que je vais me gazoliner avant une nuit de peinture. Je descends mes bouteilles à Roméo pour lui montrer ma bonne volonté.

Le lendemain soir, je refuse de suivre Sweetie au bar. Elle me demande si je suis malade. Lui racontant la promesse faite à Roméo, Sweetie hoche la tête, et, un peu gênée, m'avoue qu'elle-même trouve que je bois beaucoup. Je passe les nuits suivantes à peindre, mon gros bol de café à portée de la main. Mais l'hiver et son froid tranchant frappent aux parois du toit de mon grenier. Je descends chercher ma bouteille de cognac pour me réchauffer. Ce n'est pas mauvais pour la santé, un peu de cognac dans du café.

Le reste de l'hiver se déroule en catastrophe météorologique. Heureusement que Sweetie et moi avons trouvé notre chaleur ailleurs. Surtout à Montréal. Et par un disque formidable qui nous est tombé dessus: *The Charleston*, par Arthur

Gibbs. C'est une nouvelle danse. Une excessivement joyeuse, lancée par une comédie musicale de Broadway. Sweetie regardait les gros titres des journaux américains: le charleston fait des ravages! Mais comme gros titres dans les journaux de Trois-Rivières, on parlait surtout de l'état des routes et des succès de nos usines de pâtes et papiers...

Pour le charleston, il fallait se rendre à Montréal, dans les hôtels et salles de l'ouest de la ville. La folie! Une danse totalement hystérique qu'on peut exercer sans toucher à son partenaire. Et même pas besoin de partenaire, tiens! La danse nous fait ressembler à une marionnette manipulée par un épileptique. Moins les pieds touchent le sol, plus notre performance est applaudie. Et quand nos pieds s'envolent, nos mains suivent dans toutes les directions.

L'orchestre montréalais, un soir de février, a dû jouer la pièce huit fois consécutives, car les flappers ne voulaient pas s'exprimer sur une autre mélodie! Quelle traînée de poudre sur le rond de danse! En moins d'un mois, même les journaux parisiens en parlaient! Les garçonnes étaient emportées par le raz-de-marée du charleston américain! Kiki n'avait plus de rose entre les dents: Kiki dansait, tout comme Jeanne T. et Sweetic. Nous avions besoin d'une héroïne: Colleen Moore. Nous avons maintenant un hymne: le charleston!

À propos de Colleen, nous savons tout sur elle! Les magazines de cinéma, dont Sweetie est friande, nous parlent de sa vie et de ses projets. Son plus récent film, *Look You're Best*, est même venu jusqu'à Trois-Rivières! Mais dans la salle du Gaieté, Colleen sans Sweetie au piano, c'est un peu triste, mais c'est mieux que pas de Colleen du tout. Dans cette production, Colleen joue une danseuse qui a de la difficulté à rester mince, une condition nécessaire à sa carrière. Après avoir vu ce film, nos amies de la Wabasso sont excitées de savoir que Sweetie et moi ressemblons à une actrice de Hollywood. Nous leur montrons nos photographies de magazines et leur parlons de ces soirées de jazz à Montréal. Elles rient de nous entendre, nous prenant sans doute pour des Martiennes.

Soudain, une voix grave coupe nos bavardages féminins. «Tu ressembles à un garçon, avec tes cheveux courts. Bientôt, tu vas porter un pantalon!» Un grand gaillard à moustache est l'auteur de cette insulte. Lucie s'empare de son bras et me le présente comme Louis, son nouvel amoureux.

«Il y a une nouvelle race de femmes, mon ami.

— Penses-tu trouver à te marier, attriquée comme ça?

— Chaque chose en son temps.»

Il a un grand sourire niais. Lucie, voyant que je n'apprécie pas son intervention, s'interpose en termes amicaux. Cela vaut peut-être mieux, car, après tout, ce Louis sera probablement de la soirée que Sweetie et moi organisons pour samedi.

«Lucie m'a dit que tu danses en championne.

— Tout à fait.

— Je suis le roi du fox-trot.

— Le fox-trot! C'est démodé! Maintenant, il faut danser le charleston!

— Le quoi?»

Roméo me permet d'organiser des soirées une fois par mois. Ça l'amuse. Il nous observe. Il fait garder ses plus jeunes enfants par la mère de Céline et nous pouvons voir arriver la nuit au cœur de notre vacarme. Filles et garçons se passent le mot: il y a des soirées chez Roméo Tremblay. Organisées par sa snob de sœur et la pianiste anglaise. Tout le monde espère être invité, mais nous ne pouvons que les prendre à la douzaine. Mes amies - plutôt mes connaissances - que je préfère, tout comme Sweetie, sont ces filles de la Wabasso. Il me semble qu'elles, plus que tout autres, méritent des distractions gratuites.

Sweetie décore les tables et prépare les punchs. Je m'occupe des jeux de société et du lunch. Roméo nous autorise l'alcool et la bière, mais en quantité raisonnable. Lui-même participe timidement à la fête. Mon frère est avant tout un beau parleur: nos invitées adorent l'écouter raconter ses récits inventés ou réels. Sa femme Céline, excellente danseuse, étonne tout le monde. Ils se disent qu'elle fait jeune pour une mère de trois enfants. J'ai l'impression que Céline et Roméo auraient aimé avoir notre âge à notre époque. Mais ils ne sont pas si vieux, après tout! Même pas encore trente ans!

Pour notre rendez-vous de samedi, Lucie me jure avec

enthousiasme qu'elle m'a trouvé un garçon idéal. Le cousin de son Louis. Comme si j'avais le temps, avec six autres garçons à faire danser et mes devoirs d'hôtesse! Mais je ne peux rien refuser à Lucie. Tout le monde arrive à l'heure. Il ne faut pas rater une minute, surtout quand on sait que Sweetie va encore manger le piano et nous dérider avec ses imitations d'acteurs. Gentils, les gens apportent toujours un petit présent pour Céline et Roméo. C'est si rare, les soirées modernes à Trois-Rivières! Dans les autres, il faut danser la gigue et chanter des airs de nos ancêtres. Mais une soirée avec du jazz, des jolies toilettes et les danses à la mode, c'est tellement plus excitant et d'actualité!

Quand enfin Lucie arrive avec son Louis et son supposé trésor de garçon, la moutarde me monte au nez! Un militaire! En uniforme! Emmener un soldat dans la maison de Roméo Tremblay, le rebelle de la conscription! Lucie m'apporte cette année 1918 qui m'a enlevé mon frère Adrien, et a engendré la grippe espagnole qui a tué ma mère, mon petit frère Roger et fait dérailler mon père! Je m'apprête à pointer ce soldat du doigt et lui indiquer illico la sortie, quand Roméo avance pour lui souhaiter la bienvenue en lui serrant la pince. Mains sur les hanches, je tape du pied en regardant Roméo. Je croise les bras et boude. J'ai l'impression que tout le monde me regarde. Le soldat a l'air embarrassé, tout comme Lucie. Sweetie frappe dans les mains en disant: «Allez! Venez m'entendre! Vous allez devenir éblouis!»

«Être éblouis, Sweetie. Pas devenir éblouis: être éblouis.

— Allez et venez! Je vais jouer! Tu ne m'as jamais entendu jouer du piano, Jean-Paul? (C'est le prénom du soldat.) Non? Pauvre toi! Écoute-moi bien! Je suis in-cro-ya-ble!

— My pleasure, miss Sweet.

— Damned! Et il parle anglais, de plus! Isn't he cute?»

On a beau dire que sa vantardise semble exagérée, mais ça fonctionne à tout coup! Elle nous éblouit! Elle est fantastique! Mais je n'ai pas le goût de l'entendre. La démonstration de Sweetie met la fête en branle. Lucie en profite pour me retrouver. Je lui explique pourquoi je ne suis pas enchantée par ce soldat qu'elle me destine.

«Jean-Paul connaît tout ce que tu aimes. Les peintures,

les poètes et les affaires de Paris. Je lui ai parlé de toi et il a dit que c'était rare de trouver des jeunes filles s'intéressant à toutes ces choses.

— Bon, ça va. Je vais m'excuser.»

Je m'excuse, je l'ignore et je vaque. Je remplis mon verre. Tantôt, je donnerai une leçon de charleston. Ça me changera les idées. Mais partout où je regarde, il me semble voir le soldat. Les autres filles chuchotent entre elles. Le prestige de l'uniforme fait son effet chez ces naïves. Comme lors des parades de 1914. On connaît la suite. Quand il donne enfin l'impression de disparaître de mon champ de vision, il me fait sursauter en me tapotant l'épaule. Il me félicite pour l'organisation de la soirée.

Il essaie de faire son intéressant. Lamartine ou Claudel? Non, pleutre! Renée Vivien! Charlie Chaplin ou Mack Sennett? Non, idiot! Harold Lloyd! Lautrec ou Renoir? Non, chose! Les surréalistes! Et je parie qu'il ne sait même pas danser! Tiens, il sait danser. Et même le charleston. Monsieur sait tout! Monsieur connaît tout! Et la littérature aussi! Celle des salons chics, les grands classiques et toutes ces traces de boue du siècle passé!

Se sentant rejeté, il fait la bêtise de se coller le nez sur un de mes tableaux exposé au salon. De quoi m'attirer comme une mouche vers une crotte de chien. Il me décrit chaque coup de pinceau et devine tous les sentiments exprimés. Les autres filles s'agglutinent derrière nous pour l'entendre déclamer. Car il parle bien! Il connaît tant de choses que les autres ignorent. En fait, Lucie a raison: il est tout ce que je peux espérer d'un garçon. Roméo, dans un clin d'œil, me dit de monter lui faire visiter mon atelier et lui montrer mes œuvres importantes. Il fige devant ma peinture de Sweetie. Il se met à l'analyser. Je reste niaise à ses côtés, l'air embarrassée.

«Tu l'aimes beaucoup, n'est-ce pas?

— C'est la seule vraie amie de toute ma vie.

— Je veux dire, tu l'aimes?

— Bien sûr que je l'aime.»

Nous descendons pour danser et parler. Voilà qu'il m'entretient d'Art déco. Puis de Colette. Sans oublier Breton.

Entre deux gorgées, je croise ses yeux. Francs! Directs! Sans pudeur! Il a le béguin.

«Pourrons-nous nous revoir? Je ne suis qu'à Valcartier, près de Québec. Ce n'est pas long pour venir ici en train.

— Si tu veux.»

Je ne sais pas pourquoi je lui donne une telle réponse! Je viens de lui remettre les rênes. Allez, soldat, la jument a dit oui, chik! chik! chik! trotte et cours, Jeanne T.! Hue! À la fin de la soirée, il m'embrasse. Tout doucement. Mais ma main frôle son uniforme, me rappelant ainsi son cruel métier. Je me redresse, le gifle en lui ordonnant de ne plus jamais faire ça. Il est parti. Jamais revu. Ça ne fait rien. Je suis née pour peindre. Et une flapper n'est pas faite pour aimer. Je n'ai pas le temps.

«Jeanne a raté une belle chance.
Jean-Paul était distingué, savant et beau.
Quand je l'ai revu, deux semaines plus tard,
il a dit des choses vilaines sur Jeanne.
Mais avec des mots que je ne comprenais pas.
En tout cas, des mots qui faisaient péché mortel à entendre.»
Lucie Bournival, travailleuse à la Wabasso, mars 1924.

Quelle fierté je ressens en mai quand Roméo et moi sommes encensés par le tout Montréal! Lui lance un nouveau roman et moi, je présente ma première exposition dans la grande métropole. Le lancement du roman de mon frère n'est probablement pas comme à Paris, mais je peux rencontrer, à la petite réception, journalistes, écrivains et autres artistes. Ils me prennent pour la jeune épouse de l'écrivain trifluvien! Quel honneur! Alors Roméo, fier, me désigne comme la plus talentueuse de la famille: Jeanne T., artiste peintre. Je réponds de la main et d'un clin d'œil bien cadré en dessous de mon toupet Colleen.

Après cette cérémonie, Roméo m'invite à souper dans un restaurant chic. Puis nous visitons quelques boutiques d'art. J'ai apporté ma Sweetie, question de voir les réactions. Pas question de la vendre! Non! Juste voir leurs têtes et écouter leurs offres. Réactions très vives! Ils me proposent un prix dans les trois chiffres. Non, merci! Mais cela fait monter le prix de deux autres toiles suggérées en même temps. Je laisse aussi trois autres peintures surréalistes à mon marchand français. Je les peins à toute vitesse, sans y croire réellement. Même si c'est un peu démodé, j'aime toujours le vieux style portraitiste européen, que j'adopte à mon monde nord-américain. Le surréalisme, c'est pour mon argent de poche.

«Et si tout à coup il les vend quatre fois plus cher?

— Tant mieux pour lui!

— Soyons sérieux, Jeanne. Il faut gérer tes affaires. Il faut surveiller tout ça de près. Ton travail doit être récompensé à sa juste valeur.

— Roméo, je ne travaille pas quand je peins du surréalisme.

— Ce n'est pas une raison pour te faire voler.»

Une exposition d'art, dans un hôtel réputé de la ville, attire nécessairement une clientèle riche. C'est pourquoi Roméo gonfle le prix de mes toiles. En regardant ces acheteurs examiner mes peintures, je me sens mal dans mes souliers. C'est pour ces gens que je peins? Ces snobs? Ces vieux? J'entends même une vieille dame, avec un renard mort autour du cou, un chien gros comme un rat entre ses doigts, dire à une autre de son espèce: «N'est-elle pas châââââââârmante, la peûtite pâintre, avec ses vêtements dernier-criiiii?»

Et si je me mettais à dessiner pour les jeunes? À peindre mes compagnes de fête? Si je devenais la peintre des flappers, la Colleen Moore du pinceau? Manet a bien illustré le public des cafés-concerts de Paris? Et Renoir et son bal au moulin de la Galette? Ce ne sont pas des tranches de vie de la jeunesse de leur temps? C'est une bonne idée qui pourrait me permettre de me faire connaître aux États-Unis, et surtout à Paris! D'autres peintres viennent. Pour voir la concurrence. «Pas mauvais, pour une fille», de faire l'un d'eux. J'ai envie de lui labourer le visage à coups d'ongles! Mais ceux-là aussi ont l'air snobs. Et crétins!

Roméo repart pour Trois-Rivières en me recommandant cinquante fois de ne pas faire de scandale, de ne provoquer personne et de ne pas trop fêter tard. Car mon exposition dure une semaine de plus que son lancement. La presse a parlé de nous. Une famille talentueuse, titrait-on. J'ai bien aimé rencontrer les journalistes. Experts ou non, ils m'aimaient. Probablement parce que j'avais l'air de n'importe quoi sauf d'une artiste peintre. Une jolie fille pratiquant son art avec talent, c'est de la bonne copie! C'est plus intéressant qu'un laideron mal fagoté, portant en permanence ses larmes de l'artiste qui souffre. Dans le journal *La Presse*, il y avait une photographie de moi avec le commentaire: «Une garçonne de grand talent.» Je me sentais parisienne! Roméo parti, j'ai vite décidé de donner suite à ce compliment: DAN-SER!

À moi les hôtels! Leurs salles de danse! Les cathédrales du cinéma! Les galeries d'art! Les restaurants français! Les étalages de poésie dans les librairies! Parce qu'il faut bien le dire, poser en garçonne pendant six heures de temps pour des vieux barbus devient vite fatigant! Surtout que mon hall d'exposition n'est pas très grand. L'oiseau en cage ouvre sa porte à la fermeture.

Le lendemain matin, j'ai les yeux un peu petits pour m'exposer à mon exposition. Je m'endors. J'ai mal au ventre. Je cherche Roméo du regard et me frappe à celui d'une autre meudâme. Diable... Je fais fi des conventions et m'assois, sors de mon sac ma petite tablette à dessin, après avoir collé une cigarette à mon bec.

C'était si beau, hier soir, à la salle de danse! Je dessine les jolies flappers, leurs garçons, notre folie, tout en battant du pied sur un jazz imaginaire. Mes mains suivent ce rythme. Le dessin devient coquin. Je me siffle un air de Lys Gauty, une mélodie lente et romantique, et mon dessin adopte ce sentiment. Et le charleston chante de nouveau dans mon cerveau! J'ai si hâte que Sweetie soit là!

En l'attendant, je vais voir le nouveau film de Colleen Moore le soir même et je me laisse tenter par quelques vitrines de la rue Sainte-Catherine. J'achète un vêtement un peu osé: un pantalon. À la soirée d'il y a deux jours, une fille en portait un, ajusté à sa taille féminine. J'ai d'abord jugé cette idée curieuse, puis j'ai trouvé que cela lui allait bien. J'enfile mon pantalon dans ma chambre d'hôtel. Ça me frotte partout sur les jambes et je ne sais pas comment marcher. Et quelle chaleur et quel embarras! Je regrette mon achat! Mais le lendemain, quand Sweetie arrive, je l'accueille avec ce nouveau butin!

«Isn't it cute?
— Tu penses?
— Of course! J'en ai vu dans les livres de réclames que ma sœur Judy m'envoie de New York.
— Tu crois que c'est vraiment bien? Que ça me va comme un gant?
— Non, pas comme un gant. Plutôt comme un pantalon. Est-ce que je peux entrer dedans?»

Elle laisse tomber sa jupe, mais je me sens gênée de devoir enlever ce truc devant elle. Sweetie l'enfile en un saut de chat. Elle parade, mains sur les hanches, pendant que j'étouffe un rire en la voyant transformée en garçon.

«Tu te souviens de Jobyna Ralston dans *Why Worry?*, son film avec Harold Lloyd?
— Oui! C'est vrai! Elle portait un pantalon!
— Avec le cinéma, on apprend tout!
— Ça te gêne?
— Non, ça me frotte les jambes.»

À la danse, le port de ce pantalon m'embarrasse. Je vois les autres dans de si jolis ensembles et moi, j'ai l'air d'un gars cherchant une fille pour un one-step. Et on ne voit pas mes bas! Dans la salle de bains, je refile le pantalon à Sweetie, qui me prête sa jupe. Ah! enfin je respire! Sweetie aplatit ses cheveux avec de l'eau, et, cigarette clouée aux lèvres, me prend par la main en me demandant, de sa voix la plus baryton: «Chérie, m'accorderiez-vous cette danse?» Elle me mène comme un homme, et réagit comme un guerrier quand un beau ose une moquerie à son endroit.

«Si tu ne l'aimes pas, tu me le vends?
— Non! Je vais le garder! Pour le porter dans de grandes occasions! Pour effrayer!
— J'irai en acheter un demain. Tu nous vois à Trois-Rivières, dans la rue, en pantalon?
— Ils vont dire que les artistes perdent la boussole!
— Hein? Quelle boussole? Je te parle du pantalon.»

146

L'exposition a été un succès. Je pourrai en faire une par année à Montréal, sans aucun problème, puis une autre à Trois-Rivières. Roméo veut me trouver un coin pour Québec. C'est la première fois que j'ai l'impression que peindre peut être très payant. Ça ne me fait vraiment plus rien de vendre mes toiles! Il y a tant de plaisir à avoir avec cet argent gagné! J'ai surtout rapporté de cette aventure montréalaise l'idée de peindre tout ce que je vis dans les bars et salles de danse. Je veux devenir une peintre flapper!

«La flapper est féminine, très jeune fille moderne,
jolie avec ses coiffures courtes.
Même ma femme Céline tente de rajeunir avec ses
vêtements et sa coiffure, influencée par Jeanne et Sweetie.
Mais ce pantalon tend à déféminiser ma sœur.
Elle le porte expressément pour choquer.
Quand c'est fait, elle s'empresse de monter à son grenier
et de mettre ses jupes et ses robes.»
Roméo Tremblay, frère de Jeanne, juin 1924.

Depuis le retour des beaux jours, je peux enfin sortir mon automobile de sa caverne d'hibernation. Mais en semaine, pour mes petits déplacements, je préfère le tramway. Ça me fait économiser l'essence. Mais la fin de semaine arrivée, la Violette est reine des rues et des routes de la région! Le chemin du roi voit ses cailloux chahutés par la puissance motrice de Violette. En ville, j'essaie d'être prudente. On ne sait jamais quel chauffard nous guette au coin des rues. Mais en rase campagne, sur une route droite, c'est la vitesse qui fait circuler mon sang! Quoi de plus agréable que d'écraser la pédale, cigarette entre les dents, cheveux au vent, avec une Sweetie rieuse comme passagère. Et de doubler à la dernière seconde un bourgeois et sa dame, roulant comme des ancêtres sur la route vers Trois-Rivières. Et au passage, Sweetie leur tire la langue et je fais souffrir de joie mon klaxon.

Ma route préférée est celle de Shawinigan Falls! Elle est belle! Elle ressemble à notre époque! Elle monte et descend! Elle a le hoquet! Elle peut nous surprendre à chaque virage! Je l'utilise souvent. Il y a dans la capitale de l'électricité un hôtel à la salle de danse étonnante. Même les orchestres de jazz de Montréal viennent s'y produire. Chaque semaine, Sweetie, cousine Marie et moi prenons à notre bord deux filles de la Wabasso pour aller secouer nos pieds à Shawinigan Falls. Elles ont toujours hâte à ce samedi soir. Parce que la route est excitante, que la musique est bonne et qu'on trouve plus de garçons que de filles dans la salle. Il y a deux ans, les filles de l'usine cherchaient un mari. Mais aujourd'hui, elles pensent à attendre un peu et à s'amuser entre-temps. Le mari viendra bien vite. Et avec lui, la fin des vacances de la vie. Après la soirée, je laisse toujours une de mes invitées prendre le volant pour faire un bout de chemin. Ça leur fait tant plaisir, même si, la plupart du temps, elles ne savent pas conduire. Et puis, je suis trop saoule pour le faire.

Nos fêtes se transportent hors de la maison avec la venue de l'été. Nous sortons le piano, le gramophone et les disques et nous nous amusons jusqu'au coucher du soleil. Car après neuf heures, les voisins se plaignent et les policiers s'en mêlent et je ne tiens pas réellement à approfondir mes relations avec ces gens. Après l'heure de tombée, nous rentrons tout le bazar pour veiller jusqu'à minuit.

Nous avons aussi organisé une parade de mode avec les filles, qui portent nos vêtements. Et puis, maintenant, tout le monde connaît le charleston et les danses jazz! C'est lors de ces fêtes que je m'habitue à mon pantalon. Je commence même à penser que ce vêtement fait féminin. Pour l'automobile ou la bicyclette, rien de plus pratique et confortable! Le pantalon met en évidence nos tailles et nos formes. Sweetie a une taille de guêpe et moi, celle d'un bourdon. Un petit bourdon, hein! Tous les jeunes gens de Trois-Rivières espèrent être invités à nos réceptions! Ceux et celles, qui jadis me traitaient de snob, passent leur temps à me saluer et à me sourire, quand ils me croisent dans la rue.

Évidemment, le curé est venu se plaindre. Ils sont si bizarres, les curés. Mais les vicaires sont plus agréables. Certains curés sont complètement gâteux. Je vais à la messe selon les chorales de chaque paroisse. Souvent, je n'y vais pas du tout. Et quand je me rends en confession à Notre-Dame-des-sept-Allégresses, le curé Coiteux semble s'en lécher les doigts! Je lui raconte deux mortels, quelques véniels et demande ma pénitence. «C'est tout?» Oui, c'est tout, monsieur le curé. «Cherchez bien, ma fille.» Non, monsieur le curé, je suis certaine que c'est tout. Il en voudrait des montagnes! Et des salés! Il en souhaiterait pour deux heures. Parce que les curés sont toujours au courant de tout. Mais pour moi, boire deux bières, danser et m'habiller mode, ce n'est pas un péché. Ce le serait de ne pas le faire.

Un péché, c'est de la jalousie, de l'envie, de la gourmandise, de l'hypocrisie. Ce genre d'états qu'il est, je l'avoue, malsain de garder en soi. Mais oui, monsieur le curé: c'est tout. «Ton père et ta sœur Louise prient souvent pour toi, Jeanne.» Vous m'en voyez ravie. Les curés préparent les messes, voient aux naissances, mariages et enterrements, ils président ceci et cela, ils écrivent les sermons, se noient dans leur bréviaire; bref, ils s'occupent de toutes leurs affaires et ont le temps de voir à celles des autres.

Les vicaires, d'autre part, assistent le curé, conseillent les jeunes. On les rencontre chez le quincaillier ou au marché. Ils jouent au baseball avec les enfants. Ils distribuent des médailles aux vieilles femmes, ou, dans mon quartier, s'occupent de l'action syndicale des ouvriers d'usine. Quand ils me croisent, ils me sourient. Ils saluent tout le monde gentiment. Bref, ils semblent plus humains que les curés. Ils sont plus jeunes, probablement plus idéalistes.

Il y en a un que j'aime bien: le vicaire Toupin, de Saint-Philippe. Quand je peignais au parc Champlain, il pouvait me regarder pendant des heures. Une fois, il s'est avancé pour me demander si je voudrais bien lui faire un tableau. Je m'attendais à ce qu'il me demande une Nativité ou une Vierge, mais il m'a plutôt suggéré le dessin de paysans aux champs. Bien que je déteste gaspiller de la peinture pour ce genre de niaiserie, j'avais répondu à sa demande. Et gratuitement, de plus.

Sweetie dit souvent le mot «God», comme s'il s'agissait d'un patois, l'utilisant pour spécifier que Dieu dirige tout, de la pluie au beau temps, de son talent de pianiste à l'arrivée de nos trains pour Montréal. Roméo prétend que les Américains se servent du mot Dieu à toutes les sauces.

Mais je n'ai jamais vu Sweetie se rendre à l'église protestante de la ville.

Par contre, elle est chaque jour étonnée de la ferveur religieuse des Trifluviens. Quand Sweetie voit une procession, elle est prise de stupeur en se demandant tout ce que cela peut signifier. Puis, en constatant que je n'adhère pas entièrement à tout ce fard de soutanes, elle réalise mieux la distance de ma marginalité sociale et croit en un curieux danger pouvant me menacer. Lorsque Sweetie aperçoit les gens faire des signes de croix en passant devant les églises, quand elle est étonnée de voir des statues de la Vierge dans les pharmacies et quand elle constate que les films de l'Impérial sont mutilés par la censure, elle se demande dans quel monde elle vit. Souhaitant devenir canadienne, Sweetie se rend compte qu'une nationalité n'est pas qu'une question de territoire.

«Est-ce que je vais devoir me convertiser?

— Te convertir. Non, il y a des Canadiens français protestants.

— Où se cachent-ils? Enseigne-moi ta religion, Jeanne!

— Quoi?

— Je veux être une vraie Canadienne française! Montre-moi les choses importantes! Comme ce gars avec le cœur lumineux, qu'on voit partout.

— Oh! tu sais... Demande tout ça à ma sœur Louise. Elle est experte.»

Je ne croyais pas que Sweetie allait suivre ce conseil moqueur à la lettre. Dans *Le Petit Train,* il y a des crucifix et des images du Sacré-Cœur. Sans oublier une petite statue de la Madone. Derrière le comptoir. Près des verres à cola. Chaque semaine, le curé et le vicaire de la paroisse viennent rendre visite à Louise pour jaser avec cette catholique exemplaire et s'assurer que les jeunes flâneuses de la Wabasso se comportent bien. Il y a trois ans, je m'en souviens si bien, un garçon avait pris la main d'une fille. Louise les avait congédiés aussitôt, disant que son restaurant n'était pas un lieu de débauche! Avec Louise comme patronne du *Petit Train,* les parents savent que le restaurant est un lieu sain pour leurs grands enfants.

Or, Sweetie, ses robes décolletées, son maquillage, son vernis à ongles, ses bas déroulés et ses et cetera. représentent tout ce que Louise veut éviter de propager dans le restaurant. Quand je me rends au *Petit Train* avec ma pianiste, afin de parler avec les filles de l'usine, j'ai l'habitude de vérifier si Louise ne s'y trouve pas. Quand, en cas de malheur, je me trompe dans mon enquête, je sens tout le temps le regard froid de ma sœur dans mon dos. Polie et aimable avec la clientèle, Louise ne cherche pourtant pas à se débarrasser de Sweetie, et celle-ci feint d'ignorer le fait criant qu'elle n'est pas la bienvenue en ce lieu.

«Ton amie l'Anglaise est venue hier après-midi. Elle était habillée comme une Marie-Madeleine.

— Isn't it cute?

— Jeanne! Ne te mets pas à parler comme elle! Tu connais le danger que représentent les protestants. Que tu commences à t'exprimer comme elle me prouve ta contamination, comme je te l'avais dit. Je t'avais avertie, tu le sais. Calmement et amicalement, comme une grande sœur doit le faire.

— Ma contamination... Diable que tu exagères!

— Et pourrais-tu changer de patois, à la fin?

— Qu'est-ce qu'elle voulait?

— Elle voulait connaître nos saintes prières. Je lui ai fait comprendre qu'elle devrait plutôt s'occuper de son propre culte.

— Tu lui as refusé ce droit? Ça m'étonne de ta part, grande sœur. Ce n'est pas très catholique. Sweetie veut vraiment devenir une des nôtres. Qui sait si elle ne veut pas se convertir à notre religion?

— Tu crois vraiment? Je n'y avais pas pensé... Il est vrai que les pires pécheresses peuvent être sauvées et voir enfin la Lumière. Et moi... j'ai fermé mon cœur... Je ne suis pas fière de moi. Je vais m'en confesser.»

Dès le lendemain, après de probables longues heures à l'église et un examen de conscience, Louise ose monter jusqu'à l'appartement de Sweetie, au moment où j'ai les pieds nus sur le bois de la rampe de la galerie, un verre de cognac à la main et un chapeau de paysanne sur la tête, profitant de la canicule pour faire quelques croquis en plein air. Évidemment, Louise me reproche tout ceci, surtout l'horreur de mes orteils libres, qui s'offrent, dit-elle, à la vue de tous les passants. Le scandale des orteils! Le pape en parlera dans sa prochaine encyclique.

«Je veux m'entretenir avec ton amie.

— J'étais certaine que tu ne voulais pas me parler. Elle est en train de prendre son bain.

— Un mercredi après-midi?

— Les protestantes ne sont pas propres que le samedi soir.

— Comme tu es vulgaire, Jeanne! Après les bons sentiments de Sweetie, je travaillerai aux tiens.

— Je vais lui crier que tu es là. Sweetie! My sister, that old witch, is here!

— Encore cet anglais! Quand vas-tu perdre cette fâcheuse habitude?»

Le casque de cheveux se faisant vigoureusement frotter par une serviette, Sweetie se présente à Louise dans son léger peignoir, semant ainsi la panique. Il faut vite entrer, car si des passants venaient qu'à l'apercevoir avec cette protestante presque nue... Sweetie se rend compte rapidement du malaise de ma sœur et file mettre sa jupette, sa chemise et sa cravate, pendant que je verse de la limonade à notre invitée. Tout ceci promet d'être passionnant. D'abord, Louise tend un catéchisme à Sweetie.

«C'est la Bible des catholiques? Mon père me faisait lire la Bible, quand j'étais une petite girlie. C'était très long. Et quand je ne lisais pas à son goût, il me cognait la tête avec. Votre bible est beaucoup moins lourde. J'aurais dû naître catholique, ça m'aurait fait moins du mal au crâne.

— Ta mère était catholique, n'est-ce pas? Puisqu'elle venait de Trois-Rivières?

— Oui, mais elle ne parlait pas beaucoup de la religion. Pour marier mon père, elle a dû être protestante.

— Que Dieu ait son âme.

— Je l'espère pour elle.

— Non, ce n'est pas une bible. C'est un catéchisme.

— Qu'est-ce que c'est?

— Le livre des règlements», dis-je, sous le regard furieux de Louise.

Louise explique le guide d'usage du catéchisme: la section des prières, des commandements, des indulgences, le calendrier des fêtes, des recommandations pour les jours de jeûne et, en souvenir épouvantable de mon enfance, une version plus complexe des questions et réponses à connaître par cœur. Louise, les yeux aux cieux, confie dans un sourire que le catéchisme est son livre de chevet, qu'elle le parcourt chaque jour, qu'il est pour elle un soutien et une force dans les moments de malheur et de découragement.

«Isn't it cute? Mais je ne peux pas savoir tout ce livre par le cœur. En fait, je veux juste quelques trucs de base.

— Des trucs?

— Pour bien paraître parmi les autres Canadiennes françaises. À l'Impérial, je parle souvent à la clientèle, qui est catholique.

— Lis selon ton rythme. Quand tu auras des questions, tu me téléphoneras. Puis bientôt, j'espère, nous visiterons monsieur le curé pour discuter.

— C'est très gentil, miss Louise. Thank you.

— Et ce n'est pas tout. J'ai un beau cadeau pour toi.

— Oh! un collier! Look, Jeanne!»

Sweetie allait se mettre le chapelet de Louise autour du cou quand je l'arrête juste à temps. C'est moi-même qui lui explique l'utilité de ce cadeau, sous le regard soudainement fier de Louise, constatant que je n'ai pas oublié mes leçons d'écolière. Sweetie m'écoute, allumant une autre cigarette avec le mégot de la précédente, une jambe dénudée sur une chaise. Sweetie remercie encore Louise, qui part satisfaite, se disant sans doute que le chemin à parcourir sera long et ardu.

«C'est un beau collier quand même. Je vais le porter ce soir!

— Non, Sweetie. Ne fais pas ça.

— Pourquoi? Ce sera funny. Les gens vont voir que je m'intéresse à leur religion.

— Oublie cette idée.»

Elle étrenne le chapelet. Jésus lui balance entre les seins. Sweetie bouge ses épaules en riant comme une fillette. Elle me fait ses beaux yeux irrésistibles et je dépose les armes devant ses charmes. Après tout, je pense que ceci va clore la question, renvoyer Louise aux chaudrons du *Petit Train* et m'empêcher de passer des soirées à faire apprendre par cœur les règles du catéchisme à Sweetie. De plus, elle réalisera qu'elle peut devenir canadienne sans avoir à épouser notre religion et toutes ses règles contraignantes pour une vraie flapper. Sweetie, dans quelques instants, sera ce qu'elle est: une flapper et une Américaine.

À chacun de ses soirs de travail, des jeunes se massent devant l'Impérial pour la voir descendre de ma Violette, pour vérifier quels vêtements elle porte, lui demander ce qu'elle va jouer sur les films. Quand Violette tourne le coin de la rue Royale, je peux voir de loin les jeunes sautiller en nous pointant du doigt. Mais, évidemment, en apercevant le chapelet sur la poitrine de Sweetie, quelques-uns s'offusquent, crient au péché, au scandale, à un manque de respect des Anglais pour les Français, etc. Il y a même quelques mots vilains jetés sur un ton haineux. Je prends le bras de Sweetie pour la défendre et la guider à l'intérieur de la salle. Assise dans un fauteuil, reprenant son souffle, Sweetie serre les lèvres, enlève le chapelet qu'elle enfouit dans son sac à main.

«Je ne pensais pas... Damned! C'était juste pour être drôle!

— Je t'avais avertie. Allons, ce n'est pas si grave. N'en fais pas tout un plat.

— Quel plat? Ce n'est pas une question de plat, c'est à cause de ce collier catholique! Pourquoi me parles-tu de plat?

— Sweetie, t'es un amour!

— Tu ris de moi?

— Ce soir, après le dernier film, nous irons à l'hôtel et on va boire jusqu'à la fermeture, en dansant, en riant et en fumant! On va vivre dans le péché!

— Yes! Au fond, voilà la bonne et seule vraie idée!»

«En toute humilité,
je suis certaine de ne pas avoir manqué de tact.
J'ai senti une certaine sincérité chez cette protestante.
Mais Jeanne a tout gâché! Jeanne gâche tout ce qu'elle touche!

Dès ma visite suivante, je les ai vues toutes deux boire de l'alcool,
fumer et se poudrer le nez comme des filles de rien!
Si j'avais pris la bonne résolution
de faire mes prières en pensant à Sweetie,
je vais maintenant accentuer celles destinées à Jeanne.
C'est une urgence!»
Louise Tremblay, sœur de Jeanne, août 1924.

Ce bel été, passé à nous amuser, à boire, à visiter Montréal et ses salles de danse se termine mal quand Sweetie se déniche un nouvel amoureux. Je ne me souviens même plus de son nom. Je suis triste et heureuse de trouver Roméo près de moi pour me consoler. J'en profite pour travailler beaucoup. Deux surréalistes pour vendre, une commande d'un marchand de fruits, quelques nouvelles cartes de souhaits et deux peintures flapper. Toutes ces nuits avec mon âme triste et mon matériel de peinture! Et une petite bouteille de cognac pour me tenir éveillée. Et mes poèmes de Renée Vivien pour me faire rêver. Quand le jour se pointe, je me couche enfin, alors que mon frère et sa famille se réveillent. Rien de plus beau au monde que de s'endormir quand tout le reste fait le contraire.

Je suis bien réveillée quand la terre tremble à la fin de septembre. Vers quatre heures du matin. Broum! Broum! Mon pinceau bouge dans son bonheur de térébenthine. Je descends à toutes jambes cogner dans la porte de la chambre de Roméo. Il ne me croit pas. Il doit penser que je suis ivre. Je lui lance un jet d'haleine pour lui prouver le contraire. Je le traîne dans la maison, à la recherche d'objets ayant pu bouger. Rien! Je n'ai pas rêvé, pourtant! Je téléphone tout de suite à Sweetie. Oui! Elle a ressenti cette secousse!

Alors Roméo s'habille rapidement, téléphone à Montréal, à la police, aux hôpitaux. De l'excitation chez les Tremblay à la fin de la nuit! Nous sortons par les rues chercher des débris. Je conduis et il observe. Nous ne trouvons rien. Pourtant, les policiers de service disent qu'à Shawinigan Falls, quelques incidents ont été notés. Mais ici? Rien! Il ne se passe jamais rien à Trois-Rivières! Même nos tremblements de terre ne cassent rien!

Déçue par l'indifférence de Roméo, je vais plutôt chercher refuge chez Sweetie, avec qui je pourrai parler de ce grand événement. Mais la belle semble s'être endormie. Je sors ma clef de mon sac à main et entre doucement. Le silence dans cette maison où il y a toujours du bruit... Sweetie est étendue dans ses draps, les épaules nues. Je la regarde quelques instants. Elle a l'air d'une si jolie fillette. Je m'étends à ses côtés. Elle marmonne, me prend par le cou et dit un nom d'homme. «Oui, c'est moi!» fais-je de ma plus grasse voix. Elle crie et sursaute, me révélant sa nudité. Elle me lance son oreiller en m'insultant en anglais.

«Et le tremblement de terre? Je suis venue pour parler du tremblement de terre!

— Est-ce que la ville marche toujours debout?

— Toujours sur pied.

— Comment sur pied? La ville?

— Si elle est debout, c'est qu'elle a des pieds.

— Tiens... c'est vrai. Funny! Bon, dans ce cas, il n'y a pas eu de tremblement de la terre. Salut et bonne nuit.

— Ça ne t'a pas excitée? Que tout bouge?

— On en parlera tantôt.

— Puis-je dormir avec toi?

— Si tu ne ronfles pas.»

Le temps de me préparer, Sweetie dort déjà. Je me blottis près d'elle. Elle sent si bon! Mais j'ai du mal à m'endormir, craignant que le sol ne se remette à danser. À mon réveil, je suis étonnée d'avoir roupillé si peu de temps. Mais Sweetie ronronne confortablement, sa petite tête sur son oreiller.

Je vais lui faire la surprise de lui servir le déjeuner au lit! Tout en y travaillant, je fais un peu de rangement. Quel fouillis! Je ne suis pas la reine de l'ordre, mais dans son cas, c'est exagéré! Je passe un chiffon humide sur les meubles de la cuisine. Je vide les cendriers. Sur la table, il y a une lettre de sa sœur Judy. Sweetie l'aime beaucoup. Moi aussi.

Pendant que je prépare une omelette, j'entends le facteur monter. Tiens! Une lettre du gouvernement! Je crois qu'il s'agit de celle qu'attend Sweetie depuis longtemps. Il y a le mot «immigration» sur l'enveloppe. Je la dépose sur le plateau, entre l'assiette et le verre de jus. J'entre dans la chambre en gazouillant. J'ai le bon réflexe d'éviter le second oreiller qu'elle me lance, non sans avoir renversé un peu de jus. J'enlève vite l'enveloppe avant qu'elle ne se mouille.

«Regarde! Un beau déjeuner au lit pour la reine du jazz.

— Leave me alone!

— Et une belle lettre du gouvernement pour accompagner le tout.

— What?»

Je dépose le plateau sur le lit, m'agenouille et la regarde ouvrir fébrilement son courrier. Elle saute de joie, se lance à mon cou, me couvre de bécots, alors que les œufs et le jus agonisent sur le drap. Elle tremble! Elle est une feuille au vent! Elle perd sa raison! Oui, Sweetie sera canadienne. Elle regarde de nouveau, crie encore et se relance sur moi, m'applique un gros baiser sur les lèvres. Je suis si contente pour elle que je pleure à mon tour. Enlacées, nous nous balançons quelques délicieuses secondes dans le lit. Je le savais, que la terre était pour trembler de nouveau!

«Au Canada français,
bien de nos gens veulent travailler aux États-Unis.
Mais c'est plutôt rare de voir une Américaine
vouloir tant être canadienne.
Je suis bien heureux pour Sweetie.
Sans elle, il y a longtemps que
Jeanne nous aurait quittés pour l'Europe.
Et les bêtises qu'elle fait aujourd'hui
sont moindres que celles qu'elle aurait faites à Paris.»
Roméo Tremblay, frère de Jeanne, septembre 1924.

Quelques jours plus tard, Sweetie va prêter serment de fidélité à son nouveau pays et à son roi. Elle me promet une grande fête à notre manière pour souhaiter la bienvenue à cet important événement dans sa vie. Pour ce faire, elle demande une semaine de congé à son patron. Ça promet... Malgré nos soirées endiablées, j'ai toujours cru voir chez elle une certaine retenue, une peur d'exploser en joie totale.

La nouvelle a aussi fait plaisir à d'autres gens, comme à

monsieur Trow, le propriétaire de l'Impérial, que des mauvaises langues accusent d'engager une étrangère au détriment d'un musicien canadien-français. Sweetie a eu de bons mots de la part de tout le monde afin d'aider sa démarche. Quand on enseigne le piano au fils de monsieur Richie, gérant de la Wabasso et de la Wayagamak, ça ne peut faire de tort. D'ailleurs, cinq de ses sept élèves sont fils et filles de grands patrons anglais des usines de Trois-Rivières. Elle a aussi été jouer du piano au club Métabéroutain, le haut lieu secret de tous ces richards anglais. En robe longue, Sweetie a pianoté Mozart, Vivaldi et les valses de Strauss pour des bourgeois buvant du thé britannique dans des tasses de porcelaine japonaise.

Elle est maline, Sweetie. Hypocrite, diront certains. Je pense surtout qu'elle sait être opportuniste et très américaine! Si elle aime notre langue, elle ne perd jamais l'occasion de parler anglais à quiconque pouvant servir ses intérêts. Et Roméo m'a dit qu'elle maîtrise de façon exceptionnelle sa langue maternelle. Comme ces démarches ont enfin abouti, je crois qu'elle va changer, que sa personnalité flapper va se manifester encore plus, à ma grande satisfaction.

Nous allons à Montréal pour une semaine, avec une montagne de projets plein la tête. J'irai voir toutes les expositions, rencontrer tous les peintres et je l'accompagnerai à tous les concerts de jazz et dans chaque salle de cinéma. Et nous danserons! Danserons! Danserons! Planchers, prenez garde à vous!

Afin de solidifier notre amitié par cette fête, Sweetie me propose d'accomplir une chose excitante qu'aucune de nous deux n'a encore faite. Donc, elle me promet qu'elle passera une nuit en prison et je lui jure que je vais perdre ma virginité. Sweetie prétend qu'il est honteux, à vingt-deux ans, de ne s'être jamais abandonnée à un homme. Elle me vante les mérites de cet acte. Bien sûr, comme moi, elle pense que ce doit être plus beau de le faire avec celui qu'on va marier. Mais «en attendant», il n'y a pas de mal à se faire plaisir. Mais pas tout le temps! On a beau être flapper, il faut quand même se faire respecter. Sweetie a tendance à trop souvent oublier ce principe. Elle me donne des conseils qui me rendent nerveuse. Comment agir? Ce qu'il doit faire, ce que tu ne dois pas le laisser faire. Comment éviter d'être enceinte? Diable!

Plus elle m'en parle, plus ça me semble désagréable! Mais pour lui faire plaisir, je vais tenir ma promesse.

La première journée, nous dînons dans un grand restaurant parisien et dévalisons quelques magasins de leurs vêtements les plus fous. Sweetie me laisse le choix du garçon pour mon important moment. Mais ce soir-là, je préfère me contenter en dansant. Après trois heures de bonheur, nous rentrons sagement à notre hôtel et passons la nuit à continuer à boire en riant comme des cinglées. Quand elle s'endort, je dessine quelques croquis de notre soirée.

La seconde journée, nous voyons trois films et achetons des disques. Puis nous rentrons à l'hôtel, qui possède un appareil radio. Nous rejoignons les autres clients pour écouter cette merveilleuse invention, nous diffusant de la musique classique, des actualités et un récit sentimental, que Sweetie me traduit à mesure. Un jour, j'aurai un appareil radio chez moi. Imaginez! Tourner un bouton et tout savoir du monde entier, entendre de la musique sans avoir à acheter un disque ou un billet de spectacle! Vive le modernisme!

Puis le troisième jour, nous rencontrons d'autres flappers qui nous invitent à une réception jazz. Nous prenons rendez-vous avec ces nouvelles amies pour la danse du lendemain soir, mettant en vedette le Famous Chicago Novelty Orchestra, le plus populaire ensemble de jazz montréalais (Malgré la présence du nom de la ville de Chicago dans sa dénomination, ces musiciens sont tout à fait d'ici. Pour le jazz, ça fait plus sérieux de laisser croire qu'on est américain.)

Quelle fête! Quel orchestre! Quel paradis! Sweetie s'envole à chaque solo de piano et mon cœur bondit à chaque coup de tambour! La piste de danse voit les poudrées virevolter avec les élégants dans une tempête de pas libertins et de cris de joie! Je suis tellement subjuguée par cette musique et cette ambiance formidable que je décide, la bière aidant, que c'est le bon soir pour tenir ma promesse.

Je danse depuis une demi-heure avec un garçon nommé Peter et qui ressemble à mon idole comique Harold Lloyd, avec ses petites lunettes rondes. Je sors de ma mémoire mon anglais tordu et les mots primordiaux enseignés par Sweetie: you, me, bed, tonight, hotel.

La tête qu'il fait en m'entendant...

Et la mienne donc! Je me sens rougir. C'est certain! Il me prend pour une fille facile! Et en réalité, je viens de lui démontrer que je suis une fille facile. Il m'offre un discours anglais, dont je ne comprends pas un seul mot. Je ne fais qu'ajouter yes, yes, et nous partons.

Diable! Les choses que j'ai vécues dans cette chambre! Une chance qu'il faisait noir! Je pense qu'il a essayé d'être doux. Enfin, j'imagine. Il avait une haleine de bâtons forts et des baisers envahissants, à la limite du répugnant. La peau de son visage était douce, presque imberbe. J'ai gardé les poings serrés et n'ai pas crié. Quand le moment redouté est arrivé, j'ai senti ma vie chavirer. On me perforait! On me martelait! On me sciait! Et l'odeur de sueur! Et le noir de la chambre! Soudain, il a râlé, s'est affaissé en soupirant. Puis m'a couvert de baisers rapides et de caresses coquines.

Il a remis la lumière, mais j'ai remonté la couverture. Nous avons fumé deux cigarettes en essayant de communiquer. Il était décoiffé. Moi, j'avais chaud. Le cœur me battait encore. Il a voulu recommencer, mais j'ai refusé. Il a compris. Gentil quand même; d'autres ne m'auraient pas écoutée. Je lui ai fait comprendre mon désir d'être seule, que c'était aussi la chambre de Sweetie, qu'elle reviendrait bientôt. Il est reparti en me laissant son numéro de téléphone à l'endos d'un paquet d'allumettes.

La porte fermée, je me lève en vitesse pour secouer les draps. Je refais le lit six fois. Je me couche en regardant les petites fentes dans le plafond. Je pleure. Puis je ris. Je ne sais plus quoi penser. Sinon qu'avec un mari, un vrai amoureux, ce sera sans doute mieux. Je songe aussi au courage de ces femmes devant endurer ce genre de gymnastique avec un homme qu'elles n'aiment plus. Je ne reverrai plus jamais ce Peter. Si un jour je le croise dans la rue, je changerai de trottoir. Il doit être une heure trente quand Sweetie revient sur la pointe des orteils.

«Tu... tu es seule?

— Bien sûr que je suis seule. Ça fait longtemps que je suis seule.

— Ça fait deux heures que je fais le cent pas dans la rue.»
Vite, elle veut des nouvelles! Je lui mens en lui jurant que ce fut formidable. Elle semble contente et m'embrasse tendrement sur la joue. Je veux la retenir près de moi. C'est dans un tel moment qu'on a le plus besoin de la chaleur d'une amie. Elle se couche à mes côtés et sa bonne odeur efface celle de Peter. Au matin, elle me réveille avec un bouquet de violettes, me félicitant d'être enfin une femme. Je me garde bien de lui avouer que j'étais femme même avant cette stupide promesse.

«Mais n'oublie pas la tienne!

— Juré! Mais tu viendras avec moi.

— Comment, avec toi? Aller en prison avec toi?

— Oui.

— Est-ce que tu étais dans cette chambre, quand j'ai rempli ma part du contrat?

— Ce n'est pas la même chose. Oh! allez, Jeanne, be nice! J'aurai de la peur toute seule dans cette prison...

— Bon! D'accord! Qu'est-ce que je ne ferais pas pour te faire plaisir?

— Isn't she cute?»

Le père militaire de Sweetie l'a élevée avec une extrême sévérité, contrastant violemment avec la douceur de sa mère. Voilà sans doute pourquoi elle craint tant l'autorité et tout ce qui porte uniforme. Je lui explique encore qu'un petit délit n'a rien de criminel. C'est juste amusant, de temps à autre, de faire une grimace aux bien-pensants. Un peu comme dans les vieux films comiques lorsqu'un petit moustachu donnait un coup de pied au derrière du gros policier. Je ne lui demande pas de voler une banque! Je lui propose une gamme de bons coups: insulter un représentant de la loi? Tapage nocturne? Ivresse? Vagabondage? Refus de payer une facture? Blasphémer en public? Cracher?

«Je ne sais pas! Ce que tu voudras!

— Allons danser comme prévu. Buvons beaucoup et ensuite, tu trouveras un policier. Tu lui diras des gros mots en anglais. Tu en connais beaucoup.

— Mais pourquoi je dirais des gros mots à ce police?

— Parce qu'il existe.

— Et qu'est-ce qui arrive après? Ils prennent une photographie?

— Mais non! Ils te mettent en cellule, tu dors, on te réveille le matin, tu donnes cinq dollars et tu t'en vas. Il n'y a pas de quoi grimper aux rideaux.

— Des rideaux? Il y a des rideaux dans la prison? Ça me surprendrait.»

Anxieuse à l'idée de tenir sa promesse, Sweetie boit plus qu'elle ne danse. Pour être solidaire, je l'accompagne gaiement. De toute façon, je n'ai pas le goût de me faire prendre la taille par un garçon ce soir. Je me contente de quelques charlestons solitaires. En fait, Sweetie carbure tellement à la bière qu'on la met à la porte de la salle. Je la suis, sans oublier de lancer des injures au gardien.

«Bon! Faisons-le!» dit-elle en crispant les poings et en fermant les yeux. Elle se lance à toute vitesse à travers la rue Sainte-Catherine et vient près de se faire renverser par une automobile. Elle lève les bras aux cieux et engueule ce chauffard. Les passants nous regardent. «Qu'est-ce que vous avez tous à me regarder? Je suis une Canadienne! Je suis dans le pays du libre!» La voilà qu'elle se met à chanter pas mal fort et fort mal. Diable qu'elle est saoule...

Oh! voilà un policier qui approche! En le voyant, elle fige et je la pousse dans le dos. Elle l'invective de mots anglais, qui n'ont pas l'air bien jolis. Le policier essaie de la calmer et elle se met à lui boxer l'abdomen. Elle prend un grand élan avec son pied, passe tout droit et tombe sur son derrière. Le policier la relève et la traîne par le bras. Sweetie me regarde en criant mon nom. J'arrive en courant et donne un coup de pied au postérieur de cet idiot. Voilà! C'est si facile!

Dans la cellule, Sweetie se met à vomir partout et à faire pipi par terre. Je cogne sur les barreaux avec ma tasse afin qu'on lui vienne en aide. Un gaillard au sourire moqueur vient me narguer en disant qu'on récolte ce qu'on a semé.

«Mais elle est malade! Vous ne voyez pas, non?

— C'était à elle de ne pas boire comme un ivrogne. On a assez de problèmes avec ces filles qui se prennent pour des garçons.

— Allez quoi, constable, donnez-moi un balai et je vais tout nettoyer moi-même.

— Non.

— Mais ça va puer la charogne si je passe la nuit là-dedans!

— Aucune importance.

— Mon gros chien sale!

— Tiens! Le garçon en jupons veut faire des heures supplémentaires?»

Non seulement ça ne sent pas bon, mais je dois passer une partie de la nuit à consoler Sweetie. Tout y passe: les lamentations en anglais, la nostalgie de sa maman, les noms de ses amants mensuels. Ce n'est qu'à quatre heures du matin qu'elle se calme enfin et que je peux dormir. Je me garde bien de lui dire que moi aussi, j'ai pleuré la nuit précédente. Mais ces épreuves volontaires nous rapprochent. Dans le train de retour, deux jours plus tard, elle se met à rire à n'en plus finir, se revoyant totalement saoule, donnant un coup de pied dans le vide et tombant sur ses fesses. «Et toi, Jeanne? Ça a été fantastique, ton expérience?» Oui... oui bien sûr, ma flapper, fantastique...

«Je ne sais pas tout ce que Jeanne et Sweetie
ont pu faire à Montréal, mais elles sont revenues si tranquilles
que je devine facilement que leur dernière escapade dans la
grande ville ne devait pas être très catholique...»
Roméo Tremblay, frère de Jeanne, septembre 1924.

Nous voici au milieu de cette décennie. J'ai vingt-trois ans. Je suis libre. Je suis bien Je me sens bien. Je m'amuse. Je travaille un peu. Et on me donne beaucoup d'argent pour mes toiles. J'ai fait une autre exposition en février dernier, ce qui m'a permis des revenus pour les six prochains mois.

Maintenant, je peins mon époque et ma génération. Elles sont belles, mes fêtes sur toiles! En les regardant de près, on entend le pas de mes personnages, on respire leur joie et leur liberté. Ce sont des peintures de mouvement, moins figées que mes portraits. Parfois, pour les élaborer, je dessine en suivant le rythme d'un disque de jazz ou l'humeur de mes lèvres qui embrassent un plein verre de cognac.

Cet été, j'irai à New York avec Sweetie! J'en rêve nuit et jour! Et je rêve toujours de Paris. Trois-Rivières est de plus en plus une petite ville ennuyeuse. Mais je peux y vivre à cinquante milles à l'heure. Ici, je suis connue. Je suis quelqu'un. Quand je veux m'évaporer, je m'en vais à Montréal chez les Anglaises et les protestantes. C'est là seulement que je peux faire du cent à l'heure.

À Trois-Rivières, je sens que les gérants de bars dans les hôtels commencent à nous trouver un peu moins drôles. De plus en plus, Roméo me fait les gros yeux quand je rentre tard la nuit. Peut-être que, dans une année, il ne pourra plus me tolérer. Toutes les histoires d'amour finissent un jour. Roméo est un adulte responsable. Moi, je me plais à être la reine de l'insouciance. Quand je quitterai mon grenier, j'irai habiter chez Sweetie.

Elle se plaît toujours autant dans ma petite ville de pâtes et papiers. Si elle le voulait, Sweetie deviendrait la pianiste de la plus somptueuse salle de Montréal. Elle pourrait, comme les grands musiciens américains, faire des disques et en vendre partout dans le monde. Mais elle préfère son petit territoire. Depuis qu'elle est devenue canadienne, ma pianiste a de plus en plus le goût à la fête, de rire de tout et de rien, à être osée. Sauf quand elle boit trois verres de trop. Je suis alors dans l'heureuse obligation de la consoler de ses larmes nostalgiques sur sa maman disparue. Ça me brise le cœur quand elle fait ça!

Depuis tout ce temps, Sweetie a réussi à retrouver des gens qui ont connu sa mère. Bien peu, il faut l'avouer. Cette Trois-Rivières n'existe plus. Elle a pu parler à trois anciennes camarades de la petite école, un voisin et une lointaine cousine. Ces gens la décevaient tout le temps. Elle n'était en présence que de Canadien français lui disant: «Oh! tu es la fille de Caroline Dugré, celle qui a marié un Américain il y a bien longtemps? Tu es grande, maintenant.» Notre peuple n'aime pas les exilés! Qui parmi nos familles n'a pas perdu un frère, un oncle, un cousin, attiré par les usines de l'est américain? Notre race n'a pas de cœur pour celles qui ont épousé des hommes d'une autre religion. Sweetie souhaite encore mettre la main sur un personnage rempli d'émotion qui lui raconterait des souvenirs précieux. Mais cette Trois-Rivières s'est évanouie dans le grand incendie de juin 1908, qui avait détruit presque toute la ville. À sa place, ils ont mis des usines. Grosses! Grises! Et infernales! Tout dans cette ville vit pour ces saintes usines. Les quartiers les entourant poussent comme de l'herbe à poux, avec des maisons de plus en plus hautes et laides. De véritables cages avec comme barreaux des escaliers en tire-bouchon disposés sur la devanture. Les gens viennent de partout pour travailler chez nous. Souvent, nous voyons descendre d'un train deux petites campagnardes avec leurs baluchons en main. Elles viennent se faire engager par la Wabasso. Elles arrivent dans la grande ville comme des reines de beauté à Hollywood, mais ne trouveront que des rôles figuratifs. D'autres anonymes dans la foule. Et qui vont marier un ouvrier des pâtes et habiter leur horrible cube jusqu'à leur mort silencieuse.

Dès que ces jeunes filles ont tourné le coin de la première rue, le péché les guette! C'est pourquoi les religieuses et les curés leur sautent dessus pour les protéger des flammes éternelles. Elles vont alors habiter au foyer Sainte-Claire, de la rue Saint-Maurice, en face de l'église. Elles ont une petite chambre et trois repas pas jour. Les sœurs les suivent pas à pas et leur donnent des cours pour les préparer à leur vie de future ménagère. Mes connaissances qui habitent ce lieu bizarre se considèrent, en général, assez heureuses. Elles sont ensemble. Elles peuvent discuter en bande, rire et se jouer des tours. Mais jamais elles ne parlent avec nostalgie de leur campagne natale. Et les religieuses sont satisfaites de voir ainsi leurs brebis protégées du péché.

Le péché, il me ressemble. Je n'ai jamais réussi à franchir la porte du foyer Sainte-Claire pour visiter mon amie Lucie ou les autres. Lucie me confirme qu'à quelques reprises, les nonnes ont mis en garde leurs ouailles contre la pianiste anglaise protestante et son amie la peintre qui fume et boit. La première fois que j'ai essayé, elles avaient posté à l'entrée la religieuse la plus costaude et muette. Elle m'a montré sa grosse patte dans laquelle était imprimé un radical NON! J'ai eu beau lui jurer qu'en aucun cas je ne voulais pervertir ses vestales et que je désirais seulement parler à mon amie Lucie Bournival. NON!

Alors, je rencontre ces filles rue des Forges et au *Petit Train,* quand mon père et ma sœur n'y sont pas. Chacune leur tour, elles montent dans Violette pour venir danser à Shawinigan Falls le samedi soir. J'ignore si elles s'en confessent le lendemain matin. «Je suis sortie avec Jeanne Tremblay hier soir, monsieur le curé.» Douze *Je vous salue, Marie* et vingt *Notre Père*, et ne recommencez plus, ma fille!

Un samedi, deux des filles me confirment que Lucie va se marier avec son Louis. Tiens! Tiens! La gueularde atteint son but! Elle a trouvé son Valentino! Elle va lui faire des tartes et élever ses huit enfants! Oh! quelle méchante ironie! En fait, je suis bien contente pour Lucie. Sérieusement. Je dois attendre le mardi pour la féliciter. Je savais qu'elle serait au *Petit Train* vers huit heures. Je m'y rends avec mon bouquet. Mais pas de Lucie! Juste ses amies consternées et moi avec mon air idiot et mes fleurs. Cet après-midi, Lucie s'est fait happer la main par une machine à filer. Fanent, les fleurs...

«Et c'est grave?

— T'as déjà vu les machines de la Wabasso, Jeanne?

— À vrai dire, non.

— Six mois avant son mariage... Six mois avant de quitter l'usine...

— Où est-elle?

— À l'hôpital. Ils l'ont opérée cet après-midi. On en saura plus long demain.»

Elles tissent vingt-quatre heures par jour, les machines. Elles coupent, réduisent tout, en un zing boum incessant. Au bout de la chaîne, il y a un drap ou un oreiller doux comme le lapin symbole de l'usine. Pour chaque minute passée dans le confort de ce drap, il y a des heures de mal de tête pour les midinettes.

À Trois-Rivières, tout le monde finit par perdre un bout de soi. Que ce soit ses poumons ou son ouïe. J'ai toujours un haut-le-cœur, à Noël, quand je vois mes oncles Armand et Germain, qui ensemble ne comptent plus que treize doigts. J'ai même déjà vu un homme de la Wayagamak avec comme main droite un vide entre son pouce et son auriculaire. Soudain, j'imagine la machine où travaille Lucie. La plus grosse! La plus moderne! Coupe. Réduit. Zing. Boum. Et un cri! Et une jeune Lucie ensanglantée tombant par terre alors que la machine continue ses opérations. Au bout de la chaîne sortira un oreiller rougeâtre. Je me sens mal... Le lendemain, j'ai des nouvelles à la première heure. Lucie a perdu deux doigts de la main gauche. Le petit et son voisin. Et elle n'est même plus à l'hôpital! Elle est au foyer Sainte-Claire.

«Écoutez, ma sœur, mon amie Lucie a perdu deux doigts. Je veux la voir pour lui apporter mon amitié et ces fleurs.

— Je ferai le message.

— Vous n'avez donc pas de cœur?

— J'obéis aux ordres de la mère supérieure.

— Alors, je veux rencontrer la mère supérieure.

— Non.»

Je m'apprête à la boxer et à la faire trébucher, quand le curé Coiteux arrive pour prendre ma défense, même si visiblement ça ne lui fait pas plaisir. Il y a plein de gens dans la chambre de Lucie. Ses parents, ses amies, son Louis, des religieuses et le curé. J'ai le goût de m'effacer. Mais elle m'aperçoit et fait des signes avec sa main enrubannée.

«Ça m'a fait mal trois secondes. Le sang a pissé, je suis devenue pâle et je suis tombée dans les pommes. Je me suis réveillée le soir avec ce bandage. Alors, j'ai pleuré et parlé fort. Je te répéterai mot à mot ce que j'ai dit quand les sœurs ne seront pas là. Ça va te plaire.

— Et tu trouves le moyen d'être de bonne humeur?

— C'est hier que j'ai braillé pour le reste de ma vie.

— Oui, je comprends.

— L'usine ne s'est même pas informée. Ils ont fait entrer Marcelle sur mon quart, en lui disant de faire le message que je n'avais que trois jours de congé pour me remettre de tout ça. Sans être payée, bien sûr. Je dois rentrer au travail lundi prochain, sinon je perds mon emploi.

— C'est atroce...

— Mais quoi? Tu ne savais pas, Jeanne? Elle est bonne pour nous, l'usine. Elle m'a sortie de la campagne et m'a fait travailler pour aider mon père. Elle m'a mis le pain à la bouche. Et tu voudrais qu'elle me paie des heures que je ne travaille pas?»

Je broie du noir les jours suivants. Les médecins ont enlevé les gros bandages de la main de Lucie. Ce n'était pas tout à fait cicatrisé. Comme elle n'a pu rentrer au travail le lundi, ils l'ont congédiée. Les patrons ont mis à sa place une des deux jeunes campagnardes descendues du train, il n'y a pas longtemps.

«Je m'en fous. Je vais me marier», d'avouer Lucie. Je sais que c'est un mensonge. Elle est triste, brisée et révoltée. Mais elle ne montre pas ses sentiments. Notre religion lui a appris à se taire, à se contrôler. Cette révolte, je l'ai plutôt vue sur le visage de son Louis. C'est beau, l'amour. Le jour, Lucie reste dans sa chambre à essayer de tout réapprendre avec ses trois doigts survivants. Le vendredi soir, elle sort avec Sweetie et moi. Nous buvons pas mal. C'est la première fois de sa vie qu'elle se saoule. Probablement la dernière. Diable comme elle peut dire des atrocités contre la Wabasso... Et les beaux souvenirs aussi! Nos escapades à l'exposition agricole, quand je lui ai enseigné le charleston, ce voyage à Montréal pour voir le film de Valentino. Tristesse. Joies. Rires. Et pleurs. Totalement ivre, elle nous prend par les épaules pour nous dire: «Les filles, j'envie votre existence! Une vie sans travailler pour des Anglais dans une usine, c'est une vie réussie!»

Le lendemain, je mets de côté mes joyeuses peintures flapper pour entreprendre une surréaliste: la Wabasso représentée comme une araignée géante, étouffant entre ses huit pattes les jeunes ouvrières hurlant de peur. Lucie ne connaît rien en art et en peinture. Mais quand elle voit le croquis de mon usine araignée, elle approuve avec fracas ma nouvelle création. J'y passe des nuits et des jours. Je ne fais rien d'autre que cette toile pendant un mois, me concentrant surtout sur les détails des visages des filles effrayées par le monstre. Roméo apprécie ce symbolisme, lui qui habituellement demeure froid devant mes toiles surréalistes. Mais quand je lui dis que je veux présenter cette œuvre à mon exposition à l'hôtel de ville, il me conseille vivement d'oublier cette idée. Ce serait insulter les élus et les bourgeois acheteurs de mes toiles. Ce serait à jamais me bannir de la mince scène culturelle trifluvienne.

Lucie revient avec ses amies de la Wabasso et des gars des usines des pâtes et papiers. «Regardez ça! Regardez ça si c'est vrai!» Tous approuvent en me félicitant. J'apporte donc ma peinture par la porte arrière, en l'absence de Roméo. Jusque-là, l'exposition n'est pas un succès. Mes peintures flapper et jazz n'impressionnent pas la digne clientèle, même si le badaud sans le sou les trouve agréables et drôles. Mais quand le maire Bettez aperçoit mon usine araignée, l'ordre est formel et sans appel: «Mademoiselle Tremblay! Enlevez ça tout de suite!» Je refuse! Fin de l'exposition.

«Lucie et ses amis ouvriers l'aiment. Alors, je l'ai emmenée. On ne peut plaire à tout le monde. J'expose pour le public. Pas juste pour les acheteurs.

— Jeanne, tu viens de te pendre. Tu n'exposeras plus jamais ici, tu vas perdre ta clientèle et tu n'auras même plus de commandes.

— Il me reste Montréal. C'est plus grand et les gens sont plus connaisseurs.

— Mais tu ne comprends donc jamais rien! Cette toile n'était même pas semblable aux autres! Elle était là juste pour satisfaire ton besoin inutile de provocation!

— Je comprends surtout que j'ai un mois de travail sur cette peinture, qu'elle est significative et que c'est mon premier tableau de réelle valeur sociale parce qu'il a réussi à faire PEUR!!! L'art sert à cela aussi, Roméo!

— Tu parles comme si tu étais à Paris ou à Berlin! Réalise que tu es à Trois-Rivières!

— Les doigts manquants de Lucie me rappellent que je suis toujours à Trois-Rivières, malheureusement!»

Des gens m'arrêtent dans la rue pour me demander de leur montrer ma peinture de la Wabasso. J'ai l'impression que tous les employés de cette usine sont au courant. Alors, je décide de transformer le salon de Sweetie en salle d'exposition. Les garçons des usines viennent en compagnie des ouvrières. Ils regardent mes toiles et les trouvent toutes très belles. Bien sûr, personne n'achète. Mais je m'en fous. J'ai l'impression que ma toile maudite me permet de me faire de nouveaux amis. Je ne savais pas que l'art pouvait servir à cela aussi.

«Jeanne Tremblay dessine très bien.
Elle a fait des beaux dessins sur la jeunesse,
et son cadre sur l'usine qui mange les ouvrières,
c'est vraiment fameux!
Avant, je la trouvais snob, cette fille.
Maintenant, j'ai l'impression qu'elle est un peu des nôtres.»
Laurier Milot, ouvrier de la Wabasso, avril 1925.

Comme mon exposition locale a été interrompue, je n'ai pu vendre mes toiles et je me suis trouvée dans l'obligation d'emprunter un peu d'argent à Roméo pour mon voyage à New York avec Sweetie. J'en rêve depuis le début de l'année! Une ville si immense qu'elle pourrait en avaler des centaines comme Trois-Rivières! Les meilleurs orchestres de jazz! Les grandes premières du cinéma dans des salles aux escaliers en marbre! Et les restaurants! Et les boutiques de mode! Et les galeries d'art! Et les grands spectacles de Broadway! Sur la terre, il y a Paris, New York et Hollywood. Le reste n'est que faubourg!

J'ai deux valises de vêtements pour une semaine et mon intention est de revenir avec quatre malles. Sweetie me recommande d'emmener deux peintures que je pourrai vendre pour le double ou le triple du prix qu'on me donne à Montréal. Pourtant habituée au trajet entre Trois-Rivières et Montréal, je le trouve cette fois interminable. J'ai tant hâte de foncer plein sud et voir de nouvelles vaches le long des rails! En route vers cette superbe destination, je sens que je m'en vais dans un pays étranger en constatant le nombre d'Anglais dans notre wagon. Je ne quitte pas mon petit dictionnaire, malgré les récentes leçons d'anglais prodiguées par Sweetie. Je suis ses directives pour apprendre les formules d'usage. Je ne veux pas commander des œufs et me retrouver avec un gigot d'agneau dans mon assiette.

«Hamme enne aigue, plize.
— Isn't it cute?
— Witte heu glasse ove orinje juze.
— Quelle langue amusante!»
Voici enfin mes vaches américaines! Pour la première fois de ma vie, je vois un autre pays que le mien! Sweetie sort son flacon de whisky, et, l'autre main sur le cœur, entonne l'hymne national. Ce qui a l'air de déplaire fermement à un vieux monsieur à la barbe poivrée. Je me joins à elle pour un *Ô! Canada* paillard et nous échangeons une longue gorgée pour le faire fuir. Il lève le ton et fait un discours sur la prohibition. Mais tout le monde dans ce wagon a une ou plusieurs bouteilles canadiennes, bien cachées dans le fond d'une valise. Car, dans ce pays de la liberté, l'alcool est interdit!

Nous arrivons à New York au milieu de l'après-midi. Sweetie sait tout de suite où se diriger. Je ne peux suivre son rythme, mes deux maudites peintures sous le bras gênant mes mouvements. Les gens marchent très rapidement. Ils ne se parlent pas. Il y en a de toutes sortes et de toutes les couleurs. Des aristocrates guindés, un type à l'allure de gangster, des Chinois minuscules, d'immenses Noirs avec des casquettes, et des «madames» avec leur chien-chien. Et deux flappers, là-bas! Hello, les petites Colleen!

C'est de loin que je vois Sweetie se jeter dans les bras de sa sœur Judy. Quelle belle scène émouvante! En m'apercevant, Judy s'empresse de me lancer une bise. Elle ne ressemble pas tellement à Sweetie, sauf pour la joie entourant ses yeux. Elle a la gentillesse de me dégager de mes deux valises. Judy est une femme très savante, diplômée pour enseigner le langage des signes aux sourds. Elle est cultivée, lit les grands auteurs et admire peintres et sculpteurs. Je lui montre mes deux tableaux. Elle semble touchée par la grâce de mon coup de pinceau. Elle m'embrasse de nouveau. Elle est si sympathique! Judy nous paie un souper dans un grand restaurant, après avoir déposé notre bagage à son appartement. Le repas terminé, je m'étourdis devant de merveilleuses vitrines. Il y en a tant que je crois que j'en aurais pour dix jours à les regarder. Sweetie est amusée de me voir, mais elle a surtout hâte de passer le reste de la soirée avec sa sœur.

«Demain, nous chercherons des galeries de l'art pour vendre tes peintures, et ensuite, nous irons...

— Boire et danser!

— Oui!»

Dans l'annuaire téléphonique, il y a des colonnes entières pour les galeries d'art et boutiques de peinture. Nous trouvons même un magasin totalement français, tenu par de véritables Parisiens! Ce sont eux qui achètent mes deux encombrants tableaux, mais à un prix semblable à celui de mon Montréalais.

Il est maintenant temps de passer aux choses sérieuses! Sweetie se renseigne auprès de quelques jeunes croisés dans la rue. En général, tout le monde connaît un endroit où boire de l'alcool de contrebande. «Même les policiers le savent et y vont pour leur plaisir!» de faire remarquer ma pianiste. Sweetie m'a souvent parlé de ces endroits secrets surnommés speakeasies. On dit que les flappers y sont nées, tout comme le jazz s'y est développé. On prétend aussi que ce sont des repaires de bandits. Bref, il y a là tout pour me plaire!

L'adresse en main, Sweetie me conduit jusqu'à la devanture d'une honnête librairie. Elle sait quel livre demander au vendeur. Celui-ci nous mène alors à son entrepôt dans le sous-sol. La fumée sort de sous la porte. Là, je peux voir des douzaines d'hommes de tous âges, avec un minimum de femmes, grossièrement habillées et maquillées. Puis, dans un coin, quelques flappers que nous retrouvons vite. Qui se ressemble s'assemble. Un gros bonhomme, avec un œuf en guise de crâne, s'avance vers notre table et cogne sur son bois sans dire un mot. Sweetie passe notre commande. Il revient et dépose rudement deux chopes de bière, moitié mousse, moitié houblon. Il tend sa patte et repart avec sa monnaie et son silence inquiétant.

«Pouah! Mais c'est très mauvais, Sweetie!

— Tu crois que l'illégalité est là pour flatter ton palais?

— Je ne sais pas, mais ça, c'est pas un cadeau!

— Non, puisqu'on l'a payée. Pourquoi on te ferait un cadeau?»

Après quelques gorgées de ce pipi de matou, je m'en fais une raison en fermant les yeux avant chaque gorgée. Ce qui se passe autour de moi me fait oublier cette épreuve. Quelle ambiance! Ça bouge! Ça rit! Ça vit! Il n'y a plus de conventions et tout le monde est ami. Les hommes un peu plus âgés sont cependant assez entreprenants avec les flappers. Mais nous savons les remettre à leur place. Filles et garçons s'intéressent à moi. Je suis une rareté: une peintre française du Canada! Ça ne se voit pas tous les jours!

À neuf heures trente, l'orchestre arrive. Des Noirs! Les inventeurs du jazz! Nous dansons entre les tables, passant d'un bras à l'autre. Les garçons nous laissent des petits baisers sur la joue avant de choisir une autre fille. Sweetie bat du pied, hypnotisée par le pianiste de l'orchestre. Bientôt, je le devine, elle se joindra à eux pour faire étalage de son talent.

Au passage, j'apprends quelques mots, dont celui qu'il faut pour commander au bar. Le comptoir est gardé par un homme à l'air sévère, avec d'énormes sourcils foncés et un chapeau aux rebords très larges. Quand soudain il tend son bras vers son verre, je peux voir l'arme qu'il porte à la ceinture. Pas très rassurant...

Les flappers d'ici sont semblables à celles de Montréal. Belles, jeunes, libres et délicieusement superficielles, enclines à la coquetterie vantarde. Elles fument, boivent et flirtent. Et pas nécessairement dans cet ordre. Elles aiment le jazz bruyant et les vedettes de cinéma au maquillage criard. Elles ne seront jamais comme leurs mères ou comme leurs grandes sœurs. De quoi me rendre de plus en plus fière d'être des leurs. Tiens, déjà? Sweetie monte sur l'estrade pour prendre la place du pianiste noir.

Elle se lance! Les touches paniquent! Les mains, les doigts, les jointures, les ongles virevoltent! Et un coup de paume pour la bonne cause! Le secret de tout pianiste de jazz est, qu'au fond, il aurait aimé mieux être percussionniste. Voilà pourquoi ces musiciens font la fortune des marchands de pianos. Les gens approchent de la petite scène. L'inconnue joue les yeux fermés et la tête renversée. Les musiciens, après le choc initial, essaient de la dérouter en changeant le rythme. Le batteur s'essouffle! La trompette fait couac! Le contrebassiste tire la langue! Le banjo casse une corde! Et toujours la petite blanche tient le coup! Éreintés, ils lui laissent un solo. Sweetie se lève et danse un charleston en jouant d'une seule main. Elle tourne sur elle-même et rattrape le clavier en deux secondes. Un clin d'œil aux musiciens et la machine repart sur un tiger rag toutes griffes dehors. À la fin, Sweetie lance de grosses bises et vient me rejoindre comme si rien ne s'était passé.

«Tu es vraiment formidable, Sweetie!

— Je sais.

— Même après trois ans, tu m'étonnes encore!

— C'est normal. Tu vois? Ainsi, nous n'aurons plus à payer la consommation. Mais toi aussi tu peux montrer ton talent de danseuse!

— Non! Mon talent, c'est la peinture! Et tout ce que je vois ici ce soir me donne tant d'idées pour des tableaux! Je me sens comme au septième ciel!

— Quel ciel? Mais c'est un sous-sol, ici! Pourquoi tu me parles de ciel? Oh! les gratte-ciel! Tu veux en voir demain? On peut y monter avec la facilité!»

Minuit est l'heure du déclenchement de l'interdit et de l'inattendu. Débuter une journée dans la fête et la liberté est si grisant! Mais Sweetie jure qu'à New York, il n'y a plus d'horloges et que même la nuit n'a pas le temps de dormir! Mais en ce moment, j'ai surtout l'estomac qui me chavire, suite à l'absorption de cette bière de cinquième zone. J'ai avantage à ne pas m'asseoir longtemps. De toute façon, avec ce jazz, cette fumée et ces consœurs, je ne peux pas rester sur place plus de deux minutes. Depuis une demi-heure, il y a un jeune homme qui me courtise. Je devine sa nette intention. Il n'atteindra pas son but. Une fois suffit. Mais je le trouve quand même amusant et bon danseur. Aussi, il a un air franchement délectable quand il me complimente en anglais. Comme je ne comprends pas et qu'il ne saisit pas un traître mot de ce que je lui raconte, je peux librement l'insulter tout en gardant un sourire ravi. Je m'amuse ferme à ce jeu, quand Sweetie l'interrompt en donnant une grande taloche derrière la nuque de mon cavalier. En furie, le gars se retourne et voit ma puce, mains sur les hanches, lui vociférant des mots anglais. Le type se venge de ce vocabulaire et bouscule Sweetie. Ça, je ne peux l'acccpter! Je me saisis d'une chaise et lui frappe le dos. Le vilain s'étend par terre et nous n'avons pas le temps de réagir que l'homme du comptoir, celui avec le – à l'aide! – pistolet, nous prend par la peau du cou et nous jette promptement à la ruelle.

«Mais tu voulais le tuer! Le cogner avec une chaise! Damned!

— Je te défendais.

— Tu l'as peut-être grassement blessé!

— Tant pis pour lui! Je ne permets pas qu'on pose la main sur toi! Mais pourquoi es-tu intervenue? Je m'amusais bien avec lui!

— Jeanne, il te disait des propositions très indécentes et grossières.

— Oh!... avec le sourire qu'il avait?

— Et toi? Quel sourire lui faisais-tu?

— C'est que je ne comprenais pas ce qu'il me racontait. Je croyais qu'il me contait fleurette.

— Quelles fleurs? Pourquoi mêles-tu des fleurs à cette histoire?

— Qu'importe! On a eu tout un plaisir!

— Mais ils ont des pistoles, Jeanne!

— Trois fois plus excitant! Quelles grossièretés me disait-il?

— Tu veux vraiment connaître ce genre de détails?»

Le salaud! Je veux retourner en dedans et lui écraser tout le mobilier sur le dos! Mais Sweetie me retient. Nous nous enlaçons et éclatons de rire. C'est en nous tenant par la taille que nous regagnons le boulevard, titubantes et gaies. Nous dansons! Chantons! Grimaçons! Nous nous décoiffons! Tirons la langue à tous les passants! Sweetie joue du jazz sur les capots des automobiles et je charlestone autour des poteaux.

Nous cherchons un endroit pour continuer la fête et trouvons une salle de danse. Nous faisons semblant de ne pas être ivres afin d'y pénétrer. Un placier distingué nous conduit à une table. Sweetie commande du thé. Du thé? T'es folle? «Tu verras!» m'assure-t-elle, en hochant secrètement la tête. Du vin blanc! Ils camouflent le vin dans des tasses de thé! Mais Sweetie me dit que c'est un usage si courant que bientôt ils vont en parler dans les dictionnaires. Une autre façon de trouver à boire est de se rendre à la salle de bains. Il y a toujours quelqu'un avec un flacon. Parfois, ils cachent même des bouteilles derrière les lavabos. L'affiche annonce un spectacle musical avec danseuses. Comme musique, nous avons droit à un orchestre sirupeux. Et les danseuses sont sûrement des rejetées des revues de Broadway. Je commande deux autres «thés».

«Sweetie... C'est ennuyeux, ici...

— Oui.

— Je pense que je vais être malade. Est-ce qu'on rend l'endroit moins ennuyeux?

— D'accord.»

Ce vin de fond de cale fait mauvais ménage avec la bière infernale du speakeasy. Mon estomac ballote et je trouve vite un danseur afin de vomir sur son veston. Sweetie arrive par-derrière, lui tord le bras, le noie d'injures et lui frappe le crâne. Moi, je trébuche sur une table et vomit à nouveau sur les pieds d'une cliente, alors que Sweetie décide d'en vouloir à tout ce qui l'entoure. Ouste! À la rue! Et le serveur brandit le poing en criant: «You flappers!» Quelle soirée formidable!

Nous sautons dans un taxi pour nous rendre jusqu'à l'appartement de Judy. Un soudain mal de ventre me fait hurler de douleur. Judy se réveille et aide Sweetie à me porter secours, voyageant entre la salle de bains et mon lit. Comme je me sens mal... Je ne sais pas à quelle heure je m'endors. Je me souviens juste de Sweetie, toujours à mes côtés, à me tenir la main. J'aime l'amitié.

Quand je me réveille, Sweetie parle en anglais avec deux hommes. Je me lève et, à chacun de mes pas, j'ai le sentiment que le plafond s'apprête à me tomber sur la tête. Pas très présentable à ses deux frères. De toute façon, ils ne me font pas grande impression. Je n'aime pas tellement les sportifs. Je pense qu'il faut avoir du temps à perdre pour se balader avec un numéro accroché dans le dos. Mais je ne refuserais pas de rencontrer Babe Ruth!

Nous avons les jours suivants pour être plus sages. Un peu de magasinage, beaucoup de visites touristiques – ces gratte-ciel! – un zeste de musée et le nouveau film de Colleen Moore, délicieusement intitulé *Nous, les modernes*.

Puis nous allons voir les Ziegfeld Follies! Tant de merveilles en un seul lieu! Un décor éblouissant! Des chansons magnifiquement interprétées! Et un chapelet de danseuses toutes plumées et pailletées! Je n'avais jamais vu une telle démonstration de talent et de savoir-faire! Et dire qu'à Trois-Rivières, nous en sommes encore à la fanfare de l'Union musicale dans le kiosque du parc Champlain...

«Restons ici, Sweetie! À New York! Je veux être américaine!

— Et moi, je suis devenue canadienne. New York, je connais. C'est bon pour visiter, pas pour l'habitation.

— Comment as-tu pu fuir tout ça? Jamais je ne comprendrai...

— Je n'ai pas fui! J'ai quitté! Quitter la ville où mon père habite pour celle où ma mère est née.

— Alors, allons à Paris! Ou même juste à Montréal. Mais qu'est-ce qu'on fait dans un trou comme Trois-Rivières?

— Un trou? À Trois-Rivières?

— Je t'en prie...

— Jeanne, je te montre les belles choses d'ici. Mais il y a aussi des très laides. Et je veux parler la langue de ma mère.»

Nous devons retourner à Trois-Rivières. Tout rêve doit se terminer. À bord du train nous ramenant au bercail, Sweetie sourit d'aise. Je me retrouve dans mon grenier à peindre ces scènes inoubliables de mon séjour à New York. Et j'ai cette petite boule grimaçante dans le fond de la gorge. Aux gens qui me demandent si j'ai fait un beau voyage, je réponds qu'il m'a surtout fait mal.

«L'herbe est toujours plus verte ailleurs.
Depuis son retour de voyage,
Jeanne est plus maussade que jamais.
Elle ne sort plus et son coup de pinceau est devenu nerveux.
À peindre ces scènes de fête entre jeunes,
Jeanne a mis au placard son grand talent de portraitiste.
Peut-être qu'elle n'aurait jamais dû aller à New York.»
Roméo Tremblay, frère de Jeanne, juin 1925.

Je mets en chantier plusieurs peintures à la fois. Elles décrivent la nuit chez les flappers. J'essaie de peindre certaines de ces toiles comme des images de films, avec des teintes de noir, de blanc et de gris. En août, je tiens ma seconde exposition à Montréal, mais je ne peux trouver preneur pour ce genre de toiles. Seuls les jeunes s'intéressaient à ces œuvres. Or, ce ne sont pas eux qui ont l'argent nécessaire pour acheter. Je vais laisser mûrir ce travail dans mon grenier. Dans cinq ans, je suis certaine de pouvoir obtenir le gros prix.

Évidemment, ne pas vendre à une exposition m'embarrasse un peu. J'ai des légères dettes envers Sweetie et Roméo. Il faut aussi payer mes vêtements, mes cigarettes et mon alcool, mon matériel de peinture et l'essence pour Violette. Afin de régler ces petites factures, je me résous à peindre un pot de fleurs et deux paysages. Sans signer mon nom, il va de soi! Après m'être bien assurée que personne ne me voit, j'entre chez Fortin vendre ces cochonneries au département de la décoration.

En octobre, je suis vidée autant en inspiration que dans mon porte-monnaie. Et Sweetie s'est trouvé un nouvel amoureux, ce qui me condamne à rester dans mon grenier à faire machinalement des toiles surréalistes. Je décide de travailler avec des angles, au lieu de mes traditionnelles rondeurs. Les peintures à angles sont très à la mode à Paris. Je pourrai sans doute facilement vendre les miennes à mon marchand montréalais.

L'amoureux de Sweetie est encore un jeune Américain, fils d'un des dirigeants d'une usine de papier à journaux. Un riche à craquer. L'idéal fils à papa. Quand elle s'acoquine avec un ouvrier, je peux au moins le trouver sympathique. Mais ce bipède avec ses cheveux lisses et ses pantalons blancs venu ici pour apprendre notre langue? Jamais de la vie! Et laid comme tout, de plus! Avec de grosses pattes velues et une bouche immense! Je ne peux croire qu'il met ces deux horreurs sur le petit corps de Sweetie! Mais elle me vante ses qualités cachées. Probablement très cachées.

Me croyant triste, Roméo se met à jouer au papa avec moi. Il m'invite en promenade avec Céline et ses quatre rejetons. Il me donne des conseils que j'écoute poliment sans les entendre. Bien que j'apprécie la gentillesse de Roméo, j'avoue qu'il commence à m'énerver un peu. Trop de recommandations moralisatrices et de mises en garde. Souvent, il me rappelle que je suis une adulte. Justement, à vingt-trois ans, il est temps de voler de mes propres ailes. Je veux demeurer en appartement, mais je n'ai pas l'argent nécessaire à concrétiser ce projet. Habiter avec Sweetie? Curieusement, malgré notre grande amitié, elle préfère demeurer seule.

Alors, je décide de travailler. Oui! Moi, Jeanne T., rejoignant la masse laborieuse! Oh! je n'y aurais pas pensé moi-même! Mais on me l'a proposé. J'ai donc accepté. Pour le salaire. Un peu par intérêt aussi. Gagner des sous dans le bar de l'hôtel Saint-Louis ne doit pas être désagréable. Après tout, je connais l'endroit autant que le propriétaire!

Roméo ne reçoit pas cette nouvelle avec ferveur. Il en est encore au vieux principe que les femmes travaillant dans les bars sont des personnes de mauvaise vie, guettées sans cesse par le péché. «Peut-être que ce n'est pas vrai, Jeanne. Mais bien des gens vont penser ça de toi!» Oh! les gens, hein... Je lui explique que l'hôtel Saint-Louis n'est quand même pas un tripot! Qu'en réalité, il s'agit d'un endroit paisible quand Sweetie et moi n'y sommes pas. Roméo me parie dix dollars que je ne tiendrai pas un mois! D'accord! Je ne dis pas, s'il avait parlé d'une année, par contre...

Tous les habitués me connaissent. Je ne vois aucune difficulté à exercer ce métier le temps d'économiser pour mon départ, ou jusqu'à ce que le prix de mes peintures revienne à son niveau normal. Le premier soir, ça me fait tout drôle d'être de l'autre côté du comptoir. Je suis habillée comme demandé par le patron: jeune, mais pas trop provocant. Afin d'être jolie, charmante et agréable aux yeux de ces messieurs les clients. Et avec le sourire, s'il vous plaît. Le patron me montre tout ce que je dois savoir et que je connais déjà, ayant longtemps travaillé au *Petit Train* pendant mon adolescence. Mais la grosse caisse enregistreuse me cause quelques petits problèmes.

Le premier client, un riche commis voyageur, fait tinter un vingt-cinq sous sur le comptoir, m'ordonnant paternellement de le garder comme pourboire. Merci, gros imbécile. Et puis, ils sont venus en foule. Les habitués étonnés, les poivrots à supporter, les âmes brisées, les flâneurs, les hommes fuyant leur épouse et quelques clients de l'hôtel. J'attends surtout Sweetie, afin de voir sa surprise. Car je ne l'ai pas avertie.

Huit jours plus tard, elle arrive avec son singe. Et elle n'a même pas une tête étonnée. Elle a probablement croisé Roméo qui lui en a glissé un mot. Quand je lui livre son verre, elle me laisse cinq sous de pourboire. Je ne sais pas si je dois interpréter ce geste comme une moquerie. J'attends avec impatience qu'elle se lève pour se rendre au piano. Mais non! Rien! Elle reste à sa table à parler en anglais avec cet idiot.

Après un mois, je gagne le dix dollars du pari de Roméo. J'ai aussi quatre semaines de ce petit salaire, plus une bonne somme en pourboires. Mais je dois aussi cinq dollars à mon patron, pour rembourser quelques erreurs de tiroir-caisse et un plein plateau renversé. En premier lieu, je croyais que ce serait un travail excitant. Je ne pensais jamais qu'il deviendrait aussi fatigant et que les hommes de fin de soirée seraient aussi odieux. Le patron m'a bien dit de ne jamais quitter le travail avec un homme. De ce point de vue, il n'a pas à s'inquiéter.

Un certain soir d'octobre, je viens près de renverser un autre plateau quand je vois entrer ma sœur Louise! La vieille fille scrupuleuse! La collectionneuse de chapelets! La conseillère de saint Pierre! Trente-cinq ans et entièrement intacte!

«Tu viens te saouler? Te rouler sous les tables?

— Est-ce une façon d'accueillir une cliente? C'est ça qu'on t'a enseigné au *Petit Train,* papa et moi?

— Qu'est-ce que je vous sers, mademoiselle?

— Un jus d'orange.

— Je l'aurais juré...»

Louise regarde droit devant elle. Surtout pas derrière, où des hommes à moustaches sont attablés. Je me doute bien qu'elle n'est pas là en touriste ou pour passer du bon temps. La leçon de morale ne tarde pas. Il paraît que je fais bien du chagrin à papa. Et à Roméo aussi. Quoi Roméo? Quel Roméo? Afin de me protéger de ce lieu maudit, Louise m'offre quelques heures au *Petit Train,* en m'assurant que je serai payée comme n'importe quelle employée. L'entreprise familiale est plus convenable qu'un bar d'hôtel. Louise repart sans avoir touché à son jus d'orange. J'essaie de faire comme si cette visite stupide n'avait pas eu lieu, sauf que j'ai en tête que je fais du chagrin à Roméo.

Je vide mon sac devant lui et il met cartes sur table. Sois sérieuse! Contrôle-toi! Bois moins! Ne fume pas autant! Une peintre doit avoir la main sûre! Si tu vends moins, c'est que tu produis trop et à moindre qualité. Si tu tiens à travailler, je vais te faire entrer au journal. Bla! Bla! Bla!

Alors, je lui annonce que je désire quitter mon grenier, que je travaille dans ce seul but. J'essaie de lui avouer ce secret poliment. Après tout, il m'a bien aidée. Il m'a accueillie quand je trouvais insupportable l'idée de demeurer avec papa et Louise. Souvent il m'a donné de l'argent. Mais la morale et les conseils, je ne peux plus les avaler! Pas à mon âge.

Il a l'air découragé quelques secondes, puis s'offre pour un coup de main. Des frères comme lui, on ne peut en inventer. Je pars plus vite que prévu. Au début de novembre, je m'installe dans un trois pièces de la rue Saint-Philippe dans le quartier où je suis née. Ah! les beaux souvenirs! Le petit carré et le Gros Marteau! Sweetie et moi nettoyons tout. Puis quand le moment de la cigarette du repos arrive, elle me donne des conseils sur l'administration d'un logement. Dans sa voix, je trouve l'écho de celle de Roméo.

«J'aurais aimé que Sweetie accueille Jeanne chez elle,
mais elle a semblé très embarrassée quand je lui en ai parlé.
En revanche, elle m'a promis de veiller sur Jeanne.
Car Sweetie et moi savons que ma petite sœur va probablement
aller vers une catastrophe financière après deux mois.»
Roméo Tremblay, frère de Jeanne, novembre 1925.

Ma vie d'adulte débute le jour même où je mets les pieds dans ce premier vrai foyer. Pour la première fois de mon existence, je n'ai de comptes à rendre à personne, à aucun membre de ma famille. J'organise une petite fête avec Sweetie. J'invite Lucie, enfin mariée à son Louis. Puis quelques autres amies de la Wabasso et les admirateurs de Sweetie. Tout le monde semble envier ma liberté. Demeurer seule en loyer, sans être mariée et avec son père toujours vivant, ce n'est pas donné à tout le monde.

D'ailleurs, le propriétaire de la maison a d'abord été très méfiant à mon égard. Mais mon frère s'est montré rassurant: elle travaille le soir et peint la nuit. Ça ne fait pas beaucoup de bruit, peindre. Mais fêter, oui! Les voisins se plaignent dès le premier soir. Mais comment imaginer inaugurer un appartement sans faire un peu de tapage?

Tous mes invités disparus, je me retrouve seule. Vraiment toute seule. J'étais assez libre dans le grenier chez Roméo, mais j'entendais les pas de Céline ou les pleurs des enfants. Mais maintenant: seule. Qu'est-ce qu'on fait solitaire, dans un logement bien à soi? Ce qu'on n'a jamais fait de sa vie! Je me mets entièrement nue pour vider les cendriers, passer le balai avant de m'installer devant mon chevalet. Je trouve ce geste amusant jusqu'à ce que je me mette à grelotter.

Je peins et me couche au moment où cet idiot de soleil décide de se lever. Et je l'ai en pleine figure! Une heure plus tard, je tombe enfin dans un doux sommeil, quand soudain les voisins d'en bas décident de commencer leur journée par une chicane de ménage. Mais j'arrive à m'endormir quand même. Puis, quelques heures plus tard, on cogne à ma porte. Ma première visite! Juste une troisième voisine, fouineuse professionnelle, venant me souhaiter la bienvenue. Une demi-heure après son départ, on cogne à nouveau. J'ouvre, ne vois personne, puis en regardant vers le bas, aperçois un petit garçon et une petite fille, qui font la révérence en me tendant un pot de gelée aux tomates. «Vous avez été à l'école avec notre maman et notre maman vous donne ceci pour souhaiter la bienvenue. C'est ce qu'elle a dit de dire, notre maman.» Diable qu'en ce court instant je me sens vieille... Si les anciennes camarades de la petite école m'envoient maintenant leurs enfants... Je regarde la fillette, coiffée comme moi. Elle a le minois des poupées anciennes. Comme je vois la même expression sur le visage du garçon, j'en déduis qu'il s'agit de jumeaux.

«Je suis certaine que j'ai du bonbon dans ma cuisine.

— Merci, madame, mais notre maman a dit qu'il ne faut pas accepter les bonbons des étrangers.»

Madame! Ça y est! Je suis vieille!

«Et les pommes? Vous les acceptez? Des belles pommes de la péniche des Rouette!

— Oh ouiiiiiii!»

Je n'ai pas de pomme. Juste une banane molle, que je leur écrase en rajoutant une pincée de sucre. Les petits, Yvon et Yvonne – quelle originalité! – sont comblés par un tel présent. J'enquête sur leur maman. En vain. J'ai peu de bons souvenirs de mes jours d'écolière. J'imagine que cette ancienne connaissance va probablement venir jaser. Les enfants s'en vont et je jure de ne plus ouvrir. Car si tout le quartier vient, je n'aurai pas le temps de continuer à déballer mes boîtes et à préparer le souper. Préparer le souper? Mon premier souper! Mais je n'ai comme nourriture que des restes préparés par ma belle-sœur Céline. J'ai le temps de passer au marché aux denrées.

Oh! les beaux fruits ronds comme les joues de Sweetie! Les friandises et les petits gâteaux au chocolat me font des clins d'œil flatteurs! Et ce jambon qui complimente mes narines! Je sors les bras chargés et le porte-monnaie vide. Tant pis! Je n'aurai qu'à sourire davantage, ce soir, pour faire augmenter le pourboire. Je peux enfin préparer le souper. Mais je suis une piètre cuisinière (ce qui est un peu étrange pour quelqu'un élevé dans un restaurant). Je me coupe une tranche de jambon et expérimente la cuisson d'un œuf. Il me mitraille! Je lui réponds d'un coup de spatule! Il se venge en étant mou d'un côté et brûlé de l'autre, en plus d'être orné de quelques invisibles éclats de coquille, se coinçant sournoisement entre mes dents.

Ce repas continue sa guerre vers sept heures trente, s'attaquant à mon fragile estomac. Je lui tiens tête en continuant à placer mes robes dans la penderie. Les voisins d'en bas décident de poursuivre la bataille entreprise ce matin. Et de nouveau, on sonne à la porte. C'est la maman d'Yvon et d'Yvonne. Je ne la connais pas. Elle a mon âge et en paraît dix de plus. En plus de ce doublé, elle a un garçon de trois ans et est en attente d'un indéfini. La classe ouvrière ne perd pas son temps et monsieur le curé doit être content. Je complimente la beauté de ses enfants, surtout Yvonne, très photogénique. Quand enfin elle part, je soupire en pensant à l'écart entre elle et moi, entre un mariage hâtif et un bienheureux célibat. Mais, vite! Il est temps de se rendre au travail!

Je n'ai pas tellement le goût d'entendre les vantardises et les lamentations des hommes. Me prennent-ils pour leur mère parce que je suis la serveuse? Je préférerais être chez moi à continuer à m'installer. Et puis à peindre, faire le portrait d'Yvonne. Puis, j'ai tant à faire avec la venue de Noël et mes cartes qui tardent à arriver de chez l'imprimeur.

Mais à mon retour au début de la nuit, je suis trop fatiguée pour entreprendre quoi que ce soit, tout en n'ayant pas le goût de dormir. Par ma fenêtre, j'observe la monotonie d'une ville noire, avec le lointain grondement des usines dispersées aux quatre points cardinaux. Je songe à la vie nocturne et affolante de New York. Le quartier Saint-Philippe est aussi paisible qu'aux premiers jours de ma vie. Non loin de mon logis, il y a la rue Bureau, où j'ai vécu ma petite enfance. La maison où nous habitions a été emportée par le grand incendie de 1908. À sa place: une autre habitation cubique. Le lendemain, je flâne devant cet emplacement, me rappelant tous les plaisirs de fillette comblée qui vivait près de son héros Roméo.

La petite Yvonne et son frère frappent à ma porte pour savoir s'il me reste des bananes. Ils viennent tous les jours. Mais après une semaine, Yvon laisse tomber, car j'ai plus de poupées que de chevaux de bois. Yvonne me montre ses dessins scolaires et ses cahiers d'arithmétique. Je la laisse s'amuser tout en faisant des croquis de son visage. Si jolie! On dirait Colleen Moore à six ans!

C'est donc dans ce sens que j'entreprends ma peinture: une flapper enfant. Yvonne a la bougeotte des petites de son âge. Impossible de l'avoir comme modèle! Mais j'ai suffisamment de croquis pour travailler sans sa présence. Sa mère vient constater les progrès de ma peinture. Évidemment, pour elle, cette toile est la plus belle de toutes, car son enfant y figure. Mais Roméo arrive avec son grain de sel, émettant une critique injuste, me donnant le goût de lui fracasser le tableau sur le crâne. Deux jours plus tard, je recommence. Je ne pense qu'à cette toile. Je deviens un peu distraite à mon travail, car je ne songe qu'à retourner rapidement chez moi pour passer la nuit à peindre Yvonne, en compagnie d'un verre de cognac et de la bienheureuse solitude de l'artiste.

À chaque fois que l'enfant revient me voir, je trouve un nouveau soupçon d'espièglerie dans le coin de ses beaux yeux, ou une fossette plus rieuse que la veille. Yvonne me redonne la passion de mes jours de portraitiste. Pourtant, cette nouvelle peinture contient tout ce que j'ai peint dans ma vie. C'est un portrait, dans un décor flapper, avec un aspect surréaliste. Je l'habille jazz, droite dans un speakeasy, le verre à la main, la cigarette à la bouche, avec le maquillage cinéma et sa moue d'enfant. Voyant cette transformation inhabituelle, la maman d'Yvonne commence à sourciller et à espacer ses visites. Roméo n'est pas tendre envers ce tableau. Il le juge irrévérencieux. Il y a cinq ans, il aurait trouvé ça drôle. Maintenant, il m'ensevelit de ses grands mots guindés. Par contre, j'ai l'appui total de Sweetie.

Elle a laissé tomber son dernier amoureux. Elle vient souvent chez moi et me regarde peindre tout en prenant un verre. Elle ne dit rien. J'aime entendre sa respiration dans mon dos. Après cette toile, nous pourrons librement reprendre notre vie folle sur les pistes de danse des salles montréalaises. Je souhaitais tant son retour! J'ai tant souffert de l'espacement de nos rencontres! Je me suis tant ennuyée d'elle, en arrivant même à la maudire, à avoir des pensées du style: «Elle est amie avec moi juste le temps entre deux garçons.» La nouvelle année arrive et je termine mon tableau au milieu de janvier. Il y a longtemps que je n'ai été autant satisfaite de mon travail.

«Je ne sais pas pourquoi Jeanne cherche à déformer les choses,
à tout ramener à son petit univers de mode.
Je sais surtout que les couleurs de ses toiles ont perdu leurs
savantes nuances, que les visages de ses personnages deviennent
froids, que son coup de pinceau est visiblement nerveux.
Je pense qu'elle a entrepris son déclin
et qu'elle ne s'en rend pas compte.
Et un déclin fait toujours souffrir.»
Roméo Tremblay, frère de Jeanne, janvier 1926.

Comme autrefois, j'hésite à vendre la peinture d'Yvonne. Mais le printemps est radieux et le bar se vide de ses clients et de leurs pourboires. Violette est gourmande de gazoline et, de plus, je sors souvent avec Sweetie. J'ai besoin d'argent. Alors, nous nous rendons à Montréal négocier la vente d'Yvonne avec mon Français. J'obtiens un très bon prix, une somme assez rondelette pour que je puisse vivre sans souci pendant trois ou quatre mois. J'ai bien hâte de montrer ces billets à Roméo. Il doute de moi et de mon talent! Depuis un bout de temps, il me noie sous des discours peu flatteurs à propos de mes dernières œuvres. Le pauvre se voit un peu dépassé par mes idées contemporaines! Mon frère ne peut accepter de me voir évoluer en qualité de peintre. Je dois suivre le cheminement de ma vie et de mon époque.

Nous voici donc à Montréal une autre fois. Cet éternel voyage me procure toujours le même effet: euphorie à l'aller et tristesse au retour. Et Sweetie ne m'écoute même plus quand je pose toujours la même question: qu'est-ce qu'on fait encore à Trois-Rivières? On va se ruiner en billets de train! Ce serait plus économique de demeurer à Montréal! Elle me répond par une bulle de gomme.

Nous allons entendre Slap Rags White, un musicien noir, champion du rag et du blues. Nous voilà dans un sous-sol enfumé en plein *red light*, jouant du coude à chacun de nos pas avec des Anglais, des Juifs et des Noirs. Je me crois de nouveau dans le speakeasy new-yorkais. Mais Sweetie ne semble pas avoir le cœur à la fête, sans doute jalouse du talent de Slap Rags. Elle se contente de rester au bar à siroter ses bouteilles. Minuit, mon heure favorite, vient de passer. La musique ne cesse jamais. Slap Rags est un orchestre à lui seul. Tout le monde l'aime!

Les yeux me pétillent. Il y a trop de fumée. Le nez me pique. La bière est affreuse. Je commence à avoir les jambes en guenille. Mais Sweetie boit plus que moi. Elle est drôle à regarder, faisant de grands efforts pour paraître sobre. Nous sommes ivres et savons en profiter. Chaque nouvelle gorgée pousse la couche houleuse reposant dans mes intestins. La folie du lieu me fait accélérer. Je ris plus facilement. Je danse plus frénétiquement. Je fraternise plus ouvertement. Je profite mieux de mes sentiments quand je suis saoule. Mes cheveux fous, mes yeux gourmands et ma bouche toujours ouverte: tout sourit et s'éclaire. Bientôt, nous sortirons et je tiendrai Sweetie par la taille afin qu'elle ne se cogne pas contre les poteaux. Elle tiendra la mienne pour que je ne m'éparpille pas dans une vitrine. Et nous chanterons. Mal! Mal et très fort! Puis, nous serons malades. Nous vomirons sans crier gare. Deux fois! D'abord une longue rasade. Puis une moindre, plus claire, environ sept minutes plus tard. À l'hôtel, je me coucherai à gauche et ça commencera à tourner vers la droite. Le contraire pour Sweetie. Parfois, ça tourne à n'en plus finir. Dans un tel cas, je me couche sur le dos, des sueurs plein le visage et la respiration agonisante. Tout s'immobilise. Si je fais la bêtise de fermer les yeux, la chambre s'envole sens dessus dessous. Garder les yeux ouverts! Parfois, un léger relent de vomissure revient vite à la surface. Il est clair. Un jet rapidement envoyé sur le plancher. Et, peu à peu, nous nous endormons. À l'occasion, j'ai un mal de tête au réveil. Mais de moins en moins. Boire et fêter, il n'y a rien de plus divin! Je plains ceux qui boivent pour oublier. Comme ils doivent s'ennuyer!

Cela se passe à peu près ainsi, sauf que pour extraire son jet tardif, Sweetie se trompe de côté et que le tout tombe sur mon pyjama et sur le drap. Elle trouve cela drôle. Moi aussi, tiens! Sweetie se lève, en équilibre précaire sur une jambe, tire le drap qui va choir à la fenêtre, la moitié au vent du printemps. Avec ses mains, elle essaie d'assécher son dégât et, à bout de patience, tire sur mon pantalon. On enlève tout. Il y a trop de sueurs et il fait si chaud. Elle dépose sa tête contre mon cou et je sens sa respiration me chatouiller l'épiderme. Elle s'endort enfin. Moi aussi, après avoir pleuré sans pouvoir expliquer pourquoi.

«Les flappers vivent comme si demain n'existait jamais.
Elles dépensent tout ce qu'elles ont et quand il n'y a plus d'argent,
elles trouvent le moyen de se faire payer un autre verre
par un des nombreux hommes qui tournent près d'elles.
Elles ajoutent de la vie, de la fraîcheur et du parfum

à un endroit aussi morbide que mon bar.
Ces jolies filles, le jazz de Slap Rags, les rires et les danses!
Bon Dieu! Comment a-t-on pu ignorer si longtemps le paradis?»
Mike Walker, serveur de bar, mars 1926.

Le nouvel été s'annonce calme au point de vue travail. Je pense que je suis une bonne serveuse, même si j'admets avoir un peu de mal à rendre la monnaie exacte. Pour m'aider, le patron installe une table d'addition et de soustraction près de la caisse enregistreuse. Mais pendant la belle saison, les habitués du bar demeurent plutôt à l'extérieur. En conséquence, le patron me demande de travailler deux jours au lieu de cinq. Ça ne me fait rien. J'ai gagné beaucoup d'argent avec mes récentes peintures.

Baignades, promenades en Violette, fin de semaine à Montréal, samedi soir à la danse de Shawinigan Falls. Du bon temps en perspective! C'est ce que je crois, jusqu'à ce que Roméo me recommande au gérant du parc récréatif Bellevue, une nouveauté à Trois-Rivières. Au lieu d'avoir une dizaine de jours de festivités familiales avec l'exposition agricole, nous aurons deux mois d'un lieu d'attractions géré par monsieur Blackwell, responsable du fameux parc Belmont de Montréal.

Roméo désire que je tienne un kiosque et que je gagne des sous en vendant quelques peintures et en faisant le portrait des volontaires. Au téléphone, je lui dis non. Il se fâche. Je raccroche. L'appareil sonne deux minutes plus tard et je m'apprête à dire ma façon de penser à mon frère quand Sweetie, au bout du fil, me confie son excitation parce qu'elle va travailler comme pianiste au parc Bellevue. Je téléphone à Roméo pour lui dire que j'accepte.

«Est-ce que tu sais ce que tu veux, la Jeanne?

— Travailler au parc Bellevue a toujours été le but de ma vie.

— T'es certaine?

— Comme ça se prononce.»

Sweetie va jouer sous une vaste tente, cherchant à recréer les premiers jours du cinématographe forain. Pour cinq sous, on pourra voir des bobines de dix minutes. Les films de ma petite enfance! Ah! la joyeuse époque du Bijou! Pour l'occasion, on demande à Sweetie de s'habiller comme en 1910. Plus elle joue du piano, plus elle est heureuse (elle accepte ce travail tout en continuant ses cinq jours à l'Impérial). Je rencontre monsieur Blackwell pour avoir des précisions sur ce qu'il attend de moi. Bras ouverts aux artistes! Mais homme d'affaires quand même. Je dois attirer des gens, être souriante et aimable, ne pas fumer en travaillant. Ne pas fumer en peignant? Où est le mode d'emploi?

En ville, tout le monde ne parle que du parc Bellevue. Ces discussions font soudain grimper mon enthousiasme. Ouais! ça pourrait nous faire un été formidable et payant! Le cinq juin, le jour de l'ouverture, je suis sur place à l'heure demandée. Sweetie se présente à mes yeux ravis comme une duchesse de l'ère victorienne. Avec sa longue robe, son chapeau à fleurs, son ombrelle et sa fleur au corsage. Délicieuse! Mais je lui fais remarquer qu'elle va crever de chaleur avec cet attirail. Alors, elle monte doucement sa robe pour me montrer qu'en dessous, c'est tout à fait 1926! Nous faisons le tour du propriétaire. C'est bien! Très bien! Joyeux! Il y a même une incroyable piste pour patineurs à roulettes! Ce sera merveilleux! D'autant plus que j'y passerai tout mon temps gratuitement. L'an dernier, à l'exposition annuelle, on m'a encore mise à la porte parce qu'ils avaient jugé que j'étais un peu en boisson, alors que ce n'était pas du tout le cas.

Je vais à mon kiosque installer mon chevalet et choisir le livre de Renée Vivien qui m'accompagnera en attendant le client. Juste à côté de mon petit coin, il y a un comptoir de pommes sucrées, tenu par un jeune homme ressemblant étrangement à Buster Keaton, le comique de cinéma qui ne rit jamais. J'installe quelques peintures idiotes – celles que j'ai l'habitude de refiler aux marchands de la rue des Forges – quand soudain, je me sens surveillée. C'est le voisin. Il me tend une pomme dégoulinante de miel fondu.

«D'où viens-tu?

— D'où je viens? Mais d'ici! De Trois-Rivières.

— Moi, je suis de Valleyfield. Je suis comédien. Je travaille pour monsieur Blackwell pendant l'été. Je m'appelle Harold.

— Amusant! Il ressemble à Buster Keaton et se nomme comme Harold Lloyd! Moi, je suis Jeanne.

— Et tu es coiffée comme Jeanne d'Arc.

— Non! Comme Colleen Moore!

— Bonne chance avec tes petits dessins, Colleen.»

Petits dessins? Comment, petits dessins? Quel culot! Oh!... au fond, le canon de la rue Notre-Dame, la terrasse Turcotte, le parc Champlain, le couvent des ursulines, ce sont probablement des petits dessins. Mais ce ton pour le dire! Les portes ouvrent à deux heures. C'est la ruée vers les kiosques, les exposants et les manèges. Comme nous sommes samedi, une multitude d'enfants ont vite fait de s'agglutiner devant le comptoir d'Harold.

«Qu'est-ce que vous faites, madame?

— Des petits dessins, mon enfant.»

Ce n'est pas exactement avec cette clientèle gazouillante que je vais faire fortune. Je peux donc me laisser absorber par les poèmes d'amour de Renée Vivien. Mais un bouffon avec son orgue de Barbarie s'installe à deux pas de mon toit. Pas idéal pour lire de la poésie. Je regarde la scène que je croque sur papier. L'après-midi est tranquille. Je ne vends rien. J'emballe mon matériel, car ce soir, un sculpteur de bois doit occuper mon espace. Je m'en vais rejoindre Sweetie quand, soudain, Harold arrive par-derrière pour m'aider à transporter mes trucs.

«Où vas-tu avec tout ça?

— Vers mon automobile, là-bas.

— Tu as une automobile? Alors, on sort?

— Pardon?

— Je suis à l'hôtel. Je ne connais personne dans cette ville. Y a-t-il des distractions le samedi soir, ici? Une salle de vues avec du bon vaudeville?

— Je suis avec une amie. Elle joue du piano à la tente.

— Alors, nous sortirons à trois.»

Sweetie est pressée de se débarrasser de ses vêtements. Elle a eu un après-midi endiablé, avec sa tente remplie de gamins criant à chaque tarte à la crème lancée à la figure d'un comique moustachu.

«Venez souper dans mon chez-moi! On sortira à trois!

— Sweetie...

— Nous sortions quand même, Jeanne. On va voir si Harold danse.

— Tu es anglaise, mademoiselle?

— Non, je suis une Canadienne française de laine pure.»

Je ne tiens vraiment pas à avoir ce garçon dans mes pattes. Après tout, je viens de passer la journée à l'entendre hurler des pitreries pour vendre ses pommes. Mais pendant le souper, Harold se montre agréable causeur, amateur de littérature, de cinéma et de théâtre. Nous nous rendons à l'hôtel Régal pour continuer cette conversation autour de quelques verres. Nous dansons au son d'un orchestre quelconque essayant maladroitement de jouer du jazz. Harold est un danseur habile. Et comme nous ne travaillons pas le lendemain, à onze heures, nous montons dans Violette pour nous payer une pointe de vitesse sur le chemin du Roi. Nous arrêtons dans un bar sur la route du retour. Un peu saoule, à la fin de la soirée, je laisse le volant à Sweetie. Elle roule gentiment pendant que je me mets à mon aise sur la banquette arrière. Soudain, Harold passe par-dessus le siège pour venir m'offrir du chewing-gum, tout en mettant son bras autour de mon cou. Je le vois venir, ce vicieux! Je serre les dents pour que Sweetie n'entende pas ce que j'ai à confier à ce mal élevé.

«Je ne suis pas une fille comme ça.

— Non? Comment es-tu, alors?

— Ce n'est pas parce que je suis une flapper que je n'ai pas droit au respect.

— Je comprends. Tu ne veux pas le premier soir, c'est ça?

— Exactement.

— Quel soir, alors? Le troisième? Ça ira?»

Trois jours plus tard, je dois traîner ma fatigue de l'après-midi jusqu'au bar de l'hôtel Saint-Louis pour une soirée de travail non souhaitée. Harold me suit. Il me colle aux souliers depuis samedi. Sweetie me donne des coups de coude en faisant kss! kss! kss! Il est bien, ce garçon. Très bien. Mon genre. Si j'en ai un. En fait, ce qui devrait me plaire me laisse craintive. Harold n'est que de passage. Et j'ai en moi des relents de pure petite catholique en songeant que des comé-

191

diens de vaudeville ne pensent qu'au déshonneur des filles, avant de voguer vers un autre port. Mais il est bien quand même. Très drôle, avec un sans-gêne frondeur me faisant penser à une rapide pièce de jazz. Ce soir-là, à force de vouloir m'admirer en tant que serveuse, il prend quelques bières de trop. Quelle volubilité! Je l'invite chez moi, question de le dégriser avec du café noir.

Il est trop ivre pour penser à me faire la cour. Avec de grands gestes, il me parle de son métier. Il n'est qu'un débutant, mais il traîne déjà dans sa valise un tas d'anecdotes d'arrière-scène de salles de cinéma et d'hôtels miteux. Et il garde espoir de devenir meilleur un jour, de jouer du théâtre classique. Je pense qu'il me démontre son talent en se mettant à brailler, avouant qu'il est un enfant de la crèche, battu et mal aimé. Moi, l'imbécile, me doutant pourtant de son bluff, je tombe dans son piège, entre ses bras et sur ses lèvres. Ça sent la vieille bière chaude et le tabac humide. Mais je sais me tenir! Ça ne dure pas bien longtemps! Je lui permets de coucher dans mon salon. À mon réveil, il y est toujours.

Du bout du doigt, je le secoue un peu pour le réveiller. Puis, je lui prépare son déjeuner. C'est drôle! J'ai l'air d'une jeune mariée! Mais, comme de vrais imbéciles, nous ne regardons ni à droite ni à gauche, tout en descendant par l'escalier avant. Alors, au moins trois personnes me voient sortir avec un homme. Et ce bozo me prend par la main!

«Il fait beau!

— Non, il pleut.

— Quand on a une nouvelle blonde, il fait toujours beau.

— Je suis quoi?

— Ma blonde.

— Diable! Ce n'est pas parce que je t'ai embrassé pendant une minute que tu dois considérer ce geste comme un contrat!»

Comme il tombe des clous une partie de la journée et que les visiteurs se font plus rares, Harold passe l'après-midi à voyager entre son kiosque et mon coin. Je préfère peindre que d'essayer de lui expliquer que je ne désire pas d'amoureux. Même la Sweetie s'en mêle. Entre deux projections, elle accourt vers Harold pour savoir s'il ne connaîtrait pas un autre garçon, afin de sortir en couple.

«Oui, je connais quelqu'un. Sans dire que c'est un ami. Il s'appelle Frank. C'est un Anglais. Tu vas bien t'entendre avec lui.

— Damned! Tu sais, nous les Canadiens français et les Anglais...

— Il travaille à la grande roue comme mécanicien. Il est très drôle. Pas gêné du tout. Il n'a pas la langue dans sa poche.

— La quoi dans quoi? La langue dans sa poche? Quelle horreur!»

Ce que Harold oublie de dire est que son ami anglais n'est VRAIMENT pas gêné! À la limite de l'insolence! Je ne comprends pas toujours bien l'anglais, mais je voyais les réactions de Sweetie. Ce type-là devait lui dire des cochonneries à toutes les deux phrases. À neuf heures, le lendemain matin, Sweetie cogne à ma porte à n'en plus finir. J'ai les yeux dans mes œufs quand elle me bourdonne des paroles à toute vitesse à l'effet que Harold est mon homme, le vrai, le bon.

«Tu dis qu'il s'en va dans un mois?

— Oui.

— It's perfect! Je ne te demande pas de te marier avec lui! C'est un sujet idéal! Un artiste! Un moderne! Un beau! Ça me ferait tellement du plaisir, Jeanne...

— Pourquoi ça te ferait tant plaisir?

— Parce que depuis que je te connais, tu considères les hommes comme des machines pour danser. C'est si beau un peu de romance! Surtout quand c'est sans le lendemain! C'est nous, ça! On va vite! Rapidement! Et l'amour doit être pareil! Fais-moi le plaisir...»

Ce n'est pas à lui que je dis oui. C'est à elle. Elle et ses beaux yeux trop ronds. Au fond, elle a peut-être raison. Je n'ai pas été jusqu'ici une grande fille du roi. Et Harold a de bons sentiments à mon endroit. Il démontre aussi une patience d'ange. N'empêche que si elle n'avait pas essayé de me convaincre, Harold serait resté dans ses pommes sucrées. Je ne peux rien refuser à Sweetie.

«La plus jolie jeune femme du monde!
Si de son temps! Si vingtième siècle!
Pour elle, je laisserais tomber mon métier de comédien
pour aller travailler dans les usines de sa ville.
Mais elle est un peu prude.
Ils ne sont pas longs, nos baisers.
Et elle ne ferme même pas les yeux.
Et j'ai l'impression que lorsque je suis seul avec elle,
c'est son amie anglaise qui dirige les opérations.»
    Harold Béliveau, vendeur de pommes au parc Bellevue,
    juin 1926.

L'aventure du parc Bellevue n'est pas un trop gros succès. Personnellement, j'ai l'impression d'y perdre mon temps,
car je ne vends presque pas de toiles, ni de dessins. Les
ouvriers n'ont pas d'argent à consacrer à la peinture. Il y a
quelques riches faisant poser leurs enfants, et j'ai bien du
mal à ne pas leur dessiner des moustaches. Et en après-midi,
dans la chaleur et le bruit, je n'ai pas la main aussi sûre pour
me concentrer à travailler adroitement. Et de toute façon, à
deux dollars pièce, qu'ils ne s'attendent pas à du Delacroix.

Mais j'y reste quand même, pour faire plaisir à Sweetie et
à Roméo, et pour entendre Harold venir à tout bout de
champ me raconter ses sucreries. Les jeunes constituent la
principale clientèle du parc Bellevue le week-end. En après-
midi de semaine, c'est le désert. Pas plus tard qu'en juin,
monsieur Blackwell loue un espace dans *Le Nouvelliste*, dé-
fiant quiconque de lui prouver que le parc Bellevue n'est pas
un lieu de saine distraction.

Car monsieur Blackwell est un Anglais. Un protestant.
Donc, en chaire, nos curés disent de se méfier de ces diver-
tissements dangereux, à l'américaine. L'exposition agricole,
ça peut aller. Ce sont nos élus qui s'en occupent. Et en
principe, c'est un événement de campagnards. Or les prêtres aiment la campagne et pas la ville. Comme résultat, des
gens peureux obéissent aux curés. Monsieur Blackwell réagit en organisant des soirées du bon vieux temps. Chansons
à répondre, danses, rigodons et ce genre de niaiseries. La
foule arrive comme un seul gigueur! Il ne faut pas oublier

qu'un grand nombre d'ouvriers de Trois-Rivières sont des anciens agriculteurs. Un peu de nostalgie les attire.

Je préfère les orchestres, les magiciens et les manèges fous. Nous avons même droit à une démonstration de conducteur casse-cou d'aéroplane! Quels frissons! Sweetie en a la chair de poule et fait tout pour approcher ce héros des nuages. En vain, pour une rare fois. Un jour, je le jure, elle et moi monterons en avion! Les jeunes aiment les numéros venant des États-Unis. Pour la semaine prochaine, par exemple, on nous annonce la venue d'un cheval du nom de Wildlife, qui, dit-on, danse le charleston! Monsieur Blackwell demande à Sweetie d'être l'accompagnatrice du cheval. Sweetie ne sait pas si elle doit être flattée ou insultée par cette proposition...

Sa passion du moment est de veiller à mes relations amoureuses avec Harold. Sweetie m'a souvent parlé de l'étreinte. Elle en semble friande. Moi, je suis vieux jeu: ces intimités sont à partager avec l'homme qu'on aime, avec son mari. Pour faire des enfants. Mon plaisir, je le trouve ailleurs. Elle essaie de me convaincre du contraire. Pour plaire à ma flapper, peut-être que j'accepterai les avances de mon vendeur de pommes. Il est vrai que la première fois, à Montréal, le tout ne s'était pas déroulé dans des conditions bien romantiques. Cette chambre d'hôtel de la rue Sainte-Catherine, avec ces lumières du samedi soir à ma fenêtre, cet Anglais immonde et toute la bière que nous avions prise. Ce poilu. Ma peur. Sa chance. Ma peine. Son indifférence.

Cette fois, ça se fera chez moi. Dans mes draps. Je le connais. Parfois, il me fait penser à Roméo. Il est rigolo. Je l'aime bien. Je le reverrai le lendemain. S'il a à s'excuser, il le fera. Et il ne me semble pas poilu. Mais je ne promets rien à Sweetie! Je lui laisse simplement un «peut-être» semblant la rendre bien heureuse.

Ce soir-là, Harold m'invite à souper au restaurant du château de Blois. Je porte ma plus belle robe de sortie et des larmes de parfum dans mon cou. Et ça de rouge sur les lèvres et tout autant de noir aux paupières. En me voyant si belle, il applaudit comme un phoque à qui on tend un poisson. Il commande du vin et je choisis des côtelettes d'agneau. En sortant, j'aimerais prendre le digestif à Montparnasse, mais il n'y a devant mes yeux que la rue Laviolette. Et il pleut.

Nous nous rendons à l'Impérial pour entendre Sweetie. Elle m'a dit qu'il y a à l'affiche un film avec une nouvelle actrice flapper, du nom de Clara Bow. Très maquillée, haute comme deux pommes, avec des joues rondes, des yeux en amande et un minois enfantin très souriant. Et quelle vitalité! Et une drôlerie à toute épreuve! J'aime bien cette Clara!

Harold passe quinze minutes à complimenter le talent de Sweetie, avant de m'inviter à prendre un verre. Ce charmeur sait se faire aimer. Quelques mimiques d'acteur, deux ou trois sourires et le tour est joué. Quand il vient me reconduire à ma porte, ses yeux veulent monter l'escalier et son cœur réclame un long baiser. Mais je rate deux marches et tombe sur les genoux. Le gaillard se porte à mon secours et me transporte jusqu'au salon. Il m'étend sur le sofa et veut soigner mon éraflure. Et il reste toute la nuit.

À neuf heures du matin, quelqu'un veut défoncer ma porte. J'ai mal à la tête et je n'ai pas le goût de discuter avec qui que ce soit. Même si c'est le propriétaire, entrant vivement dans la maison sans invitation.

«Où est l'homme?

— Quel homme?

— L'homme qui a passé la nuit ici! Apprenez, mademoiselle Tremblay, que ma maison est un endroit respectable et que je n'endurerai aucun scandale!»

Je m'apprête à lever le petit doigt, mais il se lance à la recherche de sa proie. Je siffle un air en me demandant où j'irai demeurer et combien de temps j'aurai pour déménager. Le propriétaire sait où se rendre. Directement à ma chambre. Personne! Il me regarde. Je hausse les épaules. Il ouvre la penderie, vérifie sous le lit. Partout. Rien. J'indique la sortie.

«Ça ne se passera pas comme ça!

— Vous me calomniez! Je devrais me plaindre à la police!

— Il a bien pu partir à six heures! Mais je l'ai vu! Il vous a monté dans ses bras et n'est jamais descendu! J'aurais dû me méfier en louant à une artiste célibataire!»

Où est Harold? Je fais les mêmes recherches que le propriétaire quand, soudain, j'entends Harold cogner à ma fenêtre! Le voilà dehors, avec un rebord de six pouces pour se tenir en équilibre! J'éclate de rire! Après l'avoir tiré par la main, il me précipite sur le lit, me chatouille et m'embrasse. Cette anecdote fait oublier ma nuit et mon mal de tête. Je le fais sortir en douce à onze heures, après mille précautions. Mais quand, sur la pointe des orteils, nous atteignons Violette, une douzaine de gamins surgissent du fond de la cour en me demandant de les emmener au parc Bellevue. Six mamans sortent aussitôt sur leur galerie... Oups!

«Et si on te met à la porte par ma faute?

— C'est le risque d'être une artiste célibataire.»

Sweetie veut tout savoir. Comme réponse, je l'enlace en lui disant qu'à l'avenir, je préférerais me conformer à mes idées vieux jeu. Je pleure sur son épaule.

«Tu sais, Jeanne, quand tu seras mariée, ce sera le même homme tout le temps.

— Oui, mais celui-là, je l'aimerai.

— Tu n'aimes pas Harold? Il est si parfait pour toi.

— Je n'en suis pas amoureuse.

— Il n'a pas été doux? Tu veux en parler?

— Je ne veux pas en parler. Les garçons ne servent qu'à la danse.

— Et pour aimer, Jeanne. Pour aimer...

— Je n'aime que la peinture et ton amitié.»

«*Comprenez, monsieur Tremblay,*
que j'ai de la difficulté avec le clergé et les autorités de la ville
pour faire reconnaître mon parc récréatif
comme un endroit de sain divertissement.
Lors du spectacle du cheval dansant, votre sœur,
reconnue comme une employée du parc,
a causé scandale en étant très ivre.
De plus, elle s'absente souvent de son poste
pour aller à la tente du cinématographe.
Comprenez que je n'ai guère le choix de la congédier.»
H.F. Blackwell, propriétaire du parc Bellevue, juillet 1926.

Je décide d'arrêter de travailler au parc Bellevue, car c'est une perte de temps me donnant des maux de tête. De plus, ce boulet m'empêche de me lancer à fond dans de nouvelles réalisations. Puis, dès le début de juillet, on me met à la porte de mon logement, à cause d'un incident avec Harold. Il faut dire qu'il a passé plusieurs nuits dans mon salon.

Je ne sais pas où aller. Surtout quand mon frère Roméo me dit sur un ton de chaire: «Si tu reviens chez moi, pas d'alcool, ni d'hommes.» En voilà toute une accusation! Il n'existe qu'une bonne âme pour m'accueillir: Sweetie. Mais même ma meilleure amie me montre sa liste de conditions. Fais ta part du ménage, du lavage, de la cuisine. Puis produis! Peins! Sweetie m'ordonne de peindre! Justement, c'est mon intention, car je déborde d'excellentes idées. Au fond, j'apprécie qu'elle me commande de travailler, mais je goûte moins ses autres recommandations.

Qu'elle et moi cohabitions, c'est la chose la plus naturelle au monde. Pourquoi avoir tant attendu? Oh! je le sais! Sweetie est une artiste. Elle aime bien la solitude et la liberté dans ses mouvements. Je lui promets d'être sage, petite puce dans mon coin. Devant mon chevalet. Tout le temps. Mais dès que mes affaires sont installées, elle dépose la bouteille sur la table, sort les paquets de cigarettes et sélectionne les meilleurs disques de jazz. Nous écoutons Jelly Roll Morton en riant.

«Si tu veux recevoir Harold, il n'y aura pas des problèmes. Ici, le propriétaire ne dit pas rien si j'ai des invités.

— Parce que tu es anglaise et protestante.

— Damned! Tu ne penses qu'à ça?

— C'est la vérité. Et Harold, il viendra veiller, puis s'en retournera à son hôtel.

— C'est pas ce que tu faisais en juin avec lui chez toi.

— Ce sont des potins de quartier! Pourquoi les crois-tu? C'est de la bouillie pour les chats!

— Je ne te parle pas de chat, mais de Harold.»

De toute façon, Harold ne reste pas longtemps. Tout comme le parc Bellevue. Au milieu de juillet, hop! toute la caravane s'en va avant le temps. Pas assez de succès. Perdait de l'argent, monsieur Blackwell. Les gens de Trois-Rivières aiment bien s'amuser, mais du moment que ça plaît aux curés. Adieu, Harold! Mais Sweetie est triste de ne plus jouer du piano sous sa tente.

«On enlève de la chance aux gens de m'entendre dans l'après-midi. It's cruel! Que vais-je faire de tout ce temps?

— Allons prendre du soleil! Il fait si beau! Un peu de soleil va te donner des ailes!

— Des ailes? Pourquoi? Tu me prends pour un aéroplane?

— Oui, mon ange!»

Pendant que Sweetie prépare des sandwichs, j'astique Violette. Elle sort la couverture et je cherche l'ombrelle. Avec deux paquets de brunes et un flacon déguisé en bouteille de cola, nous sommes prêtes pour un pique-nique. En ville. À la campagne. N'importe où. Là où le vent poussera Violette.

Bien étendues sur le dos, le nez face à monsieur Soleil, nous parlons de tout et surtout de rien. Nous bavardons des gens, de sentiments, de souvenirs. Déjà des souvenirs de son arrivée à Trois-Rivières! «Tu te souviens comme je parlais si mal le français? Je suis dans l'amélioration, maintenant!» Sweetie rit brièvement, de son petit rire mitrailleur et canaille, qui soulève son corsage en vifs soubresauts. Et après, elle soupire. Elle prend une brindille qu'elle installe entre ses lèvres. Je mets ma tête sur son épaule et surveille sa bouche. Sa voix devient alors comme le ronronnement d'un minet. Ça me donne des frissons sur le poil des bras.

J'essaie de l'entretenir de notre avenir. La première étape sera d'habiter à Montréal avant de s'illustrer à New York, puis à Paris. Je ferai comme l'actrice Pauline Garon, une fille de mon âge, partie de Montréal pour faire du théâtre à New York, et la voilà maintenant dans des films de Hollywood! Si Pauline le peut, moi aussi! Sweetie deviendra la vedette de la meilleure salle de cinéma. Elle pourra jouer dans des orchestres de jazz et se produire dans les grands hôtels. Ou graver un disque! Peut-être sera-t-elle invitée par la radio! Moi, je vendrai mes toiles et j'exposerai régulièrement. Après une année, nous serons prêtes pour Paris, la ville idéale pour les grands artistes! Et on dit que les Français adorent tout ce qui vient d'Amérique!

Non. Sweetie ne veut pas. Elle aime trop Trois-Rivières. Mon rêve l'indiffère. Et je suis trop attachée à elle pour partir seule. Je ne comprends toujours pas son attitude! Mais je n'insiste pas. Elle se fâcherait. Quand Sweetie est dans tous ses états, elle ressemble à une tornade et boude plusieurs heures. Un jour, je le sais, elle en aura plein les bottes de Trois-Rivières. Je n'ai qu'à patienter.

Tiens! Une fourmi lui chatouille le front! Je l'enlève délicatement, puis refile à ma flapper un bécot sur le bout du nez. Elle se retourne et soupire, m'offrant son dos comme paysage. Je la contourne et m'assois près d'elle. Elle se redresse, laisse tomber sa brindille et cherche une cigarette.

«Oui, dans le fond, tu as raison. Passer ces après-midi sous la tente était une perte du temps. Même si je m'amusais. L'été est si beau.

— On pourrait aller à la plage?

— Oui! J'ai un maillot nouveau! Très serré! Tu l'as vu?

— Non!

— Je te le montrerai. Pour l'instant, j'ai faim. Pas toi?

— Oui! Qu'as-tu préparé? Je vais m'en mettre plein la ceinture!

— Quelle ceinture? Tu ne portes pas ton pantalon, pourtant.»

Les plages, dans la province de Québec, ne sont pas les lieux favoris de nos prêtres. Mais rien au monde ne peut empêcher petits et grands de se lancer dans un lac ou un fleuve, quand la chaleur devient intenable. À Trois-Rivières, notre plage est coincée entre l'usine Wayagamak et celle de la Canadian International Paper. Ce qui veut dire que nous devons nous baigner entre le ronronnement incessant des machines et l'odeur des produits chimiques. Elle est autour de l'île Saint-Quentin, un bout de terre à l'embouchure de la rivière Saint-Maurice. Nous n'avons pas le droit de nous y rendre, l'île appartenant aux compagnies de pâtes et papiers, mais les gens font fi de cette interdiction et traversent à l'île depuis des années. C'est là que Roméo avait rencontré sa Céline, il y a bien longtemps.

Je me souviens de la première fois où j'ai emmené

Sweetie à la Saint-Quentin. Elle avait fait sensation! Il faut dire que le maillot américain de Sweetie était un peu plus osé que les nôtres. Il était assez révélateur de ses formes. J'ai beau surveiller mon alimentation, je n'arrive pas à avoir d'aussi belles fesses que celles de ma pianiste. Elle est physiquement la parfaite flapper: tout en petit! Je trouve que j'ai les seins réglementaires, mais un trop gros derrière.

«Mais non, il est très beau, ton derrière.

— Merci du compliment.

— You'll see! Tous les garçons vont le regarder, cet après-midi!

— Diable! J'espère bien que non!»

Les corps presque révélés ont souvent l'air ridicules. Sur la plage de l'île, je vois des gros pleins de soupe et des énormes pleins de bière. J'aperçois des femmes de mon âge, toutes boursouflées par leurs nombreuses maternités. Les hommes ont les jambes arquées. Et poilues. Sweetie les siffle. Dans ce temps-là, je me cache sous mon large chapeau de plage. Les hommes approchent pour regarder ma flapper de près. Et c'est toujours le même charabia! Je vais à l'Impérial pour t'entendre! Tu te plais au Canada? Quel beau soleil, mais pas aussi beau que ton sourire. Bla bla bla. Je me retourne pour que mon dos rôtisse.

Je vois près de nous de jolies écolières, arborant leurs quatorze ans. Menues, turbulentes, pas timides. La nouvelle génération, celle qui a peu de souvenirs de la guerre. Dans cinq ans, elles vont faire comme leur grande sœur et se marier. L'une s'approche de moi, se présente comme je ne sais trop quelle ancienne voisine de la rue Champflour. Elle a le visage maigre. Anguleux. Mais des yeux saillants lui donnant un air de continuel émerveillement. Et de longues jambes très droites, proportionnées impeccablement.

«Psst! Jeanne!

— Hein? Quoi?

— Qu'as-tu à toujours regarder les jambes des filles?

— C'est plus harmonieux que les forêts de poils que tu siffles depuis tantôt.

— Mais non! La forêt est derrière! Pas sur la plage!»

L'eau est froide. Nous nous y jetons quand passe un

bateau, afin de profiter des vagues rieuses. Des enfants construisent des châteaux de boue. D'autres jouent au ballon. Et hop! du sable dans les yeux! «Je vais le dire à papa!» Un autre a de la confiture autour des lèvres. Belles scènes de bonheur insouciant! Je dessine. Sweetie observe. Elle est dans la lune. Je lui pique le bout du nez avec mon fusain. Un point noir la fait ressembler à un joli bouffon. Elle rit en se renversant, les cheveux de son casque noir tombant dans le sable. Je continue le dessin sur son bras. Elle rit de nouveau.

Mais le cinéma la rattrape. Elle pense au film de ce soir. L'après-midi passe trop rapidement. Je dois retrouver mon atelier, installé dans un coin de son salon. J'ai une scène de boîte de nuit à terminer, mais j'ai plus le goût de dessiner la plage. Sweetie à la plage dans son beau maillot. Je prends un verre pour m'encourager. Quand Sweetie revient à minuit, je trace une forêt de jambes féminines en train de danser. Et le rebord des jupons et la pigmentation de leurs bas. Tout au fond, un orchestre de jazz devenu minuscule. Sweetie s'avance pour regarder les détails.

«Isn't it cute? C'est une belle idée!

— Oh! c'est venu comme ça, au fil de ma divagation.

— Aidée par un peu de cognac?

— Pourquoi tu me dis ça sur ce ton?

— Viens prendre un café! Ça te fera du bien!

— Je ne peux pas. Je dois continuer. J'ai l'inspiration.

— Je te prépare quand même le café.»

Elle revient avec ses tasses, s'installe derrière moi, sur le sofa près de la fenêtre. J'aime quand elle fait ça. Je me sens surveillée, admirée. Il n'y a que le silence du salon et sa respiration. Je dois faire cette peinture le plus rapidement possible! Je sens que je pourrai la vendre à gros prix! Je dois peindre beaucoup! Je suis une artiste. C'est mon état et mon métier. Sauf que, depuis huit mois, je suis une serveuse de bar peignant dans ses temps libres. Si au cours de l'été je peux produire cinq toiles de qualité, je pourrai laisser tomber cet emploi m'empêchant de créer librement.

Sweetie se lève et m'apporte une tasse. Elle pense que je suis ivre. Bon! D'accord, j'ai pris un verre ou deux de cognac, je n'ai pas bonne haleine, mais je ne suis pas saoule!

Derrière son attitude, je sens les instructions de mon frère Roméo. Je soupire, délaisse le pinceau et partage cette boisson chaude avec elle.

«Tu veux poser pour moi?
— Tu sais bien que je ne peux rester sur la place.
— Grimpe sur le tabouret. Je vais ajouter tes jambes à mon tableau.
— What? C'est idiot ce que tu me demandes là, Jeanne! Faire poser mes jambes!
— Les tiennes sont si parfaites! Allez!»

Elle s'installe. En levant les bras, elle atteint le plafond du bout des ongles. J'ai le spectacle de ses jambes et je dessine leur contour sur une tablette. Soudain, elle gigote en apercevant une grosse poussière. Tranquille, Sweetie! Elle fait les cent pas sur son banc, incapable de s'immobiliser. Elle m'énerve! Je lui ordonne de descendre. Elle regarde mon croquis en s'allumant une filtre.

«C'est moi?
— Une partie de toi.
— Ah! Ah! Une partie de moi! Isn't it cute?»

J'ai hâte qu'elle se couche pour que je puisse enfin travailler. J'ai besoin du silence de la nuit. Alors, dans le coin gauche du tableau, je peux dessiner les jambes de Sweetie. À trois heures, enivrée de jambes, je commence à cligner des paupières. Il est temps d'arrêter. J'aère un peu l'appartement avant de tirer sur mes couvertures.

Aussitôt couchée, j'entends Sweetie soupirer. J'entrouvre la porte pour voir ce qu'elle a. La chère enfant rêve, comme un chiot qui a des soubresauts. À quoi rêve-t-elle? Je me rends compte qu'un garçon trotte dans son songe. Suite à un soupir plus long que les autres, elle s'immobilise, avec juste une couverture lui cachant les fesses. La trouvant charmante dans cette posture, je la dessine au fusain. Elle voit le résultat à son réveil. Sweetie penche la tête pour examiner le dessin. Elle me le remet en me faisant promettre de ne pas le continuer.

Je pense que si je faisais un premier nu, Sweetie serait mon modèle idéal. Mais je n'ose pas lui demander une telle chose. Oh! ce n'est pas qu'elle soit pudique! Elle l'est d'ailleurs beaucoup moins que moi. Parfois, elle ne ferme pas la porte pour prendre son bain, «à cause du vapeur». Et pour se rendre de sa chambre à la salle de toilette, elle ne porte qu'une serviette autour de la taille.

Comme aujourd'hui il pleut, nous restons à la maison. Elle travaille à ses partitions et moi à mes jambes. Je suis bien, au cœur de ce bourdonnement créatif. Pas un mot de l'après-midi, et pourtant tant de communication entre nous. Avant son départ pour l'Impérial, je lui prépare un copieux souper.

Ensuite, je retourne à mon tableau. Dessiner tant d'épiderme m'étourdit et fait trembler ma main. Pour me détendre, j'avale deux verres de cognac. Puis, je crois que je m'enivre toute seule. Embarrassée parce que je ne veux pas que Sweetie me voie dans cet état à son retour, je pars dans le soir de Trois-Rivières pour me dégourdir les sens. Tout va bien jusqu'à ce qu'un policier m'aborde, jugeant que je ne marche pas trop droit. Encore une autre nuit à l'ombre! Mais cette fois, ça ne m'amuse pas! J'ai même honte, parce que je n'ai pas l'argent pour payer le billet de sortie et que Sweetie doit le faire. Elle me fait un vilain regard sévère en guise de réprimande. Dix minutes plus tard, elle m'enlace pour me consoler. Notre amitié est telle qu'elle ne peut vraiment m'en vouloir. Ma flapper comprend qu'une artiste boive. D'accord, j'ai peut-être forcé la dose cette fois, mais elle réalise ma malchance d'avoir croisé un policier zélé qui m'a tout de suite collé l'étiquette «vagabondage» pour engraisser les statistiques de son chef.

«*Mademoiselle Robinson,*
j'ai trouvé votre amie en train de vomir sur la voie publique.
Quand je me suis approché pour lui venir en aide,
elle m'a roué de coups de poing
en m'insultant avec des mots effroyables!
Ce n'est pas la première fois qu'elle agresse un agent de la paix.
Qui est responsable d'elle?
Vous ou son frère Roméo?»
Gabriel Carrier, policier, juillet 1926.

Il y a environ une année, nous avons écrit à Colleen Moore, tout en sachant qu'une vedette de son envergure ne prendrait pas le temps de répondre à deux admiratrices d'un coin perdu du Canada. Nous avions d'ailleurs oublié cette fantaisie quand, un matin, nous recevons une lettre de Chicago, en ne sachant pas qui pouvait nous écrire de cette ville. Sweetie ouvre et vient près de s'évanouir en voyant le nom de Colleen. Elle échappe l'enveloppe sur le plancher et tombe sur le sofa. Je récupère l'objet de cet émoi: deux belles photographies autographiées! À mon tour, je rejoins Sweetie sur le sofa.

«La lettre! Traduis la lettre!
— Quelle lettre?
— Il y a une lettre personnelle! Regarde!
— Damned! A letter!
— C'est ce que je disais.»

Sweetie s'en empare en tremblant. Elle lit doucement. Des banalités, des remerciements. «Merci de vous intéresser à ma carrière. J'aime avoir des nouvelles de mes admiratrices. Mes salutations distinguées aux gens du Canada.» Et elle nous nomme! «Dear Jeanne and dear Sweetie.» Profonds soupirs, grands rires et accolades: nous avons probablement l'air de deux folles!

«Tu te rends le compte? La main de Colleen Moore qui a écrit mon nom!
— Oui! Mais ne perds pas la boule pour autant.
— Quelle boule? Je te parle de son écriture!»

S'il est vrai que j'admire beaucoup Colleen, Sweetie est davantage maniaque. J'ai dû dessiner l'actrice vingt fois pour elle. Elle me demande: «Peux-tu me dessiner Colleen faisant son épicerie?» Ce genre... Je prends plaisir à faire ces petits portraits parce qu'ils enchantent Sweetie. Le logement de ma pianiste ressemble d'ailleurs à un véritable musée du cinéma. Il y a des photographies partout sur les murs! Elle découpe chaque article de journal et les place dans des dossiers. Elle est abonnée à quatre magazines de cinéma. Sa chambre à coucher, particulièrement, se présente comme un sanctuaire dédié à Colleen Moore.

Sweetie possède une mémoire phénoménale des films! Elle peut, à la seconde près, vous dire que c'est dans tel film qu'on peut voir telle scène. Elle connaît même des films qu'elle n'a jamais vus! Elle est au courant de tout! Au début du mois, j'ai entendu parler de ce film sonore projeté à New York. Je croyais que c'était pour inquiéter Sweetie. Loin de là! «Crois-tu que les gens vont payer pour entendre de la musique sur disque dans une grande salle, quand pour le même prix ils ont le droit à un orchestre complet?» Par contre, elle pense que le film parlant – des expériences ont été réalisées avec des documentaires – serait une bonne idée et élargirait le registre des comédiens.

Nous avons vu tous les films de Colleen Moore depuis *Flaming Youth*, certains à Montréal, mais beaucoup au Gaieté de Trois-Rivières. Les filles de la Wabasso adorent aussi Colleen et ne peuvent s'empêcher de dire qu'elle nous ressemble. Toutes les flappers admirent Colleen! Elle est comme nous: jeune, belle, sans-gêne et libre. Nous voici à Montréal pour nous délecter de *Ella Cinders*, son nouveau chef-d'œuvre.

Après la représentation, les flappers se réunissent dans un café pour vanter les mérites de Colleen. Certaines lui préfèrent Clara Bow, ou Betty Bronson, ou Sue Carol. Et j'aime de plus en plus ma concitoyenne Pauline Garon, si jolie! Une fille de mon âge et de ma race jouant dans des films américains! Quelle fierté et quelle inspiration! Hollywood doit répondre aux désirs de son public féminin, et toutes ces actrices flappers sont apparues sur la lancée de Colleen. Sweetie, pour clore le bec à celles osant classer Colleen deuxième, montre la fameuse lettre avec la véritable signature de la vedette.

Maintenant, il est temps de célébrer, de danser et de boire, comme il est de tradition chez les enfants du jazz! Quand elle est à Montréal, Sweetie fête davantage qu'à Trois-Rivières, où elle a une certaine image publique à maintenir. Dans la métropole, Sweetie s'épivarde et je suis là pour la consoler ou la nettoyer. Cela me permet de jouer à la poupée avec elle. Tu lui nettoies le bec, lui donnes des petites tapes dans le dos pour son gros rot, tu la grondes un peu, tu la mets au lit avec une serviette froide sur le front et tu lui laisses un baiser sur le bout du nez en guise de «bonne nuit». Et enfin, tu aères la chambre d'hôtel.

Sweetie insiste pour revoir *Ella Cinders* le dimanche après-midi. Elle trépigne d'impatience en racontant tout le film à une flapper anglaise derrière nous. Sweetie parle à toute vitesse en mimant les moments drôles. Mais soudain, il y a un murmure qui vient de l'autre bout de la file et parvient jusqu'à nous. On dit que Rudolph Valentino est mort.

«Tant que ce n'est pas Colleen.

— Tu crois que c'est la vérité? Qu'il est mort?

— Mais non! Tu ne vois pas que ce n'est qu'une blague pour animer la filée!

— Mais les filles qui pleurent, là...

— De la poudre aux yeux.

— Tu crois? Moi, quand je me mets de la poudre aux yeux, ça ne me fait pas pleurer.»

Alors qu'hier régnait l'enthousiasme à l'apparition de Colleen sur l'écran, aujourd'hui on se croit à une veillée au corps. Des filles pleurnichent. Si c'est une blague, elle est bien réussie. Quand je vais à la salle de toilette, un placier m'affirme que Valentino est bel et bien décédé. Il n'a jamais été réellement mon acteur favori. Il n'a jamais eu sur moi l'effet provoqué chez les autres. Mais mourir si jeune, en pleine gloire, sans crier gare, c'est quand même surprenant et émouvant.

Je me souviens surtout de ce film où il dansait un tango torride avec Alice Terry. Le début de sa gloire. J'étais venue avec Lucie Bournival qui passait son temps à dire: «Qu'il est beau! Qu'il est beau!» L'effet de transe provoqué par le bel acteur m'avait fait sourire. Et puis, le soir, à cette démonstration de tango, j'avais rencontré cette fille complètement folle. Son flacon, son maquillage outré, un sans-gêne terrible. Et je l'appelais «Flapper» en croyant qu'il s'agissait de son prénom. Nous avions bousculé quelques tables avant de nous faire jeter à la rue. Je n'ai jamais oublié cette fille, ni les réactions de Lucie face à Valentino.

Je ne sais plus où est la fille. À chaque fois que je suis à Montréal, j'ai toujours l'impression qu'elle va surgir du coin d'une rue, en brandissant son flacon et en riant comme une cinglée. Cependant, je sais que Lucie a eu cet accident cruel à la Wabasso, qu'elle est aujourd'hui une jeune maman habitant une maison ouvrière du quartier Sainte-Cécile. On se salue quand on se croise dans un tramway. Diable! Suis-je devenue si vieille? Pourquoi le temps a-t-il passé si rapidement?

C'est mon souvenir de Valentino. J'y pense pendant la projection du film. Je ne suis pas la seule à avoir la tête ailleurs. Sur l'écran, Colleen s'agite, mais dans le cœur des spectatrices, elles tremblent de désir entre les bras du beau Rudolph. En sortant, tout le monde semble un peu perdu dans ce petit vent annonciateur de l'automne qui donne du mal à Sweetie pour allumer nos cigarettes. Nous voyons passer deux filles versant de chaudes larmes et se soutenant.

«C'est idiot, non? Pleurer pour Valentino!

— T'as pas le goût de pleurer pour Valentino?

— À vrai dire, non.

— Moi, oui. It's terrible, Jeanne! Comment une telle chose peut arriver? Il était le plus beau et le plus meilleur.»

Sweetie ne m'a jamais parlé de Valentino comme les autres filles. À l'écran, il n'était jamais moderne. Toujours des films costumés dont l'action se déroulait à des époques lointaines. Je ne pouvais pas l'accrocher au mur de mon quotidien. Sur le chemin du retour, Sweetie me raconte tous ses rêves à propos de Valentino, dont certains ne peuvent être révélés. Bien sûr, il avait fière allure. Le regard profond, le sourire enjôleur, le physique athlétique: tout ce que les femmes ne trouveront jamais chez leur mari.

À Trois-Rivières, sa mort est le seul sujet de conversation des femmes. Combien d'entre elles n'ont pas été férocement jalouses de Vilma Banky, la belle actrice qui a eu la chance de se retrouver entre ses bras dans trois films? On me demande de faire des dessins du disparu. Je produis cinq dessins par jour que je me vois vendre un dollar pièce, à la sortie de l'Impérial et du Gaieté. Ce commerce met Sweetie en furie! Elle dit que j'exploite un grand malheur! Diable! Je ne fais que répondre à la demande! Et puis, dans une semaine, plus personne n'en parlera. Il y aura une nouvelle vedette pour le remplacer dans le cœur des femmes, comme John Gilbert ou Ramon Navarro.

Le pouvoir du cinématographe est si grand! Comment les gens ont-ils pu vivre sans les vues animées? Sweetie compose une pièce de piano en mémoire de Valentino et enlève délicatement sa photographie de son mur, laissant un espace vide. «C'est la fin de quelque chose», soupire-t-elle.

«J'ai regardé avec soin le dessin de Rudolph Valentino
que Jeanne m'avait fait en 1921.
C'était ma jeunesse, tous mes rêves, toutes mes joies imaginaires.
Gentille, Jeanne vient m'en donner un nouveau,
tout pareil à ceux qu'elle vend à la pelletée sur la rue des Forges.
Mais ce dessin était moins beau que l'ancien.
Ce doit être comme la jeunesse qui
disparaît sous le crayon de Jeanne.»
        Lucie Bournival, ancienne travailleuse de la Wabasso,
        août 1926.

Je ne peins pas autant que je le désire. Que des petits tableaux de seconde zone, ne rapportant que de la monnaie. Les idées ne me manquent pas, ni le calme pour travailler. Dans la vie des artistes, il y a des hauts et des bas. Je me noie dans une période basse. Il y a longtemps que je n'ai pas exposé, car il me manque de toiles. Depuis que j'ai quitté le grenier de Roméo, je dois vendre mes peintures à mesure, car j'ai besoin de cet argent pour les banalités du quotidien. Sweetie met tout en œuvre pour que je produise de grandes peintures se vendant à gros prix. Elle prétend qu'il faut que je discipline mon art si je veux en vivre. Les coups de cœur, c'est bien joli, mais ce n'est pas commercialement idéal. Sweetie a beau avoir son papier confirmant sa citoyenneté canadienne, elle agit et pense toujours comme une Américaine!

Mon Parisien de Montréal est le seul à acheter mes toiles surréalistes, et comme il se sait dans cette position privilégiée, ses prix diminuent. Il est vrai que depuis un bout de temps, je lui apporte à peu près n'importe quoi. Et j'ai fait le tour de mes sujets flapper. Il ne me reste qu'à retourner à mon inspiration d'adolescente: le portrait. D'après Sweetie et Roméo, c'est ce que je fais de mieux. Je dois consacrer beaucoup de temps afin de créer une toile de premier ordre. Je vais le faire sérieusement. Je ne veux décevoir personne. Je possède ce talent. Je me souviens du prix qu'on m'a donné pour ma travailleuse, ma voyageuse, ma grand-mère. Alors, je vais m'y mettre! Oui, mais... quel visage? Où est mon inspiration?

J'erre dans les rues de Trois-Rivières et son automne gris. Le sujet est là, quelque part. En montant dans le tramway, en tournant un coin de rue, il va me sauter au visage ce visage que je cherche! Je vois des fillettes insatisfaites par le retour en classe. Des femmes de tous âges, l'air maussade en regardant dans les vitrines ces vêtements qu'elles ne peuvent acheter. Et un groupe de jeunes filles faisant des ronrons de chattes en observant les séminaristes dans la cour de leur collège. Quand je monte mon escalier avec ces idées, elles ne franchissent pas la porte! Et le patron du bar me fait demander pour ce soir. Pas le goût. Je suis malade.

«Non, Jeanne! Ce soir, justement, tu pourrais rencontrer le visage que tu cherches.

— Des ivrognes, des prétentieux et des chanteurs de pomme.

— Des chanteurs de quoi? De pomme? Comment...?»

L'an dernier, c'était bien, ce travail. Mais maintenant il m'ennuie, même si j'en ai encore besoin pour les dépenses courantes. Plus d'heures je passe à travailler au bar, plus de temps je perds à ne pas peindre. J'ai l'impression que ce boulet me fait perdre le feu sacré et que le patron ne m'a jamais aimée. Je ne trouve pas de sujet idéal. Il n'y a qu'un commis voyageur qui colle au comptoir toute la soirée, enchaînant blagues idiotes sur plaisanteries imbéciles. Et il termine le tout par l'inévitable proposition malhonnête. Oh! ça arrive si souvent! Tellement souvent! Et je ne m'habitue jamais.

Quand je retourne à la maison au début de la nuit, il y a de la lumière dans le salon, mais pas de Sweetie. Je m'offre un verre et regarde le blanc de ma toile en attendant son retour. Ce soir, elle revient un peu saoule avec un garçon qui me salue à peine. Mais je sens quand même froidement que ma présence ne fait pas partie de son plan. Je me coule un autre verre, pendant que les deux ricanent à la cuisine. Elle me demande de me joindre à eux. Il repart quinze minutes plus tard avec son espoir sous le bras. Cette situation était déjà arrivée en août. J'étais au salon et eux chahutèrent dans la chambre. J'avais l'impression qu'il lui faisait mal. Et j'avais l'air pioche au milieu de ce torrent.

«Puis? As-tu trouvé ton subject?
— Mon sujet, tu veux dire.
— C'est ce que j'ai dit.
— Non, je n'ai pas trouvé mon subject.
— Isn't it cute? Elle parle anglais, maintenant!
— T'as pas mal bu, hein...
— Ouais! J'ai pris la brosse!
— C'est honteux.
— What? Et ça ne t'arrive pas, à toi?
— Oui, mais je ne me cogne pas contre les murs.»
Je n'insiste pas, ne voulant pas être la source d'une dispute inutile. Sweetie a trinqué et semble arrogante. Dans ce temps-là, il vaut mieux la laisser se débrouiller seule. De toute façon, je devine que dans trente minutes, les planètes vont tourner autour de son lit et qu'elle va râler la clémence des dieux. Ce moment venu, je vais accourir, avec mes serviettes humides et mes mots de consolation. Encore une fois, elle va promettre de ne plus boire autant. J'ai l'habitude. Être son amie, c'est aussi être un peu son infirmière.

Au matin, de mauvais poil, elle m'ordonne de sortir pour trouver mon sujet de tableau. Elle me dit ça comme si elle me commandait de partir acheter des gâteaux à la pâtisserie. Bonjour, madame. C'est pour une demi-douzaine de sujets, s'il vous plaît. Avec joie, mademoiselle. C'est à emporter ou pour peindre sur place? Voilà. Cinquante sous, mademoiselle. Bonne journée, mademoiselle.

«Qu'est-ce que tu peignes?
— Le sujet que tu me réclames à grands cris depuis une semaine.
— Qu'est-ce que c'est?
— Tu ne le vois pas? C'est la pâtissière de la rue Saint-Maurice.
— Pourquoi peins-tu cette femme?
— Parce qu'elle ressemble à ce que je faisais il y a cinq ans. Elle est grosse. Ronde. Avec des joues comme des melons et des yeux en forme de billes. C'est une femme du petit peuple. Une vraie Canadienne française. Typique. Avec

un peu de bonheur dans les yeux. Les bourgeois vont m'en donner soixante dollars afin de l'accrocher dans leur salon. Les savants appellent ça de l'ethnologie.

— Je suis fière pour toi, Jeanne. Je t'encourage dans la continuation.

— On penserait entendre mon frère...

— Tu dois exercer ton métier, Jeanne! Le talent naturel doit s'entretenir! Moi, par exemple, tout le monde sait que je suis une pianiste extraordinaire. C'est normal. Mais qui sait que je passe des heures à exercer tout le temps, malgré ce grand talent? C'est la même chose pour toi.

— Ça va! Ça va! Je connais la musique!

— Oui, je sais que tu connais la musique, mais je te parlais de tes peintures.»

Sincèrement, je n'ai pas envie de peindre cette vendeuse de biscuits. J'ai surtout le goût de faire taire Sweetie. Mais, peut-être qu'en me concentrant beaucoup, la passion va revenir et que je vais produire une toile de qualité, avec le prix en conséquence. Le problème est que le patron du bar revient à la charge le soir même! «La bonne saison revient et je vais avoir besoin de toi quatre soirs.»

Je peins donc surtout de nuit, malgré l'inévitable mal de tête que je rapporte souvent du bar. Et puis, à chaque fois, Sweetie vient vérifier les progrès de mon travail. Elle m'encourage comme une bonne sœur dit bravo à une écolière. Peu à peu, je m'attache à ce maudit tableau de madame Biscuit. Je prends un verre pour me donner un élan, en attendant l'analyse de Sweetie, au matin. Elle aime bien. Pas comme Roméo.

«Roméo, tu deviens vieux et gâteux! Tu n'aimes plus rien et tout ce que je peins devient pour toi une catastrophe!

— Où vas-tu chercher tout ça? Tu me demandes une critique sincère, je te la donne et tu t'énerves! Du calme, la Jeanne!

— Journaliste!

— Oh! ne t'inquiète pas. Tu vas le vendre, ce tableau. Mais beaucoup moins cher que ceux que tu faisais quand tu buvais moins.

— Ça y est! Mon frère vient de lâcher son gaz!»

S'il est possible que je sois moins bonne qu'autrefois, ce n'est qu'une question de temps et de concentration. Pas à cause de l'alcool. Roméo devrait comprendre qu'un ivrogne a besoin de boisson, qu'il tremble quand il n'en a pas, qu'il vole pour s'en procurer. Est-ce que j'en suis là? D'accord, je prends un verre! Pour m'amuser et me détendre! Pas parce que j'en ai besoin! Je lui vocifère cette explication en insistant sur le fait que c'est le temps qui me manque, ce temps qui! Diable... le temps de retourner travailler à l'hôtel Saint-Louis...

Ce soir, il y a plus de gens que d'habitude. Des congressistes de la chaussure viennent s'installer pour deux jours. Ils parlent fort. Très fort! Et rient comme la sirène d'une usine un jour d'incendie. Je connais le goût de la fête, mais ce soir, ces hommes arrivent à un mauvais moment! Mal de tête assuré pour la serveuse et inévitablement le double de propositions honteuses de la part de ces messieurs! Comme ça ne va pas assez mal, voilà trois marins! Terribles, les marins! Impossible d'imaginer bipèdes plus enfantins que ces gaillards! Il en vient de tous les pays et leur intention première va pour le déshonneur des jeunes filles. Ceux-là sont français. Il y en a un qui se met en tête de me faire la cour. Mais moi, éblouie par son accent, je ne m'aperçois pas tout de suite de son jeu. Je lui jase de son beau pays, de mes rêves de Paris, de Renée Vivien et des surréalistes. Il ne semble pas au courant de toutes ces merveilles. Comme je lui fais part de ces mystères avec des étoiles au fond des yeux, lui y voit plutôt un drap déplié sur un lit d'une chambre de l'hôtel.

Depuis plus d'une année, j'ai appris à répondre à ces avances. Et poliment. Pour ne pas froisser le client. Mais j'ai le bruit des marchands de chaussures dans les oreilles et ce vif goût d'être devant ma toile! Lorsque le navigateur ose mettre sa patte sur mes fesses, je lui renverse le contenu de mon plateau sur son uniforme! Et frappe son visage avec le plateau vide! Bref, je perds mon emploi. Survoltée, je parcours la rue des Forges en un temps record pour me mêler à contresens aux clients sortant de l'Impérial. Je me lance dans les bras de Sweetie en pleurant comme une averse d'octobre.

«Monsieur Tremblay, il est vrai que dans les bars,
il arrive aux hommes de faire des
propositions disgracieuses aux serveuses.
Votre sœur avait toujours répondu avec tact à ces impolis.
Mais je n'avais jamais vu une serveuse
assommer si violemment un client!
Et puisque vous me demandez mon opinion franche,
Jeanne était une bonne serveuse, mais elle savait à peine compter
et m'a fait perdre beaucoup d'argent.
Et même si elle s'en cachait, je sais très bien que, derrière la porte,
elle terminait le contenu des verres des clients.»
    Eugène Lacoursière, gérant du bar de l'hôtel Saint-Louis,
    octobre 1926.

J'achève vite ma pâtissière, mais je n'obtiens pas une grande somme pour sa vente. J'essaie de renouveler ma vieille tactique d'offrir mes services aux commerçants de la ville, mais, à une exception près, ça ne fonctionne pas. Ils ont encore celle d'il y a quatre ou cinq ans.

J'ai vraiment besoin d'argent. Sweetie me suggère de vendre Violette. Jamais! Puis ma pianiste me dit qu'elle pourrait me faire engager comme ouvreuse à l'Impérial. Jamais non plus! Alors elle me désigne mon tabouret du doigt en m'ordonnant de peindre une autre grande toile de qualité. Je soupire et me mets au travail, le cœur un peu vide, d'autant plus que Sweetie s'est trouvé un nouvel amoureux. Un garçon à peine sorti de l'adolescence! Elle le ramène chaque soir et pendant que j'essaie de créer, je les entends ricaner brièvement entre deux baisers. Ça m'énerve! Mais cet amoureux passe comme un autre coup de vent mensuel. Quand enfin il disparaît, nous allons fêter l'événement à Montréal. Un autre arrivera. Mais elle n'insiste plus pour que je l'imite. Sauf à Noël.

Sweetie fête toujours Noël avec ma famille, même si mon père ne l'aime pas et que ma sœur Louise peut à peine la supporter. Mais Roméo lui ouvre les bras comme à une petite orpheline. De New York, Sweetie ne recevait qu'une carte de ses frères et un paquet cadeau de sa sœur Judy. Alors, protestante ou non, mon frère et sa femme

Céline accueillent mon amie comme un membre de la parenté.

Les autres personnes de ma famille l'aiment bien, surtout quand elle s'installe devant le piano du salon. Sweetie adore nos réveillons. Moi, de moins en moins. J'ai toujours l'impression que Roméo chronomètre la vitesse à laquelle j'avale quelques verres de blanc. Et puis cette année, ça ne va pas trop bien entre nous. Mes cartes de souhaits se vendent moins et Roméo m'accuse de ne pas renouveler leurs modèles. Je me retrouve coincée avec mon stock non écoulé et une dette chez l'imprimeur. Comme si c'était vraiment le temps de contracter une dette!

Sweetie prétend qu'il est plus convenable pour des jeunes femmes de notre âge de venir à la soirée avec un compagnon. Conséquemment, elle me présente Léopold Lemay, placier à l'Impérial. Je n'ai rien contre ce garçon que je connais un peu. En fait, je pense qu'il est secrètement amoureux de Sweetie. Un autre. C'est la raison pour laquelle il accepte de m'accompagner au réveillon, sans pour autant m'inviter à celui de sa famille. C'est un garçon très sérieux. Comme il se sait trop sérieux pour une fille telle Sweetie, il garde son amour pour ses rêves. Léopold a tout du parfait futur mari, père de famille sévère mais juste, aimant tous les enfants qu'il aura avec la femme de sa vie. Pas spécifiquement l'idéologie de Sweetie ou la mienne.

Du côté de ma reine du jazz, aucun problème pour dénicher un cavalier d'un soir! C'est en décembre, en vue des fêtes, qu'elle reçoit le plus d'invitations. Elle les note dans son carnet d'adresses et, le moment venu, elle n'a qu'à piger dans le tas. C'est incroyable le nombre de jeunes hommes qui se rendent à l'Impérial pour la voir et la flirter! Et ces lettres d'amour qu'on lui envoie sans cesse! Elle les lit, ricane, puis me les passe en disant: «Isn't it cute?» L'an dernier, elle avait fermé les yeux et pointé du doigt le premier nom de sa liste. Cette année, elle choisit volontairement le plus laid. «Il faut avoir du bon cœur à la Noël», affirme-t-elle entre deux mâchées de chewing-gum.

Ma famille, me voyant arriver avec un garçon, met tout de suite en marche la machine à rumeurs. «Est-ce qu'on va nocer l'an prochain?» de demander l'oncle Moustache. Je soupire et lève les yeux vers le plafond. Léopold garde plutôt les siens vers le plancher, surtout après avoir vu le laideron que Sweetie tient par la main.

Pour ce réveillon, c'est mon père et Louise qui reçoivent. Les gens de la famille font une rotation pour accueillir tous les Tremblay. La dernière fois qu'il y a eu réveillon dans cette maison, j'avais onze ans. À cette époque, ma mère, mes frères Adrien et Roger étaient encore de ce monde. Qu'aurait été ma vie sans leur décès? Serions-nous comme les familles de mes oncles, unies, fraternelles et solidaires?

Ils sont à notre fête avec leurs grands enfants et leurs rejetons. Et ça s'embrasse et ça se donne des coups de coude gaillards! Moi, je fais l'hôtesse. Léopold est de bon commerce avec tout le monde. Un vrai Canadien français! Tantôt, je suis certaine qu'il va aboyer une chanson à répondre. Oncles et tantes passent devant mon comptoir de punch. «Comme tu es grande! Qu'est-ce que tu deviens? Est-ce que tu travailles ou tu fais encore de la peinture? De plus en plus jolie, la Jeanne! Attention de ne pas coiffer sainte Catherine – comme ta sœur Louise – tu verras, ça va si vite!» Diable que je déteste le temps des fêtes...

Les Tremblay sont une famille ouvrière. Face à la fête de Noël, ils ont un esprit traditionnel, mais urbanisé. Au lieu de parler des prochains labours, ils chialent contre les patrons. Habitués de se crier à tue-tête pour couvrir le bruit des machines des usines, ils transposent cette manie au réveillon. Une fête chez les Tremblay n'est jamais faite pour les oreilles sensibles. Les vieux vont jouer aux cartes et danser le cotillon. Les ancêtres seront enfermés dans le petit salon. Les plus jeunes sont tous assez grands et leurs conversations contrastent avec celles de leurs parents. Unis à eux au début de la soirée, vers la fin, chacun va de son côté. Habituellement vers Sweetie et moi, près du piano. J'ai quelques nièces adolescentes. L'une me dit: «Lorsque j'aurai ton âge, je veux être jeune comme toi.» Oui, ma petite, grand-maman Jeanne est bien heureuse de l'apprendre.

Tantôt Sweetie va jouer du charleston au piano, car les vieux vont lui en réclamer. Ils vont danser comme des singes et tout le monde va trouver ça drôle. Après tout, si l'été dernier un cheval a dansé le charleston au parc Bellevue, pourquoi pas tante Germaine, cette vieille jument?

Léopold fait son intéressant et veut voir les lieux où j'ai grandi, comme la cuisine où, fillette, maman m'enseignait l'art de la tourtière, la cour où je sautais à la corde, la chambre où je jouais à la poupée. Ce n'est pas très long à visiter, car la maison est beaucoup plus petite que le restaurant (que nous occupons pour ce réveillon, en extension au logis). Et la cour de mon enfance est remplie des taxis de papa.

«Tu n'as jamais travaillé pour ton père?

— Oui, car je n'avais pas le choix.

— Pourquoi dis-tu ça? C'est très bien d'avoir une entreprise familiale.

— Mon père ne voulait pas que je conduise un taxi.

— Je pensais plutôt au restaurant.

— Pourquoi pas le taxi?»

Le plancher du *Petit Train* devient une piste de danse idéale. Sweetie tâte le piano de mon neveu Maurice. Un cousin essaie de l'accompagner à la guitare. En vain. Elle prend tout l'espace sonore. «Jeanne! Jeanne! Montre-nous les danses à la mode!» Les oncles aiment bien voir mes pas fous, parce qu'ils peuvent jeter un coup d'œil sous mon jupon. Léopold me mène. Je virevolte, sautille, m'envole. Mon collier me cogne les joues et mon casque de cheveux s'envole, sautille et virevolte. Quand je danse, je perds tout contrôle de mes sens. Et quand je termine, je me lance vers un verre et une cigarette. Les petites cousines sont réjouies par ma démonstration: Jeanne danse comme les vedettes de cinéma. Sweetie aussi veut s'exécuter. Mais son remplaçant au piano a bien du mal à garder la mesure. Elle domine tout de même son espace de plancher, même si son cavalier est un piètre danseur. Léopold me demande de sortir Sweetie de cet embarras. Oh? Il faut me demander la permission?

Elle empoigne Léopold à pleines mains et ordonne les pas. Soudain, je sens derrière moi l'haleine de ma sœur Louise et de la cousine Ernestine, l'autre vieille fille attitrée du clan Tremblay. «On sait ben! Les protestantes, ça bouge pour provoquer! Ça vit dans le péché!» Pourquoi sont-elles venues? Parce que Louise veut me voir méchante et ainsi gagner un pari avec cette idiote d'Ernestine? Louise et papa ont toujours l'impression que j'ai travaillé dans un bar pour collectionner des hommes. Or, pour eux, ces gens-là ne sont pas de vrais hommes. Ce sont des ivrognes, des courailleurs, des pécheurs. Je pense que pour me mépriser davantage, ils auraient préféré me voir avec un habitué du Saint-Louis au lieu du brave Léopold. Je suis l'échec de la famille, la honte de la paroisse. J'explique cette situation à Léopold.

«Tu n'es pas si méchante que tu le prétends. Ou est-ce juste tes imaginations?

— Non, c'est vraiment ainsi. Ma sœur Louise pense comme ça.

— C'est bien triste. Mais tu songes quand même à te marier? À fonder une famille?

— Oui, mais je n'y pense pas tout le temps. Je ferai ça quand j'aurai bien vécu ma jeunesse.

— Et Sweetie pense ainsi?

— Oui, bien sûr.»

Après cette conversation intime sur le portique arrière, nous retournons dans la maison et tombons nez à nez avec Sweetie et son homme, s'embrassant avec passion. Ça me frappe autant que Léopold. Nous passons discrètement à côté d'eux. J'ai l'impression que Sweetie vient de briser le cœur de Léopold. Il a l'air misérable. Il me fait soudainement pitié, le pauvre.

«Embrasse-moi. Je vais penser que tu es Sweetie.

— Pardon?

— Embrasse-moi. Et pense que je suis Sweetie. Ça va te consoler.

— Ce n'est pas ce que tu as dit en premier.

— Mais oui. Tu as mal entendu. Allez, vas-y.»

Léopold se penche et approche les lèvres. Je sens sa respiration. Je ferme les yeux rapidement. Il dépose sa bouche sur la mienne. Je caresse brièvement son visage pour vérifier s'il est doux. Sentant un peu de barbe rude, je me retire quand il se fait trop insistant. Je suis heureuse pour lui, car je suis certaine qu'il a pensé que j'étais Sweetie.

«Jeanne est une jeune femme
que j'ai toujours perçue comme égoïste.
C'est dommage qu'elle méprise sa famille.
Je la comprends quand elle dit qu'elle veut vivre sa jeunesse,
mais je me demande jusqu'à quel âge il est permis de le faire.
Bien que son baiser ait été froid et indifférent,
il a été pour moi un beau moment
que je souhaitais depuis longtemps.
Un soir, je parlerai sérieusement d'elle à Sweetie.
Qui sait, peut-être que le jour où elle aura terminé sa jeunesse,
elle aura besoin de moi pour
songer à fonder une vraie famille.»
    Léopold Lemay, placier au cinéma Impérial, décembre 1926.

Chaque nouvelle année me prépare à l'anniversaire de ma première rencontre avec Sweetie. Jamais je n'oublierai ce moment immortalisé par ma plus belle peinture! Le chef-d'œuvre de ma vie! La seule toile portant l'étiquette «Pas à vendre», même si, dans mes expositions, des gens m'offrent une fortune pour la posséder.

Malheureusement, Sweetie ne songe jamais à cet anniversaire. Et, en ce début de 1927, il se passe des choses étranges dans notre maison. Pendant que j'essaie de peindre, elle accueille de nombreux garçons chaque fin de soirée. Six à la fois, maintenant? «Non», dit-elle avec le sourire, rajoutant: «Je viens de former mon orchestre de jazz!» Ils arrivent tous en fin d'après-midi ou à minuit, menant un grand tapage. Sweetie passe son temps à écrire les partitions de ses airs favoris et à créer des arrangements sur ses compositions.

Un gros bonhomme me demande si je ne veux pas lettrer le nom de l'orchestre sur son tambour: le Sweet Jazz Band of Three Rivers. Sweetie les a tous trouvés à la suite du premier flirt, Jean-Claude, trompettiste amateur. Puis, il y a Gaston le guitariste, Armand et son banjo, Marius le batteur, Hercule au saxophone et Ovide, trompettiste aussi. Des six, un seul a une expérience artistique publique: Gaston, qui chante des airs de Paul Duffault et d'Hector Pellerin dans les hôtels. Ce qui en soi n'est pas tellement une référence de premier ordre pour un orchestre de jazz. Même ma sœur Louise écoute les disques d'Hector Pellerin. Avant d'arrêter son choix sur ces six garçons, Sweetie en a auditionné au moins quinze. Et les auditions de Sweetie prennent souvent des formes inattendues, surtout celles de minuit... Évidemment, tout ce beau monde est aux pieds de ma flapper chaque soir à l'Impérial. Quand je lui fais part de mes doutes concernant la compétence de ses musiciens, Sweetie prend ses grands airs en désignant mon chevalet d'un doigt autoritaire. «Travaille! Fais comme moi!» Oui, mon caporal...

Elle passe son temps à leur faire entendre des disques et à expliquer les orchestrations. Ils arrivent à la maison avec des bouteilles de bière et la tête à la fête. Ils ont aussi tous envie d'intimité avec la belle. Bref, ils m'énervent! Ils s'exercent à six heures le matin, sur la scène de l'Impérial déserté. C'est le seul endroit où ils peuvent mener leur boucan sans mettre en alerte les voisins. Comme les commerces autour n'ouvrent leurs portes qu'à huit heures, l'orchestre de Sweetie dispose donc de deux heures pour tenter de progresser. Évidemment, à une heure aussi scandaleuse, je ne vais pas les entendre. Je sais juste qu'ils reviennent à la maison à neuf heures et qu'inévitablement, ils me réveillent. Sweetie donne sa critique et ses ordres pour le lendemain. Ils partent à onze heures et elle va se coucher.

Un jour, je me réveille et tombe face à Armand, le joueur de banjo, qui est entré dans l'appartement sur la pointe des pieds. Je suis sur le point de hurler quand il me fait des grands signes de me calmer, qu'il veut seulement me parler. Il est amoureux de Sweetie! Il ne sait pas comment lui dire! Il ne sait plus quoi faire! Il veut un conseil de sa meilleure amie! Un peu plus et il se met à pleurer.

«Dis-le-lui.

— Si elle me refuse, je me tue!

— Ça va créer un emploi de plus à Trois-Rivières.

— Maudit que t'es bête!

— Que veux-tu que je te dise? La vie amoureuse de Sweetie ne me concerne pas!»

Il s'en retourne, mais moins silencieusement qu'à son

entrée de voleur. Son claquement de porte réveille Sweetie. Se frottant les yeux, le cerveau encore endormi, elle me demande ce qui se passe.

«C'est ton joueur de banjo. Il est amoureux de toi.

— Ah? Un autre? Isn't it cute?

— Ce n'est pas la mer à boire, hein...

— La mer? Quoi? Qu'est-ce que...?

— Retourne te coucher, Sweetie. Retourne te coucher.

— La mer? La boire?»

Ils ont passé tout le printemps à voyager entre l'Impérial et la maison. Je suis restée très solitaire pendant tout ce temps, Sweetie s'occupant à peine de moi. Je ne suis pas sortie. Je me suis fait un bar devant mon chevalet et j'ai réalisé beaucoup de petits tableaux imbéciles et vendables. J'avais en tête de partir de cette maison, de me trouver un studio paisible dans un coin perdu de la ville. Vivre avec elle n'est pas aussi agréable que prévu. Surtout quand elle passe comme un coup de vent, me donne des ordres et reçoit ces hommes. Tout ce cirque me fatigue au plus haut point!

Puis, au début de mai, elle m'annonce fièrement que le Sweet Jazz Band of Three Rivers est prêt à donner son premier spectacle. Vraiment? Et où? Comme elle arrive mal à prononcer le nom de l'endroit, je comprends vite que cette grande première aura lieu loin des appareils photographiques et des journalistes de la chronique mondaine.

«Il faut commencer avec l'échelle, tu sais.

— Tu veux dire en bas?

— Comment mes bas? Bien sûr que je vais porter des bas pour ce spectacle!

— En bas de l'échelle!

— What?

— Oh! et puis zut!»

La glorieuse destination est Sainte-Geneviève-de-Batiscan. Et même encore, en dehors des limites de ce petit village, à quelques pas du dernier poteau électrique. Dans un hôtel de cœurs perdus. C'est très loin. Et très petit. Le propriétaire porte une grosse barbe de chercheur d'or et fume une pipe de plâtre. «Les jeunesses du canton viennent se distraire icitte!» Certes! Et ils vont arriver en carriole et à cheval!

Les musiciens de Sweetie tremblent comme des vieilles feuilles. Mais ma pianiste est habituée au public. Elle passe son temps à les calmer. Moi, j'explore le bar, un peu perdue dans mes vêtements flapper. Les autres filles ont plutôt l'air rustiques. Mais les jeunes sont en effet heureux d'avoir une distraction de la grande ville. Un garçon comprend vite que j'accompagne les musiciens. «Qu'est-ce tu fais?» demande-t-il. Conductrice. «Oh! c'est à toé le beau char à porte?» Oui, c'est à moé... heu, à moi. «Et est-ce qu'ils jousent la valse?» Pauvre paysan! Il ne connaît pas le jazz!

L'orchestre, chaudement accueilli, monte sur sa balustrade. Déjà plusieurs danseurs sont en place, prêts pour le tango, cette danse folle qui vient probablement d'arriver dans leur patelin. Sweetie a le chic de présenter l'orchestre en anglais avant de le faire en français. Ils se mettent en route pour un tiger rag joyeux. Mais après quelques mesures, je m'aperçois vite que le passé de joueurs de fanfare de certains membres de l'orchestre prend le dessus sur les enseignements jazz de Sweetie. Suivent d'autres mélodies connues. Ils jouent de plus en plus faux. Je vois sur le visage de Sweetie que ce n'est pas exactement l'effet désiré. Ils jouent carré. Le jazz, c'est rond. Eux sont carrés. La petite pianiste s'envole dans ses solos. Comme à l'Impérial, les spectateurs ouvrent alors grandes leurs oreilles. Puis ils jouent un charleston. Carré ou pas, je ne peux résister!

Je saisis un garçon qui gesticule en essayant de m'imiter. Mon casque de cheveux s'énerve sous les mouvements hoquetants de mon corps possédé par ce rythme divin. Je ferme les yeux et je suis à New York dans un speakeasy, je suis à la Nouvelle-Orléans avec l'orchestre de Jelly Roll Morton, je suis à Hollywood où Harold Lloyd et Colleen Moore envient mon talent de danseuse, alors que dans son coin, Pauline Garon m'attend pour parler français. Mais à la fin de la pièce, je me retrouve à Sainte-Geneviève-de-Batiscan où des jeunes agriculteurs croient que j'ai une crise d'épilepsie.

L'orchestre annonce une pause. Les garçons de la place veulent tous me payer une bière. Je vois Sweetie empoigner une bouteille et pointer ses musiciens d'un air méchant. Pourquoi s'en fait-elle? Bien sûr que son orchestre n'est pas très bon. Mais les gens s'amusent, non? Ils en ont pour leur vingt-cinq sous! Sweetie engueule tellement ses gars qu'ils reviennent encore plus raides et nerveux. Elle sait rugir, la tigresse! Quand quelque chose ne va pas comme prévu, elle est intraitable et dangereuse à côtoyer. Toujours une Américaine, ma Sweetie!

Le jazz, on l'a dans le sang ou pas! Je le constate en écoutant les disques de Sweetie. Certains orchestres l'ont, et d'autres pas. Pour ces garçons, il s'agit d'une musique étrangère. Lire les partitions et les jouer, c'est faire preuve d'habileté. Mais ressentir toutes ces notes sur une portée, ce n'est pas donné à ces gars d'usines de Trois-Rivières. Mais personne chez les spectateurs ne remarque ces erreurs. Je note surtout qu'il y a en permanence une bouteille sur le piano et qu'elle se vide assez rapidement. Ils jouent un peu plus de deux heures. Les jeunes partent contents, promettant de revenir le lendemain avec des amis.

Le patron de l'hôtel donne la paie aux musiciens, car ceux-ci doivent débourser pour une chambre. Vite, ils se cachent sous leurs draps, pressés de ne pas entendre le discours de leur patronne. Moi, pour calmer Sweetie, je décide de faire une balade jusqu'au village. Le patron nous fait remarquer qu'il ferme l'hôtel à une heure du matin et qu'il n'ouvrira pour personne. D'accord, d'accord, nous reviendrons à temps. Tout est noir au village. Ces gens-là ne veillent pas bien tard. Nous garons Violette et continuons à boire. Sweetie ne cesse de me parler des défauts de ses musiciens, même si j'essaie de changer le sujet de la conversation.

«Te coupe pas les cheveux en quatre. Ça ira mieux demain.

— Me couper les cheveux? À cette heure?»

Je ris et lui donne un baiser de petite sœur. Elle repart de plus belle! Je chante pour l'amuser. Elle dit que je chante faux! Nous finissons la bouteille. Une lumière éclaire soudainement une fenêtre. Un homme nous crie des insanités en brandissant le poing; il doit se lever avant le coq et ne tolère pas qu'on sabote sa nuit de sommeil. Nous rions en répétant le même geste avec la bouteille vide. Et puis, tout doucement, nous roulons jusqu'à l'hôtel. Ça semble fermé. Oups! Il est une heure trente! Nous cognons à la porte. Rien. Sweetie maugrée et hurle. Nous avons quand même payé pour cette chambre et voulons entrer, couvre-feu ou pas!

«Et si nous couchions dans la voiture?

— Il fait trop froid, Jeanne! Too cold!

— On se réchauffera.

— Non! Nous devons entrer!»

Pendant qu'en vain Sweetie continue de crier, je vois la solution sous la forme d'une échelle traînant près de la remise. Nous la prenons et l'installons contre une fenêtre. Sweetie a peur des hauteurs. Je dois rester en bas et tenir solidement l'échelle. Sweetie prend cinq minutes pour gravir chaque degré. Finalement, elle atteint son but. Ma flapper cogne à la fenêtre. C'est Gaston, stupéfait, qui ouvre. Elle entre et je monte à toute vitesse.

«Mais vous êtes folles!

— Bien sûr! T'avais pas remarqué?

— Pourquoi ne pas avoir réveillé le patron?

— Depuis tantôt qu'on hurle à la lune, tu n'as pas entendu?

— Non, Jeanne. On hurlait à la porte. Pas à la lune.»

Nous longeons le couloir pour atteindre notre chambre. Fermée à clef. Je l'aurais juré! J'ai envie de tout démolir quand Sweetie propose de dormir dans la chambre de Gaston. Bonne idée! Il nous laisse le lit et couche sur le plancher.

«Non! Pauvre garçon! Il va avoir mal sur le dos! Nous n'avons qu'à coucher avec lui.

— Mais t'es malade!

— Non, ma santé est excellente. Lui ira au milieu, toi à gauche, moi à droite. No problem.

— Il couchera par terre!»

Gaston étonné. Gaston embarrassé. Au fond, Gaston enchanté. Comme nos valises sont prisonnières de notre chambre, il nous prête des chemises. Il attend dans le couloir pendant que nous nous préparons. Sweetie fait voler sa robe et ne garde que son sous-vêtement de base.

«Tu ne vas quand même pas coucher toute nue avec lui dans la chambre!

— Il fait noir. Et avec les couvertures jusque dans le cou, il n'y a pas de danger. Serais-tu scrulputeuse comme ta sœur Louise?

— Scrupuleuse! Pas scrulputeuse! Non, je ne le suis pas. Pas avec toi. Mais lui, c'est un homme!

— Et un beau. Gastoooooon! Tu peux pénétrer!

— Emploie un autre mot, je t'en prie!»

Il entre et nous aperçoit avec les couvertures jusqu'aux narines. Sweetie lui lance un oreiller. Il s'installe sur le plancher. Sweetie, après un court hoquet nous donnant le fou rire, s'endort vite. Moi, j'ai chaud. Gaston tourne et se retourne sans cesse sur son plancher, à la recherche d'une rare position confortable. Il m'empêche de roupiller, mais je ne saurais lui en faire le reproche.

Quand le soleil se pointe, Gaston et moi ne dormons toujours pas, au contraire de Sweetie, ronronnant comme un ange. À bout de nerfs, il se lève, étend les bras, reste figé, puis retourne au plancher. Je comprends vite sa réaction: la couverture de Sweetie s'est déplacée, révélant à Gaston le rêve de tous les mâles habitués de l'Impérial. Avec un geste affolé, je m'empresse de la recouvrir. Puis, écrasés de fatigue, nous nous endormons. Pas pour très longtemps, car les autres musiciens viennent nous réveiller. Ils regardent Gaston, qui hausse les épaules. Sweetie continue sa nuit et je veille à ce que la couverture ne se déplace plus.

«Voulez-vous sortir que je la réveille?

— Hein?

— Dehors!

— Bon! Ne panique pas! On avait le droit de voir, comme Gaston.

— Du vent! Bande de vicieux!»

La chère enfant sourit, bâille avant de me demander si je me suis bien reposée. Parlons-en, tiens! J'espère que les événements de cette nuit n'aboutiront pas jusqu'aux oreilles du patron, sinon... Le sinon arrive. Le barbu a juste vu l'échelle sous la fenêtre. Pour faire une histoire courte, il n'y aura pas de second spectacle ce soir. Allez ailleurs, dévergondées de la ville!

Nous retournons à Trois-Rivières en silence. Sweetie a le

nez au vent et je conduis en soutenant mes paupières. Sur le siège arrière, Hercule et Ovide ne cessent de regarder Gaston, comme les trois autres ont fait avant de prendre place dans leur voiture. Ça va nous faire toute une réputation non méritée, car les garçons, bien plus que les femmes, sont de véritables pies! Nous avons vécu le scénario d'un film de Colleen Moore ou de Clara Bow! Tiens! Dans deux mois, je suis certaine que je vais en rire!

«Ça, les gars, ce sont des filles d'aujourd'hui!
Pas gênées! Pas à l'étroit dans leurs souliers!
Elles sont entrées par ma fenêtre.
Pas la vôtre! La mienne!
Et puis Sweetie s'est déshabillée devant moi.
Et puis l'autre aussi.
Oui! Oui! La peintre à l'air snob!
Ah! moi, les gars, je vous jure que ces filles-là...»
Gaston Jodoin, guitariste du Sweet Jazz Band of Three
Rivers, mai 1927.

Nous suivons toujours avec un avide intérêt tout ce qui passe aux États-Unis concernant la mode. Sweetie a des tonnes de journaux américains et de revues de cinéma. Je lui parle de ce qui se déroule à Paris. C'est un peu plus chic qu'à New York. Mais un jour, je le jure, je vivrai dans l'une ou l'autre de ces villes. Je me le dis de plus en plus, autant que Sweetie s'enracine à Trois-Rivières. Stupidement.

Aussi, Sweetie sait tout de l'actualité du jazz. Il y a de plus en plus d'orchestres nouveaux. Pour la plupart, ils sont merveilleux. Nous pouvons même acheter leurs disques à Trois-Rivières. Sweetie en possède des caisses, tous bien placés, soignés, chouchoutés. Défense de mettre les doigts dessus! Et prière de les replacer dans la bonne enveloppe! Régulièrement, ces formations viennent se produire à Montréal. Nous ne ratons aucun de leurs spectacles. Je danse et elle musique. Ses doigts s'agitent, mes orteils aussi. Les petites noires vont et viennent avec habileté et émotion sur la portée permanente bouillonnant dans le cerveau de Sweetie. Ces musiciens sont un peu plus excitants que ceux de son orchestre.

Après la mésaventure de Sainte-Geneviève-de-Batiscan, elle les a boxés et fait exercer deux fois plus. Être à leur place, je lui aurais claqué la porte au nez. Mais ils sont têtus. J'ai l'impression qu'ils viennent plus à la maison pour voir Sweetie de près que dans l'espoir de s'améliorer musicalement. Ah! ces hommes roucouleurs! Les voilà qu'ils s'en prennent même à moi! Imaginez! Ovide qui m'apporte des fleurs! Et Hercule, une boîte de friandises! J'en suis certaine: Gaston a dû leur raconter un tas de mensonges à propos de cette nuit à l'hôtel! Alors, ils veulent du bonbon. Comme si je n'avais pas assez de ceux-là, voilà Léopold qui s'en mêle. Si c'est la parfaite épouse qu'il cherche, Léopold se trompe d'adresse. Mais je le tolère, car il est un peu moins bêta que les six de Sweetie.

Celle-ci décide d'emmener tout ce beau monde à Montréal pour entendre Jelly Roll Morton, la coqueluche du jazz de la Nouvelle-Orléans. Nous avons huit disques de lui. Quand nous les prenons, ils nous brûlent les doigts. Quand l'un d'entre eux a fini de tourner, il y a de la fumée sortant des sillons. Jelly Roll Morton fait passer King Oliver pour un orchestre de thé dansant.

Nous profiterons aussi de ce voyage pour voir *It*, le nouveau film de Clara Bow, dont toute la presse américaine parle avec enthousiasme. Sweetie m'explique le grand débat actuel concernant ce que nos voisins du sud appellent le «it». Le film a été écrit par un écrivain, une femme dont le nom m'échappe et qui a déclaré que Clara Bow avait le «it». Or, maintenant, chez les flappers, les seules qui sont dans le coup sont celles qui ont ce «it». Oui, mais! qu'est-ce que c'est? La flapper est moderne, jeune, libre et belle. Elle déborde de dynamisme, respire pour aujourd'hui en se souciant peu du lendemain. Elle s'approprie tout ce qui rend la vie excitante: les vêtements, la danse, les films, l'alcool, les cigarettes et le jazz. Or, maintenant, en plus de tout ça, il faut qu'elle ait le «it»! Diable que j'ai hâte de connaître le secret de cette grande invention, afin de la rajouter à ma vie de flapper!

Évidemment, les sept garçons qui nous accompagnent ne veulent rien savoir de ce mystère. Ils iront au baseball pendant que nous serons au cinéma. Même si, en général, je préfère les voyages à deux avec Sweetie, je suis assez contente d'avoir ces hommes, car j'ai rempli Violette de toiles à vendre. Ils vont m'aider à les transporter. Je me vois mal avec quinze peintures sous le bras.

Ah oui! Il faut le souligner! Nous nous rendons à Montréal en automobile! Une première! Gaston a une vieille T encore assez solide pour entreprendre une telle randonnée. Mais il n'accepte pas la course que je lui propose, même si ce coquin se moque des femmes au volant. Ma Violette écraserait son tacot sous un nuage de poussière. Polie, je les laisse prendre la route. Mais je les rattrape vite et les talonne, les énerve avec quelques joyeux coups de klaxon. Puis je les double en rugissant! Le Gaston, frustré, y va à fond pour me rejoindre et essaie de me faire peur avec ses areu d'un autre siècle. Stratégiquement, je le laisse me dépasser, ce qui me permettra de lui rendre la pareille en un temps record.

«Jeanne! Stop that! Tu vas nous tuer!
— Mais, Sweetie! Je le fais pour leur renvoyer la balle!
— Quelle balle? Ne change pas de sujet! You'll kill us! Conduis avec la prudence! On a tout le matin pour arriver!»

Seul Armand semble apprécier de me voir transformer Violette en bolide. Léopold s'offre pour me remplacer à la roue, disant que «c'est plus sécuritaire quand un homme conduit». Je veux le mordre! Mais, bon... puisque personne ici ne semble vouloir s'amuser... Léopold vérifie son siège, jette un œil à tous les cadrans, regarde huit fois derrière lui avant de démarrer. Teuf teuf teuf. Je suis certaine que Violette préfère la haute vitesse sous ma main caressante. Avec Léopold au volant, Gaston et sa bande vont arriver à Montréal une heure avant nous.

Pour mettre un peu de gaieté dans cette monotonie, nous chantons et Armand joue de son banjo. Le flacon de cognac circule, mais stoppe à la main de Léopold. «Non, merci. Je conduis.» Quel énervant! Le voyage est joyeux jusqu'à ce que Sweetie soit encore prise de hoquet. Nous devons donc arrêter et lui donner des coups dans le dos. J'en profite pour me trouver un coin de nature et me soulager. Quand je reviens à l'auto, tout le monde est penché sur Sweetie.

«Jeanne, Sweetie est saoule. Elle a vomi.
— Bien! Elle va râler une demi-heure, tu lui donnes à manger et elle sera fraîche comme une rose! Je connais la chanson.
— Je vais en prendre soin, de faire Armand.
— Toi, le banjo, tu me laisses m'occuper de mon amie!» Quand Sweetie vient de vomir, elle est toujours attendrissante. Sa tête est si lourde qu'on la croit prête à se détacher de son corps. Son front devient chaud et elle garde toujours sa bouche entrouverte. Elle s'installe contre mon épaule et je lui tapote le dos en la consolant. Comme prévu, elle râle. Quinze minutes plus tard, je lui passe un sandwich sous les narines. Elle a un sursaut, prend de grandes respirations et croque. Puis elle sourit, se regarde dans son miroir de poche et conclut: «Je me sens meilleure!» Mais elle perd le goût de s'amuser. Elle somnole contre mon épaule. Ses cheveux sentent si bon. Je lui chante «La poulette grise», celle qui a pondu dans l'église. Je sais que le ronron de ma voix l'apaise. De temps à autre, Armand se retourne et regarde la scène. Je lui tire la langue.

En arrivant à Montréal, j'exige de prendre le volant. En ville, je suis championne! Les garçons protestent. Taisez-vous! Et c'est mon automobile, après tout! On a complètement perdu trace de la voiture de Gaston. Ils ont rendez-vous à deux heures au stade de baseball. Je dois d'abord vendre mes toiles. Ce négoce ennuie les garçons. Je parcours mes boutiques habituelles. Les marchands se font tirer l'oreille. Il y en a même un qui me propose un prix de débutante. Je dois dire non! Armand arrondit les yeux en m'entendant refuser pour une peinture ce qu'il gagne en un mois à son usine. Il s'inquiète de l'heure et de sa partie de balle. Je lui laisse donc Violette. Il déguerpit, mais Léopold désire rester avec Sweetie et moi. Que fera-t-il entre nous deux? Va-t-en vers tes plaisirs masculins, mon bonhomme!

«Il y a trois ans, on t'aurait donné cinquante dollars de plus.
— Oui, je sais! Je devrais les vendre à New York ou à Paris! Ici, j'ai fait le tour cent fois!
— Et si tu essayais la ville du Québec?

— La ville de Québec. Pas du Québec.

— C'est ce que j'ai dit.

— Tu n'as pas de grande ambition, Sweetie. Aller les vendre à Québec alors que je pourrais obtenir le gros prix à New York ou à Paris.

— Je peux te parler en grande amie, Jeanne?

— Oui, bien sûr.

— Tu n'as pas pensé que tes peintures sont moins bonnes qu'avant?

— Bon! Voilà! Je viens d'entendre Roméo! Il voulait que je fasse l'effort de produire, et toi aussi! Je l'ai fait et vous ne comprenez rien!»

Produire! Produire! Ils me prennent pour une usine de pâtes et papiers? J'en ai fait quinze en quatre mois alors qu'avant leurs discours, j'en peignais six dans le même temps! C'est certain que cette quinzaine est de moindre qualité. C'est normal. Mais pas au point de me faire proposer des prix aussi ridicules!

«Tu as raison, Sweetie. La prochaine fois, on ira à Québec. Ici, les marchands veulent abuser de moi parce que je suis jeune. Et puis, à Québec, c'est plein d'employés du gouvernement. Ces gens-là sont plus riches, ils vont donner le prix voulu.

— Great! Nous irons à la ville du Québec!

— Sweetie! Je t'ai dit mille fois que ce n'est pas la ville du Québec, mais la ville de Québec! D-E! Pas D-U! D-E!

— Damned! Te fâche pas! Stop it!»

Il me faut un bon souper pour faire taire cette crise d'humeur. Et ensuite le film. Mais je n'ai pas la patience pour une si longue file d'attente! Je l'aime bien, Clara Bow, mais je lui préfère Colleen Moore. Sweetie et moi sommes de la première génération flapper. À voir cette filée, on jurerait que Clara Bow n'intéresse que les gamines de seize ans. Mais il faut avoir le cœur net à propos de ce «it». Suis-je une flapper incomplète si je n'ai pas le «it»?

Belle ambiance! Les filles applaudissent l'arrivée à l'écran de Clara. Dès lors, elle ne cesse de bouger, sautiller et sourire. Quel dynamisme! Quelle vitalité! Elle danse et flirte. Puis flirte et danse. Parfois les deux en même temps.

Elle va au parc d'attractions et, en descendant d'un tube aéroglisseur, montre probablement sa petite culotte! On ne sait trop, la censure ne cesse de couper la pellicule, provoquant les huées des spectatrices. Il y a tant de taillades dans ce film que nous devinons facilement jusqu'à quel point Clara est délicieusement osée. Mais on peut la voir en tenue de nuit! Et Clara Bow cligne du faux cil comme personne ne sait le faire! Je l'aime! Elle est fantastique! Elle est notre époque! Notre vie! Elle a un visage si enjôleur, de belles joues rondes, des yeux pétillants, des dents parfaites! Dans le film, tous les garçons sont fous d'elle! Je les comprends! Elle l'a! Quoi donc? Le «it»! C'est donc ça? Être irrésistible? Avoir cette petite étincelle assurant le frisson absolu?

En sortant de la salle, toutes les filles racontent leur scène favorite. On ne sait plus laquelle choisir! Elles sont toutes souriantes! Sauf Sweetie. Je lui dis que c'est le meilleur film flapper de tous les temps! Elle tire une cigarette de son sac, craque une allumette, fait un anneau de fumée s'échappant de sa bouche en cœur et répond: «Ouais! C'est vrai!» Puis elle prend une autre bouffée, cligne des paupières, ajuste sa cravate, place son chapeau et écrase la cigarette qu'elle vient à peine d'allumer. Son genou découvert fait un mouvement rotatif, elle tire sur son bas et fait: «On s'en va?»

«Sweetie, je ne l'ai pas... Le "it". Je ne l'ai pas.

— Mais oui! Je trouve que tu as!

— C'est avec les garçons. Comment tous les avoir à nos pieds, sans le faire exprès. Je viens de t'observer et je pense à Clara Bow dans le film. Je me dis que le "it" dans la province de Québec, c'est toi et personne d'autre!»

Elle sourit en guise de remerciement. Devant la salle de cinéma, ses six musiciens se précipitent vers elle, puis se lancent vers la portière de Violette pour la lui ouvrir. Le «it», c'est Sweetie!

Je reprends le contrôle de Violette. Gaston me suit du mieux qu'il peut. Nous avons du retard! Il ne faut pas rater une seconde du spectacle de Jelly Roll Morton! Déjà, en approchant du lieu, on voit une longue queue d'admiratrices! Nous n'avons guère d'autre choix que d'attendre. Les musiciens de Sweetie brûlent d'impatience d'entendre Jelly

Roll. Pour eux, ce sera la première fois qu'ils vont découvrir un véritable orchestre de jazz des États-Unis.

Ouf! Nous entrons juste à temps! Être arrivés cinq minutes plus tard, nous serions dans la caravane des grondeurs, levant le poing devant le responsable en train de crier «Plus de places!» dans les deux langues. Nous n'avons pas de table, situation qui insatisfait les garçons. Je n'en ai guère besoin, mon intention étant de danser jusqu'à perdre haleine. Voilà Jelly Roll! Woopee! Comme il est petit, ce grand pianiste! Ses musiciens suivent. Guitare, trompette, saxophone, cornet, clarinette, banjo et batterie. La formation habituelle de jazz. Mais quand le petit homme attaque son piano, il fait exploser les bouchons!

«Les bouchons? Quels bouchons? Où vois-tu des bouchons?

— Tous les bouchons du monde entier, Sweetie! Danse, Sweetie! Danse!»

Ils jouent tout de façon plus rapide! Plus folle! Entre deux accords, Jelly Roll grogne des paroles incompréhensibles et ses accompagnateurs lancent des cris, auxquels les spectateurs répondent en chorale. Et puis, tout à coup, il se met à jouer le blues. Diable! On se croirait à la Nouvelle-Orléans! Il grimace, courbe le dos en martelant chaque note, la sueur au front et le rictus souffrant. Et il repart à cent à l'heure du mauvais côté de la route, invitant les danseurs à un black bottom essoufflant! Je commence à danser avec Léopold, mais je le perds dans le tourbillon de mains se tendant vers moi. Je rejoins Sweetie devant la scène, grimpée sur les épaules de Jean-Claude. Le pauvre reçoit malgré lui les coups de pied de Sweetie tenant le rythme.

«Hé! là-haut!

— What? Oh! hello!

— Il est bon, hein?

— Jeanne! En revenant à Trois-Rivières, je casse mon piano et j'entre chez les religieuses! He's a god!»

Ce visage réjoui! Elle est si heureuse! Elle est si belle quand elle est heureuse! Ses cheveux qui dansent, ses lèvres ne voulant pas arrêter de sourire! Ce soir, le jazz et le cinéma l'ont possédée comme aucun de ses amoureux de passage ne pourra le faire. Je n'ai pas le temps de l'observer davantage, car une main poilue m'accroche pour me ramener danser. La musique est si excitante que je ne sais plus si je charlestone ou si je shimmy. Au détour d'un pas, j'aperçois les cinq autres musiciens de Sweetie, près du bar, coupes à la main. «C'est bien meilleur que nous! Maudit que c'est meilleur que nous!» de dire Gaston, l'air découragé. Les autres l'approuvent. C'est certain que de la fanfare de la paroisse à un réputé musicien de jazz américain...

«Tu as vu Sweetie?

— Oui, elle est sur les épaules de Jean-Claude, près de la scène.»

«Sur les épaules de Jean-Claude?» font-ils à l'unisson, se redressant et levant leurs regards. D'un pas militaire, ils vont vérifier. Pourquoi Jean-Claude plus qu'eux? Pourquoi le plus timide et le moins entreprenant? Nous aussi, on veut porter Sweetie sur nos épaules! Ah! ces grands enfants!

Je me commande un verre de rouge pour me désaltérer. Je l'avale en un seul coup pour retourner vite gigoter. Jelly Roll ne lâche pas prise! Alors que les autres orchestres se reposent toutes les demi-heures, eux n'arrêtent jamais et gardent la même folie dévastatrice. Sweetie délaisse son perchoir pour sautiller avec quelques beaux. Ma pianiste danse avec tout son corps. Elle a une façon bien particulière de bouger les épaules tout en gardant la tête bien droite. Je la saisis pour un charleston féminin faisant de nous les flappers les plus passionnées de la salle. Quand je la laisse, Sweetie exerce son «it» sur tout ce qui porte pantalon. J'ai le temps de me trouver un nouveau danseur tout en gambadant vers le bar, où nos sept garçons ont l'air essoufflés.

Puis soudain, plus de musique! Jelly Roll doit se reposer! On le comprend! Il reviendra bientôt. Tout le monde se précipite vers lui pour essayer de le toucher. Je file plutôt à la salle des toilettes pour me soulager et me poudrer le nez. J'y retrouve Sweetie, jacassant en anglais des probables compliments destinés à Jelly Roll. Je la salue avec bécot dans le cou. Puis nous vérifions notre maquillage en duo.

«Si tu étais à New York ou à Paris, tu pourrais être la patronne d'un orchestre comme celui-là.

— Je préfère les salles de cinéma. Et puis, pour tout te dire, je mets fin à mon orchestre. Ils sont si collés...

— Collants, tu veux dire?

— Collants? Isn't it cute?

— Et puis, ils doivent se faire des complexes en entendant Jelly Roll.

— Je les comprends. On s'en paie un chacune, ce soir?

— Hein?

— You know!

— Oh non, Sweetie... ne gâche pas ma soirée...

— Au contraire! Je veux lui mettre une couronne! Lequel tu prends? Gaston? Il est joli, Gaston!»

Je ne sais pas si les garçons ont capté l'intention de Sweetie, mais ils se mettent à la suivre pas à pas. Si ma flapper le voulait, elle pourrait les faire ramper sous les tables au claquement de ses doigts. Comme Jean-Claude et Armand commencent à se sentir dépassés par les autres dans cette course au gros lot, ils jettent leur dévolu sur moi. Ce qui déplaît à Léopold. Je me sens comme Clara Bow dans le film. Quoi qu'il en soit, ces deux-là servent toujours à payer mes consommations. Soudain, Hercule se joint au duo. On dirait que Sweetie procède par élimination. Tiens, voilà Marius...

Léopold se redresse et prie Marius d'être poli à mon endroit. Je n'ai aucune idée de ce qu'il a pu lui répondre, mais Léopold le pousse si vivement qu'il emporte deux tables dans sa chute. Marius se redresse et fonce vers Léopold. Je lance mon verre à la russe en criant woopee et en me précipitant à coups de poing sur la première venue, qui réplique en me tirant par le collier. Le tout sur le jazz enjoué de Jelly Roll! Et hop! dehors!

Mais Sweetie est restée à l'intérieur. Léopold et Marius continuent à s'invectiver. J'entraîne mon homme loin de cet impoli, afin d'éviter qu'ils se battent dans la rue. Se battre en dedans, c'est amusant; mais à l'extérieur, c'est vulgaire. Léopold insiste pour me révéler cette vérité que je ne tiens pas à savoir. Marius a dit à Léopold que je serais facile à séduire ce soir. Léopold lui a demandé d'être respectueux et l'autre lui a répliqué que, de toute façon, j'étais tellement saoule que je coucherais même avec le premier venu.

«Mais c'est vrai que je suis saoule!

— Je sais! Je sais, Jeanne! Mais ne pourrais-tu pas te contrôler?

— Dans une fête? Avec des danseurs et le meilleur orchestre de jazz au monde? Et après avoir vu ce film de Clara Bow? Tu sais ce que c'est, l'instant présent, Léopold? Celui qui ne revient jamais? Et la jeunesse dont il faut profiter?

— Et le foie? Tu sais ce que c'est, le foie?

— Yerk! C'est horrible comme remarque!

— Dis franchement, Jeanne! Il avait raison, Marius?

— Que je me donne au premier venu? Pour qui me prends-tu? Pour une femme qui n'a pas de respect pour elle-même?

— C'est ton amie que tu traites de tous ces noms, vu que visiblement elle...

— N'insulte pas Sweetie!

— D'accord! D'accord!

— Non! Ce n'est pas vrai! Je ne suis pas une fille comme ça! Allons fêter ailleurs! La nuit est à nous!»

Nous trouvons un autre bar, mais Léopold ose mettre sa main devant mon deuxième verre. Je me lève et pars me réfugier ailleurs. Mais je me retrouve seule. Plus de jazz, ni de flappers. Juste moi dans un bar ennuyeux rempli de vieux sirotant une bière avant le coucher. Je rentre à ma chambre vers trois heures trente. Sweetie n'y est pas. Elle est quelque part dans un local voisin, avec un de ces six garçons. C'est peut-être pourquoi la terre se met à tourner un peu plus rapidement que d'habitude quand je ferme les yeux. Je vomis si violemment que je réveille Léopold et Jean-Claude, dans la chambre voisine. Ils viennent m'éponger le front, nettoyer mon dégât et me traiter aux petits oignons. Mais Sweetie ne vient pas. Je me sens de nouveau triste, vide et seule, même si Léopold passe le reste de la nuit à me veiller, installé sur une chaise droite inconfortable.

«Quand tu vomis de la nourriture, c'est bon signe.
Quand tu laisses aller du liquide, c'est pas trop mal.

Mais Jeanne a vomi du sang et
ça m'a profondément tourmenté.
Mais au matin, elle s'est levée en se souvenant à peine
d'avoir été malade quelques heures auparavant.
Je crois que je vais en parler à son frère Roméo.»
Léopold Lemay, placier au cinéma Impérial, juin 1927.

Gaston a été le gagnant du concours «Qui aura Sweetie?» organisé par elle-même. L'heureuse récipiendaire des élans de ce gratteur de guitare a vu son prix se prolonger de quelques semaines. Il faut que ça arrive à celui des six qui m'énerve le plus! Après deux semaines à endurer Gaston tout le temps dans la maison, je décide de quitter ce lieu. Les peintures vendues à Montréal vont me permettre de survivre trois mois, le temps d'en créer d'autres, que cette fois j'irai vendre à Québec.

Avec cette somme d'argent, je n'espère pas trouver un logement pour moi toute seule, comme au temps du loyer du quartier Saint-Philippe. Et je n'ai pas du tout l'intention de retourner travailler dans un bar. Je suis une artiste peintre! Point! Une vieille fille pas trop regardante, cuisinière dans un restaurant de la rue du Platon, loue les trois chambres de son logement à des ouvrières de la Wabasso. Comme il y en a une de libre, je me présente. Je mets cartes sur table. Je suis une artiste. *Ça en prend.* Je ne suis pas portée sur la religion. *Ça peut arriver.* Je sors souvent. *Il faut que jeunesse se passe.* Je vis parfois la nuit. *Si tu peins, tu ne fais pas de bruit.* J'ai vingt-cinq ans. *Tu seras un modèle pour les autres jeunes filles.* (Oh!) Qui a dit que les vieilles filles étaient toutes embêtantes?

Quand j'annonce mon départ à Sweetie, elle sourcille à peine. Je pense qu'elle comprend que ce sera mieux pour nous deux. Nous sommes faites pour être de grandes amies, mais nos manies différentes finissaient par nous agacer et auraient pu détruire notre précieuse amitié.

Me voici de nouveau dans mon ancien quartier de Notre-Dame-des-sept-Allégresses, mais un peu plus au nord, sur la rue Defoy, face à un beau parc tout neuf. Le logement est bâti en longueur, avec seulement deux fenêtres: une au salon et l'autre dans la cuisine. Un étroit passage dessert quatre petites chambres. Un lit, mon bureau, une penderie et un coin pour mes bouquins et mon matériel de peinture. Ce sera suffisant. Roméo vient m'aider à déménager, garantissant à mademoiselle Henriette ma conduite adulte et responsable. Puis, il me regarde de haut en disant: «C'est vrai, n'est-ce pas, la Jeanne?» Je serai sage comme les images que je veux peindre.

Les deux autres locataires sont épatées par mon automobile, tout comme une douzaine de gamins voulant la toucher. «Est-ce qu'on va pouvoir faire un tour dedans, madame?» Juste ceux qui ne mettent pas leurs doigts sales dessus! Pour ces filles, Rose et Alice, je suis nécessairement quelqu'un de riche. Avoir mon âge et posséder une automobile est signe de prospérité. Alors pourquoi venir habiter en chambre dans un logement du quartier ouvrier? Tiens, justement, je me pose la même question... Diable! J'avais acheté Violette en vendant des toiles et tout ce que je viens de récolter de ma dernière vente est la somme pour trois mois de loyer, ma nourriture et mon matériel de peinture.

Rose a dix-sept ans et Alice vingt. Tout à fait le cas de l'aînée de la famille rurale venant à la ville travailler à l'usine de coton pour aider le père. Elles sont légion. Les deux me connaissent de réputation. Quelle réputation? Oh! bon ça va, je devine: la fille qui fume dans la rue et qui va dans les bars d'hôtels et ce genre de stupidités. Rose et Alice attendent principalement deux choses de moi: que je peigne un tableau et que Sweetie me rende visite. Pour la voir de près. Lui parler de vedettes de cinéma et de tous les hommes traînant à ses pieds.

Mais en fait de première visite, je reçois plutôt Léopold. Il veut sortir, m'emmener en balade autour de la rue. Cet idiot a le béguin pour moi. Comme il a les yeux à vouloir faire une grande demande, je suis bien contente de voir arriver mademoiselle Henriette pour nous signaler que les garçons viennent veiller les filles au salon ou sur la galerie, et pas dans nos chambres. Je choisis le salon.

Il est au centre du sofa, moi dans la même position, mais en face. Alice passe et repasse, l'air de rien. Puis mademoiselle Henriette vient nous offrir du sucre à la crème. Elle s'informe. Votre nom, jeune homme? Vous travaillez? Votre âge? Et vos parents? Frères et sœurs? Catholique pratiquant? À écouter les réponses de Léopold, je sais qu'il est le probable mari idéal pour Rose et Alice. Il m'énerve de plus en plus!

Après son départ, anxieuse, je m'installe dans mon nouveau décor pour peindre. Quand tout est bien en place, je ne sais pas quoi dessiner. L'angoisse de la toile blanche! Et le verre de cognac ne me donne pas plus d'idées. À deux heures, je sors sur la galerie. Le grondement de la Wabasso se fait entendre plus fort que partout ailleurs. Devant moi, la ville s'élance timidement vers le nord. Quand j'étais petite, je venais dans ce coin pour cueillir des bleuets avec Gros Nez, un quêteux très gentil qui habitait souvent chez moi. À ma gauche, je vois le coteau où habite Roméo. Malgré les lumières dans les rues, cette ville dort. Paris et New York doivent déborder de vitalité à cette belle heure.

Je retourne à ma toile pour dessiner le croquis de l'idée qui m'est soudainement venue: veillée entre jeune homme et jeune femme dans une famille canadienne-française. Mon père a souvent dit que je devais peindre les mœurs de mon peuple, du style soirée du temps des fêtes avec violoneux, ou repas dominical avec deux tables: celle des enfants et celle des adultes. Ça ne me dit rien. J'aime mieux peindre ce qu'il y a dans ma tête. Sauf que, parfois, il n'y a rien.

Mais, après tout, des tableaux canadiens-français pourraient avoir un certain charme et bien se vendre aux Anglais. Je vais donc en faire! Je réalise une douzaine de croquis, jusqu'à ce qu'un réveille-matin me fasse sursauter. À quatre heures et demie le matin? J'oubliais que je ne suis plus seule: Rose doit se rendre au travail. Quand j'ouvre la porte de ma chambre et que le hasard fait passer la petite au même moment, Rose laisse filer un cri réveillant Alice et mademoiselle Henriette. Et probablement les gens de l'étage en dessous.

D'ailleurs, je n'ai pas longtemps à attendre avant qu'ils se manifestent, ces voisins. Les ouvriers, ça vit à n'importe quelle heure. J'ai du mal à m'endormir dans ce bruit et sous une chaleur écrasante. Pas de fenêtre aux murs de ma chambre pour faire un peu d'air. Un four! Je me réveille un peu après midi, alors qu'Alice s'active dans la cuisine. Je ne sais pas quel air j'arbore, mais elle éclate de rire en me voyant. Je bouge la tête pour me coiffer.

«Tu es peignée comme les vedettes des vues.

— Comme Colleen Moore. Tu connais Colleen Moore? Ou Clara Bow?

— Ça se peut. Moi, je ne me coifferais pas comme ça. Mon père me tuerait. Est-ce que ça plaît aux garçons? C'est ton fiancé qui est venu, hier?»

Elle veut tout savoir en cinq minutes. Je crois qu'elle est surtout contente d'avoir comme voisine de chambre quelqu'un d'autre qu'une ouvrière de la Wabasso. Alice m'apparaît comme franche, très directe. Elle me parle comme si elle me connaissait depuis toujours. Après quinze minutes – et tout en mangeant – elle me raconte son rêve le plus intime: trouver un mari beau, courageux, fort, juste, tendre et riche. Rien que ça! Et elle vivra dans une belle grande maison avec du tapis partout, une piscine dans la cour et des enfants bien élevés, intelligents, polis. Et blonds.

«Et toi? Ton grand rêve? Une artiste, ça rêve.» Diable... lequel? En ai-je un supérieur aux autres? Bien sûr que c'est Paris! Et les poètes, sculpteurs et reines du music-hall se pressant à la porte de mon exposition! Et Sweetie aussi habite Paris: grande pianiste de jazz et meilleure amie de la célèbre peintre Jeanne T.! «C'est beau», de soupirer Alice.

Il y a du temps à passer avant le sifflet de l'usine. Alice veut faire un tour d'automobile. Elle se présente à moi avec un foulard sur la tête et des gants. On dirait ce cinglé de Lindberg s'apprêtant à faire son voyage de casse-cou en aéroplane au-dessus de l'Atlantique. Je dépoussière Violette des enfants qui rôdent autour, démarre en grondant, règle vite le cas de la rue Laviolette et tourne sur deux roues en direction de Cap-de-la-Madeleine, la petite ville voisine. Tant qu'à porter un foulard dans les cheveux, je vais lui en faire sentir du vent, à la jeune fille!

La route vers Shawinigan Falls a des courbes belles comme un défi et des tronçons droits me permettant de jouir d'un peu de vitesse. Alice adore ma façon de conduire et manifeste sa satisfaction par de brefs coups de poing sur le siège. Puis nous nous arrêtons, histoire de faire souffler Violette et de continuer à apprendre à nous connaître.

Je lui offre une cigarette et sors mon flacon. Elle me parle d'elle, de sa famille. C'est une fille de la campagne qui n'a jamais aimé travailler aux champs. Mais elle n'apprécie pas plus l'usine. Elle a cependant la nostalgie des belles soirées d'été dans la balançoire avec ses petits frères et sa fillette de sœur. Elle aime bien la ville et «ses tentations de péché», dit-elle en souriant, avouant même qu'elle en a expérimenté quelques-uns. Elle se vante aussi d'avoir déjà visité un bar. Ah! je me revois, à son âge! Elle veut essayer de conduire Violette, mais je lui promets un tour pour un autre après-midi. L'heure de se rendre au travail approche. Quand elle part, la petite Rose revient.

Courbatue, les oreilles bourdonnantes, affamée, étouffée. Elle se plonge la tête dans un plein bol d'eau froide, puis soupire violemment. Ensuite elle râle jusqu'à la galerie où elle s'immobilise comme une statue. Je ne la dérange pas. J'essaie de mettre un peu d'ordre dans mes croquis d'hier, mais je pense à Alice. Vraiment sympathique et rafraîchissante! Et assez jolie, aussi!

Mademoiselle Henriette revient de son travail à six heures. Rose et moi avons préparé le repas. C'est-à-dire que j'ai assisté Rose. Elle connaît toutes les recettes de sa mère et de sa grand-mère. Son futur mari sera au septième ciel, et frappera à la porte du huitième au dessert. Moi, je suis capable de peler une patate et de la faire flotter dans un chaudron. Ça me suffit. Mademoiselle Henriette écoute les résumés de nos journées. Elle veut voir mes dessins. Et puis, nous partons vers nos activités. De retour face à mes croquis, le goût de sortir me remue l'estomac.

C'est à pied que je me rends au centre-ville. Pour la première fois depuis mon congédiement, je retourne au bar de l'hôtel Saint-Louis, afin de voir s'il y a eu du changement et pour regarder la tête de ma remplaçante, qui porte une grosse moustache et des bretelles. Il y a toujours les mêmes habitués. Ils me paient un verre en souvenir du bon vieux temps, tout en me parlant de leurs problèmes de bonnes femmes. Et après le quatrième verre, tout le monde jase de Lindberg. Je me souviens, quand j'étais enfant, les gens ont parlé du Titanic pendant une année entière.

À onze heures, je m'installe à la porte de l'Impérial. Avec un peu de chance, Sweetie ne sera pas avec Gaston. Mais la belle est fatiguée: le film n'était pas bon et ses musiciens n'ont pas été disciplinés. Je marche tout de même avec elle jusqu'à sa maison, puis l'invite à venir voir mes installations. Trop fatiguée. Partie remise. Sur Laviolette, je croise Alice finissant sa journée. Fatiguée aussi. On veille un peu sur la galerie. Puis quand je m'installe devant mes croquis, je suis trop fa... oh! À force d'en rencontrer de cette race! J'aurais dû rester au bar. Je confie cette journée à mon cahier intime.

Je sors avec Alice tous les autres après-midi de la semaine. Nous projetons d'aller danser à Shawinigan Falls, samedi soir. Son amitié me motive à me mettre à la tâche de façon intensive. Je ris de l'idée: aujourd'hui je peins les tableaux que jadis mon père tenait mordicus que je fasse. Notre peuple et ses traditions! Mes nouvelles amies crient au génie devant le moindre petit croquis. Une artiste aime bien se faire admirer.

Pour leur rendre la politesse, j'entreprends de faire leurs portraits au fusain. Mademoiselle Henriette a les traits sévères de toutes les vieilles filles, mais son visage anguleux est intéressant. La jeune Rose a une figure toute petite, mais avec une bouche immense. Ce contraste lui confère un air drôle qui n'est pas sans attrait. Alice est vraiment jolie. Je le découvre chaque jour. Elle ressemble à une sauvageonne, avec des cheveux indisciplinés et un nez long et fin, un regard pressant et vif. Jadis, j'avais dessiné une belle bergère lui ressemblant.

Quand nous allons danser, je l'observe davantage, ce qui n'est pas une mince tâche, car elle a la bougeotte! Si heureuse de se retrouver devant un orchestre et dans une salle pleine de garçons dont le samedi soir scintille au fond des yeux! Alice ne connaît pas tellement les danses modernes. Je passe la semaine suivante à lui enseigner les pas les plus jazz.

Nous retournons à la danse le samedi. Nous buvons quelques bières, mais je dois la contrôler. Le manque d'habitude lui ferait perdre la tête rapidement. Comme elle est contente! Une réjouissance pour moi! Folle de joie, elle m'embrasse sur les joues en guise de remerciement. Peut-être irons-nous à Montréal, entendre un véritable orchestre de jazz et voir un film de Clara Bow.

Le lendemain, j'apprends que Sweetie est venue me visiter pendant qu'Alice et moi étions à Shawinigan Falls. Rose m'en parle comme d'une déesse cognant à la porte. «Elle est beaucoup plus belle de près. Son grain de beauté sous son œil gauche? C'est un vrai ou du maquillage?» Du maquillage, évidemment! Mademoiselle Henriette me décrit de long en large la façon dont ma pianiste était habillée, tout en m'assurant qu'il s'agissait d'une jeune femme polie et bien élevée. Je me rends chez Sweetie. Elle prend un bain de soleil, en maillot sur la galerie.

«Que voulais-tu?

— Voir comment tu étais avec ta chambre.

— Je me suis rendue à la danse à Shawinigan Falls avec Alice. Une gentille petite. Nous sommes devenues amies rapidement. Je l'aime bien.

— Assez rapidement pour qu'elle pose pour un portrait, que j'ai vu sur ton chevalier.

— Mon chevalet, Sweetie. Non, elle ne pose pas. Je la fais de mémoire. Elle a des traits intéressants.

— Et moi?

— Quoi, toi?

— J'ai le trait intéressant?

— J'ai fait un chef-d'œuvre de toi. La seule toile que je refuse de vendre et...

— Et elle n'est même pas sur le mur dans ta chambre.

— Non, elle est chez Roméo.

— Tu t'es amusée, avec Alice?»

Je lui raconte ma semaine avec Alice, mon projet pour cette série de toiles canadiennes, mes favorables impressions de cette nouvelle maisonnée. On dirait qu'elle ne m'écoute pas. Je lui propose de sortir ce soir pour reprendre le temps perdu, mais elle demande insidieusement si Alice y sera. Jalouse! Sweetie est jalouse de ma nouvelle amie! Amusant! Ça prouve qu'elle tient à moi. En un sens, je suis flattée. Et cette situation me donne l'idée de persévérer pour voir jusqu'à quel point elle est jalouse.

«C'est une bonne idée! Elle meurt d'envie de te rencontrer.

— Mais j'ai un nouveau film à préparer pour lundi. Je ne peux pas sortir.»

Je regrette cette initiative. J'aurais préféré passer du temps avec elle ce soir. Les parents d'Alice sont en visite et ils sont allés entendre la fanfare au parc Champlain; mademoiselle Henriette lisait l'almanach et Rose tricotait en la regardant lire. Je m'ennuie. Je dessine Alice, découvrant chez elle d'autres caractéristiques fascinantes.

«Jeanne est une vraie fille de la ville.
Du genre dont mon curé de village parlait dans ses sermons.
Elle est gentille, mais j'ai trouvé qu'elle était
garçon avec les garçons et femme avec moi.
Être un garçon, je ne sais pas si j'aimerais
me faire traiter de la sorte par une fille.»
Alice Garceau, midinette de la Wabasso, août 1927.

Lorsqu'Alice découvre le croquis de son visage, elle est émue et flattée, tout en s'interrogeant sur ce qu'elle a de si spécial pour inspirer une peintre. Je lui demande de poser pour moi. Elle accepte avec joie. C'est la première fois que j'ai un modèle, si on oublie mes efforts d'adolescente avec papa ou Louise, ou les épouses des commerçants. Je dessine toujours de mémoire ou avec mon imagination. Mais après deux jours de travail, je me rends compte qu'avoir un modèle change largement ma méthode de travail. C'est plus angoissant! Sans avoir Alice face à moi, je dessinerais un portrait ressemblant. Maintenant, j'ai en tête de faire une reproduction exacte. Et si une ombre s'installe sur son visage, je me redresse en me demandant si je dois la rajouter. Il faut dire que nous travaillons en après-midi, et plus le temps passe, plus le soleil quitte la galerie arrière où nous sommes installées. Il y a autant de visages d'Alice qu'il y a de minutes dans une heure. Elle reste en place, ne cligne pas un cil. Je ne lui en demande pas tant. Elle me parle en murmurant, pour ne pas trop faire bouger ses lèvres. Elle dit qu'elle aime rester ainsi et se sentir surveillée. Ça lui donne la chair de poule.

Sweetie vient me voir à l'œuvre. Définitivement jalouse! «J'ai laissé Gaston. On va pouvoir sortir, toi et moi. On va pouvoir prendre la brosse.» Ah! il me semblait qu'elle ne voulait pas me voir abuser d'alcool? Sweetie ne cesse de parler. On dirait qu'elle cherche à me déconcentrer dans ma tâche, pour que je ne fasse pas une belle peinture d'Alice. Son bavardage dérange mon amie. Ma flapper enfin partie, Alice et moi soupirons d'aise en même temps.

Notre activité inhabituelle, pour une galerie donnant sur une cour pleine d'enfants, attire les curieuses, qui, doucement, montent pour me regarder. Une femme nettoyant la glacière ou faisant sa lessive sur une galerie, on en voit souvent. Pas une peintre et son modèle. Après ma séance, ces spectatrices applaudissent! L'une d'elles me demande combien il en coûterait pour faire son portrait. J'empoigne ma tablette et la dessine en cinq minutes, lui donne le tout avec mes distinguées salutations. Elle revient le soir avec un plein plat de biscuits à la mélasse en guise de cadeau!

J'aime la chaleur et la bonté de ces gens simples. Il y en a qui disent que je suis snob et que je n'aime pas les ouvriers. Ce n'est pas vrai! Toutes ces familles ont bercé mon enfance. J'ai vu grandir leur quartier. Ils venaient au *Petit Train* prendre un cola et saluer ma mère et ma sœur. Roméo et Céline habitaient tout près d'ici, au début de leur mariage, et je passais mon temps dans leurs pattes. Ce sont les ouvriers qui sont venus applaudir ma peinture de l'usine araignée. Les mauvaises langues profèrent une telle calomnie à mon endroit parce que je change de vêtements toutes les cinq heures et que je parle comme une Française.

Je me sens bien dans ce quartier. Je suis en paix. Je dors même la nuit parce que je ne veux pas rater une seconde de temps avec Alice. Elle devient vite une excellente danseuse. Mais je ne réussis pas à la convaincre de couper ses cheveux à la flapper. Quand je suis près d'elle, les garçons approchent. Mais ce n'est pas le premier venu qui va conter fleurette à mon amie! J'y veille! Se sentant délaissée, Sweetie part à New York pour une semaine, en congé chez sa sœur Judy. Mais quand elle revient, je suis la première à faire la queue pour voir ses nouveaux vêtements, entendre ses disques et ses histoires de speakeasy.

«J'ai vu le nouveau film de Colleen à New York. Elle y est très bonne et belle! Il vient à Montréal. Tu ne voudrais pas le voir avec moi? Puis nous irons danser et nous amuser! Comme avant!

— Avant quoi?

— Veux-tu venir, non ou oui?

— Oui, bien sûr, Sweetie.

— Great! Look! I've got a great surprise for you!

— Hein?

— Sorry! Excusez mon pardon!»

Sur l'étiquette d'une robe que Sweetie m'offre, il y a la signature de Colleen Moore, affirmant que l'actrice a approuvé ce modèle. Sweetie lève le petit doigt avant de sortir de sa valise sa trousse de maquillage Colleen Moore. Avec photographie pour le prouver. Les yeux de Sweetie scintillent. Mais ce n'est pas tout! Voici la poupée Colleen Moore! J'avoue que ce dernier objet me fait sourire: cette jolie poupée avec sa robe courte, son petit nez retroussé et son casque noir. Sweetie me la donne. Comme c'est la fin de son épisode Colleen, elle fait un grand geste des bras et se frappe les cuisses avec les mains en disant: «Formidable, isn't it?»

Comme prévu, nous nous rendons à Montréal. Je suis un peu triste de laisser Alice, car après tout, je lui ai promis cette sortie dans la métropole. Mais ma jeune amie a sa fierté; je lui ai payé à peu près toutes nos randonnées à Shawinigan Falls et elle veut me rembourser avant de continuer la fête. Son salaire de la Wabasso ne lui permet pas les folles dépenses que Sweetie et moi avons l'habitude de faire à Montréal.

Et puis, au fond, ça ne me fera pas de mal de me retrouver seule avec Sweetie, «comme avant». Elle semble pétillante d'optimisme et d'amitié. Peut-être s'est-elle rendu compte que ça fait mal de se sentir délaissée pour une autre personne. Elle m'a souvent fait le coup avec ses garçons. Au cours du voyage en train, Sweetie me raconte toute l'histoire du nouveau film de Colleen. Ce qui enlève un peu de charme à ma découverte. Mais le plus beau spectacle est cependant dans les yeux de Sweetie, admirant son idole. Ma flapper est aux petits oignons avec moi. Après le film, elle me paie un repas dans un restaurant parisien. Avec chandelles au milieu de la table, vin choisi et des mets exotiquement délicieux. Et des tchin-tchin pour tout et pour rien.

Puis nous allons au jazz. C'est alors que les choses se gâtent. Après seulement mon troisième verre, mon estomac se met à danser plus énergiquement que mes pieds. J'ai, de justesse, le temps de me rendre à la salle de toilette, mais pas devant une cuve. Je laisse tout tomber mon souper dans le lavabo. J'ai du mal à respirer et la sueur me dégoutte sur le front, alors que j'ai une vue peu réjouissante de tous les aliments bizarres ingurgités au restaurant. D'ailleurs, ils ont l'air deux fois plus bizarres. Puis, j'ai droit à trois jets supplémentaires, tellement intensifs que j'ai l'impression de vomir ma gorge. C'est à ce moment que Sweetie me rejoint, reculant d'un pas en voyant le contenu du lavabo.

Sweetie m'éponge le front et nettoie ma robe. Elle m'emmène prendre un peu d'air frais. Je me sens tellement affaiblie que j'ai peine à mettre un pied devant l'autre. Mais mon estomac a un soubresaut et ça recommence de plus belle. Ça me reprend à toutes les trois minutes et j'ai très, très mal. Sweetie part alerter un des employés de l'hôtel, qui juge bon de me conduire à l'hôpital. J'y séjourne trois jours pour soigner une indigestion aiguë. Sweetie reste près de moi tout ce temps. Roméo arrive le dimanche matin. Le médecin lui parle d'alcool et mon frère me fait un discours exagéré sur mes habitudes de consommation.

Je ne suis pas une alcoolique! J'en ai vu, du temps où je travaillais au bar de l'hôtel Saint-Louis! Ils tremblent, puent, perdent la raison. J'ai tous mes sens, toute ma conscience. Sauf qu'il paraît que je suis dans la phase première qui mène à cet écueil. Le médecin a vu cela dans mon sang et mon système digestif.

Ça fait très mal de se faire dire une telle chose...

Je me sens humiliée. J'ai l'impression d'être une élève se faisant donner un coup de règle sur les doigts par la sœur supérieure. On m'offre de faire une cure. Je préfère oublier ce grand moyen qui me tiendrait loin de Sweetie et de mes peintures. Je suis capable de me contrôler! Je mets tout le monde au défi! Je vais régler ce petit problème toute seule! J'ai de la volonté! Je ne suis pas une alcoolique! Roméo m'accorde sa confiance et me promet son aide. Sweetie me prend la main et m'embrasse doucement sur les lèvres. Je serai capable!

«Ce que Sweetie m'a raconté
à propos de l'état de ma petite sœur,
est plus terrible que ce que Jeanne m'a dit.
Mais le médecin s'est fait rassurant,
tout en me disant qu'il y a en Jeanne
une graine qu'il ne faut pas cultiver.
Je crois qu'avec de l'amour et de la volonté,
Jeanne pourra faire sécher cette graine.
L'univers de Jeanne rétrécit de plus en plus.
Elle avait une famille, qui s'est brisée.
Elle a refusé l'amour de son père et de sa sœur
et m'a peu à peu mis de côté.
Il ne lui reste au monde que Sweetie
et des peintures de plus en plus banales.»
Roméo Tremblay, frère de Jeanne, septembre 1927.

1927-1930
...à une Jeanne déchirée

Je reviens à Trois-Rivières déprimée une heure, puis optimiste la suivante. L'épreuve que je subis renforce mon amitié pour Sweetie. Mais je refuse tout de même de retourner habiter chez elle, quand elle me le propose avec beaucoup de sincérité. Je crois que l'entourage du logement de mademoiselle Henriette va m'aider davantage à me contrôler face à l'alcool. Peut-être que vivre avec Sweetie la rendrait malheureuse puisque cela l'empêcherait de prendre un verre en ma présence. Tout chez elle porte à la fête. La sobriété de mon nouveau foyer sera plus inspirante pour résister aux bouteilles. J'ai d'ailleurs donné tout mon bar à Sweetie. Tout! Mais en cachette de mademoiselle Henriette. Oh! je lui ai dit que je prends un verre en travaillant. Elle n'a pas levé le ton. Elle a confiance en moi et elle me juge raisonnable. Sauf que si elle avait vu la quantité en entrepôt dans ma chambre, elle m'aurait jugée un peu moins raisonnable... Pour elle, Rose et Alice, j'ai eu une indigestion à Montréal. Pas un problème d'alcool! Roméo et Sweetie lui confirment ce pieux mensonge. Sauf que je dis à Alice: «Je pense que je buvais un peu trop.» Elle me répond: «Je pense que j'avais remarqué.» Puis nous éclatons de rire.

Les premiers jours, je vis avec le douloureux souvenir de ces sabres me transperçant le ventre. Cela me motive dans mon désir de me sentir mieux. En après-midi, je me tiens tranquille. Alice me parle de ses souvenirs d'enfance, de ses projets. Le soir venu, je vais entendre Sweetie à l'Impérial. Puis, je rentre chez moi pour peindre un peu jusqu'au moment où la fatigue me gagne. Ensuite, je me couche et je recommence le lendemain.

Et il y a ce bel automne! Le soleil encore chaud! Les promenades dans un parc! Les pique-niques! Les balades en auto! Le gazouillis des petits oiseaux! Tra la la la lère! Pas besoin de cure coûteuse dans un sanatorium aux murs gris et avec des infirmières aux regards de marbre. Mais je sens que je me fatigue plus rapidement et que je fume deux fois plus. Je pousse même l'audace de ma cure à aider mon père dans son travail. Je lave l'intérieur des taxis. Je ne sais pas si Roméo l'a informé de ma mésaventure. Papa ne m'en parle pas. Je l'ai trouvé changé. Je ne l'avais pas vu depuis le dernier Noël, mais je crois que je ne lui ai pas adressé la parole depuis deux années. Il s'est renseigné sur des généralités. Tu vends tes peintures? Oui, papa. Tu en fais beaucoup? Oui, papa. Aussi peu vêtue, t'as pas peur d'avoir un rhume? Grrrrr, papa!

Bref, après trois semaines, tout va rondement. Jusqu'à ce qu'Alice me parle de cette danse à Shawinigan Falls. Justement, elle a un peu d'économies et des fourmis dans les jambes. Moi aussi. Je n'ai pas dansé depuis trois semaines et il faut dire que lors de la dernière soirée à Montréal, j'ai eu autre chose à penser que le charleston. Finalement, nous y allons! Avec Sweetie comme ange gardien.

Danse! Danse, Jeanne T.! Un shimmy par ici, un black bottom par là. Et une fausse romance sur l'épaule d'un inconnu qui le restera. Et la flapper s'éveille dans un charleston endiablé! Mais habituellement, à la fin d'une telle démonstration, je me rends au bar... Un jus d'orange, monsieur! Comme si j'avais seize ans et que je participe à une veillée, chaperonnée par un vieil oncle et sa grosse femme. Je me sens mal. Et tremblotante. Vite retourner tourner! Une danse! C'est une urgence! Je prendrais n'importe quoi! Même une valse!

Mais du coin de l'œil, je vois Sweetie s'élançant vers le bar et exerçant son «it» auprès de tous les hommes. Je me retourne pour ne pas la voir et pars à la recherche d'Alice. Elle danse avec un garçon que j'écarte pour continuer avec elle. Oh! pourquoi est-ce que je m'excite tant? Je savais que c'était pour arriver. Est-ce que Sweetie doit s'empêcher d'avoir du plaisir à cause de ma présence? Je m'en vais vite la rejoindre. Elle me regarde, puis prend une grande gorgée de vin en me disant: «C'est bon!»

«Je n'irai pas par quatre chemins: tu es cruelle!

— Quel chemins? Et tu en vois quatre?

— Tu sais ce que je veux dire!

— Et tu croyais que ce serait facile?

— Non, mais quand même!

— Prends ton courage dans tes deux mains et ça ira. Danse avec moi!»

Je me sens molle. Sweetie me conduit comme une poupée de chiffon. Son rire sent le vin. J'ai les yeux graisseux. Mon souper semble vouloir me jouer des tours. Pour la première fois, j'ai l'impression qu'il me manque quelque chose. Devant mes peintures, j'arrête et croque une carotte. Et je me couche. Mais ce soir, il y a la musique, ces belles gens et ce bar tout près. Et pas de carotte à l'horizon.

Je vais vite boire deux autres jus d'orange. Un garçon s'amène avec ses projets au fond des yeux. Je l'écoute. Je joue le jeu. Le sien me distrait. Il m'amuse. Il commence par son autobiographie, suivie par un éditorial sur la soirée et conclut par: «Je vous trouve bien belle, mademoiselle. J'aime ça, ces coiffures modernes. M'accordez-vous cette danse?» Allez! Cesse ton prêchi-prêcha et montre-moi ce qui hante tes souliers.

Mais le problème revient à chaque fois que je cesse de danser. L'appel du verre. Ah! et au diable! Mais ne voulant pas décevoir Sweetie, je vole une coupe laissée sur une table et vais vite à la salle des toilettes. Mais juste au moment où je m'apprête à vider ma proie, mon image se reflète dans le grand miroir et je me revois à Montréal emplissant le lavabo de mes intestins. Je jette ma coupe dans une cuve et m'enferme dans la cabine pour pleurer. Mon estomac me trahit et je sens tout remonter. J'ai trop pris de jus d'orange. Je sors de mon antre l'air piteux et, comme une somnambule, cherche la porte de sortie, afin de prendre un peu d'air frais. Alice me rejoint quelques minutes plus tard.

«T'es malade?

— Oui, j'ai vomi.

— Pauvre toi! C'est la boisson qui te fait cet effet?

— Comment, la boisson? Je n'ai rien pris! L'alcool ne me rend pas malade! C'est juste quand j'en manque que je le suis!»

Alice me console doucement. Nous nous baladons dans le stationnement. En nous rapprochant de l'hôtel, j'entends les rires et l'orchestre. Je n'ai plus le goût de fêter. Mais je dois retourner à l'intérieur pour signaler à Sweetie mon intention de m'en aller. Je la vois traînant trois garçons par la main, comme une bourgeoise transporte un caniche. «Allons nous promener dans l'auto!» rit-elle. À six dans Violette? Hé! l'initiative a du bon! Ces messieurs gloussent des histoires amusantes et je les effraie par quelques pointes de vitesse. La bonne humeur me fait oublier les sueurs, le mal de ventre et le maudit jus d'orange. Je rentre chez moi fatiguée, mais très fière d'avoir jeté aux tuyaux ce verre volé. Je me suis amusée. Peut-être même qu'en m'habituant, je pourrai de nouveau prendre grand plaisir à ces soirées sans loucher vers le bar.

Mais les jours suivants, mon malaise s'accentue à mesure que je passe trop de temps devant mes peintures. L'habitude de travailler en buvant semble difficile à contourner. Et je tiens beaucoup à terminer ces peintures! Mon avoir de ma dernière vente printanière s'effrite rapidement. Nerveuse, je gâche une toile presque complétée. Le bout de mon pinceau n'a pas voulu obéir à mon intention et j'ai fait une longue coulisse rebelle. Après cette bévue, j'ai vraiment le goût d'ouvrir la porte de la première taverne venue! Mais il est deux heures du matin. Je me contente de pleurer dans mon oreiller et passe le reste de la nuit à tourner en tous sens, essayant de chasser mes sombres pensées.

J'envisageais une belle année. Avec les récents événements, elle a été la pire de ma vie. Mais l'affection que j'ai pour Sweetie s'est solidifiée. Surtout qu'au début d'octobre, Alice s'est déniché un petit ami, un gars de l'usine de pâtes et papiers Wayagamak. Le tout avec des airs de «Je l'ai, mon futur mari!». Je ne ferai pas une flapper d'elle, comme je ne l'ai pas fait de Lucie et de ma cousine Marie. À Trois-Rivières, les filles sont faites pour les usines ou pour les épousailles.

La première semaine, trois phrases sur quatre d'Alice contiennent le prénom d'Alphonse. Dans mon esprit, c'est mauvais signe. La jolie sauvageonne avec sa franchise va se fondre dans la masse. C'est avec plus de facilité que je vends la belle peinture la représentant. Je complète aussi de peine et de misère mes huit tableaux des traditions de la province de Québec. Je me rends dans la capitale en compagnie de Sweetie, de Roméo et de ma nièce Renée. Une façon de me faire tenir sage. Mon grand frère reprend son rôle de négociant. Ou c'est lui qui vieillit, ou c'est moi qui perds la main, mais j'obtiens beaucoup moins qu'espéré pour ce lot de toiles. Juste assez pour vivre deux autres mois, pendant lesquels je devrai produire autant de peintures pour affronter les deux suivants.

Il semble en suspens, le temps heureux où je pouvais m'acheter toutes les robes et chapeaux avec le fruit de mon art. Qu'est-ce qui s'est passé? Qu'ai-je fait de mal? J'ai tout essayé: renouveler mon style, changer de sujet, le retour aux sources de portraitiste. Je pense à toutes ces questions pendant deux nuits blanches, aussi blanches que la toile devant mes yeux. Puis, je vais chercher la peinture de Sweetie chez Roméo. Je l'accroche au mur de ma chambre et l'examine, la scrute à la loupe. Est-ce bien moi qui ai peint ce magnifique portrait? Où est passée ma patience pour les menus détails? Cette petite craquelure dans le bois de la porte, la pigmentation de ses bas, le froid sur son visage? Et ce regard perdu et interrogateur? Qui étais-je pour peindre une toile aussi parfaite?

Je sais qu'on m'en donnerait une forte somme aujourd'hui. À l'époque, les marchands de Montréal m'ont offert une véritable fortune. Mais je préfère crever de faim que de la vendre! Elle représente ma jeunesse, le temps où la peintre Jeanne T. était au sommet de sa forme. Et par-dessus tout, cette toile a immortalisé ce premier instant où mes yeux se sont posés sur ma Sweetie. Je regarde le tableau, bascule sur mon lit et pleure. Encore.

Je passe à toute vitesse devant mademoiselle Henriette et Rose. Je sors et marche vigoureusement. N'importe où! J'essaie de ne pas penser. Mais le mal me ronge. Quand une artiste constate qu'elle a perdu ses moyens, elle sent qu'une partie de sa vie s'enfuit à jamais. C'est instinctivement que je pousse la porte d'une taverne d'ouvriers et que je commande une bière. Juste une! La mousse à la lèvre, je soupire de longues secondes avant de continuer mon chemin jusque chez Sweetie. Elle n'est pas là. Sur sa table, son désordre habituel où des feuilles de musique se mêlent aux revues de cinéma. Le cendrier trop plein laisse s'envoler une cendre quand je soupire trop fort. Je vais la rejoindre. J'ai besoin de la voir! Je veux qu'elle m'écoute! J'ai envie de brailler sur son épaule! Je veux la sentir près de moi, la serrer fort entre mes bras! Mais je ne la trouve pas.

J'ai besoin d'un autre verre. Ce soir, je me fous de la maladie, de la vie, de moi-même, de tout. J'entre vivement au bar de l'hôtel Régal et j'en sors tardivement. Je ne pense à rien, je perds mon temps en balivernes et bavardages idiots avec un homme connaissant assez d'histoires drôles pour me faire oublier tous mes malaises. Je crois que je suis saoule. Je me cogne contre le mur du couloir, réveillant Alice, Rose et mademoiselle Henriette. Je pense avoir encore été très malade. Mais je n'en suis pas certaine. Je ne sais pas ce que je lui ai dit, mais le lendemain, mademoiselle Henriette me demande de quitter d'ici une semaine. Je ne proteste pas. Car c'est avec Sweetie que je veux vivre. Pour toujours.

«*Alors que je tentais de la soigner,*
Jeanne m'a dit des mots grossiers et blessants.
De la voir dans cet état m'a fait beaucoup de chagrin,
car je l'aimais bien.
Mais souvent je l'avais avertie de ne jamais revenir
à la maison en état d'ivresse.
J'avais fermé les yeux à quelques reprises,
mais cette fois elle a été trop loin.
Vous comprenez, monsieur Tremblay,
que j'ai une pension pour jeunes filles
et que leurs parents me font confiance.
Ce que Jeanne a dit et fait
n'est pas un exemple édifiant pour Rose et Alice.»
    Mademoiselle Henriette Dupont, cuisinière, octobre 1927.

D'accord, j'ai échoué une fois! Mais personne n'est parfait! D'ailleurs, ça m'a fait du bien. Je me suis sentie mieux.

J'ai cessé de m'en faire avec cette panique médicale. Bien sûr, je ne veux pas prendre le risque d'être à nouveau très malade. Mais je sais maintenant que je ne suis pas morte de cette faiblesse. Et je n'ai pas donné suite à ces quelques verres. J'ai peut-être le foie légèrement fragile après avoir un peu festoyé jadis, mais je ne suis pas l'ivrogne qu'imagine Roméo.

Je retrouve mon coin dans le logement de Sweetie. Elle m'encourage à renouer avec ma bonne forme créative. Et pour m'aider dans cette tâche, elle s'offre comme modèle. Il est certain qu'avec Sweetie devant moi, je vais être plus attentive à mes coups de pinceau, même si je devine que je devrai finir par l'attacher pour qu'elle reste en place. En réalité, je n'ai pas tellement besoin d'elle comme modèle. Je connais chaque détail de son corps et de son visage. Mais sa présence me détend. Elle s'installe près de la fenêtre, donnant sur un arbre touffu. Elle me parle beaucoup, me fait rire avec ses histoires de cinéma. Moi, enfin décontractée, je me contente de quelques esquisses avant d'entreprendre un vrai tableau. Soudain, elle s'avance vers moi, me prend par les épaules, me regardant dans les yeux et me dit, tout en bougeant le majeur: «Celui-là sera pour vendre. Tu entends? Vendre! Et à gros prix, car tu es une artiste grande!» Cet appui me redonne peu à peu le doigté de mes vingt ans.

C'est pendant cette période heureuse que nous entendons parler du film sonore qui connaît un succès monstre à New York. Un autre gros sujet de conversation pour les gens de ma ville: «Un film qui parle? Je vais le croire quand je vais le voir!» Ce qui signifie à Trois-Rivières qu'il faudra attendre huit mois. Je pensais que Sweetie serait inquiète du succès de ce film. Mais elle s'enthousiasmait devant ce progrès technique.

«Entendre la voix de Charlie Chaplin et d'Harold Lloyd! Imagine ce qu'ils vont nous raconter de drôleries! Et toutes les grandes pièces de théâtre que les gens pourront entendre dans l'écran! Isn't it cute?

— Oui, mais moi, je ne comprends pas toujours bien l'anglais. Pas plus que la majorité de la population de Trois-Rivières.

— Damned... c'est vrai. Je n'y avais pas pensé.

« — Et tu vas être obligée de cesser de jouer pendant que l'acteur va parler?

— Ça me semble une technique simple. Je vais m'habituer.»

Le film prend l'affiche à Montréal deux semaines plus tard. Nous décidons d'aller vérifier ce miracle immédiatement. Surtout que l'acteur principal, Al Jolson, est un des chanteurs favoris de Sweetie. Une grande vedette de Broadway et des disques. C'est lui qui a popularisé *Swanee*, une mélodie que Sweetie peut jouer autant en jazz, en rag, qu'en ballade, et ceci, les yeux bandés. Hé! c'est vrai, à bien y penser! Pour vingt-cinq sous, je pourrai entendre et voir le meilleur chanteur du music-hall américain! Pas de train à payer, de chambre d'hôtel à louer, ni de billet coûteux pour le spectacle! Juste vingt-cinq sous! Aussi prodigieux que la radio!

Il y a devant la salle une queue si immense qu'on imagine à peine comment nous pourrons assister à la première représentation. Sweetie fait les yeux doux à quelques garçons bien placés, disant que nous venons de loin pour voir le film, qu'il faut repartir avec le train de ce soir. Elle exerce à fond son «it» alors que moi, à ses côtés, je ressemble à une orpheline quêtant son pain. Son truc fonctionne, mais nous aurons à endurer les bavardages de deux idiots en attendant le moment de s'installer. L'un sort son flacon de la poche de son veston. Les doigts me raidissent et je me jette à pleine bouche dans mon paquet de cigarettes. L'autre a déjà vu le film trois fois. Cet imbécile nous le raconte de long en large. Un peu plus tard, on entend une clameur venant de l'intérieur. Les gens sortent avec un grand sourire, bavards comme des pies.

«Des pies... c'est un oiseau, Jeanne?

— Oui.

— Un oiseau ne parle pas. Pourquoi tu dis que ces oiseaux sont bavards?

— Allez! Avance!»

Il y a de grandes boîtes au-dessus de l'écran. C'est la première chose que je remarque. Ce genre de boîtes qui fascinent tout le monde depuis l'invention du microphone et de la radio. On dit même que les disques d'aujourd'hui sont enregistrés avec des microphones. Quant à la radio, j'en rêve encore! Je rêve surtout du jour où ces appareils ne seront plus hors de prix. Donc, ces boîtes d'où sortira la voix du chanteur... mais c'est idiot! Je l'aurai devant mes yeux et sa voix va provenir du plafond!

Quand le film débute enfin, l'orchestre reste muet. Même la musique est enregistrée sur le film. C'est un peu triste de voir ces musiciens l'archet en veilleuse, attendant le moment d'intervenir. Mais j'oublie cette pensée quand j'entends Jolson chanter. Sweetie me donne de gros coups de coude. Elle me murmure que les mots correspondent tout à fait au mouvement de ses lèvres! Diable! C'est réellement bien fait et impressionnant! Et quelle voix et quel dynamisme! Après la chanson, il dit quelques mots et un frisson parcourt la salle.

«Qu'est-ce qu'il a dit?

— Il a dit d'attendre, car on n'a pas encore tout entendu.

— Je veux bien l'entendre si je peux aussi le comprendre.»

Enfin, l'orchestre reprend du service. Mais il cesse quand Jolson se remet à chanter. De nouveau l'acteur prononce quelques mots, que Sweetie me traduit au creux de l'oreille. Le titre du film signifie «Le chanteur de jazz». Mais en fait de jazz, on en entend peu dans ce film. C'est plutôt de la chansonnette. J'imagine tous les spectacles musicaux qu'on pourra voir maintenant grâce au cinéma! Peut-être même que Clara Bow et Colleen vont chanter dans leurs films! Avec elles, c'est certain que nous aurons du vrai jazz!

Nous sortons enchantées par ce spectacle unique, alors qu'une autre filée attend pour une représentation supplémentaire. On dit qu'ils diffusent le film toute la journée! Nous nous débarrassons de nos deux cavaliers pour aller discuter de ces nouvelles sensations devant un... diable! Je n'y pensais plus! Mais un tel événement ne peut se fêter au jus d'orange. Une première semblable n'arrive qu'une fois dans une vie! Je promets à Sweetie d'être sage. Un seul verre. Et doucement. Ça ne me rendra pas malade. Elle me fait confiance. Je sirote un cognac perdu dans un verre d'eau, alors que Sweetie s'est commandé une goutte d'eau dans un verre de cognac.

«It's easy! On visionne le film et on joue juste quand il ne chante pas.

— Mais quand il parle?

— J'attends qu'il finisse de parler.

— Je ne sais pas... oui! C'était bien! Mais il me semble que ce qui sortait des boîtes avait moins de charme qu'un vrai orchestre.

— On va ajuster! Tu te rends compte, Jeanne? C'est fantastique!»

La machine est en marche. Sweetie parle, parle, parle. Elle ne cesse de bavarder de cinéma, évoquant les futures merveilles des films sonores. Ravie, j'écoute. Sa passion la rend encore plus belle. Ses lèvres en cœur se contractent sans arrêt et elle appuie ses dires de gestes expansifs et par ses yeux si ronds. Elle parle d'ailleurs une partie de la nuit, la machine commençant à manquer de courant électrique vers deux heures trente. Alors, je la borde et lui donne un baiser sur son petit front, en écartant son toupet de garçonnet.

Le film de Jolson n'est pas venu immédiatement à Trois-Rivières, mais en ville, on discutait de la construction d'une nouvelle salle de cinéma, équipée pour les films sonores. Une très grande salle promettant d'être chic et belle, à l'image des palais montréalais. Sweetie n'a jamais songé à quitter l'Impérial, même si le Gaieté lui garantissait un meilleur salaire. Mais elle offre vite ses services à monsieur Robert, patron du Gaieté et futur propriétaire de la salle sonore. Il ose lui répondre: «On n'aura pas besoin de toi pour ce genre de films. Pas de musiciens à payer: la musique est sur un disque synchronisé au film.»

Après cette brève entrevue, Sweetie rentre à la maison morose et inquiète. Je ne lui en ai pas glissé un mot à Montréal, bien que j'aie pensé qu'en effet, les musiciens de salles de cinéma pourraient devenir superflus. Mais est-ce que ce phénomène va durer? Surtout dans la province de Québec où peu de gens comprennent l'anglais. Et est-ce que les gens vont accepter longtemps de payer pour entendre de la musique sur disque alors qu'auparavant ils avaient droit à un orchestre complet?

C'est dans cette confusion chez Sweetie que se termine

l'année 1927. Normalement, c'est moi qui aurais dû être confuse, avec tous les malheurs qui me sont tombés dessus. Mais mon retour chez elle s'est déroulé dans le bonheur. C'est la meilleure chose qui pouvait m'arriver. D'abord, la peindre me redonne confiance en mes moyens. Je me remets aux petits détails, aux sentiments expressifs de son visage. Ensuite, on ne peut pas dire que je sois retombée dans les vices de l'alcool. Prétendre que je n'ai pas bu serait mentir. Mais je ne me suis pas saoulée. Sous la surveillance de Sweetie, je me contente d'un verre très dilué. J'ai appris à me contrôler. Je ne tremblais plus. Finis les maux d'estomac et les étourdissements.

Vers la fin de l'année, j'essaie de dessiner de nouvelles cartes de souhaits. Mais ce commerce s'en va à la dérive, malgré les grands efforts de Roméo auprès des commerçants. Ça n'intéresse plus personne. Tout le monde à Trois-Rivières les a vues, mes maudites cartes. Bref, je n'ai pas tellement d'argent. Je vis de bonheur et de cognac dilué.

En février, Sweetie me propose de refaire des toiles qui s'étaient bien vendues autrefois. Bien que cette idée ne m'enthousiasme pas, j'accepte de tenter l'expérience. Après tout, une telle initiative sera gage d'entrées monétaires assurées. Mais tout ceci devient vite un cauchemar. J'essaie de reproduire le souvenir de ces œuvres, mais à chaque heure, je découvre des défauts dus à mes défaillances techniques. Ma nervosité reprend le dessus. Je tremble et j'ai le goût de boire. Quand, un soir, Sweetie me surprend avec un plein verre, elle l'engloutit d'un seul trait, avant de me faire un long sermon. Elle joue bien son rôle d'ange gardien. Quand je suis trop angoissée, elle vient derrière moi et me masse le bas du cou. Mais quand elle part pour l'Impérial, j'ai le goût de dévaliser son bar. Par ailleurs, j'abandonne cette idée, en sachant qu'elle contrôle le contenu de ses bouteilles. Alors, parfois, je laisse tout tomber et je sors me promener, moi qui pourtant déteste l'hiver.

Je vais par les rues du quartier en me demandant à quoi peut ressembler Paris en ce temps de l'année. Les musiciens et poètes se terrent-ils dans un bistrot de la rive gauche pour décider du sort de l'humanité autour d'un café crème? Moi, je n'ai que le froid trifluvien me piquant les jambes. J'entre me réchauffer au restaurant de la nouvelle gare. Il n'y a rien. Que deux voyageurs fatigués cognant des clous à attendre le prochain train. Tout est beau et en ordre. Je m'ennuie de la vieille gare face à laquelle j'ai grandi. Cette bonne gare par où Sweetie est arrivée fait partie du monde du souvenir.

J'arpente les rues avec de la confusion au cœur. Le vide et l'ennui sont des sentiments frustrants pour une artiste. Mais je pense trop et me cogne contre un poteau électrique. Je tombe sur mon postérieur et une, deux, trois, quatre, compte les étoiles. Je me relève et parcours la distance entre la rue Saint-Maurice et l'Impérial en un temps record. Je fais les cent pas dans la neige. Les gens sortent enchantés du spectacle du film et de la petite pianiste qui ne cesse d'éblouir, même après tout ce temps.

«Il faut partir, Sweetie! Il faut prendre cette décision!

— Hein? What?

— Partons d'ici! Regarde-moi cette ville et ce froid! Quittons cette maudite ville! Juste toi et moi! De toute façon, on n'a plus rien au monde que nous deux!

— Tu as bu, Jeanne?

— Non!

— Je vais t'accorder un quart de verre et nous parlerons.

— Et ensuite, nous remettrons le feu à cette ville! Comme en huit!

— Pourquoi? Elle est jolie, sous son blanc manteau de neige. Funny! Tu comprends ce que c'est, toi, un manteau de neige? Isn't it cute?»

Pour une rare fois, Sweetie écoute mes plaintes. Il n'y a plus de traces de sa mère dans cette ville. Il n'y en a jamais eu. Trois-Rivières était peut-être un gros village champêtre quand sa mère y habitait, mais aujourd'hui, ce n'est qu'un champ d'usines puantes où des artistes ne peuvent s'épanouir librement, à moins de flatter les gens au pouvoir. Sweetie, après le refus de monsieur Robert, commence à avoir peur des films sonores. Elle m'avoue que si elle se décidait à partir, ce serait pour Paris, de préférence aux États-Unis, car Paris est la capitale de la langue française. Elle prétend qu'elle améliorerait davantage son français en habitant la Ville Lumière. Mais je pense qu'elle a dit ça pour me faire plaisir, parce que je voulais l'entendre.

Au bar de l'hôtel Régal, nous sommes sages l'une face à l'autre. Pas le goût de danser, de flirter, de rire ou d'effrayer les vieux. Nous rentrons rapidement à l'appartement de la rue Sainte-Julie. Elle me lance des balles de neige. Je lui fais des grimaces en sautillant au centre de la rue. J'affronte ses attaques afin de la renverser, la chatouiller et lui mettre de la neige plein la figure. Un court instant, elle cesse de rire, ferme les yeux et entrouvre les lèvres. Ensuite, Sweetie bascule sur elle-même en continuant à rire. Je reste par terre. «Allez! Allez!» dit-elle, en me tirant par la main. C'est en nous tenant par la taille que nous parcourons le reste du trajet.

J'aurais aimé que nous prenions un bain, chacune notre tour, qu'on se parfume et que je m'endorme la tête contre son épaule. Ou que nous allumions une chandelle pour manger un repas léger. Mais elle me remet les pinceaux entre les doigts en regardant ce que j'ai abandonné au début de la soirée.

«Tu crois que je devrais refaire la forêt de jambes?
— Tu ne l'avais pas vendue tellement cher.
— Non, mais c'était intéressant à dessiner.
— Tu es capable, Jeanne! Capable d'être de nouveau une grande artiste qui vend très cher son travail et expose dans des expositions dont on parle dans le journal! Come on! Une petite heure et je te regarde faire!»

Je peins pour ne pas la décevoir. Mais je n'ai pas le goût. Après vingt minutes, je feins la fatigue. Elle va se coucher. Je reste près d'elle, mais ne m'endors pas. La nuit est si jeune. J'ai le nez collé à la fenêtre et je me sens encore plus vide qu'à sept heures. J'ai le goût d'un cognac! Je crispe les poings! Je me retiens! Et succombe! Il n'y a rien sur la table de la cuisine, ni dans les armoires. Sweetie garde tout dans sa chambre et je ne veux pas risquer de la réveiller et me faire gronder à nouveau.

Vite, je sors pour me lancer dans la neige et oublier! Tiens... me voilà au même point que tantôt, à marcher la tête vide dans les mêmes rues. J'ai le souffle court et des sueurs malgré le froid. Je me sens si faible. Si vide. Je ne sais pas si je me suis évanouie. Assise dans la neige, le long de la clôture du séminaire Saint-Joseph, je m'éveille au chant nasillard d'un homme qui s'approche en titubant. Je me redresse et me tiens sur mes gardes. On ne sait jamais: un homme saoul à deux heures du matin, ce n'est pas bon signe. «Hé! la p'tite dame! Vous allez mon chemin?» Ah non! Pas du tout! Je détourne pudiquement les yeux. Il sort de sa poche un flacon à moitié plein en me disant: «Tenez! C'est bon pour se réchauffer!» Eh bien... en effet, c'est justement ce dont j'ai besoin.

Je prends une rasade et il se met à giguer. Je ris en m'essuyant les lèvres. Il a du mal à tenir en place, mais me semble être plus un joyeux fêtard qu'un buveur désespéré. Il demeure à six rues d'ici. Je l'accompagne afin qu'il ne se cogne pas partout et je prends bonne garde de son flacon. Mais en passant devant le poste de police, deux zélés sortent à toutes jambes et nous prennent par la peau du cou en nous accusant d'ivrognerie sur la voie publique. Vous dire comme je proteste! Agressivement! Violemment!

«Mais je ne suis pas saoule! Regardez! Sentez-moi!

— Et qu'est-ce que vous faisiez à deux heures du matin sur la rue Laviolette avec cet homme?

— Je l'ai croisé! Je l'accompagnais jusque chez lui pour qu'il ne se fasse pas mal! Je n'ai rien à voir dans cette histoire!

— On connaît votre répertoire d'excuses, mademoiselle Tremblay. Ce n'est pas la première fois qu'on vous ramasse ivre dans la rue.

— Je vais me plaindre à vos supérieurs! Et si je pouvais, je vous enverrais un avocat!»

Ils me refusent même le droit de téléphoner à Sweetie. Elle aurait pu facilement m'innocenter. Après trente minutes «d'égosillage», je dépose les armes. De nouveau une demi-nuit derrière les barreaux et encore une amende à débourser, même si je n'ai pas un vieux cinq sous qui m'adore! Et dire qu'autrefois je faisais ça par provocation, pour m'amuser. Cette fois, je suis une pauvre victime des circonstances.

Je me réveille quand Roméo vient me cueillir. Oh! pourquoi diable lui ont-ils téléphoné? Je suis une adulte! Il faut que j'endure les réprimandes de mon frère! Comme les policiers, il ne croit pas ma version des faits. Nous nous rendons chez Sweetie, lui confirmant que je n'ai pas bu la veille, qu'il m'arrive de prendre l'air dans la nuit pour me changer les idées. Roméo garde silence, me pointe du doigt, mais aucune parole ne sort de sa bouche. Il s'en va en claquant la porte. Moi, je vais pleurer contre Sweetie.

«Peut-être que votre sœur n'était pas ivre,
monsieur Tremblay.
Cela n'empêche pas qu'elle se promenait en pleine nuit
en criant fort, le flacon à la main,
avec cet autre ivrogne notoire.
Et cela n'excuse pas le flot épouvantable d'insultes vulgaires
qu'elle nous a dites alors que nous cherchions à l'aider.
C'est pourquoi elle doit payer ces deux amendes:
ivrognerie et insultes à un agent de la paix.»
Zotique Rivard, policier à Trois-Rivières, février 1928.

Quelques jours plus tard, Sweetie se trouve un autre amoureux. Juste au moment où j'en ai le moins besoin. Vivre dans cette maison avec le va-et-vient d'un garçon bruyant dérange autant mon inspiration, déjà déficiente, que mon humeur. Il se nomme Charles. Ce qui a peu d'importance. Jamais vu avant. Je ne sais pas où elle l'a déniché. Probablement qu'elle ferme les yeux et pointe du doigt vers un groupe de garçons traînant face à l'Impérial.

Il me déplaît au premier contact. Tout sautillant et souriant, il me présente sa grosse main en disant: «Bonsoir! Sweetie m'a souvent parlé de toi! Tu es l'artiste! Moi, je travaille à la Wayagamak!» Non? Pas vrai? Quelle originalité! Un garçon qui travaille aux pâtes et papiers! Ici même à Trois-Rivières! Incroyable, non? Il ensevelit Sweetie sous des chocolats et des fleurs. Elle se cache le nez derrière le bouquet et cligne du faux cil comme Clara Bow. Inévitablement, comme à chaque fois, Sweetie m'invite à partager le cousin ou le frère de Charles. On sortira en couple et patati et patata. «La paix, hein!» Elle n'aime pas quand je lui parle sur ce ton.

Alors, je reste avec mon vide créatif et mes toiles, à chercher un sujet pour vendre. Je dois vendre! Refaire mes anciennes peintures a été un projet lamentable! Si Sweetie peut trouver du plaisir à jouer un tiger rag à chaque film comique, je suis incapable de peindre une vraie toile deux fois! Sans trop y réfléchir, je cherche à me ressourcer afin de gagner rapidement des sous. Je refais donc le chemin des commerçants, mais en me concentrant sur les nouveaux établissements. Ça fonctionne! La vanité de ces gens ne change pas. Je m'installe dans une quincaillerie (à Trois-Rivières, on dirait qu'il y a plus de quincailleries que de restaurants). C'est le patron qui veut ça. Pour le prestige. Il veut aussi que je l'immortalise derrière son tiroir-caisse, mais il n'a pas le temps de poser. Ce n'est pas difficile à dessiner: un gros chauve avec un cigare vissé au bec. Les commerçants sont tous des gros chauves à cigares.

De temps à autre, il vient vérifier mon travail, se permettant même de me conseiller. Quand je lui tends la toile terminée, il veut me payer avec un bon d'achat. Je l'ai pourtant averti que je veux des billets. Il s'obstine. Je prends la toile et la mets en bonne position près de mon genou. Il se hérisse en suant et consent à me donner mon dix dollars. J'allais vraiment la détruire! Car j'ai eu chaud pendant deux jours, j'ai respiré son cigare nauséabond, entendu des sons incessants de clous et enduré son fils qui me proposait des rendez-vous à toutes les heures.

Ensuite, je me présente chez une fleuriste. Pour peindre des fleurs. Je déteste peindre des fleurs! J'ai horreur des fleurs sur une toile! Pour une artiste peintre, c'est l'insulte suprême! Mais je dois deux mois de loyer à Sweetie. Par la suite, j'atteins mon niveau le plus bas: le lettrage. Et moi, l'idiote, à la toute fin, j'aperçois une faute d'orthographe! Et puis non, monsieur! Vous ne me payez pas en bon d'achat! Cette manie! Enfin, je termine dans un salon à peindre une dame qui bouge tout le temps. Une dame laide, née pauvre et qui joue à être une éternelle riche. Et bavarde à en perdre le souffle! Avec cet argent sale, je peux régler ma dette à Sweetie et m'acheter quelques tubes. Mais je suis toujours vide et découragée. Au moins, pendant tout ce temps, je n'ai pas été à la maison à entendre Charles roucouler ses bêtises à Sweetie, entre deux horaires de l'usine.

Je songe à vendre Violette, qui vient de passer un autre hiver dans le garage de Roméo. Mais je n'en obtiendrais pas beaucoup. Avant, elle ronronnait comme une chatte en chaleur, mais maintenant, elle toussote comme une grand-mère. Et puis, j'ai besoin de la voiture, ne serait-ce que pour fuir le climat de la maison, où Charles passe tout son temps. Dans ce but, je roule jusqu'à Shawinigan Falls pour une soirée de danse en solitaire qui me fera le plus grand bien, j'en suis certaine. J'apporte avec moi un minimum d'argent, afin de m'empêcher de boire. Je veux avant tout danser, entendre la musique, me distraire, comparer mes vêtements à ceux des autres filles.

Sweetie ne sait pas ce qu'elle va manquer! L'hôtel reçoit Vera Guilaroff et son orchestre. Cette musicienne est la reine des boîtes de nuit de Montréal. J'en ai beaucoup entendu parler. Non seulement Vera Guilaroff pianote et dirige ses musiciens, mais elle danse et chante un répertoire de grands airs populaires américains. Il y a un monde fou à la porte de l'hôtel, tellement que je suis très déçue quand on me dit qu'il n'y a plus de billets. J'ignorais qu'il fallait réserver. Je m'apprête à retourner à Trois-Rivières avec ma déception sous le bras, quand un grand garçon me siffle.

«Tu veux un billet?

— Oui, je veux bien! C'est combien?

— Gratuit! Je venais avec ma sœur et elle est malade.»

Diable qu'il a le don de mentir avec crédibilité! Sa sœur mon œil! Celui-là se cherche de la compagnie et une aventure sans lendemain. Je lui réponds que je veux certes du billet, mais qu'une fois à l'intérieur, je désire rester libre dans mes déplacements. Le jeune homme se dit d'accord. Nous entrons. Je le quitte. Bravo. Que de gens! Et des belles personnes, toutes fanfreluchées pour l'événement musical de l'année dans la vallée du Saint-Maurice. Je me trouve un petit coin non loin de la piste de danse, mais éloigné du bar.

Vera Guilaroff débute rapidement son spectacle. Ce n'est pas le jazz de Jelly Roll Morton, mais l'orchestre est une coche au-dessus des habituels ensembles parcourant les salles d'hôtels de la province. J'ai assez de parfum et de musique pour me sentir heureuse. En tournoyant, je vois le garçon qui m'a fait entrer. Il ne me salue pas. Je ne sais pas si ça fait partie de son piège, mais je me mets à le chercher. Après tout, il tient sa promesse, mais je me dois d'être quand même polie et aimable. Sans lui, je serais sur la route en direction de l'appartement où Sweetie doit exercer sa gymnastique avec son imbécile de Charles.

Mon nom, mon occupation. Son nom, son occupation. Oh! vraiment Roland le cordonnier? Je m'amuse, tu t'amuses. Je viens de Trois-Rivières, tu habites ici. J'aime la musique, tu aimes la musique et nous dansons. J'aime le cinéma, tu aimes le cinéma et j'ai vu le film dont il me parle. Il aime les artistes, qu'il me dit. Il n'a pas le choix, vu que je lui ai dit que je suis peintre. Si je lui avais raconté que j'étais couturière, il m'aurait répondu qu'il raffole des couturières. Plus tard, il me dit que je ressemble à Clara Bow. Je ne savais pas qu'un homme pouvait connaître Clara. Il aime bien Colleen Moore aussi, ainsi que notre Pauline Garon nationale. Un homme flapper? Il me vante aussi la beauté des nouvelles jeunes étoiles de l'écran: Louise Brooks, Nancy Carroll et une certaine Joan Crawford, qui a, prétend-il, tourné le meilleur film flapper de tous les temps. Holà! qu'il est connaisseur! Il me cite aussi Verlaine et le Bauhaus. Tiens! Un cordonnier cultivé! Je suis piégée! Des spécimens de cette sorte, on en rencontre un sur cinq mille. Il me fait penser un peu à Roméo, du temps où mon frère n'était pas si embêtant. J'ai avantage à ne pas laisser échapper ce Roland. Il reste près de moi. J'en arrive même à croire que j'ai le «it». Et quel meneur pour le charleston! Il me paie un verre. Mais un seul!

«Une flapper sobre? fait-il moqueusement.

— Je n'ai pas d'argent et je suis très orgueilleuse. Je n'accepte pas qu'on paie à ma place.»

Il est le premier Canadien français à m'appeler flapper! À Montréal, chez les Anglais, ça arrive tout le temps. Mais le mot ne fait pas partie de nos mœurs. Roland le connaît très bien. Je pense que je bois un peu plus que prévu. Mais est-ce que j'ai le choix, avec cet orchestre fantastique, cette ambiance chaude et cet homme aussi drôle et intéressant que Sweetie? Je garde cependant toute ma tête: aussi gentil puisse être Roland, il n'aura pas mes lèvres.

«Allons chez moi terminer la soirée!

— Pardon?

— J'habite chez mes parents, tu sais. Ce n'est pas trop loin d'ici. J'ai ma voiture.

— J'ai la mienne aussi.

— Hein? Tu as une automobile?

— Ça a toujours l'air d'étonner les hommes quand je le mentionne.»

Les hommes sont fascinés par la mécanique. Roland me demande le niveau de puissance du moteur de Violette et toutes ces choses aux noms étranges. Je sais juste qu'elle fait keuf keuf au lieu de rrrr rrrr. Vite passionné par ce mystère, il se cache la tête sous le capot et explore le ventre de Violette. Je fais les cent pas dans le stationnement. Il y a une petite neige printanière qui me déplaît. Peut-être n'aurais-je pas dû sortir Violette aussi tôt. Il paraît que mon ziyablu est usé et qu'il faudrait changer le kurtibo et acheter de nouveaux blaratifs. Que ce n'est pas trop grave, sauf que si je laisse le tout dans son état actuel, je risque de payer plus cher d'essence et de tomber en panne à tout moment, sans oublier le danger de casser le tarticure.

Nous partons vers sa maison, chacun dans notre voiture. Je le suis en zigzaguant dans les petites rues. Pour lui montrer que Violette n'est pas encore au bout du rouleau, je lui colle au derrière en agitant la main. Il me devance, je le rattrape! Vas-y, Violette! Fanfare de klaxons! Je vais le doubler et lui faire honte. Tout ce dont je me souviens, en me réveillant dans un piteux état à l'hôpital, est d'avoir soudainement vu apparaître une vieille Ford surgissant de nulle part.

«Monsieur Tremblay, votre sœur roulait à haute vitesse
et semblait avoir oublié les codes élémentaires
de la conduite automobile.
De plus, elle avait les facultés affaiblies
par l'absorption d'une grande quantité d'alcool et...
vous m'écoutez, monsieur Tremblay?»
Léonard Champoux, policier de Shawinigan Falls, avril 1928.

J'ai droit à un sermon de Roméo. Un autre. Mais un

gigantesque! Colossal! Mais je me fâche! Trop, c'est trop! Roméo devrait plutôt me féliciter des efforts que je fais depuis un an pour diminuer ma consommation. Il devrait aussi comprendre que j'ai vingt-six ans et que si papa n'a plus d'autorité sur moi, cela ne lui donne pas le droit d'agir comme remplaçant! Et si moralisateur qu'il m'en pousse des boutons d'allergie!

Je ne veux pas en arriver à le détester, lui que j'admire tant. Il a sa nouvelle trentaine, son beau poste de journaliste et d'écrivain, sa jolie maison, sa femme et ses cinq enfants. Sa vie. Moi la mienne. À ma manière. Qui n'est pas la sienne. C'est pourquoi je me fâche. Roméo me cuisine des reproches alors que j'ai besoin de fleurs.

C'est Sweetie qui m'apporte des violettes. Quant à Roland, témoin de l'accident, il m'offre des roses. Il se sent peut-être un peu responsable, ce pauvre garçon. Après tout, par ses prouesses au volant, il m'a un peu encouragée à jouer au chat et à la souris dans les rues de Shawinigan Falls. Mais ce n'est pas de sa faute! C'est celle de cet imbécile inconnu roulant n'importe comment sur une rue transversale. Il n'a pas fait son arrêt, cet idiot! Comment pouvais-je l'éviter? Même sobre, je lui aurais rentré dedans! C'est ce que j'ai essayé d'expliquer à Roméo, qui a préféré la version des policiers. Diable! Selon eux, j'étais ivre à ne plus tenir debout! Quelle exagération!

Je reste deux jours à l'hôpital de Shawinigan Falls. On me transporte à Trois-Rivières, où des médecins continuent à assembler les morceaux du puzzle que je suis devenu. Quand je me regarde dans la glace, je me vois métamorphosée en Lon Chaney, l'acteur spécialiste des films d'épouvante. Mon visage ressemble à un immense diachylon avec des ouvertures pour le nez, les yeux et la bouche. J'ai le bras droit fracturé et une jambe dans le plâtre. Quand Sweetie est venue, elle a eu sa première pensée pour mon bras. Moi, je ne songe qu'à ça. Combien de temps? Deux, quatre mois sans peindre? Comment vais-je survivre? Déjà qu'avant l'accident, les tableaux en cours n'étaient pas trop fameux. Quant à l'automobile, c'est un tas de ferraille. Adieu, Violette! Cette voiture achetée grâce à la vente de mes toiles.

Plus d'automobile égale plus de peintures? Est-ce que j'ai été peintre pendant dix ans? Est-ce que la perte de Violette symbolise cette réalité?

Mon père me rend visite avec son air de «Je le savais que c'était pour se terminer comme ça!». Louise aussi se présente, ainsi que les amies Lucie, Alice, cousine Marie, Léopold. On se sent bien, dans ce temps-là. Mais seule Sweetie demeure tout le temps à mes côtés. Je croyais bien retourner chez elle après une semaine de soins, mais c'est Roméo qui vient me chercher pour me ramener chez lui, jugeant que je guérirai mieux grâce aux attentions de Céline. Il me fait comprendre que je n'ai plus de revenus et que Sweetie ne peut passer son temps à me nourrir et me loger gratuitement. Que puis-je faire, ainsi plâtrée? Refuser et me sauver à toutes jambes?

Je pointe Roméo du majeur (le gauche, parce que le droit...) en disant: «D'accord! Mais plus de sermons!» Mais je me doute qu'il y a anguille sous roche. Le dernier soir à l'hôpital, Sweetie me dit que Roméo lui a reproché de ne pas m'avoir empêchée de boire. L'accuser! Elle qui est tout ce que j'ai! C'est trop! Mais Sweetie gagne encore. Elle m'a par la douceur en me disant de ne pas me mettre à dos le seul membre de ma famille s'inquiétant de mon sort, que peut-être un climat différent ne me fera pas de tort, me jurant qu'elle m'attendrait chez elle à la fin de ma guérison. Je lui obéis. Je ne veux pas lui déplaire. Mais j'ai vu dans ses yeux qu'elle a dû être très blessée par les propos de mon frère.

Céline et Roméo m'installent au salon, dans mon fauteuil roulant. Tout a été préparé avec soin. Gentillesse sur gentillesse. C'est vrai qu'après trois jours, je me sens en paix. Je suis traitée en reine, mais je n'attends que les visites de Sweetie chaque après-midi. Elle m'apporte des idées pour des futures toiles, même si elle sait que je n'ai plus du tout le goût de peindre. De belles idées offertes avec des mots de sincère encouragement. Tellement que je tente de faire un croquis avec ma main gauche. Pas fameux...

Tout est à la bonne place dans la grosse maison de Roméo. Tout est propre, même les chambres des enfants. Céline en a cinq et espère en bercer un ou deux autres. Le plus âgé, Maurice, approche de l'âge des poils au menton. Puis suivent la plus grande des filles, Simone, avec à ses trousses la dynamique Renée, Gaston et le nouveau-né Carole. Renée me ressemble. Comme moi, à sept ans, elle bouge beaucoup. Un vrai petit bibelot de demoiselle, avec un nez en cacahuète et des lèvres entrouvertes. Elle danse tout le temps avec sa poupée, au son des disques de son père. Quand je suis là, elle me pose sans cesse des questions. J'ai le sentiment que cette enfant est impressionnée par ma présence.

Quand Sweetie vient me voir, elle s'assure que mon frère est à son travail. Elle part toujours avant son retour. Je n'aime pas tellement cette situation. Il lui interdit de me voir après minuit. Et pourtant, Roméo m'affirme qu'il ne veut pas m'éloigner de Sweetie. Roméo m'apporte des cadeaux, et, comme Sweetie, essaie de me motiver à peindre sérieusement en me suggérant des sujets.

«L'abbé Tessier, du séminaire, encourage les artistes de la région à produire sur Trois-Rivières. Avec son grand appui, je suis certain que tu pourrais de nouveau exposer ici.

— Je ne suis pas une mercenaire, Roméo.

— Oh! tout de suite les grands mots et le sens du drame!

— Je ne sais même plus si je suis peintre, si tu tiens à le savoir.

— Tu l'étais, tu l'es et tu le seras toujours.»

Je songe à faire autre chose de ma vie afin de survivre financièrement. Roméo me dit qu'il m'aidera à trouver un emploi, si tel est mon désir, mais il rajoute que «personne n'engage des ivrognes». Je déteste quand il emploie ce mot grossier! Après une semaine sans une goutte, est-ce qu'il me voit trembler? Est-ce que j'ai des sueurs froides en me traînant à quatre pattes vers le bar le plus près? Je ne lui réclame rien! Roméo me nourrit à l'eau et au jus de pommes, ainsi qu'aux repas copieux. Je ne ressens aucun malaise. Je ne suis pas une ivrogne!

Léopold aussi me rend visite régulièrement, avec la bénédiction de Roméo. Un si bon garçon, ce Léopold. Déjà aimé par la famille puisqu'il m'a accompagnée à deux réveillons de Noël. Un bon parti pour moi. Je n'ai pas le courage d'attrister Roméo en lui avouant que Léopold est trop strict et ennuyeux, qu'avec lui je pourrais deviner les trente prochaines années de ma vie et que sa présence me laisse totalement indifférente. Je crois bien qu'il est toujours amoureux de moi, le pauvre Léopold. Quelle perte de temps!

J'ai des sentiments pour ceux qui sont de passage, comme autrefois Harold, le comédien vendeur des pommes du parc Bellevue, ou même Roland de Shawinigan Falls, ce garçon cultivé et drôle qui me téléphone parfois. Je sais qu'il va disparaître. C'est pour cette raison que je l'apprécie. Les grands sentiments, je préfère les garder pour mon amitié avec Sweetie.

«Léopold est venu ce matin.

— Again?

— Mais oui.

— S'il t'embête, tu me le dis. Je vais lui parler, moi!»

Parfois, j'ai l'impression que Sweetie est jalouse des personnes désirant être près de moi. Comme Alice l'an dernier et Léopold maintenant. Et j'ai le sentiment que ça l'agace d'être jalouse. Quoi qu'il en soit, je trouve son attitude flatteuse. Depuis l'accident, Sweetie n'a jamais été aussi chaleureuse à mon endroit. Elle a même laissé tomber son dernier amoureux en me jurant qu'elle n'en aurait plus. Une amitié comprend des sentiments frivoles, un peu fous et superficiels, mais il y a aussi du respect, de la confiance et de la tendresse. J'ai l'impression que la nôtre va au-delà de tout ça depuis l'accident. Et comme on le dit si bien dans les romans à cinq sous, mon cœur bat plus fort en le constatant. Je me sens si étrange, si heureuse. Je n'ai pas le goût de danser, de boire, de fumer, ni même de peindre. J'ai juste envie de rester près d'elle le plus longtemps possible.

Lorsque Sweetie vient, nous rions et parlons de belles choses. Elle me prend la main et je la regarde dans les yeux sans qu'elle détourne le visage. Quand mon épaule a été dégagée et que j'ai pu bouger le bras droit, elle s'est vite empressée de me tendre un pinceau. C'était un samedi et, exceptionnellement, Sweetie est venue malgré Roméo. Toute la maisonnée était autour de moi, attendant que je trace une figure sur ma toile. Ce fut le visage de Sweetie. Ils ont applaudi. J'ai vu Roméo reculer la tête et, pour lui faire plaisir, j'ai dessiné ses cinq enfants.

«Je crois que Jeanne est guérie de l'alcool.
Elle n'a pas tremblé, n'a pas été agressive
ni confuse comme lorsqu'elle buvait.
Je la sentais très douce et calme,
comme repentie de la vie trop folle qu'elle a menée.
Mais je garde pour moi les sentiments étranges
que j'ai devinés au cours des dernières semaines.
S'ils se révèlent justes,
elle s'en va vers une grande souffrance qui l'assaillira à chaque
fois qu'elle quittera le petit appartement de Sweetie.»
Roméo Tremblay, frère de Jeanne, mai 1928.

Comme il le désire, Roméo me cherche un emploi. Je n'ai pas du tout l'intention de mettre la peinture hors de ma vie. Je ne veux simplement pas qu'elle prenne le dessus sur mon existence. Je vais peindre à un rythme plus lent, oublier les commandes et les toiles sans âme. Je vais me concentrer à travailler à des œuvres de grande qualité. Je prendrai trois ou quatre mois pour faire une seule toile, comme je le faisais à dix-huit ans. La peinture ne sera plus mon gagne-pain. Je veux qu'elle redevienne mon bonheur. Je vais gagner les sous nécessaires à ma survie grâce à l'emploi déniché par Roméo. J'en ai assez de voir Sweetie tout me payer et d'être incapable de rembourser les petites dettes contractées envers mon frère.

Roméo me propose une liste d'endroits où je pourrais travailler. À la compagnie de téléphone, serveuse dans un restaurant, vendeuse dans un magasin et même typographe au journal *Le Nouvelliste*. Je serre les lèvres en regardant la feuille, et je me demande ce que j'aimerais. Un choix fait l'unanimité avec mes sens: à la nouvelle salle de cinéma, le Capitol. C'est facile! Le patron, monsieur Robert, était jadis le propriétaire du cinéma Bijou, où Roméo avait travaillé dans sa jeunesse. Depuis, il s'est occupé du Gaieté, le concurrent de l'Impérial. Le voilà maintenant responsable de ce luxueux palace du cinématographe.

«Are you crazy?

— Pardon?

— Tu es folle? Aller travailler avec le concurrent?

— Mais Sweetie! Je vais travailler au guichet! Je ne joue-rai pas du piano dans l'orchestre! Et puis, ce sera amusant d'œuvrer toutes les deux dans le même domaine.

— I don't like it!»

Ah! je devine! Quand Sweetie avait offert ses services à monsieur Robert, il lui avait répondu que le Capitol n'aurait plus besoin de musiciens à cause des films sonores. Mais rien de tel ne s'est produit! Le Capitol aura sa fosse d'or-chestre, comme toute vraie salle de cinéma. Les films sono-res, c'est une mode américaine. Ça ne nous concerne pas. Il faut aussi comprendre que monsieur Robert a cent fois demandé à Sweetie de se joindre à l'orchestre du Gaieté et qu'elle refusait toujours. Quand enfin elle s'est rendue le voir, il s'est vengé de ces années de refus. Je ne savais pas que Sweetie pouvait être aussi orgueilleuse.

«Oui, c'est vrai. C'est pour travailler dans le guichet. Je te fais mon excuse.

— Quand je serai en congé, j'irai t'entendre. Et quand tu ne travailleras pas, tu viendras voir un film au Capitol. Je serai contente de te donner un billet.

— Ah ça jamais! Never!»

J'entre au travail dès la fin de ma convalescence. Tous mes morceaux sont recousus et mon bras droit fonctionne à merveille. J'ai le visage intact, ce qui constitue un vrai mira-cle, considérant que le pare-brise de la Violette m'avait éclaté en pleine figure. Il n'y a que ma hanche qui tarde à guérir.

Le Capitol est une aussi jolie salle que celles de Mon-tréal. De beaux sièges confortables, des balcons, des lustres de cristal, des lanternes, des frises grecques, des colonnades romaines et des cintres renaissance. Quelle élégance! Les placiers, tous de beaux jeunes gens, sont habillés comme des ducs et se tiennent droits comme des militaires. Même mes camarades du guichet doivent se vêtir de façon distinguée. Il faut donner aux spectateurs l'impression d'entrer dans un château, même s'ils viennent voir une comédie tarte à la crème. En plus d'un immense écran, il y a aussi une scène pour recevoir les grandes pièces de théâtre et les opérettes.

J'ai l'impression que le monde de la culture vient de faire son entrée dans ma ville de pâtes et papiers.

Je vais travailler du lundi au jeudi, en soirée. Mon regard est tout de suite effrayé par l'énorme tiroir-caisse, un mauvais souvenir de mes jours à l'hôtel Saint-Louis. Ne soyons pas orgueilleuse: je ne sais pas compter! J'ai besoin de mes onze doigts pour y arriver! Mais Roméo n'a pas parlé de ce défaut à monsieur Robert. Je vais faire un effort particulier pour ne pas me tromper.

Quand l'heure de la représentation du programme approche, c'est la folie à mon guichet! Il faut satisfaire la clientèle à toute vitesse et avec le sourire. Je souhaite la bienvenue. Je réponds aux questions. Je prends l'argent. Je donne un ticket, qui ne vit que quelques secondes, déchiré par Christiane, une ouvreuse sympathique. Quand le film débute, je fais tout de suite mes comptes avec son aide. Je garde une oreille à l'orchestre et aimerais voir le film. Ça nous est interdit. Mais à la réaction des gens, on peut deviner si l'œuvre est bonne ou pas, puis revenir plus tard comme spectatrice.

Après la première soirée de travail, je ne me sens pas fatiguée. Il est vrai qu'à cause de ma hanche, je n'ai pas beaucoup bougé de mon banc. De ma place, je vois Sweetie faire les cent pas sur le trottoir en attendant ma sortie. J'ai beau lui faire des signes d'entrer dans le hall, l'orgueilleuse ignore ma suggestion.

«Puis?

— Ça va.

— Pas fatiguée? Avec ta hanche?

— Non.

— Je vais t'aider.»

À cette heure tardive, il n'y a plus de tramway. Et je n'ai plus d'automobile. Il faut donc rentrer à pied, une bonne distance de la rue des Forges à Sainte-Julie. Et comme ma hanche répondrait mal à ce trajet, Sweetie appelle un taxi. Elle me tient la main pendant que je m'appuie sur ma canne. Je n'ai nul besoin de cette aide, mais je la laisse faire, car j'aime la douceur de son toucher. La voiture approche. Je me demande pourquoi diable elle a fait appel à la compagnie de taxi de mon père. Je ne connais pas ce chauffeur, mais je suis certaine qu'il sait qui je suis. Mon père a fait une sainte colère quand Roméo m'a laissée repartir chez Sweetie. Il paraît aussi que toute ma vie est un gâchis à cause de Sweetie. J'aimerais bien expliquer à papa pourquoi elle est si importante pour moi, qu'il n'y a qu'avec elle que je peux être heureuse. Et que je n'ai pas bu depuis l'accident.

Ce chauffeur nous laisse à bon port. Je ne dis pas un mot le long du trajet. Sweetie m'aide à monter l'escalier. À l'intérieur, je me sens libérée. Nous retrouvons notre intimité. Elle prépare un lunch léger et je fais des petits croquis d'elle. J'ai décidé de ne dessiner qu'en la présence de Sweetie. Elle me dit que si je bois de nouveau, elle sera très déçue. Je ne veux surtout pas la décevoir.

Nous projetons beaucoup d'activités pour l'été prochain. Comment prendre du bon temps sans boire? Sweetie a sa liste de suggestions: plage, concerts, promenades, balades en chaloupe, explorations (explorations?), pique-niques, bicyclette, et, bien sûr, le cinéma à Montréal. «Nous irons aussi voir de l'exposition de tableaux.» Et pas de jazz sur sa liste? «Le jazz, nous l'écouterons avec les disques.» Car qui dit jazz sous-entend alcool. Et Sweetie est prête à se passer de jazz pour me voir guérir. C'est ce que j'appelle de la précieuse amitié.

Quand je me couche, je souffre souvent d'insomnie. Je gigote et j'ai chaud. Maintenant, nous partageons le même lit et elle attache son gros orteil au mien. Ce truc me force à me concentrer à dormir, car si je bouge trop, je la réveille sans cesse. Roméo est fier de ces initiatives. Sweetie veut lui prouver qu'elle n'est pas une mauvaise fille, qu'elle peut prendre soin de moi convenablement. Roméo se présente aussi au Capitol pour vérifier si je travaille consciencieusement. Aucun problème depuis deux semaines. Je suis une bonne petite fille. Et qui a trouvé une idée et s'est remise à peindre. Mais len-te-ment!

«Mais est-ce que tu vas pouvoir vendre ça, Jeanne?

— Tu sonnes comme un disque rayé, Roméo. N'est-ce pas toi qui me disais de peindre ce que j'ai sur le cœur?

— Tu as raison. Je suis un vieux disque. Mais pourquoi encore du surréalisme? Ce n'est pas populaire par ici.

— Je ne pense pas en ce sens. Je crois avant tout que c'est une idée originale qui va me permettre de me concentrer. Tu seras étonné du résultat. As-tu déjà examiné les lèvres de Céline de très près? Les lèvres sont fascinantes!»

Comme jadis j'avais peint un océan de jambes, me voici à travailler à un ciel de lèvres. J'ai eu cette idée en appliquant du rouge sur celles de Sweetie. Soudain, j'ai vu des lèvres dans le ciel. Ce n'est pas simple, dessiner des lèvres dans leurs menus détails. Ces craquelures et toutes ces teintes de rouge! Mais je ne m'énerve pas. Restons calmes. Je fais des croquis pour chaque modèle de lèvres désiré. Grosses lèvres, petites, minces, inquiètes, vivantes, lèvres en cœur comme celles de Sweetie et de Colleen. J'ai probablement l'air idiote à m'examiner les lèvres dans un miroir. Mais il y a tant de choses à y découvrir! Je demande à Sweetie de poser pour moi. C'est-à-dire que ses lèvres posent. Je les regarde avec une loupe et couche mes observations sur papier. Elle trouve ça drôle la première demi-heure, puis, fatiguée, laisse tomber la loupe, s'empare de son rouge, se barbouille et embrasse une feuille blanche.

«Tiens! Tu as ton modèle!
— Quelle belle idée!
— Isn't it cute?
— Le tour est joué!
— Quel tour? Je ne te joue pas de tour. Je fais ça pour t'aider.»

Le contour précis, les détails: tout est parfaitement imprimé sur la feuille, en oubliant la couleur un peu criarde. J'ai entre les mains le plus beau croquis que l'on puisse imaginer. Ce sont donc les lèvres de Sweetie qui ont l'honneur d'être les premières de mon ciel. Je vois des lèvres partout! Au travail, quand une cliente en a de belles, je tombe dans la lune quelques secondes. Christiane s'empresse de me remettre sur terre. Je l'aime bien, cette fille. Les autres femmes employées par le Capitol ne semblent pas m'admirer beaucoup, je ne sais pas trop pourquoi. Mais Christiane me sourit gentiment. Elle aime bien mes vêtements à la mode. Je l'invite à la maison pour lui montrer la garde-robe de Sweetie. Mais c'est le loyer qui d'abord pique sa curiosité.

Habituellement, dans un quatre pièces d'une maison du quartier Notre-Dame-des-sept-Allégresses, il y a une famille entière. Pas deux jeunes femmes non mariées. Et il faut avouer que la décoration choisie par Sweetie n'est pas tellement canadienne-française. C'est un logement dédié à la musique et au cinéma. Dans le salon, au-dessus du piano, j'ai peint une gamme musicale qui va de la porte d'entrée jusqu'au couloir. Les notes jouent *Swanee*, la pièce favorite de Sweetie. Puis, sur les murs du salon, une aquarelle de Colleen Moore. Dans le passage, des photographies de Jelly Roll Morton. La petite chambre de débarras est devenue mon atelier de peinture. Christiane regarde avec étonnement la chambre à coucher, qui ressemble à un univers d'enfant, avec toutes ces photos de vedettes collées aux murs. Il y en a même dans la cuisine!

«Et le propriétaire ne dit rien?

— Non. Elle paie bien. Et depuis longtemps.

— Et si, par exemple, vous recevez des garçons?

— Pourquoi crois-tu qu'on reçoit des garçons?

— Je ne sais pas, moi. Pour veiller.

— Ah! veiller! Oui, c'est arrivé. Mais ça, c'est plutôt l'obsession de la voisine, qui envoie le curé.

— Il ne doit pas aimer ça, le curé...

— Du tout. C'est une protestante et moi une catholique. Elle est musicienne et je suis peintre. Tu parles qu'il n'aime pas ça, le curé...»

Christiane regarde mes croquis. Elle observe les lèvres de Sweetie sur la toile. Puis je la laisse découvrir les vêtements de ma flapper, lui permettant d'essayer quelques robes. En prenant le thé, elle me parle de ses films favoris et des acteurs qu'elle trouve beaux. C'est à ce moment-là que Sweetie revient de son exercice avec l'orchestre de l'Impérial. Elle est heureuse de tomber au cœur d'une conversation sur le cinéma. Nous invitons Christiane à souper et décidons d'organiser une soirée pour samedi. C'est bien de se faire des amies nouvelles. Puis nous partons vers nos salles respectives. Avant son départ, Christiane a eu le temps d'embrasser ma tablette.

Pour notre soirée de samedi, j'ai d'abord l'idée de n'inviter que des filles. Mais celles avec qui nous étions amies en 1922 sont toutes mariées et je ne pense pas que leurs maris les laisseraient venir à une réception. Je me demande même si elles seraient intéressées. Sweetie et moi avons vingt-six ans, et, n'étant pas mariées et selon notre mentalité, nous sommes maintenant des vieilles filles! Cette idée antique est révolue! Mais peut-être pas pour les catholiques... Car les protestantes célibataires se poudrent, se font belles et vont danser dans les bars de Montréal. Les speakeasies de New York sont remplis de femmes de notre âge. Elles font la fête et collectionnent les flirts. Et Paris! À Paris, les filles de vingt-six ans, et qui sont disponibles, sont les joyaux de la rive gauche! Mais à Trois-Rivières, à notre âge et sans mari, c'est la panique! Le point de non-retour! La crevasse infranchissable! Quand nous allons danser à Shawinigan Falls, les filles ont toutes dix-huit ou vingt ans. Nous faisons figure de vieilles.

Je trouve Aimée, qui travaille chez Fortin dans le département des dessous et des bas. Elle a un nez de faucon et notre âge. Elle me demande s'il y aura des garçons. Sweetie s'en occupe. En un tournemain, ma pianiste déniche quelques mâles, qui promettent de venir avec leurs petites sœurs. Ce sera bien! Nous serons beaucoup! Et si la température est clémente, nous débuterons les célébrations dans la cour. Le vendredi, je prépare les sandwichs et hors-d'œuvre, quand Sweetie entre avec les bouteilles. Leur cliquètement me fait soudain pâlir. Elle les aligne toutes face à moi. Whisky, gin et la monstrueuse grosse de cognac.

«C'est pour faire un punch dont tu me diras les nouvelles.

— Je ne sais pas si je dois, Sweetie...

— Un verre de punch? Come on! Il n'y a pas de mal! C'est du jus de citron et d'orange avec une larme de gin. Isn't it cute? Une larme de gin!

— Très beau...

— Et si tu abuses, je te ferai honte devant tout le monde.

— C'est gentil. Mais je n'en prendrai pas. Il ne faut pas jeter de l'huile sur le feu.

— Ce n'est pas de l'huile. C'est de l'alcool. Et des jus de fruits. Quel feu? Tu cuisines? Je ne sens rien, pourtant.»

Les filles arrivent, enrubannées de leur plus belle robe.

Les garçons suivent avec guitare et accordéon. Il faut toujours qu'il y en ait un avec un accordéon, en sachant qu'avec un instrument de musique entre les pattes, il pourra plaire à Sweetie. Pour eux, l'arithmétique est simple: moi + instrument de musique = Sweetie.

Je porte un pantalon taillé sur mesure, un veston de politicien et ma cravate noire. J'ai les yeux au charbon et le rouge voyant. J'adopte l'allure Clara Bow, tandis que Sweetie demeure l'éternelle Colleen Moore. Comme il y a du monde! Tous des gens qu'on ne connaît à peu près pas, comme dans une réception chez Gatsby le magnifique, du célèbre roman de Scott Fitzgerald. Nous comparons notre maquillage et nos atours, et les hommes se guettent comme chiens et chats, pour savoir lequel sera seigneur et gagnera le cœur de Sweetie.

Mais Sweetie ne veut plus de garçons! Elle est toujours sous l'impression que son dernier, Charles, était indirectement responsable de mon accident. S'il n'avait pas été chez elle ce soir-là, elle serait venue avec moi à la danse et je n'aurais pas bu et eu cet accident. C'est un peu idiot, mais je la laisse le croire. Les hommes ne comptent plus pour Sweetie. Notre amitié nous suffit et nous rend heureuses. Pour elle, maintenant, les mâles sont utiles à la conversation et à la danse. Je ne vois d'ailleurs pas à quoi ils peuvent servir d'autre. Sinon réparer notre évier.

Il fait trop beau pour débuter notre soirée dans la maison. Nous sortons les chaises dans la cour et demandons à nos invités de ne pas trop faire de vacarme. Car, inévitablement, les voisins vont épier et nous aurons la visite du curé ou du vicaire deux jours plus tard. Ceux d'en dessous n'en font pas trop de cas. Ce sont deux vieux garçons et un chambreur, travaillant aux pâtes et papiers. Un peu comme nous, ils vivent à n'importe quelle heure. La vue de ce tas de jeunes filles ne doit pas leur être désagréable. Je les ai aperçus le nez dans la fenêtre, envoyant la main comme des gros bêtas. Ce sont plutôt les autres voisins qui alertent le curé pour tout et pour rien.

Le temps passé dans la cour nous permet de mieux connaître la moitié de nos invités. C'est ainsi que je décou-

279

vre Raymond. Son nom est dans le calepin de ma pianiste depuis trois ans et il avait même oublié qu'il lui avait un jour donné son numéro de téléphone. Raymond travaille aux pâtes et papiers. Un autre. Dans ses temps libres, il dessine. Timidement. Secrètement. Jamais essayé la peinture. Sauf qu'il a déjà vu mes toiles du temps où j'ai exposé dans le hall de l'hôtel de ville. J'insiste pour qu'il me donne une démonstration de son talent. Il se fait prier, mais je réussis à le convaincre. Nous entrons pour chercher papier et crayon. Raymond, en deux temps, quelques mouvements, me reproduit assez habilement. Il aime les visages. Il me fait un Chaplin étonnant de ressemblance. Je lui montre mes lèvres (celles de la toile, bien sûr). Il se penche, ferme un œil et s'exclame en qualificatifs flatteurs.

C'est à ce moment que nos invités commencent à rentrer. Sweetie la première, se mettant la tête dans mon atelier pour vérifier ce que je fais avec Raymond. Nous restons là à dessiner. Il me demande des conseils. Je lui montre d'autres œuvrettes. Puis je l'estomaque avec la célèbre toile de Sweetie. Ça flatte encore ma vanité de me faire dire: «Tu es une grande artiste!»

Sweetie me rappelle qu'il y a d'autres gens. «Venez dans le salon. Je vais jouer du piano et éblouir tout le monde.» Nous suivons. Allez, Sweetie: éblouis-nous. Le plus idiot est qu'elle réussit à tout coup. Elle et moi donnons une démonstration avant-gardiste. Elle improvise au piano et moi au fusain en suivant le rythme de la musique. Puis, je dessine et elle joue en suivant les humeurs de mon crayon. Démonstration reçue avec un enthousiasme poli. J'imagine que ça fait un peu étrange pour ces Trifluviens. À Paris, dans les cafés, nous aurions assurément un succès fou avec ce genre de divertissement artistique. Une fille ne comprend pas trop le sens du gribouillis que j'ai couché sur mon carton. «C'est le dessin de la musique», d'expliquer sagement Raymond. Il tente d'analyser la forme et d'y déceler mon humeur. Je rajoute que j'ai simplement dessiné les impulsions provoquées par le son du piano. Silence de trente secondes dans le salon...

Le type à la guitare ravive l'intérêt en voulant accompagner Sweetie. On se paie un verre de punch pour ce spectacle. Après ma première gorgée, je me sens coupable. Mais l'impression est de courte durée. Je m'efforce de goûter le jus de fruits du mélange. Sweetie, de son côté, y va d'un gros whisky pur, déposé sur un coin du piano près du cendrier où une cigarette allumée prend une courte pause avant sa mort prochaine.

Quand la musique est de la partie, sa compagne la danse ne tarde pas à cogner à la porte. Puis-je entrer? Je vous en prie, faites ce pas! Sweetie! Sweetie! Montre-nous les danses de Hollywood! Elle sélectionne avec délicatesse un de ses précieux disques de Jelly Roll Morton, mais a l'habitude de me désigner pour la démonstration. Je déraidis un garçon pour le rendre apte à bien paraître devant sa compagne. On fait une compétition de charleston pendant laquelle Sweetie essaie d'épuiser les concurrents en jouant du piano de plus en plus rapidement. La dernière personne à résister mérite le droit d'embrasser la personne de son choix. Le garçon avec la guitare gagne et court vers... moi! Smack!

On fait les folles! On se lance dans des charades et des imitations. Les garçons sortent les dés et parient des cinquante sous. Une fille me fait frémir en tenant une assiette en équilibre au bout d'un bâton, lequel repose sur son nez! Un autre retombe en enfance et veut jouer à la «tague malade». Bref, c'est une soirée réussie et je suis étonnée de tant m'amuser sans prendre d'alcool. Ce n'est pas tout à fait le cas de Sweetie, le cœur à la fête et le verre soudé à la main, commençant à devenir un peu expansive.

Raymond demeure toujours collé à mes flancs. Ça ne me dérange pas! Il est très gentil et largement plus cultivé que tous les autres de son espèce. Je lui promets même un cours de dessin. Ce serait un crime de laisser ce beau talent reposer dans le fond d'une chambre. C'est agréable de se faire un nouvel ami masculin dont les intentions sont honnêtes. Car Raymond a une compagne de cœur, qui n'a pu venir parce qu'elle travaille à la Wabasso ce soir-là.

Raymond m'invite pour un tango, mais après quelques mesures, Sweetie se lance sur nous, lui rabat les mains de ma taille en lui ordonnant de me laisser tranquille. Le pauvre garçon se demande ce qu'il a bien pu faire de mal, et au moment où je m'avance pour lui dire de ne pas s'inquiéter, Sweetie se relance sur lui et l'inonde de ses griffes et d'insultes anglaises. Un garçon, un peu ivre, trouve l'incident amusant et crie: «Hé! Jeanne! C'est pourtant toi qui portes la culotte!» en désignant mon pantalon. Une blague pas si drôle, mais qui ne mérite pas la violence de Sweetie, qui s'attaque au farceur à coups de poing. Les garçons la retiennent et Sweetie, enragée, engueule tout le monde et les met à la porte.

J'ai bien envie de les suivre! C'était une si belle soirée et nos invités étaient contents jusqu'à ce que l'alcool mette Sweetie dans cet état! Une bonne idée pour me faire persévérer dans ma lutte! Je vais les reconduire en m'excusant mille fois, leur demandant de revenir la semaine prochaine. Ce serait si navrant de perdre une occasion de se faire de nouveaux amis, qui me semblent tous si agréables. En guise de réponse, ils me regardent un peu de haut et ne disent pas un mot. J'ai le goût de pleurer. Je voudrais gronder Sweetie comme une enfant terrible. Elle mériterait une fessée et une privation de dessert pour un mois. Mais ce n'est pas le temps. Elle a besoin de moi. Elle est saoule comme trois marins et sera inévitablement malade. C'était idiot, cette crise. Mais au fond, sa jalousie me flatte.

«La soirée de Jeanne ne ressemblait pas du tout
à celles auxquelles j'ai l'habitude de participer.
Je m'amusais beaucoup et je me sentais libre.
Je me serais pensée dans une autre ville et dans un autre pays.
Mais la crise de son amie anglaise m'a fait réaliser que ces
deux-là seraient mieux dans une autre ville et un autre pays.
Maintenant, je pense que si Jeanne m'invitait à une autre soirée,
je refuserais poliment.»
Christiane Bouchard, ouvreuse à la salle Capitol,
juin 1928.

Je termine mon ciel de lèvres à la fin de l'été. Pour la première fois, j'ai pris en note tous mes mélanges de couleurs, préparé un plan de ma peinture et gardé les croquis de chacune des six bouches ornant la toile. Je pourrai donc refaire une peinture semblable en tout temps, si le besoin s'en fait sentir. Sweetie m'aide à garder ce journal de bord de mon travail. Elle est une personne très organisée. Mon contraire. Tous ses disques, partitions et revues de cinéma sont classés par ordre alphabétique, notés en index et scrupuleusement rangés. Pour son travail, elle a des dossiers tenant compte du type de film, de la réaction du public et de la clientèle attirée par le spectacle. Ainsi, si un film comique montre une poursuite automobile endiablée, Sweetie est en mesure de jouer la pièce adéquate, celle que les gens ont largement applaudie. Selon elle, les assidus des salles de cinéma aiment se sentir en sécurité en entendant souvent les mêmes mélodies. De plus, avec cette méthode, elle économise beaucoup de temps.

Avant, je la jugeais idiote de perdre tant d'heures à ce genre d'exercice. Mais je constate qu'aujourd'hui je ne gagne plus un sou avec mes peintures, tandis qu'elle touche régulièrement un salaire important. Elle est professionnelle dans sa démarche. Et je ne le suis pas. Si j'avais tenu ce cahier de bord, il aurait été si simple de refaire de belle façon les peintures pour lesquelles j'ai obtenu un gros prix autrefois.

C'est le cœur plein d'espoir que nous nous rendons à Québec pour essayer de vendre mon ciel de lèvres. Mais nous revenons vite de cette ville. Rien à faire. Québec aime mieux les pots de fleurs, les montagnes ou les paysans aux champs. Vite à Montréal, où il y a plus d'Anglais et de gens ouverts à l'art. Rien non plus! Horreur! Je me retrouve dans un café avec Sweetie, la toile à mes pieds et avec un diable de goût de m'acheter une bouteille de cognac.

Je reviens à la charge avec mon éternelle question: New York ou Paris? Dans ces villes, les amateurs auraient fait monter l'enchère pour posséder cette toile! Sweetie hoche la tête pour éviter de répondre. Je n'ai guère le choix que d'aller vendre au plus offrant: mon éternel Français. Je ne sais pas le nombre de tableaux que j'ai pu lui vendre depuis toutes ces années, mais je sais qu'elles ne restent pas longtemps à son mur. Il ne me donne que trente dollars. Je pourrai rembourser une partie de mes dettes à Roméo et participer plus activement au quotidien financier de la maison. Ce n'est pas avec mon sept dollars par semaine au Capitol que je peux prétendre au confort matériel.

Nous sommes à Montréal un peu gênées, avec en tête le souvenir de fêtes mémorables de danse et d'alcool. Et pas le moindre film de Clara Bow ou de Colleen Moore à l'affiche, aucun orchestre de jazz notable. Que faire? Visiter l'oratoire?

«Profitons du beau temps! Allons lécher les vitrines de la rue Sainte-Catherine.

— What? Lécher les vitrines? Mais c'est très malpropre! Pas question!»

Nous voilà dans un parc à lancer des miches de pain à des idiots de canards. C'est dans de tels moments que je trouve ma cure insupportable. Toute cette ville nous invite à la fête et nous sommes dans ce parc ennuyeux! Il me semble qu'un verre, un seul petit verre, me réconforterait et me récompenserait du courage et de la volonté démontrés depuis si longtemps. Mais Sweetie me serre la main bien fort et je n'ai plus soif. Ou du moins, je n'y pense plus pendant une heure. Nous décidons d'aller danser. J'ai tant besoin de danser! Et Sweetie a soif de musique, même si l'orchestre trouvé ne nous semble pas alléchant.

Mais je ne danse pas longtemps. L'endroit est empoisonnant et mon deuxième cola me donne mal au ventre. Nous rentrons doucement à l'hôtel et nous nous amusons à parler de souvenirs. Soudain, Sweetie rêve tout haut de former un véritable orchestre de jazz et de donner des spectacles partout dans la province et même aux États-Unis. J'applaudis cette idée, mais sur le train de retour, elle oublie tout, disant que tant qu'on aura besoin d'une pianiste dans les salles de cinéma de Trois-Rivières, elle y restera. Rage et peste de peste!

Oh! pour demeurer à Trois-Rivières, nous y restons on ne peut plus! Nous ne sortons plus! Sweetie ne veut plus quitter sa maison! Pour prendre l'air, elle s'assoit sur la galerie donnant sur la cour arrière. Nous ne visitons même pas l'exposition agricole, notre fête annuelle. Quant au gentil Raymond, il ne retourne pas mes appels téléphoniques. Je ne m'ennuie pas dans la maison avec Sweetie. Nous partageons tout, parlons de choses plus profondes que jadis. Nous nous connaissons par cœur. Mais j'aimerais rencontrer de nouvelles amies. Sweetie ne veut plus.

Dès notre retour de Montréal, je me mets à l'œuvre pour un nouveau tableau. Elle. Je ne veux plus peindre qu'elle. Je vais la peindre comme je l'aime le plus: en flapper exemplaire, tout en couleurs vives, à une table de casse-croûte avec derrière elle des filles grises dans un décor sombre. Comme une habitante de la lune arrivant dans cette morne ville de Trois-Rivières.

Ma vie se résume à bien peu en cet automne 1928: je travaille à ce tableau, j'écoute Sweetie jouer du piano, et, le soir, nous nous rendons dans nos salles de cinéma. Et puis, un beau jour, mon patron me demande de travailler en après-midi. Cette proposition tombe à point. Voilà l'excuse idéale pour sortir un peu plus, marcher dans la rue, rencontrer des gens. Le soir, pendant que Sweetie pianote, je me rends chez Roméo pour jouer avec les enfants, puis j'arrête prendre une limonade ou une pointe de tarte dans un petit restaurant de quartier. Puis je retourne à onze heures trente pile pour accueillir Sweetie. Un jeudi soir, elle revient à la course, haletante et en sueur. Des voyous l'ont poursuivie! Vite! La police!

«Non! Non! Pas la police!

— Mais, Sweetie! C'est un crime qui ne doit pas rester impuni!

— C'est rien de grave! Ils voulaient s'amuser! Oublions cette histoire.»

Mais je n'oublie pas. J'essaie de la convaincre par la douceur en lui parlant raisonnablement. Rien à faire! Elle ne veut pas que je téléphone aux constables. De jour en jour, elle minimise l'action de ces salopards. Il est vrai qu'il n'est pas prudent de parcourir la distance de la rue des Forges à notre logis à une heure tardive, même en longeant les artères principales. Nos ouvriers et leur progéniture ne sont pas toujours aussi gentils et dociles que les journaux le disent. Une jolie petite Anglaise de quatre-vingt-dix livres est une proie facile pour mettre un peu de piment dans leurs loisirs.

Elle choisit de revenir du travail en taxi, tactique qui va lui coûter cher. Comme je voudrais tant encore avoir Violette! Je me rends donc à la porte de l'Impérial chaque soir pour l'attendre et l'accompagner. À deux, il y a moins de danger. Et puis, une balade en duo dans le froid piquant de l'automne calme les esprits. Je la sens nerveuse quand nous sommes dans la rue. Même quand nous faisons notre marché! On dirait qu'elle a peur de tout le monde, qu'elle se méfie des gens. De retour à la maison, tout est oublié. Elle redevient pimpante et naturelle.

C'est moi qui ai la responsabilité de toutes les petites courses d'usage. Mais les marchands du quartier commencent à moins bien m'accueillir. Je connais la raison de cette attitude. Ivre lors d'une soirée, Sweetie a perdu la tête et bousculé un garçon qui me parlait. La rumeur s'est répandue à l'effet qu'elle et moi ne faisons pas que cohabiter. Ce n'est pas de leurs affaires! Qu'on ne se mêle pas de mes affaires! Pourtant, plus que jamais j'ai le goût d'être gentille et de sourire à tout le monde. Mais je saurai monter le ton si on cherche de nouveau à faire mal à Sweetie.

Un mardi matin, le curé Paré vient à la maison de façon très solennelle. L'absence de Sweetie est sans doute la bienvenue à ses yeux. Il me parle comme à une petite fille. Mais je sens pointer au bout de ses phrases la menace de diables fourchus et rouges. C'est pourquoi je cesse de répondre à ses questions pour lui offrir du thé et lui faire visiter le logement. Je lui ouvre mes portes. Pas une goutte d'alcool dans ce lieu. Je suis repentie. Et soudain une auréole se dessine au-dessus de ma tête. Voici les revues de cinéma de Sweetie, bien rangées, sa table de travail et mon chevalet. Il regarde ma toile en cours. Je lui explique mon gagne-pain. Cette peinture est hautement morale: juste une jeune femme dans un restaurant. Du Cézanne trifluvien. Gentille, je lui offre même de lui peindre une scène de la crèche de Bethléem, qui pourra être prête pour Noël.

Il boit son thé en continuant à mener son enquête. Il aborde le sujet de ma sœur et de mon père. Je glisse plutôt vers des souvenirs d'enfance avec eux, au lieu de l'entretenir du moment présent. Je pense qu'il me croit. Je suis une bonne petite fille, une artiste que demeure sous le même toit qu'une autre artiste. Il me pardonne – de quoi? – et je m'agenouille pour lui demander la bénédiction.

Avant de partir, il me dit qu'il pourrait m'écrire une lettre de recommandation pour aller travailler au tabac près de Joliette, que la ferme d'exploitation cherche une femme qui pourrait être responsable des jeunes cueilleuses. Quand les curés sentent l'odeur du péché, ils parlent toujours de fermes. Je le remercie et le salue. Je ne sais pas si cette visite positive aura effet sur son prochain sermon... Je décide d'aller à la messe pour vérifier! Sweetie m'ordonne de ne pas me montrer! Allons donc! Je vais à la messe du dimanche à l'église de ma paroisse! C'est mon devoir, non? Oh! comme ça fait longtemps... Je ne sais plus combien de temps...

Pour les messes régulières, je préfère la cathédrale. L'orgue imposant! La chorale! Les vitraux et les peintures du chemin de croix! C'est artistiquement très beau! Pour ce dimanche, je me rends à l'église avant tout le monde, pour éviter les doigts pointeurs des paroissiens. Je suis en paix. Je suis saine comme jamais je ne l'ai été. J'ai le droit de venir remercier le petit Jésus de mon enfance, celui qui était si beau et si blond dans sa paille confortable. Pas le Jésus des féroces religieuses enseignantes, mais celui des médailles et des images bénites que monsieur le curé me donnait quand j'obtenais dix sur dix en dessin.

Plus je me regarde face à la religion, plus je ressemble à mon père quand il était jeune. Il venait à la messe pour cogner des clous, donnait deux sous noirs à la quête et avait causé une véritable commotion en refusant de mettre un crucifix dans son restaurant. Je suis comme cet homme oublié, mon petit papa que j'aimais tant. Pas celui qui vient de me déshériter et qui refuse d'aller chez Roméo quand j'y suis! Il faudrait quand même cesser d'être orgueilleuse et me rendre le voir pour lui dire que ces rumeurs de quartier sont des mensonges, que je ne bois plus du tout et que je travaille sérieusement. On pourrait peut-être se pardonner et s'embrasser. Je l'inviterais à souper chez moi! Je lui montrerais que je suis encore son plus joli petit bébé du monde.

Diable! Me voici remplie de bons sentiments! Est-ce la grosse église paroissiale qui me fait cet effet? L'église des travailleurs des usines, de tous ces braves gens qui... entretiennent peut-être cette rumeur! Et qui ont probablement mis ce chat mort dans notre glacière la semaine dernière! Sans oublier les coups de fil anonymes en pleine nuit. Me voilà dans cette église, sur le premier banc. Je sens que toutes les autres rangées ont les yeux rivés sur mon petit chapeau rond. Je veux le sermon sur la médisance et la calomnie! Et je l'ai eu. Merci, curé Paré. Merci, petit Jésus de ma belle enfance.

«Personne n'est sans reproche.
Mais ce dimanche, j'ai vu Jeanne revenir vers Dieu.
Mon prédécesseur, le curé Coiteux,
la décrivait comme une ivrogne
faisant du bruit et causant le scandale dans les tramways.
Je l'ai accueillie quand elle est venue me présenter
les croquis de la peinture qu'elle entend donner
à la paroisse pour Noël.
Elle est sur le bon chemin et j'en aviserai son père.»
Théodoric Paré, curé de Notre-Dame-des-sept-Allégresses,
octobre 1928.

La peinture de Sweetie dans le casse-croûte est très belle. Je crois finalement que Roméo avait raison en prétendant que l'alcool me faisait perdre la maîtrise de mon art. Il me demande si je peux produire beaucoup de peintures de cette qualité en six mois, afin qu'il puisse organiser ma première exposition depuis très longtemps. Je lui réponds que j'ai surtout besoin d'argent pour mon matériel. Roméo me prête cinquante dollars, que je lui rembourserai avec les profits de cette exposition. Je suis bien enthousiasmée par ce projet! Sweetie et moi fêtons cette bonne nouvelle! Au café. Enfin, moi, parce qu'elle ne se prive pas de...

Je sais quoi peindre. Sweetie. Rien d'autre! Elle est ma plus grande inspiration. Même quand je faisais des peintures flappers, il y avait toujours une fille lui ressemblant. Dorénavant, elle veut poser pour moi. Elle aime même la poésie de Renée Vivien, alors que jadis elle ne s'en intéressait guère. Mais maintenant, nous partageons tout. Où et comment immortaliser ma flapper? Oh! c'est évident et important: devant son piano à l'Impérial. Pourquoi ne pas y avoir pensé avant? Elle est si belle, même dans des situations banales: Sweetie tâtant des choux au marché, tombant sur son derrière en patinant, s'allumant une cigarette avec un mégot, ou ayant un air très stupéfait en me voyant entrer par inadvertance dans la salle des toilettes alors qu'elle est dans le bain. Comme cela vient d'arriver.

«Tu ne veux quand même pas que je passe trois heures dans le bain pour poser? Je vais toute ratatouiller!

— Ratatiner.

— What?

— Ratatiner. Pas ratatouiller.

— Isn't it cute?»

Je la veux s'épongeant en sortant de la baignoire. Peindre une peau mouillée est un beau défi pour une artiste. Mon premier vrai nu! Ça ne la gêne pas de poser. Ce ne sera pas une peinture vulgaire. Les plus grands ont tous fait un nu. Je suis un peu gênée d'avouer ce projet à Roméo et de lui montrer mes croquis. Il regarde de haut en bas, l'air très sérieux, et moi, minuscule, j'attends son verdict.

«Ça va. C'est bien.

— Ça ne te dérange vraiment pas?

— Tu connais bien le sujet, non?

— Que veux-tu dire?

— Tu la connais bien, depuis tout ce temps.

— Précise ta pensée.

— Ne fais pas cette tête! Dans les usines, les hommes se promènent nus dans la salle de douche. Ça peut donc arriver que tu la voies nue quand elle prend son bain ou qu'elle change de robe.

— Ah! je comprends! Oui, c'est arrivé. Les hommes sont tout nus dans les usines? Quelle horreur!»

Encouragée par l'approbation de Roméo et le renouveau de ma technique, je me mets en chantier chaque soir. Je crois bien que cet enthousiasme nuit à mon travail au Capitol, car monsieur Robert me rappelle à l'ordre à quelques occasions. Je ne m'en fais pas trop, car je sais que je ne pourrai m'accrocher longtemps à un travail «normal». Mais je dois quand même garder cet emploi le plus longtemps possible. J'ai besoin du salaire pour ma survie jusqu'à mon exposition.

Plus je songe à cet événement, plus je serre les poings en pensant à l'argent qu'il me rapportera. Je sens que maintenant je pourrai convaincre Sweetie de partir pour Paris. Elle craint vraiment que cette mode des films sonores finisse par lui coûter son poste. Un orchestre de jazz serait viable partout en Europe. Les Français adorent tout ce qui vient des États-Unis. Sweetie serait une grande vedette en Europe. Vivement cette exposition pour que je puisse acheter mon billet de bateau!

La flamme de la création est revenue! Et elle brille, haute et droite, au bout de mes pinceaux! Je suis peinée de devoir interrompre à dix heures trente pour aller chercher Sweetie à l'Impérial. Mais nous revenons toujours très rapidement, impatientes de nous mettre au travail. J'en fais de longs bouts par mémoire, mais je préfère l'avoir dans mon champ de vision. En plus de travailler à la scène du bain de Sweetie, je consacre un peu de temps à la Nativité promise au curé Paré. Pas une prouesse, ni une passion: juste un travail honnête pour faire cesser ses inquiétudes à mon endroit. À la place de sa visite hebdomadaire, j'ai droit à celle du vicaire Bélanger, venant chercher des nouvelles du futur tableau paroissial. Je ne peux l'éviter: il tombe nez à nez avec le nu de Sweetie.

Habituellement, les vicaires sont plus compréhensifs et à la mode, mais pas ce Bélanger! J'ai beau lui expliquer qu'il est normal pour une artiste peintre de produire ce type d'œuvre, il fait la sourde oreille et je ne peux boucher les miennes pour éviter son discours sur le mal, la pureté, le respect de l'intimité du corps féminin, les consignes des évêques et du pape, et pour couronner le tout: le danger d'habiter sous le même toit qu'une protestante ne pratiquant même pas son culte! Cette vieille histoire! Soutane ou pas, je vous jure que je hâte son départ! Et comme j'ai le goût de boire après... Je ne sais pas quelle proportion va prendre cette visite tumultueuse. Trois jours plus tard, je vais porter le tableau de la naissance au curé Paré. Il n'en veut pas. Mais je refuse son sermon. Je dépose le tableau près de son bureau et pars en claquant les talons. Et je bois. Rien de grave, cependant! Un verre de bière. Un seul. Et je marche dans la neige pour réfléchir. Si je ne peux même pas peindre ce que je veux chez moi! J'ai le goût de demander conseil à Roméo, mais mon frère a l'odorat trop fin. Il paniquerait sans doute en humant la brise de mon haleine. Je vais plutôt le voir le lendemain. Roméo promet d'intervenir auprès du curé, et si ce dernier refuse d'entendre raison, mon frère me permettra de compléter le tableau chez lui. Mais il ne se passe rien. Le silence. Je veux dire, rien ne venant du presbytère. Dans le quartier, je commence à entendre les moqueries chuchotées dans mon dos. Elles me suivent comme une menace de plus en plus fatigante. Et Sweetie est sortie en larmes de l'Impérial un jeudi soir: des gens dans la salle lui ont crié de vilains mots. Comme si toute la ville de Trois-Rivières savait qu'elle posait nue pour moi!

Comment réagir face à si peu de compréhension artistique? À Paris, on trouve le nom des modèles dans les journaux. À Trois-Rivières, le tout devient un cri d'alerte et d'agression. La solution? Partir! Maintenant plus que jamais! Depuis le temps que je le dis à Sweetie! Vite se rendre dans la ville où on embrasse les artistes au lieu de leur lancer des cailloux! Pour la première fois, Sweetie hésite avant de me répondre négativement. Elle s'accroche encore à cette ville qui ne veut plus rien dire pour elle. Bientôt les films parlants chasseront les orchestres des salles de cinéma. J'ai entendu mon patron dire qu'il recevrait son équipement de son au mois de janvier. Sweetie sait que le gérant de l'Impérial fera la même chose, mais refuse de le croire.

«Si tu aimes rester en prison et souffrir.

— Je n'ai pas dit non.

— Pas oui non plus.

— Et tes toiles? Il faut terminer tes toiles pour l'exposition. Il ne faut pas partir à l'aventure avec le porte-monnaie vide, comme un quêteur.

— Quêteux.

— Non! Quêteur! Regarde dans le dictionnaire! Ah!»
Et nous restons. Et elle se cache. Et je travaille plus
ardemment chaque soir. Roméo vient superviser. Il me conseille de revenir habiter son grenier et de laisser Sweetie seule
dans son loyer, comme avant, histoire de faire taire les rumeurs nous concernant. Je refuse. Roméo me quitte avec une
bien triste nouvelle: Sweetie et moi ne pourrons pas participer au réveillon de Noël. Même pas accompagnées par des
garçons. Mon père et Louise refusent fermement, et même
des oncles et cousines ne souhaitent pas notre présence. Ne
pas fêter en famille! C'est atroce! Oh! je ne suis pas attachée à
tous ces Tremblay, et Noël n'est pas ma fête favorite, mais de
se sentir rejetée, c'est très cruel! Pour la première fois de ma
vie, je serai seule dans le temps des fêtes. Seule avec Sweetie,
qui accepte bien mal cette consigne. Elle s'est habituée à ma
famille et elle adore nos réunions.

Après l'avoir consolée, je me lève, frappe dans les mains
en disant: «Hop! on décore!» Pour qui? demande la belle
attristée. «Pour nous!» Guirlandes aux fenêtres, feuilles de
gui au plafond, joyeux Noël par ici et merry machin par là,
oh! oh! oh! le dessin du bonhomme rouge: tout ce qui nous
tombe sous la main envahit les murs et fenêtres. Nous
achetons même un arbre miniature pour embellir notre
salon. Nous y déposons avec soin les sucreries et pelotes de
linge. Je dessine des scènes de réveillon et des lettres clamant un souhait de paix et d'amour, bien suspendues à la
fenêtre donnant sur la rue Sainte-Julie.

Ce travail terminé, Sweetie reprend son air triste. C'est
le temps de faire des invitations. «Personne ne viendra!» de
maugréer ma pianiste. Qu'importe! Juste le fait d'envoyer
une carte, de téléphoner, de parler et de souhaiter joyeuses
fêtes nous rendra heureuses. Noël, c'est aussi l'intention.
Mais tout le monde décline nos invitations. Nous restons
seules. Juste elle et moi, face à face, à notre petite table trop
remplie de dinde et de tourtières. Nous échangeons des
présents près de l'arbre. Elle joue l'*Ave Maria* et j'interprète
une chanson à répondre. Et nous parlons de Noël, des
heureux souvenirs d'autrefois. La nostalgie fait pleurer. Nous
allumons des chandelles et nous nous consolons. Bizarre-

ment, au milieu de la nuit, nous avons l'impression d'avoir passé un joyeux Noël. Tant de confidences et d'élan de cœur nous comblent.

Le lendemain après-midi, Roméo, avec Céline et sa famille, nous enchantent par leur visite. Ils ont des petits présents pour nous, de la nourriture et des souhaits sincères, des aveux de compréhension. Mais nous ne pouvons les retenir pour souper: ils doivent se rendre veiller chez les parents de Céline. Un beau Noël, mais un triste temps, malgré l'arrivée de mes vingt-sept ans. Au bout de cette semaine: une nouvelle année. La bonne. Celle qui nous verra partir de Trois-Rivières.

«Lors de ma visite de Noël,
j'ai vu chez Jeanne un sentiment d'isolement mêlé
à celui d'un grand bonheur.
Mais dans les yeux de Sweetie,
je n'ai vu que la tristesse, de la peur et des larmes.»
Roméo Tremblay, frère de Jeanne, décembre 1928.

Nous fêtons l'arrivée de 1929 en nous rendant voir *Why be good?*, le nouveau film de Colleen Moore. Quelle est l'utilité d'être bonne? demande le titre. Voilà une question que Sweetie et moi, nous nous posons beaucoup depuis une semaine. En harmonie, nous chantons *I want to be bad*, la mélodie à la mode d'Helen Kane, la chanteuse flapper. J'ai perdu mon emploi au Capitol. Pourquoi? On me répond que je ne sais pas compter. Tout allait bien quand Christiane m'aidait, mais depuis qu'elle m'ignore, j'ai peut-être, en effet, fait quelques menues erreurs. Mais je pense surtout qu'on s'est débarrassé de moi à cause de la rumeur. Cette maudite rumeur enlevant le goût de sourire, d'être une brave fille, d'être bonne, comme dans le titre du film de Colleen. Helen Kane a raison: je veux être mauvaise, boop boop be-doop! J'ai cette envie de redevenir la plus criarde flapper qu'on puisse imaginer, afin d'effrayer toutes ces bonnes gens qui me pointent du doigt en ricanant.

Sweetie aussi perd son travail. On lui a expliqué qu'elle coûte trop cher et que, pour le temps qu'il reste aux films

293

ordinaires, c'est plus économique d'engager un musicien amateur. Son patron lui dit aussi que les gens de Trois-Rivières l'ont entendue mille fois et que ses prouesses égoïstes ne font plus rire personne. Quelle cruauté! Jetée comme un vieux bas usé! Après avoir aidé à remplir cette salle pendant tant d'années! Elle rampe sous le plancher pendant deux semaines et se saoule à trois reprises. Je n'ai jamais vu un moral aussi bas que le sien. Je fais tout pour la consoler.

Après ces deux semaines, elle se trouve un nouvel emploi dans un orchestre de variétés qui joue parfois à l'hôtel Régal, souvent au Métabéroutain pour les bourgeois anglais de Trois-Rivières. Enthousiaste au départ, elle trouve vite ce métier insupportable. Ce n'est pas son genre de se pavaner en robe de bal, toute droite devant son piano, à jouer des valses d'un autre siècle. Tout ce jazz qui coule dans ses veines! Toute cette effervescence corporelle à faire taire! Et les images des films lui manquant brutalement...

La pauvre Sweetie devient invivable, ainsi privée de ses raisons de respirer. Il est temps de partir! Mais je n'ai pas terminé mes tableaux. Ils sont vraiment beaux. Autant que ceux qui me rapportaient beaucoup d'argent il y a quelques années. Six sont prêts, mais je dois atteindre le chiffre de dix pour une exposition valable. Sweetie continue à m'encourager à peindre, mais elle dit ces mots sans y croire. Elle est arrivée ici amoureuse de Trois-Rivières et, maintenant, cette ville la poignarde sournoisement. Je lui suggère de prendre des vacances jusqu'à mon exposition. Elle a quand même assez d'économies pour payer trois mois de loyer et pour se rendre chez sa sœur Judy à New York. Elle accepte, sachant que ce voyage lui calmera les nerfs.

Je me retrouve sans mon modèle. Me priver de sa présence sera difficile, mais c'est un sacrifice nécessaire à son bien-être. Et puis Sweetie partie, les gens vont se calmer à notre sujet. Me voilà seule. Très seule dans la maison. Mais si encouragée par Roméo et sa famille. Mon frère veut que je retourne vivre chez lui. Mais mon devoir est de veiller sur le piano de Sweetie, ses disques, ses vêtements et sa collection de photographies de vedettes de cinéma. Le logement de la rue Sainte-Julie devient mon sanctuaire: j'ai besoin de cet espace si longtemps habité par Sweetie pour faire ces tableaux d'elle.

Je peins comme une ouvrière de la Wabasso devant sa machine à tisser. Sans arrêt, toujours vigilante, la moindre erreur pouvant être fatale. Je me dois d'être performante et productive. Mais quand je m'accorde une pause, je me sens très épuisée. J'ai des sueurs au front malgré la brise printanière se faisant entendre entre les deux portes. J'ai alors besoin d'un verre. Pour me consoler, je touche les vêtements de Sweetie. Malgré son absence, elle est partout entre ces quatre murs. Je ferme les yeux et je l'entends marcher. Je me bouche les oreilles et ses rigolades résonnent dans mon cerveau. Je me cache la tête dans une de ses robes et sens son parfum. Chaque jour, j'attends une lettre, ou un appel téléphonique si lointain que sa voix me semblerait venir d'un autre monde.

Après une semaine, l'odeur de solvant et de peinture imprègne chaque coin de cette maison. Je vis n'importe quand, mais surtout la nuit. J'ai besoin de ce silence, de cette douceur du ciel noir. Il n'y a pas de vrai artiste vivant avec le soleil. Après quinze jours, ma belle-sœur Céline me rend visite et trouve que l'appartement ressemble à une porcherie. Pourquoi perdre du temps à laver la vaisselle quand on sait qu'on va la salir cinq heures plus tard? Pourquoi passer le balai quand j'ai tant besoin de chaque seconde pour ces toiles? Comme Roméo, Céline sait que je travaille dans le but de m'en aller. Jamais ils n'ont cherché à m'en empêcher. Céline me dit que Trois-Rivières est maintenant trop petit pour Sweetie et moi. Ça fait chaud au cœur de l'entendre.

Je suis maintenant plus âgée. Plus sage. Je réalise que tout ce que Roméo désire pour moi est de me voir heureuse. Mon frère a toujours été près de moi depuis mon enfance. Je me sens honteuse de l'avoir un temps rejeté! Il est mon homme, mon seul. Il ne peut y en avoir d'autre. Roméo ne voulait pas que je devienne une ivrogne. Je comprends maintenant mieux pourquoi quand je vois comme mes nouvelles peintures sont magnifiques. L'alcool avait indéniablement fait décroître leur qualité. De plus, je devais être bien laide à voir.

Je ne sais pas si je suis encore une flapper. J'en ai l'apparence, mais tout est tellement calme au fond de moi. Je ne regrette pas d'avoir été flapper! Ce qu'elles font me séduit toujours: vivre à cent à l'heure, profiter à fond du moment qui passe, être libre, fière, féminine et magnifiquement superficielle. Bien sûr, Sweetie et moi aurions pu vivre cet état de façon plus éclatante à Montréal, New York ou Paris, mais je ne regrette pas ce passé à Trois-Rivières. Je suis devenue plus sage. Je suis une vieille flapper.

Je travaille tant! Et ma récompense arrive par la première lettre de Sweetie. J'embrasse le papier de l'enveloppe et des larmes de joie coulent du coin de mes yeux. Elle va bien. Elle se sent mieux. Elle prend deux pages pour me décrire une soirée endiablée passée dans un speakeasy! Mais malheureusement, à New York, il y a de plus en plus de salles qui présentent des films sonores. Les musiciens vivent, comme elle, dans une inquiétude énervante, révoltés par cette situation injuste. Mode passagère? Combien de temps cela va-t-il durer? Sweetie a vu le nouveau film de Clara Bow, qui ne parle pas. Mais dans son prochain, Colleen Moore le fera. Sweetie n'a pas le goût d'entendre Colleen s'ouvrir la trappe. Moi non plus. Ma flapper se repose avec sa sœur Judy et a retrouvé des amies d'enfance. Elle s'ennuie de moi et m'embrasse fort. Elle reviendra pour mon exposition. Son post-scriptum me fait chavirer le cœur: «C'est bien, ici. Mais je veux parler ma vraie langue, celle de ma mère. Nous irons à Paris.»

Paris! Je pleure! Sweetie et moi à Paris! Dans la ville des artistes! Plus d'usines fumantes! Plus de curés pour nous guetter! Le jazz sur les avenues et Maurice Chevalier dans les rues! Mistinguett sous les ponts et Fortugé amusant les passants en fredonnant que ses parents sont venus le chercher, alors que, souriante, Joséphine Baker applaudit en mordant dans une banane! La ville sans interdits! Vite! Vite! Aux tableaux! Si vite que je m'enivre! De fatigue, bien sûr! De trop d'espoir aussi. Oh! et puis zut! La nouvelle est trop bonne! Je trébuche dans un flacon de cognac. Je le bois en un temps record. Dix minutes plus tard, je suis ivre et je me cogne contre une porte. Puis, je pleure en songeant à ma faiblesse.

J'attends la seconde lettre de Sweetie pendant trois longues semaines. Elle ne provient pas de New York, mais d'une petite ville de l'État du Maine. Sweetie y travaille dans un cinéma de quartier qui semble faire fi des nouvelles techniques des films sonores. Elle joue le samedi après-midi sur des vieux Chaplin pour un public d'enfants s'étouffant de rire à chaque fois que le vagabond botte le derrière d'un policier. «La boucle est bouclée», écrit-elle. Je ris en l'entendant demander: «Boucle? Quelle boucle? Où vois-tu une boucle?» Isn't it cute?

Je perds l'appétit à force de m'ennuyer d'elle. Et mon sommeil est hanté par son visage sur mes peintures. Heureusement que Céline et Roméo viennent souvent remonter ma manivelle d'énergie. J'ai les mains rougies de tant peindre et j'ai surtout mal aux yeux de toujours la voir devant moi. Je produis treize tableaux, de qualité variable, selon Roméo, mais tous parfaitement vendables. Certains sont vraiment très beaux, dont le trop célèbre nu. Mais je me sens comme à dix-huit ans: je ne peux pas vendre ces toiles que j'aime! Ça me brisera le cœur! Mais j'ai tant besoin d'argent pour Paris! Sweetie reviendra bientôt. J'ai écrit chez sa sœur pour lui annoncer la date de mon exposition montréalaise.

Bien sûr, il n'est pas question de tenir cet événement à Trois-Rivières! Avec le sujet de ces peintures et mon injuste réputation, je ne ferais pas long feu. Les riches de ma ville aiment l'art comme les vieilles filles collectionnent les bibelots de la Vierge: ça fait beau dans un salon. Non sans mal, Roméo réussit à me trouver une petite galerie dans l'ouest de Montréal. Mais je devrai partager le plancher avec trois autres peintres. Le tout est prévu pour le début de juillet. J'ai le temps de faire une ou deux autres toiles supplémentaires. Tiens! Je vais dessiner Sweetie sur la passerelle d'un paquebot, en prélude à notre fuite vers Paris.

Comme la réponse de Sweetie tarde à arriver, j'écris de nouveau à Judy, mais une lettre arrive sur l'entrefaite. Vite je déchiquette l'enveloppe, mais! mes mains s'abattent sur mes genoux et mes yeux s'inondent de larmes en fixant le mur où j'ai le goût de m'assommer. Comment est-ce possible? Pourquoi elle? Ma meilleure amie! Ma seule amie que j'aime tant! Comment peut-elle être si froide en quelques lignes avares? Je ne relis pas la lettre. Je la sais déjà par cœur.

«Merci pour toutes ces belles années à Trois-Rivières, mais je ne reviendrai jamais. Je respire mieux ici. Tu m'étouffais. Il vaut mieux ne plus se revoir. Je suis désolée. Je te permets de vendre tous mes objets. Merci.» Quelle horreur! Rien de plus? Pas une explication plus détaillée? Pas de sentiment, de délicatesse ou même de savoir-vivre? «Tu m'étouffais», écrit-elle! Moi qui ai tant fait pour elle, qui la défendais et la protégeais! Elle avait mon âme pour elle seule!

J'erre dans le désert de l'appartement. De long en large. Cent fois. Perdue et apeurée. J'ai le goût d'ouvrir la fenêtre et de hurler comme une louve. Mais pas un son ne veut sortir de ma bouche. Le téléphone sonne et je l'ignore. C'est probablement Roméo. Je lui cache l'atroce nouvelle. Sauf que lors de notre voyage à Montréal, il se rend compte que quelque chose ne va pas. Je lui dis que Sweetie ne peut venir à l'exposition, qu'elle ne sera pas de retour avant l'automne à cause de son travail dans cette salle du Maine. Il semble me croire.

Je dois remettre un peu de couleurs sur mon corps pour l'exposition. Tous ces portraits d'elle! Cette traître! Cette méchante personne! Et toute cette force et cet espoir dans chacun de ces coups de pinceau glorifiant sa beauté! Et ces rêves qu'elle massacre en trois lignes! Calme-toi, respire profondément, Jeanne T. Il faut que tu sois une jeune artiste polie et jolie pour attirer la clientèle. Et pourvu que je les vende toutes! Du calme, du calme...

Roméo sera à mes côtés pour les deux premiers jours, afin de m'empêcher de trop baisser les prix dans les négociations avec les intéressés. Nous louons deux chambres dans un petit hôtel de la rue Sainte-Catherine. Moi seule sais que ce n'est pas très loin du coin où cette fille et moi allions voir les films de Colleen Moore, avant d'aller danser le jazz.

Nous installons mes toiles et rencontrons les autres artistes. Un vieux à l'air noble, un paysagiste dans la quarantaine et un jeune barbu du nom de Walter, qui parle français avec ce maudit accent que je ne veux plus jamais entendre de ma vie. Roméo et moi dînons dans un grand restaurant. Fier, il me parle d'avenir et me montre une liste d'adresses de galeries parisiennes, en ignorant que je les connais depuis bien longtemps. Il m'a aussi assemblé un dossier de presse, avec tous les articles me concernant. Il me semble que tout ça date d'un siècle... Je ne l'écoute pas, mais je l'entends. Il me félicite pour ce rude travail réalisé au cours des six derniers mois et applaudit ma sobriété. Il ressemble à un gérant avec un gros cigare au bec, tapotant l'épaule de son boxeur qui s'apprête à se faire cogner dessus pendant un combat décisif.

«Allons au cinéma!» clame-t-il, impatient d'entendre un film sonore. Je refuse poliment. «Ah! je comprends», s'excuse-t-il. Tant mieux pour lui. Moi, je ne comprends plus rien. Mais j'insiste pour qu'il fasse cette sortie. J'ai le goût d'être seule. Je flâne sur les trottoirs de la Catherine. Je ne me sens pas dans mon assiette. Être dans une assiette? Quelle assiette? Il n'y a pas d'assiette! J'ai le goût de pleurer comme une fontaine. Hein? Quoi? Une fontaine qui pleure? Oh! tant pis! Je broie du noir. Broyer du... alors là, je ne comprends rien du tout, Jeanne...

Déguerpis, horrible fantôme! Va-t-en!

Elles sont là, les vitrines et les jolies passantes s'habillant comme moi parce que c'est dans les vitrines. Et la foule d'automobiles qui effraient les chevaux quand elles sont conduites par des jeunes filles aux cheveux courts, avec de grands colliers de fausses perles et des petits chapeaux feutrés. Oh! cette vie! Pourquoi? Pourquoi maintenant? Je fais les cent pas pendant une demi-heure, avant que Roméo ne me rejoigne. Il a changé d'idée en voyant la queue devant la salle de cinéma. Je m'efforce de sourire. «Tu as pleuré, la Jeanne?» Je souris avec sincérité. Je lui réponds n'importe quoi. Je mens. «Un coup de vent a jeté une poussière dans mes yeux.» Roméo se penche et trouve cette poussière de mon imagination. Ses mains caressent affectueusement mes joues et je me perds dans la chaleur de son tendre regard. Nous déambulons dans la rue jusqu'à l'heure d'ouverture de l'exposition. Roméo est content: étant la seule femme artiste de l'événement, je serai bien en vue sur la photographie publicitaire.

Je veux vendre tout d'un seul coup! Un millionnaire bien habillé arrive et ouvre les bras devant mes seize toiles, criant au génie. Il achète la totalité et fiche le camp. Je pourrais retourner à Trois-Rivières tout de suite, m'enfermer et pleurer en toute intimité. Actuellement, j'ai trop le goût d'éclater en sanglots devant les visiteurs, probablement devant un vieil idiot charmé par la jeunesse du modèle de mes toiles. Mais je ne vends rien la première journée. Les trois autres peintres accumulent pourtant quelques dollars. Je me contente de faire la belle alors que Roméo vante les mérites de mes réalisations. «Ça ne fait rien. Ne te décourage pas. Nous en vendrons demain.» Ai-je l'air découragée?

Je cède ma première toile le lendemain après-midi. À beau prix. Et mon frère part pour Trois-Rivières, comme convenu. Malgré ses gentillesses, j'avais hâte qu'il s'en aille. J'ai besoin de solitude, même dans cette galerie très fréquentée. Roméo m'a écrit un dictionnaire anglais des prix et des expressions importantes, afin de m'aider dans mon négoce. Mais je n'en ai pas besoin. Le partenaire Walter vient à mon secours quand un client anglais rôde dans mon coin. Il aime bien mes toiles, Walter. «Existe-t-elle, cette fille?» Non! Elle sort de mon imagination! C'est un personnage fictif! Il analyse, décortique, interprète. Bon juge. Mais ses compliments ne m'atteignent pas. Il convainc quand même un monsieur d'acheter ma Sweetie patineuse.

«Est-ce que tu accepterais de prendre un verre? Nous pourrons parler de la peinture.

— De peinture. Pas de la peinture. De peinture.

— Oui. Accepterais-tu?

— Prendre un verre? C'est une bonne idée! La meilleure!»

Il est gentil, Walter. Mais pas drôle du tout. Plutôt du genre à se regarder chaque matin dans le miroir en se disant: «Je suis un grand artiste.» Mais gentil quand même. Et tout un connaisseur! Un vrai plaisir de l'entendre parler d'art! Il me fait oublier mes tracas et m'aide à mousser la vente de mes toiles. Le quatrième soir, je couche dans son atelier: un magnifique appartement dans une maison victorienne. Un endroit de rêve, avec tout ce qu'un peintre peut désirer! Au matin, nous dessinons des œufs et des rôties avant qu'il ne me montre des points de belle nature sur le mont Royal. Tablettes sur nos genoux, nous délirons à croquer sur papier tout ce qui bouge devant nos yeux.

Je passe mon temps avec lui, oubliant même de pleurer. La semaine a été un franc succès. J'ai tout vendu. J'ai l'argent nécessaire pour me rendre à Paris. Mais je ne veux plus de Paris sans Sweetie. Je ne veux plus de Trois-Rivières et de sa méchanceté. Je veux juste m'étendre au milieu d'un parc et me laisser dessécher. Fier de ma réussite, Roméo vient me chercher. Il bavarde sans arrêt, et moi, je sens cet avant-goût de la mort. Elle viendra aussitôt que j'aurai mis le pied dans cet appartement de la rue Sainte-Julie.

«Jeanne était rayonnante suite à son grand succès.
Il est certain qu'elle a retrouvé la touche magique
et le goût de peindre de grandes œuvres.
Qu'elle aille à Paris ou partout dans le monde,
je suis certain qu'elle pourra vivre de son art
et sera applaudie comme une grande portraitiste.»
Roméo Tremblay, frère de Jeanne, juillet 1929.

Je vends le piano et donne les disques à ma nièce Renée. Je mets les photographies à la rue. Je déchire celles de Colleen Moore. Je prends toutes les robes, jupes et chapeaux de Sweetie, les cache dans de grandes caisses que je dépose à la porte de l'usine Wabasso, à l'heure de sortie des midinettes.

Amusant quand même, non? Ces filles qui, il y a deux semaines, se moquaient d'elle et de moi, vont maintenant se pavaner dans les rues avec les vêtements flappers de Sweetie. Je me cache derrière un arbre pour les regarder. Des chacals! Elles prennent tout entre leurs dents et partent en laissant derrière elles une nuée de poussière. Quant aux meubles, je les vends à bon prix au propriétaire de la maison. Je dépose mes valises et mon matériel de peinture dans la voiture de Roméo qui vient me reconduire à Montréal. Je lui ai fait croire que je désire séjourner dans la métropole en attendant le retour de Sweetie, en septembre. Tout ceci se produit à la fin du mois d'août, après une lettre de Judy me confirmant que Sweetie songe à se rendre à Hollywood pour devenir pianiste dans les orchestres pour films sonores. C'est fini. Terminé. Comme moi.

Au cours de l'été, j'avais repris espoir, prié pour qu'elle change d'idée et demande mon pardon. Je m'étais inventé un souffle d'optimisme. Mais en vain. Il n'y aura pas de Paris. Juste Montréal. Jeanne Tremblay: née à Trois-Rivières et morte à Montréal, en pleine jeunesse. Je pense à Walter comme du garçon que j'ai toujours souhaité. Un homme de bon goût et de ma condition. Nous aurons bien du bon temps ensemble en attendant le jour prochain de la fin.

J'ai le goût de plein de choses. De me saouler, particulièrement. Mais vraiment me saouler colossalement. Je n'ai plus à plaire à personne avec cette stupide sobriété. Je ne veux plus crisper les poings et faire des trous dans le matelas. Tant qu'à mourir, autant le faire enivrée. Car j'aime cette sensation! Ivrogne, tu maudissais, Roméo? Bien sûr, grand frère! Ta petite sœur Jeanne est une ivrogne!

Roméo écarquille les yeux en voyant l'apparence de mon nouveau logis, situé en plein territoire anglais. Il sait que ce petit appartement est près des bars et des hôtels. Mais je lui dis que c'est aussi le quartier des riches Anglais et lui montre les croquis de mes prétendues futures toiles: des visages d'enfants. Diable que je n'ai pas le goût de peindre ces petits anges! Si je peins, ce sera aux couleurs de la vomissure sortant de ma bouche et de mon cœur. Me voici dans ce minuscule appartement, avec une cuisinette, une chambre et une toilette enfermée dans un placard. J'aurai pignon sur la rue Sainte-Catherine et ses bruits de vie. «Mais ce n'est que pour un mois, Roméo. En attendant mon départ.» Je pense que, pour la première fois, Roméo a l'impression que je mens.

Immédiatement après son adieu, je sors à toute vitesse pour acheter un flacon et trois paquets de cigarettes. Et je bois. Pas de façon instinctive. Non, de façon bien préparée. Je me dis que je vais recommencer à vivre en enfer, car, de toute façon, c'est ce qui m'attend le jour du Jugement dernier. Je bois, fume, peins, vomis et me couche. Trois jours de suite. Sur ma toile, des éclairs chatouillant une rue parcourue par des serpents. Les passants sur le trottoir sont des squelettes. C'est à ce moment-là que je téléphone à Walter. Par curiosité de l'entendre jacasser deux heures de ces rudes symboles. Il trouve ça puissant. Et je la vends tout de suite! Cinquante dollars!

«Walter, ce cinquante dollars, je le brûle ce soir!

— Brûler de l'argent?

— Je t'en prie! Ne dis pas des choses comme ça!»

Ce soir, je vais vivre un film de Clara Bow sans la censure et sa finale moralisatrice. Nous, les vraies flappers, ne nous repentons pas pour épouser le fils du voisin. Pour les prochaines heures, Clara-Jeanne a cinquante dollars et c'est pourquoi tout le monde va l'aimer dans la salle de danse. Non, monsieur! J'avale à même la bouteille! Les verres, c'est pour les peureuses! Et toi? Tu en veux? Serveur! Tu en donnes à mon meilleur ami! Oui! Lui, que je ne connais pas! Et sers aussi tous ces gens au comptoir! C'est Jeanne T. qui paie! Et que cet orchestre de jazz joue fort et sans arrêt! Je veux danser avec tous les beaux qui ont noté mon décolleté et mes bas en accordéon!

Dans deux heures, plus personne ne me trouvera amusante, sauf les garçons me devinant dans le lit d'un minable hôtel du *red light*. Peu après, les responsables vont me mettre à la porte pour mauvaise conduite. Et pour quelle raison? Ah tiens! Il faut une raison? Lui, à cette table! Je n'aime pas ses grandes oreilles! Je renverse la table! Et quand on me saisit, je donne des coups de pied et frappe avec mes poings!

«Jeanne! I don't know what to say!

— Comme tu dis, Walter!

— J'aime les fêtes, mais ta conduite me...

— Walter! Je vais vomir! Là! À tes pieds! Isn't it cute?»

Le lendemain matin, je suis en deux mille morceaux dans l'atelier de Walter. Je me lève et empoigne la bouteille de cognac qui ose traîner près de son chevalet. Il n'est pas là. Et je porte son pyjama. Le coquin! Quinze minutes plus tard, je me précipite au balcon et hurle des chansons aux passants. J'ai encore le goût de vomir et, avec un peu de chance, ça va tomber sur la tête d'un piéton. Ce sera formidable! Mais je ne vois que Walter, marchant rapidement avec deux sacs d'épicerie dans les bras.

«Pourquoi fais-tu ça?

— La vie est courte! Et il ne m'en reste pas long!

— Shame! Une grande artiste comme toi! Recouche-toi! Je vais te soigner et faire le repas.

— Est-ce que tu veux m'enlever le pyjama que tu m'as mis?

— Tranquille-toi!

— Oh! quelle langue amusante il parle!»

Je retourne chez moi et dors très longtemps. Les jours suivants, je dessine n'importe quoi, me laissant inspirer par l'étourdissement du cognac. Une certaine nuit, je sors avec le goût magnifique de faire une belle grosse bêtise. Unique et inédite! Comme casser une vitrine. Je n'ai jamais cassé de vitrine de ma vie. Tiens, bonsoir, vitrine! Mais juste au moment où je m'apprête à lui lancer un gros caillou, un policier me demande ce que je fais dans la rue à cette heure et aussi peu habillée. Je le boxe! Il me retient par le bras. Pauvre de moi! Il faut que je tombe sur un patrouilleur au grand cœur, voulant que je lui raconte mes problèmes. Je rentre me coucher. T'inquiète pas, vitrine, ce n'est que partie remise.

Sans avertir, Roméo arrive trois semaines plus tard. Il voit l'état de mon appartement, les toiles idiotes partout par terre et le rouge de mes yeux. Il devine tout. Il prend son air de grand méchant loup et menace de me ramener à Trois-Rivières immédiatement. Mais il part en me donnant un ultimatum d'une semaine. À son retour, j'ai fait le grand ménage, lavé mes vêtements et lui ai présenté un portrait d'enfant. Je joue le jeu de la bonne petite fille repentie en lui jurant que je regrette. Je ne sais pas s'il me croit. Il s'en va quand même et je fête sa décision en me demandant si je ne dois pas aller secrètement vivre le reste de mes jours à Toronto.

Quoi qu'il en soit, l'automne passe entre quelques fêtes inoubliables et de la peinture sérieuse. Walter m'encourage. Au fond, il a raison. Si j'offre aux marchands des toiles de qualité, ils me donneront l'argent nécessaire à continuer ma destruction. La tristesse niche toujours dans mon cœur, mais ce garçon me fait du bien avec ses bonnes intentions et ses conversations intellectuelles.

Et puis, j'aime Montréal. Il y a toujours quelque chose de

différent chaque soir. Lentement, je sens qu'on m'accepte dans la petite communauté d'artistes entourant Walter. Nous nous rencontrons souvent dans un café du nom de Golden Nugget, rue Dorchester. En nous réchauffant avec du café crème, nous échangeons des points de vue et vantons nos œuvres respectives. Un peu comme dans mes rêves de la rive gauche de Paris! On fume beaucoup en prenant du vin, en écoutant un Noir jouer dans un saxophone bosselé. Je me sens bien, malgré mon point rouge vif au cœur. Il ne veut pas disparaître. Parfois, pour amuser la galerie, je me mets à pleurer. À cause d'elle.

Je la vois partout! Je la devine dans chaque fille de sa taille ou portant sa coiffure. Quand j'entends un pianiste, elle revient me hanter. Et je ferme les yeux pour oublier, mais elle surgit de ce néant et je vois son visage et ses yeux si beaux. Je me souviens de détails minuscules la concernant, de paroles précises, de dates et d'heures. Ça me fait si mal d'y penser, mais je n'y peux rien. Il y a près d'un an, elle était si malheureuse de devoir passer la fête de Noël sans ma famille. C'est peut-être à ce moment qu'elle a décidé de partir.

Roméo m'invite à son réveillon. Je ne veux pas y aller! Jamais je ne pourrai faire face à tous ces Tremblay! Je préfère rester seule. Je n'ai pas décoré mon petit appartement. Ce sera un jour comme un autre. Et si j'ai un soudain goût de fêter Noël, je n'aurai qu'à ouvrir ma fenêtre: la rue Sainte-Catherine sera pleine de passants joyeux, les vitrines remplies de lumières, sans oublier la musique de l'Armée du Salut. Sauf qu'ils reviennent, ces damnés souvenirs! Nous avions beau avoir le cœur triste en cette nuit de Noël solitaire, elle et moi avions quand même eu beaucoup de plaisir. Il faut oublier tout ça! Peinture! Peinture! Je fais un paysage estival pour chasser l'hiver et Noël! Et puis la bouteille me rattrape...

Nous venons de changer d'année et de décennie. Le 31 décembre 1919, j'avais coupé mes nattes pour signifier que les années vingt seraient signées Jeanne T. Mais le temps a effacé cette signature. Je ne suis plus rien. Je ne verrai pas le jour de l'an 1940.

«Monsieur Tremblay,
j'essaie d'obéir à vos recommandations,
mais sachez que je ne peux suivre Jeanne à tout instant.
Si elle me considère avec amitié,
elle ne m'écoute pas quand je lui parle sérieusement.
Jeanne a un mal d'être qui dépasse tout entendement.»
Walter Cohen, peintre et ami, janvier 1930.

Tous les artistes travaillent un peu au Golden Nugget. On m'engage pour quelques heures par semaine, afin de satisfaire la mince clientèle francophone y venant le jeudi et le vendredi. Comme d'autres, je peux me réserver un coin et peindre en public. C'est exotique pour les touristes de voir une véritable artiste à l'œuvre. Et comme je suis une femme avec une palette et des pinceaux, je deviens à leurs yeux trois fois plus exotique. Avec un peu de chance, on peut trouver un client prêt à donner cinq dollars pour son portrait. Je n'ai aucun projet de peinture en tête, bien que je passe mon temps à dessiner à peu près n'importe quoi, afin de gagner un peu d'argent de poche pour mes sorties.

Au Golden Nugget, nous vivons dans un univers clos, un peu coupé du reste du monde. Ce qui me plaît le plus est de rencontrer des personnes aussi dépressives que moi et des filles qui ont de la sympathie pour mon état. Chacune me rappelle trop Sweetie. Je préfère donc les conversations des garçons, à peu près vides de sentiments, sauf lorsqu'ils abordent leur sujet préféré: nouvelles mœurs et liberté. Et dans ce temps-là, ils ont toujours de bons arguments pour me convaincre du bien-fondé de leur philosophie. Ils disent: «Nous sommes modernes! Nous sommes dans les années trente!» Ah! ces vicieux...

Parmi les curieux de l'autre monde: des hommes d'affaires, des étudiants de l'Université McGill et quelques magasineuses canadiennes-françaises, venant chercher l'aura de péché dans cet antre protestant. Et puis, des policiers déguisés en civils, et des curieuses, comme Mireille Sablon, seize ans, venant vers moi parce que je suis la seule à parler sa langue. Elle rêve de devenir artiste, mais ne sait rien faire. Incapable de chanter, de danser, de jouer la comédie, maladroite en dessin et en écriture, perdue devant un piano ou une guitare. Mireille est si jolie que tous les peintres la désirent comme modèle. Nue, évidemment. La pauvre enfant refuse, bien qu'attirée par l'idée de se retrouver immortalisée sur une toile. Mais pensez donc! Se déshabiller devant un homme dans une petite chambre, c'est faire des signes volontaires au danger. Mais moi, je suis une femme. C'est elle qui me le demande. Je n'y ai même pas songé.

Mireille a un visage délicieux, tout en angles délicats, avec des yeux nuageux et une coiffure de vedette de cinéma. Ses joyaux: de grandes jambes droites comme des points d'exclamation. On lui donne facilement vingt-cinq ans. Elle ne ressemble en rien à Sweetie. Ça me fera du bien de travailler à un autre nu, une peinture sérieuse que je pourrai vendre très cher. J'ai d'ailleurs avantage à la vendre rapidement, car Mireille me demande cinq dollars la séance.

Je ne sais pas quoi faire d'elle quand elle arrive chez moi. Sur le lit? Sur une chaise? Secrète ou frivole? Sur le dos? Devant la fenêtre? Elle n'a jamais posé de sa vie. C'est la première fois qu'elle se déshabille devant quelqu'un. Elle s'excuse douze fois et prend trente minutes avant d'arriver au dernier bout de tissu. Moi, en attendant, je fume en suçant mon gin, trouvant plaisir à la voir faire. J'aime la pudeur de son visage pendant cette cérémonie. Elle a des hanches parfaites et les petits seins réglementaires des flappers. Je fais différents croquis. Elle demeure raide comme un piquet et ne cligne même pas des paupières. On dirait une statue. Le bruit de ma plume lui donne la chair de poule.

Quand je lui dis que c'est suffisant pour ce soir, elle se précipite sur ses vêtements avant de regarder le résultat. Vivement impressionnée! Elle ne sait pourtant pas où je veux en venir. Je lui réponds que ces choses-là se nourrissent peu à peu. Je veux capter la pudeur de son visage et utiliser ses longues jambes dans un contexte géométrique. Assise sur un banc, Mireille ressemble à un angle droit. Elle fait cubiste. Je peindrai un expressionniste, tout en me servant de mon talent de portraitiste, pour le sentiment de son visage.

Après trois séances, j'ai mon croquis définitif. Après six,

sa gêne disparaît. Elle se déshabille comme une ouvrière pointe à son usine. Avant et après le travail, nous blaguons, prenons un verre, rions de tout comme deux grandes amies. Mais pendant la séance: rien. Le silence. On s'entend respirer. Quel joli modèle! J'ai hâte à chaque soir. Je ne croyais jamais reprendre goût de façon si intense à la peinture. Quand Mireille n'est pas là, je passe le temps à quelques fusains de son visage et de son corps, pour me mettre en bon état d'esprit en attendant sa visite. Vers la dixième séance, ma peinture est presque complétée. Je viens quand même de lui donner cinquante dollars de salaire en trois semaines! Et la coquine dépense cet argent à mesure. Je la vois arriver avec une nouvelle jupe et un chapeau tout neuf, se pavanant fièrement devant mon regard ravi.

Vers neuf heures, ce soir-là, des pas brusques se font entendre dans le couloir. On frappe à ma porte avec l'intention de défoncer. Mireille se cache et je m'arme d'une chaise pour me défendre. Ça gueule, ça jappe et je m'apprête à téléphoner à la police quand la porte cède à un tonnant coup de pied. Un costaud mal rasé pointe Mireille du doigt. Elle hurle: «Papa!» Je n'ai pas le temps de demander une explication qu'il s'élance et me frappe d'un rude coup de poing à la mâchoire. Je tombe sur le lit. «Jeanne! Jeanne!» de crier la pucelle. Il te l'empoigne et «à la maison!». Ouille... je saigne de la bouche, ma lèvre supérieure est fendue et j'ai probablement perdu une ou deux dents. J'ai une rapide pensée pour ma toile. Et si tout à coup le gentil papa décide d'y mettre la main pour protéger des yeux publics le trésor de son enfant? Vite je l'emballe, la cache, téléphone à Walter pour qu'il vienne la chercher.

Ce cher papa revient le lendemain. «La peinture!» ordonne-t-il. Je ne l'ai plus, monsieur. Et le voilà qu'il se met en tête de la trouver! Il ravage mon petit logis, fait tant de vacarme qu'il alerte mon voisin de palier accourant à mon secours. Il l'accueille d'un coup de poing! Et le rustre a le temps de me bousculer contre le mur. Quelle désolation... Je n'ai plus beaucoup de choses, mais on jurerait qu'il a tout brisé. Pour ma sécurité, je décide de déménager en toute hâte sans laisser d'adresse.

Ce nouveau toit est encore plus médiocre que le précédent. Avec des murs vert foncé, une seule porte et une fenêtre, qui, de plus, refuse d'ouvrir. Mal chauffé et à peine éclairé. Je passe tout mon temps au Golden Nugget et chez Walter afin d'éviter de séjourner trop longtemps dans ce sinistre placard. À l'atelier de mon ami, je peux compléter le nu de Mireille. Je n'ai d'ailleurs jamais revu la jeune fille. Probablement que son alarmant père a décidé de l'envoyer au couvent.

Je ne la vends pas tout de suite. Les marchands ne m'offrent pas les cinquante dollars qu'elle m'a coûté (et je ne compte pas mes deux fenêtres cassées et ma visite chez le dentiste). Le nu est assez bien, mais le décor surréaliste dans lequel j'ai placé Mireille semble dérouter les acheteurs. Montréal a beau être une ville culturellement plus développée que Trois-Rivières, je ne suis quand même pas tout à fait à Paris ou à New York. Parfois, l'idée de me rendre en France refait surface. Mais le fantôme de Sweetie me hante de nouveau. Je me remets à la dessiner, puis le lendemain je déchire ces brouillons. Et je recommence à pleurer. Alors, le mieux à faire est de boire et de danser.

Je suis, ce soir-là, assez joyeuse, quand soudain une jeune fille entre dans la salle de bains, où je suis en train de me refaire le noir des yeux. Elle doit avoir dix-neuf ou vingt ans et se barbouille les lèvres d'un rouge enfer. Je lui tapote l'épaule en lui demandant de me laisser l'aider. Elle éclate de rire et se prête au jeu. Je lui tends mon flacon de whisky. Elle s'esclaffe à chacune de mes paroles en français. Nous partons main dans la main pour danser.

Quelle bonne humeur, la petite! Nous prenons quelques verres. Bravo pour les flappers de la nouvelle génération! Elle se perd dans de grands gestes expansifs et nous bousculons tous les couples osant se mettre sur notre trajectoire. Elle me parle anglais très rapidement et je lui réponds n'importe quoi en français. Elle danse le charleston comme un chien envahi par des puces. Nous retournons à la salle des toilettes pour vider le reste de mon flacon et en entamer un nouveau. Elle me maquille et je lui barbouille les joues. Je dois ressembler à un bouffon. Nous n'en finissons plus de rire! De retour sur la piste de danse, elle se met à vomir partout et j'attaque les gardiens qui veulent la neutraliser. Je donne un grand coup de pied sur une table afin de la rejoindre et de continuer la danse. Mais les hommes réussissent à nous saisir et nous mettent à la rue à grands cris: «Don't come back! Ne revenez plus!» Elle se tient les côtes et réclame le flacon. J'allume une cigarette par le mauvais bout. Elle se lève, titube et retombe sur son postérieur en riant de plus en plus. Et nous nous éloignons, enlacées. Le flacon à la main, à la recherche d'un autre bar. Mais soudain, je cesse le jeu. Je m'immobilise...

Cette jeune fille, c'est moi à son âge, rencontrant Flapper dans les mêmes circonstances. Flapper, son sans-gêne, ses fioles d'alcool, sa façon de rire sans arrêt et de bousculer tout. La fille me tire par la main. Je m'ancre. Non... c'est trop semblable... Quel mal suis-je en train de faire à cette enfant? Je me sauve. Je cours. Je tombe. Je m'assomme et me réveille à l'hôpital.

J'aurai une bosse incroyable, un mal de tête épouvantable. Un médecin à l'air nauséabond me dit sévèrement que j'ai le foie dans un état pitoyable. Je lui jure que je ne boirai plus, que la boucle vient de rejoindre son point de départ. Il me tranche la gorge en me disant que mon frère de Trois-Rivières est en route pour venir me chercher. Comment faire croire à Roméo que plus jamais je ne prendrai une goutte? Lui raconter cette histoire de similitude entre cette rencontre et celle de 1921? Il va me penser encore saoule! Cette Flapper! Ce n'est pas Sweetie qui a gâché ma vie: c'est cette maudite fille!

Roméo arrive avec une époustouflante tête d'enterrement. Moi, je ressemble à un chiot menacé de recevoir des coups de journal sur le museau. Je n'ai pas eu de ses nouvelles depuis un bout de temps, car Céline vient d'accoucher de son sixième enfant et que ce nouveau garçon lui demande beaucoup de son temps. Roméo n'est aucunement au courant de ma mésaventure avec le père de Mireille, de mon déménagement. Quand Walter lui a montré le taudis dans lequel je loge, mon frère a eu l'air aussi furieux que désolé. Et c'est vrai que ma situation est moche. Mais ai-je le goût d'être bien, une bonne petite fille dans le rang?

«Tu fais pitié. Tu es grosse et bouffie.

— Roméo, je t'en prie...

— Mais regarde-toi, bon sang!»

Il me saisit par la peau du cou et me colle le nez sur un miroir. Je ne vois qu'une pauvre fille sans sa précieuse amie. Je ne vois qu'une folle de vingt-huit ans, obligée de se faire mener par le bout du nez par son frère. Je vois aussi une artiste dont la carrière va en zigzag. Mais je ne suis ni grosse ni bouffie!

«Tu as trois choix: le sanatorium pour une cure que je te paie.

— Pas question!

— Ou tu reviens chez moi et je te soigne et tu peins comme tu es capable de le faire.

— Oh! Roméo! Attends un instant!

— Ou tu restes ici dans ta misère et ta pourriture à brûler ta vie comme la lâche et l'égoïste que tu es!

— Je ne te permets pas de m'insulter!

— Grosse et bouffie! Lâche et égoïste! Et je comprends Sweetie d'être partie! Tu es répugnante!»

Trois jours plus tard, je suis chez lui, dans mon ancien grenier. Avec Céline qui cuisine et un nouveau bébé criard. Les usines de Trois-Rivières fument toujours autant, bien que plusieurs hommes aient perdu leur emploi à cause de je ne sais trop quelle crise. Je revois Lucie. Elle vient d'avoir son troisième enfant. Son mari Louis est au chômage. Je croise aussi la belle Alice. Mariée. Et l'Impérial, le Gaieté et le Capitol ne présentent que des films sonores. Je ne sais pas qui habite le petit logis de la ruc Sainte-Julie. Je vais voir, par nostalgie. Puis je passe au *Petit Train,* poussant la porte comme Sweetie, il y a huit ans. Il y a une femme inconnue au comptoir. Elle me demande ce que je désire. Voir mon père. «Oh! c'est vous...» répond-elle, comme si j'étais une honteuse légende de quartier. Aller rencontrer mon père est une idée de Roméo. Il fait tout pour moi, Roméo. Il m'ordonne tout. Ce que je dois manger, porter, penser. Il rationne même mes cigarettes.

Il a confié à mon père que je suis revenue, que je ne bois plus, que je suis sérieuse. Roméo a dit: «Va le voir, tu es encore sa petite fille.» Je suis sûre qu'il s'en fiche, papa. Il n'est pas dupe des beaux discours de Roméo. Au fond, il était clair, mon père: tu fais l'idiote, tu vis dans le péché, tu n'es pas raisonnable, alors tu t'en vas de ma vie! Clair et net. La femme part le chercher. Quand nous nous voyons, nous avons probablement la même pensée: comme cette personne face à moi est vieille... Je vois sa peau plissée, ses cheveux plus rares. Il me trouve probablement grosse et bouffie.

«Qu'est-ce que tu fais?

— Je peins des scènes de Trois-Rivières pour l'abbé Tessier en vue du trois centième anniversaire de fondation de la ville.

— C'est très bien. Roméo m'a dit que tu ne bois plus.

— Ça fait longtemps.

— Tu as rencontré de bonnes personnes, cette fois?»

Je ne peux pas lui répondre. C'est trop évident comme insulte à ma Sweetie! Même disparue, il faut qu'il continue à la mépriser! Je me lève pour partir, mais je garde ma main sur la poignée. Je le regarde et lui dis qu'à mon âge, il devait être aussi tête de cochon que moi. Il sourit, puis rit. Je suis la vraie fille de mon papa Joseph.

Je revois aussi ma sœur Louise. Elle a prié pour moi. Touchant, n'est-ce pas? Comme je ne bois plus, que je suis sage et loin de l'Anglaise, Dieu a été bon pour ses incantations et ses lampions, en me faisant revenir au bercail de saint Roméo. De retour à la maison, je m'enferme dans mon grenier pour peindre des imbécillités. Ça fera plaisir à Roméo et à son abbé.

À Montréal, je disais que je n'avais plus de corps. Maintenant, je sens que mon âme me quitte. Je suis même obligée de camoufler mes pleurs. Roméo cogne à la porte. Je jette mon mouchoir. Il me sourit et regarde ma toile. «Bravo, la Jeanne, mais tu peux faire encore mieux. Tu es capable.» J'ai le goût de m'enfuir et de me saouler si fort que...

Je me rends plutôt à l'église Notre-Dame-des-sept-Allégresses pour prier. Pour me faire pardonner. Parce que, s'il existe, Dieu ne me laissera pas dans cet état. Je prie comme quelqu'un que la vie quitte. Le cœur en bouillie, des sanglots étouffants dans le fond de la gorge, je dis au grand crucifix autoritaire: «Petit Jésus, faites qu'elle revienne.» Mais est-ce que Dieu a encore un peu de cœur pour les Marie-Madeleine de ce monde moderne?

Un mardi pluvieux de la fin de février, Céline monte à mon antre pour me donner un paquet arrivant de France. Paris? Mais qui donc? C'est elle! Sweetie! Je me jette le nez dans la lettre pour mieux la respirer! Il y a un journal... «Une jeune pianiste américaine devient la coqueluche des boîtes de jazz.» Il y a une photographie d'elle, dans un café. Encore si belle! Elle pointe le mur où est accrochée... une de mes toiles? Sweetie m'écrit qu'elle a vu au moins quinze de mes peintures dans les cafés de la rive gauche. Tout le monde les aime et se demande qui est l'artiste. Le marchand français de Montréal! Le salaud! Il les revendait à gros prix aux gens de son pays! Sans me le dire!

Sweetie écrit: «Ici, il y a des musiciens de jazz, des sculpteurs, des écrivains et des poètes, des peintres et des comédiens. C'est le paradis. Et tout le monde aime mon accent. Paris, c'est la liberté. Je regrette amèrement le mal que j'ai pu te faire. Aujourd'hui, je suis en paix avec moi-même. J'ai eu tort de dire que tu m'étouffais. Maintenant, je sais que c'est loin de toi que j'étouffe. Je n'ai plus peur de mes sentiments. Je t'attends. Viens vite. Nous serons bien. Isn't it cute?»

J'ai le goût de me cogner la tête contre les murs. Céline remonte à toute vitesse. Déjà, j'enfouis dans ma valise mes guenilles, en ne cessant de pleurer. Plus de Trois-Rivières! Plus de peur! Plus de malheurs! Que Sweetie! Je montre la lettre à Roméo. Il sourit, m'enlace. Comme mon grand frère qui consolait sa petite sœur autrefois. Roméo sait où est mon seul bonheur. «Tu sais que je t'aime trop pour te voir continuer à être si triste.» Il me donne l'argent pour la traversée et m'ordonne d'être heureuse.

Maintenant, je le serai. Pour toujours.

DEUXIÈME PARTIE

MADEMOISELLE ET LE PETIT HOMME

1930-1931
Sombre comme une crise

On dit que chaque famille canadienne-française en a une pour les vieux jours, habillée de noir, pour faire fuir les neveux et nièces. Elles récitent des chapelets à la queue leu leu et pincent leur nez sec devant la mode portée par ces épouvantables jeunes filles. Et elles se hérissent quand on leur dit «madame». Car la règle d'or est de les appeler «mademoiselle», ces vieilles filles! Ces reines de la Sainte-Catherine, ces grenouilles de bénitiers, ces punaises de sacristie.

Quand un inconnu salue Louise Tremblay d'un «madame» de courtoisie, elle hoche la tête et cache sa main droite avec sa gauche, pour ne pas que l'interlocuteur s'aperçoive de l'absence de bague. Les autres vieilles filles lâchent leur pet en ouvrant grandes leurs mains: «Mademoiselle!» Mais Louise camoufle sa main droite.

Ce n'est pas de sa faute si elle est toujours célibataire à quarante ans. Ce n'est jamais de leur faute. Le bon Dieu n'a pas voulu. Elle n'a pas eu l'occasion. Elle a été malchanceuse. Ça prend toutes sortes de gens pour faire un monde. Et puis, il en faut, des vieilles filles! Louise ne porte pas de noir et n'a pas les lèvres minces et gercées. Même que, parfois, elle y applique du rouge. Oh! pas trop, tout de même! Juste une petite couche. Quand on travaille avec le public, il ne faut pas faire fuir la clientèle. Et Louise Tremblay ne connaît que ça, le commerce! Enfant, elle travaillait au magasin général que tenait son père dans le quartier Saint-Philippe, au début du vingtième siècle.

Quand Joseph Tremblay a emmené sa famille dans la paroisse Notre-Dame-des-sept-Allégresses en 1908, il a ouvert ce restaurant, *Le Petit Train*, situé rue Champflour, en annexe à la maison familiale. «Ça va te faire un beau métier avant de te marier, ma fille!» Elle y est depuis vingt-deux ans.

Un long «en attendant» qui parfois lui pèse très lourd sur le cœur.

En autant qu'elle s'en souvienne, Louise a toujours perçu son père Joseph comme un gros travaillant qui travaille peu. Ce qui signifie qu'il investissait beaucoup d'énergie dans ses projets, mais qu'une fois mis en branle, il laissait sa famille s'en occuper, avant de passer à autre chose. Son magasin général de la rue Bureau était un petit bijou de commerce de quartier. Mais il n'y était que pour recevoir les commis voyageurs. Il passait le reste de son temps dans un atelier de réparation, pendant que sa femme, son beau-frère Ti-Loup et Louise s'occupaient du roulement. Ensuite, il y a eu *Le Petit Train:* un casse-croûte juste en face de la gare, dans un quartier à peu près inhabité et qui est devenu une paroisse très prospère et populeuse. Joseph se contentait de voir aux commandes et d'aller chercher la nourriture au marché aux denrées. Puis, Joseph a découvert l'automobile. Quand il a acheté sa première Ford, il n'y avait pas une dizaine de voitures à Trois-Rivières. Il s'est mis à transporter les gens en retour de quelques sous, et, bientôt, il avait fondé la première compagnie de taxi de la ville.

Mais la guerre est venue, suivie de la grippe espagnole. Sa famille a été brisée: Joseph a perdu deux garçons et sa femme. Terrassé par tant de malheurs, Joseph est devenu vieux avant le temps. Il s'est assis. Il ne venait même plus au restaurant pour voir à la bonne marche de l'établissement. Il restait immobile dans son atelier poussiéreux. Parfois, il sortait pour régler quelques problèmes avec ses taxis. L'entreprise est restée modeste; elle aurait pu être gigantesque.

Joseph a maintenant soixante ans. Ce printemps, il a eu des faiblesses avec son cœur. Il a dû rester alité tout un mois. Il n'a pas vu qu'à l'extérieur de sa triste chambre, toute la ville se dégonflait, comme il était déjà arrivé après la guerre avec cette douloureuse grippe espagnole. Cette guerre cruelle! Joseph avait un beau garçon: Adrien. Grand et fort! Courageux! Et têtu! Déjà, enfant, Adrien avait affirmé son caractère franc en osant sortir du moule confectionné par Joseph. Il ne voulait pas être commerçant! Il s'est engagé dans l'armée, bien avant la guerre. Quelle fierté pour la famille! Quand le conflit européen a éclaté, Adrien a dû traverser. C'était son métier, sa carrière, son devoir de Canadien. Pas tout à fait le cas de Roméo, son autre garçon. Roméo a été à la guerre comme volontaire. Il n'est pas resté très longtemps en Europe. Juste le temps de laisser son bras gauche goûter une balle allemande. Il est revenu avec ce bras en compote et a passé son temps à cacher ceux que la conscription guettait. Par la suite, il a pu réaliser son rêve de jeunesse en devenant écrivain et journaliste.

Roméo est le seul de la famille Tremblay à avoir réussi une vie normale: se marier, briller dans son métier et élever six enfants. Adrien a passé toute la guerre en Europe, faisant face à des horreurs inqualifiables. Il a été tué quelques semaines avant la fin du conflit. Joseph avait aussi un autre garçon: le petit Roger. Mais la grippe espagnole l'a fauché. Son épouse a suivi immédiatement. C'est à cette époque que Joseph s'est mis à vieillir deux années à la fois. La vie avait été déjà si cruelle pour lui qu'il fallait que sa Jeanne, sa petite fille chérie, sa fierté, il fallait que Jeanne...

Louise serre les poings. Elle ne veut plus entendre parler de Jeanne, ne jamais y penser! Au cours de sa vie, Louise a toujours su se tenir à la bonne place. Jamais elle n'est tombée dans l'excès, jamais elle n'a commis de péché grave. Mais ce printemps, quand Jeanne est partie à Paris avec la bénédiction de Roméo et que Joseph a fait sa crise du cœur, Louise a craqué. Tant d'années de silence et de frustrations se sont manifestées avec violence. Elle se lavait le visage face à sa commode quand, soudain, elle se mit à trembler, tout en s'agrippant fermement au meuble. Elle l'a jeté par terre, a bousculé le lit et cassé un miroir en hurlant très fort: «Jeanne, je te déteste! Je te déteste! Je te déteste, Jeanne!»

Louise s'est enfermée au sanctuaire de Notre-Dame-du-Cap, a acheté pour une fortune de messes et de lampions, promis d'être en tête de toutes les processions jusqu'à la fin de son règne. Louise n'a plus jamais pensé qu'elle détestait Jeanne. Elle l'a simplement effacée de sa mémoire et a juré de ne plus prononcer son nom, après avoir mis hors de la maison toutes les photographies et les souvenirs reliés à cette sœur indigne.

Mais le jour suivant, une cliente lui a dit: «Elle est partie pour les vieux pays, votre sœur Jeanne?» Louise a hoché la tête. Alors, la femme a gardé un silence embarrassant devant son vaste choix de réponses: ça va faire du bien à votre père; la paroisse va retrouver son calme; ça faisait bien pitié pour votre famille. Louise s'est éloignée, a empoigné un chiffon en guise d'excuse. La femme est partie. En nettoyant le comptoir, Louise a cru revoir le rat mort accroché à la porte du restaurant, les gros mots écrits à la peinture dans les fenêtres par des voyous. Elle a repensé à la baisse du chiffre d'affaires, tant du côté du restaurant que des taxis depuis que Jeanne a... Non! Il vaut mieux ne plus y penser!

Joseph, lui, n'a pas renié Jeanne. Peu avant son départ, elle est venue le rencontrer et ils ont parlé deux heures, avant de s'embrasser avec affection. Joseph lui a trop souvent pardonné, même si elle lui a fait honte, si elle l'a rendu vieux avant le temps. Quelques semaines après son adieu, il a fouillé dans ses vieilles photographies de Jeanne, pour remplacer celles que Louise avait jetées.

«Vous devriez enlever ça, papa.

— C'était le plus beau petit bébé du monde.

— Elle vous a fait souffrir, a sali le nom et la réputation de notre famille, fait baisser le revenu du restaurant. Vous avez tort de mettre ce portrait sur le mur.

— Tu te souviens, Louise? Tout le quartier Saint-Philippe venait la voir.»

Les plus âgés ne peuvent oublier que le fier jeune Joseph surnommait Jeanne «le plus beau petit bébé du monde». Dès ce jour, son frère Roméo en est devenu amoureux et a passé sa vie à la défendre, à la protéger, même suite aux pires écarts de conduite. La défendre jusqu'au point de lui payer son billet de bateau pour qu'elle puisse rejoindre cette Anglaise à Paris. Louise aurait su quoi faire avec cet argent pour sauver sa sœur: deux années dans un sanatorium pour soigner son alcoolisme et trois dans un asile pour la guérir de cet épouvantable péché, que Louise ne veut même pas nommer. Mais non! Roméo lui a donné la somme! Pas même prêté: donné!

Quand Jeanne est née, Louise avait treize ans. Maman

devait se remettre de cet accouchement et Louise dut la remplacer au comptoir du magasin. Louise rêvait depuis sa première communion de devenir maîtresse d'école, mais à cause de Jeanne, Louise a passé moins d'heures à étudier, si bien qu'elle a raté son examen d'entrée à l'École normale des ursulines, à Québec. «C'est pas grave. Tu te reprendras l'an prochain», lui avait dit Joseph. Mais Louise passait de plus en plus de temps dans le magasin, parce que maman, Adrien, Joseph et Roméo dépensaient le leur à couvrir Jeanne d'affection. Louise n'a jamais pu se remettre sérieusement à ses études, si bien que son rêve de devenir enseignante s'envolait à chaque fois que Jeanne faisait un pas ou apprenait un mot.

Puis, le petit bébé Jeanne a grandi, entouré de douceur, de gâteries et de compliments. Après les malheurs de la guerre et de la grippe espagnole, mademoiselle Jeanne a pris des libertés au lieu de consoler son père et de le soutenir dans ces épreuves. Elle a coupé ses cheveux et s'est mise à porter des robes courtes, puis encore plus courtes, et ses cheveux suivaient la même transformation, si bien qu'elle s'est mise à ressembler à ces vedettes des vues animées américaines.

Américaine! Quel mot atroce!

Une fille est arrivée de New York, sous prétexte de chercher des souvenirs de sa mère trifluvienne. Et cette Anglaise, qui jouait du piano au cinéma Impérial, est devenue une amie envahissante et une très mauvaise influence sur une Jeanne pas déjà très recommandable. Toutes deux fumaient dans la rue, portaient des grands colliers et des robes décolletées. Elles dansaient sur de la musique bruyante et faisaient des grimaces aux policiers et aux curés. Elles se barbouillaient le visage de fard: rouge vif aux lèvres et noir aux yeux. Elles passaient leur temps à faire des mauvais coups et à s'épivarder dans des bars d'hôtels de Montréal. Jeanne s'était mise à boire. Tellement qu'il était devenu courant de la voir titubant dans toutes les rues de Trois-Rivières. Et les gens interpellaient Joseph: «J'ai vu votre fille hier soir, à onze heures: saoule comme une Irlandaise!» Et des hommes grossiers prenaient la taille de Louise en lui disant: «Voyons donc, la vieille fille! Sois de ton temps, comme ta sœur Jeanne!»

Si Jeanne était le plus beau petit bébé du monde, elle a grandi en devenant la plus jolie fille que l'on puisse imaginer. Ces beaux yeux vitreux, ce visage rond toujours enfantin, ces doigts de fée, ce nez en cacahuète: tout le contraire de Louise. Comme elle était belle, la Jeanne! Si Louise n'a jamais pu trouver un mari, Jeanne a eu l'embarras du choix. Parmi tous ces roucouleurs si bêtes, elle aurait pu déceler un jeune homme de bonne âme qui aurait fait d'elle une femme respectable. Mais non! Elle préférait boire et danser avec cette étrangère! Jeanne avait tout pour elle: la jeunesse, la beauté et le talent! Et quel talent! Jeanne était artiste peintre. Elle pouvait vendre une toile soixante-quinze dollars! Et même cent! Cent! Le salaire de trois mois de Louise! Et l'autre gaspillait tout cet avoir en vêtements indécents, en alcool et en voyages à Montréal pour aller lever le coude avec des protestantes. Roméo a déjà dit à Louise que Jeanne avait déjà dépensé deux cents dollars en deux jours dans la grande métropole.

Le plus beau petit bébé du monde était devenu une ivrogne qui ne voyait pas tout le mal qu'elle faisait à son père et à sa famille. Et Roméo qui continuait à la défendre! Mais le pire! Comme s'il pouvait y avoir pire! Ça s'est produit vers la fin de 1928. Son amie américaine est devenue plus qu'une amie. Et ça s'est su... Bientôt, tout Trois-Rivières le savait...

Joseph s'est mis à vieillir encore plus rapidement. Les gens venaient au *Petit Train* pour faire à Louise les gestes qu'ils n'osaient pas montrer à Jeanne. Et ils disaient en riant ferme: «On sait maintenant pourquoi t'as jamais trouvé d'homme, la vieille fille! T'es comme ta sœur Jeanne! C'est de famille, ces maladies-là!» Quel péché épouvantable! Aucun purgatoire ne pourra le laver! C'est un billet garanti pour l'enfer éternel. Lucifer lui déroulera le tapis rouge.

Puis l'Américaine est partie. Jeanne s'est de plus en plus saoulée et s'est installée à Montréal. Roméo l'a ramenée à Trois-Rivières quelques mois plus tard. Elle était dans un état lamentable. Le petit bébé était boursouflé d'alcool et de débauche. Une véritable moribonde. C'est à ce moment que Roméo aurait pu la faire soigner, la mettre entre les mains de religieux dévoués. Mais Roméo lui a payé ce billet de bateau pour Paris, où l'Anglaise avait élu domicile.

Louise se souvient de la scène de famille suivant ce départ. Le peu qui restait de cette famille se déchirait dans la maison paternelle. Roméo parlait en termes que même Joseph ne pouvait comprendre. Louise n'arrivait pas à faire admettre à son frère le simple bon sens: faire soigner Jeanne au lieu de l'envoyer au bout du monde pour prolonger son mal auprès de cette fille damnée. Roméo ne voyait pas le problème sous cet angle. Il a même parlé de bonheur. Quel bonheur peut-il y avoir à vivre chaque instant dans le plus abominable péché?

Roméo a boudé le restaurant un long bout de temps. Même son fils Maurice, conducteur de taxi pour Joseph, ne parlait pas de son père à Louise. Les journées devenaient longues au *Petit Train*. La clientèle diminuait. «À cause de Jeanne», pensait Louise. «Peut-être qu'en priant très fort, les gens vont finir par oublier et revenir au restaurant», se disait-elle.

Louise profita de ce temps pour laver de fond en comble l'établissement. Elle songeait à remplacer l'enseigne de la devanture. Elle a même téléphoné à un vendeur pour qu'il lui suggère une enseigne au goût du jour; peut-être qu'un petit train lumineux serait du meilleur effet pour attirer l'attention des voyageurs du soir. À l'heure d'arrivée des trains, Louise et son employée n'avaient aucun problème, les étrangers n'étant pas au courant des malheurs familiaux des Tremblay. Mais les habitués du quartier ignoraient leur restaurant.

Un samedi matin de cette fin d'avril, la porte s'ouvre doucement. Un petit garçon regarde de gauche à droite, et, ignorant Maurice, s'avance vers le comptoir comme pour confier un secret à Louise.

«Je suis Antoine, le garçon de monsieur Larivière, de la rue Cartier.

— Oui. Je te reconnais. Tu veux quelque chose pour ta mère, mon petit?

— Mademoiselle Tremblay, maman m'envoie pour savoir si vous n'auriez pas du vieux pain à nous donner. Vous savez, quand le pain n'est pas frais, ça ne fait pas de bons sandwichs pour vos clients. Alors, maman a pensé que vous pourriez nous donner ce pain-là.

— Mais ce pain, tu sais, on me le rembourse. Et ne t'inquiète pas, *Le Petit Train* fait tellement de sandwichs que le pain n'a pas le temps de devenir dur.

— Oui. Bon, ben, excusez-moi, mademoiselle Tremblay.»

Louise le regarde s'en aller. Quand la porte se referme derrière lui, elle ne peut s'empêcher de lever les bras et de s'exclamer à Maurice: «Non mais! Il n'y a plus de jeunesse!» Maurice s'avance vers elle, décroche la cigarette qui repose sur son oreille droite, craque une allumette avec ses ongles.

«Il y a une crise, ma tante.

— Crise? La crise des Américains? Quel rapport?

— Papa dit que ce n'est pas que l'affaire des Américains, maintenant.

— Tu penses que les parents envoient quêter leurs enfants à cause de ces histoires de journalistes? Si les affaires vont mal, c'est à cause de ta tante qui... oh! et puis j'aime mieux ne pas parler!

— Et ce garçon? Il la connaît, tante Jeanne?

— Ne prononce pas ce nom ici! Et va donc travailler au lieu de traîner ta grande carcasse sur mes bancs! Ton grand-père doit avoir besoin de toi.»

Louise ne lit pas les balivernes des journaux. Elle ne va pas dans les salles de vues animées, car ce sont des niaiseries qui parlent en anglais. Elle n'aime pas la musique des phonographes. Ce sont là des occasions de péché envoyées par les protestants. Les images pieuses, les cantiques et le petit caté-chisme, d'accord! Mais pas ces imbécillités dont Roméo gave ses enfants.

Le grand Maurice se pense plus fin que tout le monde parce qu'il connaît quelques mots de snob. Il n'a même pas été capable de faire honneur à son père qui lui avait payé son entrée au séminaire Saint-Joseph. Il détestait apprendre le latin et il a échoué tous ses examens. Détester apprendre la langue de sa religion! Quel culot! Depuis qu'il a quitté l'école, il travaille aux taxis de Joseph, mais n'est vraiment pas le plus vaillant des employés. Il préfère flâner dans le restaurant pour regarder les filles. Mais il ne vient même plus de filles...

En se couchant, ce soir-là, Louise est effrayée par des petits bruits et des murmures venant de la rue. S'emparant vite de son chapelet, elle s'avance prudemment vers le coin de sa fenêtre et voit des gamins fouillant ses poubelles. Ils ne restent pas assez longtemps pour qu'elle puisse téléphoner aux policiers. Louise se recouche mais tarde à s'endormir. Et si les gens du quartier préfèrent quêter et fouiller ses poubelles au lieu de venir au restaurant? Et si cette histoire de crise était vraie?

«Malgré qu'elle ait diminué d'intensité, la crise du travail est loin d'être disparue en notre ville», nous déclarait hier M. Émile Thellier, organisateur des Syndicats catholiques et nationaux. «Nous recevons encore chaque jour des demandes d'emploi qui s'élèvent parfois à plus d'une vingtaine. Nous avons réussi à trouver du travail pour une majeure partie des membres de nos Unions, mais il en reste cependant un certain nombre qui sont encore sans ouvrage.

Un simple fait qui peut réaliser toute l'étendue du chômage, c'est qu'il y a actuellement 900 demandes de travail pour les nouveaux quais. C'est dire que les chômeurs, à l'heure actuelle, dépassent certainement le millier à Trois-Rivières. Cependant, l'activité croissante pour la construction de l'aile du séminaire et de l'orphelinat Saint-Dominique, ainsi qu'aux nouveaux quais, laisse prévoir que, d'ici peu, le nombre de sans-travail en notre ville sera considérablement réduit.»

Le Nouvelliste, 1ᵉʳ mai 1930.

L'été arrive comme tous les autres. Louise a horreur de cette saison, car les gens ne viennent jamais au restaurant. De plus, les enfants crient, les jeunesses s'excitent et des femmes – certaines femmes – se parent comme des occasions de péché, ce qui incite les hommes à devenir plus grossiers, même envers des femmes propres comme Louise qui s'habillent convenablement en tout temps, comme recommandé par nos évêques.

Pendant la saison chaude, Roméo a l'habitude d'emmener ses enfants s'épivarder sur la plage de l'île Saint-Quentin, même si les curés recommandent aux fidèles de ne pas se rassembler en ce lieu. D'autres fois, il passe ses dimanches en automobile. Il lui arrive parfois d'inviter Louise, surtout quand il veut que sa progéniture se tienne tranquille. Louise accepte, mais une seule fois par année.

Elle ne déteste pas ses neveux et nièces, surtout ceux qui ont moins de dix ans. Louise pense souvent que si la vie l'avait avantagée, elle serait mère d'une grande famille. Comme Céline, l'épouse de Roméo, à qui le bon Dieu a donné le bonheur d'avoir six enfants. Il y a le grand Maurice, la jeune Simone de onze ans, puis Renée – un petit monstre –, Gaston, la gentille Carole et le bébé Christian. Louise juge que Céline a relativement bien élevé ses enfants, mais elle aurait bien des reproches à faire à Roméo. Louise ignore si ces gamins l'aiment. Il se peut qu'ils la détestent actuellement, mais, plus tard, ils sauront apprécier leur tante. Une femme vertueuse et droite finit toujours par être reconnue. Il lui arrive de leur faire des petits cadeaux, surtout à Carole, qui, à quatre ans, connaît toutes ses prières et sait déjà lire et écrire des phrases courtes. Alors, Louise la récompense d'une belle médaille de la sainte Vierge. Après la querelle de ce printemps, Louise croyait qu'elle n'aurait pas droit à sa randonnée automobile annuelle. Mais quand Roméo se présente au *Petit Train* le samedi après-midi pour l'inviter, Louise esquisse un bref sourire en tournant le dos.

«Je peux bien. Un congé ne peut faire de mal.

— Je savais que tu dirais ça.

— Et où penses-tu nous emmener?

— Où le vent nous poussera.

— Tu ne changeras donc jamais, Roméo? Ton automobile n'est pas un voilier. Le vent...

— Que dirais-tu de Shawinigan Falls?»

Louise le sait: il ira gaver ses enfants de frites à la grande roulotte. Puis, ils se reposeront dans un parc où les petits vont jeter des miches de pain à des canards. Ils se rendront là-bas accomplir tout ce qu'ils peuvent faire à Trois-Rivières. Louise ne proteste pas, bien qu'elle eût préféré aller vers les campagnes, au nord de Louiseville, histoire de passer dans plusieurs villages et de voir des églises différentes, afin de gagner quelques fraîches indulgences. Roméo n'emmène jamais ses enfants vers des lieux recommandés par la sainte religion. L'an dernier, Roméo leur a offert un voyage à Montréal et, au lieu de visiter l'Oratoire, ils ont perdu leur temps dans un parc d'attractions. Mais Louise ne proteste pas; ce ne sont pas ses enfants.

«On dit qu'il y a une crise.

— Oui. Tu ne lis pas ton *Nouvelliste*?

— Tu sais bien, Roméo, que je laisse les journaux à papa et aux clients. Et de toute façon, je ne comprends rien à toutes ces choses de la politique. La politique, ce n'est pas le lieu d'une femme catholique honnête.

— Eh bien, le marché boursier de New York s'est effondré il y a quelques mois et ceci a des répercussions sur nos usines. Les patrons sont obligés de congédier des ouvriers, car il y a moins de commandes. Ce qui fait que les ouvriers, au lieu de venir manger au *Petit Train,* préfèrent garder leurs maigres économies pour nourrir leurs familles et payer leurs loyers.

— Et ça va durer longtemps?

— Non, sûrement pas.

— Parce que je veux changer l'enseigne de la devanture.

— C'est une bonne idée.

— Il y en a partout, des crises?

— Partout. Ça touche tout le monde. Les Blancs, les Noirs, les Jaunes, les catholiques, les protestants et les bolcheviks. Il y a même une crise à Paris.

— Je ne connais pas cette ville.

— J'ai reçu une première lettre de Jeanne. Je viens te la montrer.

— Au revoir, Roméo. J'ai de l'ouvrage.

— Elle est très heureuse et...

— J'ai dit que j'ai de l'ouvrage.»

Roméo connaît trop de choses, de penser mademoiselle. Il n'a pourtant pas suivi de cours classique; que la petite école du quartier Saint-Philippe. Mais depuis qu'il est journaliste, Roméo est au courant de trop d'événements. Il lit des livres anglais protestants et des journaux de Toronto. Quand tu es au courant de tout, c'est dangereux pour ton ciel. L'ignorance est aussi un mal, mais il y a un juste milieu que Roméo ne semble pas connaître. Le haut savoir est pour les latinistes: les prêtres et religieux, les avocats et notaires; pas pour des petits Roméo Tremblay de Trois-Rivières. Louise sait qu'il y a de jolis faits à connaître: la splendeur de la nature, l'harmonie des sons et la douceur des mots bien agencés pour glorifier le nom du Créateur. Louise pense à tout ceci pendant les trois minutes que Roméo prend avant de décider de partir, la lettre de Jeanne muette entre ses mains. Il passe par la maison. Sans doute va-t-il jaser de Jeanne avec Joseph. Son frère disparu, Louise laisse tomber son chiffon, soupire et va regarder par la fenêtre en se murmurant: «La crise... hmmph! Niaiserie!»

Niaiserie est le seul gros mot que mademoiselle se permet, sachant qu'il ne mérite pas une confession, bien qu'il lui arrive d'avouer au curé qu'elle le dit à l'occasion. Ce mot représente quand même une certaine forme de colère. C'est un mot droit, précis, honnête, explicite, qui ne va pas par quatre chemins. Niaiserie signifie un manque de sérieux, désigne un fait sans importance pour l'âme et le corps. Il représente le superficiel, l'inutile, l'absurde. Louise ne le dit jamais gratuitement; quand c'est une niaiserie, ce n'est rien d'autre. Et la crise de Roméo est pour elle une niaiserie.

Le dimanche, après la messe, Louise se prépare pour sa grande sortie en automobile. Elle s'habille proprement comme il se doit le jour du Seigneur. Et il faut donner le bon exemple aux enfants. Elle portera un foulard, de peur que le vent ne la décoiffe. La robe devra être le synonyme de la sobriété de sa personne. Elle met dans son sac à main trois pommes bien brillantes pour donner en cadeau à Renée, Gaston et à sa chère Carole. Jadis, elle téléphonait à sa belle-sœur Céline pour savoir ce qu'elle mettrait dans son panier de pique-nique. Ainsi, elle pouvait compléter le menu avec ses mets secrets, précieux héritage de sa pauvre défunte mère. Mais hier, elle n'a pas osé donner ce coup de fil. Elle sait que Roméo l'invite plus par politesse que par intérêt. À tout hasard, elle apporte un pot de confiture à la rhubarbe. Louise sait que Céline adore cette recette et qu'elle meurt d'envie d'en connaître la formule magique. Mais ce qui vient de sa mère est trop précieux, surtout qu'elle-même avait appris cette recette de grand-maman Turgeon, qui est morte centenaire. Elle fait des recommandations à son employée Rita Bélanger, pourtant habituée de travailler le dimanche. Car Louise ne travaille que rarement le dimanche. Le septième jour est pourtant une bonne occasion pour les affaires dans un restaurant, mais Louise a des principes plus importants que le profit monétaire. Monsieur le curé ne s'oppose pas à ce qu'un restaurant de quartier soit ouvert le dimanche et sait pardonner à Louise quand elle besogne un peu en cette journée. Habituellement, Louise consacre ce congé à lire des histoires pieuses et à remercier le bon Dieu pour la bonne semaine qu'elle vient de terminer. Elle va aussi en promenade au centre-ville, s'attardant à la terrasse Turcotte pour regarder passer les bateaux sur notre beau fleuve Saint-Laurent. Secrètement, elle espère alors qu'avec un peu de chance, elle fera la connaissance d'un vieux garçon distingué et poli, d'un homme de cœur qui saurait reconnaître en elle les qualités d'une bonne épouse. Il n'est jamais trop tard. Louise n'a jamais pensé qu'il était trop tard. Le bon Dieu est juste pour ses fidèles adoratrices.

Chez Roméo, Renée et Gaston protestent: «Oh non! Pas avec ma tante Louise!» Simone se porte tout de suite volontaire pour garder le bébé Christian.

«Silence, les enfants! Tante Louise a toujours été gentille avec vous! C'est ma sœur et elle sort de Trois-Rivières une seule fois par année! Donc, finis vos braillages!

— Oui, mais elle est ennuyante, tante Louise.

— Renée, je t'avertis que si tu n'es pas gentille envers ta tante, tu vas voir de quel bois je me chauffe!

— Elle est quand même ennuyante en patate!»

Roméo a bel et bien dit «midi trente» à Louise. Or, voilà qu'arrive midi trente-cinq. En approchant du *Petit Train*, Roméo recule de cinq minutes les aiguilles de sa montre. Ainsi tout le monde débutera cette journée du bon pied. Louise prend place sur le siège arrière de la Ford, entre la petite Carole et Gaston. En cachette, Renée et Gaston avaient tiré à pile ou face pour savoir lequel des deux aurait la grande chance de ne pas s'asseoir près de la tante. Il a perdu. Renée jubile en prenant la route, bien installée près de sa mère sur le siège avant. Carole sourit à la vieille fille. Avec d'aussi belles dispositions, Louise croit que cette enfant pourrait devenir une religieuse. Ça ne ferait pas de tort à la famille, surtout après le capital de péchés que Jeanne a accumulé au nom des Tremblay. Carole lui montre le Jésus que monsieur le curé lui a donné lors de sa dernière visite. «Et si on chantait?» de suggérer Roméo pour briser le silence d'embarras qui persiste depuis cinq milles. «Oui!» de réclamer les enfants.

«On va chanter *Vive la Canadienne*.

– Pourquoi on ne chanterait pas du jazz, comme tante Jeanne aimait, papa?

— Non! *Vive la Canadienne*!»

Cette Renée finira mal, Louise en est certaine. Elle est si détestable. Elle a fait allusion à Jeanne en sachant très bien que ça agacerait Louise. Cette enfant ne parle que de Jeanne. Il est vrai que Jeanne avait choisi son prénom à sa naissance. C'était celui d'une poète mise à l'index même par l'Église de France. Jeanne, qui n'était pourtant pas très maternelle, passait son temps à appâter Renée de cadeaux. Ainsi, l'enfant a gardé de sa jeune tante une image très précieuse. Elle a mal accepté son départ, mais pour des raisons contraires à celles de Louise, il va de soi.

«Dis, papa? Est-ce que tante Jeanne prenait ce même chemin quand elle venait danser à Shawinigan avec son amie Sweetie?

— Tais-toi, Renée.

— Oh, patate! Si je ne peux plus parler, moi...»

Gaston étouffe un rire. Louise ne tombe pas dans le piège de répliquer à Renée. Elle regarde le paysage. Joseph a élevé ses enfants en vantant les avantages de la ville. Jeanne et Roméo ont grandi avec cette idée. Mais Louise ne refuserait pas de vivre à la campagne, où tout lui paraît plus sain et naturel. La campagne la rapprocherait des coutumes ancestrales, de la présence de Dieu. D'ailleurs, monsieur le curé vante souvent les mérites de la vie agricole. La survivance de la race canadienne-française, de prétendre le saint homme, passe par l'agriculture. Il y a moins d'occasions de péchés avec des champs à labourer.

Louise en voit de toutes les couleurs au restaurant. C'est difficile de tenir un commerce dans la respectabilité quand, à tout moment, un ivrogne peut pousser la porte et causer du scandale. Louise se rappelle les premières années du *Petit Train* lorsque des braves habitants quittaient leurs terres pour venir travailler en usine à Trois-Rivières. Ils étaient excités comme des enfants et perdaient toute mesure face à la promesse d'une vie facile en ville. Elle se souvient particulièrement d'un certain monsieur Dubuc qui venait souvent acheter des sucreries à ses enfants, vers 1912. Aujourd'hui, son plus grand est le pire truand du quartier Notre-Dame-des-sept-Allégresses, et le père Dubuc a le visage ravagé par la boisson. Si ce n'est pas là une preuve du mal engendré par la ville, Louise se demande bien quel autre exemple elle pourrait apporter. Si monsieur Dubuc n'avait pas quitté sa ferme, il serait aujourd'hui un bon vieux fumant une pipe devant ses vastes champs cultivés par son aîné.

Quand Roméo aperçoit de loin une charrette et son cheval, il exprime son impatience par un geste, avant de les doubler dans un nuage de poussière. Louise, furtivement, regarde derrière: le cheval et le berleau. C'est tellement plus beau que ces automobiles bruyantes et puantes. Mademoiselle se dit qu'elle est née à une mauvaise époque. Au siècle dernier, les hommes étaient moins vulgaires et savaient apprécier les femmes pour leurs qualités. Aujourd'hui, ils ne regardent que la beauté et ignorent ainsi des femmes dépareillées. Au dix-neuvième siècle, Louise n'aurait pas été vieille fille. Elle serait une mère de famille. Elle habiterait à la campagne et n'aurait pas passé sa vie à exercer un métier d'homme. Sa mère, Adrien et Roger seraient toujours vivants. Jeanne ne serait jamais devenue... et Roméo se serait marié, comme il l'a fait, sauf que sa fille Renée ne passerait pas son temps à faire des grimaces à Louise en visant Gaston, comme la petite hypocrite qu'elle est!

«Pas trop de vent, derrière? Tu veux que je monte la capuche, Louise?

— Si tu insistes, Roméo, peut-être que j'aimerais m'asseoir devant, à cause du vent.

— À ta guise.»

Céline passe sur la banquette arrière, mais Renée demeure à sa place. Roméo a deviné le jeu de sa fille et la punit en la coinçant entre Louise et lui-même.

«Regarde, Renée. Une croix de chemin. Qu'est-ce qu'on fait?

— Un signe de croix, mademoiselle.

— Le bon Dieu prend note de tous ces bons gestes, Renée.

— Oui, ma tante mademoiselle.»

Roméo arrête son automobile et fait agenouiller sa fille espiègle devant la croix afin qu'elle demande pardon à Jésus pour toutes ces moqueries envers sa tante. Les mains jointes, Renée regarde le ciel, ses petites lèvres répétant des *Je vous salue, Marie* ordonnés, mais entrecoupés de «Vieille fatigante!» qu'elle se promet bien de ne pas confesser. Après cette pause, le voyage se poursuit au cœur du malaise jeté par Renée. Louise essaie d'entretenir Céline de sujets tels le tricot ou le sermon de la messe de ce matin. Personne ne profite du paysage: tous regardent devant eux. Il semble à la famille Tremblay qu'il n'y a rien à voir. Vivement Shawinigan Falls!

Après une collation sur l'herbe d'un parc, les enfants vont s'amuser dans les balançoires. Louise aide Céline à remettre les aliments restants dans le panier, quand arrive un homme qui, sans crier gare, demande de lui donner la nourriture en trop. Voyant que les femmes le dévisagent avec stupeur, il rajoute «s'il vous plaît», en regardant Roméo.

«Vous avez perdu votre emploi, n'est-ce pas?

— Oui, ça fait quatre mois et les patrons ne sont pas pressés de me rappeler. Je n'ai pas trouvé d'autre ouvrage. J'ai sept enfants. Vous comprenez?

— Donne-lui quelque chose, Céline.»

Céline obéit à son mari. Mais quand elle met la main sur le pot de confiture de rhubarbe de Louise, celle-ci s'en empare. L'homme part à toute vitesse avec sa précieuse récolte.

«Si c'est pas épouvantable de quêter sur la voie publique. Et si impoliment!

— Les temps sont difficiles, Louise.

— Est-ce que tu sais ce qu'il faisait de ses économies quand il travaillait? Buvait-il toutes ses paies? Peut-être qu'il allait aux petites vues toutes les semaines. Je me dis que, dans un tel cas, il est puni pour ses étourderies.

— Louise, ce n'est pas bien catholique de porter de tels jugements basés sur des suppositions.

— C'est de la faute de ta crise, je suppose? Niaiserie! Tu sais bien qu'avec toutes ces manufactures dans les villes, ça ne durera pas longtemps. Il y a toujours eu de l'ouvrage pour tout le monde, même pour les paresseux.»

Roméo allume une cigarette pour s'empêcher de répondre. Il sait qu'au fond, Louise ne pense pas réellement tout ce qu'elle dit. Il espère qu'elle n'aura pas le temps de constater les dégâts possibles d'une crise boursière. Son monde se limite à la distance entre *Le Petit Train* et l'église paroissiale. Ce qu'il y a autour ne fait pas partie de son univers.

«Parles-en au vicaire.

— De quoi donc?

— De la crise.

— Et tu crois qu'un prêtre a du temps à perdre avec les problèmes d'argent des Américains alors qu'il y a tant de pécheurs à sauver?

— Les curés sont des gens cultivés. Ils sont au courant de bien des choses.

— Est-ce que tu me traites de niaiseuse, Roméo?

— Mais non! Où vas-tu chercher une telle idée?

— Va donc fumer dans ton coin et laisse-moi parler d'affaires de femmes avec Céline. Ça vaudra mieux.»

Roméo a le goût de se joindre à sa fille Renée pour tirer la langue à Louise. Une longue langue accompagnée par des yeux plissés, des doigts dans les oreilles. Il décide de passer par une autre route pour le chemin du retour, ainsi Louise pourra voir ses églises rurales et son congé annuel aura été parfait. En approchant de Trois-Rivières, Céline invite Louise à souper. C'était peut-être superflu...

La maison de Roméo déborde de la présence de Jeanne.

Partie à toute vitesse avec deux simples valises, Jeanne a donné à Roméo tous ses biens. Il est, entre autres, dépositaire de tous les tableaux qu'elle a laissés derrière elle. Il y en a aux murs de chaque pièce. Il y a aussi ses disques de jazz, que Renée passe son temps à faire tourner en dansant avec son ours de peluche.

Roméo, qui aime tous les arts, sait que sa chère Jeanne était une grande portraitiste. Si elle était sur son déclin artistique depuis qu'elle buvait, Roméo est certain qu'elle a quand même produit des toiles uniques qui vaudront des fortunes dans quelques années. Louise ne connaît rien à la peinture, sinon que l'Église a besoin d'artistes pour la glorification des saints. Une belle peinture de la Nativité dans une église est utile aux fidèles. Et un beau paysage canadien-français peut avoir sa place dans un salon. Mais pour elle, les jeunes filles dansant du jazz, que Jeanne avait l'habitude de peindre, sont des niaiseries navrantes.

Louise a pourtant une toile de Jeanne chez elle. Jeune fille, Jeanne avait peint chaque membre de la famille Tremblay, présent idéal pour le jour de l'an 1915. Jeanne avait immortalisé une Louise de vingt-cinq ans. Elle lui avait imprimé au visage le plus beau sourire que l'on puisse imaginer. Mais cette toile a vite été cachée avec les autres souvenirs de la maudite.

Quand Louise retourne au *Petit Train*, tout semble immobile. Son employée Rita lui dit que peu de clients sont venus. Une journée de deux dollars par un beau dimanche ensoleillé, ce n'est pas très normal. Et Joseph n'a eu qu'un appel pour ses taxis. Le vieil homme n'a rien fait de son temps, pas même lavé ses voitures, comme il a l'habitude de le faire. Il est resté dans son petit bureau à attendre les appels. Maurice dit à Louise que grand-père semblait réfléchir tout ce temps.

«Tu as fait un beau voyage?

— Oui. Une bien belle journée. Mais ici, ça n'a pas tellement bougé. Il faut réagir, papa. On va faire des spéciaux. On va leur montrer que les Tremblay ont le sens des affaires.

— Pour quoi faire?»

C'est vers le milieu de la semaine prochaine que nos autorités municipales connaîtront exactement le nombre de chômeurs que l'on trouve actuellement en notre ville. Le mode d'enregistrement adopté permettra de faire le relevé de tous et chacun des résidants de Trois-Rivières sans ouvrage. Sur des cartes fournies à cette fin, chacun devra répondre exactement à un questionnaire qui renseignera les enquêteurs municipaux du chômage sur le degré d'urgence des secours à donner à telle ou telle catégorie de sans travail. Notre conseil ne veut pas marcher à l'aveugle (sic) et il désire que lorsque les délégués se présenteront devant la commission de secours aux chômeurs à Québec, ils pourront dire: «Notre nombre de sans travail est de tant et nous sommes à même de le prouver sans erreur possible, d'après les statistiques et les dossiers de nos enquêteurs.»

Le Nouvelliste, 30 octobre 1930.

Dans le quartier Notre-Dame-des-sept-Allégresses, tout le monde connaît mademoiselle Louise. Il y a des pères qui viennent avec leurs enfants en leur disant: «Regarde cet endroit. J'y venais quand j'avais votre âge et c'est mademoiselle Louise qui me répondait.» Louise a vu des garçons qui n'ont pas survécu à la guerre et des petits anges transformés en démons. Elle sait que des jeunes hommes ont rencontré leurs épouses au *Petit Train*. Elle a entendu des ouvriers débordant du grand rêve d'avoir une maison bien à eux et qui sont toujours locataires dans les maisons cubiques de la paroisse. Louise est plus que familière avec la faune habituelle des restaurants de quartier, comme ces hommes et femmes qui viennent depuis des années, à la même heure, pour prendre toujours le même café, s'installant sur le même banc. Louise se plaît à penser que son restaurant est comme les anciens magasins généraux de village: on y vient pour avoir des nouvelles. Le soir, depuis toujours, la jeunesse arrive pour flâner. Louise est très sévère à leur endroit: «Flânez si vous le voulez, mais conduisez-vous décemment.»

Le jeu favori de ces jeunes hommes est de filer un petit bec à leur blonde pendant que la vieille fille a le dos tourné.

Mais les jeunes ne viennent plus, ni les habitués ni les pères avec leurs enfants. Et Louise se confesse du péché de jeter la faute à Jeanne. C'est vrai que quelque chose cloche dans les usines de Trois-Rivières, constate-t-elle. Certains de ces anciens ouvriers, reconnus comme sobres et travaillants, se présentent au restaurant pour quêter de la nourriture. *Le Petit Train* n'est pas la Saint-Vincent-de-Paul. Si Louise donne une fois, la rumeur va se répandre dans le quartier et mademoiselle sera sollicitée chaque jour. Mais comme elle veut quand même faire preuve de charité chrétienne, Louise a pris l'habitude d'envelopper soigneusement la nourriture un peu périmée qu'elle jette à la poubelle, le mercredi soir.

Bientôt, l'hiver sera là. Louise prie pour que cesse cette niaiserie de crise. Son chiffre d'affaires a radicalement baissé et elle a dû oublier ses projets de rénovation. Louise a donc demandé à Joseph de vendre une de ses automobiles, pour qu'elle puisse le nourrir et payer les comptes du restaurant. Cette transaction a brisé le cœur de Joseph.

Le vieil homme passe maintenant plus de temps dans son atelier que dans son bureau. Il taille dans du bois des petits chiens, des soldats, des chevaux et des bergères. Louise, en regardant le tout, se souvient avec émotion qu'autrefois, quand elle était petite, Joseph consacrait beaucoup de temps à sculpter ces figurines décoratives. À cette époque, il «gossait» des jouets si beaux que tous les bourgeois de la ville accouraient à sa boutique pour faire l'achat de cet artisanat. Ces dernières années, il a bien fait quelques statues de la sainte Vierge, mais ce retour aux modèles enfantins rappelle à Louise la douce musique de sa propre enfance dans le quartier Saint-Philippe. Un soir, Joseph dépose un magnifique chien sur la tablette derrière le comptoir, près du tiroir-caisse.

«C'est pour vendre?
— Oui. Aux touristes.
— Combien vous demandez?
— Cinq piastres.
— C'est un peu cher. Vous ne le vendrez pas.»

Louise devine la suite. S'il vend ce chien, Joseph va s'enthousiasmer à outrance et il délaissera ses taxis. Il devra se débarrasser d'une autre voiture, puis d'une autre et d'une suivante, jusqu'à ce qu'il n'en reste plus. Il n'y aura que le restaurant pour les faire vivre.

Les spéciaux que Louise a proposés cet automne n'ont attiré personne. Elle a été obligée de modifier son budget de dépenses, pourtant le même depuis une douzaine d'années. Pour cet hiver, elle songe à fermer une heure avant le temps habituel, afin d'économiser l'électricité.

Pour oublier ses soucis, Louise sort un peu plus que d'habitude. Elle prend le tramway et se rend au centre-ville. Elle surveille chaque restaurant. Ils sont encore tous ouverts et rien ne laisse deviner que les affaires vont mal, sinon un nombre inhabituel d'affiches claironnant des soldes incroyables. Louise n'a pas beaucoup de relations avec les autres commerçants de Trois-Rivières. Personne ne l'a approchée pour faire partie d'un club social. Il est vrai que la Chambre de Commerce accueille surtout des hommes. Pourtant, Louise sait qu'elle pourrait discuter d'affaires avec autant de brio qu'un fumeur de cigares. Elle connaît tous les trucs du métier. L'ABC du service à la clientèle n'a aucun secret pour elle, tout comme l'administration. Elle a consacré sa vie aux commerces de son père. Parfois, il lui arrive de penser que c'est là une raison pour laquelle elle n'a pu trouver de mari: quel prétendant voudrait d'une femme exerçant un métier d'homme? Mais peut-être qu'un marchand veuf...

Cette situation lui aura fait une mauvaise réputation auprès des autres vieilles filles. Elle ne fait pas partie de leur communauté. Bien que catholique exemplaire, Louise n'a jamais adhéré aux Dames de Sainte-Anne, ni aux cercles féminins approuvés par monsieur le curé. Elle n'a pas le temps. Les reines de la Sainte-Catherine s'habillent en noir et portent des petits chapeaux ridicules. Elles s'installent sur leurs galeries et se bercent en surveillant tout ce qui se passe dans les quartiers. Ces vieilles filles ont abandonné l'espoir de trouver un bon parti. Pas Louise. Il ne sera pas le prince vaillant des rêves de ses quatorze ans, ni même l'homme idéal de ses trente ans. Ce promis est cependant toujours demeuré honnête et respectueux. Mais Louise est réaliste: cet homme sera le compagnon de ses vieux jours, ne pourra pas devenir le père de ses enfants. Quel grand malheur de penser qu'il devient de plus en plus tard pour donner naissance à des petits catholiques!

Louise regarde une vitrine de la rue Badeaux, quand soudain, elle sent derrière elle une présence. Enfin celui qui? Non! Juste mademoiselle Arthémise. Elle a l'âge de Louise, mais en paraît vingt de plus.

«Pensez pas qu'il fait un beau temps pour le mois des morts, mademoiselle Tremblay?

— Oui.

— Vous magasinez?»

L'hypocrisie typique de la vieille fille! Le visage à deux faces par excellence du quartier Notre-Dame! Louise sait toutes les méchancetés que mademoiselle Arthémise a semées sur le compte de Jeanne aux quatre coins de la ville. Il n'y a pas de mal en soi, vu que Louise pense qu'il y a là quelques vérités. Mais quand elle attribuait à Louise les mêmes péchés, les bavardages de cette pie devenaient de la calomnie! Et la voilà à lui parler de la température comme si rien ne s'était passé.

«Et votre jeune sœur Jeanne? Vous avez eu des nouvelles?

— Jeanne vient de faire une exposition à Paris et les journaux ont souligné avec éclat son grand talent.»

Ce n'est pas vrai. Un mensonge. La voilà à commettre un péché pour défendre Jeanne. Mais c'est la seule façon de clouer le bec à cette peste d'Arthémise. Louise a peur qu'elle rajoute: «Et son amie anglaise?» C'est pourquoi mademoiselle porte tout de suite son regard vers la robe dans la vitrine.

«C'est des fanfreluches pour catins. Pas une femme respectable n'oserait porter une telle robe.

— C'est une très belle robe.»

Louise croit que pour se débarrasser de cette vilaine, Jeanne l'aurait poussée en riant comme une folle et en lui tirant la langue. Ou peut-être aurait-elle craché à ses pieds ou relevé sa jupe. Louise se contente d'entrer dans la boutique pour faire semblant d'acheter le vêtement.

«Les affaires vont bien?

— Avec Noël qui sera là bientôt, les gens vont vouloir bien s'habiller pour les veillées.

— Noël? Mais nous ne sommes qu'au début du mois de novembre.»

En levant les yeux, Louise aperçoit l'affiche «Vente de Noël». Si les gérants annoncent déjà leurs spéciaux du temps des fêtes, c'est que les affaires ont nécessairement baissé. Louise n'achète pas la robe. Elle n'a pas cet argent. Elle se contente de deux bobines de fil et de quelques verges de tissu. Ainsi, elle pourra se fabriquer un vêtement à bon marché.

Le centre-ville lui apparaît comme une immense boutique de jouets: on regarde mais on ne touche pas. Elle décide de retourner chez elle à pied. Un peu de grand air est si bon pour la santé. Elle rêve de voir, à son retour, le restaurant bondé de clients. Mais il n'y a que son employée et le grand Maurice.

«Qu'est-ce que tu fais là?

— Il n'y a pas d'appels, ma tante. Alors, je suis venu prendre un café.

— Et ça ne te passe pas par la tête d'aider ton grand-père dans ses affaires?

— Quelles affaires?

— Maurice, tu es polisson! Ouste! Fais du vent! Tu fais fuir les clients!

— Quels clients?»

Rita, l'employée, a fait bouillir le potage pour le souper. Le train de quatre heures du vendredi a toujours été généreux en clients; des gens attendent pour aller passer la fin de semaine dans leurs familles, tandis que des étrangers arrivent à Trois-Rivières pour visiter leur parenté. Mais il ne vient que trois voyageurs. Louise transvide la soupe restante dans des petits bocaux. Ces restes lui serviront pour ses propres repas. Mais elle doit jeter le ragoût. Quel gaspillage! Elle recommande à Rita d'en préparer moins, à l'avenir. Rita répond quatre fois «Oui, mademoiselle» et s'excuse à dix reprises. Peut-être a-t-elle peur de perdre son emploi. Du fait, Louise a songé à l'appeler moins souvent. Mais elle s'en fait un cas de conscience: Rita a trois enfants et son mari a perdu son gagne-pain aux pâtes et papiers. Elle n'a que son maigre salaire pour nourrir sa famille.

«Rita?

— Oui, mademoiselle?

— Transvidez le ragoût et emmenez-le chez vous.

— Oh! mademoiselle Louise! Vous êtes trop généreuse! Merci mille fois!»

Au début du mois de décembre, Louise commence à préparer le bilan du restaurant et des taxis de Joseph. Pour la première fois, la compagnie de transport de son père montre des pertes. Découragée, Louise dépose sa plume, soupire, quitte le restaurant, rentre à la maison pour s'habiller chaudement avant de sortir prendre l'air. Elle veut voir où est cette crise. Mais elle ne la trouve pas en arpentant les rues du quartier. Probablement qu'elle se cache derrière les portes. Elle n'est sûrement pas entre les murs de l'usine de textiles Wabasso. Louise a su de source certaine que leurs patrons ont engagé d'autres femmes. Cette crise semble nulle part. Et pourtant, le quartier de Louise lui fait peur. Tout semble désert, inhabité, agonisant. Elle croyait voir des enfants habillés de guenilles, tendant leurs petites mains mauves aux passants, tout en tremblotant de faim. Ou un mécanicien édenté, la casquette de travers sur la tête. Roméo lui a montré ce genre de photographies. Mais c'était américain. Ici, la crise se cache. Louise a entendu parler des problèmes du moulin de pâtes et papiers Wayagamack, de la St-Lawrence ou de la Canadian International Paper. Mais aucune de ces usines n'est fermée. Elles grondent toujours en continuant de jeter dans le ciel trifluvien leur odeur saisissante. Trop énervée par ces pensées, Louise arrête à l'église. Un chemin de croix ne peut sûrement pas faire de tort. Oh! ils sont donc là, les chômeurs? Et la ferveur dans leurs yeux prouve à Louise que quelque chose ne va vraiment pas dans cette ville.

«Monsieur le curé, que dois-je faire?

— Prier et faire la charité, mademoiselle Tremblay.

— C'est ce que je fais, monsieur le curé. Je veux dire, comme commerçante, que dois-je faire?

— Je crois que vous avez une meilleure sagesse que la mienne dans ce domaine. Je m'occupe des âmes, vous de votre restaurant.»

Que dois-je faire? Voilà probablement la première fois de sa vie que Louise se pose cette question à propos de son métier. Elle désire en discuter avec son père, mais il ne trouve rien d'autre à faire que de sculpter ses petits chiens dans des bouts de bois, comme si le monde entier n'existait plus.

«Ce sera bientôt Noël. Ça va faire des beaux cadeaux pour toute la famille. Tu vas voir, on va en vendre.

— Écoutez, papa, ce n'est pas avec vos sculptures qu'on arrivera à vivre décemment.

— Tu sais, Jeanne vendait ses toiles cinquante et même soixante-quinze dollars. Ce petit chien est autant artistique que ses peintures. Regarde ces détails! Tu sais le nombre d'heures que j'ai consacrées à lui tailler un aussi beau nez?»

Au milieu de décembre, Louise prend la décision de supprimer les gros repas de son menu. Elle ne servira que des boissons et des collations. C'est en insistant sur la qualité de son café qu'elle installe une affiche dans la fenêtre de la porte d'entrée. Avec le froid de l'hiver, les passants ne manqueront pas de prendre bonne note de cette invitation.

Celui qui en prend connaissance le premier est Roméo, qui entre très rapidement dans le restaurant. *Le Petit Train* est l'entreprise familiale, le souvenir de ses jours de jeunesse et il sait comme il est important dans la vie de Louise. Il n'ignore pas que si sa grande sœur n'a que le défaut d'orgueil, il est parfois gigantesque. Mais Roméo va droit au but: «Combien veux-tu?» Louise demeure de marbre, sous le regard énervé de son frère.

«Je ne veux rien. Je fais mes affaires. Occupe-toi de ton journal, moi, j'ai la responsabilité de ce restaurant et je sais mieux que toi ce qui doit être fait pour sa survie et son succès.

— D'accord. Dans ce cas, je te fais un prêt. Tu me rembourses avec des intérêts.

— Tu as six bouches à nourrir. Moi, je n'ai que la mienne et celle de papa. Si c'est la crise pour moi, ce pourrait l'être pour toi; les gens sans travail n'auront plus l'argent pour acheter ton journal tous les jours de la semaine. Donc, toi aussi, tu peux devenir chômeur. Je n'ai besoin de rien, sinon de tes prières. Ce que tu aurais avantage à faire plus souvent.»

Il savait qu'elle aurait cette réaction face à son offre, tout comme il devine qu'elle n'aurait pas été contente s'il ne l'avait pas faite. Il va donc voir Joseph pour lui en glisser un mot. Roméo trouve son père bizarre, changé, replié sur lui-même. Joseph lui paraît n'exister que pour ses sculptures, souvenirs lointains des jours où tout allait bien.

«Qu'est-ce qu'il a, papa? Il est malade?

— Avec tout le mal que notre sœur lui a fait, tu ne crois pas que c'est normal de voir le pauvre vieux devenir triste d'heure en heure?

— Ça y est! Louise vient de lâcher sa crotte!

— Roméo, c'est très vulgaire ce que tu viens de me dire et je t'ordonne de t'excuser dans la minute!»

Noël arrive. Les réclames, sur toutes les devantures, le souhaitent joyeux. Mais il risque de ne pas l'être beaucoup avec un frère et une sœur à couteaux tirés et Joseph qui se presse de sculpter pour donner en cadeau à ses petits-enfants. Roméo aurait été prêt à pardonner bien des choses à Louise si elle n'avait pas eu l'idée de congédier son employée Rita trois jours avant Noël, sans crier gare, après quatre années de bons services.

«Je n'ai plus d'argent pour la payer! Que veux-tu que je fasse?

— Tu aurais pu l'avertir une semaine à l'avance ou attendre après le temps des fêtes. Tu aurais pu avoir plus de tact!

— Je ne suis pas une œuvre de charité, Roméo.

— Non mais de la part d'une personne qui passe son temps à ne parler que de charité chrétienne, ton attitude me surprend beaucoup!»

Noël est le temps idéal pour oublier les malentendus et blanchir les fautes. C'est une occasion de retrouver l'amour en fêtant la naissance de Jésus. Mais où sont donc les Noël que Louise aimait? Ceux de son enfance et des jours heureux? Ils disparaissent peu à peu, d'année en année. Maintenant, l'événement du temps des fêtes est l'arrivée tapageuse du père Noël au magasin Fortin.

Quand Louise était petite, elle aimait les grandes réunions familiales, autant du côté des Tremblay que des Turgeon. Joseph est d'une famille de douze enfants. Cinq sont maintenant décédés. Les autres ne sont que des vieillards. Le temps de giguer toute la nuit et de manger sans pouvoir s'arrêter est maintenant révolu. Disparue l'époque où toute la famille se rendait à la messe de minuit en carriole. Maintenant, Roméo y va en automobile. L'an dernier, elle a refusé de monter dans la Ford de son frère, préférant marcher, jugeant ce geste plus digne. Ce précieux moment! La messe la plus importante de l'année! Une messe toute pareille à celles de son enfance. L'émotion de ces instants, la beauté du chant et de la lumière si claire, contrastant avec la noirceur dans les fenêtres.

C'est à contrecœur que Louise a commencé à décorer le restaurant de guirlandes et de lumières scintillantes. Elle trouvait cette pratique païenne. Ce décorum superflu était une insulte au véritable esprit de Noël. Mais les gens venaient au *Petit Train* pour voir les décorations. S'il n'y en avait pas eu, ils se seraient rendus dans un autre restaurant.

Roméo organise des réveillons modernes. Sa maison se transforme en bouffonnerie d'ornements criards. Il permet à ses enfants de s'asseoir sur les genoux de ce monstre à barbe blanche, plus populaire que Jésus dans ces petits cœurs. Et Roméo leur achète des jouets coûteux au lieu de leur donner des fruits ou des images saintes. À la manière des Américains, Roméo donne maintenant des cadeaux à Noël, au lieu d'attendre le jour de l'an, comme le veut la tradition des ancêtres de cette terre française du Canada.

Lors des derniers réveillons, Jeanne s'habillait de sa robe la plus courte et dansait indécemment, pendant que son Anglaise jouait du jazz au piano. Les vieux trouvaient formidable de les voir se trémousser. Louise, honteuse, allait se cacher à la cuisine en attendant qu'elles finissent leurs niaiseries. Mais pour ce premier Noël des années trente, il n'y a plus de Jeanne. Il n'y a qu'un restant de famille, qu'une réunion prétexte à offrir des présents aux jeunes. Mais l'année a été si difficile; pardonner, oublier et recommencer de bon pied, telles sont les bonnes résolutions de Louise et de Roméo.

Roméo adopte la sobriété pour cette réunion familiale, dans le but de plaire à Louise: pas de disques, de radio, ni de décorations à n'en plus finir. Juste Joseph et Louise, face à lui, puis Céline et les enfants. Et du temps pour parler, se confier, demander pardon au fils de Dieu pour les gros péchés d'orgueil commis durant ces douze mois. Et prier le Seigneur pour que cesse cette grisaille enrobant Trois-Rivières.

Joseph entre les bras chargés de sculptures pour ses petits-enfants. Il est pressé de leur faire ces présents. Mais il faut d'abord goûter à la cuisine de Céline. Les mets traditionnels ravissent Louise. Cette bonne odeur donne des couleurs, du moins jusqu'à ce que Joseph demande à son hôte: «Mais tu n'as pas invité Jeanne?» En l'entendant, Louise avale mal un morceau de tourtière.

«Jeanne est à Paris, papa.

— Elle aurait pu venir quand même.

— Elle a envoyé une carte de Noël. Je vais te la montrer.»

Pour ne pas gâcher la réunion, Louise ose mettre la main sur cette carte. Mais elle n'est pas dupe; elle voit parfaitement que son frère a cherché à imiter la signature de leur sœur en écrivant lui-même: «Joyeuses fêtes et bien du bonheur à Louise et papa.» Joseph regarde la carte de longues secondes, la retournant en tous sens.

«Ah! c'est gentil de sa part.

— J'ai une photographie, aussi.

— Oui? Je peux la voir?

— Roméo! Le souper!» de trancher promptement Louise.

Les assiettes se remplissent rapidement et se vident à petites bouchées chez les adultes. Les enfants sont plutôt pressés d'en finir afin d'ouvrir leurs paquets. Il n'y a que Renée pour manger lentement, examinant fixement Louise d'un regard espiègle.

«Tante Jeanne m'a envoyé une poupée. Une poupée française.

— Tu n'en as pas assez de poupées, Renée?

– Je n'en avais pas de Paris. Elle a aussi envoyé une marionnette à Gaston et des jouets aux autres. Elle donne des cadeaux amusants, elle.»

Louise – Dieu lui pardonne – a le goût d'égorger cette peste mal élevée. Heureusement que la petite angélique Carole est là pour la calmer. Elle est encore trop jeune pour avoir conscience des épouvantables péchés commis par Jeanne et du déshonneur qu'elle a jeté sur la famille. Et d'ailleurs, Louise est certaine que Carole ne se souvient pas réellement de Jeanne. Maurice, tout comme Simone, ne dit rien. Ce grand dadais, cet escogriffe qui finira par faire des mauvais coups. Louise aimerait quand même savoir sa position à propos de Jeanne. Après tout, à son âge, il est celui qui a le plus côtoyé la reniée.

Après le repas, comme il se doit, Louise aide sa belle-sœur Céline à laver la vaisselle. Simone les assiste et Louise ne cherche même pas Renée. Au lieu de faire son devoir de bonne fille en aidant sa mère, elle est au salon à gigoter autour des boîtes enrubannées. Céline a préparé beaucoup trop de tourtières et de gâteaux. Au lieu de les replacer dans la glacière, elle les dépose dans des boîtes. Roméo ira faire une surprise à quelques chômeurs qu'il connaît.

Enfin, les enfants déballent leurs présents! Pendant qu'ils s'excitent, la tête cachée dans les boîtes, les adultes demeurent silencieux. Ils pensent que ces enfants ont de la chance d'avoir un père, une mère, un grand foyer bien chauffé, trois repas par jour. Ce n'est pas le cas pour tous les petits de Trois-Rivières. Grand-père Joseph donne ses belles sculptures. Les enfants ne connaissaient pas ce talent à leur pépère. Louise est surprise de constater qu'il a plus de boîtes que de petits-enfants à combler.

«C'est pour Jeanne. Elle n'est pas là?

– Non, papa! Jeanne ne vit plus ici et vous le savez! Et Adrien et Roger aussi sont morts!

– Je le sais qu'Adrien est mort, ma fille! À la guerre! Et que Roger et ta mère sont morts à cause de la grippe espagnole! Et c'est pas toi qui vas m'empêcher d'offrir un cadeau à ma petite!

– Elle n'est pas là, papa!

— Où est-elle? Qu'est-ce que tu lui as encore fait?»
Le vieux se met à trembler avant d'éclater en sanglots. Louise, sentant sa faute, s'approche pour lui demander son pardon, mais Joseph la repousse de la main. Les enfants entourent leur grand-père pendant qu'à toute vitesse, Louise s'en va à la cuisine, suivie par Roméo.

«Pourquoi fallait-il que tu parles d'Adrien et de Roger?

— Roméo, notre père retourne vingt-cinq ans en arrière! Il perd la mémoire. Il a des maladies de vieux. Il faut le faire soigner.

— Ce n'est pas une raison pour le traiter aussi cruellement.

— Mais tu ne comprends donc jamais rien?»

Louise se sent exclue du reste de la soirée. Céline et Roméo lui parlent par des politesses vides de sens. Elle se sent encore plus médiocre quand Roméo – une vraie niaiserie – décide de téléphoner à Paris. Une fortune que ça lui coûtera! Pendant que les ouvriers perdent leurs emplois et crèvent de faim, Roméo jette son argent par les fenêtres pour donner un coup de fil à cette maudite à l'autre bout du monde. Et elle n'est même pas là! Probablement partie s'enivrer avec cette Anglaise. Pas même assez de cœur pour rester chez elle en pensant que sa famille pourrait lui téléphoner. Louise est bien contente de cette absence, prouvant l'égoïsme de Jeanne. Si elle avait été chez elle, mademoiselle aurait été obligée d'entendre sa voix et de lui parler.

Ils se consolent avec les photographies que Jeanne a fait parvenir. Jeanne et cette fille devant la luxueuse salle de cinéma du Gaumont Palace. Jeanne face au Louvre. Jeanne et l'Américaine devant la tour Eiffel. Louise demeure éloignée de ces réjouissances. Elle voudrait être chez elle, seule, comme d'habitude.

Si la vie l'avait avantagée et qu'elle se soit mariée, Louise fêterait Noël de la bonne façon: dans la foi, le respect de la tradition et dans l'amour de la famille. Louise aurait autant d'enfants que le bon Dieu le lui aurait permis. Et ils seraient bien élevés! Oui! Pas de grand nigaud à la Maurice ni de diablotine comme Renée! Que des petites Carole. Mais le destin a décidé autrement. Il a fait d'elle une femme exerçant un métier d'homme: administrer et voir à la bonne marche d'un restaurant. Ce commerce qui devait être celui de la famille. Jeanne et Roméo y ont travaillé en se bouchant le nez. Adrien refusait absolument d'y passer du temps. Et le fondateur Joseph s'est contenté de montrer à Louise comment équilibrer un budget. Souvent, il lui arrive de penser que Joseph aurait préféré avoir un garçon à sa place. Joseph a toujours traité Louise comme un homme.

Louise termine son bilan la semaine précédant le jour de l'an. Puis, elle élabore des stratégies pour les premiers mois de 1931, en tenant compte de la crise, de sa probable fin et de la possibilité qu'elle s'aggrave ou se maintienne. Louise a aussi pensé qu'il faudrait se débarrasser d'autres voitures de taxi, avant qu'elles ne perdent de la valeur. Elle croit qu'il faudrait parler sérieusement à Joseph pour clarifier la situation: ou c'est le restaurant, ou c'est le service de transports. Si les difficultés persistent, Louise ne pourra maintenir les deux commerces. Et que serait-elle sans son *Petit Train*?

Au jour de l'an, il y a un réveillon chez l'oncle Moustache, un des frères de Joseph. Un réveillon de vieux. Elle y va pour s'occuper de son père, comme chaque fille honnête se doit de le faire. Roméo, lui, ne fait qu'une courte visite. Tous les jeunes ne sont que de passage, mais Louise reste. Elle se contente, comme les autres années, de répondre par un sourire gêné à l'éternel: «Puis? Où est ton cavalier?» Et pire encore: «Alors, tu gardes toujours ton trésor dans son coffre, Louise?» Et surtout, l'immonde: «Même si c'est pas dans le bon sens de la nature, ta sœur Jeanne a au moins trouvé quelque chose à cacher sous scs draps!» Noël, le jour de l'an... Comme ces fêtes pourraient être belles et précieuses! Si...

C'est au dépôt des pauvres, à l'hôpital Saint-Joseph, que se trouvent les magasins généraux de la Saint-Vincent-de-Paul, et où se fait la distribution des effets et victuailles aux pauvres de la ville qui sont protégés par les confréries de la Saint-Vincent. On vient en aide actuellement à près de 140 familles. Chaque famille a droit chaque semaine à 2 livres de gruau, 2 livres de pois, 2 livres de fèves, une demi-livre de sel et une demi-livre de sucre, une demi-livre de thé, 2 livres de farine, une livre de beurre, un minot de patates, du saindoux, de la mélasse, une barre de savon. Enfin du bœuf dont la quantité varie selon l'importance de la famille, chacune ayant droit à un maximum de 10 à 12 livres. Ces articles sont remis hebdomadairement à toute famille détenant un bon ou un billet signé par le président de la Saint-Vincent-de-Paul.

Le Nouvelliste, 12 janvier 1931.

Louise met en vente deux voitures de taxi, avec l'accord indifférent de Joseph. Mais personne ne semble vouloir acheter ces automobiles utilisées depuis près de huit ans. Mademoiselle aurait pourtant bien besoin de cet argent pour payer les comptes et voir au confort de la maison.

Le grand Maurice, de son côté, proteste contre les décisions arbitraires de sa tante. Il prétend que si son grand-père ne veut plus de sa compagnie de taxi, il serait l'homme idéal pour la faire progresser. À son âge! Et avec la fainéantise que Louise lui reconnaît! Elle ne se rend pas compte que le jeune homme essaie avec vigueur. Il n'attend plus les coups de téléphone; il parcourt les rues de Trois-Rivières en abordant les passants. Mais la plupart des citoyens n'ont pas d'argent pour se déplacer en taxi, malgré les spéciaux qu'il offre.

D'autres gens, faisant face à la crise, ont semblé abandonner tout espoir. À quoi bon refaire le même chemin des manufactures quand les ouvriers savent d'avance qu'il n'y a pas d'ouvrage? Ils errent dans les rues et, inévitablement, arrêtent au *Petit Train* pour demander à Louise s'ils ne pourraient pas déblayer l'entrée en retour d'un sandwich. Mais même les déchets du *Petit Train* sont en crise: Louise vend principalement du café, du thé et des eaux gazeuses. À cinq sous le verre, les profits sont bien minces.

Pas trop loin du restaurant, la Saint-Vincent-de-Paul a ouvert un comptoir où des religieuses servent de la soupe claire et donnent des effets aux hommes mariés en chômage. Louise, de sa fenêtre, les voit passer tous les jours. Il n'y a pas si longtemps, ces hommes faisaient partie de la clientèle régulière du *Petit Train*. Ce triste spectacle lui fait très peur. «Doux Jésus et ma bonne Sainte Vierge! Est-ce la fin du monde?»

Trois-Rivières, la reine industrielle de la vallée du Saint-Maurice! La ville modèle de la province de Québec! Les chômeurs y arrivaient sans but précis, et, six heures plus tard, ils avaient un emploi aux pâtes et papiers ou dans les autres grandes usines. Mais les gens continuent d'affluer, malgré la crise. La ville a sa bonne réputation pour l'emploi. Les chômeurs de Sorel ou de Nicolet viennent à Trois-Rivières en se disant que cette ville déborde d'usines et qu'il y aura de la place pour eux. Mais ils repartent bien vite, ou demeurent et vont à la Saint-Vincent-de-Paul et dans les presbytères.

À chaque sermon, le curé Paré répète le mot charité. Ce devoir est difficile à accomplir quand on a soi-même peu d'argent et que les chanceux qui travaillent encore doivent le faire à demi-salaire. La fin du monde? Non, de répondre le curé. «Plutôt une épreuve envoyée par Dieu pour nous punir de nos péchés. Remerciez Dieu pour la crise, mademoiselle Tremblay.»

Quels péchés a donc pu commettre Louise? Bien sûr: toutes ces vilaines pensées contre Jeanne... À moins que ce ne soit l'immense péché de Jeanne qui a provoqué la colère de Dieu. Mais il vaut mieux ne pas y penser. La veille, il s'est encore trouvé un homme pour lui dire de sales mots, ceux-là mêmes qu'ils avaient l'habitude d'adresser à Jeanne. Et le beau Roméo, à tous les mois, arrive tout souriant en brandissant une lettre parisienne. Il prétend qu'elle a fait beaucoup de toiles et que les Français en sont friands, ce qui lui permet de vivre bien à l'aise. Pourquoi cette damnée roulerait-elle sur l'or alors que sa grande sœur Louise, qui a toujours marché droit dans le respect des commandements de Dieu, doit servir des cafés à cinq sous à six clients aux têtes d'enterrement et qui ne laissent même pas de pourboire?

Louise voudrait tellement se libérer du restaurant, le temps d'un après-midi, afin d'aller prier pour la peine au sanctuaire du Cap-de-la-Madeleine. Une prière immense! Une qui l'aiderait, que le bon Dieu entendrait pour qu'il lui vienne en aide. Louise a toujours eu une dévotion sincère pour la Vierge. La mère de Jésus ne peut laisser tomber une aussi fidèle adoratrice. Juste au moment où elle pense à tout cela, sa belle-sœur Céline arrive avec la petite Carole et le bébé Christian. Elle lui offre de garder le restaurant pour qu'elle puisse se changer les idées. Louise fera une demi-heure de prières supplémentaires pour remercier sainte Marie de cet heureux hasard.

Elle monte s'habiller sobrement. Elle choisit son chapelet préféré. Louise en fait collection depuis son plus jeune âge. Ils sont tous bénits par un prêtre. Elle en a de toutes les paroisses de la vallée du Saint-Maurice et des grands lieux de pèlerinage de la province de Québec. Elle en a même un de France, cadeau postal de son défunt frère Adrien, du temps où il a été à la guerre dans les vieux pays. Le joyau de sa collection est le chapelet hérité de sa grand-mère Turgeon, une sainte centenaire très pieuse. C'était déjà pour elle un héritage de sa propre grand-mère. Louise est donc fière de pouvoir prier à l'aide d'un chapelet datant de l'époque de la Nouvelle-France.

Louise attend le tramway sur la rue Saint-Maurice. Elle profite de ce temps perdu pour débuter ses prières. Soudain, elle s'étonne d'être seule près de l'arrêt. Elle se dit que les gens affectés par la crise auraient avantage à profiter de la très grande chance d'avoir tout près un sanctuaire comme celui du Cap-de-la-Madeleine. À moins que les fidèles n'aient même pas l'argent pour payer le passage...

Louise a grandi avec des visites répétées à ce sanctuaire. Les jours de la grande neuvaine, l'été, il n'y a rien de plus émouvant que de voir les miséreux venir de toutes les parties du pays pour invoquer le saint nom de la Vierge. Et les processions! Comme elles sont belles, grandioses et nécessaires! Louise veut fermement se laver de tout péché: les impatiences envers son frère et son père, son désespoir face à sa situation, ses pensées contre Jeanne. Ce sentiment est peut-être l'œuvre du diable, parce que maintenant, Jeanne et le diable ne font plus qu'un.

Elle dit tout au confesseur. «Mon père, ma petite sœur Jeanne a gravement péché et je lui en veux de ne pas avoir écouté les commandements du catéchisme et de notre Seigneur. Punissez-moi d'avoir eu de telles pensées.» Elle croit qu'il va lui donner la pénitence appropriée à sa faute, mais il faut qu'il ose lui demander la nature des péchés de Jeanne. Et le prêtre ne comprend rien! «Parlez clairement, mon enfant.» Quand, enfin, il saisit le sens de sa pensée, Louise se trouve honteuse d'avoir parlé de telles horreurs, même à un prêtre. Elle part se réfugier dans le coin le plus reculé du sanctuaire, afin de prier avec deux fois plus de ferveur. Elle promet même de jeûner. Une femme la regarde, sans doute admirative de cette foi. Elle s'agenouille pour l'imiter. Louise est contente, car le sanctuaire est plein. Et comme ces catholiques ne semblent pas vêtus à la dernière mode, elle imagine que ce sont des chômeurs, leurs épouses et enfants. Oui! Ainsi, on la vaincra, la crise!

«Oh! Roméo!

— Mais qu'est-ce que tu fais?

— Je prie.

— Tu sais l'heure qu'il est? Huit heures et demie! Tu avais promis à Céline de revenir pour le souper. Elle est inquiète et moi aussi!

— Roméo! Nous sommes dans une église!

— Je t'attends sur le perron.

— Je n'ai pas terminé mon rosaire.

— Dépêche-toi.

— Roméo! N'as-tu pas honte?»

Roméo grille cigarette sur cigarette depuis trente minutes, quand Louise daigne enfin apparaître. Elle prend place dans l'automobile sans dire un mot. Roméo démarre avec un geste d'impatience.

«Ce serait bien d'aller à l'Oratoire Saint-Joseph. Ça ferait plaisir à papa.

— Tu veux que je te prête l'argent pour deux billets de train?

— Je parle pour toi aussi!

— Louise, il ne faut pas être plus catholique que le pape!

— C'est pour combattre la crise, Roméo. Il n'y a jamais trop de prières pour chasser le malheur.

— Elle n'est pas finie, la crise, Louise. Et même qu'elle

empire, si je me fie aux dernières analyses des économistes de New York et...

— Cesse de parler en païen, Roméo!

— J'ai les deux pieds sur terre, Louise! Ce n'est pas la sainte Trinité qui a voulu la crise! C'est le marché boursier qui s'est effondré après des années trop fastes! Ne mêle pas la religion à ces questions!

— J'ai vraiment honte pour toi, mon frère!

— Si tu veux aller à l'Oratoire avec papa, je t'offrirai les billets de bon cœur.»

Personne ne se présente au *Petit Train* jusqu'à la fermeture. Pas même un homme pour offrir de déneiger l'entrée ou quêter un fond de chaudron. Personne! Pas même Joseph, toujours enfermé dans son atelier. Louise a donc pu continuer à prier. Avant de se coucher, elle étale sur le lit sa collection de chapelets, de médailles et d'images pieuses. Elle regarde le tout avec émotion en récitant des indulgences. Après cette journée de dévotions, Louise se couche en paix. Demain, tout ira mieux.

La Canipco Relief Association, formée vers la mi-décembre par les surintendants et par les employés de la Canadian International Paper, pour venir en aide aux familles de ceux qui sont éprouvés par le chômage, accorde une aide directe aux employés de la compagnie qui ne travaillent point, sous forme d'épicerie, de boucherie et de bois de chauffage. L'on procède par bons que le chômeur reçoit de l'Association et qu'il échange chez un épicier indiqué d'avance, ou chez un boucher. La compagnie fournit elle-même le bois de chauffage. Une vingtaine de familles sont ainsi secourues. Ce sont là des initiatives louables qu'il convient de souligner.

Le Nouvelliste, 22 janvier 1931.

Au début du mois de mars, l'usine St-Lawrence Paper ferme ses portes, jetant des centaines d'ouvriers dans le malheur. Plusieurs de ces hommes habitent le quartier de Joseph et de Louise. Le jour suivant cette affreuse nouvelle, ils viennent par dizaines voir le père Tremblay, afin de se faire engager comme conducteurs de taxi, mais ils se butent le nez à trois voitures avec l'indication «À vendre» dans leurs pare-brise.

Quand Louise a décidé de mettre en vente la troisième automobile, Joseph a très mal réagi. Il ne lui en restera qu'une. «Tu veux me mettre à la rue, ma fille? N'oublie pas que moi aussi, je peux te mettre à la rue, car je suis toujours le propriétaire du restaurant!» Il l'a accusée de ne pas savoir administrer *Le Petit Train*. Il a remué mers et mondes pendant quatre jours, puis est retourné à ses sculptures, comme si rien ne s'était passé. Quatre journées pendant lesquelles Louise n'a cessé de pleurer et de prier, ayant l'impression qu'elle ne sait plus rien faire d'autre.

En fait de restauration, le comptoir de la Saint-Vincent-de-Paul attire plus de gens que *Le Petit Train* des belles années. Si Louise était riche, rien ne lui ferait plus plaisir que de transformer son restaurant en soupe populaire, mais c'est loin d'être le cas. Longtemps les profits du restaurant ont servi aux automobiles de Joseph. Ce serait si bien d'utiliser le restaurant pour aider les pauvres. Même si elle est très bonne catholique, Louise n'a pourtant jamais rêvé de devenir une religieuse, mais elle a toujours admiré ces femmes qui donnent leur vie à Dieu et à leurs prochains. C'est dans un esprit charitable qu'elle a lancé son rabais «Deux cafés pour le prix d'un seul». Peut-être que ces buveurs de café prendront un sandwich ou un biscuit pour accompagner leur boisson chaude.

Mais, malheureusement, cette tactique ne fonctionne pas réellement. Le premier soir, il ne vient que quatre voyageurs du train de sept heures. Un d'entre eux achète une sculpture de Joseph. Il laisse choir trois dollars sur le comptoir et part enchanté avec son chiot de bois.

«Si c'est pas épouvantable de gaspiller d'l'argent de même pour des affaires comme ça, alors qu'y a du pauv' monde qui crève de faim. Oui, qui crève de faim.» Louise regarde quelques furtives secondes le client qui vient de passer cette remarque. Au fond, il a tout à fait raison. Mais d'un autre côté, cet argent est le bienvenu. Il y a des journées entières qu'elle passe derrière son comptoir sans vendre pour trois dollars.

«En tout cas, madame, il est bon, vot' café d'la crise. Oui, il est bon.

— C'est notre café régulier, monsieur. Je suis heureuse qu'il soit à votre convenance.

— J'veux dire par là que deux tasses pour cinq cennes, c't'un prix de générosité. Ça laisse p't'être deviner que vot' restaurant a moins d'clients qu'avant. Oui, moins d'clients.»

Que dire à un étranger qui vient de donner son cinq sous et qui, selon Louise, ne se mêle pas de ses affaires? Qu'il a tort et ainsi le chasser? Louise esquisse un bref sourire et offre une autre tournée. L'homme dit non de la main.

«En fait, j'n'ai pas d'aut' cinq cennes, madame. J'vais aller coucher chez vot' curé. L'église est proche?

— Oui, tout près d'ici. Je vais vous indiquer le chemin.

— L'prix du billet pour l'train, c'est à peu près tout c'qu'il m'restait. Mais ça va aller mieux demain. Y a plein d'usines dans vot' belle ville. J'vais trouver de l'ouvrage, c'est certain. Oui, certain.»

Un autre miséreux. Quelqu'un dans son patelin a dû lui donner de faux espoirs en lui vantant la situation du Trois-Rivières d'il y a dix ans. L'homme se lève en saluant très poliment Louise. «Que l'bon Dieu vous protège, madame. Vous êtes une personne très généreuse. Oui, généreuse.» Louise se rend compte alors que ce client est tout petit, que ses pieds ne devaient pas toucher le plancher quand il était installé sur son tabouret. Il remet son chapeau rond et part avec une minuscule valise dans sa main droite. Louise imagine mal qu'un tel bout d'homme puisse être un ouvrier d'usine. Il ressemble plutôt à un commis voyageur vendant des cartes de souhaits.

Il revient le lendemain matin à la première heure. Voilà bien deux mois que Louise n'avait pas eu un client à l'ouverture. Il pousse la porte, marche à petits pas, s'immobilise pour saluer Louise en soulevant son couvre-chef, puis s'installe au même banc que la veille.

«Vot' vicaire est bien bon. Il m'a hébergé et m'a donné

un beau vingt-cinq cennes. J'lui ai offert de travailler pour rembourser. Oui, rembourser.

— C'est très poli de votre part, monsieur.

— Vous avez aussi une belle église. Elle est très grosse pour une église de paroisse. L'bon Dieu doit être heureux d'habiter une aussi belle maison. Oui, une aussi belle maison.

— Les paroissiens de Notre-Dame-des-sept-Allégresses sont, en effet, très fiers de leur église.

— M'sieur l'curé m'a offert l'déjeuner. Mais c'était trop d'bonté. J'vais m'contenter de vot' si bon café, madame. Il est toujours à deux pour cinq cennes? Pour cinq cennes?

— Pourquoi répétez-vous toujours deux fois les derniers mots de vos phrases?

— Pardonnez-moi?»

Quelle sotte! Louise met sa main devant sa bouche pour cacher son embarras. Cette impolitesse! Quelle question malhabile! Elle qui a l'habitude d'être très discrète envers les clients et leurs tics. Mais le petit homme ne semble pas avoir entendu sa remarque. Il prend sa tasse, fait son signe de croix avant la première gorgée. Louise marche vers la fenêtre pour cacher sa confusion. De plus, elle ne veut pas le déranger. Elle l'entend murmurer: «C't'un beau restaurant. Oui, un beau.» Louise marmonne une prière pour calmer son embarras.

«Y a un crucifix, une statue de la Vierge et un cadre du Sacré-Cœur. C'n'est pas tous les restaurants qui respectent la religion. Oui, respecter.

— Monsieur le curé vient bénir *Le Petit Train* une fois par année. Je suis fière de dire que c'est un endroit propre et très respectable.

— C'est le nom? *Le Petit Train*?

— Oui, parce qu'il est face à la gare.

— C'est une bonne idée. Félicitez vot' mari. Oui, le féliciter.»

Elle refuse son cinq sous, afin que le bon Dieu, par ce geste généreux, lui pardonne sa parole déplacée. Il s'en retourne à petits pas en saluant de nouveau. Elle demeure dans la lune quelques secondes, puis imagine la journée de ce visiteur. Non, merci. On a notre liste. Pas de place. Ne laissez pas votre nom. Ça ne vaut pas la peine. N'allez pas ailleurs, il n'y a rien non plus. Pauvre petit homme... elle prie pour lui. Il fait tant pitié. Peut-être reviendra-t-il pour le souper. Un homme si catholique et bien élevé procure à Louise une bonne compagnie, le temps d'un double café. Mais il ne vient personne, sinon les traditionnels chômeurs offrant leurs services de réparateurs. Louise a oublié cette histoire quand, trois jours plus tard, le petit homme apparaît, mal rasé, la cravate desserrée et les mains sales. Louise interrompt sa conversation avec Roméo et s'approche de lui.

«Madame, vous n'auriez pas d'l'ouvrage pour moi? J'suis très d'équerre pour arranger les choses. J'ne compterai pas les heures. J'veux juste l'prix d'un billet pour aller à Québec, voir si c'est mieux. J'suis pas un quêteux, madame. J'suis un honnête travailleur. J'ai travaillé toute ma vie. Oui, toute ma vie.

— Mon pauvre monsieur, si je pouvais, je vous engagerais tout de suite. Mais je vis avec mon vieux père qui est bon bricoleur et répare tout dans la maison et dans le restaurant. Vous n'avez pas trouvé d'ouvrage, n'est-ce pas?

— Non. Pourtant, cette ville... Y a plein de manufactures et d'gros moulins. On dirait que le Sacré-Cœur n'a pas entendu mes prières. J'ai couché dehors, madame, comme un misérable. Un misérable, moi. Moi qui ai tant travaillé toute ma vie. Oui, toute ma vie.»

Louise entend ce style de discours sans cesse chaque semaine. Mais cette fois, elle est touchée, se rappelant l'allure si distinguée qu'il avait il y a trois jours. Roméo s'avance, lance un cinq sous sur le comptoir en disant à sa sœur de leur servir le café.

«Vous êtes bon, monsieur. L'bon Dieu saura s'en souvenir. Et vous, monsieur? Vous n'avez pas d'travail pour moi? J'suis pas un paresseux. Non, pas un paresseux.

— Je vais vous le payer, votre billet de train. Mais si vous voulez mon avis, ce ne sera pas mieux à Québec.

— À Québec? C'est not' capitale, pourtant. Une grande ville. Il doit y avoir de l'ouvrage pour les hommes honnêtes. Oui, honnêtes.

— Vous ne lisez pas les journaux?

— Non. J'n'ai pas d'argent pour les gazettes. Et puis, j'sais pas lire. Mais j'sais compter! Oui, compter! J'travaille depuis l'âge de huit ans. J'n'ai pas été longtemps à la p'tite école. Mais j'sais compter. Oui, compter.

— Allons, allons! Ne vous fâchez pas. Je vous crois. Je vais vous payer le billet de train. Mais à votre place, je retournerais d'où vous venez. La crise est partout.

— J'suis pas un quêteux, monsieur. J'vais travailler pour le prix du billet. J'vais laver les fenêtres de vot' maison. J'vais ramoner vot' cheminée. J'sais tout réparer. Vous êtes bien bon, monsieur. Le bon Dieu dans l'ciel est content de voir du bon monde comme vous. Mais croyez que j'suis pas un quêteux. Non, pas un quêteux.

— Pourquoi répétez-vous toujours le dernier terme de vos phrases?»

Il ne répond pas et baisse la tête. Louise a le goût de se cacher le visage avec son chiffon. Soudain, Roméo le sent pâlir. Le petit homme ferme les yeux et, brusquement, s'évanouit, tombe silencieusement sur le plancher.

«T'en feras jamais d'autres, toi!

— Ce n'est pas de ma faute! Va chercher de l'eau, des compresses, des médicaments, n'importe quoi, mais fais quelque chose au lieu de parler!

— Et tu t'excuseras de ton espièglerie et de ton impolitesse! On aurait cru entendre Jeanne!»

Le pauvre homme n'a rien mangé depuis son arrivée. Quand Louise fait chauffer un peu de soupe, elle jurerait qu'il va se mettre à brailler comme un petit enfant. Elle voit aussi la reconnaissance profonde dans son regard. Pour la première fois, Louise a l'impression de voir le vrai visage de la crise économique.

Il part le lendemain matin, ce monsieur Tremblay. Oui, Tremblay, du même nom que Joseph, Louise et Roméo. Honoré Tremblay. Roméo lui paie son passage jusque chez lui, dans le faubourg à mélasse, à Montréal. Personne n'en parle plus, jusqu'à ce que Roméo lise la mélancolie dans les gestes de sa grande sœur.

En date du 30 juin, nous avions aux Trois-Rivières, d'après le relevé du secrétaire de la ville et une déclaration du maire Robichon, 1200 chefs ou soutiens de famille et environ 2000 célibataires ou personnes n'étant pas soutien de famille, ce qui portait le nombre de chômeurs dans notre ville à près de 3000, c'est-à-dire le nombre le plus élevé obtenu jusqu'ici depuis le commencement de la crise du chômage. Monsieur Robichon, qu'un de nos représentants a rencontré, lui déclara qu'il avait fait plusieurs voyages à Québec à ce sujet et qu'il espérait que la demande du conseil serait agréée en ce qui regarde les secours indirects réclamés.

Le Nouvelliste, 18 juillet 1931.

1931-1933
L'amour du bout des petits doigts

La compagnie de taxi de Joseph cesse d'exister au milieu de l'été 1931. Cette mort survient en douce, un peu comme sa naissance, alors que personne n'avait remarqué l'arrivée de ce service et que pas une âme ne note son agonie. Les automobiles de Joseph étaient usées et il n'avait pas assez de clients pour les entretenir, ni pour payer ses employés. Le pauvre vieux n'accepte pas la décision de sa fille de tout écouler, jusqu'à ce que Roméo lui explique que l'argent récolté grâce à la vente des voitures servira à relancer le restaurant. Mais Louise n'obtient pas une très grosse somme pour ces tacots.

Joseph passe donc plus de temps au restaurant, surveillant sans cesse les gestes de Louise, critiquant chaque décision qu'elle prend. Joseph ne comprend pas pourquoi Louise a cessé de préparer des repas chauds, ni pourquoi elle baisse constamment les prix. «Crise? Quelle crise? Je vais t'en faire une crise, moi, fille ingrate!» Roméo propose à Louise d'accepter la présence de son aînée Simone, pour donner un coup de main après les heures de classe. Cela permettra à mademoiselle d'échapper aux longues journées monotones à attendre des clients qui ne se présentent pas.

Roméo devine que sa sœur a eu un coup de cœur pour ce petit homme si poli et bien élevé. Elle ignore que le soir de son départ, Honoré Tremblay s'est rendu chez Roméo et que tous les deux ont longtemps parlé. Vieux garçon, Honoré a relevé la tête quand Roméo lui a avoué que Louise est une «mademoiselle» et non une «madame». Roméo est persuadé qu'il reviendra.

Roméo a essayé d'en parler à Louise, mais il a eu ce qu'il attendait: «T'es donc niaiseux! Cet homme? Un chômeur qui traîne sur les grands chemins? Un illettré?» Puis, elle a ajouté: «Un demi-chauve haut comme trois pommes», regrettant tout de suite cette parole. Elle a clos la conversation par un «De toute façon, il est parti», trahissant ainsi son sentiment. «Niaiserie! Niaiserie! Niaiserie!» s'est-elle chanté, après le départ de Roméo. «Un homme! Comme si je n'avais que ça à penser, avec tous les problèmes qui me tombent sur la tête cette année!»

Depuis sa jeunesse, il est venu certains célibataires pour lui faire la cour. Louise ne vit pas cloîtrée. Au contraire! Dans ce restaurant, elle a connu beaucoup de messieurs. Certains venaient juste pour la voir et elle acceptait parfois leurs rendez-vous, après avoir mené sa petite enquête. Louise a eu sa chance, mais a joué de malchance. Ils n'étaient jamais ce qu'elle voulait.

Quelles qualités leur trouver? Après cinq jours de courbettes et de fleurs, ils montraient leur vraie nature. Que des défauts! Des intrigants, des fanfarons, des profiteurs, des malhonnêtes et surtout des irrespectueux! Le respect! Si ce monde est tant menacé par l'enfer, c'est à cause du manque de respect! Louise est une femme propre, droite, honnête, qui a toujours vécu dans le respect de la sainte religion et de sa condition de femme. Sa pauvre mère, à qui elle pense tous les jours, lui a laissé l'héritage de ses savoirs féminins, lesquels représentent le respect des traditions. Louise a des doigts de fée et cuisine sans pareille. Elle est ordonnée, instruite et humble. Elle connaît son vrai devoir et sait s'y conformer. Toutes ces qualités de cœur devraient inspirer le respect des hommes.

Mais ceux-ci ne désirent que des femmes ne se tenant pas à leur place. Des danseuses! Des rieuses! Des fumeuses! Des coquines! Des Jeanne! Ils veulent des femmes pour leurs vils plaisirs, alors que la seule vraie jouissance que doit apporter une vraie femme à son mari est la douceur d'un foyer et tous les gestes s'y rattachant: de la bonne cuisine, de l'ordre et de la religion.

Louise est la femme idéale! Et les hommes qui l'ont approchée n'ont pas su voir ces grandes qualités. Certains s'en sont mordu les pouces. L'un d'eux, Marcel, est venu souvent les bons soirs, quand elle était jeune. Après un mois de fréquentations, il lui a sauté aux mains aussitôt que madame Tremblay eut quitté le salon. Louise avait déjà été bien tolérante à son égard, ne tenant pas compte de l'incident. Après deux semaines, il avait essayé de l'embrasser sur la bouche. Louise a su tout de suite ce que voulait ce Marcel. Elle l'a donc congédié sans regret et les années lui ont donné raison. Aujourd'hui, Marcel est un ivrogne répugnant qui a roulé sa bosse d'usine en usine. Il a marié une jeune femme étourdie par ses compliments et l'a rendue malheureuse. Quand Louise pense que ce sort tragique aurait pu être le sien, elle est bien contente d'avoir su rester à sa place.

C'est souvent l'avenir qui attend les jeunes filles romantiques qui se laissent séduire par les romans, les vues animées et les roucoulades des chanteurs français aux bouches en cœur et aux cheveux gondolés. Elles auraient avantage à parfaire leur vie de future ménagère, à obéir aux commandements de Dieu et à imposer le respect à ces beaux parleurs. Telles sont les profondes convictions de Louise. Elle aimerait le dire à ces imprudentes, question d'être bonne chrétienne et de leur rendre service. Mais quelle fille croirait cette sainte Catherine? Inévitablement, ces ingrates lui répondraient: «On voit bien où ça t'a menée, vieille fille!» Louise serait si attristée de leur moquerie.

Oui, attristée! Louise n'est pas de marbre. Elle a une âme de femme honnête et un cœur de maman qui n'a jamais battu. Des hommes sont venus et repartis vers des femmes plus belles, poudrées et criardes. Peut-être que peu de jeunes gens le croiraient, mais Louise a même déjà été un but pour beaucoup de messieurs d'autrefois. Lorsqu'elle était adolescente, ils passaient leur temps au magasin du père Joseph pour le plaisir de la regarder.

Il lui arrive même aujourd'hui d'avoir des regrets à propos des prétendants de ses jeunes jours. Bien sûr, elle les trouvait alors entreprenants. Mais en réalité, ils étaient tellement mieux que tous ceux qu'elle a connus après ses vingt ans. Au cours de sa jeunesse, elle avait déjà de grandes responsabilités dans le magasin de Joseph. Et les bons soirs, Louise devait s'occuper de bébé Jeanne au lieu de veiller au salon avec des cavaliers, selon les bonnes convenances. Quand ils se présentaient au magasin et qu'ils osaient profiter de ce lieu pour lui demander un rendez-vous, elle leur répondait promptement de ne plus jamais le faire dans le magasin, qu'ils devaient s'adresser à son père. Ils finissaient par abandonner, la jugeant trop stricte.

Louise avait à peine quatorze ans quand, pour la première fois, un garçon l'avait embrassée sur les joues. La première journée! Elle le connaissait à peine depuis deux heures! Et il avait osé commettre ce geste en public, aux vues de tous les passants du petit carré Lafosse! Louise songe parfois à ce malotru et prend un véniel plaisir à se souvenir de l'effet de ses lèvres sur ses joues. Qu'est-il donc devenu, ce bel aventurier?

En 1915, à l'âge de vingt-cinq ans, Louise avait eu un prétendant pendant quatre mois. Les premières semaines, il se comportait de façon exemplaire. Elle avait pour ce Didace d'honnêtes sentiments et croyait bien que son trousseau finirait par servir. Mais Jeanne, qui avait treize ans, s'est mise à l'aimer beaucoup. Aussitôt qu'il arrivait, Jeanne lui faisait des clins d'œil et lui chatouillait les flancs. Elle lui montrait ses dessins et faisait tout pour l'éloigner de Louise. Didace a fini par trouver la petite sœur très drôle, gentille, enjouée, pétillante. Tout le contraire de Louise: ennuyeuse, terne, grisâtre, collet monté. Il a commencé à prendre ses distances avant de briser leur relation. Louise est certaine que Didace l'aurait demandée en mariage, n'eût été des niaiseries enfantines de Jeanne. Aujourd'hui, Didace est policier et père de sept beaux enfants. Quand il croise Louise sur un trottoir, il lève poliment sa casquette, comme il le fait pour n'importe quelle citoyenne. Et Louise enrage en pensant à la grande chance que Jeanne a sabotée.

Le pire est que Jeanne lui a fait le coup à une autre occasion. Il s'appelait Jean-Baptiste. Elle avait trente-quatre ans, nous étions en 1924: en plein cœur de la période folle de Jeanne. Le jazz, les robes courtes, les bas relevés, les faux cils, les grands colliers reposant sur un décolleté indécent, les petits chapeaux ronds, le rouge qui s'imprime sur le blanc des cigarettes. Chaque fois que Jean-Baptiste voyait passer Jeanne, il se tordait le cou, ses yeux devenaient ronds, son sourire trop large et il regardait Louise en demandant: «C'est réellement ta sœur?» Et cette sotte malpolie, incorrecte et scandaleuse, ne se gênait pas pour utiliser un langage immonde devant Jean-Baptiste: «Tu sors avec ma sœur Louise? T'aimes le pain sec? Regarde comme il faut, mon petit! Elle commence à rider! Isn't it cute?» Non, Jean-Baptiste n'a pas essayé de séduire Jeanne. Il a juste été vers une femme plus... légère que Louise.

Louise sait éperdument que si Jeanne n'avait pas été là, elle aurait marié cet homme. Il la respectait. Il reconnaissait ses qualités de future épouse. Jean-Baptiste était idéal pour Louise! Il en a épousé une autre et se présente aujourd'hui comme un père de famille exemplaire, bon catholique et honnête travailleur. Mais il a fallu que cette poudrée...

Depuis, Louise n'a pas rencontré un autre prétendant, sinon trois essais mineurs de la part de connaissances sans grande moralité. Mais cet homme, ce mari, viendra un jour. Elle le sait! Elle ne s'est jamais découragée, même s'il y a tant de bonheurs qu'elle ne pourra plus goûter, comme le miracle de l'enfantement, la jeunesse qu'elle aurait pu apporter à cet homme et à ses enfants. Tant de prières et de souffrances solitaires ne peuvent rester sans réponse. Il viendra.

Elle avait son restaurant: elle a si peur de le perdre. Elle avait le respect de son père: il lui parle comme à une étrangère. Louise s'imagine à cinquante ans, devant prendre soin de son vieux père rongé par les maladies de mémoire. Les autres vieilles filles ont leurs commérages, leurs œuvres paroissiales et leur fatalisme; Louise n'a que sa solitude et un restaurant où plus personne ne vient.

Parfois, le soir, elle laisse tomber ses cheveux et se regarde sous tous les angles devant son petit miroir. Elle aurait le goût de se faire plus coquette, mais oublie vite cette idée sotte qui n'attirerait que des profiteurs et des pécheurs. Et puis, tout aujourd'hui est tellement axé sur la beauté féminine. Il n'y a qu'à consulter les journaux, lire les romans et regarder le cinématographe. Louise n'est pourtant pas laide. Pas trop belle non plus. Roméo a de grandes oreilles; Louise se souvient de l'allure trapue et malhabile d'Adrien et des taches de rousseur de Roger. Il n'y avait que Jeanne... le plus beau petit bébé du monde qui est devenu la reproduction des vedettes du cinéma américain. Pourquoi toujours elle?

Une fois, Louise a cru voir un trait du visage de Jeanne dans le sien, comme si son fantôme prenait sa place dans le miroir pour encore la narguer, lui casser les pieds, l'étriver et lui rappeler qu'elle était le plus beau petit bébé du monde. À quoi cela a-t-il servi de pleurer et de cacher son miroir? Sinon d'avouer à son confesseur un rare péché de vanité et de jalousie.

Avec l'arrivée de l'été, crise ou pas, les gens de Trois-Rivières sont redevenus attrayants. Le soleil passant à travers la verdure des arbres du parc Champlain vient faire miroiter des teintes de santé sur leurs visages ravis par la belle saison. Et Louise Tremblay n'est qu'une vieille fille sur un banc. Les enfants ne répondent même pas par un sourire à ses salutations.

«Mademoiselle Tremblay?

— Oui, madame?

— Vous ne vous souvenez pas de moi? Je suis Lucie Audet. Bournival était mon nom de célibataire. J'étais une amie de votre sœur Jeanne. Je travaillais à la Wabasso.

— Oui, oui...

— Avez-vous reçu des lettres d'elle? Elle ne m'a pas écrit. Pourriez-vous lui poster mon adresse? J'aimerais avoir des nouvelles de Paris. Ce doit être merveilleux pour elle qui rêvait tant d'habiter cette ville. Jeanne m'en parlait souvent. Quel plaisir on a eu à voir des films et à danser! C'est grâce à elle si j'ai eu une belle jeunesse avant de me marier.»

Louise trouve désagréable cette intervention. Il faut toujours que quelqu'un, à tout moment, lui rappelle l'existence de Jeanne, soit en mal ou en bien. La femme ne cesse de parler, mêlant les rires et les soupirs. Louise hoche la tête en faisant semblant de l'écouter. Soudain, en constatant qu'il manque des doigts à sa main gauche, Louise la reconnaît, se souvient parfaitement d'elle. Au début des années vingt, les midinettes de la Wabasso venaient flâner au *Petit Train* et Jeanne s'était liée d'amitié avec cette Lucie, avant que l'Américaine ne vienne gâcher sa vie. «Comme elle est devenue vieille!» de penser mademoiselle. Elle regarde ses vêtements usés, ses souliers presque troués et ses bas rapiécés.

«Et que faites-vous aujourd'hui? demande Louise.

« — Je m'occupe de mes enfants. J'en ai cinq. Mais c'est bien difficile, par les temps qui courent. Mon mari travaille au moulin de la C.I.P., mais les patrons ne l'appellent que dix jours par mois. J'aimerais bien aller faire un tour au *Petit Train*, mais je n'ai pas d'argent pour ça. J'y ai eu tant de plaisir avec Jeanne.

— Je comprends. Gardez votre argent pour vos enfants.

— Je vais vous laisser mon adresse, pour que Jeanne m'écrive de son nouveau pays. Elle est ma jeunesse, tout ce que j'ai vécu d'agréable. Aujourd'hui, tout est si noir et triste...»

Soudain, tout dans le parc Champlain devient terne et sans couleur. Les belles gens se font tendre la main par des chômeurs, des enfants décoiffés et sales n'osent pas approcher des chérubins qui jouent au cerceau devant leurs mères aux visages impeccables de prospérité. D'autres mamans ressemblent à cette Lucie. Pourtant, au loin, Louise voit encore la fumée des usines. Peut-être s'épuiseront-elles un jour. Peut-être que le bonheur n'existera plus, comme pour cette Lucie.

En s'en retournant chez elle, Louise croise sa nièce Renée et son neveu Gaston. La petite espiègle ne rate jamais une chance d'agacer sa tante: «Papa a reçu une nouvelle lettre de tante Jeanne. Il me l'a lue! Tout est beau à Paris! C'est la ville des lumières éternelles, qu'elle a écrit, tante Jeanne.» Au lieu de faire le bec fin, Louise se penche vers Renée pour lui demander d'autres nouvelles de Jeanne.

«Pourquoi voulez-vous savoir ça, ma tante?

— Parce que Jeanne est la jeunesse, la fraîcheur et ma petite sœur qui était le plus beau petit bébé du monde.

— Vous n'allez pas bien, ma tante?

— Là où Jeanne vit, il ne peut y avoir de misère. Pas vrai, Renée?

— Patate! Je vais le dire à mon père que vous riez de moi!»

Une animation inaccoutumée régnait à l'hôtel de ville hier alors que près de 200 hommes réclamaient de l'ouvrage auprès des autorités municipales. Vers deux heures, plus de 100 chômeurs étaient installés dans la salle des délibérations du conseil et une trentaine d'hommes encombraient les couloirs alors que dans le parc Champlain, il y en avait autant qui donnaient des conciliabules. À quatre heures, le maire se présenta dans la salle du Conseil pour se rendre à la demande des chômeurs qui désiraient pour ainsi dire l'interviewer sur l'emploi des pelles à vapeur. À plusieurs questions qui lui furent posées par les chômeurs, le maire Robichon répondit en disant que «c'est en s'entraidant qu'on réussira à traverser la crise dans l'harmonie et la paix. Il faut se défier, dit-il, d'établir des courants nuisibles au bien-être de la communauté. J'ai ouvert mes portes toutes grandes aux ouvriers.»

Le Nouvelliste, 4 septembre 1931.

À la fin de l'été, Louise recommence à économiser les bouts de chandelles, parce que l'argent obtenu par la vente des automobiles de son père s'épuise peu à peu et que les affaires du *Petit Train* se maintiennent au niveau le plus bas. Son unique clientèle se recrute parmi les voyageurs descendant des trains. À peu près plus personne du quartier ne vient prendre un rafraîchissement. Ils ont même abandonné la fouille de ses poubelles, sachant que la vieille fille ne vend que du café, du jus et du cola, et que ses tartes ou gâteaux trop secs aboutissent à la Saint-Vincent-de-Paul.

Louise vit avec l'horaire du chemin de fer. Le restaurant est plus que propre et accueillant. Elle s'habille de couleurs claires et ne se gêne pas pour sourire à ses clients précieux. Ceux qui descendent d'un train doivent un jour y remonter; ils ont donc avantage à garder un bon souvenir du restaurant d'en face. Beaucoup de ces gens partent avec une sculpture de Joseph. Certaines semaines, ces bouts de bois rapportent plus d'argent que le restaurant. Roméo encourage son père à continuer à en créer. Selon lui, Joseph n'aurait jamais dû cesser de travailler à ces sculptures. Peut-être alors que du bois, il aurait pu passer à l'argile et devenir un sculpteur réputé, un artiste comme Jeanne. À chaque fois que Louise vend une figurine, elle pense à ce que le petit homme Honoré Tremblay avait dit: c'est épouvantable de dépenser pour de telles inutilités, alors que cet argent pourrait servir à aider une famille touchée par la crise. Le monde est mal fait. Il l'a toujours été. Mais cela semble de plus en plus évident à chaque fois que Louise va en promenade dans le quartier Notre-Dame.

Un soir, le petit homme revient, sans crier gare, mais au moment où Louise y pense de plus en plus. Il entre et salue poliment Louise, s'avançant vers un banc du comptoir. Mademoiselle esquisse sa surprise par un léger coup de tête, suivi d'un curieux rougissement.

«J'suis venu ici c'printemps, mademoiselle. J'avais trouvé vot' accueil chaleureux et vot' café si bon. Oui, bon.

— Bien sûr que je me souviens de vous, monsieur Tremblay.

— Vous êtes bien aimable. Oui, aimable.

— Que devenez-vous? Avez-vous réussi à trouver de l'ouvrage?

— J'ai travaillé un peu dans l'tabac, à Montréal. Mais astheure, ils n'ont plus besoin d'personne. J'me suis dit que p't'être qu'à Trois-Rivières, la situation s'était améliorée. Oui, améliorée.»

Elle sourit brièvement. Il est habillé impeccablement et il a encore fait un signe de croix avant sa première gorgée de café. Elle le laisse boire en paix. Ils sont seuls dans le restaurant. Elle fait semblant de balayer. Jaser pendant que le client consomme n'est pas digne d'une bonne restauratrice. Soudain, par hasard, elle aperçoit le talon de sa chaussure qui se décolle. Elle se demande alors comment a-t-il pu arriver ici aussi propre avec un soulier brisé. Est-il capable de mentir? Et si oui, pourquoi? Sûrement pas pour prendre un café et encore moins pour ses beaux yeux. Il n'y a que Roméo pour garder le secret de ce mystère: c'est lui qui a reçu monsieur Tremblay, il y a quelques heures. Il descendait en effet du train, ayant voyagé avec d'autres «hobos» dans un compartiment à chevaux. Il était très sale, fatigué et affamé. S'il a effectivement travaillé un peu à Montréal, cela n'a pas empêché le propriétaire de son immeuble de le mettre à la rue, parce qu'il devait plusieurs mois de loyer.

Honoré Tremblay est une photographie de la crise mondiale: gagne-petit et grosse misère. Bon cœur, mais pas d'instruction. Et la crise ne tient pas compte de l'âge et du statut social de ses victimes. S'il a quitté sa ville natale pour Trois-Rivières, c'est, il ne faut pas en douter, pour les beaux yeux de Louise et l'espoir de l'amitié de Roméo, qu'il juge comme un homme généreux. C'est à Trois-Rivières qu'il a rencontré le plus de bienveillance depuis une année.

Après le grand incendie qui avait ravagé la ville en 1908, Joseph avait accueilli un quêteux du nom de Gros Nez et qui était demeuré de façon intermittente chez les Tremblay, frappant beaucoup l'imagination du jeune Roméo, fasciné par cet homme qui allait et venait selon son gré. Pour Jeanne, Sweetie, son amie américaine, était aussi un être d'ailleurs venu pour transformer sa vie. Roméo croit aux hasards du destin: Honoré vient d'ailleurs, tout comme Gros Nez et Sweetie. Roméo espère qu'il changera la vie de Louise. C'est pourquoi il a astiqué Honoré comme un sou neuf. Il aurait été du plus mauvais effet qu'il se présente à Louise vêtu comme un gueux.

«Et vous aviez de l'argent pour votre train?

— Oui. J'ai ménagé. J'ai travaillé fort. Oui, travaillé.

— Et vous ne travaillez plus?

— Non. Les usines, elles sont comme ça, astheure. Et moi qui n'sais pas lire, j'suis pire qu'les autres. Mais j'suis très travaillant, mademoiselle. N'ayez pas peur qu'les hommes travaillants finissent toujours par trouver quelque chose. Oui, quelque chose.

— Et pourquoi venir à Trois-Rivières? N'avez-vous pas une famille par chez vous? Un foyer?

— À Montréal, faut parler l'anglais. Et moi, j'sais pas. Mais j'sais compter en anglais. Oui, compter. La misère est très grande à Montréal. Y a tant d'moulins à Trois-Rivières, j'suis certain qu'y en a un qui va reprendre le dessus. Oui, le dessus.

— Et votre famille, monsieur Tremblay? Vous ne pouvez pas vous faire aider par votre parenté?

— Je... j'ai pas d'famille, mademoiselle Tremblay. J'suis un orphelin, un enfant d'la crèche. Oui, d'la crèche.

— Oh! pauvre vous... Je m'excuse.

— L'bon Dieu pardonnera à ma mère, où qu'elle soit. C'est pour ça que j'aime tant not' Seigneur: parce qu'il sait pardonner et j'le remercie souvent de ses bontés. Oui, souvent.»

Ce soir-là, Louise prie pour que le petit homme trouve un emploi. Elle pense même à l'inviter à coucher dans un coin du restaurant, mais elle change d'idée en sachant qu'un tel geste n'est pas convenable. À dix heures, il part vers la maison de Roméo, sans que Louise connaisse cette destination. Elle pense le voir revenir trois jours plus tard, complètement affamé et sale, comme cela s'est produit ce printemps. Mais il se présente le lendemain matin à la première heure, avec une chemise impeccablement blanche et une cravate.

«Je vous présente mon père, monsieur Tremblay. Il se nomme Joseph.

— Comme le père de Jésus! J'suis enchanté, monsieur Tremblay. Oui, enchanté.

— Moi de même, monsieur. Je suis le propriétaire de ce restaurant. Ma fille Louise est mon employée.»

Louise n'aime pas quand son père la qualifie de simple employée. Il lui apparaît alors aussi détestable que Jeanne. Louise précise à Honoré que c'est son père qui fabrique les jolies sculptures de bois de l'étagère devant ses yeux.

«J'en fais depuis 1895, vous savez. J'en ai même fait pour le maire Paquin.

— Oui, oui.

— Que pensez-vous de ce nouveau siècle, monsieur? Croyez-vous qu'il sera le siècle du modernisme?

— Je vous demande pardon? Oui, pardon?

— Le modernisme. Quand il y aura de l'électricité dans toutes les rues.

— Oui, c'est une bonne idée. Une bonne.

— Louise est ma fille aînée. J'ai aussi une autre fille, Jeanne. Elle est très belle. Je n'ai jamais vu un bébé aussi beau.»

Louise prend son père par le bras en lui disant de laisser le client manger tranquille. Elle voit bien que son regard vide et son discours étrange embarrassent Honoré. Il arrive de plus en plus à Joseph de parler du lointain passé comme s'il datait d'hier. Ça a commencé doucement, après la vente du dernier taxi. Louise se demande si son initiative n'a pas déclenché les pertes de mémoire de son père. Elle sait que dans une demi-heure, Joseph reviendra en 1931. Mais elle s'inquiète de ces signes de vieillissement prématuré. Quand Honoré part, Louise le suit du regard jusqu'au fond de la rue Champflour. «Pauvre homme», soupire-t-elle. Puis, elle reprend place derrière son comptoir.

«Pourquoi, pauvre homme?

— Il s'en va chercher de l'ouvrage. Comme s'il y en avait...

— Du travail? Il y en a plein dans les manufactures et les scieries! Il va se trouver quelque chose en criant ciseau.

— Papa? Si vous alliez prendre votre marche du matin? Le bon air vous ferait le plus grand bien.»

Quatre jours durant, Louise s'inquiète du petit homme. Elle imagine qu'en voyant la situation, il est reparti à Montréal. Elle prie surtout pour qu'il n'ait pas eu à coucher dehors ou dans un poste de police, comme un malfaiteur. La petite Simone, venue aider sa tante, devine ses inquiétudes. Elle ne peut garder le secret bien longtemps.

«Mais il couche chez nous, votre monsieur, ma tante.

— Quoi "Mon monsieur"? Que veux-tu dire par "Mon"?

— Honoré. Il couche à la maison. Et maman lui donne à manger.

— Est-ce que tu parles de monsieur Tremblay? Tu oses être impolie et l'appeler par son prénom?

— Il n'a rien contre.

— Chez ton père? Pourquoi? Qu'est-ce que c'est que cette histoire?

— Oh! Oh! Je pense que j'ai été bavarde... Comme je suis malchanceuse! Comme je suis malchanceuse!»

Roméo a l'air aussi menteur que sa Simone. Il bafouille avant d'inventer une raison douteuse. Louise tape du pied en regardant son frère comme un microbe. Elle fait voler son chiffon et lui indique le chemin de la sortie.

Quand Honoré revient au *Petit Train*, Louise l'ignore totalement, même si, tout souriant, il lui dit qu'il a trouvé du travail. Elle ne le regarde même pas, puis écrit le montant de son addition en gros caractères. Trois jours passent avant qu'elle n'ose téléphoner à Roméo.

«De l'ouvrage? Où?
— Avec l'aide d'un autre chômeur, il repeint la maison d'un bourgeois. Il a voulu me donner sa paie pour les repas et l'hébergement.
— Tu as refusé, j'espère?
— Oui.
— C'est très catholique de ta part.
— En parlant de catholique, il a dépensé les trois quarts de son salaire pour faire brûler des lampions dans toutes les églises de la ville.
— C'est très bien.
— Non, Louise, c'est complètement cinglé.
— Roméo! N'insulte pas notre Seigneur et ne mets pas en doute la foi de monsieur Tremblay!
— Oh! les grands sentiments! Tu es amoureuse, Louise?
— Roméo! Je ne te permets pas de telles insinuations malsaines! Tu sauras que je suis une femme honnête qui a toujours su garder sa place! C'est une honte, ce que tu viens de dire! Et je vais ordonner à monsieur Tremblay de cesser d'aller habiter chez toi!
— Il ne veut pas rester, non plus. Je n'ai pas à le retenir.
— Et où ira-t-il?
— À *La Pierre.*
— Quoi? Mais tu ne vas pas le laisser faire une telle chose!
— Il a sa fierté, tu sais.»
Chaque ville industrielle possède sa zone ombragée. Quand il était jeune, Roméo avait une grande crainte des «squatters» et des vagabonds de passage, qui habitaient des cabanes de tôle au bout de la rue Saint-Paul. Depuis, la municipalité les a chassés et ils se sont installés vers le nord, de l'autre côté de la piste de course, sur un terrain qui, à l'origine, servait de dépotoir. Ce coin est surnommé *La*

Pierre, personne ne sait trop pourquoi. Sauf que *La Pierre* n'accueille plus que des gens de passage; des Trifluviens de souche, réduits à la misère par le chômage, ont été mis à la porte de leurs misérables logements et n'ont trouvé d'autre lieu où habiter. Pas d'eau courante, d'électricité, ni d'installations pour les besoins hygiéniques. Des bouts de planches, des tôles ramassées à gauche et à droite, des morceaux de carton suffisent à composer un logis d'infortune chancelant à chaque coup de vent.

Louise ne réagit pas aux accusations de Roméo. Les jours passent et, à chaque heure, elle a une pensée pour le petit homme réduit au voisinage de ces êtres qu'elle juge pouilleux et paresseux. En même temps, elle craint pour elle-même et son père. Si la crise persiste longtemps? Si le restaurant déclare faillite? Que sait-elle faire d'autre? Et si le journal de Roméo fermait ses portes? Plus elle y réfléchit, plus elle remercie Dieu pour sa grande chance. Si les revenus ont dramatiquement baissé, Louise et son père ont pu continuer à manger trois fois par jour, sous un toit qui est entièrement le leur. Ce n'est pas le bonheur de tout le monde. Qu'en est-il de ces braves hommes qui ont souffert si souvent en besognant longtemps dans ces usines bruyantes et sales, pour un salaire tout juste bon à nourrir l'épouse et les enfants? Ceux-là mêmes qui doivent se sentir si humiliés d'être obligés de manger à la Saint-Vincent-de-Paul.

Louise ne connaît pas trop monsieur Tremblay. Elle sait qu'il est distingué et très poli, travaillant et bon catholique. Elle devine que dans sa pauvre vie d'orphelin, il a dû recevoir des coups au derrière, subir le mépris de ses semblables. Il a dû souffrir autant de sarcasmes qu'elle-même suite aux frasques horribles de Jeanne.

Mais une grande nouvelle la soulage de ces sombres pensées: nos saints hommes organisent une grande procession jusqu'au sanctuaire du Cap-de-la-Madeleine, pour demander à la Vierge de mettre fin à la crise économique. La ferveur, les prières et la foi de toute une population ne laisseront pas la mère du Sauveur dans l'indifférence. Partout on cherche une solution au chômage. On en parle dans la rue, dans les journaux et même à la radio. (Roméo a un appareil. Louise n'a pas de temps, ni d'argent à perdre avec ces niaiseries.) Même les grands pécheurs proposent leur remède: le communisme! Et pourtant, la solution est si simple: la Vierge. Et le Sacré-Cœur, Dieu et son fils Jésus, tous les saints. Cette religion qui a toujours soutenu la race canadienne-française. Bien sûr, Roméo invoquera elle ne sait trop quoi venant de New York. Il dira que la religion est bonne à petites doses. C'est certain que Jeanne l'a contaminé! Louise se passera de lui. Son appui, elle le trouvera chez monsieur Tremblay.

Mais quel péché d'orgueil elle doit combattre avant de s'habiller pour oser monter jusqu'à *La Pierre*! Que diraient les voisins s'ils étaient au courant d'un tel voyage? Et monsieur le curé? Que la vieille fille est partie visiter un étranger dans le royaume des pleins de poux? En arrivant près de la piste de course, Louise vient près de changer d'idée. Elle pense qu'il serait moins humiliant de demander à Roméo d'entrer en contact avec monsieur Tremblay ou de s'y rendre en automobile. Mais après quelques prières, mademoiselle continue sa route. Elle voit le champ, avec ces pitoyables cabanes, parsemées comme de la mauvaise herbe. Elle sent presque une odeur. Rongée par la peur, elle pousse un carton accroché à une vieille charpente de métal, tombant nez à nez avec un homme très sale, un mégot vissé au bout des lèvres.

«On sonne avant d'entrer!

— Excusez-moi...

— Vous cherchez quoi?

— Monsieur Tremblay. Honoré Tremblay.

— Connais pas.

— C'est un petit homme. Pas plus haut que ça. Il n'a pas beaucoup de cheveux. Il vient de Montréal.

— Ah? Celui qui passe son temps à répéter ses fins de phrases?

— Oui! Précisément!

— Eh bien, vous prenez le grand boulevard, celui avec des fleurs, puis vous tournez à gauche, sur l'avenue avec des grands chênes. Vous passez les deux premières villas et il habite la troisième, celle avec une clôture en or massif et avec trois limousines devant.

— Vous pourriez tout de même être poli!

— Je n'ai pas le temps. Il est par là, votre bonhomme, dans une cabane. Et si vous le trouvez, emmenez-le ailleurs! On ne peut plus le sentir, lui et ses maudites prières!

— C'est une honte de dire une telle chose du bon Dieu!

— C'est une honte ce qu'il a fait de nous, votre bon Dieu!»

Tous ces gens qui la regardent passer ont l'air de fauves, de diables fourchus. Ce ne sont pas les braves chômeurs du quartier Notre-Dame, qui se privent et mangent peu, mais qui réussissent à survivre grâce à l'aide d'un parent ou d'un ami. Ces personnes sont autre chose: plus effroyables et dangereux. Ce sont des exclus moribonds, ceux qui seront les derniers engagés quand les usines fleuriront de nouveau. Louise ne trouve pas monsieur Tremblay. C'est plutôt le contraire qui arrive. Il est honteux, confus, à la limite de se mettre à pleurer. Ses mains se lèvent comme pour chercher une justification, puis se rabattent sur son pantalon loqueteux.

«Allons, monsieur Tremblay. Vous savez que Dieu aime les pauvres. Vous savez qu'il est juste et que parfois il nous envoie des malheurs pour mettre notre foi à l'épreuve.

— Et j'l'en remercie chaque jour, mademoiselle. Mais comprenez qu'c'est embarrassant pour moi d'voir une personne d'vot' qualité dans un endroit aussi crasseux. J'songe même à repartir pour Montréal. Y a rien, ici. Rien.

— Il n'y a rien ailleurs non plus.

— Tous ces gens, ils m'font savoir que j'suis pas d'leur ville. J'suis pas d'ici.

— J'ai confiance en vous et je vous apporte une grande nouvelle.

— Vous avez du travail pour moi? Du travail?

— Non. Mais nos évêques ont décidé d'organiser une grande procession jusqu'au sanctuaire du Cap-de-la-Madeleine pour implorer la Vierge qu'elle demande au bon Dieu de mettre fin à cette crise qui fait souffrir tant de catholiques courageux et dévots.

— Une procession?

— Une grande et belle procession. J'ai tous les détails dans le journal. Voulez-vous que je vous en fasse la lecture?

— Oh! mademoiselle... Vous seriez si bonne. Oui, bonne.» Il va de soi que rendre compte d'une telle nouvelle ne doit pas se faire dans un sentier de bidonville et que, d'autre part, la convenance empêche Louise d'entrer dans l'habitat d'un célibataire. «J'vais aller chercher mon manteau», dit-il en s'éloignant vers ce qui semble être un ancien poulailler, recouvert de ces toiles rudes rejetées par les usines de pâtes et papiers. Louise ne peut s'empêcher d'approcher de cet endroit infect. En tassant un vieux rideau qui lui sert de porte, Honoré tombe nez à nez avec mademoiselle.

«J'ai très honte, mademoiselle. Oui, honte.

— D'habiter ce misérable toit...

— Oui. J'n'ai jamais été riche, mais j'ai toujours travaillé depuis mon enfance et j'pouvais avoir un p'tit loyer bien à moi à Montréal. J'ai toujours payé l'logement et les comptes. J'ai jamais fait de dettes, ni économisé non plus parce que j'croyais que c'était d'mon devoir d'faire la charité pour les pauvres et d'donner à nos frères et religieuses. Quand l'propriétaire m'a jeté à la rue l'été dernier, j'n'avais qu'ma valise. Et astheure, j'dois fouiller les poubelles pour meubler c'te cabane. J'ai très honte, mademoiselle. J'voudrais pas qu'vous pensiez que j'suis un vagabond et un paresseux. Non, je l'suis pas.

— Je n'ai jamais cru une telle chose, monsieur Tremblay.

— Oui, j'avais un foyer. C'était p'tit et pas riche, mais c'était chez moi. Et j'ai tout perdu, sauf ma foi. Je n'veux pas que vous voyiez l'intérieur de ceci. Non, je ne veux pas.

— Je ne le verrai jamais, monsieur Tremblay. Je respecterai votre fierté. Marchons jusqu'au *Petit Train*. Je vous donnerai de la soupe en vous lisant ce journal.»

Le cortège de la procession est impressionnant et émouvant. Louise et le petit homme savent ce que signifie l'adage affirmant que la foi peut transporter des montagnes. Tous les hommes de robe et les religieuses de la région y participent, en plus des dignitaires. Mais le cortège est surtout composé de chômeurs et de miséreux, qui jamais ne cessent leurs prières. Roméo est délégué par ses patrons du journal pour écrire un compte rendu de cet événement unique. Il regarde de gauche à droite, son calepin en main. Quand il observe sa grande sœur, il le fait tel un espion, à son insu. Il la trouve belle aux côtés du petit homme. Son homme, croit-il. Mais il sait trop bien que Louise ne fait jamais rien comme tout le monde, tout comme lui-même et Jeanne; les enfants Tremblay ont la particularité de retenir du père Joseph. Si la vie de Louise s'est déroulée au compte-gouttes, il en sera ainsi pour cet amour non avoué.

Une impressionnante manifestation de foi, comme il s'en déroule rarement, a marqué le pèlerinage, organisé par les syndicats catholiques et les voyageurs de commerce de notre ville, au sanctuaire de Notre-Dame-du-Cap, pour demander à la reine du Rosaire d'apporter un réconfort à nos ouvriers et obtenir la fin de la crise économique. En effet, au-delà de 25 000 personnes se sont agenouillées aux pieds de la Vierge du Cap, hier après-midi, et l'ont appelée d'intercéder auprès de son fils afin qu'il use de sa grande miséricorde en arrêtant la crise actuelle. Jamais spectacle plus émotionnant ne s'est déroulé au sanctuaire du Cap-de-la-Madeleine, et jamais aussi plus belle manifestation de foi n'a eu lieu dans notre région.

Le Nouvelliste, 5 octobre 1931.

C'est avec une curiosité amusée que Joseph regarde monsieur Tremblay prendre possession de son coin de garage, qui lui servait, jusqu'à récemment, de bureau pour sa compagnie de taxi. Il s'imagine mal comment un homme pourra vivre dans un endroit aussi minuscule. «Donnons-lui l'ancienne chambre de Roméo», suggère le père Tremblay. Louise s'offusque d'une telle proposition, disant que ce n'est pas convenable. Honoré est d'accord avec mademoiselle. Déjà que cet homme installé dans le garage fera probablement naître des calomnies dans le quartier. Mais Louise a d'abord demandé conseil à monsieur le curé, avant de permettre à Honoré de se blottir dans son petit coin. Et le prêtre a approuvé, connaissant la probité de mademoiselle Tremblay. Ce n'est pas catholique de laisser cet homme à *La Pierre*, surtout à l'approche de la saison froide. De plus, Honoré pourra servir de gardien de la cour car, depuis cet automne, des vagabonds ont forcé la porte du garage et de l'atelier de Joseph afin d'y coucher. Puis d'autres gens sont venus voler dans la réserve de bois. Honoré pourra surveiller afin que personne ne vienne rôder.

«Ainsi, ma tante, vous laissez votre amoureux coucher près de la maison? Ça va être commode en patate si vous avez le goût de vous faire embrasser.

— Sais-tu ce que je ferais si j'étais ta mère, ma petite Renée? Je te frapperais le derrière si fort que tu ne pourrais plus t'asseoir pendant deux ans.

— Ma tante Louise, c'est pas bien chrétien de vouloir frapper une enfant.

— Peut-être que si mon frère et sa femme s'étaient moins gênés, tu serais moins polissonne aujourd'hui et tes chances de Salut seraient bien meilleures.»

Honoré demeure très discret dans son nouveau logis. Au début, il s'est même passé cinq journées avant qu'il ne se manifeste. Il est content d'être au chaud et de pouvoir faire sa toilette en toute intimité. Chaque matin, il débute sa journée par une messe. Ensuite, il s'en va tout souriant et revient à cinq heures, le nez dans les talons. Joseph se demande comment un homme aussi persévérant n'arrive pas à se trouver un emploi dans une ville aussi prospère que Trois-Rivières. De plus, Honoré sait tout faire: électricité, plomberie, menuiserie, peinture, plâtre. Comme Joseph a moins d'énergie que jadis, le petit homme fait le grand ménage électrique de la maison et du restaurant, sous les yeux ravis de Louise.

Avec maintenant une adresse bien à lui, Honoré peut se faire inscrire sur la liste des chômeurs et son cas sera étudié pour le secours direct. C'est très gêné qu'il se présente à mademoiselle avec son formulaire entre les mains en lui demandant de le remplir à sa place. S'il sait écrire son nom et compter, avec toutes les peines du monde, Honoré est incapable de lire les questions et encore moins d'inscrire les réponses. Pendant que Louise s'applique à tracer des lettres plus que parfaites, elle lui fait remarquer que, de nos jours, chaque citoyen doit savoir écrire. Il ne répond pas, sachant très bien qu'elle a raison, que son analphabétisme lui fait souvent plus de tort que de bien. En continuant à écrire, Louise rajoute dans un murmure: «Vous savez, quand j'étais jeune, je voulais devenir maîtresse d'école.» Honoré hoche la tête discrètement, cache son sourire quand elle le regarde furtivement du coin de l'œil.

«Vous auriez été très bonne, j'suis certain. Oui, certain.

— Je savais toutes les règles de grammaire et de calcul. Mais j'avais oublié des notions en géographie et en histoire. Je devais m'occuper de ma petite sœur et j'ai perdu du temps à ne pas réviser. Et les questions de l'examen d'entrée demandées par nos braves ursulines étaient assez exigeantes. Mais je sais toujours mon catéchisme par cœur, de la première à la dernière page.

— Comme j'vous envie. Moi, j'voudrais savoir lire jus' pour l'catéchisme.

— Voulez-vous que je vous en fasse la lecture?

— Oh! ce s'rait bien trop d'bonté! Vraiment trop d'bonté!»

Le petit catéchisme est le livre de chevet de Louise. Elle le lit comme un prêtre parcourt son bréviaire quotidiennement. En cas d'incertitude morale, elle le consulte en experte. Par respect pour son contenu, elle le lit toujours avec un chapelet en main ou devant un crucifix. Honoré connaît les dix commandements et les prières d'usage. Il sait aussi un grand nombre d'articles du catéchisme, parce qu'on les lui a récités. À chaque page lue par Louise, il baisse légèrement la tête, pour approuver ces vérités divines.

«J'ai aussi d'autres lectures saintes dans ma chambre. Des livres édifiants. Plus jeune, je lisais aussi des romans. Niaiserie de jeunesse! Souvent les romans donnent une fausse idée de la vie et des sentiments. Lire est précieux mais dangereux.

— Et les romans d'vot' frère Roméo? C'est bon?

— Roméo écrit des histoires sur les gens de Trois-Rivières. Bien qu'elles aient la bénédiction de nos évêques, je les trouve un peu légères.»

Elle vient près d'ajouter: «Si vous le voulez, je vais vous apprendre à lire.» Mais de telles leçons pourraient les mener à trop de familiarités. Roméo et Joseph interpréteraient mal cette bonté de cœur. Si Louise accueille monsieur dans sa maison, c'est par charité chrétienne, car le coin de garage où il habite est petit et pas très bien chauffé. Elle a confiance en lui, étant certaine qu'il saura tenir sa place.

Lorsqu'il va à la messe dominicale, Honoré n'accompagne pas Joseph et Louise. Il les suit à distance. Pas question non plus qu'il s'installe à leurs côtés ou qu'il jase avec eux sur le perron. Et de toute façon, Louise ne parle jamais sur les marches de l'église. C'est si vulgaire et commun. Mais, de retour à la maison, les trois commentent abondamment les bons conseils du curé Paré. Quand le sermon a été particulièrement chaleureux, le petit homme l'assaisonne de quelques prières en ayant la certitude que, la semaine suivante, la chance lui sourira enfin et qu'il trouvera un emploi. Quand ce n'est pas le cas, il se dit qu'il n'a pas assez prié.

«Où est votre chum, ma tante Louise?

— Non seulement tu dis des atrocités, Renée, mais en plus tu les dis très mal. Chum! Qu'est-ce que c'est, comme mot? C'est un héritage de ta tante Jeanne?

— Oh non! Tante Jeanne n'avait pas de chum. Elle avait une blonde.

— Renée! Je devrais te laver la bouche avec du savon pour avoir osé dire une telle chose dans mon restaurant! Tu es une espiègle de la pire espèce!

— D'accord, d'accord, patate! Mais où est-il, Honoré?

— Monsieur Tremblay est sorti pour chercher du travail.

— Ben, vous lui direz qu'il vienne voir mon père qui lui a trouvé une jobbine pour demain.

— Une quoi?

— Une petite job.

— Comment traites-tu notre langue? L'américanisation te gagne, Renée. Nos saints prêtres ne t'ont jamais mise en garde?

— I don't know, ma tante.»

Renée n'a que dix ans et l'enfer à sa portée! Pourquoi Roméo ne l'envoie-t-il pas au couvent où peut-être un miracle pourrait la soustraire du triste destin que Louise sait trop bien deviner. Cette enfant ne sait pas mesurer la gravité de ses mots. De plus en plus, Louise devient colérique quand

Renée lui adresse la parole. À chaque fois, elle regrette et s'en confesse. Mais la détestable fillette voit en ces sautes d'humeur un triomphe personnel. Elle s'empresse donc de multiplier les affronts.

Honoré, de son côté, n'a pas tellement de problème avec les enfants de Roméo. Il trouve que Renée a un caractère enjoué et que le grand Maurice est sympathique. Eux l'aiment bien, le trouvent amusant, bien qu'Honoré ne fasse rien de spécial pour qu'ils s'esclaffent. Gaston et Renée lui mettraient un chapeau rond sur la tête, une canne entre les mains et une moustache sous le nez qu'il serait un Charlot plus crédible que le véritable Chaplin.

Grâce à Roméo, le petit homme travaille cinq jours à préparer le chalet du patron du journal *Le Nouvelliste*. Il répare la clôture et l'évier, vérifie le système électrique et fait le grand ménage. Pendant ce temps, il peut habiter ce toit et y faire la cuisine. Pour la première fois de sa vie, il a le sentiment de goûter au grand rêve irréalisable de la classe défavorisée: être propriétaire d'une maison. Il touche dix dollars pour ses bons efforts, somme qu'il s'empresse de tendre à Louise pour la remercier de ses largesses et de ses lectures du catéchisme.

«Gardez cet argent, monsieur Tremblay. Économisez ou achetez des vêtements et de la nourriture.

— Non. C'est pour vous, mademoiselle. J'insiste. Oui, j'insiste.

— Si vous insistez, vous allez me froisser. Cet argent est le fruit de votre labeur et vous en avez plus besoin que moi.

— Je... j'suis bien mal à l'aise, mademoiselle. Oui, mal à l'aise.»

Reconnaissant, Honoré achète quelques fleurs à Louise. Mais celle-ci les accueille froidement; pour elle, c'est une dépense folle et inutile, considérant la situation du petit homme. Soudain conscient de sa bêtise, il se terre dans son coin, tout penaud et honteux. Pendant ce temps, elle prend soin de ses fleurs afin de les garder vivantes et belles le plus longtemps possible. Quand enfin il ose remettre les pieds dans le restaurant, les fleurs sont fanées et tous deux font comme si elles n'avaient jamais existé.

Louise constate que l'allure de monsieur Tremblay se détériore. Pourquoi donc? se demande-t-elle. Monsieur ne se plaint pas de la constante humidité de son petit domicile. C'est mieux que de ne pas avoir d'abri. Il ne dit à personne qu'il a été quêter une couverture chez les frères du séminaire. Il rentre dans ce minuscule chez-soi essentiellement pour dormir.

«Vous êtes bien, dans le coin du garage que je vous prête?

— Oh! très bien, mademoiselle. Oui, très bien.

— Ce n'est pas trop froid?

— J'suis reconnaissant envers vous et vot'père de m'permettre d'habiter là. C'est très confortable. Oui, confortable.»

Quand il voit Joseph quitter son atelier, Honoré s'empresse de prendre sa place afin de se chauffer près du vieux poêle à bois. Le petit homme ne dit à personne comme il se sent découragé face au manque d'ouvrage. Il se contente de prier et d'adapter à sa condition une routine de vie. Le midi, il va manger au comptoir de la Saint-Vincent-de-Paul. Les religieuses l'aiment bien, car il fait toujours sa prière avant et après son bol de soupe claire. Par la suite, il balaie le plancher pour les remercier de leur générosité.

Célibataire, analphabète, étranger, son nom se retrouve au bas de la liste du secours direct. Les responsables lui disent qu'il aurait plus de chance en s'inscrivant à un bureau de sa ville natale. Son découragement se manifeste par une négligence de sa toilette quotidienne. Il apparaît devant Louise les yeux cernés, la barbe mal rasée et les joues creuses. Elle sait que quelque chose ne va pas. Bien mis de sa personne, cette déchéance crie à mademoiselle l'accablement du petit homme. Elle le trouve mou, minuscule, irresponsable. Mais, en même temps, Louise sait reconnaître les grandes qualités de cet homme. Proportionnellement les mêmes qu'elle a entretenues comme future bonne épouse. Le voir gazouiller dans la maison un outil à la main est une douce musique pour Louise. Il est travaillant et perfectionniste. Mais quand il n'a pas d'emploi pendant une longue période, Louise a l'impression de le voir rétrécir à vue d'œil.

«L'évier de la cuisine du restaurant avale mal, monsieur

Tremblay. Je me demande si vous ne pourriez pas y jeter un coup d'œil.

— Ça va m'faire plaisir, mademoiselle. Oui, plaisir.»

Il n'a rien, son évier. Louise veut juste voir renaître Honoré. Il scrute les tuyaux à la loupe, nettoie tout de fond en comble, ajuste le robinet, récure la cuvette. Après ce travail, il affiche un grand sourire. Louise lui fait chauffer une soupe aux pois pour le récompenser.

«Noël sera bientôt parmi nous. Je suis certaine que mon frère Roméo se fera un plaisir de vous inviter à son réveillon.

— Oh! j'n'ai rien pour m'habiller comme il faut, mademoiselle. Je n'veux pas m'imposer. Vot'frère a déjà été trop bon pour moi. Oui, trop bon.

— Laissez-moi votre veston. Il commence à être un peu petit, n'est-ce pas?

— Heu... ben, c'est-à-dire...

— Je vais vous l'ajuster. Il sera comme neuf.

— Vous êtes trop bonne, mademoiselle. Oui, trop bonne.

— Vous avez réparé mon évier et je répare votre veston. Nous sommes quittes.»

L'année 1931 s'achève tristement pour les Trifluviens. Il y a à peine deux ans, cette ville grondait sous le ronronnement des usines et tout le monde touchait un salaire. Même les moins zélés pouvaient passer d'une usine à l'autre, sans que personne ne leur en fasse le reproche. Ils se présentaient à la grande porte chaque matin et un contremaître sortait en pointant du doigt les hommes qu'il désirait pour la journée. Maintenant, ceux qui osent encore y aller sont certains de se geler les pieds. La grisaille s'installe en permanence dans la cité de Laviolette. Pourtant, Louise a presque oublié ses soucis avec le restaurant. S'il fonctionne à pas de tortue, cette situation ne l'inquiète plus comme en 1930. Louise voit pire autour d'elle. Elle trouve vingt prétextes pour ne pas avouer que la présence d'Honoré la rend heureuse.

À Noël, elle ira à la réception de Roméo en bonne compagnie, car, enfin, elle sera avec quelqu'un qui comprend le sens profondément religieux de cette fête. Elle a toujours été agacée de voir son frère donner des cadeaux coûteux à ses enfants lors de cette sainte occasion.

À minuit, la foi sincère d'Honoré aurait pu faire bouger les murs de l'église. Il venait de résister aux verres de vin de Roméo et aux cris excités de la petite Renée, qui voulait le faire danser au son des disques de Jeanne. Honoré a su rester digne, discret dans son coin, poli envers Céline et Roméo. La semaine suivante, Honoré passe tout son temps à prier pour se préparer à la nouvelle année. Il y a un autre réveillon et ni le bruit ni les chansons à répondre ne l'écartent de son droit chemin catholique. Les membres de la famille Tremblay demeurent curieux devant un tel petit homme. Il serre les mains et formule les souhaits traditionnels, mais Roméo remarque chez lui une étrange nervosité. C'est presque rouge de gêne que le petit homme demande à Louise la permission de l'appeler par son prénom.

«Je pense que ce serait convenable, mais juste dans le cadre de la famille. Pas dans la rue, à la messe ou dans le restaurant.

— J'comprends. J'vous remercie. Et si vous voulez, vous pouvez m'appeler Honoré. Oui, vous pouvez.

— D'accord, Honoré.

— Merci, Louise. Oui, merci.»

Monsieur Pierre J.O. Boucher, surintendant de la Commission des distributions du secours direct aux chômeurs, a donné quelques précisions à un de nos représentants au sujet des fonds de secours distribués aux familles dans le besoin. En ce qui concerne le chauffage, les secours sont accordés indifféremment sous forme de bois ou de charbon. Au sujet des vêtements, on distribue des chaussures de travail aux hommes qui y ont droit dans chaque cas où ils sont inscrits sur la liste des chômeurs pour obtenir de l'ouvrage de la corporation.

Les enfants ont également droit à cette forme de secours direct, mais pas les femmes, dont le cas relève ici des ouvroirs de leur paroisse ou d'autres associations charitables. Dans chaque cas où le système de secours direct est appelé à intervenir, on procède d'abord par une enquête afin de se rendre compte si le chef de famille ou le soutien de famille s'est enregistré à l'hôtel de ville comme citoyen des Trois-Rivières à la recherche d'un emploi. La préférence est accordée d'abord à ceux dont les noms figurent en tête de la liste.

Le Nouvelliste, 29 décembre 1931.

Au début de la nouvelle année, Louise se fait de nouveau voler du bois de chauffage. Elle croyait pourtant qu'Honoré, couché tout près, entendrait d'éventuels malfaiteurs. En réalité, il a si bien perçu leur présence qu'il a eu peur qu'eux l'entendent claquer des dents et des genoux. Mais ceci, il ne l'avoue pas à mademoiselle.

«Il faudrait simplement rentrer le bois. Installer un petit coin pour le bois dans le portique. Vous pourriez faire cela, Honoré?

— Oui, j'peux.

— Faites-le.»

Le petit homme regarde l'espace à transformer en se demandant comment il va s'y prendre. S'il possède l'habileté manuelle, il n'en va pas ainsi pour l'imagination. Joseph, droit derrière lui, rit de son embarras. Le vieux est expert pour inventer, modifier, accommoder. Mais depuis que ce petit homme est entré dans sa maison, sans que sa fille lui demande la permission, Joseph n'a plus rien à réparer. «Ne vous fatiguez pas, papa. Honoré va arranger ça à votre place.» Comme s'il était un vieux et un impotent!

Honoré craint un peu Joseph, surtout quand il parle avec incohérence. Louise décrivait son père comme très pieux; Honoré l'a entendu dire du mal des frères et des prêtres. À d'autres occasions, il parle comme un jeune homme s'apprêtant à passer l'hiver dans les chantiers. L'autre jour, Joseph lui a de nouveau évoqué le grand bien de la venue de l'électricité à Trois-Rivières. Personne ne sait plus trop à quelle époque vit Joseph. Il n'y a pas longtemps, il a rajouté un couvert à la table. «Pour qui?» avait demandé Louise. «Mais! C'est pour ta petite sœur Jeanne! Elle va bientôt revenir de l'école.»

Honoré n'ose pas trop poser de questions sur cette sœur inconnue, qui n'a même pas droit à une photographie dans le salon de la maison, mais dont celle de Roméo déborde de tableaux et d'illustrations. Quand Honoré est chez Roméo, il regarde à peine les photographies de Jeanne, sachant que Louise n'aimerait pas qu'il pense qu'il la trouve belle. Lui qui n'a pas de famille constate que celle des Tremblay est un peu étrange. Tout y semble éparpillé, avec des fantômes donnant des crocs-en-jambe aux vivants. Il respecte beaucoup Roméo, mais se garde bien de lui dire qu'il le trouve un peu libertin. Et parfois, il juge Louise beaucoup trop autoritaire. Devant son doigt pointeur, il a alors l'air d'un petit chien. Comme lorsqu'elle lui ordonne de construire ce bac à bois dans le portique. Honoré ne trouve rien comme solution. C'est Joseph, après son grand silence insolent, qui déplace quelques objets pour créer l'espace voulu, dessine un plan avant de lui tendre l'égoïne et le marteau.

«Et je suis certain que vous les avez entendus, les voleurs.

— Non, m'sieur Tremblay. J'vous assure. Oui, j'vous assure.

— Je commence à vous connaître, Honoré. Puisqu'il faut vous appeler Honoré. Vous êtes petit, Honoré. Très petit.

— M'sieur Tremblay, j'vous en prie...

— Travaillez, Honoré. Travaillez et ma fille vous donnera un beau bol de soupe.»

Le petit homme ne dit rien, ne réagit pas. Que peut-il faire? Narguer le père de mademoiselle? Dans sa propre maison? Il n'y a pas longtemps, Joseph l'a vu partir de bon matin avec une pelle. Chaque tempête de neige voit une centaine de chômeurs sortir avec des pelles et se diriger vers les maisons bourgeoises de la ville. Mais Honoré est arrivé le dernier, comme d'habitude. Joseph a vu son retour. Un peu plus et le petit homme se mettait à pleurer. Il a donc déblayé l'entrée du *Petit Train* et Louise l'a récompensé d'un sandwich.

Au début de février, la municipalité a enfin découvert son nom au bas de la liste et lui a demandé de venir participer aux travaux de voirie. En retour, le secours direct lui donnera des bons, qu'on surnomme des «pitons». Ces billets lui permettront de se procurer un peu de nourriture et des vêtements.

Roméo s'oppose à ce genre de manœuvre, mais ne peut se servir, comme journaliste, du papier de son employeur pour justifier publiquement cette opinion. Mais les chômeurs ne se plaignent pas de cette initiative. L'an dernier, ils avaient été à l'hôtel de ville pour réclamer au maire Robichon ce genre de travail. Roméo prétend que ce marchandage ne règle pas la crise et que le prix donné aux chômeurs pour ces travaux lui rappelle l'esclavage de l'Antiquité romaine. Louise ne connaît pas ces Romains et ne s'intéresse pas au discours de son frère. Honoré n'y comprend rien non plus. Il est juste content de retrouver un peu de dignité humaine par le travail.

«Et toi qui es si savant, dis-moi alors de quelle façon tu vas la régler, la crise économique?

— Je ne sais pas, mais on ne perd rien à en parler. Je songe justement à organiser un concours pour les lecteurs. Ils suggèrent des solutions, on désigne des gagnants et on leur remet des prix.

— J'espère, Roméo, que tu ne dis pas ça sérieusement.

— Bien sûr. Mon patron trouve l'idée attrayante.

— Mais ce n'est pas un carnaval, la crise! Un peu de dignité pour ces malheureux, quand même!

— Pourquoi pas? C'est du choc des idées que jaillit la lumière. Et si un lecteur trouve une idée tellement intelligente qu'elle réussit à aider tes malheureux qui ainsi retrouveront leur dignité? À propos, pourquoi passes-tu ton temps à parler de dignité, ces derniers temps?»

C'est Honoré qui a déniché le mot on ne sait où et l'emploie à toutes les sauces devant Louise. En retournant chez lui, Roméo le croise dans la rue avec un autre chômeur. Ce compagnon conduit une charrette et Honoré ramasse les crottes de chevaux avec sa pelle. Roméo se sent comme Jeanne, a le goût de s'arrêter et de lui crier: «Hé! Honoré! Vous exercez votre dignité humaine?» Avec ses pitons, Honoré peut avoir du thé, du sucre, un peu de lard, des pommes de terre. Il échange son piton de savon à un autre chômeur contre un bon de sucre, car Louise lui a toujours fourni le savon dont il a besoin.

«J'vous invite à venir prendre le thé chez moi, Louise.

— Dans le garage? Allons donc, Honoré! Ce ne serait pas convenable!

— Ça m'ferait plaisir. C'est mon thé et mon sucre. J'ai travaillé pour l'avoir. Oui, travaillé.

— Vous savez très bien que ça ne se fait pas. Apportez plutôt les deux tasses dans la cuisine. Je serai heureuse de goûter à votre thé.»

S'il pouvait posséder de l'argent garanti pour quelques mois, Honoré inviterait Louise dans un beau restaurant. Jadis, il y a si longtemps, il avait déjà fait ce genre de démarche auprès d'une demoiselle de son quartier. Il avait bu du vin français et mangé doucement des mets raffinés. Après une balade sur les trottoirs de la rue Sainte-Catherine et une soirée au parc Sohmer, il avait essayé de l'embrasser. Comme il était jeune, fou et irresponsable! C'est à ce moment précis que le souvenir a cessé.

Maintenant, il comprend pourquoi il est vieux garçon. Honoré est timide, maladroit, pas très beau, ni à la mode. Et les femmes, certaines femmes, ne voient que l'apparence et ne peuvent juger les qualités de cœur d'un homme honnête. Vers trente ans, il a commencé à s'accommoder de la situation en se disant qu'il s'agissait là du destin que le bon Dieu lui avait tracé. Il comprend son sort, mais imagine mal comment le même a pu s'acharner sur Louise. Bien sûr, elle est parfois prompte. Mais Louise est une femme instruite, bien éduquée et qui sait tout faire dans une maison. C'est une femme de bon sens, animée par son devoir de catholique. Même qu'il la trouve jolie! Pas comme ces reines de beauté qu'on voit dans les journaux, mais à la limite du bon goût propre à toute femme qui se respecte.

Louise sourit souvent, habitude qu'elle a acquise après tant d'années au service du public. Honoré aime son sourire. La plupart des filles de sainte Catherine ne le font jamais. Si ses yeux sont un peu petits et incolores, elle a de belles lèvres et des cheveux noirs magnifiques, coiffés sobrement. Quand il arrive à la regarder cinq secondes de suite sans détourner le visage, Honoré a le goût de lui dire qu'elle est belle. Mais ce serait là une grave erreur. Il sait qu'elle croit – avec raison – qu'on ne juge pas une personne selon l'enveloppe charnelle. S'il osait lui dire sa pensée, cela risquerait de l'offenser. Alors, il garde le tout pour lui-même. Parfois, il se demande combien elle a pu avoir d'amoureux. Mais ce serait très mal élevé de lui poser une telle question.

«C'était un bon thé, Honoré. Vous avez fait un bon choix.

— Merci. J'aime beaucoup le thé. On peut prendre not' temps pour l'boire, car même s'il devient froid, il garde encore du goût. Oui, il le garde.

— Croyez-vous pouvoir de nouveau travailler pour la ville?

— J'ai fait du bon ouvrage. J'ai qu'à m'présenter tous les matins et les contremaîtres vont se souvenir de moi. Oui, se souvenir. Mais j'suis sûr d'trouver un vrai travail bientôt. J'ai tant prié et je sais qu'le bon Dieu a entendu mes prières. Oui, je le sais.

— J'ai confiance en vous. La chance et la justice sourient toujours aux hommes de qualité.

— Oh! merci beaucoup, Louise. Oui, merci.»

Qu'a-t-elle été dire là? Pourquoi ce compliment? Que va-t-il penser? Elle vient d'être aussi sans-gêne que Jeanne. Ou presque. Ou pas du tout: Jeanne l'aurait noyé depuis longtemps sous ses sarcasmes et ses moqueries cruelles. N'empêche que Louise se juge très impolie de faire un compliment à cet homme. Au matin, à la première messe, Louise va se confesser de sa maladresse. En attendant son tour, elle aperçoit Honoré à l'autre confessionnal. Ils se regardent à peine. Louise se demande quel péché nécessite une telle urgence. Peut-être qu'hier, en entendant son compliment, il a eu une vilaine pensée. Non! ce n'est sûrement pas cela... Honoré n'est pas de ce type d'homme à avoir des intentions irrespectueuses envers les femmes. Elle se convainc qu'il a probablement échappé un mot de colère en se cognant un orteil sur le bord de son lit. Oui, sûrement qu'il s'agit d'un péché semblable.

Il entre dans son confessionnal en même temps qu'elle. Louise ne veut surtout pas le croiser à la sortie. Elle prend donc beaucoup de temps pour expliquer son péché au vicaire Ayotte. Celui-ci en profite pour rappeler à mademoiselle le danger d'une promiscuité avec un homme célibataire. Probablement que monsieur le curé a dit la même chose à Honoré, puisqu'il s'est passé dix jours avant qu'ils ne se croisent et ne se parlent. Roméo, témoin de ce jeu, trouve le tout délicieusement ridicule.

«Les choses sont parfois si simples dans la vie, Louise. Si Honoré te plaît, tu n'as qu'à le lui faire voir.

— Mais tu es complètement fou, mon frère! Niaiseux!

— Bon, dans ce cas, je vais lui en parler.

— Veux-tu te mêler de tes affaires? J'ai prêté une partie du garage à monsieur Tremblay par pure charité chrétienne et toi, tu imagines toutes sortes d'histoires malhonnêtes mettant en doute mon intégrité de femme propre!

— J'adore quand tu parles ainsi, Louise. C'est tellement vivifiant!

— Tu es aussi impoli que ta fille Renée et que ta sœur!

— Tiens! Justement, j'ai écrit à Jeanne que tu avais une amourette.

— Je t'interdis formellement de dire quoi que ce soit me concernant à cette personne!»

Roméo sort à toute vitesse du restaurant. Louise le voit se diriger vers le garage. Les jours suivants, Louise pense mourir douze fois parce qu'Honoré a totalement disparu. Qu'est-ce que son coquin de frère a donc pu lui dire pour le faire fuir? Honoré revient tout souriant, avec un chapeau à peu près neuf et un sac de victuailles sous le bras. «J'ai été travailler au village de Saint-Tite pendant trois jours. J'ai aidé un cultivateur à faire ses réparations dans sa grange et à préparer ses agrès pour l'printemps. Il m'a payé trois piastres et m'a nourri. C'est vot' frère Roméo qui m'a trouvé c't'emploi. Oui, vot' frère!» Louise demeure indifférente face à cet aveu, si bien qu'Honoré perd instantanément son petit sourire.

«Pourquoi ne pas l'avoir dit plus tôt? Pourquoi ne pas avoir averti? Le téléphone, ça existe!

— Excusez-moi, Louise. Vous savez, les chances d'travailler, il faut toutes les prendre. Regardez! L'habitante m'a donné des pots de confiture aux fraises! Oui, d'la confiture!

— Honoré! Vous demeurez dans ma cour et j'ai comme une responsabilité envers vous! Vous êtes mon chambreur!

— Quelqu'un est v'nu pour m'voir?

— Non! Mais j'étais inquiète! Partir sans avertir, c'est faire preuve d'irresponsabilité et votre attitude m'a beaucoup déçue!

— Ben, comme j'ai dit, j'suis parti vite et j'ai travaillé dur et...

— Taisez-vous! Je ne veux plus vous entendre!»

Il rampe jusqu'à son antre minuscule, dépose avec soin son beau chapeau sur les draps du lit et son sac sur le bureau. Il place soigneusement ses aliments sur la tablette. Puis, il n'a plus rien à faire et se met à penser qu'il est minable. Oui, minable! Un bruit de ferraille arrive de l'atelier. Il ne va pas voir: Joseph va probablement le traiter comme un moins que rien. Que faire? S'enfuir chez Roméo? Pleurer comme un enfant? Prier... La ferraille persiste. Il se lève et approche, pensant que peut-être le père Tremblay s'est blessé. Mais Joseph est de bon pied, tirant sur une vieille sleigh qui n'a pas dû servir depuis vingt ans. En le voyant, Joseph fait un large signe en disant: «Viens! Viens, mon garçon!» Honoré ne se rend pas compte que Joseph le prend pour ce fils Adrien, mort à la guerre. Le père de mademoiselle lui donne même ce prénom.

«J'suis pas vot' garçon, m'sieur Tremblay...

— Hein? Bien sûr que non. Venez m'aider. Vous ne travaillez pas?

— Non.

— Pourtant, il y a plein d'ouvrage à Trois-Rivières. C'est une ville en pleine prospérité. Et très moderne! J'aime les choses modernes, moi!

— Excusez-moi, m'sieur Tremblay, j'vais retourner à ma chambre. Oui, à ma chambre.

— Non! Venez m'aider! On va la remettre sur pied! C'est ma dernière sleigh, juste avant que j'achète Cocotte.

— Vous avez acheté quoi?

— Cocotte! C'est le nom que ma petite fille Jeanne a donné à ma première Ford. Elle a l'habitude de baptiser les automobiles. La sienne s'appelle Violette. Venez m'aider!»

Honoré approche doucement et met la main sur la sleigh. Elle est belle. Elle est de l'autre siècle. Malheureusement, dans les villes, on en voit de moins en moins. Les gens ont des automobiles, prennent le tramway et maintenant l'autobus. Le petit homme imagine que, bientôt, personne n'attellera dans les villes, sauf les laitiers et les marchands de glace. Honoré n'a jamais eu de cheval, encore moins d'auto. Il s'est toujours déplacé avec ce que Montréal offrait de commodités à ses citoyens. Mais si on lui donnait le choix sur un plateau d'or, Honoré opterait pour un cheval. Il envie les gens de la campagne pour qui ces bêtes sont de la plus haute importance, de la plus grande noblesse.

«Je ne sais pas pourquoi je l'ai gardée. Peut-être pour la revendre. C'est maintenant une antiquité. Tous mes enfants y ont un jour pris place, sauf Roger.

— Elle est très belle. Oui, belle. Pourquoi la sortez-vous?

— Pour occuper mes mains. On va lui faire un beau nettoyage. Je ne fais plus rien depuis que ma fille a jeté mes taxis dehors pour vous mettre à la place de mon bureau.»

Honoré n'a pas besoin de cette remarque. Il est venu vers Joseph avec de bonnes intentions. Il croyait qu'il pourrait devenir ami avec le père de mademoiselle. Mais il n'a pas le temps d'être peiné longtemps parce que le vieil homme lui lance une guenille avec ordre de dépoussiérer le véhicule. Toute la vie d'Honoré ressemble à ce geste: on n'a qu'à lui lancer un chiffon qu'il se met à frotter sans réfléchir. Joseph le regarde travailler, un doigt sur le menton, songeant à ce qu'il pourrait faire de son antiquité.

«Dites-moi, m'sieur Tremblay? Vous avez toujours habité la ville?

— Oui. La ville, il n'y a rien de mieux. La campagne, c'est bon pour les gens qui aiment s'ennuyer. À la ville, il y a de tout. On n'a pas le temps de s'ennuyer. La ville est moderne.

— Moi, j'aime bien la campagne. Y a du bon air et les habitants sont d'braves gens. Oui, d'braves gens.

— Frottez, frottez, Honoré.»

Puis, le bonhomme se met à parler de Roméo comme s'il venait d'avoir onze ans, puis de Louise qui doit recevoir un

391

cavalier ce soir. Honoré cesse de frotter pour écouter cet épisode du passé de Louise.

«Qu'est-ce que vous avez à me regarder comme ça?

— Oh! rien, rien...

— Je pense que je vais la vendre. Elle ne sert plus à rien. Je vais lui mettre des sièges neufs et lui refaire une beauté. Je pourrais la céder à quelqu'un de la campagne. Ils s'en servent encore, là-bas.

— C'est une bonne idée. Oui, une bonne.»

Après avoir travaillé deux heures sous les ordres de Joseph, Honoré retourne à sa chambre. Il se sent abandonné. Il a l'impression qu'avec la colère de Louise, il sera seul pour un long bout de temps. Il est habitué à la solitude. En principe, cette situation ne devrait pas l'incommoder. Mais dans une ville où il est encore étranger, parfois la solitude devient plus lourde. Il ne s'est pas fait d'amis, hors Louise et Roméo. Il n'a rien en commun avec les autres chômeurs. Ils parlent fort, lèvent le poing et font du bruit. Lui est discret et timide. Il n'aime pas leurs sports, ni leurs loisirs, et encore moins les blagues grossières qu'ils font sur les femmes.

Le lendemain, en se rendant, comme à tous les jours, devant les portes de l'usine de pâtes et papiers Canadian International Paper, Honoré passe par les rues du quartier ouvrier Sainte-Cécile. Il déambule dans une artère toujours ombragée, à cause de la hauteur des maisons cubiques construites par la compagnie. Une rue où il n'y a jamais de soleil. Pas plus que dans ces maisons horriblement identiques. Le petit homme se sent écrasé par leur présence. Il a l'impression d'être le dernier survivant de cette ville habillée d'un lourd silence.

Honoré arrive encore le dernier. Les hommes, mains dans leurs poches, sacrent contre les patrons, en mâchant de vieux mégots. Lui marche à contre-courant. Il arrive face à une porte qu'il sait déjà close. Il n'ose pas cogner. Il repart par la même rue, les hommes au loin devant lui. Les maisons s'animent. Honoré entend même clairement une femme réprimander son mari parce qu'il ne s'est pas fait engager pour la journée. Honoré baisse la tête en se disant: «Les villes, c'est comme la mort. Toutes les villes. Oui, toutes.»

Mélancolique, il n'a que le goût de parler à Roméo, la seule personne vraiment amicale rencontrée depuis qu'il s'est mis en tête, tel un sot, d'habiter Trois-Rivières. Mais Roméo est à son travail. En attendant son retour, il refait encore le chemin des commerces et des manufactures. Rien. Le néant. Pas même pour balayer le plancher en retour d'un vieux sou noir.

«J'crois que j'vais m'en aller, Roméo. J'suis pas heureux ici. Il n'y a pas d'ouvrage pour du monde comme moi. J'suis obligé d'manger sur la charité. J'suis qu'un étranger. Vot' sœur me méprise et vot' père aussi. Oui, mépriser.

— Vous savez, mon père ne sait pas toujours ce qu'il dit. Quant à ma sœur, elle a ses humeurs, mais n'est pas réellement méchante.

— J'croyais qu'elle me considérait. J'croyais.

— Êtes-vous amoureux de ma sœur, Honoré?

— Roméo! J'vous en prie! Sachez que je n'ai qu'des intentions honorables et respectueuses envers vot' sœur! Oui, respectueuses! C'est une demoiselle!

— Je me disais, aussi...»

C'est pour se faire consoler qu'Honoré dit qu'il veut partir, pour qu'on lui parle avec un peu d'attention. Honoré n'a jamais cru à ce départ. La situation serait la même ailleurs et peut-être qu'à Montréal ou à Québec, il n'aurait pas de coin de garage pour s'abriter.

«Qu'est-ce que vous aimeriez faire, dans votre vie? Quel est votre grand rêve?» Roméo le surprend par cette question inattendue. On dirait qu'il la demande à un petit garçon de dix ans. Mais Honoré ne sait pas ce qu'il veut faire. Il ne l'a jamais su. Louise a son restaurant et c'est pourquoi elle est forte. Lui n'a toujours été qu'un gagne-petit. Cela explique sa faiblesse.

Mais Roméo sait que chaque homme a son secret, un grand rêve qu'il a voulu poursuivre à un moment ou à un autre. Mais le mot «rêve» ne fait pas partie des conceptions de la vie d'Honoré. Comment un homme de trente-six ans, comme Roméo, peut-il prononcer ce mot comme s'il parlait de la pluie ou du beau temps? Honoré imagine que les écrivains et les journalistes, comme le frère de mademoiselle, s'accordent ce genre de droit. Comme il se sent bien en sa compagnie, Honoré avoue son grand rêve, après avoir tourné autour du pot pendant quinze minutes.

«Ne riez pas d'moi!
— Juré, Honoré.
— C'que j'aurais aimé faire, c'est... c'est être cultivateur. Oui, cultivateur.
— Il n'y a pas de mal à être cultivateur.
— Moi qui suis né en ville, je n'l'ai jamais aimée. J'serais mon propre patron, vous comprenez? Et sur une terre, on est toujours plus près du bon Dieu. Oui, plus près.
— C'est un honneur d'être cultivateur, Honoré.
— Mais il est trop tard. J'suis trop vieux. J'ai l'air ridicule, hein? Moi, un p'tit bonhomme qui ressemble à un caissier d'banque? Vous m'voyez en habitant?
— Vous êtes travaillant, Honoré. Non, vous n'auriez pas l'air ridicule.
— J'ai honte d'avoir dit une folie comme ça. Oui, honte.
— Je n'en parlerai à personne.
— J'aimerais bien qu'vous me l'promettiez, Roméo. Oui, promettre.»

Roméo part avertir Louise qu'Honoré couchera dorénavant chez lui, dans son grenier. Elle n'aime pas cette idée de son frère. Elle hausse le ton. Roméo a pourtant un bon argument: ce serait plus convenable qu'un célibataire demeure chez un homme marié et père de famille. Pendant qu'il discute avec elle, Honoré reste dans l'automobile stationnée devant *Le Petit Train*. De là, il peut entendre les cris de Louise. Il sourit. Ces interjections lui prouvent qu'il n'est pas totalement étranger à mademoiselle. Mais quand elle gagne enfin son point, Louise sort du restaurant, le pointe du doigt en ordonnant: «Honoré! Rentrez chez vous immédiatement!»

L'histoire d'une vie de petit homme...

On se plaint de la crise du chômage, mais quel serait le remède à apporter à cette situation pour Trois-Rivières et le district dont cette ville est le centre? Comme c'est du choc des idées que jaillit la lumière, *Le Nouvelliste* a songé à demander l'opinion de ses lecteurs sur ce sujet. Il n'y a aucun doute que des suggestions pratiques pourront être soumises; peut-être que nos gouverneurs y trouveront des idées dont la mise à exécution aurait les plus heureux résultats. C'est dans ce but que nous avons décidé d'établir un concours et, pour y apporter un élément d'intérêt et d'émulation, la direction de notre journal offrira en prix une somme de 50 $ ainsi distribuée aux gagnants selon l'ordre d'importance des suggestions primées: 15 $, 10 $, 5 $, 3 $, 2 $ et dix prix de 1 $ chacun. Chacun pourra nous adresser autant de suggestions qu'il le désirera.

Le Nouvelliste, 5 mars 1932.

Honoré a travaillé un peu pour la municipalité en retour de pitons. Il a aussi gagné cinq dollars pour une autre besogne de peinture. C'est Roméo qui lui a trouvé ces tâches. Il est venu près de s'arracher les cheveux en apprenant qu'Honoré a dépensé deux de ces cinq dollars pour des lampions à la mémoire du bébé de l'aviateur américain Charles Lindberg, tué par des ravisseurs sans scrupules. «Dépenser son argent pour un bébé protestant. Quelle honte!» s'est alors dit Louise.

Malgré cet incident, Roméo n'abandonne pas l'idée d'être l'agent de travail d'Honoré. Par lui-même, le petit homme ne trouve rien. À la fin de mai, Roméo lui déniche une perle rare: un vrai travail! Oh, pas pour une grosse fortune, pas un soixante heures par semaine, mais monsieur aura droit à un revenu stable, tant qu'il fera l'affaire.

En février dernier, la salle de cinéma Le Palace, située tout près du *Petit Train,* a subi des dégâts suite à un incendie mineur. Les propriétaires ont profité de ce malheur pour améliorer l'intérieur et sont bien décidés à prendre place parmi les salles importantes de Trois-Rivières. Honoré est engagé comme placier, du lundi au mercredi soir. Roméo a peur qu'il refuse, prétextant que monsieur le curé dit du mal des vues animées. Honoré montre une petite hésitation, puis accepte tout de même. Par les temps qui courent, un emploi assuré, même à seulement trois jours par semaine, représente une chance qu'il ne faut pas négliger.

Louise est bien contente malgré ses réserves. Ces images qui bougent ne l'ont jamais impressionnée. Ce sont des niaiseries. Et le contenu des films est la plupart du temps propre à écarter les gens du droit chemin. Combien de braves ouvriers ont perdu des sommes importantes en se rendant dans les salles obscures chaque semaine? Et même pendant la crise, beaucoup de chômeurs font un effort supplémentaire pour trouver l'argent nécessaire et entrer trois heures dans un tel lieu de perdition. Oui, des sans-emploi! Des miséreux qui préfèrent les vues à l'économie! Mais Louise se dit qu'Honoré aura trois dollars par semaine et que cette paie lui rendra la dignité dont il a tant besoin.

Honoré n'a jamais vu de film parlant. Il a été au cinéma deux ou trois fois dans sa vie, il y a bien longtemps. Depuis, les évêques et nos curés ont à maintes reprises recommandé aux fidèles d'éviter ce genre de divertissement. Devra-t-il se confesser à chaque retour de travail? C'est ce qui lui semble la meilleure solution. En attendant de commencer, Honoré apprend intensivement l'alphabet. S'il connaît bien ses chiffres, il a du mal avec les lettres. Pour un placier, voilà qui pourrait être très gênant.

Louise sort du grenier le vieux tableau noir sur lequel elle exerçait son écriture quand elle rêvait de devenir maîtresse d'école. Elle dessine soigneusement les lettres de l'alphabet et les fait répéter à Honoré, pointant chacune avec l'aide d'une longue baguette aux extrémités métalliques. Sur vingt-six cartons, elle inscrit les mêmes lettres. Elle les mêle comme les cartes d'un jeu et Honoré doit identifier justement celle qu'il pige.

«M. Oui, M.

— Non, Honoré. C'est N. Il y a un N dans votre nom, vous le savez, pourtant.

— Excusez-moi.

— Faites attention.»

Quels efforts il fait! Il se plisse les yeux pour mieux visualiser ces signes. Puis Honoré répète lentement, sous le regard sévère de Louise. Quand il va trop rapidement, elle frappe le comptoir du restaurant avec sa baguette. Quand Honoré se présente à son travail, deux heures avant le temps, il est propre comme un sou neuf et fier de recevoir sa casquette. Le patron lui confie une lampe de poche et lui enseigne la bonne façon de répondre au client.

«Vous vous occuperez des sections A à M, à l'avant, à gauche.

– Oui, monsieur Sylvio. Merci, monsieur. Oui, merci.»

En plus de s'occuper des retardataires, Honoré devra voir à la discipline. Il ne faut pas de désordre dans les salles de cinéma de Trois-Rivières, car les curés ont la main lourde. Il faut éviter que les jeunes gens profitent de l'obscurité pour se prendre les mains et s'embrasser. Comme Honoré est nerveux! Comme il a peur! Après tout, il n'a jamais fait ce genre de travail, ayant passé sa vie d'usines en manufactures. Mais il ne se présente pas beaucoup de clients. Honoré reconnaît quelques chômeurs du quartier, excités de revoir Ti-Pit et Fifine, les deux comédiens de vaudeville vedettes du Palace. Lorsque le film débute, après les blagues des deux comiques, Honoré sursaute de stupeur en entendant la musique envahissante. Pendant ces instants, il songe que Louise lui a promis de penser à lui.

En réalité, mademoiselle est plutôt triste devant son tableau noir. Elle se souvient qu'elle avait utilisé le même pour enseigner l'alphabet à Roméo, à peine âgé de cinq ans et pressé de savoir lire. Elle pense aussi qu'elle a raté sa vie. Elle aurait été une excellente maîtresse d'école. Elle a abandonné trop rapidement après l'échec de son examen d'entrée à l'École normale des ursulines, à Québec. Joseph lui avait donné des responsabilités dans le magasin, sa mère lui disait de s'occuper de Jeanne. Louise se dit qu'elle aurait dû étudier plus fort, malgré la fatigue de ses longues journées.

Ces livres... peut-être sont-ils encore au grenier? Avant de s'y rendre, elle écrit une phrase sans fautes et essaie de se rappeler la nature et la fonction de chacun des mots. Elle vérifie dans sa grammaire et applaudit son excellence. Elle monte et fouille en vain. Pourtant, elle est certaine que ces manuels scolaires doivent être cachés quelque part.

Quand Honoré revient de sa soirée, il n'y a personne à

qui raconter sa sensation agréable du devoir bien accompli. Il a si hâte au matin, pour en jaser avec Louise, qu'il a du mal à s'endormir. Mais avant tout, il va vite se confesser. Ce qu'il a vu malgré lui sur cet écran l'a bien peiné: ces gens courant partout, s'agitant sans cesse, parlant tout le temps, et en anglais, de plus! Il comprend très bien les recommandations des curés: ces films sont des instruments du diable! Et, il se trouve honteux d'avoir ri à une blague osée de Fifine à l'endroit de Ti-Pit.

À son retour de l'église, il entre vite au restaurant. Louise est à son poste, malgré l'absence répétée de clients. Avant de lui donner des nouvelles, il laisse Louise lui faire ses remarques d'enseignante. Non, il ne s'est pas trompé de lettre. En réalité, il n'a pas eu beaucoup à les utiliser.

«Mais il ne faut pas laisser tomber pour autant.

— Non, non. J'vais continuer d'étudier vot' alphabet. Oui, étudier.

— Si vous aviez su lire autrefois, vous ne seriez pas chômeur aujourd'hui.

— J'sais, Louise. Mais il est un peu tard pour y penser, à mon âge. Oui, un peu tard.

— En effet. Mais savoir au moins l'alphabet ne peut pas nuire.

— J'suis reconnaissant des efforts qu'vous avez mis à m'montrer les lettres et soyez certaine que j'vais les garder en mémoire longtemps. Oui, longtemps.»

Riche de ses quelques sous, Honoré cesse d'aller manger au comptoir de la Saint-Vincent-de-Paul. Il peut acheter du thé et des biscuits secs. Il faut dire qu'il ne mange pas tellement. Parfois, Louise le prend en pitié et l'invite à partager un repas avec Joseph. Il remercie en balayant le plancher.

Cependant, à cause de ce travail, le bureau du chômage décide de lui couper ses pitons, ce qui l'oblige à vivre avec ces trois dollars par semaine. Il pouvait obtenir plus de nourriture avec ses bons de secours. «D'autres en ont plus besoin que moi», dit-il à Roméo, pour expliquer son silence face à cette situation que le frère de Louise considère comme une injustice criante. Roméo est prêt à ruer dans les brancards, à se rendre leur dire sa façon de penser, à écrire un article dénonciateur dans le journal. Mais Louise lui ordonne de laisser Honoré faire la charité à sa manière. Il hausse le ton en cognant du poing. Elle lui répond en parlant plus fort. Et Honoré part se cacher. Roméo sort du restaurant en boudant, mais ses colères ne durent jamais bien longtemps.

Deux semaines plus tard, Roméo revient pour inviter Louise à sa traditionnelle et annuelle balade en automobile. En entrant au *Petit Train*, Roméo voit Honoré qui mange des biscuits et boit son thé. C'est probablement tout ce qu'il a consommé ces derniers temps. Louise demeure au *Petit Train* douze heures par jour, même s'il ne vient que huit clients fauchés. Roméo, en les voyant, les trouve si immobiles qu'il en a des frissons.

«Venez à la campagne. On fera un pique-nique le long de la route.

— Et où comptes-tu aller?

— Où le vent nous poussera.

— Roméo, tu m'ennuies.

— Je ne sais pas, moi, où on ira! On verra.

— Tu devrais planifier un peu plus tes sorties familiales. Ce serait donner un bon exemple à tes enfants, surtout à Renée.

— Je prends bonne note de tes vertueux conseils, ma sœur.

— Est-ce que tu ris de moi?

— Veux-tu venir, oui ou non?

— Est-ce que Renée va être avec nous? Tu vas emmener Carole?

— Je ne sais pas.

— Roméo, réponds-moi comme du monde!

— Bon, ça va! J'emmènerai Carole et Gaston. Renée a été un peu turbulente cette semaine.

— Tu ne me dis pas. Quelle grande surprise...»

Louise regarde Honoré. Il ne sait pas quoi dire, mais Roméo devine sa probable réponse: «Vous êtes trop bon pour moi, Roméo. Oui, trop bon.» Mais sans que le petit homme ouvre la bouche, Louise a décidé à sa place.

«Nous irons. Si tu me dis où nous allons.
— Choisis!
— Vraiment?
— Tout à fait.
— Allons à Champlain, à la ferme du neveu Albert. Il y a de belles croix de chemin dans son rang. Puis visiter la parenté ne peut faire que du bien.
— Albert... Albert...
— Tu m'as laissé le choix, non? Alors, j'ai choisi pour moi et monsieur Tremblay.»

Albert est le fils héritier du défunt oncle Hormisdas, le seul des frères de Joseph ayant vécu à la campagne. Roméo, Adrien et Jeanne détestaient les visites chez Hormisdas. C'était loin, ça ne sentait pas bon, il faisait noir le soir, il n'y avait pas d'eau courante, ni d'électricité, et les toilettes étaient dans une cabane épouvantable, dans le fond de la cour. Hormisdas lui-même n'était pas le plus intéressant des oncles. À ce véritable habitant, Roméo apposait l'adjectif péjoratif... d'habitant! Le fils Albert est du même bois. Quand il va arriver, Roméo sera inondé de clichés sur la famille: «Comme tes enfants ont grandi! Et la cousine Louise est toujours vieille fille?» Et il dira à Roméo qu'il a pris du ventre.

Que Louise visite ses oncles, cela va de soi. Mais qu'elle désire se rendre chez ce cousin étonne un peu Roméo. Au fond, mademoiselle ne s'y intéresse pas plus qu'il ne le faut; elle aime la campagne. «Surtout quand on est juste en visite», de préciser Roméo. Le long du trajet les menant vers ce gouffre, Honoré s'informe de la ferme. Une bonne terre? Que cultive-t-il? A-t-il beaucoup de vaches?

«Aimez-vous l'agriculture, Honoré?
— C't'un métier bien édifiant. La preuve, tous les curés le disent. Oui, tous.
— Vous avez raison. La vie à la campagne est plus proche du bon Dieu.
— Oui, c'est en plein ça! J'suis d'accord, Louise. Oui, d'accord!»

Installé entre Louise et Honoré, le petit Gaston boude dans un silence imperturbable. Pour lui, les vaches sont idéales pour leur faire des grimaces le long de la route, mais de là à les voir de près... De plus, son père l'a séparé de sa sœur Renée. Il ne voulait pas de ce voyage, mais Roméo l'a obligé à venir.

Renée reste à Trois-Rivières, avec l'ordre de prendre soin du bébé Christian. Évidemment, aussitôt que la voiture de Roméo disparaît de sa vue, elle part avec le petit pour rejoindre sa sœur Simone et son frère Maurice, qui doivent s'occuper du *Petit Train* pendant l'absence de tante Louise. Gaston pense que pendant qu'il pourrait s'amuser avec Renée au *Petit Train*, il est obligé d'entendre les jérémiades de sa vieille tante et de ce Charlot.

«Est-ce que tu vas aller à l'école c't'automne, mon p'tit Gaston?

— J'y vais depuis un an, monsieur Honoré.

— Oui, oui... Et que veux-tu faire quand tu s'ras grand? Un pompier?

— Renée a décidé que je serais un musicien. Alors, j'apprends le piano, l'instrument de Sweetie, l'amie de ma tante Jeanne.»

Louise pense que ce petit monstre a dû recevoir des recommandations de sa sœur Renée, afin de mentionner le nom de Jeanne dans ce voyage. Il fait tout ce qu'elle dit. Il est certain que si Roméo n'y voit pas, les espiègleries et les mauvaises manières de Renée vont envahir le cœur encore innocent du petit Gaston.

Honoré, charmé par sa réponse, lui tapote la tête. L'enfant sourit, car pendant que celui-là lui parle, la tante cesse son moulin à vent religieux. Il connaît le catéchisme: les frères de l'académie de La Salle le lui ont enseigné. Il n'aime pas tellement ce petit livre, car lorsqu'il en oublie un bout, ses professeurs lui tirent les oreilles, qu'il juge déjà assez grandes.

«Et vous, monsieur Honoré? Que voulez-vous faire quand vous serez grand?

— Oh! Oh! Oh! Comme t'es comique! Oui, comique!»

S'il trouve la remarque drôle, Louise la perçoit comme une insulte au physique d'Honoré, le tout étant, bien sûr, signé Renée.

«Gaston, ne dérange pas monsieur Honoré.

— Je ne le dérange pas, ma tante! Je lui parle.

— On ne répond pas à sa tante. C'est impoli.»

Roméo doit arrêter six fois le long du trajet, car Louise et Honoré ne peuvent passer devant une croix de chemin sans s'agenouiller à chaque occasion. Aux deux premières, Roméo et Céline les imitent. Mais à la troisième, Roméo en profite plutôt pour griller une cigarette et Céline pour se dégourdir les jambes. De plus, à chaque fois qu'ils aperçoivent une statue de la Vierge installée devant une ferme, Honoré et Louise s'étirent le cou en récitant leurs indulgences.

«Vous connaissez l'histoire du miraculé du sanctuaire du Cap, Honoré?

— Pour vrai, monsieur Roméo? La Vierge a fait un miracle au beau sanctuaire du Cap? Un miracle?

— Oui. C'était un homme qui avait une jambe de bois. Alors, il s'est rendu au sanctuaire pour prier. "Vierge Marie, rendez ma jambe semblable à l'autre." Trois heures plus tard, il avait deux jambes de bois.»

Roméo et Gaston éclatent de rire et Céline étouffe le sien. Roméo est certain de se noyer sous les remontrances de Louise quand, soudain, Honoré offre un petit rire discret qui fait taire les intentions de la vieille fille.

La ferme du cousin Albert n'est pas l'idéal de tout cultivateur modèle. Son père Hormisdas s'est longtemps contenté de récolter sa subsistance, sans chercher à vendre des charrettes entières aux marchés publics des villes. Il travaillait fort tous les étés et bûchait dur chaque hiver. Mais à soixante-dix ans, le bonhomme ne voulait pas écouter les conseils de son aîné, qui désirait moderniser un peu l'équipement. Hormisdas est mort au mois d'octobre 1929, quelques jours avant l'effondrement boursier de New York.

Albert a donc hérité d'une maison vieillotte, d'une grange chancelante et d'un maigre bétail. Quant à la terre, elle était fatiguée d'un trop grand nombre de récoltes. Quand Albert s'est présenté à la caisse populaire pour essayer d'améliorer son sort, ces notables cravatés lui ont dit d'attendre que la situation financière de la province se redresse. Albert confie à son cousin Roméo qu'il arrive très bien à manger et à se chauffer, mais que l'argent liquide devient de plus en plus rare. Deux de ses fils ont un petit comptoir le long de la route et essaient de vendre des confitures aux automobilistes. Ils y passent leurs semaines pour une paie de deux dollars. Roméo ne savait pas que la crise économique frappait aussi la campagne.

Mais Louise et Honoré ne voient rien de tout cela. Pour eux, il y a de l'espace, du grand air et le ciel si près d'eux, comme si les doux yeux du bon Dieu avaient une meilleure vue sur ses brebis.

«Ça m'semble être une bonne terre. Oui, une bonne.

— Vous y connaissez quelque chose, Honoré?

— Pour dire le vrai, pas tellement. Mais c'est comme j'vous disais, la terre c'est l'salut. Ici, y a pas de poussière étouffante, de bruit criard et de contremaîtres qui t'méprisent. Rien d'tout ça. Non, rien.

— Et ni les vapeurs des usines, ni les occasions de péché de la ville, ni les ivrognes qui entrent au *Petit Train* en disant des gros mots.

— Et l'principe de vot' oncle qui a légué sa terre à son grand fils, moi, j'trouve ça d'une grande dignité. Oui, d'la dignité.»

Voilà une heure que mademoiselle et le petit homme sont d'accord. À ces qualités de la terre, ils ajoutent l'accueil chaleureux de la famille du cousin Albert. Ils ont demandé des nouvelles des oncles, des tantes, des neveux et nièces. À chaque bonne nouvelle annoncée par Louise, Albert hochait la tête de satisfaction, tout en tirant une bouffée de bon tabac «canayen».

Après de longues minutes d'hésitation, Louise ose inviter Honoré à se balader dans le rang. Il y a une croix de chemin pas loin de la maison d'école. Elle connaît bien les alentours. Elle fait confiance à Honoré. Louise sait qu'il ne profitera pas de ces moments seuls avec elle pour devenir entreprenant.

«C'est comme ça, cousin Roméo, que les jeunes, il y a vingt, vingt-cinq ans, partaient pour la grande ville pour travailler dans les usines. Parce que leurs vieux leur avaient laissé des terres usées et de l'équipement pas d'aplomb. Je l'ai dit cent fois au père, mais tu le connaissais, hein... Sauf qu'aujourd'hui, on ne peut plus partir pour la ville. Et j'suis même pas sûr de me faire engager comme bûcheron dans les chantiers, l'hiver prochain. À la ville, les pauvres ne mangent même pas. Au moins, ici, le jardin produit assez pour ma femme et la marmaille. Mais attends que ça se replace, cette crise! Je vais en faire des bonnes récoltes, moi! Je vais l'engraisser, la terre paternelle, et pas juste avec de la bouse! Je vais leur parler, aux agronomes du gouvernement, moi! Le père les fuyait comme un diable devant un saint.

— J'ai parlé avec le député, l'autre jour. Il paraît qu'Ottawa veut ouvrir des terres aux pauvres dans les régions éloignées. Tu en as entendu parler?

— Ah oui. On en a jasé au village. Mais le Témiscamingue, c'est à l'autre bout du monde, cousin Roméo! Et l'hiver est plus long de deux mois! Ça ne peut pas faire des récoltes bien fortes.

— Mais ce sont des terres neuves.

— Oui, mais ça va leur prendre cinq ans avant d'être productives. Le gouvernement veut juste transférer la misère de la ville à la campagne. À la campagne, le gouvernement ne débourse pas pour des pitons.»

Le temps de ce début d'été est beau. Sa brise douce fait s'envoler quelques mèches du chignon de Louise. Honoré prend de bonnes respirations et remercie Dieu pour une aussi belle nature. Le couple est dépassé par un jeune portant un chapeau de paille et conduisant une charrette attelée à un poney. Louise et Honoré s'immobilisent pour regarder cette belle image d'un autre temps, faisant oublier les misères des villes modernes.

Un court instant, Honoré a le goût de prendre la main de mademoiselle pour continuer cette belle randonnée. Mais il ne le fait pas. Que penserait-elle de lui? Qu'il est un aventurier, un hypocrite, un profiteur, un acteur? Pendant qu'il songe à tout ceci, Louise songe qu'elle aurait aimé que le petit homme lui prenne la main. Mais elle est très contente qu'il n'ait pas eu cette idée. Qu'aurait-il pensé d'elle? Qu'elle est une créature sans morale? Une pécheresse? Une femme de rien?

La croix de chemin est si belle! Des fidèles y ont déposé des fleurs. On ne voit pas ce genre d'intentions à la ville. Les croix y sont respectées, mais si tristes dans l'essence brûlée par des automobilistes qui passent devant avec indifférence, et même en klaxonnant. La prière que Louise et Honoré offrent au bon Dieu n'en est que plus pieuse.

Honoré s'immobilise devant une ferme si propre qu'on pourrait la confondre avec une maison de poupée, dans la vitrine d'un grand magasin. Sur le parterre, près de la balançoire familiale, le propriétaire effectue une légère réparation, pendant que sa femme tricote et que les enfants jouent à saute-mouton. Quelle belle image de bonheur! Louise note le sourire radieux sur le visage d'Honoré. Elle-même en arbore un magnifique, en se retrouvant face à l'école de rang. Elle est vieille, mais très propre. Elle a l'air d'un bijou, seule sur sa petite colline, avec sa croix, son clocher et ses six fenêtres. Elle imagine les enfants des cultivateurs marchant pieds nus dans la rosée pour se rendre, chaque matin d'automne, aux bons soins d'une «mademoiselle» distinguée et respectée par tous les habitants du canton.

La maîtresse a chauffé le poêle et tout nettoyé comme il faut. Elle enseigne le catéchisme, la grammaire et le calcul à tous les enfants, sans distinction d'âge. À la ville, ils les séparent dans des classes qui ressemblent à des cages à poules. Distraits par les bruits de la rue, les élèves apprennent moins bien, et à quatre heures, ils s'en retournent dans leur troisième étage avec l'indifférence d'une autre journée d'école, juste une autre de plus. Ici, les enfants aident la maîtresse à faire le ménage. Parfois, ils arrivent les bras chargés de nourriture destinée à mademoiselle. Leurs parents viennent la voir pour lui demander conseil, faire écrire une lettre à de la parenté. Après le curé, la maîtresse d'école est la personne la plus respectée du village. Tandis qu'à la ville...

Louise et Honoré n'ont pas informé Roméo de leur départ. Quand lui et Céline les aperçoivent revenant doucement de leur promenade, ils ont une pensée commune: Louise et Honoré ont l'air de deux amoureux heureux. Mais il ne faut surtout pas le leur dire...

De retour à Trois-Rivières, *Le Petit Train* est toujours aussi vide, et la salle de cinéma Le Palace change de propriétaire. Honoré n'est pas considéré par les nouveaux patrons, surtout en vue de la saison morte de l'été. Mais le petit homme et mademoiselle ne songent pas à ces malheurs, encore imprégnés de la douceur et de la paix de la campagne bénie de Dieu.

Le mouvement de retour à la terre prendrait-il enfin corps? On prétend que le Conseil adopterait une politique finale à ce sujet à la séance de ce soir. Le gouvernement accepte de choisir une centaine de familles aux Trois-Rivières pour les placer immédiatement sur les riches terres du Témiscamingue, selon les informations que nous recevons de monsieur l'abbé E. Moreau, missionnaire colonisateur pour cette région. Ce dernier sera à l'hôtel de ville demain matin à neuf heures pour commencer le choix des familles, si le Conseil accepte de participer au mouvement.

Le Nouvelliste, 19 septembre 1932.

Napoléon Brouillette est un chômeur parmi tant d'autres. Louise le connaît bien car, jadis, il venait chercher ses cigarettes au *Petit Train* et il en profitait pour toujours acheter des sucreries à ses enfants. Mais depuis le début de la crise, Louise ne l'a jamais revu. Puis, un mardi soir, il arrive avec sa femme et ses petits. Cette clientèle surprise fait sursauter Louise, Joseph et Honoré. Napoléon commande à Louise du cola pour tous ses enfants, du café pour lui-même et un thé pour son épouse.

«Mademoiselle Tremblay, je viens dire adieu au quartier Notre-Dame et la plus belle façon de le faire est d'offrir ce festin à ma pauvre famille qui n'a pas eu de gâteries depuis trop longtemps.

— Un adieu? Mais où allez-vous donc, monsieur Brouillette?

— À Montbeillard au Témiscamingue, mademoiselle.

— Oh! vous êtes donc du groupe?

— Oui, mademoiselle. Je pars avec mon aîné, puis ma femme et les enfants vont venir nous rejoindre plus tard, quand on aura défriché une partie de mon lot et qu'on aura bâti notre camp. En attendant, le gouvernement fournit les pitons à mon épouse. Je suis arrivé à Trois-Rivières en 1910 par le train et je suis venu tout de suite me désaltérer à votre restaurant. Aujourd'hui, je viens faire la même chose, mais dans le sens contraire.»

Depuis le début de l'automne, les Trifluviens ne parlent que de cet événement. Le gouvernement de Bennett veut développer des régions et offre aux chômeurs urbains des terrains à des conditions avantageuses, en plus d'une aide pour les cinq premières années. Le mouvement est surnommé «Le retour à la terre» et les curés en parlent avantageusement. Mais ce n'est pas le premier venu qui peut partir! Les responsables mènent une enquête scrupuleuse. Les hommes vigoureux et pères de famille sont favorisés, surtout s'ils ont marié une femme courageuse et débrouillarde. L'homme doit aussi posséder des prédispositions pour l'agriculture. Ainsi, les anciens fermiers installés dans les villes sont acceptés à bras ouverts. Honoré, tout souriant, ne peut s'empêcher d'approcher cette famille heureuse. Louise leur dit qu'ils sont chanceux et qu'enfin ils ne connaîtront plus la misère de la ville. Napoléon Brouillette semble réfléchir à la question...

«Pour ce qui est de la misère, mademoiselle, il faut pas penser qu'on s'en va au paradis. Ça va être dur, les premières années, mais au moins je me dis que je vais être chez moi.

— Oui. Mais je suis certaine qu'avec l'aide du bon Dieu, vous allez réussir.

— C'est vrai. Avec l'aide du bon Dieu et de Bennett.»

Louise a hâte au lendemain matin pour voir ces hommes et leurs fils arriver à la gare et attendre leur bienheureux départ. Elle a même la bonne idée de sortir une table sur le trottoir et de préparer du chocolat chaud et du café à donner à ces colons. Elle s'est vêtue de sa plus belle robe, et Honoré porte son «butin» du dimanche. Tous les curés de la ville sont là pour bénir les colons et leur souhaiter bonne chance. Le maire Robichon arrive avec quelques échevins et des commissaires d'école, puis Roméo dans son rôle de journaliste. Le problème est que tous ces dignitaires profitent de la générosité de Louise et que les colons ne se présentent pas, le départ étant remis à plus tard, car il vient de tomber quinze pouces de neige sur la région de leur destination et que le train ne pourra s'y rendre.

«Te voilà bien avancée! Tu viens de donner tout ton stock de café de la semaine. Que vas-tu servir à tes clients? De l'eau du robinet?

— Roméo, je ne te permets pas ces moqueries! C'était de bon cœur et je ne veux pas que tu doutes de mes bons sentiments!»

Honoré s'interpose, effleure le bras de Louise en jetant un regard froid à Roméo. Celui-ci constate qu'il a, en effet, tort de se moquer de la situation embarrassante de sa grande sœur.

«Combien ça te coûte, Louise? Je vais payer ton café.

— Je n'ai pas besoin de ta pitié et de ton argent.

— Je veux te rendre service.

— Je vais faire comme tout le monde et me débrouiller. Ce restaurant est à moi! Pas à toi!»

Depuis l'arrivée des temps difficiles, Louise a toujours refusé l'aide financière de Roméo. Mademoiselle considère qu'elle est assez payée par la présence régulière de la petite Simone, qui garde bénévolement le restaurant pendant ses absences. Roméo ne peut que baisser les bras devant une telle orgueilleuse, défaut qu'elle a hérité de Joseph. Roméo croit que Louise tient absolument à souffrir, à se mortifier, à faire semblant d'être sur le même pied que les miséreux du quartier Notre-Dame. Mais il a aussi à cœur le succès du *Petit Train*. Ce restaurant représente sa jeunesse et beaucoup d'agréables souvenirs. Mais Louise le garde comme le seul bijou de sa vie, comme son unique raison d'exister. Donc, au cours de la semaine, les rares clients du *Petit Train* n'ont pas eu droit à leur café. À la place, Louise offre deux boissons gazeuses pour le prix d'une seule. Mais beaucoup de gens préfèrent traverser au casse-croûte de la gare ou au restaurant de l'hôtel Canada.

«Si vous m'permettez, Louise, vous auriez dû accepter l'offre de vot' frère. Oui, accepter.

— Non, je ne vous permets pas, Honoré.

— Excusez-moi...

— Au lieu de vous mêler de ma façon de gérer mon commerce, vous devriez vous chercher de l'ouvrage avec un peu plus de régularité.

— J'm'excuse encore. Oui, encore.»

Après avoir comptabilisé ses maigres revenus de la semaine, Louise s'aperçoit avec soulagement qu'elle aura l'argent nécessaire pour acheter le café, mais qu'il ne lui restera rien pour son marché régulier. Joseph ne fait pas trop de cas des maigres repas du début de la semaine, mais dès le mercredi, il se plaint violemment à Louise, l'accusant de ne pas le nourrir à cause de sa cupidité.

«Une fille faire ça à son vieux père! C'est une honte inqualifiable!

— Mais, papa, je n'ai pas d'argent...

— Comment ça, tu n'as pas d'argent? Et l'argent de la vente de mes taxis? Qu'en as-tu fait? Tu t'es acheté des robes?

— J'aurai l'argent mardi prochain et je ferai un beau marché et je préparerai un bon festin de tourtières. Vous aimez ça, des tourtières?

— Cesse de me parler comme à un bébé! Si tu offrais des repas à tes clients, comme tu as toujours fait, tu en gagnerais de l'argent! Salut! Je m'en vais souper chez mon fils! Il ne me laissera pas crever de faim, lui!»

Quelles situations exagérées va-t-il raconter à Roméo? De quelle façon ce dernier va-t-il réagir? Louise a le goût de pleurer à n'en plus finir, mais il vaut mieux se taire et prier. Le Divin sait reconnaître ses plus fidèles serviteurs quand le malheur les frappe. Louise a trop vu de bons catholiques en arriver à calomnier le bon Dieu. Oui, des hommes et des femmes qui ont perdu la foi, qui ont accusé tous les saints du paradis de les laisser tomber, de ne pas écouter leurs prières, que tout ce cirque – elle a entendu cette affreuse comparaison! – était de la foutaise et que si le diable lui-même leur offrait un emploi, ils signeraient le contrat à deux mains.

Donc, elle prie dans le restaurant pendant qu'Honoré en fait autant dans son garage. Joseph vient de s'emplir le ventre de ragoût et de pommes de terre. Il a accepté avec une joie juvénile le petit blanc que son fils Roméo lui a offert, pour faire descendre ce copieux repas. Parfois, Roméo commence à se sentir coupable de travailler, d'encaisser hebdomadairement son salaire et de recevoir des chèques de la vente de ses romans. Il a une maison bien chauffée, des enfants en santé et chaudement habillés, ainsi qu'une belle automobile. Un chômeur lui a déjà crié: «Hé! le riche! Z'auriez pas un vieux cinq cennes pour un homme dans la misère?» Tout ceci pendant qu'une vieille fille orgueilleuse refuse l'aide de son frère et met des demi portions dans l'assiette de son père.

Parfois, Roméo a le goût de demander à Joseph de lui vendre le restaurant. Cela réglerait les problèmes de Louise. Il pourrait ainsi sauver l'entreprise familiale et la donner plus tard à un de ses enfants. Mais Louise n'accepterait jamais la présence de son frère et de ses neveux et nièces dans ses affaires. Roméo n'a qu'à se gratter le cuir chevelu en voyant *Le Petit Train* foncer à pleine vapeur vers une faillite.

Cette semaine-là, Honoré mange mieux que Louise. Son statut social de chômeur en a pris pour son rhume avec des réglementations de contrôle plus sévères. Maintenant, il devra se présenter obligatoirement tous les matins à l'hôtel de ville. Le petit homme fréquente toujours le comptoir des repas de la Saint-Vincent-de-Paul, tout en aidant les religieuses. Elles aiment sa piété, ses bonnes manières et son dévouement. Les sœurs se demandent pourquoi mademoiselle Tremblay ne lui donne pas à manger. Honoré leur répond qu'il ne veut surtout pas abuser de la bonté de son hôte, déjà très généreuse de l'abriter gratuitement dans ce garage. Pourtant, rajoutent-elles, mademoiselle Tremblay est gérante d'un restaurant qui a toujours été prospère. Honoré ne sait pas pourquoi il leur répond que *Le Petit Train* ne va pas trop bien et que mademoiselle Louise ne mange pas toujours à sa faim. Entendant cet aveu, deux religieuses donnent à Honoré un petit lunch à partager avec Louise, cadeau qui gêne énormément Honoré.

«Ce sont des œufs et du lard. J'ai lavé les chaudrons, et les religieuses m'en ont donné plus pour m'remercier. J'ai pensé que vous en voudriez. Oui, j'ai pensé ça.

— Honoré, je ne vis pas de la charité publique.

— Louise, soyez raisonnable. Vous êtes dans une mauvaise période et beaucoup d'monde l'est aussi. Y a pas d'mal à accepter la générosité d'son prochain. Non, y a pas d'mal.

— Je ne vous permets pas de juger de ma situation.

— Louise, vous avez été bonne pour moi, laissez-moi l'bonheur d'être bon pour vous.

— Le bonheur?

— Oui.

— Je ne meurs pas de faim, Honoré. Mais si vous y tenez, donnez m'en un peu. Ce sera pour le déjeuner de mon père.»

Le lendemain, lorsque les chômeurs colons se présentent enfin pour prendre leur train de l'espoir, Louise, Honoré et Joseph restent à l'intérieur du restaurant. De la fenêtre, ils regardent ces pauvres gens quitter leur ville natale ou d'adoption. Il y en a deux qui entrent saluer mademoiselle. Joseph demeure indifférent à leurs sentiments, ne comprenant pas pourquoi des personnes quittent une ville moderne comme Trois-Rivières, pour s'installer dans le fond d'un rang dans une contrée perdue, sans électricité, ni eau courante.

Vers la fin de novembre, les femmes et les enfants de ces hommes partent rejoindre leur chef. Pendant qu'Honoré les regarde entrer à la gare, Louise lui fait la lecture du *Nouvelliste,* disant que ce mouvement de retour à la terre va continuer longtemps, afin de rétablir l'équilibre entre le monde urbain et le monde rural.

«Qu'est-ce que ça veut dire, au juste?

— Ça veut dire qu'il faut qu'il y ait autant de gens à la ville qu'à la campagne.

— Oh... oui. C'est tellement plus naturel. Oui, naturel.

— Il est aussi dit que, jusqu'ici, il n'y a que trois hommes qui ont été là-bas et qui sont retournés dans les villes.

— Juste trois?

— Oui.

— L'bon Dieu est bon. Si j'étais plus jeune...

— Pardon?

— J'dis que si j'étais plus jeune, j'partirais aussi. Astheure, il est trop tard. Oui, trop tard.

— C'est effectivement fait pour la jeunesse, ce projet. Mais si la situation se rétablit, les ouvriers d'ici qui sont partis vont laisser des places dans nos usines C'est ce qu'ils veulent aussi dire par rétablir l'équilibre.

— C'est vot' frère qui a écrit c't'article?

— Je pense.

— Quel chanceux d'être au courant d'tout ça. Et aussi, vous m'voyez être colon, moi qui n'sais pas lire? Je n'ferais pas long feu. Non, pas long feu.

— Je suis certaine que vous pourriez lire et écrire, Honoré.

— Mais non. J'suis trop vieux. Oui, beaucoup trop.

— Vous mettriez plus de chances de votre côté. Je vais vous enseigner!

— Vous voulez m'montrer à lire? À mon âge? Voyons donc, Louise! Vous avez bien d'aut' soucis et j'en ai tout autant! Oui, tout autant!

— Je vais vous faire la classe.

— N'perdez pas vot' temps. Non, n'le perdez pas.

— Le bon Dieu serait fier de vous.

— Vous pensez?»

Lorsque Roméo aperçoit le tableau noir de Louise dans le restaurant, il pense qu'elle vient de faire le grand effort d'avancer un petit orteil et souhaite que ce geste ne l'a pas trop fatiguée. Elle aurait préféré qu'il ne voie pas ce tableau, car il va probablement poser des questions embarrassantes ou passer des remarques déplacées. Mais deux jours plus tard, Roméo est au courant de tout, car Honoré l'a visité pour lui demander un conseil de calligraphie. Louise lui enseigne deux heures par jour et est très sévère et exigeante.

Parfois, les leçons durent jusqu'après l'heure de fermeture du restaurant. Louise invite alors Joseph à venir les rejoindre, afin de respecter les convenances. Le bonhomme fume sa pipe en demeurant songeur. Des images d'un temps ancien se mêlent au présent. Il revoit Louise enseigner à Roméo et à Jeanne. Un soir, il se lève pour s'approcher de Louise et met sa grosse main sur son épaule en lui disant: «C'est un beau métier, maîtresse d'école, ma petite Louise. Ce sera idéal pour toi en attendant de te marier.» Puis, il s'éloigne doucement vers sa chambre, content d'avoir rempli son devoir de père. Honoré et Louise gardent un long silence inquiet. Ils se regardent dix secondes. Louise baisse les paupières.

«Ça fait bien pitié de vieillir et de perdre la mémoire. Je devrais en parler à Roméo pour qu'il le fasse soigner.

— Vot' devoir est d'prendre soin d'vot' père, Louise. Et vous l'faites très bien. Oui, très bien.

— C'est aussi le devoir de son fils qui a l'argent pour le faire soigner.

— Il n'est pas toujours comme ça. Non, pas toujours.

— Non, lorsqu'il vit dans le présent, il vous insulte et me fait cent reproches.

— Prions pour sa guérison, Louise. Oui, prions.

— Oui, c'est la meilleure solution.

— Louise, si vous m'permettez... quel âge aviez-vous lorsque vous faisiez la maîtresse d'école pour vot' frère et vot' sœur?

— Douze ou treize ans pour Roméo. Un peu plus pour l'autre.

— Il avait l'air bien fier de vous, vot' père. Si... si j'peux apprendre à lire à quarante-trois ans, p't'être que vous pourriez devenir maîtresse d'école.

— Honoré! Allons donc! Ce sont de vieux rêves de jeunesse! J'ai un métier dans lequel je suis humblement experte. Je suis une restauratrice. C'est ridicule, ce que vous me dites là.

— Excusez-moi...

— Bon! La leçon est terminée pour aujourd'hui! Vous allez étudier fort, n'est-ce pas?

— Oui, beaucoup. J'me sens en confiance. Oui, en confiance.»

Les chemineaux étrangers et les nécessiteux de notre ville, qui ne peuvent jouir de la distribution des secours directs pour une raison ou pour une autre, trouvent au dépôt de l'hôpital Saint-Joseph les réconforts qui les soutiennent dans la dure lutte pour la subsistance. Depuis le mois de juillet, 3870 repas ont été distribués gratuitement à tous ces vagabonds.

À tous les jours, à sept heures et demie du matin et quatre heures de l'après-midi, les nécessiteux qui ne prennent pas part aux secours directs sont admis au dépôt des pauvres, sur la rue Saint-Thomas et y reçoivent une soupe, une fricassé, du thé et du pain tant qu'ils en désirent. Une catégorie de personnes qui sont des clients assidus du dépôt des pauvres sont les prisonniers qui terminent leurs termes. Sortant de prison, ils sont sur le pavé, sans vêtement et manquant complètement de nourriture. Ils prennent leurs repas au dépôt jusqu'à ce qu'ils retrouvent leur fonction dans la vie en quittant la ville.

Le Nouvelliste, 27 décembre 1932.

Depuis le début de la décennie, les années se suivent et se ressemblent. Au dernier Noël, Joseph a pleuré comme un petit enfant parce que Jeanne était absente. Il a même confondu Roméo avec Adrien, son autre fils, mort à la guerre. Honoré ne trouve pas d'emploi, bien qu'à l'occasion, grâce à une recommandation de Roméo, le petit homme effectue quelques travaux dans des maisons privées. Le restaurant stagne et on dirait qu'il y a de plus en plus de chômeurs et de vagabonds qui hantent les rues.

Mais ces malheurs répétés n'ébranlent pas la confiance de Louise et d'Honoré. Un soir de janvier, en pleine leçon d'écriture, le petit homme a pris son courage à deux mains pour demander à Louise s'il pouvait la tutoyer. D'abord choquée par son audace, elle a accepté, douze jours plus tard, à condition qu'il ne le fasse pas en public. Il a souri. Elle aussi. Puis, ils ont remis leurs yeux sur leurs feuilles. S'il fallait que des gens apprennent que ces deux-là passent de plus en plus de temps en tête-à-tête en se tutoyant, le scandale pourrait se propager aux quatre coins de la paroisse. Après tout, si elle est la sœur de Jeanne Tremblay, la vieille fille peut aussi commettre de graves péchés. Le nombre de mois passés n'efface pas, dans ce quartier, le grand tort que Jeanne a fait à la famille de mademoiselle.

Mais il arrive parfois à Louise d'être plus tendre envers Jeanne. Elle se souvient que du temps de sa jeunesse, Joseph méprisait ouvertement les prêtres et les religieux. Puis, après la guerre et tous ses malheurs, Joseph a retrouvé la foi, prouvant que Dieu lui avait pardonné. Louise pense que la même chose pourrait arriver à Jeanne. Elle prie en ce sens. Honoré n'ose pas trop parler de cette sœur fantôme et pécheresse. Il sait juste que Roméo l'admire autant que Louise la méprise. Il y a peu de temps, Honoré a été accueilli pour la première fois dans le bureau du patron de la quincaillerie Saint-Pierre, de la rue Saint-Maurice. Derrière son bureau, il y avait une peinture représentant l'homme. Une très belle peinture. Honoré la regardait fixement.

«Ce portrait? Ça doit dater de dix ans. C'est la fille de Jos Tremblay, le restaurateur de la rue Champflour. Elle m'avait fait ça pour cinq piastres.

— Oui, j'ai entendu parler de cette peintre. Oui, de cette peintre.

— Une belle fille, mais une ivrogne de la pire espèce. Mais beaucoup de talent. Ça me ressemble encore, n'est-ce pas?»

Quand un patron reçoit un chômeur dans son bureau, c'est l'assurance d'un travail. Habituellement, il en vient tellement qu'ils ne les regardent même pas. Monsieur Saint-Pierre offre donc à Honoré un emploi à temps complet pour la période pendant laquelle son homme de confiance se réhabilitera d'une main cassée. Honoré ira remercier le bon Dieu de ce beau cadeau, tout en offrant une prière au pauvre blessé. En sortant du magasin, lui qui est habituellement si discret, il ne peut s'empêcher de donner un grand coup de poing dans le vide pour signifier sa joie intense. Le petit homme a hâte d'annoncer la bonne nouvelle à mademoiselle, mais il va d'abord à l'église pour rendre grâce au bon Dieu et à ses saints, qui ont enfin entendu ses prières.

Il pense que Louise va manifester du bonheur, lui serrer la main, le féliciter. Elle reste plutôt de marbre en questionnant: «Vraiment?» Il hoche la tête pour approuver. Elle ajoute que les prières sont toujours écoutées, tout en reprenant son chiffon. Il la contourne et la regarde avec étonnement en insistant: «Mais t'es pas contente?» Le pauvre petit homme a oublié la présence d'un client au comptoir.

«Me tutoyer en public! Me tourner autour comme une abeille attirée par un pot de miel!

— J'm'excuse, Louise. Mais j'étais si content que j'ai pas pu r'tenir mes mots. Non, j'ai pas pu.

— Contrôle-toi, Honoré!

— J'm'excuse encore. Oui, encore.

— Tu vas me promettre de ne pas dépenser en folies et d'économiser tes paies. C'est un emploi temporaire. Dans deux ou trois semaines, tu retourneras aux pitons.

— Oui, j'sais.

— Bon. D'accord. Je suis contente pour toi. Pas la peine de me mettre à danser pour être contente.

— Non, mais just' un p'tit sourire... un petit?»

Les muscles du visage de Louise se retiennent avec force, mais ne peuvent le faire longtemps. Les dents éclatent de blancheur autour de ses lèvres enfin dégourdies. Elle rit. Il l'imite. Mais il ose lui avouer un détail: dans le bureau du patron, il a vu une peinture de Jeanne. Adieu le sourire.

«Elle a fait ça dans tous les magasins de la ville. Elle les peignait en méprisant ses clients. Elle dépensait cet argent pour des cigarettes, de l'alcool, des vêtements scandaleux, des livres à l'index et des disques anglais criards.

— Je... j'm'excuse d'en avoir parlé. Oui, j'm'excuse.

— Honoré, je vous ai interdit de me parler d'elle.

— Tu... tu m'tutoies plus?»

Pour le punir, Louise suspend les leçons de français. Ce n'est pas tout à fait le temps, car Honoré sait qu'il aura à lire des mots sur les caisses arrivant dans l'entrepôt du magasin. Mille fois dans sa vie il a connu l'humiliation de devoir demander à un confrère ce qui était écrit sur une porte ou un paquet. Il a même perdu des emplois à cause de ce handicap. Pour ne pas risquer d'avoir l'air ridicule le lendemain, Honoré s'efforce de lire ses textes dans son manuel scolaire, mais Louise n'est plus là pour l'aider, lui signaler sa réussite ou son échec. Il pense chercher cette assistance auprès de Roméo, mais il craint que le frère de la vieille fille ne commence à le trouver embarrassant d'être toujours sur ses talons.

Honoré entre au travail tout de suite après la messe de six heures. Mais sa dévotion ne le sert pas bien: la première chose que le patron lui donne est une liste contenant le nom des produits à étiqueter. Il voit bien «clou», mais hésite en se demandant ce que veut dire un mot aussi bizarre que «bolt». Il se creuse aussi la tête devant «tuyau» mais comprend rapidement «vis». D'hésitation en hésitation, le patron note vite sa lenteur.

«Je... j'm'excuse. J'ai cassé mes lunettes depuis deux mois et j'n'ai pas l'argent pour les remplacer. Oui, pour les remplacer.

— Il faut quand même finir ça cet avant-midi. Un camion doit arriver après dîner et il faudra le décharger.

— Oui, m'sieur Saint-Pierre. J'me dépêche.»

«Parce que plus vite que toi, minable, il y en a cinq cents dehors.» Non, le patron n'a pas dit une telle chose. Sauf qu'Honoré sait très bien qu'il s'agit d'une vérité menaçante. C'est probablement son ange gardien qui lui souffle une telle phrase, pas content de l'avoir entendu mentir au patron avec cette histoire de lunettes. Il reprend sa liste, mais ne s'attarde pas sur les mots qu'il ne peut décoder. Le petit homme tremble de nervosité et a envie de pleurer comme un garçonnet. Le commis d'étage voit vite son pauvre état.

«Vous n'avez pas été à la petite école bien longtemps...

— C'est... mes lunettes. Oui, elles sont cassées. Oui, cassées.

— Mentir est très vilain. Le bon Dieu n'aime pas tellement les menteurs, mon brave monsieur.

— J'sais...

— Mais le bon Dieu aime bien la charité et l'entraide. Donnez-moi cette liste et je vais vous aider.

— Oh, merci! Mille fois merci! Oui, merci!»

Honoré réussit à survivre à la première journée. En sortant du magasin, il voudrait ramper jusqu'à l'église pour faire pénitence. Mais les choses n'ont pas été si mal. Le patron a vu avec quelle énergie et quel ordre ce petit homme a vidé un plein camion. En un temps record, chaque boîte était à sa place, et, sans qu'on le lui demande, il a balayé le plancher après ce grand effort.

Après deux jours, Honoré est au bord du gouffre. C'est presque en larmes qu'il va voir Louise pour la supplier de reprendre au plus vite les leçons de français. Louise a pitié de lui. Pitié, mais avec un peu d'admiration, car le désir de s'améliorer est une grande qualité de caractère. Le patron de la quincaillerie est passé au *Petit Train* pour dire: «Votre homme est très travaillant, mademoiselle.» Il n'est pas mon homme! C'est mon chambreur! Oui, enfin, il est très travaillant quand même...

Monsieur Saint-Pierre n'est cependant pas dupe bien longtemps. Il voit bien vite qu'Honoré ne sait à peu près pas lire. Mais il apprécie sa détermination, symbole de la lutte pour la survie dans un monde de plus en plus cruel. Le petit homme a l'air d'un poisson pris à l'hameçon, se débattant pour retourner dans la rivière. Il est plus vaillant que l'employé régulier. Mais Honoré doit quand même laisser sa place, question d'honnêteté envers l'homme d'entrepôt en poste depuis l'ouverture du magasin, dans les années dix. Honoré touche donc trois semaines de paie: une véritable fortune de dix-huit dollars. Il ne dépense presque rien, comme promis à Louise.

Honoré sait ce qui l'attend: les pitons. Il n'y a pas longtemps, on l'a photographié avec un autre groupe de chômeurs. Il est maintenant fiché, codé, numéroté, classé. Il a sa carte. Il est surveillé. Mais l'expérience de ces trois semaines au commerce de monsieur Saint-Pierre le convainc de l'urgence de savoir lire. Ainsi, il est certain qu'il trouvera un vrai travail. Il ne songe pas que la majorité des chômeurs savent aussi lire.

Chaque matin, Honoré retourne à l'hôtel de ville pour participer ou non aux travaux de voirie, lui permettant de toucher ses bons de secours direct. Honoré se perd dans le rassemblement d'hommes forts, grands, carrés ou dangereusement ronds. Le flux des mains tendues le pousse vers l'arrière, là où les responsables ne peuvent l'apercevoir. Penaud, il retourne alors dans son garage en se disant qu'en priant fort, il aura sa chance le lendemain.

Parfois, les chômeurs qui attendent s'échangent des cigarettes, se racontent des blagues ou des souvenirs des beaux jours des années vingt où tout le monde travaillait. D'autres fois, ils chialent en vain contre leur situation, accusent un contremaître de leur usine, qui, prétendent-ils, est la source de leurs malheurs. Les célibataires parlent de prendre le large, de s'accrocher à des «freights» jusqu'aux «États» ou chez les Anglais de l'Ouest canadien. C'est pas mieux là-bas! Oui, c'est mieux! C'est écrit dans le journal que c'est pire! Rien ne peut être pire qu'ici! «Faire du wagon» apparaît attirant. Être libre, sans contrainte, travailler de gauche à droite, puis s'accrocher de nouveau au premier train qui passe, comme dans le journal parlé des salles de cinéma. Mais en réalité, ces faux aventuriers oublient leurs projets d'évasion quand ils voient descendre ces hommes à la gare de la rue Champflour.

Honoré est mieux placé que quiconque pour en parler. Morts de faim et de froid, ces vagabonds entrent au premier endroit qu'ils aperçoivent: *Le Petit Train*. Louise les tolère trente minutes et leur donne de l'eau, juste le temps qu'ils se réchauffent et qu'elle leur indique le chemin menant au comptoir de la Saint-Vincent-de-Paul. Ils ont le visage noirci par la poussière, durci par le vent et le froid. Ils ont de répugnantes ampoules aux mains. Ils viennent de partout. Il y a même des Anglais de l'Ontario. Leur arrêt de Trois-Rivières sonne comme l'Eldorado: il y a tant d'usines et de manufactures dans cette ville! Après deux jours de vagabondage, on ne les revoit plus jamais. Ils ont repris un autre train vers une nouvelle destination semblable. Peut-être la dernière: le froid ou la fatigue due à leur faiblesse fera lâcher prise à certains et ils passeront sous les rails pour terminer sinistrement leur règne ici-bas.

C'est en voyant ces hommes qu'Honoré et Louise constatent leur grande chance. D'autres chômeurs pensent aussi de cette façon, mais leurs voisins lèvent les poings et crient contre les patrons anglais et les gouvernements formés de richards aux gros ventres. Vite les prochaines élections! Bennett est un beignet! Au poteau, Taschereau! Laisse ta place à not' p'tit Duplessis!

Il y a le chômeur piteux, celui qui s'en fiche, le gueulard et le chômeur optimiste, qui ose chanter et siffler en attendant chaque matin face à l'hôtel de ville. Il y a le chômeur religieux, le politisé, celui qui tient les Juifs responsables de tous ses tourments, celui qui ne jure que par l'Union, et le patriote qui voudrait voir le chanoine Lionel Groulx premier ministre de la province de Québec. Et qu'est-ce qu'elle a fait pour toi, ton Union? Plus que le patron!

Et ça recommence!

Il ne s'en vante pas, mais Honoré aime bien ces rencontres du matin entre confrères, même si on ne lui parle guère. Ça le distrait. Il rencontre pire que lui, ceux qui, par exemple, ont plusieurs enfants. Roméo, curieusement, lui demande souvent de lui parler de ce temps d'attente à la porte de l'hôtel de ville. En qualité d'écrivain de sa ville, Roméo aimerait se mêler à ces gens et prendre leur pouls. Jadis, il a fait la même chose, via l'aide de Jeanne, auprès des jeunes midinettes de la Wabasso. Comme journaliste, il avait marché aux côtés des grévistes de la Wayagamack, qui l'acceptaient comme un frère. Il parlait aux vieux, aux débardeurs dans les tavernes, aux travailleurs dans les rues. Tout pour avoir un peu de Trifluvien à mettre dans ses histoires.

Mais si aujourd'hui cet homme dans la trentaine se mêlait aux chômeurs, ceux-ci l'accueilleraient mal. Pour eux, il serait un riche, un tireur de ficelles, un plein de billets avec une automobile, une maison vaste et son confort à la dernière mode. Et sans doute un journaliste cherchant une histoire de malheur pour faire vendre son papier. Même si Roméo portait une salopette ou une casquette, on le reconnaîtrait et on le jugerait comme un ennemi. Roméo doit donc se contenter de regarder de loin et de poser des questions à Honoré.

Les chômeurs ont leur fierté. Mais souvent elle doit s'écraser devant plus puissant qu'eux. Quand le bureau du secours direct les a photographiés, il y a eu tout un remue-ménage qui aurait pu tourner à l'émeute. Beaucoup ont refusé avec violence de s'installer devant l'appareil. «Vous m'connaissez! J'suis Rodrigue Hertel! J'viens tous les matins! Vous n'avez pas besoin de mon portrait!» Non, ces gens dans les bureaux ne peuvent reconnaître un Rodrigue Hertel, même s'il assure se présenter comme convenu par la loi. Mais quand on daigne en pointer une vingtaine du doigt, ils doivent se nommer, montrer leurs cartes (avec photographie) et répondre à des questions. On sort le dossier, on gribouille à la plume et on lui ordonne d'aller ramasser les pommes de route dans la rue Royale, en retour d'un piton qui lui procurera un quart de livre de sucre et quelques patates. «Non! Vous n'aurez pas mon portrait!» avait-il de nouveau crié. Pas de photo plus pas de carte égalent aucun piton. Vous n'existez plus, monsieur Rodrigue Hertel. Au suivant! Donc, les fonctionnaires peuvent voir toutes ces photographies où personne ne sourit, où tout le monde ressemble à un forçat battu par des gardiens armés de chiens aux dents pointues. Et Honoré, avec sa pelle et son seau, ramasse de la crotte de cheval dans la rue Royale.

Quand un homme est aperçu à un tel ouvrage, il est tout de suite identifié par les passants comme chômeur et miséreux. Certains le prennent en pitié, d'autres rient de lui. Pauvre petit monsieur! Si ça fait donc pitié de tant travailler pour deux sous! Hé! le pouilleux! Ramasse comme il faut si tu veux avoir ton piton! Les plus radicaux passent avec leur richesse vestimentaire bien étalée dans une automobile de l'année, en disant qu'un autre paresseux se fait vivre par le gouvernement. Et sur la banquette arrière, des enfants blonds et angéliques lui tirent la langue, tandis que, mine de rien, des cornes poussent sur leurs fronts.

Honoré, travaillant au milieu de la rue, doit être vigilant pour éviter les conducteurs pressés. Son seau est lourd: quand un chauffard klaxonne, le petit homme l'échappe et les bourgeoises magasineuses trouvent la scène cocasse. Quand, enfin, il a fini de ramasser ce dégât peu ragoûtant, le cheval d'un cocher lui offre un cadeau tout frais pour ajouter à sa collection. Le récipient rempli, Honoré va vider son contenu dans une charrette prévue à cet effet, stationnée à un demi-mille de là. Puis il continue, vide à nouveau, recommence pendant dix heures. À la fin de sa journée, un fonctionnaire lui donne ses pitons. Du sucre, du thé, un peu de beurre, quelques patates, trois œufs. Pas de viande.

Alors, c'est le branle-bas de combat chez les chômeurs éreintés. «Ma femme a besoin de sel. Donne-moi ton sel et je te donne mon sucre.» Tout comme des enfants s'échangeant des billes dans une cour d'école. Mais Honoré étant le petit homme que l'on sait, il se retrouve avec deux sucres, un sel et un thé. Plus de beurre, ni de patates et d'œufs. Et toujours pas de viande. Silencieux, il entre dans son garage et fait tremper ses ampoules dans de l'eau fraîche. Il se parcourt avec un bout de savon, rase sa barbe et va rejoindre Louise pour sa leçon de lecture.

«As-tu travaillé, aujourd'hui?

— Oui.

— Tu seras récompensé. Remercie le bon Dieu.»

Le lendemain, il doit se présenter, même s'il sait qu'il est rare de travailler deux jours consécutifs. Ceux qui n'y vont pas sont pénalisés. Honoré en profite pour essayer d'échanger son piton de sucre contre un peu de viande. Peine perdue. Les pitons de viande sont comme les pépites d'or d'un Klondike à sec. Il se rend chez l'épicier pour chercher son surplus de sucre qu'il pourra peut-être échanger à Louise. Il se fait discret dans le magasin, faisant semblant de regarder les étagères, attendant le départ des vrais clients.

«C'est pour du sucre. Oui, du sucre.

— On ne peut plus vous en donner, monsieur.

— Ah... merci quand même. Oui, merci.»

Il se retourne, misérable, et reçoit derrière la tête: «N'essayez pas ailleurs! Vous n'aurez rien! On n'en veut plus de vos pitons qui nous mettent sur le bord de la faillite!» Honoré fait comme s'il n'avait rien entendu et se rend dans une autre épicerie. Puis une autre et encore une.

«Mais c'est un bon piton, m'sieur! Regardez la date! Hier! J'ai travaillé fort pour le mériter! Oui, travaillé!

— Je n'en doute pas. Sauf que nous aussi, on travaille, mais la ville et le gouvernement prennent des mois à nous les rembourser, vos maudits pitons!

— Mais... comment j'vais manger, moi?

— Allez à la Saint-Vincent-de-Paul.»

Honoré se gratte les tempes, enfouit son billet dans le fond de sa poche et reprend sa route vers le quartier Notre-Dame, tout en cognant à la porte de chaque entreprise avec un écriteau claironnant «Pas d'ouvrage». Avant d'entrer au dispensaire de la Saint-Vincent-de-Paul, Honoré fait un signe de croix et récite une prière.

«Ma sœur, les marchands veulent plus d'mon piton et j'ai pourtant travaillé. J'n'ai pas mangé depuis hier soir. Vous auriez pas juste un petit quelqu' chose? J'vais laver la vaisselle en retour. Oui, laver la vaisselle.

— Mais, mon pauvre monsieur Tremblay, prenez place avec les autres et sœur Myriam va vous donner un bon bol de soupe aux choux avec un morceau de pain.

— Le bon Dieu est chanceux d'vous avoir, ma sœur. Oui, il est chanceux.»

Honoré s'assoit tout en se murmurant en lui-même: «Il est pourtant bon, mon piton...» Il s'installe à l'extrémité d'un grand banc, loin des autres, près du crucifix, qu'il regarde en joignant les mains. Quand il est servi, il examine le récipient, fait un signe de croix et se met à manger doucement, en mastiquant bien le pain. Il boit le bouillon à petites doses, garde les choux pour la fin. Le repas terminé, il fait un autre signe de croix accompagné d'une prière et rapporte le bol à la religieuse.

«Vous ne pourriez pas sortir les déchets, monsieur Tremblay?

— Oh oui. Avec plaisir, ma sœur. Oui, plaisir.»

Tout ce qu'il ferait pour une soupe! Pendant une heure, il obéit à chaque ordre des religieuses. Elles aimeraient qu'il vienne plus souvent, surtout quand il y a des pièces lourdes à transporter. Les autres miséreux se contentent de manger, remercier et s'en aller.

En même temps qu'il travaille, Honoré entend parler de cette histoire: les marchands n'acceptent plus les pitons. Voilà six mois que le gouvernement n'a pas remboursé les municipalités pour les effets acquis par les chômeurs grâce à leurs bons. Les fournisseurs et les créanciers se montrent impatients envers les marchands. Et comme ils ne veulent pas se retrouver au chômage à cause des chômeurs, les épiciers ont donc décidé de refuser les pitons, pour obliger les autorités à les payer. Mais Honoré ne comprend pas toutes ces manigances. Pour lui, c'est surtout le diable qui est en train de triompher.

«Il n'y a plus de monde, Roméo! Où s'en va-t-on? Où s'en va-t-on?

— Il faut les comprendre, Louise. Le gouvernement n'a pas tenu sa promesse faite aux villes.

— Mais je te parle du simple bon sens! De charité, de générosité, de bon cœur! Ces gens-là sont déjà dans la misère noire et les commerçants se servent d'eux en voulant les affamer encore plus! Oh! Roméo! Il n'y aura jamais assez de prières pour faire oublier un tel péché!

— Tu paries que le gouvernement va se presser de rembourser d'ici quelques jours?

— Parier? Et quand bien même que ce ne serait que dans deux jours! Ce sont deux jours où des enfants n'auront rien à manger!

— Que ferais-tu si tu échangeais ton café contre des pitons et que les responsables ne remboursent pas? Tu crèverais de faim.

— T'es de leur côté, Roméo?

— Je suis du côté de la justice.

— Ça ne signifie rien, ce que tu viens de dire là! Il n'y a qu'une justice, c'est celle de la charité chrétienne, et les marchands viennent de passer dans le clan de Lucifer!»

Honoré a peur de se rendre à l'hôtel de ville chaque matin. Les chômeurs lèvent le ton avec plus de férocité. «Vous nous faites travailler comme des criminels pour des pitons qui ne valent même pas leur pesanteur!» Le lendemain, Honoré préfère ne pas se présenter, même s'il sait qu'il va être ainsi pénalisé. Il craint que des policiers arrivent et se mettent à frapper les chômeurs en colère. Il y retourne au quatrième jour. Beaucoup de chômeurs refusent de travailler. D'autres menacent de casser les vitrines des marchands et de mettre le feu à la maison du député. Mais Honoré se contente de ramasser de la merde de cheval pour des pitons sans valeur.

Les curés font appel à leurs œuvres, tout en préparant des sermons qui encouragent avec vigueur la charité. Le comptoir de la Saint-Vincent-de-Paul déborde de clients et la nourriture manque. Les sœurs viennent rencontrer Louise pour lui dire qu'elles manquent de place pour recevoir tout le monde. Mademoiselle Tremblay serait bien chrétienne de prêter sa cuisine et son restaurant, le temps que cette situation cruelle se termine. Louise accepte après une petite hésitation qu'elle ne peut s'expliquer. Peut-être a-t-elle peur que la situation ne s'éternise et que *Le Petit Train* se transforme, dans la pensée des chômeurs, en refuge pour miséreux.

Céline, et ses filles Renée et Simone se joignent à mademoiselle pour donner un coup de main aux religieuses. Honoré court à gauche et à droite avec Roméo pour transporter les denrées recueillies par les prêtres. Le premier matin, aucun banc, ni aucune table du *Petit Train* n'est libre. Il y a même des pauvres qui mangent debout. À la cuisine, les rôties valsent au son du crépitement des œufs et du tintement des pintes de lait. À neuf heures, il n'y a plus personne que les gens de la place et deux volontaires pour nettoyer la vaisselle, le plancher et les tables. Puis, une heure plus tard, tout ce beau monde se met à la tâche pour préparer la soupe du midi.

Encore une nuée sur l'heure du dîner! Roméo se présente sous prétexte d'aider, alors que le véritable but de sa visite est de constater ce qu'il avait pressenti: le sourire radieux de Louise et son bonheur de voir *Le Petit Train* noir de gens ravis par cette bonne odeur de cuisson flottant entre les quatre murs. Mademoiselle se laisse bercer par l'illusion que tout est comme avant, sauf le contenu du tiroir-caisse.

Louise voit la misère de la crise sous différents visages. Elle se rend compte aussi de l'entraide, du dévouement, de la reconnaissance et du pénible labeur de ces braves religieuses. Elle ne constate cependant pas jusqu'à quel point Honoré met du cœur à l'ouvrage, comme s'il était le patron du lieu. Louise a averti Joseph de ce qui va se passer pour quelques jours, mais le vieux ne s'en souvient plus. Quand il entre un peu avant l'heure du souper, il est saisi par cette foule. Il retourne vite à la maison pour mettre son habit. Comme propriétaire, il se doit de faire des relations publiques.

«Je te l'avais dit qu'en faisant à manger à nouveau, les clients reviendraient.

— Papa, ce ne sont pas des clients mais des citoyens dans la misère qui viennent ici parce qu'il n'y a plus de place à la Saint-Vincent-de-Paul. Je vous l'ai dit hier.

— Tu vas sûrement faire une journée de vingt-cinq piastres avec tant de clients. Bravo, ma fille! Ton papa est fier de toi.»

Mais Joseph les connaît tous, ces braves hommes! Ce sont des ouvriers du quartier, des clients réguliers. Il passe aux tables en leur tendant la main, vantant le service et la qualité des aliments servis dans son restaurant. «Puis? Comment va l'ouvrage à la Wayagamack?» L'homme à qui Joseph vient de s'adresser vient près de se lever promptement pour lui dire sa façon de penser. Roméo intervient rapidement.

«Il ne faut pas déranger les gens qui mangent, papa.

— Mon garçon, je suis le patron de cet établissement et je connais mon devoir. C'est un bon soir et il faut être aimable afin de conserver la clientèle.

— Tu as vu Jeanne, dernièrement?

— Hein?

— Jeanne. J'ai des nouvelles de Jeanne. Et une photographie. Laissons travailler Louise et Honoré et allons à la maison, je vais te la montrer.

— Ben... je ne sais pas si je peux. J'ai du travail.»

À neuf heures du soir, tout est prêt pour le matin suivant. Ce n'est qu'à ce moment que Louise ressent de la fatigue. Elle place les mèches rebelles qui s'échappent de son chignon, se frotte le bout du nez et sourit brièvement à Honoré.

«Oui, c'était comme ça. Dans les années dix et les années vingt. Le vendredi et le samedi, les ouvriers venaient avec leurs familles pour manger des frites. Ils se mêlaient aux voyageurs de la gare et aux gens qui arrivaient de tous les quartiers parce que Le Petit Train offrait les meilleures frites de Trois-Rivières. Tout le monde était heureux de son repas.

— Ça r'viendra, Louise. Oui, ça r'viendra.

— Je ne sais pas, Honoré. On ne pourra pas effacer toute cette misère. Plus rien ne sera comme avant. Quand on blesse la dignité des gens... Je comprends de mieux en mieux ce mot dignité que tu dis souvent. Le monde est devenu fou, Honoré. Il faudrait le rebâtir ailleurs...»

Nous recevons de notre correspondante, une institutrice, une étude très intéressante sur la colonisation de Montbeillard, où sont établis bon nombre de colons venant des Trois-Rivières. Voici le texte de l'article de notre correspondante: «L'épopée de Rivière Solitaire reprend un peu de vigueur. Les beaux jours de printemps ramènent l'espoir chez les colons. Pour nous, vivant au milieu des colons, nous constatons le chimérique, le vrai, le faux, au sujet des colons, et souvent nous nous surprenons à sourire en lisant certains rapports de bienfaiteurs des colons, de patriotes, cherchant à tout louanger ou à tout blâmer. Une visite dans les rangs porte à croire qu'un certain nombre ont vécu dans l'inaction presque complète; par contre, d'autres ont travaillé ferme et fort. Chacun aura sa récompense. Cependant, nous n'irons pas jusqu'à dire que le colon récoltera à l'automne tout ce qu'il faut pour hiverner. Le colon parti de la ville, songeant à sa vache, à son cheval qu'il verra brouter autour de sa grange ou de son étable, le croyant parce qu'on lui a dit, est fort peiné de nous entendre dire: «Pour la plupart, vous ne pouvez avoir d'animaux cette année.» Qui ne sait pas que le climat de la forêt vient en conflit avec certains fruits tels les tomates, les concombres, le blé d'Inde. L'engrais de jardin faisant défaut, nécessairement on doit s'attendre à des échecs dans plusieurs plates-bandes. Le vrai colon sait tout cela, aussi il vit en travaillant avec espérance. Pour bien comprendre la vie de colon, il faudrait ajouter quelques notes sur le moral: la résidence du prêtre au milieu d'eux, l'école ouverte cinq jours par semaine – hein? Une école? – l'activité qui règne sur le chemin national entretiennent les bonnes volontés. Si vous brassez le tout pour en faire sortir un groupe de colons à cent pour cent décidés, vous êtes dans l'erreur ou l'ignorance volontaire. La déportation en masse des chômeurs de la ville sur des terres neuves avec chance de succès est une utopie. Il faut le dire partout, car tous les préjugés ont la vie dure et l'opinion est moutonnière.

Le Nouvelliste, 11 avril 1933.

Le gouvernement ayant enfin remboursé les marchands de la ville, les chômeurs peuvent retourner à leurs travaux publics et recevoir leurs pitons. Trois-Rivières reprend son cours normal. Pour Louise Tremblay, cela signifie surtout que son restaurant se vide et qu'elle doit douze fois essayer de faire comprendre à son père qu'elle n'a pas fait fortune ces derniers temps.

Joseph boude dans son atelier pendant qu'elle pleure dans sa chambre. Le vieillard semble de plus en plus perdu, ayant un mal fou à vivre dans le présent. Roméo juge qu'il est superflu de le faire soigner, car il le trouve inoffensif, en parfaite santé physique. Il a même beaucoup de vigueur pour un homme de soixante-trois ans. Mais Roméo admet que son père a une fâcheuse tendance à noyer Louise sous un flot de reproches méchants. Joseph a fait la même chose avec Jeanne, dix ans plus tôt. Roméo se souvient aussi que son père n'a pas été très délicat avec Adrien quand ce dernier lui avait dit qu'il ne voulait pas travailler dans son commerce. Pour soulager Louise, Roméo invite de plus en plus Joseph à séjourner chez lui. Les enfants le trouvent drôle.

«Pépère, racontez-nous l'histoire du feu de Trois-Rivières.» Joseph évoque alors des faits que Roméo n'a jamais entendus concernant le grand incendie qui a détruit le cœur de la ville en juin 1908, il y a vingt-cinq ans cette année. Pour souligner ce triste anniversaire, Roméo écrit un article dans *Le Nouvelliste*, mêlant l'histoire sociale à des souvenirs personnels. Cet événement fascine les gens qui ne sont pas natifs de la ville. D'un autre côté, les citoyens qui s'en souviennent aimeraient mieux oublier. Si personne n'a perdu d'être cher dans le brasier, le feu avait détruit leurs maisons, leurs souvenirs, leurs biens. Pour le journaliste Roméo, c'est aussi une bonne occasion d'établir une belle analogie avec la crise. Tout était perdu et les Trifluviens ont rebâti. Ce qui s'effondre peut se redresser. Les épargnés avaient montré beaucoup de bonté en aidant les sinistrés sans rien attendre en retour. On peut faire pareil aujourd'hui. Justement, ce Trois-Rivières reconstruit est celui-là même qui semble agoniser sous la routine fataliste de la crise économique.

Louise est souvent nostalgique de l'ancien Trois-Rivières. Il n'y avait pas d'automobiles dans les rues, ni ces dangereux tramways. Les femmes portaient de longues robes, des ombrelles et de beaux chapeaux larges. Les hommes étaient plus distingués et polis. Tout souriait et semblait plus simple. Mais le feu a ravagé cet ancien monde qui n'est jamais revenu.

«Si je me souviens du grand feu? Tout le monde d'ici s'en rappelle, Honoré.

— Si ce sont d'mauvais souvenirs, n'en parle pas, Louise. Non, n'en parle pas.

— C'était le matin et on voyait la fumée. Mon père est arrivé à toute vitesse en disant: "C'est un très gros feu! Il faut vous mettre à l'abri!" Nous sommes tous partis sur le bord de la rivière Saint-Maurice, près du pont. Et plus on regardait l'ouest, plus il y avait de la fumée. J'ai vu des flammes, très hautes. L'enfer du diable, Honoré. L'enfer du diable.

— Oh...

— Alors, il fallait prier. Toutes les femmes et les enfants priaient. Les hommes, eux, étaient restés à la ville pour aider les pompiers et les soldats du coteau. Adrien voulait les rejoindre et Roméo jouait avec sa petite sœur. Mon père est revenu avec le boghei et nos effets pour nous reconduire chez son frère Hormisdas, à la campagne. Notre maison a été épargnée, mais il ne restait plus rien de celle où j'avais habité pendant ma petite enfance dans le quartier Saint-Philippe. À notre retour, deux jours plus tard, papa nous avait avertis du triste spectacle de notre ville en ruines. Nous avons tous été voir, sauf ma sœur, qui était trop petite pour regarder de telles horreurs. Ça ne sentait pas très bon. L'air était étouffant et cette odeur de calciné nous incommodait beaucoup. On ne voyait que les murs des maisons de briques. Toutes les maisons de bois étaient disparues. Parfois, il n'y avait qu'une longue cheminée, plantée au milieu des débris. Des gens sont venus des autres villes pour aider à reconstruire. Tout le monde a montré beaucoup de courage et dès l'automne, la plus grande partie des familles avaient un abri. *Le Petit Train* n'était pas encore ouvert, mais le local servait à recevoir les gens arrivant par le train pour aider les sinistrés. Je me souviens qu'on y avait entreposé des caisses de vêtements et de vaisselle provenant de toute la province. Tout le monde a aidé son voisin, sa parenté, des inconnus. Roméo a raison de penser qu'une telle attitude nous aiderait aujourd'hui à combattre la pauvreté.» Louise demeure songeuse face à ces souvenirs. Oui, il faudrait aider un peu plus aujourd'hui. Mais de quelle façon? Elle ne veut pas transformer son restaurant en œuvre de la soupe, car il lui reste quand même la clientèle des voyageurs qui lui permet de vivre avec le strict minimum.

Même si Louise ne le dit pas à Honoré, elle sait comment repartir à neuf: il faut recommencer ailleurs, sur des bases solides, comme les gens qui s'en vont sur des terres au Témiscamingue. Elle envie ces chanceux. C'est une façon très digne de se débarrasser de la misère de la ville, pour probablement en rencontrer une autre à la campagne. Mais cette nouvelle misère, plus près de Dieu, les fera grandir. Il n'y a pas longtemps, elle a lu dans le journal un article pas très tendre pour le mouvement du retour à la terre. Elle en a fait la lecture à un Honoré, tout autant scandalisé par de telles calomnies. La terre ne peut être mauvaise, car elle est le fruit du bon Dieu, la base ancestrale qui a donné naissance au peuple canadien-français. Mais ces jeux-là ne sont pas pour des femmes de son âge. Si elle était jeune et plus vigoureuse, elle trouverait un bon mari et irait sur une terre de colonisation, comme ces braves Français partis de Normandie pour venir en Nouvelle-France. Mais aujourd'hui... que ferait-elle au Témiscamingue? Louise n'a rien d'une paysanne! Bien qu'elle sache coudre, tisser et cuisiner, mademoiselle n'a jamais trait une vache! Qu'irait faire dans ce coin perdu une vieille fille de quarante-trois ans? Ouvrir un autre restaurant?

Louise retient une leçon de l'expérience du printemps passé: les citoyens font preuve de générosité, lorsque poussés à bout. Ces gens-là mêmes, qui levaient le nez en voyant un chômeur, ont donné aux organismes de charité, pour aider les pauvres menacés par l'entêtement des marchands vis-à-vis du régime des pitons. Louise décide de ne pas en rester là. Comme elle connaît trop bien ses heures mortes au *Petit Train*, elle demande à sa nièce Simone de garder le restaurant afin qu'elle puisse aider les religieuses à la Saint-Vincent-de-Paul et rencontrer les responsables des œuvres de charité pour donner un peu de son temps. Avant tout, elle cherche une idée concrète pour faire sa part. Elle pense donner une réduction aux hommes présentant leur carte de chômeur. Mais ce serait déjà les faire dépenser dans un restaurant au lieu de garder cet argent pour leurs familles. Elle cherche avec acharnement, mais elle ne trouve pas l'idée voulue.

Ah! si elle avait vingt ans de moins, elle en aurait, des idées! Elle en a tant eu! Joseph a beau vanter son restaurant, mais tout le monde sait que mademoiselle Louise a tout fait. Elle se dit que si elle avait été un homme, les élus de l'hôtel de ville l'auraient couverte de rubans, vantant ses initiatives commerciales. Elle retourne bredouille dans son restaurant pour ne trouver que Simone qui se tourne les pouces. Ce n'est pas très drôle d'arracher cette enfant à ses vacances scolaires pour l'emmener là à ne rien faire, surtout qu'elle le fait gratuitement depuis longtemps.

«Toi, tu es jeune, Simone. Tu es pleine d'idées. Dis-moi ce que tu ferais pour que cesse la misère des chômeurs.

— Je les ferais travailler.

— Oui. Bon. En effet.

— Pourquoi me demandez-vous ça, ma tante?»

Louise interroge le curé. «Priez, ma fille. Soyez généreuse et donnez à nos œuvres.» Honoré, pourtant le sujet le plus concerné, n'a pas d'idées non plus. Un soir, avant de se coucher, Louise pense qu'elle pourrait prêter son local à la Saint-Vincent-de-Paul pour quelques heures par semaine. Mais les gens l'accuseraient sans doute d'être une commerçante cherchant à profiter des victimes de la crise pour se faire une bonne publicité. Elle oublie cette idée.

Elle fouille dans tous ses tiroirs à la recherche de vêtements à donner aux pauvres. Elle explore son coffre de cèdre pour découvrir des tissus oubliés. Toutes ces choses qu'elle a achetées à l'époque des beaux jours, afin de se constituer une garde-robe de jeune mariée. «Voilà du linge qui plaira à une femme dans le besoin.» En les mettant dans un sac, elle regarde les robes de près. Elle croit soudainement qu'elle pourrait se fabriquer de jolis vêtements avec ce vieux tissu. Après tout, les maigres revenus du restaurant ne lui permettent pas de se procurer de nouvelles parures. Oh! mais quelle vilaine pensée égoïste! Allez: dans le sac! «Et puis, une vieille fille, c'est fait pour être démodée!» Elle descend six sacs au restaurant. Demain, elle demandera à Honoré de porter ce «butin» à l'ouvroir du vicaire. C'est bien peu, mais Louise a la satisfaction de faire sa part. Céline, sa belle-sœur, est très charitable envers les pauvres. Elle leur cuisine des confitures, donne des jouets et des vêtements d'enfant. Mais Céline peut être généreuse: son mari gagne un salaire régulier. Louise n'est qu'une pauvre donnant aux autres pauvres.

«Tu donnes tout ça, Louise?

— On n'emporte rien au paradis. J'ai trop de choses. Une vieille fille, ça accumule toujours trop.

— L'bon Dieu va se souvenir de c'te grand cœur. Oui, s'en souvenir.»

Lorsqu'elle se met en tête de dévaliser les tiroirs de son père, l'histoire est bien différente. Joseph s'objecte avec fureur et part se plaindre à Roméo que Louise veut le déshabiller, après avoir tenté de l'affamer.

Cet été 1933 s'annonce pire que les précédents. Prise entre les bouderies de son père et ses velléités de missionnaire, Louise connaît une semaine qui ne lui rapporte que la timide somme de un dollar et vingt-cinq sous. Le fond du baril! La chaleur n'invite pas les gens à entrer dans un restaurant servant principalement du café. Chacune leur tour, Simone et sa mère Céline se relaient afin de donner des congés à Louise. Parfois, *Le Petit Train* est plein de gens: lors des journées de pluie! Les chômeurs et les clochards viennent s'y abriter et quêter un verre d'eau. Certains demandent de la nourriture et ne croient jamais mademoiselle et ses aides quand elles disent qu'il n'y a rien à donner.

«Est-ce que tu penses à te marier, Simone?

— Oui, j'ai commencé mon trousseau.

— Fais attention à trouver un homme assuré de travailler. Car comment peux-tu concevoir l'avenir dans un tel monde?

— Ça n'ira pas toujours mal, ma tante. Je veux avoir six enfants: trois garçons et trois filles. En attendant, je vais travailler.

— Travailler?

— Oui. Dans un restaurant. J'aime bien votre restaurant.

— Fais bien attention de ne pas finir vieille fille comme moi, dans ce cas.

— Vous avez encore le temps, ma tante. Honoré? Vous ne l'aimez pas?

— Simone, monsieur Tremblay est un ami de la famille.

— Papa prétend que...

— Simone! Ne fais pas ta petite espiègle comme ta sœur Renée!»

Comme à tous les étés, Roméo invite sa sœur à une balade en automobile. Mais Louise refuse. Elle se sent trop triste et inquiète. Elle n'a le goût de rien voir. Mademoiselle demeure seule dans son restaurant et tue le temps à faire semblant. Elle sent soudain qu'elle a de nouveau douze ans et s'amuse comme une gamine. Elle dépose une assiette et des ustensiles sur une table, et, calepin en main, salue un client invisible et écrit sa commande avec un crayon qui n'existe pas. Elle remercie de la tête, part et revient avec un verre vide. Dans la cuisine, elle fait semblant de tourner un steak dans une poêle et de couper une tomate. Elle cesse pour répondre à un coup de téléphone imaginaire. Elle aimerait qu'un vrai client entre et la trouve ridicule dans ce jeu enfantin. Mais il n'y a personne. Toujours personne.

Elle s'active, répond à d'autres spectres. Soudain, elle s'immobilise, ferme les yeux et imagine une nuée de jeunes gens arrivant pour flirter autour d'un Coca-Cola. Elle se revoit les surveillant sans cesse pour qu'ils ne se prennent pas les mains. Elle entend leurs rires. Elle revoit même Jeanne qui se pavanait dans ses robes de folle sous les ricanements des jeunes ouvrières de la Wabasso. Elle avait quand même tout un culot, cette fille! Bien sûr, plus que souvent, elle était déplacée, criarde, à la limite du vulgaire, sans oublier tout le déshonneur qu'elle a apporté à la famille Tremblay. Mais Louise a une brève bonne pensée pour sa sœur maudite; Jeanne semait de la bonne humeur dans son entourage par sa seule présence et ses rires. Louise aimerait avoir un soupçon de cette joie.

Oui, même la mémoire de cette pécheresse est un beau souvenir du *Petit Train* pour Louise. Elle a dans sa tête une collection impressionnante de moments précieux se rattachant à son restaurant, un album de photos imaginaire de tous les visages des anciens habitués. De beaux visages heureux que le temps a transformés en figures aigries par la crise. Il survivra, ce restaurant! Il le faut! C'est sa vie! S'il meurt, que deviendra-t-elle? Même si Louise doit connaître mille semaines à cinquante sous, la porte restera ouverte aux clients.

Mais pour l'instant, elle demeure fermée. Il n'y a qu'elle devant cette porte, attendant en vain. Elle entend l'autre porte: Joseph arrive doucement avec un petit bateau de bois qu'il tient précieusement. Il le dépose aux côtés des autres sculptures sur la tablette derrière le comptoir.

«Pourquoi vous ne faites pas une belle Sainte Vierge, papa? Une haute comme ça?

— Donne-moi l'argent pour du bois et je t'en ferai une trois fois haute comme tu m'as dit.»

Louise regarde le bateau, le replace comme il faut. Elle se souvient soudain que Joseph lui en a fait un tout à fait pareil autrefois, comme si, le temps de travailler ce bout de bois, Joseph avait retrouvé les mains de sa jeunesse.

Égarée dans son ennui et sa nostalgie, Louise décide de mettre en branle le grand projet qu'elle caressait avant la crise: fêter les vingt-cinq ans du *Petit Train* en grande pompe. À l'origine, Roméo avait suggéré de fêter le vingtième. «Non, vingt-cinq, c'est beaucoup mieux», avait-elle insisté. Quelle bêtise! Avoir fêté cinq ans plus tôt, le restaurant aurait été plein de gens du quartier. Aujourd'hui, elle sait que son anniversaire risque de provoquer l'indifférence. Mais les préparations vont lui occuper les mains et l'esprit. Elle va mettre une belle robe à son restaurant.

«C'est le restaurant de la famille. Dois-je compter sur ton aide et sur celle de ta femme et de tes enfants?

— Oui, bien sûr, Louise. Mais tu sais, la population ne sera pas plus riche pour venir y manger.

— Roméo, s'ils viennent en grand nombre juste pour voir le décor, je vais être satisfaite.

— C'est beau ce que tu viens de dire là.

— Fini de rêver. On va se mettre au travail.»

Roméo devine que sa grande sœur s'ennuie d'Honoré, qui a eu un coup de chance et est parti travailler au tabac, à Joliette, pour deux semaines. Les livres scolaires ont dû se taire, juste au moment où Louise sentait un net progrès chez son élève.

Honoré revient un samedi matin, alors que Roméo peint les murs de la même couleur beige de 1908, lors de l'ouverture. Le petit homme reste étonné par ce remue-ménage, déposant les deux sacs qu'il tient. Louise entre sur l'entrefaite. «Bonjour, Honoré.» «Bonjour, Louise.» Ils se donnent une poignée de main et Roméo ne voit pas la trace du moindre sourire sur leurs visages. «Comme c'est charmant», pense-t-il. Louise, pour masquer la joie de ce retour, prétexte une sortie pour une quelconque course. Honoré ne perd pas de temps pour aider tout le monde. Le pinceau valse fébrilement sur les murs et pas une goutte ne tombe sur le papier éparpillé sur le plancher. Honoré ne se salit même pas les mains.

«Vous avez travaillé fort au tabac, Honoré?

— Oh oui, Roméo. J'ai travaillé dur. Quatorze heures par jour. Oui, quatorze.

— Mais on vous payait pour cinq. La crise profite à tout le monde, surtout aux profiteurs.

— Mais j'ai travaillé, c'est l'principal. J'ai retrouvé un peu de dignité. Et j'ai pu acheter deux sacs d'épicerie. Oui, deux.»

Honoré se concentre vite sur son mur, pour faire taire Roméo. Et quand il le voit déplacer un meuble avec l'aide de Joseph, le petit homme descend de son escabeau pour les aider. Docile, poli, soumis, travaillant: Honoré est, selon Roméo, le parfait archétype du Canadien français. Parfois Roméo entend parler de la colère de certains chômeurs. Il sait trop bien que ce n'est pas le cas d'Honoré.

«Avez-vous autre chose en vue?

— J'ai entendu parler des camps d'travail de l'armée pour les célibataires. Ce s'rait parfait pour moi. Oui, parfait.

— Moi aussi, j'en ai entendu parler, Honoré. À votre place, j'éviterais ce genre d'endroit.
— Mais j'suis un candidat idéal, Roméo. Je travaillerais. C'est l'principal. Oui, l'principal.
— Et c'est loin d'ici. Ma sœur s'ennuierait.»
Il ne répond pas. Louise aurait haussé le ton si elle avait été là. Roméo sait qu'au début de la prochaine année, Louise et Honoré formeront un couple amoureux. Depuis son arrivée, ils ont l'habitude de faire un pas par année. Douze mois avant de s'interpeller par leurs prénoms et une autre année pour se tutoyer. Bien qu'ils continuent à utiliser le «vous» devant Roméo, celui-ci connaît très bien leur secret. Suivant cette logique, en janvier 1934, le premier baiser devrait s'échanger. Ensuite, Roméo prévoit au moins quatre années de fréquentations et une année de fiançailles et une autre – pour être certains – avant de se marier. En 1940, alors qu'elle touchera ses cinquante ans, Louise devrait cesser d'être une jeune fille.
«Vous croyez qu'elle s'ennuierait?
— Bien sûr, Honoré. Vous ne vous êtes pas ennuyé d'elle pendant ces deux semaines à Joliette?
— Oh, vous savez, Roméo, j'n'ai qu'des intentions très honnêtes envers mademoiselle votre sœur. Oui, honnêtes.
— Je suis certain de votre honnêteté, Honoré.
— Mais j'me suis ennuyé un p'tit peu. Surtout de sa lecture du catéchisme. Mais promettez-moi de ne pas lui dire une telle chose! Oui, promettre!
— Juré, Honoré.»
Honoré fait du zèle dans le grand ménage du *Petit Train*. Avec sa présence, le tout risque d'être prêt avant le temps. Le soir, quand il se retrouve face à Louise, il sait qu'il ne faut pas détailler ces deux semaines de travail. Elle est surtout impatiente de vérifier s'il a continué ses leçons d'écriture. Elle ne saura jamais jusqu'à quel point il s'y est consacré et comme cela l'a fait souffrir. Dans la grange qu'il partageait avec d'autres travailleurs, Honoré a été ridiculisé par les hommes, parce qu'il étudiait comme un petit enfant. Il n'y avait personne pour lui donner raison et l'encourager.
Mais, au fond, il n'avait pas réellement besoin de ces

encouragements. Il commence à lire avec de plus en plus de facilité, mais a encore bien du mal à écrire. Quand il se retrouve devant un écriteau et que le mot qu'il porte se révèle à lui, Honoré sent qu'il a tous les pouvoirs du monde. Il aimerait remercier Louise sans pouvoir s'arrêter. Mais il sait que le plus beau remerciement serait un 90 % qu'elle lui accorderait avec équité. Honoré répond comme il faut à sa leçon. Elle lui a préparé une dictée et son application forcenée apparaît pénible aux yeux de la maîtresse. À la fin de l'examen, ils gardent un long silence, sans pouvoir se regarder.

«Penses-tu aller à ce camp pour célibataires?

— J'pense que oui. Travailler pour des pitons, ça finit par être humiliant. Mais l'faire pour du vrai argent, j'me sentirais plus digne. Travailler est c'qui est plus important, Louise. Oui, important.

— Je comprends.

— Vas-tu t'en...»

Il baisse les paupières, bouge les doigts, n'ose pas le demander. Elle a deviné ce qu'il allait exprimer. C'est plus convenable qu'il ne le dise pas. Mais elle se sent flattée quand même. Oui, elle va s'ennuyer! Autant qu'elle vient de s'ennuyer deux semaines. Louise garde pour elle le secret qu'elle a fait la folle à servir des clients imaginaires pour combler son ennui.

«Si j'suis accepté, j'sais pas si j'vais rester des mois.

— Ce serait bien que tu sois ici pour le vingt-cinquième anniversaire du *Petit Train*. Il ne faudrait pas que tu laisses tomber tes leçons non plus. Bientôt, nous pourrons passer à un échelon supérieur.

— Mais travailler est important pour moi. Oui, important.

— Pour la dignité. Oui, je comprends.

— C'est ça.

— Bon, il se fait tard. Je vais aller corriger ta dictée et te donner le résultat demain à la première heure.»

Louise corrige sévèrement. Pas question de laisser une faute grave! Elle entoure et numérote chaque erreur, et, sur une feuille en annexe, elle explique clairement la règle de grammaire. Puis, de nouveau, mademoiselle pense qu'elle a raté sa vocation. Louise aurait fait une excellente maîtresse d'école, bien qu'elle soit plus que satisfaite de sa carrière de restauratrice. Les rêves de jeunesse sont les plus beaux. Si Jeanne avait été un bébé un peu moins braillard, maman aurait pu s'en occuper davantage et Louise aurait conséquemment réussi ce test d'entrée de l'École normale. Elle saurait comment leur enseigner, aux enfants d'aujourd'hui. Les maîtresses d'école laïques ne sont pas assez sévères. La petite Renée lui a un jour montré ses devoirs. L'horreur face à la tolérance de cette maîtresse! On voit les résultats chez Renée, s'était-elle dit. Il faut que l'élève travaille fort et la maîtresse doit être impitoyable! C'est la seule façon pour former des enfants instruits qui deviendront des citoyens de qualité pour faire prospérer la patrie. Sévère, qu'elle serait! Pas jusqu'à frapper les enfants! Mais Louise sait que les petits respectent une vraie autorité et qu'ils seraient reconnaissants plus tard.

Honoré n'obtient pas la note de passage de 75 % demandée par Louise. Il récolte un 73 %. Par contre, en lecture, il a relativement bien réussi. Que faire? Au matin, le petit homme est très nerveux en se présentant devant Louise. Son visage sévère ne laisse présager rien de bon.

«Il te manque deux points, Honoré.

— Oh!... J'suis désolé. Oui, désolé...

— Tu n'as pas à être désolé, ni à t'excuser. Tu as travaillé fort, mais pas assez. Que ceci te serve de leçon.

— Pourtant, je...

— Silence!

— Excuse-moi...

— Ceci dit, tu as fait du progrès. Nous allons regarder les fautes ensemble. L'école, c'est comme la vie: il faut apprendre grâce à ses erreurs.»

Après cette révision, Honoré attend comme un enfant le résultat de son concours de lecture. Il est certain d'avoir bien fait. Louise lui confirme son 80 %. Il s'applaudit brièvement, puis redevient sage devant le visage stoïque de l'institutrice.

«Ce n'est pas une fin, Honoré. Tu ne dois pas te contenter de cette note. Je te ferai lire des textes plus compliqués. Et tu dois t'exercer le plus souvent possible.

« — Oui, Louise. J'comprends. Oui, comprendre.

— Un élève travaillant est toujours récompensé. Comme tu as été bon en lecture, j'ai un cadeau pour toi.

— Un cadeau?»

Elle lui tend un paquet sévèrement enveloppé. Il en défait doucement les liens, afin de ne pas froisser le papier. Il a vite deviné qu'il s'agissait d'un livre: le premier de toute sa vie.

«Le petit catéchisme!

— C'est la meilleure lecture. On ne s'en lasse jamais.

— Mais c'est trop d'bonté, Louise! Et il est tout neuf! Tu... t'as acheté ce livre pour moi? Toi qui as si peu d'argent? Oui, si peu?

— L'économie est une vertu. Oui, j'ai économisé pour te procurer ce livre. J'espère qu'en le sachant, tu le liras avec encore plus de soin.

— Oh! C'est l'plus beau jour d'toute ma vie! Oui, l'plus beau!»

Il le feuillette, le sourire large et les yeux ridés par la joie. Il aurait eu le goût de se lever promptement et d'embrasser mademoiselle sur les joues pour la remercier d'une aussi belle surprise. Mais Honoré sait se tenir convenablement et il ne voudrait surtout pas que Louise le méprise suite à un coup de tête trahissant ses honnêtes intentions de bon catholique.

Au milieu du mois d'août, Honoré s'en va au camp de travail de l'armée à Valcartier, près de Québec. Il a ignoré les vives recommandations de Roméo de ne pas s'y présenter. Honoré part avec son catéchisme et rempli du désir de travailler fort pour gagner davantage que des pitons. Louise ne comprend pas pourquoi son frère s'oppose à ce départ. «Il a sa fierté, tu sais. Et sa dignité!» Elle ne veut rien entendre des choses affreuses qu'on fait aux chômeurs de l'Ouest canadien dans de tels camps. Et puis, ces hommes sont des protestants et ne peuvent avoir la foi d'Honoré.

Elle se retrouve seule à s'ennuyer dans son restaurant, qui a recouvré la même apparence qu'au jour de son ouverture en 1908. Ces travaux de rénovation ont donné des ailes à Joseph et ont fait oublier le présent à Louise. Au cours des dernières semaines, les gens qui passaient devant *Le Petit Train* se demandaient quel était ce remue-ménage à l'intérieur. Bientôt la rumeur circulait dans tout le quartier Notre-Dame-des-sept-Allégresses: la vieille fille Tremblay a reconstruit son restaurant comme il était aux beaux jours des sourires et du travail. Alors, les gens sont venus en grand nombre pour offrir leurs services ou pour voir. Les souvenirs sont sécurisants, tellement plus beaux que le présent.

Un soir, alors que Louise est seule dans son beau restaurant ancien, une femme entre tout doucement. Louise se lève et reconnaît une de ses vieilles robes. La femme touche les chaises, regarde les illustrations de trains sur les murs, la vieille horloge sortie du grenier, puis elle se dirige à petits pas vers la porte. Avant de partir, elle regarde Louise avec de beaux yeux doux avant de lui dire: «Merci beaucoup, mademoiselle Tremblay.»

Cet avant-midi, quittait Trois-Rivières le deuxième groupe de chômeurs pour le camp Valcartier. Un nombre de quarante-huit célibataires ou veufs sans enfants ont été heureux d'être choisis pour terminer le temps de la crise aux frais du gouvernement fédéral. Le département de défense nationale avait accordé un maximum de cinquante partants pour Valcartier. Tous ont subi l'examen médical et ont été acceptés. Il n'en coûte absolument rien au trésor municipal pour diminuer d'autant les dépenses de secours direct. Le transport des partants est fait aux frais de la compagnie Pacifique Canadien et du gouvernement fédéral. Ces chômeurs exécutent différents travaux pour le compte du gouvernement et reçoivent un salaire de vingt sous par jour. Ils sont nourris et entretenus. Il semble que ceux des nôtres qui y sont déjà trouvent l'existence agréable s'il faut en juger par une lettre que nous avons publiée. Un avantage certain et immédiat, c'est que la ville n'aura plus à les nourrir.

Le Nouvelliste, 14 août 1933.

Lorsque *Le Petit Train* a ouvert ses portes, le 21 septembre 1908, Joseph avait eu le culot d'inviter le maire de Trois-Rivières. Mais son honneur était venu, ce qui avait permis à Joseph de rivaliser avec lui en éloquence. De cette soirée, Louise se souvient surtout des excès de son père. Ce restaurant ne l'enthousiasmait pas tellement. Elle s'ennuyait du magasin général de la rue Bureau, dans le quartier Saint-Philippe, que Joseph avait vendu avant l'incendie afin de construire cette maison dans ce coin presque inhabité de Trois-Rivières. Louise se disait que, de tous les nombreux commerces que son père avait tenus, ce restaurant était la pire idée. Mais depuis que *Le Petit Train* est devenu un symbole de persévérance dans le quartier, tout le monde évoque son souvenir particulier relié à ce lieu. Et si plus personne ne le fréquente, ce n'est pas de gaieté de cœur. Rebâtir *Le Petit Train* d'autrefois a été le plus beau cadeau que pouvait offrir Louise à ces gens.

En vue de la date d'anniversaire, Roméo se lance dans de grands projets, avec le même enthousiasme que Joseph, autrefois. Ses enfants Maurice et Simone l'assistent, ainsi que la petite Renée. Il faut que le tout demeure dans la limite du bon goût, pour ne pas déplaire à mademoiselle, qui se sent flattée par tant d'attention.

«J'ai invité le maire Robichon.

— Allons, Roméo! Comme si monsieur le maire n'avait que ça à penser!

— Maman avait dit la même chose jadis.

— Sauf qu'autrefois, le maire d'alors ne faisait pas travailler la moitié de la paroisse pour des pitons.»

Pendant que Roméo s'affaire, Joseph se balade dans le quartier en disant à tout le monde de venir à l'inauguration de son restaurant de la rue Champflour. Les gens haussent les sourcils, avant de s'apercevoir que le bonhomme Tremblay perd la notion du temps. On se demande si c'est parce que sa fille Louise lui préfère ce petit homme ou si la crise l'atteint davantage dans la tête que dans les goussets. Il répète tout le programme organisé par ses enfants pour en tirer pleine gloire. Bien que Joseph passe son temps à parler de «son» restaurant, chacun sait qu'il est l'univers exclusif de la bigote.

«Je ne peux pas garantir que je vais y aller, père Tremblay. Je n'ai pas tellement d'argent.

— On va faire les prix les plus bas en ville. Il n'y aura pas de meilleur restaurant dans ce nouveau quartier moderne.

— Heu... je vous crois...»

Joseph fait claquer ses bretelles et repart la tête haute, comme celle d'un ministre. Il se plante un cigare à cinq sous dans le bec et salue tout le monde, en remontant la rue Laviolette. En tournant dans la rue de Foy, tout devient un peu plus brumeux devant ses yeux quand il aperçoit la maison à logements où Jeanne a déjà chambré. Il s'apprête à monter lui rendre visite quand il se rappelle que Jeanne habite rue Sainte-Julie, avec son amie américaine. Au lieu de prendre le chemin du retour, il continue vers le nord pour se retrouver au cœur de la paroisse Saint-François-d'Assise, le prolongement du quartier Notre-Dame.

Soudain, il se rend compte que ces maisons n'existaient pas en 1908. Il ne sait plus où il est, ni par où se diriger. Il appelle son fils Adrien au secours. Un petit garçon le regarde et Joseph le confond avec son autre fils Roger, mort de la grippe espagnole en 1918. L'enfant se sauve à toutes jambes en criant «Maman!». Joseph desserre son collet, tremblote en se demandant ce qu'il fait à Montréal. Il continue à marcher, se perd dans d'autres artères inconnues. Un homme note que quelque chose ne semble pas aller.

«Où suis-je, mon brave homme?

— Dans la rue Sainte-Catherine, monsieur Tremblay.

— Ah! c'est ce que je me disais! Vous m'excuserez, mais je pense que je me suis égaré. Je ne connais pas très bien Montréal.

— Voulez-vous que je vous reconduise au *Petit Train*?

— Oui! Le train! Je me souviens que je suis venu en train! Vous seriez bien bon de me ramener à la gare, car je dois retourner à Trois-Rivières pour ouvrir un restaurant sur la rue Champflour.»

Chemin faisant, le bon Samaritain lui indique le nom de toutes les rues, en le faisant répéter trois fois. Joseph garde sa fierté et fait semblant de ne pas le prendre au sérieux. Mais plus Joseph approche, plus il réalise qu'il s'est perdu comme un enfant.

Louise aide son père à se coucher, mais soudain, il la repousse vivement de la main en réclamant Jeanne. Prise de panique, Louise téléphone à Roméo en pleurant toutes les larmes de son cœur. Quand Roméo le verra, se dit-elle, il constatera que la maladie de Joseph n'est pas si inoffensive qu'il le prétend. Roméo accourt, mais ne trouve que son père paisiblement endormi. Il essaie de raisonner Louise en disant qu'il est normal que des personnes vieillissantes oublient certaines notions. Elle s'objecte avec violence. Il ne sait pas jusqu'à quel point Joseph lui rend la vie difficile, souvent par pure malice. Si Louise met en accusation les péchés de Jeanne et tout le mal qu'elle a fait à Joseph, Roméo se garde bien de dire à Louise qu'elle lui a brisé le cœur en vendant ses voitures de taxi.

«Tu veux que je le prenne avec moi? C'est ce que tu veux?

— Mais non! D'abord, il n'accepterait pas et dirait que je l'ai mis à la porte de chez lui. Je veux que tu lui paies un bon médecin.

— Louise, il n'y a pas de pilule contre la perte de mémoire. Mais si tu insistes tant, j'irai.»

Le lendemain, Joseph est tranquille dans son atelier. Il ne se souvient plus de sa mésaventure et a même oublié l'anniversaire du restaurant. Roméo s'installe pour jaser longtemps avec lui, comme s'il retrouvait le bon papa protecteur de son enfance.

«Tu sais où est Jeanne, papa?

— En France.

— Tu sais ce qu'elle fait en France? Et pourquoi elle voulait vivre à Paris?

— Parce qu'ici, c'est trop petit pour elle et qu'on n'est pas assez moderne pour une artiste de son envergure.

— T'as pas toujours pensé ça...

— Roméo, c'est pas très facile de voir sa plus jeune fille faire ce qu'elle a fait. Ça ne se fait pas et tu le sais! Et si elle tient à vivre ainsi, elle est mieux à Paris qu'ici. Pourquoi me dis-tu tout ça?

— Parce que parfois tu es méchant envers Louise qui se

dévoue tant pour toi, en lui parlant inutilement de Jeanne et...

— Et ta sœur Louise est une vieille fille enragée qui est très vilaine en ayant tant de haine pour Jeanne! À sa manière, Louise est pareille à Jeanne! Toujours ces excès! Elle n'avait pas le droit de m'enlever mes taxis.

— Il faut voir la réalité en face, papa. Ta compagnie de taxi faisait faillite. La vente des automobiles a permis de te nourrir et de pouvoir garder le restaurant ouvert. Sinon, il y a longtemps que Louise aurait dû fermer à clef pour toujours. Tu ne le réalises sans doute pas, mais la crise économique que nous subissons est très grave.

— Quand on a à travailler, on travaille.

— Ce n'est pas aussi simple que tu le dis.

— Les gens n'ont plus de rêves, et quand ils en ont, ils ont peur d'aller au bout de leurs rêves. Jeanne a été au bout de son rêve en s'enfuyant à Paris avec cette fille. Toi, tu l'as fait aussi en devenant écrivain. Mais Louise ne fait rien, elle a tellement peur de tout! J'ai soixante-quatre ans, Roméo. Je n'ai plus de femme, j'ai perdu deux fils. J'ai juste une vieille fille qui ne me donnera pas d'autres petits-fils. J'ai une autre fille qui ne m'en donnera pas plus! Tout ce qu'il me reste d'à peu près normal, c'est toi et mes rêves. Alors, laisse-moi rêver à faire mes petits bateaux de bois et fiche-moi la paix avec tes grands mots!»

Roméo ne sait trop que penser de ce discours. Joseph a l'air très lucide. Mais peut-être que demain, il se pensera en 1912 et appellera du nom d'Adrien le premier jeune homme qu'il croisera dans la rue Saint-Maurice. Roméo retourne dans le restaurant pour réfléchir. Louise lui parle encore de médecin, mais il n'entend rien. Soudain, ses yeux s'attardent sur les figurines de bois rassemblées sur la tablette derrière le comptoir. Roméo se lève, prend délicatement un chaton de bois et le regarde doucement.

«Je viens de comprendre...

— Comprendre quoi?

— Louise, notre père est un grand artiste.

— On sait ce que ça donne d'avoir un grand artiste dans la famille.

— J'emporte ceci.

— Si tu veux, mais rapporte-le. S'il s'aperçoit qu'il a disparu et que je ne l'ai pas vendu, il va me crier des injures pendant deux heures.»

Roméo se souvient des crises que faisait sa mère quand Joseph changeait de commerce à tous les quinze mois. Il se pavanait devant les commis voyageurs, faisait le jars en prenant les commandes et abandonnait le service aux clients à sa femme et à Louise. Il filait se cacher dans son atelier. Quand il n'avait rien à réparer, il passait son temps à sculpter des figurines. Les mêmes qu'aujourd'hui. Il avait abandonné cette pratique avec l'arrivée des taxis dans sa vie.

Un souvenir vraiment lointain revient à Roméo, comme un écho caverneux de la situation qu'il vit aujourd'hui. Le petit Roméo tournait sens dessus dessous le chien de bois que son père lui avait fabriqué. «Il est beau, papa!» Et Joseph, dans un soupir, avait murmuré: «Si je pouvais ne faire que ça... Mais j'ai une famille à faire vivre.» Une de ces paroles sans importance qui est vite disparue sous le quotidien de l'enfance de Roméo. Louise ne comprend pas trop bien pourquoi Roméo veut soudainement emménager un coin du *Petit Train* en comptoir de vente pour son père. Après tout, elle vient de tout chambarder pour redonner au restaurant son apparence de jadis.

«Après la fête. Ce serait important pour lui.

— Mais, Roméo! C'est un restaurant, ici! Pas une boutique de souvenirs pour touristes!

— Ce sera les deux. C'est pour son bien, Louise.

— Pour son bien! Pour son bien, tu devrais l'envoyer voir un docteur, comme je te l'ai demandé cent fois!»

L'avant-veille de l'anniversaire, Joseph retombe dans son mutisme boudeur. Le lendemain, il surprend Louise en lui parlant d'Honoré comme s'il venait de revenir à Trois-Rivières. Puis, il se rappelle l'anniversaire.

«Il faudra mettre votre habit, papa.

— Le député va-t-il venir?

— Roméo a dit que l'échevin sera là.

— Un échevin! Quand Joseph Tremblay ouvre un restaurant dans un nouveau quartier, ça prend le maire et un député! Pas juste un petit échevin!

— Papa, je vous en prie…»

Si les gens de la paroisse apprécient les intentions nostalgiques de mademoiselle, ils n'ont pas les moyens de prendre un repas au restaurant, même si l'affiche indique en lettres rouges que les prix de 1908 seront en vigueur tout le mois de septembre. Évidemment, ces gens ne seront pas non plus au *Petit Train* pour écouter les discours des dignitaires invités. Il y aura l'échevin – à défaut du maire – monsieur le curé et un de ses vicaires, ainsi que la plupart des marchands de la rue Saint-Maurice.

De bon matin, Louise prend son temps pour enfiler la belle robe sur laquelle elle travaille depuis un mois. Une robe longue du style de jadis, qui redonne à mademoiselle ses quinze ans. Elle installe même un ruban rouge dans ses cheveux. En la voyant aussi radieuse, Roméo pense qu'il est dommage qu'Honoré soit absent.

«Tu es très belle, ma sœur.

— Merci bien.

— Tu es belle quand tu veux.

— Cette remarque est superflue.»

Malgré les prix d'autrefois, les recettes de ce souper et de cette soirée vont permettre à Louise de bien voir arriver l'hiver. Mais Roméo sait que Louise veut avant tout voir son restaurant revivre comme aux beaux jours. Roméo passe la soirée avec Joseph, pour bien s'assurer qu'il vit en 1933. Joseph bombe le torse en voyant les invités arriver. Mais soudain, Roméo le voit dégonfler comme un ballon.

«Elle fait ça pour me rappeler que ta mère, Adrien et Roger sont morts et que Jeanne ne vit plus parmi nous.

— Mais non, papa! Je t'assure que ce n'est pas ça du tout!

— À quoi bon fêter cet anniversaire si la famille qui a vu naître ce restaurant ne peut même pas assister aux cérémonies? Je m'en vais me coucher.

— Non, papa. Tous tes amis sont là, tous les marchands du quartier qui veulent te rendre hommage, toi le pionnier du commerce dans Notre-Dame.

— Non. C'est elle qui veut des fleurs.»

En ajoutant quelques compliments, Roméo réussit à regonfler son père. Joseph entre dans le restaurant et se met à serrer des mains et à distribuer les salutations. Roméo le suit pas à pas. À la cuisine, Louise dirige les ordres destinés à Céline et à ses nièces. Louise a eu la bonne idée de rappeler Thérèse Landry, la première employée du *Petit Train,* qui a été cuisinière et serveuse de 1908 à 1926. Et la brave dame est venue exprès de Shawinigan Falls pour rendre hommage à son ancienne patronne.

Roméo demande le silence. Les gens écoutent attentivement le discours qu'il leur propose, dans lequel il évoque avec ses mots d'écrivain l'arrivée de sa famille dans ce quartier et la naissance de ce restaurant. Il termine en présentant son père. Louise serre les lèvres avant de marmonner quelques prières. Joseph, les pouces sur ses bretelles, se lance dans un long exposé débutant par: «Je suis l'heureux propriétaire de ce restaurant géré par ma fille Louise. Comme vous le savez sans doute, j'ai aussi été le premier à offrir le service de taxi à mes concitoyens.» Louise baisse les paupières et ajoute quelques prières. Après vingt minutes, les invités polis commencent à avoir hâte de voir arriver Louise, à qui on destine les bouquets et les cadeaux.

Humble, elle souhaite bonne soirée à la galerie d'honneur en leur garantissant qu'ils auront un souper dont ils se souviendront longtemps. Roméo termine la valse des cadeaux à mademoiselle par un paquet surprise. Elle ouvre délicatement pour trouver une peinture du restaurant, vue de la porte d'entrée, avec une jeune Louise attendant le client. Le tableau n'a pas de signaturc, mais Louise sait très bien qu'il vient de sa sœur Jeanne. Devant tant de gens, Roméo sait qu'elle n'aura d'autre choix que d'accepter.

«Je lui ai commandé en janvier dernier. Elle l'a fait et je l'ai reçu au début de l'été. Je lui ai demandé de ne pas signer, car je savais que tu refuserais de le mettre à la vue de tout le monde si son nom y figurait.

— Hmmmm... C'est bien beau. Tu lui écriras que je la remercie.

— Pourquoi ne lui écris-tu pas toi-même?

— Il ne faut pas tendre la main au diable.»

Louise dépose la peinture derrière le comptoir, car sa présence pourrait éveiller la curiosité des invités. Où est-elle, votre sœur Jeanne? Que fait-elle? Tu te souviens quand elle... Non, Louise ne saurait le supporter, bien qu'elle apprécie sincèrement une si belle image de son restaurant. Mais seul Roméo peut remarquer comme cette peinture est bien fade, si on la compare à celles que Jeanne produisait dans les années vingt.

Louise a les mains débordantes d'assiettes remplies de mets fumants, jetant dans l'espace cette odeur que jamais personne n'avait souhaité voir disparaître. Tout le monde se régale dans une ambiance amicale et chaleureuse. Même Joseph retrouve des couleurs en faisant ses relations publiques. Personne ne parle de la crise, car ce soir, nous sommes en septembre 1908.

Roméo est le premier à remarquer qu'il y a des gens qui passent sans cesse devant *Le Petit Train*. Mais quand il sort, ils s'envolent comme des moineaux. De nouveau à l'intérieur, Roméo guette leur retour. «C'est pas possible...» soupire-t-il en serrant les lèvres. Il y a bien longtemps que les chômeurs du quartier n'ont pas fouillé les poubelles du restaurant, en sachant que la vieille fille ne sert plus que des boissons. Mais ce soir, ils savent tous que les bourgeois de la paroisse sont venus dévorer du solide. Avec un peu de chance, il restera quelques aliments dont la demoiselle se débarrassera.

Le dernier invité part à dix heures. C'est ce moment que choisit Roméo pour dire à Louise que ses poubelles seront cambriolées au début de la nuit. Elle demeure silencieuse, puis, d'un pas décidé, s'élance vers la porte qu'elle ouvre toute grande en s'écriant: «Bienvenue au *Petit Train*! Entrez!» Ils obéissent prudemment pour quêter un bout de pain, un fond de chaudron. Tout ce qu'il reste, Louise le leur sert dans de belles assiettes, avec la politesse due à de bons clients. Eux veulent remercier en balayant, en lavant la vaisselle. «Rien de tout ça! Vous êtes dans le restaurant de votre quartier. Si ce restaurant a existé pendant vingt-cinq ans, c'est grâce à la population de cette paroisse. Ce soir, c'est aussi votre fête!» Des hommes coupent les tranches de pain et en cachent la moitié dans leurs poches. Ils y enfouissent aussi des fruits et des légumes. Louise emballe même les os à soupe pour les leur donner. «Ils sont encore fumants, ça vous fera un bon bouillon.» Vers minuit, il n'y a plus personne que la famille Tremblay. Exténuée, Louise se repose sur un banc, cheveux défaits et l'œil souriant d'avoir vécu un beau rêve. Mais pour Roméo, cela n'est pas suffisant. Il faut qu'elle aille au bout de ses rêves, comme Joseph l'a toujours souhaité pour ses enfants.

«Louise?

— Quoi donc?

— Tu devrais suivre des cours pour devenir maîtresse d'école. Puis, tu pourrais te marier avec Honoré et vous iriez au Témiscamingue où tu enseignerais dans une école de rang pendant qu'il cultiverait sa terre.

— Roméo, quand tu veux dire des niaiseries, je dois avouer que t'es un vrai champion.»

L'une des œuvres de charité les plus intéressantes de cette ville est sans doute celle que l'hôpital Saint-Joseph offre à tous les chômeurs étrangers qui tentent de trouver leur subsistance. On sait que les chômeurs locaux sont soutenus par le moyen du secours direct, mais les vagabonds qui cherchent fortune sur les chemins, il faut tout de même les empêcher de crever de faim. Au dépôt de l'hôpital Saint-Joseph, les religieuses de la Providence donnent chaque jour un grand nombre de repas aux indigents de l'étranger. On dresse les tables à 7 heures 30 du matin et à 4 heures de l'après-midi. S'il nous arrive de passer près de l'hôpital vers ces heures, on peut voir des groupes d'indigents attendre l'heure de la soupe à la porte de cette bonne auberge. Il est à noter que l'hôpital ne reçoit aucune subvention pour cette œuvre. Dans d'autres villes, notamment Montréal, les œuvres de la soupe sont patronnées par l'administration municipale ou les gouvernements. Rien de tel n'existe aux Trois-Rivières. Tous ces miséreux se retrouvent pour la plupart aux postes de police lorsqu'il s'agit de coucher.

Le Nouvelliste, 21 septembre 1933.

Lorsque Roméo présente à son père un écriteau clamant «Jos Tremblay, artisan», le bonhomme croit d'abord que c'est pour installer sur la porte de son atelier, dans la cour. «Non, papa. C'est pour mettre sous l'enseigne du *Petit Train*.» Oui, bien sûr! Pourquoi n'y a-t-il pas pensé lui-même? Ne se demandant même pas si Louise est d'accord, il prend des mesures et esquisse un plan pour la construction de son comptoir de vente. «On va en vendre bien plus de cette façon», fait-il, l'air songeur en regardant l'écriteau. «On ne pourrait pas ajouter "Souvenirs de Trois-Rivières" sous mon nom? Ça donnerait de la classe.» Joseph enlève une table pour délimiter son territoire près de la porte et une des fenêtres, là même où Louise a tenu un comptoir de bonbons dans les années dix. Si Roméo le laisse faire, Joseph va prendre tout l'espace du restaurant. «On va commencer à petite échelle. Après, on verra.»

Louise entend son père scier et cogner toute la journée. En un temps relativement court, il construit son comptoir avec une habileté indéniable. En moins de trois jours, il est installé, ayant disposé ses meilleures sculptures derrière la vitre du comptoir, avec chacune un prix étiqueté. Il s'endimanche et fume sa pipe en taillant un bout de bois. À toutes les heures, il ramasse les débris. Louise sait que l'atelier transposé dans le restaurant ne nuira pas à la propreté des lieux, car si Joseph a transmis une qualité à ses enfants, c'est bien le goût du bon ordre. Mais mademoiselle pousse des hauts cris quand son père veut vernir ses sculptures dans *Le Petit Train*.

«Voyons, papa! L'odeur va se mêler aux aliments!
— Ça ne sent pas mauvais, un bon vernis.
— Ce ne sont pas tous les gens qui pensent comme vous. Allez les vernir dans votre atelier et ramenez-les au comptoir quand ils seront secs.»

À l'heure d'arrivée du train, Louise se prépare à recevoir ses rares clients. Quand ils entrent, ils sont tout de suite attirés par l'installation de Joseph. Ils regardent les petits bonshommes, les bateaux et les animaux en disant qu'ils sont magnifiques.

«Papa, j'ai vendu une de vos affaires.

— À qui?

— À un voyageur.

— T'aurais dû m'avertir qu'il y avait un client. C'est moi le vendeur attitré, comme indiqué sur l'écriteau de Roméo.

— Soyez à l'heure des trains et vous en vendrez.»

Bien vite, la rumeur circule dans le quartier, si bien qu'une foule de curieux vient voir, complimente et n'achète rien. Louise est surtout contente de voir la porte s'ouvrir aussi souvent. Et le vendeur Joseph jacasse sans arrêt, mêlant les époques, ce qui amuse les gens. Roméo a donc eu raison: sortir Joseph de son atelier de fond de cour et le mettre à la vue de tout le monde lui fait du bien, l'empêche de voir tout en noir et d'entretenir des mauvaises relations avec Louise. Il n'y a rien de tel que le travail apprécié par ses semblables pour redonner des couleurs à son homme. Cette nouvelle situation rend Louise optimiste. Bientôt, tout refleurira et la crise ne sera qu'un douloureux souvenir. Honoré pense la même chose, tout là-bas, à Valcartier, près de Québec. Il écrit à Louise la première lettre de toute sa vie. En la recevant, Louise la cache dans son sac à main et attend la fin de soirée avant de la décacheter.

Bonjour Louise, écrit-il. *Je travail for et je suie bien contan.* Louise n'en peut plus, se lève pour chercher sa plume et son pot d'encre rouge. *Mais c'est bien dur et pas payant.* Ah! sourit-elle en voyant cette phrase sans faute. *Mais le principalle est que je travail.* Oh non... soupire-t-elle. *La nouriture est pas trais bonne. Pire qu'à la Sain Vincant de Pol.* Le nom d'un saint! Honoré trouve le moyen de faire trois fautes dans le nom d'un saint! *Ici, je suis le plus vieu.* Louise fait «tss tss» et se promet de lui donner toute une leçon d'orthographe à son retour. *Tout les soir, je lis le catéchiste. C'est certin que je vais m'amélioré ma lectur et que c'est si beau à lire. Oui, beau. Je prie for toujour et salut ton frère ses enfans et aussi ton père. Votre ami Honoré qui panse à vous.*

Il pense à elle... Bien sûr, elle pense à lui. Elle aurait bien aimé le voir pour la belle fête du restaurant. En rencontrant tous ces notables, il aurait peut-être pu trouver un véritable emploi. Il aurait aidé Joseph à construire son comptoir. Elle aurait pu continuer ses leçons de français, jaser des nouvelles de la paroisse et échanger des points de vue sur les sermons du nouveau curé Beauregard (le curé Paré est parti en juin dernier, ce qui a beaucoup attristé mademoiselle). Mais d'un autre côté, la situation des chômeurs n'a guère changé à Trois-Rivières. Honoré en souffrirait. Du moins, dans son camp, il travaille et elle sait jusqu'à quel point cela est important pour lui. Elle aimerait bien montrer cette lettre à Roméo, qui prétendait que le petit homme ne devait pas aller travailler à Valcartier. Son contenu lui prouverait son grand tort. Mais d'un autre côté, le «Je pense à vous» pourrait lui donner de fausses idées sur les relations honnêtes et propres entretenues entre elle et Honoré.

Roméo prétend que, dans l'Ouest canadien, des célibataires, travaillant dans des camps semblables, se sont révoltés contre les autorités. Peut-être que des Anglais protestants ont trouvé à chialer, mais nous sommes dans la province de Québec et nos célibataires doivent remercier Dieu tous les jours de leur avoir donné cet ouvrage. Que feraient-ils à Trois-Rivières, ces hommes? Mendier? Aller cogner en vain à toutes les portes? Visiter les poubelles des restaurants de la rue des Forges? Devenir malgré eux de mauvais exemples pour les enfants? C'est ainsi que se forme une vraie révolte: à ne rien faire. Pas à travailler dans un camp conçu pour les chômeurs. Roméo devrait savoir cela et cesser de croire tout ce qu'il lit dans les gazettes de Toronto.

Il n'a pas trop de problèmes, lui qui écrit dans le journal des articles sur la crise. Louise se dit que c'est facile à faire quand on a le ventre plein. Oui, bien sûr, Roméo a souvent fait preuve de générosité envers les pauvres et a été d'une grande bonté pour Honoré. Mais Louise pense que son frère a une idée peu profonde de la misère provoquée par la crise.

Ce qui choque le plus Louise est de voir la petite Renée quêter de l'argent à son père pour se rendre chaque semaine dans les salles de cinéma voir des films américains qui ont une évidente mauvaise influence sur son comportement. Et de plus, elle est loin d'avoir l'âge permis de seize ans pour entrer dans ces lieux de perdition. Mais tout ça n'est pas de ses affaires. N'empêche que...

La petite Carole, la favorite de Louise, va commencer

l'école en septembre. Elle dit à sa tante qu'elle a bien hâte d'étudier le catéchisme. Un ange! Peut-être même une future religieuse. Ça ne ferait pas de mal à la famille parce que les frasques passées de Jeanne et celles à venir de Renée doivent être bien en place dans le grand cahier que le bon Dieu donne à saint Pierre à l'entrée du paradis.

Simone, à quatorze ans, se fait de plus en plus coquette. Trop au goût de Louise. Son physique très développé attire beaucoup de garçons au restaurant. Si Simone a été d'un grand service au *Petit Train*, Louise est venue près de s'évanouir en voyant tous ces jeunes hommes flirter l'adolescente. Louise en informe Roméo, qui propose d'envoyer Renée à sa place. «Elle est encore trop jeune», tranche mademoiselle dans un soupir effrayé. À l'entendre parler, Renée transformerait le restaurant en une salle de jeu. Le grand Maurice, de son côté, prétend qu'il serait capable de relancer *Le Petit Train* sur les rails du succès en modernisant l'intérieur; pas en le vieillissant, comme a fait tante Louise.

Mademoiselle se demande ce qu'il adviendrait de son restaurant si elle écoutait les enfants de Roméo. Lui-même ne serait pas très fiable. Louise est agacée quand son frère lui propose d'investir dans *Le Petit Train*. La vieille fille préfère garder son indépendance, quitte à souffrir des revenus atrocement affaiblis depuis 1930. Ce restaurant, lorsqu'il sera de nouveau plein, demeurera un endroit respectable, comme il l'a toujours été sous la gouverne de Louise. Elle sait très bien que Roméo aimerait acheter *Le Petit Train* pour procurer du travail à ses enfants. Il en a les moyens. Louise connaît son salaire de journaliste et devine ses revenus de la vente de ses livres. Roméo fera bientôt publier un autre roman et encaissera de généreux chèques. Peut-être même qu'avec cet argent, il achètera une automobile dernier modèle. Louise prétend que son frère oublie ses origines populaires. Il jase avec le maire et les députés, les bourgeois l'invitent à prendre du vin dans leurs riches maisons. Une fois par semaine, avec d'autres hommes, il va discuter d'histoire avec l'abbé Tessier. Il est quelqu'un, Roméo! Une réussite sociale! Un riche! Et pendant la crise économique, les riches sont...

«Oh! mais qu'est-ce que je pense là?» de se dire Louise. Tout ce mal qu'elle vient de se dire sur Roméo! Un péché brûlant! Vite, elle va prier devant sa petite statue de la Sainte Vierge. Au cœur de ses dévotions, mademoiselle se rend compte qu'elle a moins prié, ces derniers temps. En fait, depuis qu'Honoré n'est plus là. Il lui donnait un si bel exemple. Louise dresse une liste de ses plus récents péchés, de ceux qu'elle a oubliés par mégarde lors de ses dernières confessions. Parmi ceux-là, le fait qu'elle n'a pas accroché le tableau de Jeanne dans le restaurant est sans doute un péché véniel, mais qui lui fait quand même honte, considérant qu'elle a installé le dessin derrière la porte du hangar, au lieu de le mettre à la vue des clients. Elle s'en confessera et mettra le tableau à la bonne place, même si elle sait que les gens vont lui dire: «C'est une peinture de votre sœur Jeanne? L'ivrogne qui a sacré son camp en France avec une Anglaise?» Tiens! Louise pourrait prendre un petit pinceau et écrire au bas le nom d'une autre personne et... Un autre péché! Monsieur le curé en aura long à entendre et la pénitence sera énorme. «Et c'est tout ce que je vais mériter», fait-elle à voix haute en se remettant à prier.

Louise se lève tôt pour se rendre à la première messe. Elle est désolée de voir qu'il y a si peu de fidèles dans l'église. Après la cérémonie, Louise s'attarde pour quelques prières supplémentaires. Le nouveau curé l'observe, fier d'avoir une aussi bonne paroissienne. Bien qu'il ne soit en fonction que depuis le début de l'été, le curé Beauregard connaît toutes ses ouailles. Quand elle se lève, il ne peut s'empêcher de l'inviter à venir prendre une limonade au presbytère.

«Qu'est-ce que j'ai fait?» se demande-t-elle. Voyons... voyons... papa va à la messe, elle en a fait chanter en mémoire de sa mère et de ses deux frères, elle paie la dîme et fait preuve de générosité à la quête dominicale. «Qu'est-ce que j'ai donc fait? Ce doit être Jeanne! Quelqu'un de la paroisse a dû parler des péchés de Jeanne au nouveau curé qui veut en avoir le cœur net!» Rien de tel, pourtant! Le saint homme veut simplement lui parler des Zélatrices de la Propagation de la Foi, qui ont besoin d'une nouvelle secrétaire. Une demoiselle aussi bonne catholique et si bien en vue dans la paroisse est une candidate idéale. Louise garde un silence que l'homme de robe n'attendait pas. Louise s'est toujours dit qu'elle serait une véritable vieille fille le jour où elle adhérerait à une œuvre paroissiale. Elle comprend la nécessité de ces organismes et ne met pas en doute la grande dévotion de leurs membres. Mais, parfois, elle a souvent l'impression qu'il s'agit de clubs sociaux formés des pires commères et bavardes du quartier.

«Je suis commerçante, monsieur le curé. Mon restaurant est ouvert de sept heures le matin jusqu'à dix heures du soir et je dois y rester tout ce temps, même si ma belle-sœur et ses enfants viennent m'aider. Et je n'ai plus les moyens d'engager une employée.

— Je comprends. Soyez à l'aise de refuser, bien que j'insiste poliment.

— Je suis honorée que vous ayez songé à moi. Je remercierai le bon Dieu de votre bonne intention. Mais honnêtement, monsieur le curé, je ne peux pas. Soyez cependant certain que je vais continuer d'encourager vos œuvres en donnant de bon cœur.»

Elle s'apprête à se lever quand il la retient du regard et se met à parler de Roméo, le complimentant pour ses romans bien de chez nous. «Il est aussi un père de famille exemplaire.» Louise hoche la tête pour approuver mollement. Il parle de Joseph. Puis vient le tour de ses frères défunts. «Ça y est! La prochaine sur la liste est Jeanne! Qu'est-ce que je vais pouvoir dire? Devrais-je me vanter de toutes les prières que j'ai faites pour le salut de son âme?» Le curé Beauregard a l'air triste, évoquant tous ces jeunes hommes, comme Adrien, morts lors de la Grande Guerre. Puis, il sourit à nouveau.

«Vous avez une jeune sœur, aussi.

— Oui.

— On m'en a beaucoup parlé.

— J'imagine.

— Pardon?

— Oh! excusez-moi, monsieur le curé...»

Le curé Beauregard lui raconte l'histoire de Marie-Madeleine. Les trois curés précédents lui ont aussi parlé de

Marie-Madeleine. Mais pour Louise, Marie-Madeleine est une sainte si on la compare à Jeanne. Le curé Coiteux essayait d'être doux avec Jeanne, mais il a vite perdu patience. Le curé Paré est arrivé dans la période la plus honteuse de la vie de Jeanne. Il voulait l'aborder avec compréhension, l'a visitée à quelques reprises. Jeanne lui avait même dessiné le tableau d'une Nativité afin de le neutraliser. Et c'est ce pauvre curé Paré qui a vécu la plus grande honte de la savoir dans la paroisse sous le même toit que cette Américaine du diable. Maintenant, le nouveau curé ne fait «qu'en entendre parler». Ce qui est beaucoup mieux que de la voir, de prétendre Louise. Elle sait que dans le quartier Notre-Dame, un des bons loisirs des flâneurs est d'évoquer la maudite. Elle est même un sujet de rigolade pour les hommes du secteur. Il n'y a pas longtemps, un ivrogne avait suivi Louise en lui criant que s'il était saoul six jours sur sept, il n'y avait cependant que sa sœur pour boire une bouteille en moins de dix secondes. Puis il s'était mis à rire grossièrement. En pleine rue! Et tous les passants regardaient Louise! Et puis, il y a les jeunes, qui n'étaient que des enfants quand Jeanne faisait des siennes. Ils se souviennent surtout qu'elle ressemblait à une vedette de cinéma, qu'elle s'habillait à la grande mode américaine et qu'elle vendait des toiles à plus de cinquante dollars pièce. Jeanne est devenue une héroïne invisible pour ces adolescentes. Il y a même des fillettes des petites écoles qui, en remettant leurs dessins à leur sœur enseignante, affirment qu'elles veulent devenir des peintres comme Jeanne Tremblay quand elles seront grandes. «C'est très payant et ça va sortir mes parents de la crise économique, et je pourrai voyager dans les vieux pays.»

En retournant au *Petit Train*, hantée par ses pensées, Louise se demande si, au fond, elle doit installer le tableau de Jeanne dans le restaurant. Ça ne ferait qu'entretenir le mythe. Mais d'un autre côté, elle vient juste de se confesser de son attitude. Elle lui trouve donc un coin, loin de tous les regards. Pendant qu'elle l'installe, Joseph tape du pied.

«Tu es en retard, ma fille! C'est à sept heures qu'il ouvre, mon restaurant! Pas quarante-cinq minutes plus tard!

— J'ai été retenue par monsieur le curé.

— Fais bien attention à ce que ça ne se reproduise plus.

— Oui, papa.

— Qu'est-ce que tu fais là?

— Je place ce tableau dans le restaurant.

— Mais personne ne le verra si tu le mets là.»

Joseph s'en saisit et le cloue à son mur, tout juste à côté de la porte d'entrée. «Là, tout le monde va le voir!» C'est justement la crainte de Louise. Elle se tait, enfile son tablier et prépare sa demi-portion de café. Pendant ce temps, Joseph continue à travailler sur un petit camion de pompier. Hier, il l'a fait rouler sur son comptoir en faisant «Dring! Dring! Dring!» juste au moment où il y avait un client. Quelle honte et quel embarras pour mademoiselle!

À dix heures, des petites mains poussent la porte. Louise ne bouge même pas. Depuis deux semaines, à intervalles réguliers, des enfants viennent voir travailler Joseph. Ils se penchent vers le comptoir pour admirer les animaux et figurines, puis ils se redressent et applaudissent la dextérité du vieillard. Parfois, il y en a un qui demande un verre d'eau à Louise. Puis ils s'en vont et parleront des jouets de pépère Tremblay pour le reste de la journée. Lui, pendant tout ce temps, leur a distribué des sourires et des saluts enfantins. Joseph leur offre un peu de rêve et de fantaisie. Tous se disent qu'ils aimeraient avoir un grand-père comme lui. Après leur départ, Joseph va à son atelier pour vernir ses œuvres. Pendant cette absence, un homme vêtu misérablement entre pour parler à Louise. Il lui tend trois pitons, qu'il propose en échange d'un chaton de bois que sa petite fille vient admirer tous les jours.

«Je ne peux pas faire ça, monsieur Berger! Ces bons représentent de la nourriture pour votre famille.

— Mademoiselle, c'est l'anniversaire de ma petite Ginette et je dois lui donner ce chat. Elle est toute jeune et ne comprend rien aux misères de ce monde. Elle n'a pas de jouets et je dois lui offrir ce chat. C'est mon devoir de père.

— Je... je ne peux pas.

— Avez-vous un cœur de pierre, mademoiselle?

— Là n'est pas la question.

— Où est votre père? Il va comprendre, lui. Il aime les enfants, lui.

— Mais moi aussi, j'aime les enfants! Mais je ne peux pas accepter vos pitons en retour de ce chat!

— Ma femme et moi, ça ne nous fait rien de nous priver de manger si notre petite Ginette est heureuse à sa fête.» L'homme met ainsi un terme à la discussion et se dirige tout droit vers l'atelier de Joseph. Voilà quinze minutes qu'ils sont ensemble. Louise se ronge les ongles en se demandant quelles bêtises peut bien lui dire son père. Quelque temps plus tard, Joseph revient avec l'homme, emballe le chat dans du papier et le lui donne. «Il a fait du ménage dans l'atelier. Alors je lui donne son chat.» Louise sait très bien que la dernière chose à faire dans cet atelier est du rangement. Ce n'est pas tellement dans son caractère de faire exhibition de ses sentiments, mais Louise a un coup de cœur et va embrasser son père sur la joue. Il reste de marbre, songeur, le nez collé à la fenêtre. «C'est pas drôle, cette misère, à cause de la crise.» C'est la première fois que Joseph fait mention de la crise, comme si ces enfants aux yeux trop grands d'envie lui avaient fait réaliser que leurs pères ne travaillent plus ou le font à temps et à salaire réduits.

Après le souper, Joseph va faire sa promenade de santé, n'écoutant pas les mille recommandations de sa fille. Joseph connaît ce quartier. Il l'a vu s'ériger. Toutes les maisons lui sont familières. Il peut nommer la plupart de ses habitants. En passant devant l'église, il fait un signe de croix par habitude, puis tourne dans la rue Saint-François-Xavier.

En bourrant sa pipe, Joseph regarde la grosse usine de textiles Wabasso qui ronronne comme une vieille chatte. Ce quartier est né à cause de cette usine. Il se rappelle soudain qu'Adrien a travaillé à sa construction. Des enfants le saluent de son surnom de pépère Tremblay. Il trouve cela amusant et envoie la main aux espiègles. Peut-être qu'en se laissant pousser la barbe jusqu'en décembre, il pourrait devenir un père Noël plus beau que celui du grand magasin Fortin.

Au coin d'une rue, des hommes sont rassemblés et discutent avec fermeté. Joseph s'arrête et écoute. On dit que les patrons veulent augmenter les heures de travail, tout en gardant les salaires au même niveau. L'un d'eux est en chômage. Joseph trouve curieux que les uns chialent parce qu'ils n'ont pas d'ouvrage et que les autres se plaignent parce qu'ils en ont trop. «Qu'est-ce que vous feriez, vous, père Tremblay?» Le jeune homme lui pose la question comme à un sage patriarche. Mais Joseph ne sait pas quoi répondre. Il cherche une allumette dans ses poches en avouant mollement qu'il a toujours été son propre patron. «Ouais! C'est des patrons comme vous que ça nous prendrait! Des patrons canadiens-français!» Les autres approuvent. Joseph lève sa casquette et s'éloigne pour les laisser discuter. Un peu plus loin, deux hommes parlent du pour et du contre de la colonisation.

«Et vous, père Tremblay, qu'est-ce que vous en pensez?

— Si vous allez là-bas pour construire une autre ville, je peux bien croire que vous auriez tort de vous en passer. Mais si vous vous rendez au Témiscamingue pour devenir cultivateurs, vous risquez d'arracher autre chose que des carottes.

— Oui! C'est vrai, ça, père Tremblay! On est des gens de la ville, nous! On est des ouvriers! Ils veulent nous transformer en laboureurs en ne disant pas toute la vérité! Merci, père Tremblay!»

Pourquoi tout le monde s'occupe de lui? Parce qu'il fait sourire leurs enfants? Ou parce que, peu à peu, il devient un des vieux du quartier? «Suis-je si vieux?» se demande-t-il soudainement. Ce n'est peut-être pas si mal d'être le vieillard que tout le monde consulte.

«Avez-vous des nouvelles de votre fille Jeanne, père Tremblay?

— Oui. Elle vit à Paris.

— Est-ce qu'il y a la crise, dans les vieux pays?

— Pas pour les artistes, ni les rêveurs.

— Oh! pour ça, les rêveurs, ça ne vit pas de grand-chose.»

Encore plus loin, d'autres enfants et des groupes d'ouvriers. Puis, en passant par la rue Laviolette, il voit des citoyens qui descendent de peine et de misère des meubles en se cassant les reins dans un escalier en tire-bouchon. «Ils devaient six mois de loyer. Le propriétaire les jette dehors», d'informer un voisin. Joseph hoche la tête et baisse les paupières avant de continuer son chemin. Il est arrêté par

459

une main tendue: cet homme n'a pas mangé depuis deux jours. Joseph trouve deux sous dans le fond de sa poche. Ensuite, il entend un couple se chamailler, donnant le spectacle de leur drame à tous les badauds. Puis, deux hommes enragés fomentent une révolte qui s'évaporera après une nuit de sommeil. Du côté de la rue Saint-François-Xavier, tout le monde discutait paisiblement, et sur Laviolette, la rue parallèle, tous semblent se disputer. Comme si le paradis et l'enfer étaient bien délimités dans le quartier Notre-Dame-des-sept-Allégresses. Joseph décide de rentrer au *Petit Train* où Louise s'ennuie derrière son comptoir.

Elle a vendu pour quarante sous, aujourd'hui. Elle en arrive maintenant à souhaiter que les voyageurs préfèrent les statuettes de son père à son café. Dans ce temps-là, elle peut faire une épicerie qui les régale. Ce n'est pas toujours le cas avec les profits du restaurant. Le silence se brise avec l'arrivée de Renée. Elle dépose un sac sur le comptoir et badine en demandant une bière, ce que Louise ne trouve pas drôle du tout. Elle pivote sur le tabouret, soupire avant d'affronter de nouveau sa tante.

«J'ai un problème en arithmétique, ma tante.

— Parce que tu n'étudies pas assez.

— Voulez-vous m'aider, oui ou non?

— Moi? Pourquoi ne demandes-tu pas à ta sœur Simone ou à ton père?

— Justement, c'est mon père qui m'envoie. Il prétend que vous êtes championne avec les chiffres. Il dit que ça va vous faire plaisir de m'aider dans mes devoirs.

— Tu sais, Renée, je ne suis pas au courant de ce qu'on vous enseigne, aujourd'hui.

— Patate! Vous voulez ou pas?

— Et la bienséance? Tu as une belle note en bienséance? Là, je suis certaine que je pourrais grandement t'aider.

— Quelle sarcastique!

— Quoi?

— Ah! un mot qu'elle ne connaît pas!»

Une petite fille sage s'en va à l'Oratoire de Montréal avec vingt-cinq sous. Elle achète un chapelet cinq sous, un flacon d'huile de saint Joseph à trois sous et fait brûler un lampion à deux sous. Considérant que le billet de retour en tramway est de cinq sous, combien d'argent lui restera-t-il quand elle rentrera chez elle pour aider sa maman à préparer le souper? «Renée... c'est la base... des additions et une soustraction. Ne viens pas me faire croire qu'à ton âge, tu n'es pas capable de faire des opérations aussi enfantines...

— Non, je ne comprends rien, ma tante. Il y a trop de choses.»

Renée sait très bien qu'il ne restera que dix sous à cette idiote qui dépense cet argent pour un chapelet et un flacon d'huile au lieu d'aller voir le dernier film de Gary Cooper. Elle le sait parfaitement. Mais son père lui a ordonné de se faire aider par la vieille tante. Roméo veut surtout que Louise mette la main sur les livres scolaires de sa fille, afin de lui faire découvrir qu'ils n'ont pas tellement changé. Louise lui explique en détail quelques rudes problèmes.

«Et le catéchisme? Tu es bonne en catéchisme?

— On n'a pas le choix.

— Pourquoi réponds-tu une chose aussi monstrueuse?

— Ben, on l'apprend par cœur de la première à la dernière page. On n'a pas d'autre choix que d'être bonne.

— Récite-moi les dix commandements.»

L'enfant se plante sur le parquet et déclame machinalement les commandements de Dieu.

«Voyez? Je les sais en patate.

— Le savoir, c'est bien. Le comprendre, c'est encore mieux. "Père et mère tu honoreras afin de vivre longuement." Explique-moi le sens de ce commandement.

— Ça veut dire que si je parle en mal de mes parents, papa va me battre et qu'ainsi je ne vivrai pas longtemps.

— Renée!»

Joseph ricane en douce en l'entendant. La petite s'excuse sans grande conviction, puis s'en retourne avec ses livres. Louise avance pour la regarder s'éloigner, sautillant sur le trottoir jusqu'au tunnel Saint-Maurice.

«C'est épouvantable, la façon dont il l'élève.

— Il l'a élevée comme les autres, Louise. Ne vois-tu pas qu'elle a son propre caractère?

— Avouez que cette enfant est sur une mauvaise pente.

Et la nature qui la guette bientôt... Quel sera le résultat? J'en ai des frissons dans le dos...»

Ayant du mal à dormir, Louise se met à compter des moutons qui se transforment en signes d'addition et de soustraction. Trois jours plus tard, c'est au tour de Gaston de venir se faire expliquer un problème de grammaire. Louise ne peut s'empêcher de téléphoner à Roméo pour lui demander ce que signifie tout ce manège.

«Je me suis dit que tu devais t'ennuyer de ne plus faire la classe à Honoré.

— Je n'en ai pas fini avec monsieur Tremblay. Mais ce sont tes enfants. Pas les miens. J'ai de l'ouvrage, moi.

— Tant que ça? Renée a pourtant bien apprécié tes explications. Ça ne te fait pas plaisir de venir en aide à mes enfants?

— Pas tant que je sais que tu caches quelque chose. Cesse de faire ton niaiseux et dis-moi ce que tu as derrière la tête.

— Tu devrais de nouveau aller passer l'examen d'entrée de l'École normale.

— Roméo, tu perds totalement la raison!

— Tu ferais une excellente maîtresse d'école. Après tout, tu as réussi le tour de force de montrer à écrire et à lire à un analphabète de plus de quarante ans.

— Tu es complètement fou! Tu sais très bien qu'il est trop tard et que, de toute façon, ce que je voulais faire à douze ans ne correspond plus à ce que je désire à quarante-trois ans.

— Pour Honoré aussi, il était trop tard.

— Ce n'est pas la même chose. Lui en a besoin pour améliorer sa situation. La mienne veut que je fasse survivre ce restaurant.

— C'est important de se rendre au bout de ses rêves.

— Bon! Encore une phrase qui ne veut rien dire!

— Elle n'est pas de moi, mais de papa.»

Fâchée, Louise remise son tableau noir, nettoie à fond sa brosse et dépose sagement ses craies dans leur boîte. Elle range sa grammaire dans sa petite bibliothèque. Louise sait que son frère lui a parlé de cette idée excentrique pour la faire réfléchir. Libre à lui de laisser la fantaisie habiter sa vie, mais il devrait savoir qu'elle ne pense pas de la même façon.

Les jours suivants, elle cherche une grande idée qui pourrait attirer plus de voyageurs au *Petit Train*. Elle veut boxer la crise, la faire se terminer dans le quadrilatère de son restaurant. Mais Louise ne trouve que les vieilles initiatives de ses vingt ans, et qui ne peuvent plus s'appliquer aujourd'hui. Joseph, qui a longtemps été un fleuve d'imagination, reste indifférent au sort du *Petit Train*. Il ne fait que passer son temps à sculpter, surtout quand des enfants entrent pour le regarder.

Parfois, comme ce soir, Louise lui laisse la garde du lieu et va se distraire en regardant les vitrines des commerces du centre-ville, où tout semble ridiculement à rabais pour attirer des gens qui n'achètent plus. Quand elle revient, Joseph la taquine en lui disant qu'il est venu une quinzaine de clients. Elle se précipite vers son tiroir-caisse et ne voit que les mêmes vieux cinq sous.

«Ce n'est pas drôle, papa.

— En fait, il est venu quelqu'un. Un Anglais. Il veut un cheval à bascule pour offrir à son fils à Noël. Je vais lui faire ça pour vingt-cinq piastres.

— C'est merveilleux, papa.

— Vingt-cinq piastres pour investir dans mon commerce d'artisan.»

Joseph commence ce long travail dès le lendemain matin, installant son gros bloc de bois dans son espace restreint. Louise l'écoute forcer à donner de grands coups de maillet pour faire disparaître les coins. Un plan devant les yeux et un cheval en tête, le père Tremblay besogne avec l'énergie de ses jeunes jours. Lorsqu'il arrête, c'est pour ramasser soigneusement les copeaux et les poussières. Il s'essuie le front et prend une gorgée d'eau, avant de se remettre à la tâche. On dirait qu'il redouble d'effort pour montrer à Louise qu'il peut encore travailler avec autant d'énergie qu'une «jeunesse», malgré ses rides et ses poils de barbe blancs.

Louise, en voyant ses gestes, essaie de se souvenir de son père lorsqu'il avait son âge. C'était en 1913. Oh! les beaux premiers jours de ce quartier! Doucement, Joseph organisait sa compagnie de taxis. Il n'avait qu'une voiture, mais souvent les Trifluviens lui téléphonaient juste pour le plaisir de «faire essayer la machine» à leurs enfants émerveillés ou à leurs grands-parents effrayés par un tel engin du diable. Joseph était un homme bon. Peut-être un peu frondeur et orgueilleux, mais une personne de grand cœur. La guerre, la grippe espagnole et Jeanne allaient le ravager. Mais aujourd'hui, le voilà presque revenu en 1913, à cette époque où tout était plus beau dans cette famille, ce quartier, cette ville, cette province, ce pays et dans ce monde. Il n'y a pas longtemps, Roméo leur a parlé avec inquiétude d'on ne sait trop quel politicien en Allemagne qui agissait de façon alarmante avec la paix européenne, si cruellement gagnée en 1918.

«Papa, je vais vous faire un bon thé et vous allez vous reposer un peu.

— Il n'y a que les paresseux qui se reposent.

— N'en faites pas trop. Ce bois est dur et...

— Petite, ton père sait ce qu'il fait. On ne fabrique pas un jouet dans du bois mou.

— Je vous prépare du thé quand même.»

Alors qu'elle remplit son chaudron, après avoir choisi les feuilles de thé, la porte avant claque. Tout de suite, Louise entend la voix d'Honoré qui parle à Joseph. Louise se précipite pour l'apercevoir avec ses vêtements salis de suie, son visage envahi par une barbe de trois jours et son air d'avoir rencontré le démon. «Pour l'amour de tous les saints, Honoré! Que vous est-il arrivé?» Il se met à palabrer à toute vitesse, mêlant des événements qui lui semblent tragiques et des anecdotes que mademoiselle et son père ne comprennent pas. Cette bouillie incohérente se termine par de francs sanglots. Joseph se lève et lui met la main dans le dos.

«Allons, allons, mon jeune, calmez-vous. Ma fille va vous préparer un bon thé qui va vous faire du bien.

— J'aurais dû écouter vot' fils Roméo, m'sieur Tremblay! Oui, écouter!»

Roméo avait dit que vingt sous par jour pour huit heures d'ouvrage, c'était exploiter la misère des chômeurs. «Oui! Mais c'est mieux que des pitons!» Un dollar par semaine pour quarante heures de travail, c'est une insulte à votre dignité, Honoré! «Oui, mais j'ai besoin de travailler pour avoir d'la dignité! Et puis, ce dollar, il sera à moi! J'en ferai c'que j'voudrai!» Il vous donnera trois fois moins que ce que vous obtenez en marchandises avec vos bons de secours. «Mais j'serai logé et nourri!» Sur un lit au matelas dur et vous mangerez de la soupe si tiède et si claire qu'en comparaison, celle de la Saint-Vincent-de-Paul sera un potage onctueux pour fins palais. «Mais j'serai libre!» Je vous parie ma chemise qu'on vous interdira de sortir du camp et que vous serez surveillé comme des esclaves par des soldats armés et arrogants.

Roméo avait tout lu de cette situation dans les journaux anglais. Il avait averti Honoré, qui s'était réfugié derrière sa foi et son principe de dignité. Lui si paisible et si soumis n'a pu endurer ce manque de respect de la part des dirigeants du camp, ce mépris des célibataires plus jeunes dont il a souvent été victime. Mal nourri, mal soigné, Honoré devait travailler sous les railleries de soldats se prenant pour des chiens de garde. Il faisait partie de ce troupeau de sous-citoyens privés de droits, obligés de casser des cailloux comme des bagnards.

Quand il a poliment demandé aux autorités la permission de s'en aller, on lui a répondu que s'il le faisait, il n'aurait même plus droit aux pitons. Et un doigt autoritaire lui a ordonné de rejoindre sa misérable couchette, avec l'avertissement qu'il serait surveillé plus que les autres. Affamé et se sentant plus miséreux qu'un chien sans nom, Honoré s'est laissé entraîner dans un projet d'évasion. Avec trois jeunes, il a déserté, est passé sous une clôture et s'est accroché au wagon d'un train qui l'a ramené à Trois-Rivières. C'est avec la peur d'être traqué, poursuivi et peut-être même emprisonné qu'il se présente au *Petit Train* ce soir-là.

«Y a plus d'dignité, Louise! Traiter un catholique d'la sorte, c'n'est pas humain! J'suis sûr qu'même les communistes n'en font pas autant! Oui, j'suis sûr!

— Honoré! Tout de même!

— Croyez-moi! Oui, croyez-moi!»

Il la regarde droit dans les yeux sans bouger. Jamais elle ne l'a vu aussi survolté et certain de lui-même. Cela prouve sans aucun doute que son récit est atrocement vrai.

«Vous avez probablement très faim?

— Comme jamais j'n'ai eu faim d'ma vie! Mais j'ai surtout peur! Oui, peur!»

Honoré oublie les bonnes manières en croquant goulûment dans un sandwich aux tomates. Il ne prend pas le temps de mastiquer et avale à la seconde près, en faisant beaucoup de bruit. Quand Louise lui met un bol de soupe sous le nez, Honoré boit le bouillon d'une seule traite, puis attaque les nouilles comme s'il n'avait jamais mangé de sa vie. Louise trouve qu'il ressemble alors aux hommes du chemin de fer qui venaient autrefois dîner au *Petit Train* et qui effrayaient la clientèle régulière par leurs mauvaises manières. Elle pense qu'Honoré vient de lui montrer sa vraie nature.

«Vous aviez bien faim.

— Oui, Louise. J'vous remercie du fond d'mon cœur. J'vais vous payer. J'ai quelques sous. Oui, des sous.

— Non, ce ne sera pas nécessaire.

— Il devrait prendre un bain et se raser», de proposer Joseph.

En moins de deux, Honoré est propre comme un premier communiant, mais tout aussi effrayé qu'à son arrivée. Il n'ose pas dire qu'il a encore faim. Il prend le balai et arpente le plancher, pendant que Joseph ferme sa boutique. Après le départ du père Tremblay, Louise et Honoré se regardent quelques furtives secondes. Il continue à balayer et elle poursuit le calcul de son maigre bilan de la journée.

«Est-ce que tu penses que j'suis un criminel, Louise?

— Un criminel? Non, je ne crois pas.

— Moi, j'me sens comme un criminel. Mais il faut qu'tu comprennes qu'on était maltraités et que j'pouvais plus tant souffrir, qu'être chômeur dans la misère ici m'laisse au moins la liberté d'marcher où bon me semble sans être surveillé, d'arranger mes journées comme j'veux avec l'espoir qu'la chance va m'sourire et que l'bon Dieu répondra à mes prières. Là-bas, j'pouvais pas faire ça. J'pensais pas que l'monde pouvait être si méchant, Louise. Qu'est-ce que j'vais dev'nir? Est-ce que j'vais être obligé de m'cacher? De quêter comme tant d'autres l'font? Oui, tant d'autres?

— Tu iras demander conseil à monsieur le curé.

— Oui.

— Je ne sais pas quoi te dire. Je vais réfléchir à tout ça.

— J'suis parti ben vite, Louise. Mais j'avais mon catéchisme sur moi. Là-bas, une fois, des jeunes ont ri d'moi parce que j'lisais l'catéchisme et ils m'l'ont enlevé. Ils se le lançaient de lit en lit en disant des gros mots et en riant d'moi. Louise? Où s'en va l'monde? J'n'comprends plus rien. Non, plus rien.»

Louise le regarde. Il est encore au bord des larmes. Il baisse les paupières, continue à balayer quelques secondes, puis laisse tomber son instrument et se précipite à la taille de mademoiselle en se mettant à brailler, tout en lui avouant qu'il s'est tant ennuyé d'elle. Puis, il se dégage brusquement et se sent rétrécir à vue d'œil.

«Je... j'm'excuse de c'que j'viens d'faire...

— J'accepte tes excuses, Honoré.

— Je... j'suis plus rien. Un moins que rien. J'vais aller m'cacher comme un meurtrier et j'partirai demain matin. Merci pour toutes tes bontés. Mais avant, j'veux t'dire que j't'aime beaucoup, que j'ai tant pensé à toi. Voilà... j'me sens encore plus ridicule... Oui, ridicule.»

Louise se retourne, avale sa salive, joint les mains, puis va vers sa boîte de mouchoirs en papier. Elle lui en tend un. Il s'essuie et renifle.

«Non, tu n'es pas ridicule, Honoré. Tu es l'homme le plus honnête que j'ai rencontré dans toute ma vie. Tu t'es toujours conduit en monsieur avec moi et avec respect envers ma famille. Tu ne t'es jamais imposé ici. D'autres l'auraient fait. Tu es un homme travaillant et qui a beaucoup de cœur.

— Louise... j't'en prie... j'ai si honte... Oui, honte...

— Nous allons te donner un coup de main. Roméo va t'aider. Il connaît les députés. Je suis certaine que tu n'auras pas de problèmes. Tu n'as pas à partir, Honoré. Reste ici parmi nous. Je sais que le bon Dieu ne te laissera pas tomber et que lorsque l'ouvrage reprendra, tu seras le premier appelé. Je pense que tu es un adulte sérieux et que tu sais respecter les convenances envers les demoiselles. Je... moi aussi, je me suis ennuyée de toi...

— C'est vrai?

— Oui. Beaucoup.

— Mais... t'es une grande dame, avec toute cette instruction, ce savoir-vivre et cette classe... et moi, j'suis qu'un chômeur sans passé et sans avenir. J'suis un raté. Oui, un raté.

— Moi aussi, je suis une ratée, Honoré.

— Oh non!

— Oh oui! Et de la pire espèce. Allons, Honoré... fais un homme de toi... tu ne vois donc pas que...?

— Veux-tu être ma blonde, Louise?

— Plus que tout au monde, Honoré.»

1934-1936
Vers leurs destinées

Malgré les mots d'encouragement des prêtres et des politiciens, personne n'attend la venue de 1934 avec beaucoup de joie au cœur. Pour plusieurs, la crise ne fera qu'empirer et, dans dix ans, les plus riches d'aujourd'hui vont mendier leur pain. Certains sont persuadés que le tout les précipitera vers la fin du monde. D'autres y voient le triomphe du diable sur Dieu. Là-haut, il a dû se passer des drames que les pauvres humains ne peuvent imaginer et c'est Satan qui a gagné la partie; de ce fait, il commence à prendre le contrôle de ceux et celles qui ont été fidèles au Seigneur. D'autres gens, plus terre-à-terre, voient en cette crise l'échec du système du profit. Celui de l'égalité des classes, le communisme, sera appelé à prendre le relais et mettra fin aux injustices sociales typiques du monde industrialisé. Mais ces nouveaux croyants se font discrets dans la province de Québec, bien qu'Honoré ait pu être effrayé par quelques bolcheviks travaillant au camp de Valcartier. Et il y a les Anglais, aussi! Ah! les Anglais! À qui appartiennent-elles, les usines? Pas aux fils de Jacques Cartier! Vite qu'on remplace Bennett par un Canadien français, comme ce grand homme qu'était Laurier! Et que ce Taschereau vendu à Ottawa laisse sa place à notre petit Duplessis!

Pour Roméo, cette nouvelle année est avant tout celle du trois centième anniversaire de fondation de Trois-Rivières. Mais il ne parle pas beaucoup de cet événement à sa parenté. Ce sera une fête pour les riches, croient-ils. Beaucoup de Trifluviens reprochent aux élus de consacrer tant d'argent à une fête au lieu de nourrir des chômeurs. Et, de toute façon, chez les Tremblay, personne n'a le goût à la fête. La tante Germaine est morte dix jours avant Noël, et, quarante-huit heures après le jour de l'an, l'oncle Moustache l'a suivie. Plus de la moitié des frères et sœurs de Joseph font maintenant partie du monde du souvenir.

Joseph a surtout été secoué par le départ de Moustache, le frère qui le suivait dans la lignée, celui qui était le plus près de lui par son âge et son métier de commerçant. Étant le benjamin de son père Isidore, Joseph a toujours su qu'il aurait à souffrir de voir partir ses frères et sœurs avant lui. Mais pas Moustache... Joseph délaisse donc ses outils d'artisan pour retomber dans son mutisme inquiétant. Roméo essaie de lui changer les idées, mais il lui répond en demandant pourquoi Adrien n'est pas venu à son réveillon. Le père Tremblay ressemble alors à cet homme dardé au cœur par la mort en enfilade de sa femme et de deux de ses fils. Quand le temps des fêtes ressemble à une interminable «veillée au corps», remplie de larmes et de litanies, il est difficile de se montrer optimiste face à la nouvelle année. Pendant ces prières, Roméo remarque qu'Honoré ne quitte jamais Louise d'une semelle. Ces deux-là ont-ils décidé de faire enfin le grand pas sans que Roméo s'en aperçoive?

«Vous ne vous fatiguez pas de tant prier, Honoré?

— Oh non, Roméo! Il n'faut pas! Surtout avec les dures épreuves que l'bon Dieu vient d'envoyer sur vot' famille. Oui, les épreuves.

— Vous ne les connaissiez pourtant pas, l'oncle Moustache et la tante Germaine.

— Ben, j'les avais rencontrés aux aut' réveillons. Vous savez, moi qu'est orphelin, participer à vos réveillons est très honorifiant. J'ai donc prié pour les défunts et leurs proches. Puis, j'ai remercié l'bon Dieu de m'donner l'impression d'avoir une famille. J'ai aussi prié pour vous et madame Céline. Je vous dois beaucoup, Roméo. Oui, beaucoup.

— J'en suis tout honoré, Honoré.

— Ah! Ah! C'est drôle, c'que vous venez d'dire là! Oui, drôle!»

Roméo désirait parler au député de la situation de «déserteur» d'Honoré. Mais il n'a pas eu à le faire. Du fait, même les curés ont dénoncé les odieuses conditions prévalant dans les camps de travail pour célibataires. Honoré peut donc facilement réintégrer la liste du secours direct.

Quatre semaines après sa grande demande amoureuse, Honoré a pris la main de Louise. Trois semaines plus tard, elle se sentait prête à se laisser embrasser poliment sur la bouche. Et il lui a demandé la permission avec moult courbettes et politesses qu'une femme respectable comme Louise a su apprécier. Des «embrassages», il y en a plein au cinéma! Louise accuse ces vues animées de banaliser l'amour. Ce n'est pas important d'embrasser son amoureux! Et quand ce geste n'est pas motivé par un précieux sentiment de respect, il devient vite vulgaire et une cause de graves péchés de chair. Mais quand les baisers sont nimbés de nobles sentiments humains, ils sont acceptables à condition de ne pas en abuser. Louise n'a jamais vu Joseph embrasser sa mère et, pourtant, elle sait qu'il l'aime encore, même après toutes ces années de séparation. Joseph n'a jamais cherché à se remarier, ni même à faire une sortie avec une autre femme. Voilà ce qu'est un amour propre et sincère. Louise en a toujours été inspirée.

Bien sûr, il va de soi que l'union entre mademoiselle et le petit homme ne doit pas être ébruitée. Seul Joseph est au courant depuis longtemps, puisque Honoré a eu le savoir-vivre de lui demander la permission de fréquenter sa fille. Mais Honoré ne peut s'empêcher, sans l'autorisation de Louise, de le dire à Roméo. Il tourne d'abord autour du pot pendant près de quarante minutes. Déjà Roméo devine de quoi il est question, mais il prend un malin plaisir à laisser le petit homme s'expliquer et se justifier.

«Depuis l'début du mois d'novembre, le sept, pour dire juste, j'suis l'ami de cœur de vot' sœur. Oui, de cœur.

— L'ami de cœur?

— Oui.

— Déjà?

— Déjà? Croyez bien, Roméo, que si j'suis pas assez bon pour vot' sœur et que si mon geste vous paraît trop vite, j'suis prêt à attendre pour n'pas nuire à vot' famille. Non, je n'veux pas nuire.

— Je n'ai pas prétendu une telle chose, Honoré.

— Croyez bien aussi qu'mes intentions sont honnêtes et que je respecte vot' sœur.

— Et si vous faites le contraire, vous aurez affaire à moi. Je suis le seul garçon vivant de cette famille et mon rôle est de protéger mes deux sœurs, qu'elles soient à Paris ou à Trois-Rivières.» Roméo lui dit cela en le menaçant du doigt, mais avec un léger sourire ironique qu'Honoré ne remarque pas. Le petit homme se lance donc dans un discours incessant sur l'honneur et les sentiments nobles. «Comme il est démodé, de penser Roméo. Mais, de toute façon, elle est autant démodée que lui.» Honoré termine son laïus en suppliant Roméo de croire en sa probité de bon catholique.

«Bon, je suis rassuré, Honoré.

— Merci.

— Je vous offre une bière, beau-frère?

— Je... non... ce n'est pas ça... non... je...»

D'une part, jamais il ne boit; d'autre part, il n'est pas son beau-frère. Épuisé par son long discours, le petit homme ne trouve plus les mots pour expliquer son embarras devant la demande de Roméo. Il accepte donc la bière, mais un quart de verre seulement. Ceci laisse deviner qu'Honoré ne détesterait pas devenir le vrai beau-frère de Roméo.

Au mois de février, alors que le couple est invité à souper chez Roméo, Louise, dans un grand cérémonial grisâtre, annonce à Céline et aux enfants ce qu'ils savent déjà depuis un bout de temps. Céline les félicite, mais la petite Renée a eu amplement le temps de préparer sa réplique: elle demande à sa tante Louise si Honoré l'embrasse avec la langue. Stupeur et hauts cris! Le grand Maurice et sa sœur Simone se mettent la main devant la bouche pour masquer leur fou rire. Pour ne pas gâcher le bonheur protocolaire de Louise, Roméo sermonne Renée et va la reconduire à sa chambre.

«Ne dis pas de telles choses à ta tante qui est si scrupuleuse! Je t'ai avertie mille fois de rester polie avec elle et de ne pas la provoquer méchamment.

— Patate! C'était juste pour rire, papa!

— Je sais que c'était pour rire. Mais il faudrait avoir un peu de tact et que tu fasses l'effort de comprendre les autres un peu plus. Tu étais bébé la dernière fois que Louise a eu un amoureux. Ce n'est donc pas du romantisme comme dans tes films américains. C'est une autre sorte de romantisme, différent, mais tout aussi beau et touchant et qui mérite des politesses. Et il exclut qu'on se serve de la langue pour embrasser.

— Bon, j'irai m'excuser...

— Tu as avantage à le faire.

— Je le promets.

— À propos, comment peux-tu savoir qu'on puisse embrasser avec la langue?

— Ben voyons, papa! J'ai treize ans! Je ne suis plus une petite fille!

— Tu auras treize ans dans deux mois.

— C'est tout comme.»

Les jours suivants, Honoré ne peut s'empêcher de penser: «Avec la langue? Qu'est-ce qu'elle voulait dire?» Il revoit la réaction de Louise à table, prouvant qu'autrefois un autre homme avait fait cette chose qu'il ignore et qui, de toute façon, doit être un grave péché, vu que Roméo a puni sa fille. Il se contente de se confesser d'y avoir trop pensé.

S'il fréquente Louise, ce n'est ni par vice ni pour laisser le diable le convaincre de commettre des actes honteux. C'est dans un but sérieux, avec l'espoir secret d'épouser, un jour, mademoiselle. Peut-être pense-t-elle la même chose. Il le souhaite. Mais il serait odieux de lui en parler après si peu de temps de fréquentations. Si, dans quelques années, il épouse Louise, ce ne sera pas pour fonder une famille. Ils sont déjà trop âgés. Ce sera pour leurs vieux jours, pour combler une solitude qui est souvent insoutenable aux personnes qui n'ont pu trouver l'âme sœur dans leur jeunesse.

Pour l'instant, Honoré veut tant – oh! plus que jamais! – toucher un salaire régulier afin d'acheter des fleurs ou du chocolat à son espérée. Louise lui a dit qu'elle n'a pas besoin de ces niaiseries pour apprécier sa compagnie. Mais Honoré est persuadé que Louise serait très heureuse de recevoir un beau bouquet, offert avec le plus grand des respects. La seule folie qu'il se permet à son égard est de lui écrire une lettre d'amour. Lui qui se doit de compter chaque sou dépense donc pour une enveloppe et un timbre. Il aurait été très simple de la déposer dans le restaurant à son insu, mais le petit homme pense que c'est plus romantique d'utiliser la poste.

Comme il peine à la composer! Comme il force à chercher les mots justes et à les écrire correctement! Il recommence une vingtaine de fois, décidé à ne pas lui offrir des compliments futiles. C'est toute une science, la lettre d'amour! Et lui en est à sa première. Deux jours plus tard, il attend sa réaction. Puis trois jours. Quatre. «C'est bien ma chance», se dit-il, convaincu que sa lettre a été perdue au bureau de poste, ou – horreur! – a été délivrée à une mauvaise adresse. Dix jours passent avant que Louise ne lui en parle. «C'est du gaspillage! L'argent est rare! Tu devrais le savoir!» Jamais au monde il n'aurait cru Louise aussi froide pour lui crever le cœur de cette façon. Tout penaud, il rampe jusqu'à son garage quand, soudain, réalisant son erreur, mademoiselle lui tend la main pour lui dire qu'elle a été flattée.

«Merci...

— Mais c'est du gaspillage quand même! Honoré! Sois sérieux! Un timbre! Tu habites à deux pas d'ici!

— Mais ça t'a fait plaisir?

— Le contenu, oui. Le geste, non.

— J'm'excuse. J'le ferai plus...

— J'y compte bien.

— Est-ce que t'avais déjà reçu une lettre d'amour?

— Non.

— Oh, pour vrai? Même quand t'étais jeunesse? Oui, jeunesse?

— Non, tu as été le premier.

— Ah...

— Cependant, j'ai noté seize fautes de français. On va corriger ça ensemble.»

Honoré n'a jamais su pourquoi Louise a remisé son tableau noir au grenier. Elle se contente de lui faire lire le journal et de le remettre à l'ordre oralement. Peut-être est-elle fatiguée de lui faire la classe? Il n'a jamais osé lui demander de recommencer leurs leçons, comme autrefois. C'est en étant seul avec elle, lors de ces cours, qu'il a réalisé que son sentiment pour elle était plus qu'amical.

Louise décide donc de recommencer ses leçons, mais elle l'avertit qu'il doit la considérer strictement comme son enseignante. Pas question de profiter de ces moments pour lui faire des roucoulades. Elle sera la maîtresse d'école et lui l'élève, un point c'est tout.

«T'es une très bonne maîtresse d'école, Louise. Même que j'pense que tu devrais en être une vraie, devant des enfants. Oui, des enfants.

— C'est Roméo qui t'a proposé de me dire une telle niaiserie?

— Roméo? Non. J'dis c'que j'pense. Le monde a toujours besoin de bonnes maîtresses d'école. Pendant la crise, ça te f'rait un revenu supplémentaire.

— Cesse de dire des bêtises! Tu sais bien que je suis trop vieille.

— Louise, j'ai changé d'avis là-d'sus. Avant, moi aussi, j'me disais que j'étais trop vieux pour apprendre à lire et à écrire. Puis, j'me disais que j'étais trop vieux pour avoir de beaux sentiments pour une personne comme toi, et tu vois mon bonheur? On est jamais trop vieux, Louise! J'suis jeune! Et t'es jeune! Oui, jeune!

— C'est faux. Cesse ces enfantillages et travaillons.»

Tout ce beau discours sent le Roméo à plein nez, de se dire Louise. Elle ignore les propos du petit homme et se remet à bouder, tout en remontant son tableau noir au grenier. Et avec Joseph de plus en plus taciturne, la vie n'est pas très agréable les jours suivants, surtout parce qu'Honoré remplace Joseph au comptoir de sculptures. Les enfants arrivent et demandent où se cache pépère Tremblay. Peu à peu, ils se disent que monsieur Honoré peut faire l'affaire. «Il a une drôle de tête, mais il est gentil quand même.» Bien que Louise apprécie qu'il rende service, elle préférerait qu'il continue à faire des demandes d'emploi.

Honoré a dû cogner aux portes des usines cent fois. Au début, ceux qui ignoraient l'écriteau «Pas besoin de personne» étaient gentiment éconduits. Mais maintenant, on ne s'occupe plus de ces têtus. On les laisse au froid. Ou encore, si le gardien a passé une mauvaise nuit, il ouvre la porte et fustige un chômeur. Ça fait du bien de se défouler.

Même chose pour les commerces, les manufactures et les différents services. Il vient un temps où le sans-emploi se dit que ça ne vaut plus la peine d'essayer. Honoré traverse cette période, mais Louise ne peut le comprendre. Il se contente de se présenter chaque matin à l'hôtel de ville. Lorsque, de temps en temps, il exécute ce qu'on lui demande, il y va sans enthousiasme et prend les pitons de récompense en remerciant à peine. Avec ce minuscule avoir, Honoré fait sa frugale cuisine sur le poêle du garage. Il dîne dans son petit espace, emménagé confortablement avec des courtepointes et une draperie que le curé lui a données. Si ce n'était pas si exigu et inconvenant, il inviterait Louise à veiller chez lui.

Ce matin, Honoré trouve un livre dans une poubelle. Cela semble être un roman d'aventures. Il le lit sans trop comprendre, sans se souvenir du contenu de la page précédente. L'important est de toujours s'exercer. Il aime bien les journaux, puisqu'ils lui permettent de se tenir au courant de l'état de la crise et qu'il peut y lire des nouvelles religieuses. En plus de ceux que lui laisse Joseph, Honoré prend tous les journaux intacts qu'il trouve dans les déchets. C'est un secret gardé, personne ne le sait et il souhaite qu'aucune âme ne l'apprenne: oui, le petit homme fouille dans les poubelles. La première fois, il a eu honte de son geste. Mais depuis qu'il a entendu d'autres chômeurs parler avec enthousiasme de tout ce qu'on peut y trouver, il a osé les imiter.

Les trésors des poubelles trifluviennes! Les bons jours, les chômeurs savent devant quelle résidence se rendre pour dénicher leurs surprises. Honoré cherche surtout des journaux et des vêtements. Mais lorsqu'il trouve un bout de tuyau qui ne lui convient pas, il l'enfouit sous son manteau et le donne à un autre chômeur. Certains placent même leurs commandes. «Si tu trouves un vieux fil électrique d'à peu près trois pieds, tu me le donnes, j'en ai besoin.» Ainsi se constitue un réseau d'entraide. Le lundi soir, Louise sait que les miséreux vont venir fouiller ses déchets. Ils n'y trouvent plus de nourriture, mais beaucoup de bouts de bois, délaissés par Joseph le sculpteur. Honoré a vu un chômeur construire une petite automobile jouet avec le bois rejeté par Joseph. Un joyau pour un garçon de huit ans qui n'en finit plus de souffrir de voir des vrais jouets dans les vitrines des grands magasins de la rue des Forges.

Mais Honoré aurait très honte si Louise apprenait ce qu'il fait. Avant de fouiller, Honoré attend toujours que la rue soit vide. Il craint de voir surgir la Ford de Roméo. Il y a deux jours, le petit homme a trouvé une tuque presque neuve, sans doute trop grande pour le bourgeois, mais idéale pour un Honoré Tremblay. Il l'a lavée méticuleusement et a fait croire à Louise qu'il s'agissait d'un don d'un autre chômeur. Mais c'est un secret qu'il a tort de croire éternel...

Un soir, une connaissance d'Honoré entre au *Petit Train*, un sac sous le bras. «Hé! monsieur Tremblay! J'ai de la lecture pour vous! Avez-vous trouvé des bas pour ma femme, comme j'vous l'ai demandé?» Honoré rougit à n'en plus finir. La vérité qu'il avoue à mademoiselle fait fermer son cœur pour tout un mois, jusqu'à ce qu'il promette de ne plus jamais se livrer à de tels actes.

«Tout ça est tellement triste, Honoré.

— Mais, Louise, dans les poubelles, souvent y a des...

— Suffit! Plus un mot sur ce sujet! Avant, j'aurais peut-être compris, mais plus maintenant! Tu comprends? Jamais plus!

— J'te l'promets. Oui, promettre.»

Elle soupire profondément et tourne les talons vers la fenêtre. Il s'approche. Elle soupire encore plus fort, renversant légèrement sa tête.

«Tout est si triste... cette situation qui n'en finit plus et qui nous mènera on ne saura jamais où... Je ne sais plus quoi faire, quoi penser, sinon que peut-être... la folie de Roméo...

— Devenir maîtresse d'école?

— Oui. Tu comprends? Papa devient vieux et ça me fait mal de voir Roméo tout lui payer, alors que c'est aussi mon rôle de prendre soin de mon père. Je voudrais faire ma part. Si... si je pouvais avoir cet emploi, toi, tu pourrais prendre soin du *Petit Train* et avoir une part des profits.

— Louise, j'ai jamais exigé d'travailler dans ton restaurant. Non, jamais.

— Mais il faut faire quelque chose, Honoré! Si tu te mets à fouiller les poubelles et que moi, je doive encore vivre avec des paies de deux dollars par semaine, on va finir fous tous les deux!»

Les jours suivants, Honoré croit que Louise a oublié «la folie de Roméo». En fait, elle y pense beaucoup, seule dans sa chambre. Elle regarde ses vieux manuels scolaires, tout en pensant à ceux que les enfants de Roméo lui ont montrés. En songe, elle revoit l'enthousiasme de la jeune Louise Tremblay de douze ans. Elle a même un souvenir plus que lointain de son tout premier jour de classe. C'était en 1896: un autre siècle, une autre époque, une Trois-Rivières différente.

Cette magnifique salle de classe de la petite école avec ses images saintes sur les murs et un crucifix aussi beau que celui de la grande église de la paroisse Immaculée-Conception. Puis le grand tableau noir avec ses A et ses 8 tracés impeccablement par une jeune religieuse au visage doux. Louise avait eu le coup de foudre et avait désiré, dès cet instant et comme toutes les petites filles, devenir maîtresse d'école.

Mademoiselle était si bonne en classe! Elle étudiait avec un tel sérieux! Papa et maman étaient très fiers de leur petite Louise! Elle apprenait tout par cœur, répétant sans cesse les formules et les règles. Mais le temps de poudrer Jeanne, de la bercer, la laver, la nourrir et l'endormir, l'effet de mémorisation s'était estompé et Louise avait raté cet examen d'entrée à l'École normale, moment fatidique qui la hante encore, après plus de trente ans. Comme elle avait eu honte! Une honte si profonde! Mais personne ne lui en avait fait le reproche. Ni son père ni sa mère. «Ce n'est pas grave. Tu as de quoi t'occuper avec Jeanne et le magasin. Tu recommenceras plus tard», avait dit Joseph. Louise a traîné cette frustration toute sa vie et il n'y avait personne à qui en parler. Honoré, avec son désir d'apprendre à lire et à écrire, a fait renaître un vieux fantôme: vouloir devenir maîtresse d'école.

Au mois de mars, Louise est fin prête à rencontrer les religieuses de l'École normale. Mais le courage lui manque. Elle remise sa robe et ses vieux bulletins scolaires. «C'est niaiseux comme idée.» Honoré lui en parle à nouveau. Il se propose même d'aller la reconduire et de l'attendre à la porte. «Je vais passer pour une vraie folle!» se dit-elle en marchant aux côtés de son petit homme. La peur la reprend. Elle s'apprête à rebrousser chemin, quand il la retient par la main. Elle entre au couvent en claquant des dents et tombe face à face avec une novice au visage si doux, si jeune, si sain qu'inévitablement, elle lui fait penser à sa première maîtresse d'école et aux beaux souvenirs s'y rattachant.

«Oui, madame?

— Je... je veux rencontrer la mère supérieure.»

Honoré marche de long en large dans la neige molle. Il est certain de devoir attendre quelques heures quand, soudain, Louise sort après trente minutes, ce qui ne laisse présager rien de bon.

«Puis?

— C'est correct.

— Correct? Qu'est-ce que ça veut dire?

— Bien, que je devrai passer un examen d'entrée. Celui que j'ai raté autrefois.

— On n't'a pas refusée?

— Non.

— Mais c'est merveilleux! Oui, merveilleux!

— Pourquoi? Je suis venue ici pour ça, non?»

Louise reprend le chemin du *Petit Train,* laissant Honoré être content pour elle. Quand elle entre, mademoiselle dit simplement à son père qu'elle ira passer son examen d'entrée pour l'École normale. Il n'en faut pas plus pour que l'esprit de Joseph retourne dans le passé.

«C'est très bien, ma petite. Papa est content pour toi. Mais il ne faudrait pas négliger le magasin et ta petite sœur.

— Et que diriez-vous si je ratais mon examen d'entrée?

— Pourquoi tu le raterais? Tu es la meilleure de ton école. Ça te fera un beau métier avant de te marier.»

C'est un peu ce que lui a raconté la mère directrice: que beaucoup de jeunes enseignantes laïques devaient abandonner leur métier pour se marier. Donc, il y a toujours de la place pour les bonnes maîtresses d'école, peu importe leur âge. Elle a même ajouté qu'être une débutante dans la quarantaine serait un avantage, vu sa maturité, son expérience de la vie. Louise n'informe pas Roméo de cette nouvelle. Lui avouer le succès de cette démarche serait lui donner raison et lui faire admettre son propre tort d'avoir qualifié cette idée de niaiseuse, quand il lui en a fait part la première fois. Louise ne veut surtout pas perdre la face devant son frère. Louise devra se présenter en mai. Si elle est acceptée, elle débutera ses études au mois de septembre prochain pour une période de deux années, afin d'obtenir son brevet C lui permettant d'enseigner aux enfants du cours primaire. Résidante de Trois-Rivières, elle aura le droit d'aller dîner chez elle, mais devra être pensionnaire, comme toutes les autres, le reste du temps. «Deux ans! C'est niaiseux! Si jamais je sors de là, je vais avoir quarante-cinq ans!» Elle s'imagine au milieu d'une classe de l'École normale, pleine de gamines de quinze ans. «Je vais faire rire de moi!» Malgré ses doutes, elle ne regrette pas sa décision. Honoré est content. Puis, elle jure qu'elle n'ira pas. Honoré est triste. Ah si, elle va y aller! Ah non, c'est complètement stupide! Mais Honoré décide de ne pas cesser de lui répéter que ce sera bien. Oui, bien!

La ville du Cap-de-la-Madeleine aura cette année des jardins pour les chômeurs. La population de cette ville pourra jouir de cet avantage accordé l'an dernier par le conseil de ville. Le gouvernement provincial et, en partie, le département de l'agriculture contribueront pour la plus grande partie des frais. Le délégué de la Commission au Cap nous déclarait qu'actuellement il y a environ 500 chômeurs qui ont rempli un formulaire pour cultiver un jardin. Ils pourront employer tous leurs loisirs à une occupation utile qui rapportera quelque chose aux leurs. Les pommes de terre, les graines de semence, les engrais chimiques, les engrais domestiques seront fournis par le département provincial de l'agriculture. La Commission municipale, en continuant la politique du conseil de ville, rend un grand service à la population en même temps qu'elle soulage ses finances. Les produits qui sortiront de ces jardins seront autant de dépenses exemptées à la commission qui administre la ville.

Le Nouvelliste, 14 mai 1934.

Cet été, Trois-Rivières fêtera son tricentenaire. Les familles dans le besoin se demandent pourquoi consacrer tant d'argent à des cérémonies, des parades et des fanfares. D'autres disent avec ironie que «ça n'arrive qu'une fois tous les trois cents ans, après tout». Mais passer un tel anniversaire sous silence serait faire preuve d'un piètre patriotisme. Le comité de la fête est présidé par l'abbé Albert Tessier, un professeur, historien et cinéaste. Depuis près de dix ans, il a rassemblé autour de lui des notables passionnés d'histoire trifluvienne. Tous ces bénévoles travaillent dans l'enthousiasme et avec l'appui du maire et de ses échevins. Au milieu de tous ces hommes de profession et de grande instruction se trouve Roméo Tremblay, fils du commerçant Joseph Tremblay. Un petit gars qui n'a jamais fréquenté le séminaire Saint-Joseph, qui a terminé ses classes à la petite école de son quartier natal de la paroisse Saint-Philippe. Mais Roméo est aussi épris d'histoire que l'abbé Tessier et ses amis de haute instruction.

Roméo a fait son chemin seul, en se débrouillant, en écoutant ses supérieurs. Pour honorer la ville qu'il aime, il a écrit quatre romans glorifiant les rues, les quartiers et les gens de Trois-Rivières. Et les Trifluviens ont toujours su reconnaître son talent d'auteur. Roméo a donc sa place sur le comité d'organisation de ces fêtes. S'il a participé aux réunions, on l'a surtout délégué pour convaincre les récalcitrants. Le comité le considère comme un «gars du peuple», sans doute en souvenir de sa jeunesse où il avait pris la plume pour dénoncer l'implication des Canadiens français dans la Première Guerre mondiale. Il travaillera aussi pour un kiosque de renseignements, en plus de voir aux relations avec la presse des autres villes intéressées par les fêtes locales.

La date d'ouverture des célébrations coïncidera avec la parution du cinquième roman trifluvien de Roméo. Ces œuvres, que Roméo se vante de qualifier de «romans de gare», mêlent l'histoire du Canada français à celle de Trois-Rivières, via la vie d'une famille trifluvienne et de sa descendance. À l'origine, l'histoire débutait dans les premières années du dix-neuvième siècle. Le cinquième volume commence avec l'aube du vingtième. Les gens de plus de trente ans y reconnaîtront avec délices le Trois-Rivières d'avant le grand incendie de 1908. Offerts à petit prix et étant d'une lecture facile, les livres de Roméo se vendent assez bien pour avoir une bonne réputation dans la vallée du Saint-Maurice. Mais les cercles littéraires de prestige ne le reconnaissent pas, car ce sont des œuvres mineures et trop locales. Lui s'en fiche, car, avant tout, il a du plaisir à les écrire et la population de sa ville apprécie ses efforts créatifs. Pour trouver les éléments historiques de ses récits, Roméo a fouillé toutes les archives à sa disposition. C'est en se rendant souvent au séminaire Saint-Joseph qu'il a connu l'abbé Tessier. Les deux ont une passion qui les unit fermement: Trois-Rivières. Pourtant, elle n'est pas grande, leur ville! Autrefois, avant le grand feu, on aurait dit un village champêtre. Avec l'arrivée des usines, elle est devenue grise. Avec la crise, elle a tendance à devenir gris foncé et sale. Les fêtes du tricentenaire lui donneront les couleurs vives de l'espoir et de la fierté.

En premier lieu, Louise s'opposait à ce genre de fête trop coûteuse. Mais elle s'est souvenue du bien qu'avait apporté le vingt-cinquième anniversaire du *Petit Train*. Et de plus, Roméo a pu trouver un emploi d'été à Honoré: nettoyeur. Ses compagnons chômeurs envient sa chance. Quel travail de prince! De l'or en barre, une perle dans du vieux fumier. Honoré a juré d'être le meilleur nettoyeur du monde. Roméo ne doute pas de ses bonnes intentions. Avec l'argent récolté, Honoré pourra faire brûler des lampions pour Roméo, qui a été si bon pour lui depuis son arrivée. Tiens! Il n'y a pas une semaine, le frère de Louise a donné au petit homme la permission de cultiver un jardin dans sa cour, près du carré de fleurs de Céline.

Honoré s'est rendu au Cap-de-la-Madeleine pour voir les jardins ouvriers. Les chômeurs de la ville mariale peuvent cultiver un petit bout de terre, garder leur récolte ou la vendre au marché. Honoré se demandait pourquoi Trois-Rivières n'offrait pas un tel service. Or, pour le satisfaire, Roméo lui a prêté ce coin de cour et lui a acheté quelques plants de tomates et des graines pour des radis et des carottes. Qu'est-ce qu'un citadin comme Honoré peut connaître à l'agriculture? Rien du tout! Mais maintenant, il dispose d'une arme:

il sait lire. Guide en main, Honoré prend connaissance des instructions et s'applique à tout faire d'excellente façon, sous le regard amusé de Céline et de Roméo.

«La terre, c'est l'salut, Roméo.

— À condition de bien savoir s'y prendre.

— On apprend toujours, Roméo. J'ai découvert ça sur le tard, mais j'y crois. Oui, j'y crois.»

Beaucoup de chômeurs parlent du salut par la terre. Ils y songent comme à un conte de fées. Honoré et Louise ont vu partir près de cinquante familles pour le Témiscamingue. De braves gens pleins de courage, qui n'avaient plus rien en ville et qui vont connaître la paix grâce à l'agriculture. Le couple se laisse bercer par cette douce idée, jusqu'à ce qu'au début de l'été revienne Napoléon Brouillette et sa famille. Lors de son départ pour son lot de colonisation, à l'automne 1932, il avait tenu à passer par *Le Petit Train* pour saluer mademoiselle. Elle se souvient trop bien de ce visage heureux, de ce bel optimisme. L'homme qui revient est plutôt colérique et ravagé par le désespoir.

«Pour être colon, il faut être "colon" en maudit, mademoiselle Tremblay! Le bill Gordon, c'est un plan de fou pour se débarrasser de nous!

— Vous avez eu des difficultés?

— La misère noire! Et plus noire que la misère noire! Maudit que je vais m'en souvenir, du troisième rang de Montbeillard! La colonisation, c'est juste une façon plus discrète de mettre les chômeurs dans une plus grande pauvreté! Une misère qui paraît moins parce qu'elle est loin des grands journaux de Montréal et de Québec! Oui, c'est ça, la colonisation, mademoiselle Tremblay! Et je lui préfère les pitons de Trois-Rivières!»

Il continue à proférer ses paroles amères. Il les répète sans que Louise le lui demande. Elle commence à avoir un peu peur de sa rage, surtout qu'il postillonne des gouttes de bière. Il part après avoir donné un coup de poing sur le comptoir. Louise et Honoré le suivent du regard, jusqu'à ce qu'il tourne le coin de la rue Champflour.

«S'il pense que ça va aller mieux ici.

— J'sais, Louise. Je n'connais pas cet homme, mais j'suis

certain qu'il a manqué de courage et qu'il n'a pas assez prié pour que l'bon Dieu lui en donne. Oui, pas assez prié.

— C'est vrai. Il devait être un paresseux. Prions pour lui.

— Ça, c't'une bonne idée. Oui, une bonne.»

Honoré revoit monsieur Brouillette une semaine plus tard. Une vraie honte! Aux portes de l'hôtel de ville, il dit du mal de l'agriculture, crache des discours grossiers invitant les chômeurs à ne pas se laisser berner par les promesses des gouvernements. Sa harangue ne laisse personne indifférent; les uns approuvent et les autres jugent qu'il exagère. Tous s'accordent cependant à dire qu'il est cruel d'être à la merci des décideurs «qui se promènent en grosse limousine» et qui «organisent des fêtes pour Laviolette pendant que le monde de Trois-Rivières crève de faim». Les chômeurs applaudissent.

«Ah non! Ah non! Moi, j'pense qu'la fête des 300 ans, c'est bien. Oui, bien.

— Qu'est-ce que tu dis là, p'tit boutte?

— J'dis que j'pense qu'la fête est une bonne affaire. Y aura des grandes messes et ça n'pourra qu'attirer des bénédictions sur la ville et donner d'la joie au cœur de tout le monde. Oui, de tout le monde.

— Non mais? Vous l'entendez parler, celui-là? C'est le conseil municipal qui t'a acheté?»

Pourquoi avoir parlé? Pourquoi ne pas avoir fait comme d'habitude et se taire? Dans la bagarre qui suit, Honoré est pointé par ses compagnons comme le responsable et doit répondre aux questions des autorités. Il défend sa cause avec une énergie polie. Un aussi bon catholique ne peut pas être un agitateur, se disent-ils. Échaudé par cet incident, Honoré jure de ne plus s'adresser à d'autres chômeurs. Il ne se sent plus comme eux. Il n'a jamais eu le goût de mettre en doute les bonnes intentions des élus municipaux, car c'est frapper ceux qui nous tendent la main.

Honoré se sent plutôt heureux et riche, probablement comme jamais il ne l'a été de sa vie. Louise vient de passer son examen d'entrée à l'École normale et elle l'a jugé facile. Elle laisse le petit homme lui prendre la main plus souvent, il cultive ce beau jardin chez Roméo et a cet emploi pour l'été. Honoré est un roi.

Quand il voit le programme des festivités, Honoré se dit ravi par la grande place accordée à la religion. Des processions! Des grandes messes! Des bénédictions! Des évocations des religieux qui ont bâti Trois-Rivières! Ce Montréalais se sent si fier d'être trifluvien! Enthousiasmé, il pose toutes sortes de questions à un Roméo ravi par cette curiosité historique. Il n'y a pas plus trifluvien que Roméo Tremblay! Il connaît l'histoire de chaque rue, de chaque parc, et dans son imagination, des ancêtres rustiques marchent toujours sur les trottoirs de sa ville. Parfois, lorsqu'il passe devant un logis épargné par le grand incendie, il cherche le fantôme des gens qui y ont habité jadis. Il regarde le haut des maisons, qui est souvent plus révélateur que le bas: on y inscrit les dates de construction et Roméo peut associer ces chiffres à un événement ou à un visage qu'il a connu dans son enfance. Roméo rêve d'être historien comme l'abbé Tessier. Mais il fouille les documents comme un gamin ouvrant une boîte le soir du jour de l'an. Il remplit sa tête de petits détails, de mots pressés, et, le soir, il les entoure de beaux adjectifs à l'aide de son écriture du dimanche. À chaque page de ses écrits bat le cœur de son amour pour sa ville. Roméo fait visiter Trois-Rivières à Honoré d'une façon dont personne ne le ferait. Avec passion et amour. Après deux heures, Honoré en sait plus sur sa ville d'adoption que la plupart des natifs.

«Vous qu'êtes si savant, Roméo, dites-moi si la ville va revivre comme autrefois? Si la crise va s'terminer? Oui, s'terminer?

— Je suis bien maladroit avec les chiffres des économistes, Honoré.

— Avez-vous une idée quand même?

— Chaque chose a un début et une fin, Honoré. Sauf que je serais bien méchant de vous faire croire que la crise va se terminer l'automne prochain. L'important est de toujours garder l'espoir. Et une fête comme la nôtre apportera l'espoir, vous saurez me le confirmer au mois de septembre.

— J'comprends. Mais la prière donne aussi l'espoir. Oui, la prière.

— C'est pour ça qu'on en a saupoudré pas mal dans le programme de notre fête.»

Roméo conseille à Louise de remettre des repas au menu du *Petit Train,* afin de satisfaire les visiteurs. Un grand nombre de cérémonies auront lieu dans la cour du séminaire Saint-Joseph, située près du restaurant.

«Et avec quel argent je vais acheter ces victuailles?

— Le mien.

— Roméo! Je déteste ça!

— Puisque je te jure que tu vas faire un grand profit! Tu n'auras qu'à me rembourser après la première semaine si ça peut satisfaire ton orgueil.

— Moi, orgueilleuse?»

Le 30 juin, les cérémonies débutent avec l'arrivée du cardinal Villeneuve qui a à sa suite des personnages de l'histoire du Canada. Parmi ces figurants, le grand Maurice de Roméo, très à l'étroit dans ses souliers et se sentant ridicule avec une perruque blanche sur la tête. La petite Renée aura aussi des personnages à jouer. Louise trouve que Roméo prouve son manque de sérieux en laissant deux de ses enfants jouer les guignols, surtout quand Renée est très excitée par son costume de sauvageonne.

«Qu'est-ce qui se passe au séminaire?

— Papa, on vous l'a dit cent fois depuis trois semaines. C'est l'anniversaire de la fondation de la ville. Il y a des cérémonies.

— L'anniversaire de Trois-Rivières? Mais je suis né à Trois-Rivières! Mon frère Moustache aussi! Je vais y aller!

— Non, papa! Vous restez ici!

— Tu veux encore me tenir prisonnier, ma fille?

— Il va venir des clients et ils seront heureux de rencontrer le propriétaire du *Petit Train.*

— Ah oui... tu as raison, ma petite. Mon devoir avant la fête.»

La foule regarde les dignitaires ecclésiastiques et les personnages dans leurs beaux costumes, écoutant les discours et priant aussitôt qu'on leur en donne l'ordre. Honoré est au fond de la cour, tout fier de porter un macaron attestant qu'il est un employé du comité. Il se délecte de la cérémonie, son pic à la main et sa poubelle à roues à ses côtés.

À huit heures, les clairons sonnent dans toute la ville.

Des chorales interprètent des airs de la vieille France. Louise sort du restaurant pour ne pas perdre une seconde de ces belles mélodies. Puis soudain, des gens arrivent de partout. Un cola, madame. Vous avez de la tarte, madame? Du café? Pouvez-vous me préparer un petit sandwich, madame? Quand Roméo revient au restaurant après onze heures, il trouve une Louise éreintée, très souriante, disant qu'elle vient de gagner en une soirée la recette de trois semaines.

«Je te l'avais dit. La fête profite à tout le monde. Et nos chômeurs ne l'étaient plus dans la cour du séminaire. Ils étaient des citoyens ravis qui sont rentrés chez eux le cœur apaisé de leurs soucis.

— Ça me semblait très beau. J'entendais très bien d'ici.

— Tu iras demain. Céline et Simone prendront soin du restaurant.

— C'est mon devoir d'être ici, Roméo.

— Tu ne veux pas participer à la grande procession du très saint sacrement?

— Oh! Roméo! Coquin! Tu dis ça pour me tenter, n'est-ce pas?

— Laisse-toi tenter, ma grande sœur.»

Louise attend Honoré pour lui parler de cette belle soirée d'affaires, mais il tarde à rentrer. Le petit homme est en train de nettoyer chaque parcelle de terrain de la grande cour du séminaire, avec la crainte que si demain matin on y trouve un seul bout de papier, les patrons vont mettre un autre chômeur à sa place. Il termine à trois heures de la nuit. Le petit homme rentre en titubant de fatigue, mais satisfait de l'ouvrage accompli. Il remercie Dieu de tant de bonté, puis se couche. Pendant ce temps, Louise s'est endormie dans le restaurant à trop attendre son amoureux. Elle se réveille à sept heures, alertée par des coups dans la porte, donnés par des clients. Honoré, de son côté, se lève à huit heures et demie, temps qu'il trouve très honteux, d'autant plus qu'il vient de manquer la première messe.

Il se dépêche de se rendre dans la cour du séminaire, question de bien voir s'il n'a pas oublié quelques papiers la nuit dernière. Rien ne l'oblige à cette vérification. Il aurait pu accompagner Louise à la grande procession. Mais il reste là à nettoyer le grillage des clôtures. Le soir, c'est tout pieux et émerveillé qu'il entend les discours sur l'histoire de la vie religieuse à Trois-Rivières. De biais, il peut apercevoir Louise écoutant tout aussi attentivement. À la fin de la soirée, il se met immédiatement au travail, tandis que Louise regagne vite *Le Petit Train,* inquiète d'avoir laissé son cher restaurant à sa belle-sœur Céline et surtout à sa nièce Renée. Les deux lui confirment qu'elles ont vendu plus que la veille.

Puis, le jour suivant, Honoré tremble d'émotion en entendant un sermon sur la Sainte Vierge dans l'histoire trifluvienne. Il n'y a plus de doute pour lui: c'est une très belle fête. Les gamins du quartier ont vite pris note de sa présence. Une douzaine d'entre eux, bien organisés, s'éparpillent aux quatre coins de la cour pour jeter des papiers aux endroits mêmes qu'il vient de nettoyer. Alors qu'ils s'amusent ferme de leur scénario de voyous, Honoré ne se doute de rien et continue sans cesse de ramasser. En retrouvant son lit, il sursaute en voyant l'heure sur sa vieille montre de poche: «Quatre heures! Quelque chose n'va pas... Non, ça n'va pas.»

Le thème du mercredi doit passionner Louise: l'histoire de l'éducation à Trois-Rivières. Il y a même un congrès des instituteurs de la province. Une partie de ces gens envahissent *Le Petit Train* à l'heure du dîner, réclamant à grands cris des mets typiques de la région. Céline, Renée et Louise s'affairent dans la cuisine afin de les satisfaire.

«Patate, ma tante! C'est plein de professeurs! Un vrai cauchemar!

— Tais-toi et épluche.

— Dire que je vais en avoir une dans ma famille...

— Travaille donc, que je te dis.

— Je vais aller leur dire que vous retournez sur les bancs d'école à cinquante ans. Ils vont peut-être vous donner des conseils.

— Renée! Tu ne déranges pas les clients et tu sauras que je n'ai pas cinquante ans. Cesse d'être polissonne sinon je vais...

— Vous allez quoi?

— Te faire quelque chose que tu n'oublieras pas!»

Louise apporte des assiettes fumantes à ces messieurs, dames et religieux. Malgré elle, Louise les entend parler de leur métier en des termes qu'elle ne comprend pas et qui ne semblent pas la concerner. Renée passe à ses côtés avec son plateau. Louise la voit chuchoter quelque chose à deux frères. Vite, mademoiselle s'empresse de la prendre par les épaules et de l'isoler pour lui demander ce qu'elle vient de leur dire.

«Je leur ai souhaité bon appétit.

— Je ne te crois pas, petite espiègle!

— Je dis toujours la vérité, ma tante, car j'ai bien peur de l'enfer où tout est chaud.»

La croire ou non? Ce petit monstre détestable! Mademoiselle qui, à treize ans, se permet de porter des bas de soie, sans que sa mère s'en offusque. Louise devine trop bien quel genre de clientèle Renée attire au *Petit Train:* des garçons! Et pas parmi les plus recommandables! Et ils l'observent comme jamais des jeunes hommes propres ne doivent regarder une petite fille de son âge.

Les enseignants partis, Louise a à peine le temps de laver la vaisselle que d'autres gens arrivent pour cueillir une friandise à grignoter pendant les nouvelles manifestations de la cour du séminaire. À la fin de la journée, Louise fait ses comptes, partage l'avoir entre son profit et l'argent pour la marchandise à se procurer. Comme autrefois. Elle prévoit cependant un budget de survie pour cet automne et se dit qu'en économisant au cours de l'été des fêtes, elle n'aura pas à emprunter à Roméo l'argent que les ursulines vont lui réclamer pour sa première année à l'École normale. Elle établit une moyenne de ces heures de succès et fait des prévisions budgétaires pour les jours où il y aura des pauses dans les fêtes du tricentenaire. Après ce premier sprint d'activités, le restaurant redevient désert pour deux jours. Si le samedi voit arriver un congrès de zouaves et des syndicats catholiques, le dimanche, la ville accueille un festival des fanfares de la province. Une manifestation de mauvais goût, de prétendre Louise. Renée s'excite en voyant arriver des jeunes hommes en uniforme, trompettes sous le bras. Ils viennent chercher une limonade, mais s'attardent avant tout aux rires d'une aussi charmante adolescente, surveillée avec amusement par son père, qui, Louise n'en doute pas, doit penser à Jeanne en la voyant sourire et se pavaner.

«Sous des dehors de girouette, Renée est très sérieuse, Louise. Mais elle bouillonne d'idées. Ce n'est sûrement pas mal.

— Mais tu la laisses tourner près des garçons! À son âge!

— Elle tourne plutôt autour des trompettes. T'inquiète pas, elle saurait les remettre à leur place. Elle a du caractère.»

Renée ne peut supporter d'être seule et sage comme dix images. Elle aime quand tout bouge, quand il y a des rires et de la joie. Si elle a essayé de dessiner «comme tante Jeanne», elle a vite changé d'idée face aux piteux résultats. Elle a aussi tenté d'apprendre le piano «comme Sweetie, l'amie de Jeanne», mais avait beaucoup de mal à faire une gamme harmonieuse. Elle a jeté son dévolu sur son petit frère Gaston, assez habile avec les noires et les blanches. Il voulait devenir pianiste, mais Renée lui a ordonné de jouer de la trompette, car les meilleurs orchestres américains ont tous de grands trompettistes. Si la jeune adolescente fait les beaux yeux à un jeune musicien de fanfare, c'est qu'elle sait que Gaston doit arriver avec son instrument. Louise remue doucement sa soupe quand, soudain, elle entend deux trompettes et sursaute. Jéricho dans son restaurant! Elle s'apprête à les remettre à l'ordre, quand elle est arrêtée par Roméo.

«Regarde les gens autour, Louise.

— Roméo, quand je ne suis pas là, je ne sais pas ce que tu fais avec ta fille et ton garçon et j'imagine que ce n'est pas de mes affaires. Mais tant que je serai ici, il n'y aura pas de tintamarre dans mon restaurant! Laisse-moi passer!»

Louise arrive en trombe en ordonnant aux jeunes de cesser ce vacarme. Le trompettiste range son instrument et invite Gaston et Renée à venir s'exprimer à l'extérieur. La moitié des gens suivent. Louise retourne à sa soupe. Roméo soupire, se gardant bien de dire à sa grande sœur que si les affaires vont bien pendant ses absences, c'est qu'il y a de la jeunesse et des sourires entre ces quatre murs.

Une semaine plus tard, c'est la journée de la fête de l'arrivée de Laviolette, et Renée est bien nerveuse à l'idée de faire partie du grand spectacle du soir. Elle devra aussi être figurante, le lendemain, lorsque Laviolette prendra possession du Platon pour y construire un poste de traite, selon les bons vouloirs de Champlain et du chef indien Capitanal. Sa mère Céline lui fonce le teint, fixe des fausses tresses et la pare de colliers: voilà la plus jolie petite Indienne que l'on puisse imaginer. Fière, Renée part de chez elle avec son costume pour se rendre au *Petit Train* rejoindre son père qui ira la reconduire parmi ceux de sa tribu pour une répétition.

«Il est beau mon costume, ma tante?

— Tu es une belle petite sauvage.

— Papa prétend qu'il faut dire Indien, car sauvage est un terme négatif.»

Elle passe cette remarque en levant le petit doigt, la bouche en cœur et les yeux trop grands. Un court instant, Louise la trouve attendrissante, lui rappelant malgré elle la belle petite Jeanne du début des années dix. Renée rejoint d'autres enfants tout aussi excités qu'elle. Il y a aussi des figurants adultes qui participent bénévolement au grand spectacle et en tirent une vive joie. Il y a même de vrais Indiens venus de la région montréalaise! Renée se fait photographier avec quelques-uns d'entre eux.

Bien qu'une bonne part des fêtes soit consacrée à la vie religieuse, l'attrait principal du tricentenaire est un pageant historique intitulé *L'épopée trifluvienne*. Dix représentations sont prévues au cours de l'été, dans la cour du séminaire. Ce grandiose spectacle de trois heures retrace l'histoire de la ville et met en scène cinq cents figurants et acteurs, appuyés par une chorale de sept cents voix et par le Philharmonique de l'Académie de La Salle. Renée y tiendra deux rôles: celui d'une petite Indienne et l'autre d'une fillette de la première école trifluvienne.

Une grande foule curieuse envahit la cour du séminaire. Honoré est tout aussi fasciné en voyant cette scène immense prendre forme au cours des derniers jours. Peut-on reconstituer l'histoire de trois cents années de Trois-Rivières en trois heures? Au début du spectacle, mademoiselle Trois-Rivières, mademoiselle Canada et mademoiselle France y vont de leur prologue de bienvenue. Par la suite, le pageant évoque la vie indienne sur ce sol non foulé par les Français. Renée la petite Indienne joue son rôle, pas du tout nerveuse, bien qu'elle sente sur elle ces quelque six mille paires d'yeux. Le prochain épisode concerne Jacques Cartier, qui, prétend-on, a planté une croix sur l'île Saint-Quentin, à l'embouchure de la rivière Saint-Maurice. Puis, les épisodes se suivent: la première messe à Trois-Rivières et la traite des fourrures. Renée revient en écolière, vêtue comme une petite Française du dix-septième siècle.

Après cette séquence, la soirée de travail de Renée est terminée. Elle revêt son costume d'Indienne et se faufile le long des corridors du séminaire, parmi les autres figurants à venir, afin de se cacher discrètement près de la scène pour regarder le spectacle.

Les tableaux se relaient: l'arrivée de Jacques Hertel, premier colon de Trois-Rivières; les premières noces trifluviennes entre Marie Leneuf et Jean Godefroy, suivies, il va de soi, par la naissance du premier bébé. À ces scènes touchantes succèdent des plus dramatiques: la mort du père Buteux en canot sur le Saint-Maurice; Pierre Boucher qui défend le fort contre les Iroquois. Ce même pionnier va rencontrer le roi de France et revient en terre trifluvienne avec deux cents nouveaux colons. Il est suivi des ursulines. Les explorateurs trifluviens sont aussi évoqués, tels La Vérendrye, ainsi que la bataille de 1776 contre les envahisseurs américains. Après l'épisode de la fondation du séminaire, le pageant émerveille les spectateurs avec la séquence sur les Vieilles Forges. La grande finale réunit l'orchestre, l'immense chorale et tous les acteurs et figurants chantant l'hymne national. Quel spectacle étonnant et éblouissant!

Le public se lève d'un bond et exprime avec force sa satisfaction devant cette splendeur! Il n'a jamais vu une telle chose de sa vie! Les organisateurs se donnent l'accolade devant leur succès, qu'ils devront répéter à plusieurs reprises au cours de cet été, qui s'annonce inoubliable.

«Tu m'as vue, Honoré?

— J'suis pas certain, Renée. Y avait tant d'monde et j'suis si loin. Oui, loin.

— Allons donc! Patate! Il n'y avait que moi sur cette scène! C'est grâce à mon talent si ce spectacle a été un succès!

— Oh! Oh!

— Tu en doutes?

— Mais non.

— Il y a un papier, là. Ramasse-le. Oui, ramasse.»

Les trois jours suivants, Renée ne veut pas quitter son costume d'Indienne. Les responsables invitent d'ailleurs les figurants à se promener en ville avec leurs atours, afin de garder la fête présente même les jours de congé. Renée veut tout faire: parader sur les chars allégoriques, trouver d'autres rôles figuratifs, accompagner les troubadours dans leurs chants. Renée se joint avec un entrain juvénile à la fête merveilleuse. Il n'y a plus de crise économique à Trois-Rivières. Les citoyens et les touristes ne parlent que du pageant, discutent des beaux chants, du jeu des comédiens et même des aspects historiques du contenu du spectacle.

Ce n'est quand même pas tous les jours qu'on peut voir La Vérendrye, Pierre Boucher, Radisson, Des Groseillers et Madeleine de Verchères se balader dans les rues de Trois-Rivières! Louise en a tellement entendu parler en bien qu'elle tient à assister à la prochaine représentation, ne serait-ce que pour voir en chair et en os les personnages de son manuel scolaire d'histoire du Canada. Pour la première fois, elle pense à ses éventuels élèves, se disant qu'un tel spectacle est d'une grande utilité pour l'instruction des enfants. Que dirait-elle à ses élèves à propos de ces tableaux? Quelle leçon pourrait-elle en tirer? Les enfants se passionneraient-ils pour Jacques Cartier après l'avoir vu sur la grande scène du pageant? Combien d'élèves auront en mémoire la présence de ces personnages historiques marchant dans les artères de leur ville? N'est-ce pas aussi une belle occasion de les instruire de géographie et de religion?

«Patate, Honoré! Ils sont bien beaux, des Groseilles, les Violettes et Madeleine de Vachière, mais moi, je préfère les Attikameks et les Abénakis.

— Comme t'es drôle, ma p'tite Renée! Oui, drôle!

— Non, visage pâle Honoré. Je suis une squaw et une guerrière et s'il se présente devant moi, ce Champlain, je vais lui dire de retourner dans sa France, sinon, je vais lui donner la bastonnade! En attendant, pique! Non mais! Regardez-moi ça, ce papier par terre! Patate! Il n'y a donc personne pour nettoyer ce terrain?»

Renée continue de parcourir les emplacements habillée en Indienne, mais tout en mâchant de la gomme. Renée pense souvent qu'elle pose les pieds sur les mêmes trottoirs que Jeanne. Si Roméo souhaite le retour de Jeanne, Renée espère plutôt qu'elle restera à Paris et qu'un jour, elle ira vivre avec elle. Depuis le temps qu'elle habite en France, Jeanne doit avoir acquis un beau langage, comme celui des actrices des films français que Renée va voir au Cinéma de Paris, de la rue Saint-Maurice. En attendant, même si elle adore les garçons, Renée essaie de se comporter avec eux comme tante Jeanne le faisait, selon les dires de son père.

«C'est beau, ce costume! Tu dois travailler pour les fêtes?

— Ouais. À quoi ça se voit?

— Ben, à ton costume.

— Quel âge as-tu, gamin?

— Gamin? Mais j'ai quinze ans!

— Et moi seize. Est-ce que tu aimes le cinéma?

— Oui.

— Et le jazz?

— Le quoi?

— La musique de jazz.

— Ah! Oui, j'aime bien la musique! Est-ce que tu connais les chansons de madame Bolduc?

— Patate! Tu viens de t'éliminer! Adieu!»

La Bolduc! La Bolduc! Et puis cette imbécile qui a accouché de cinq filles en Ontario! «Comme tout ça est paysan!» de penser Renée. Pour elle, le monde civilisé ne peut être ailleurs qu'à Paris et à Hollywood, bien que son père lui ait appris à aimer Trois-Rivières. «Je régnerai sur cette ville, comme tante Jeanne il y a dix ans!» Renée apprécie d'autant plus sa ville natale que les fêtes du tricentenaire lui donnent un cachet chaleureux qu'elle n'a jamais connu avant. Quand un héraut passe dans la rue des Forges sur son cheval, habillé comme un conquérant du Vieux Monde pour clamer, parchemin en main, le programme de la soirée, Renée se pense à Hollywood et à Paris à la fois.

À sa grande satisfaction, la fin de juillet arrive pour accueillir des scouts de France, venus rencontrer leurs confrères canadiens et présenter un spectacle de chansons. Pour recevoir ces visiteurs, Renée oublie son costume d'Indienne, moins une plume qu'elle installe dans ses cheveux. Il faut la voir rue Saint-Maurice, suivie par dix-sept jeunes garçons, très impatients de goûter à la cuisine du pays dans un restaurant typiquement canadien-français.

«Ma tante, je vous emmène quelques clients.

— Je vois ça!

— Dix-sept à la fois! Ils viennent tous de France, le pays où habite tante Jeanne.»

S'ils avaient été un peu plus vieux, Renée aurait bien aimé en choisir un comme ami. Mais un scout de onze ans sert surtout à aider les vieilles femmes à traverser les rues et à faire du feu sans allumettes. Ça n'écoute pas de jazz et ça ne connaît probablement pas Gary Cooper. Pendant que Renée aide sa tante Louise à remplir des assiettes de pâté chinois, les scouts se précipitent devant le comptoir de Joseph pour en admirer le contenu. C'est là que Renée les retrouve, s'exclamant en termes qu'elle trouve bizarres. «Hé! les gars! C'est le temps de manger! J'ai du bon pâté chinois pour vous!» Ils se regardent, étonnés, se disant sans doute qu'ils désiraient des mets canadiens et non chinois. Quand ils voient le contenu de leurs assiettes, le silence d'inquiétude devient encore plus lourd.

«Qu'est-ce que c'est?

— Du pâté chinois! Regarde: des patates pilées, des tomates, des petits pois, du bœuf haché et du blé d'Inde.

— D'Inde? Et de Chine? Mais qu'est-ce que...

— Essaie, petit! Ça donne des forces, ça rend joli et ça fait grandir!»

Louise a le goût de la prendre avec force par le bras, de la renverser et de lui donner une fessée! Cette familiarité avec le client! Peu importe qu'ils soient des enfants: ce sont des clients et des touristes! Leur chef, pour donner le bon exemple de la bravoure proverbiale du bon scout, ose planter sa fourchette dans cette purée à l'apparence immonde. Après une bouchée, il sourit, ce qui donne aux autres l'autorisation de manger sans crainte. Tous pour un et un pour tous!

«C'est bon, hein?

— Oui. Merci beaucoup, mademoiselle.

— Tu es de Paris?

— Non, de Rouen. Nous sommes tous de Rouen.

— Oh... et tu connais Paris? Ma tante y habite. C'est une grande artiste. Elle y fait des expositions de ses peintures. Elle s'appelle Jeanne. Jeanne Tremblay. Quelqu'un la connaît?

— À vrai dire... il y a beaucoup de gens à Paris et en France, mademoiselle.»

Aussi enfantin que cela puisse paraître, Roméo arrive au restaurant avec la même idée que sa fille: rencontrer un petit Français qui pourrait lui parler de Jeanne. Mais ces scouts ont plus hâte de se retrouver en forêt canadienne avec l'espoir de voir un ours polaire et des Peaux-Rouges. C'est du moins ce que leur chef avoue à Renée, qui s'offre pour servir de guide touristique des rues de Trois-Rivières.

«Ils ont mangé comme des petits orphelins de la Sainte-Enfance. Ils vont tous avoir mal au ventre dans une demi-heure.

— Et tu n'as rien fait pour les en empêcher?

— Bien... ils en voulaient. Est-ce que je dois refuser de servir des clients? Et puis, ils ont acheté des sculptures du comptoir de papa. Ces garçons ont les poches pleines d'argent.

— Je les ai ratés, donc... Et où est Renée?

— Elle est partie avec eux. Dix-sept garçons avec une seule petite fille. À ta place, j'y verrais sérieusement, Roméo.

— Allons donc, Louise! Ce sont des enfants! Et des scouts, en plus!»

Renée trouve Didier assez beau, même s'il a deux années de moins qu'elle. La jeune fille croit aussi qu'il a un prénom original. C'est un peu mieux que les Ti-Pierre et les Ti-Jos d'ici. Grâce à Didier, elle apprend qu'en France, les enfants vont à l'école plus longtemps, qu'ils s'y rendent le samedi, que les curés ne passent pas leur temps à mettre leur nez partout et qu'un dîner est un souper et qu'ils ne soupent que rarement et tard dans la soirée.

«Et vous ne déjeunez pas?
— Si. Le midi.
— Et le matin?
— On prend un petit déjeuner.
— Isn't it cute?»

Didier et sa bande présentent leur spectacle le soir même. Le lendemain, Renée essaie en vain de retrouver le garçon, sans doute parti étudier les arbres et les cailloux. Quel dommage! Elle n'a même pas eu le temps de lui demander son adresse. Elle aurait pu lui écrire et il aurait parlé du Paris de tante Jeanne. Oh! et puis zut! Il avait l'air à s'intéresser plus aux canifs qu'à elle.

Son chagrin d'amour ne dure que quelques minutes, car l'adolescente réussit à trouver un autre rôle figuratif dans le prochain défilé historique. Elle sera habillée comme une fille à marier arrivant en Nouvelle-France. Elle passe deux heures devant son miroir à se regarder dans son beau costume, puis s'empresse d'enfiler son attirail d'Indienne pour se rendre au grand spectacle d'avions de l'aéroport du Cap-de-la-Madeleine. Son attitude fait partie du jeu de vouloir se faire remarquer. Ainsi tout le monde lui parle, prête attention, et elle a l'impression de semer du bonheur, même les jours où il n'y a pas d'événements.

Bien que Renée ne soit qu'une puce dans la foule des figurants du pageant, les gens la remarquent quand même. Ils se souviennent de cette douce vision d'une jeune fille déguisée en Indienne, se promenant dans toutes les rues de Trois-Rivières, venant distraire les petits enfants et apportant un peu de pittoresque dans leur quotidien. Quel spectacle, que ce spectacle! Même le premier ministre Taschereau a quitté son parlement pour venir admirer les talents de la Mauricie! Ah! la Mauricie! L'abbé Tessier sera fier! Partout cette nouvelle appellation de la région s'impose. Elle est morte, cette «Vallée du Saint-Maurice» qui n'a jamais été vallée. La Mauricie est un terme qui représente mieux cette belle région que bien des touristes de la province ont découverte au cours de cet été doré.

Ce fut la saison de la joie de Renée Tremblay et un temps de grand bonheur retrouvé pour Honoré, Louise et son père. *Le Petit Train* a réalisé des profits pendant toutes les festivités. Joseph n'en finissait pas de sculpter des animaux, aidé par Honoré au sablage et au vernissage. Le père Tremblay a oublié ses peines et a vécu dans un présent encore meilleur que les vieux jours. Le travail fait oublier tant de souffrances.

Après avoir commémoré avec beaucoup d'éclat le souvenir de son histoire, de ses principaux héros, la ville de Trois-Rivières fêtait hier soir son troisième centenaire d'existence par une grande fête de nuit. Ouverte par une inoubliable parade de chars allégoriques, cette soirée s'est terminée par des réjouissances populaires sur la place Pierre Boucher, autour du Flambeau élevé aux héros de la petite patrie, monument qui symbolise aussi la survivance de la culture française en notre ville. Tandis que les réjouissances se déroulaient avec un entrain canadien-français, tous nos restaurants et cafés du centre étaient débordés de clients. Pressés en haies compactes le long de chaque rue, débordant les galeries et les balcons, audacieusement perchés dans des fenêtres ou sur le toit des maisons, des milliers et des milliers de personnes ont vécu pendant quelques heures toute la féerie d'un spectacle d'un conte des *Mille et Une Nuits*. Le défilé se terminait par une double allégorie représentant la religion et l'amour de la patrie, le secret de la survivance du petit groupe français qui restait attaché à nos propres ressources après la conquête du Canada par les Anglais.

Le Nouvelliste, 15 août 1934.

Renée doit remettre ses beaux costumes aux autorités. Les figurants du pageant historique retournent à leurs souffrances ou à leurs joies quotidiennes. Il faut entreprendre un autre trois cents ans, et, malheureusement, pour beaucoup, il a la couleur des pitons, du comptoir de la Saint-Vincent-de-Paul et des tâches à demi payées dans les grandes usines de la ville. Honoré délaisse son pic pour la morosité de la recherche vaine d'un emploi.

Dans cette grisaille d'après-fête, Louise se présente à l'École normale des ursulines avec la sensation épouvantable que tout le monde va la trouver ridicule. C'est au début de juillet qu'elle a reçu son avis d'acceptation, mais elle a attendu trois semaines avant d'en parler à qui que ce soit. Pour la première fois de sa vie, mademoiselle va quitter le giron familial, afin de vivre parmi les autres futures enseignantes. Au milieu de jeunes filles de quinze à dix-sept ans, pleines d'un savoir récent et frais, Louise se sent rougir à n'en plus finir. Elle dévisage une élève aussi perdue qu'elle et qui semble beaucoup plus jeune que les autres. Louise est persuadée qu'elle n'a que treize ans. Lorsque la directrice nomme toutes les normaliennes, le nom de Louise Tremblay fait se retourner vers elle une cinquantaine de têtes, mouvement suivi d'un murmure que la religieuse fait cesser promptement.

Le cœur serré, Louise suit le troupeau jusqu'au dortoir austère. En voyant le plus que modeste lit, la petite table de travail, la lampe et le gros crucifix, mademoiselle a le goût de retourner chez elle en courant, déjà inquiète pour son père, resté seul avec Honoré. Joseph a refusé la proposition de Roméo d'aller habiter chez lui. Honoré passe du garage à la maison, afin de prendre soin du père Tremblay, en cas de perte de mémoire. Après s'être fait répéter les règles de ce dortoir par une religieuse à la voix rocailleuse, Louise trotte, la tête basse, jusqu'à sa salle de classe.

Les pupitres sont petits et Louise a peine à y installer sa grandeur. Même si l'ordre alphabétique la confine à la dernière rangée, Louise a l'impression que tout le monde l'examine et se moque d'elle. À la récréation – la récréation! – une compagne s'avance pour candidement lui demander si elle est bien la grande sœur de la peintre Jeanne Tremblay.

À l'heure du dîner, Louise va s'isoler dans le coin le plus

reculé du réfectoire. Elle s'ennuie de son tablier de restauratrice. Qu'est-ce qui se passe au *Petit Train*? Le chiffre d'affaires déjà trop bas va-t-il chuter parce que le restaurant a été confié à son vieux père, à Honoré et aux enfants de Roméo? Louise mange sans appétit, au cœur du silence obligatoire qui l'inquiète. Après ce frugal repas, ses songes sont interrompus par deux jeunes filles qui viennent vérifier si elle est véritablement la sœur de Jeanne Tremblay.

«Quand j'étais petite, mon père m'avait emmenée au cinéma Impérial entendre la pianiste anglaise, et votre sœur était avec elle.

— Je sais.

— Elle s'habillait encore mieux que les vedettes des vues.

— Je sais.»

Louise, à cause de son âge, et comme recommandé par la mère directrice, doit donner l'exemple aux jeunes. Et voilà que sa sœur fantôme est l'héroïne de l'imagination d'une bande d'adolescentes qui lui rappellent toutes ces atrocités que Louise ne veut pas entendre. Le lendemain midi, quand mademoiselle retourne dîner chez elle, toute la famille de Roméo l'attend avec un large sourire. On brûle de lui demander la question fatale: «Puis?» Louise les ignore, enfile son tablier et fait chauffer la soupe.

«Vous êtes encore là?

— On veut savoir, Louise. Tu ne veux pas en parler?

— Parler de quoi?»

Pas la peine d'insister: les Tremblay s'éloignent, sifflant un air en regardant le plafond. Honoré affronte le même silence, ne sachant pas quoi dire face à l'uniforme sévère de mademoiselle qui l'impressionne beaucoup. Déjà très sobre par sa tenue vestimentaire, Louise ressemble à un vestige autoritaire du dix-neuvième siècle. La robe noire, aux longues manches bouffantes, lui monte sévèrement jusqu'au cou, prisonnier d'un collet en caoutchouc, alors qu'à l'autre extrémité, l'ourlet ne dépasse pas dix pouces du sol. Les souliers et les bas de coton sont tout aussi noirs que la robe. Honoré sent que cet uniforme, orné de sainteté, puisque recommandé par les évêques et les ursulines, donne à Louise une prestance de supériorité.

Louise mange sa soupe et son sandwich, regardant sans cesse l'horloge, de peur d'être en retard. Par ce geste, elle laisse croire à Honoré et à Joseph qu'elle est pressée de retourner là-bas. En réalité, elle voudrait demeurer parmi les siens. Hier, elle a eu un mal fou à s'endormir en pensant à sa chambre, à sa maison, à son restaurant. De retour à l'école, Louise demeure dans son coin, indifférente aux bavardages de ses consœurs de classe. Elle voit approcher une jeune fille au visage maigre, craint que celle-ci ne lui parle aussi de Jeanne.

«C'est admirable de retourner à l'école à votre âge.

— C'est un vieux rêve de jeunesse que mon frère a fait ressortir. Mais ce n'est qu'un essai.

— Je suis certaine que vous allez réussir et que vous serez un exemple pour les autres normaliennes. Je trouve votre décision édifiante. Je me nomme Claire Bélisle, je suis la fille du docteur Oscar Bélisle. Moi aussi, je suis externe à l'heure du dîner. Je demeure rue Bureau.

— Vraiment? J'y ai grandi, vous savez. Mais c'était bien avant votre naissance.

— Nous pourrions dîner ensemble et faire davantage connaissance. J'en suis à ma deuxième année. C'est mon devoir de bonne catholique d'aider les nouvelles, et vous me paraissez un peu à part, mal à l'aise. La vie à l'École normale est sévère, mais nous avons besoin de ce climat pour notre futur métier. Ma sœur Yvonne a terminé il y a deux ans et elle admet que le régime de vie de notre école lui sert beaucoup dans sa façon d'enseigner aux enfants. Je prends exemple sur elle.»

Louise hoche la tête, sans révéler à Claire son acceptation ou son refus. En réalité, mademoiselle est embarrassée, car son uniforme, un peu plus petit que prévu, lui sangle la taille fermement. Louise n'ose pas demander du fil et des aiguilles pour faire les retouches nécessaires. Mademoiselle fait un pas dans la direction opposée de Claire. Elle préfère rester seule à attendre que la cloche sonne. Personne ne remarque que son vêtement est trop étroit, mais elle est certaine que toutes les jeunes filles en parlent. Louise imagine que, tantôt, l'une d'entre elles viendra lui dire qu'elle porte ses robes aussi serrées que le faisait Jeanne.

De huit heures à midi, les religieuses enseignent avec sévérité. Louise essaie de se concentrer, de noter toutes leurs paroles. Mais tous ces gestes sont un souvenir si lointain. La période de récréation la gêne profondément: elle ne sait pas quoi dire, quoi faire. Après l'heure du dîner, les cours reprennent jusqu'à quatre heures. Puis suivent quatre-vingt-dix minutes d'étude, dans une salle aux plafonds hauts, où le bruit de chaque mouvement de gomme à effacer sur une feuille fait de l'écho. Après le souper, il y a une autre période d'étude, une période de détente suivie du coucher, à neuf heures. Quand la lumière s'éteint et que les derniers toussotements se font entendre, Louise songe que *Le Petit Train* est toujours ouvert à cette heure. Quelles ont été les recettes de la journée? Est-ce que le restaurant va encore plus dériver, si le grand Maurice et la détestable Renée y travaillent le soir?

Le lendemain midi, Louise arrive au *Petit Train* à bout de souffle, surprenant Honoré et Joseph à jouer aux «cennes noires». Au lieu de dîner, elle s'enferme dans sa chambre et répare son uniforme. Elle ne répond pas quand Honoré cogne poliment à sa porte. Une semaine passe sans que Louise révèle quoi que ce soit de son expérience à ses proches. Mais on ne cache rien à un journaliste comme Roméo, qui va enquêter auprès de l'abbé Vallée, le directeur, qu'il connaît bien. Il s'accorde ce droit, car après tout, c'est lui qui prête une grande partie de l'argent à Louise pour ce retour en classe. L'homme en soutane lui dit que mademoiselle est attentive et silencieuse.

Louise étudie le cœur vide, croyant qu'elle a un effroyable retard sur les autres. Elle se concentre avec force, mais, sournoisement, son esprit divague du côté de son restaurant. Se rendant compte de son égarement, mademoiselle secoue la tête et pose son regard sur le contenu savant de ses manuels. Après si peu de temps, les sœurs enseignantes l'ont déjà ensevelie de travaux et d'étude.

Chaque midi, elle enlève son uniforme, remet ses vêtements civils et joue à être la patronne du *Petit Train*, même si Simone accomplit très bien sa tâche. Louise vient près de s'étouffer dans son thé quand, cette journée-là, un client lui demande s'il est vrai qu'elle est retournée à l'école. Mademoiselle regarde Honoré en tapant du pied, pressée de lui dire ce qu'elle pense de ses bavardages, sans se douter que Joseph, très fier, a chanté à tout le quartier Notre-Dame que sa petite fille a enfin été acceptée à l'École normale.

Le vendredi, Louise est accompagnée de la jeune Claire Bélisle, qui se demande bien pourquoi mademoiselle a honte de son uniforme. Ses livres d'arithmétique à portée de la main, elle demande conseil à son aînée. Louise regarde le problème complexe et le solutionne sans avoir recours à un crayon. Après vingt-six ans dans un restaurant, elle n'a certes pas besoin de ces outils.

«Pourquoi elles nous font faire des problèmes aussi compliqués? Les enfants des écoles n'en feront jamais de semblables.

— Bien, j'imagine que c'est pour nous donner de la rigueur et une méthode.

— Quand même...

— Je ne sais pas, Claire. Vous devriez le savoir plus que moi. Vous avez déjà un an d'expérience. Je n'ai que mes années de petite école et elles sont bien loin derrière moi. Vous avez suivi le cours préparatoire. Pas moi.

— Et le dessin? C'est difficile d'enseigner le dessin aux enfants quand on est incapable de bien dessiner soi-même.

— Il faut apprendre.

— Montrez-moi, Louise!

— Moi? Mais je ne sais pas dessiner!

— Pourtant, votre sœur... Elle expose à Paris! Ce n'est pas rien!

— Oui, bon. J'imagine que le bon Dieu lui avait donné un petit talent pour le dessin. Mais moi, je ne l'ai pas. Il faut apprendre.»

La grammaire française, l'arithmétique, la bienséance, le catéchisme, qu'est-ce que Louise peut bien ignorer dans ces matières? Mais le dessin, le solfège, la géographie et l'histoire ecclésiastique, c'est une tout autre chanson! Et la pédagogie, donc! Après un mois, bien qu'elle parle très peu de ses journées à Roméo, Honoré et Joseph, Louise commence à se sentir à l'aise entre les murs de son nouveau domicile.

Mais Roméo l'a surprise, un midi, passant par les rues secondaires, afin que personne ne l'aperçoive avec son uniforme, qu'elle s'empresse toujours d'enlever en entrant dans sa chambre. Mais à l'école, les élèves ont cessé de la regarder comme une bête de foire. Même qu'elles admirent son courage, son audace.

En novembre, Louise passe un examen en français devant la grande autorité de l'inspecteur des Écoles normales, en visite annuelle. Son premier en trente ans. Comme elle a étudié fort et comme elle s'est appliquée à former de belles lettres! Le résultat dépasse ses espérances: aucune faute! En entendant cette note parfaite, les élèves sursautent de surprise et, à la récréation, des nouvelles se joignent au groupe l'entourant pour la féliciter. Elles lui posent des questions sur le Trois-Rivières des jours précédant le grand incendie, sur l'époque où il n'y avait ni automobiles ni autobus dans les rues. Elles veulent tout savoir du *Petit Train* et de son frère l'écrivain. Sans oublier Jeanne. Louise ne sait pas si elle doit mentir dans un tel lieu, ne serait-ce qu'un tout petit peu. Dire la stricte vérité sur Jeanne décevrait ses jeunes amies, qui, si elles sont visiblement d'une autre génération, n'en demeurent pas moins gentilles envers elle.

«Jeanne a beaucoup péché, vous savez. Mais il faut lui pardonner. En fait, nous n'avons pas beaucoup de nouvelles d'elle. Elle vit dans un pays différent avec des coutumes qui ne sont pas les nôtres.

— Oh... mais vous lui écrivez quand même?

— Bien sûr.»

Louise baisse les paupières et dit une prière secrète pour vite se faire pardonner ce mensonge. Mais à son retour en classe, un grand doute l'envahit quant à la gravité de ce péché. Mentir dans une école supervisée par des filles de Dieu, à des jeunes catholiques exemplaires, dans l'entourage de religieuses dévouées, est une faute impardonnable! En sortant de classe, Louise oublie volontairement son souper, par mortification, et part tout de suite réciter une infinité de rosaires à la chapelle.

«Bonjour, Louise!

— Comment va Jeanne?

— Pardon?

— Je veux savoir comment va Jeanne.

— Pourquoi me demandes-tu ça?

— Je veux de ses nouvelles. Elle est ma sœur, non?

— Avoue que, de ta part, c'est plutôt surprenant. Qu'est-ce que tu caches?

— Vas-tu finir, oui ou non, par répondre à ma question, Roméo?

— Eh bien! Je crois que Jeanne va bien. Mais ses lettres commencent à s'espacer, si tu veux la vérité. Je n'aime pas trop la savoir là-bas en lisant les nouvelles d'Europe. S'il y a une guerre, que va-t-il lui arriver?

— Une guerre? Encore? Contre qui?

— Les Allemands. Et je te jure que leur chef a de quoi faire dresser les cheveux sur la tête! Tu ne lis donc pas les nouvelles dans le journal?

— Non. Une femme honnête ne s'occupe pas de politique. Nous avons des lectures plus édifiantes à faire. Une guerre... Mais tout ceci ne nous concerne pas, tu sais.

— En 1914 non plus, ça ne nous concernait pas. On y a pourtant perdu un frère. Je ne tiens pas à perdre une sœur.»

Les nouvelles que donne Roméo de Jeanne apparaissent vagues aux oreilles de Louise, comme si son frère savait quelque chose qu'il veut lui cacher. Quand on vit dans le péché vingt-cinq heures sur vingt-quatre toutes les journées de l'année, non seulement est-ce un billet pour l'enfer éternel, mais ces attitudes finissent par emmener le malheur terrestre. Cependant, ces cachotteries n'éveillent même pas la curiosité de Louise. Elle se contente du mensonge de Roméo pour communiquer aux jeunes filles des nouvelles de cette personne qui est sa sœur. Un jour, quand Louise les connaîtra mieux, elle leur dira la stricte vérité, et les normaliennes, bien élevées dans le respect de la religion, ne pourront que se sentir désolées pour la sœur de mademoiselle.

Les externes commencent à suivre Claire et Louise au *Petit Train*. Le temps d'un dîner, le restaurant devient un lieu d'entraide, si bien que Roméo, Joseph et Honoré commencent à se sentir étrangers, eux qui sont si impatients d'entendre Louise ouvrir son cœur au sujet de cette nouvelle expérience. La présence des jeunes filles révèle à Roméo que tout semble aller bien, surtout quand sa sœur ne quitte plus son uniforme et ne desserre même pas son collet, comme les autres. Elles parlent avec enthousiasme de la visite de l'abbé Tessier, la veille, venu montrer des films sur la belle nature de la Mauricie et sur les fêtes du tricentenaire de Trois-Rivières. Mademoiselle impressionne ses jeunes amies en se vantant modestement de connaître un peu l'abbé Tessier.

Roméo sourit en constatant que Louise prend «sa folie» avec un grand sérieux. Il sait qu'elle n'est pas du genre à abandonner, la survie du restaurant pendant la crise en étant la plus grande preuve. Tout le monde peut tirer une leçon de son aventure naissante, la principale étant la conviction qu'il n'est jamais trop tard. En ce sens, Roméo trouve que Louise commence à sortir de sa coquille de vieille fille et devient une vraie Tremblay batailleuse, fonceuse et sans-gêne comme Adrien, Joseph, Jeanne et lui-même.

En examinant le regard admiratif des normaliennes sur sa sœur, Roméo sait très bien que Louise a effacé ses doutes. Dans deux ans, elle aura son brevet et pourra faire la classe aux enfants. Il n'y aura plus de mademoiselle Tremblay du *Petit Train*. Voilà pourquoi Roméo et Céline habituent de plus en plus Maurice, Simone et Renée au roulement du restaurant. Le grand Maurice manifeste même un très vif intérêt pour l'entreprise familiale.

Dans ce tourbillon d'émotions, Honoré ne sait trop quoi faire de ses dix doigts, et son quotidien de chômeur lui pèse de plus en plus. Il ne veut surtout pas s'imposer dans le restaurant, de peur de passer pour un profiteur. Il a aussi crainte que des enquêteurs croient qu'il est un salarié du *Petit Train*, ce qui risquerait de lui faire perdre son secours direct.

Honoré s'ennuie de mademoiselle, de ses séances scolaires. Il continue à apprendre seul, principalement grâce aux journaux. Il a lu dans *Le Nouvelliste* que Trois-Rivières était la meilleure ville pour le système des pitons. «Tant qu'on n'y a pas affaire», a-t-il pensé. C'est aussi avec passion qu'il prend connaissance de l'article sur la loi Vautrin, passée par le gouvernement provincial afin de continuer à coloniser le Témiscamingue. La loi précédente était d'initiative fédérale et les chômeurs passaient leur temps à entendre du mal du retour à la terre. Or, la loi Vautrin semble meilleure.

«Taschereau sent les élections. Il a peur de notre petit Duplessis et du jeune Gouin, de dire un chômeur à Honoré.
— Si c'est mieux, p't'être que j'irai. Oui, p't'être.
— On n'en sort plus. C'est bien décourageant. Un vieux garçon comme toi trouverait facilement de l'ouvrage dans les mines.
— Moi, si j'y allais, ce s'rait pour l'agriculture. Oui, l'agriculture.
— Voyons donc! On est pas des cultivateurs!
— J'ai fait pousser des légumes c't'été et ils ont été bien beaux. Oui, bien beaux.»

Louise ne parle plus de colonisation et du bonheur procuré par la terre. Honoré a déjà rêvé qu'il pourrait se marier avec elle et demander un lot dans ce pays du nord. Mais il craint que, enrichie de toute cette instruction au cours des deux prochaines années, mademoiselle se désintéresse de lui et des sujets qui les ont unis. Chaque midi, en attendant Louise, Honoré espère qu'il pourra lui donner un petit bec, mais elle est toujours accompagnée par Claire ou une autre. Elle ne le présente même pas à ses camarades comme son amoureux, mais bien comme un ami de la famille. Elle lui a interdit les visites aux heures du parloir, le jeudi et le dimanche, dont Roméo, Céline et Joseph ne se privent pourtant pas.

Le petit homme erre de rue en rue, reconnaissant ces mêmes visages résignés. Il prie dans chaque église, certain que cette accumulation de foi lui fera un jour le plus grand bien. Honoré plaint ceux qui ne se confient pas au Seigneur. Il entend même des chômeurs affirmer que le bon Dieu n'existe plus! Il prie pour ceux-là aussi.

Honoré aimerait avoir un métier, quelque chose qui rendrait Louise fière de lui. Parfois, il s'arrête dans un parc en se demandant ce qu'il sait faire. Mais il est de cette race canadienne-française qui sait tout faire et pour qui tout n'est pas assez. Le boulanger est un expert dans son art, tout comme le médecin et le prêtre. Mais on ne voit jamais un boulanger ou un prêtre cogner à la porte des usines. Louise aussi avait un métier et, dans deux ans, elle sera institutrice. Et une institutrice ne va pas se faire engager comme fileuse à la Wabasso. La crise ne veut pas d'hommes qui savent tout faire. Elle ne nourrit que les spécialistes.

Si Louise est partie à la chasse de son rêve d'enfance, ne pourrait-il pas en faire autant, maintenant qu'il sait lire? Devenir cultivateur! Honoré se voit seul au milieu de ses trente arpents, la bêche à la main gauche et le chapelet dans la droite, avec au-dessus de sa tête le bon Dieu qui le regarde fièrement, tout content de voir ce fidèle adorateur prendre soin de sa belle et généreuse nature. Au lieu de ce tableau chatoyant, il a connu la poussière des villes et les cent métiers des petites gens sans envergure. Comme des milliers d'hommes, Honoré sait faire fonctionner des machines d'usine. Il peut clouer, réparer, nettoyer, mais il est le premier puni, tout comme ces autres débrouillards.

Ah! les légumes de son jardin! Beaux, parfaits, juteux, nourrissants, pleins de la sève divine! À la fin du dernier été, Louise a préparé du ketchup, comme une bonne épouse se doit de le faire. Mais s'il pouvait en avoir à perte de vue, des tomates et des pommes de terre! Et du blé et de la laitue! Honoré aimerait clamer à toute volée son désir de devenir cultivateur! Mais il n'ose pas, de peur de faire rire de lui. Un petit homme vieux garçon ne devient pas paysan. Il voudrait le dire en secret à Roméo, mais il a de plus en plus l'impression d'abuser de la générosité du frère de mademoiselle.

«Qu'est-ce que t'as fait depuis deux jours, Honoré?

— J'ai travaillé aux travaux publics d'la ville, pour mes pitons.

— Les pitons! Les pitons! Huit heures d'efforts pour un quart de livre de beurre!

— J'voudrais bien trouver un travail régulier, tu l'sais, Louise. Mais on dirait que plus ça va, moins y en a. J'ai pensé à d'venir bûcheux dans un chantier, mais là encore, y'a une grande liste et...

— Je t'interdis fermement d'aller dans un chantier! Ce ne sont pas des endroits hygiéniques et, de plus, c'est dangereux et les bûcherons y sont très vulgaires! Je les connais, les hommes des chantiers! Ils descendaient à la gare et allaient s'enivrer à l'hôtel Canada et ensuite, ils venaient au *Petit Train* pour prendre du café en blasphémant comme des damnés.

— Chez les sœurs? Y a rien pour moi? Pas d'peinture, ni d'réparations?

— Il y a quelqu'un pour ces tâches.»

Depuis le milieu de novembre, Louise s'est mise à parler pointu. Il paraît que ça fait plus distingué pour une maîtresse d'école. Dans son cours de diction, Louise apprend à claironner des O qui ne sonnent pas comme des A. Les sœurs enseignantes imposent avec rigueur les méthodes du bon parler français. On ne diphtongue pas quand on enseigne aux enfants. Il faut être en tout temps un bon exemple. Le soir, à la récréation, Louise et ses jeunes amies font des concours de vocabulaire et s'amusent ferme à la découverte d'un mot rare. Le mot ouistiti a eu un vif succès auprès d'elles. Honoré reste de marbre en l'entendant mettre tant d'accent sur les voyelles, car le regard de Louise lui ordonne de se taire. Toute la journée, il entend des hommes parlant comme des charretiers. Alors, les mots «à cinquante piastres» de Louise...

Quand Honoré est de garde au *Petit Train*, il arrive que des chômeurs viennent le voir pour lui quêter un café, sachant qu'il est plus malléable que la vieille fille Tremblay. Si elle les tolérait pour qu'ils se réchauffent, mademoiselle ne donnait jamais rien, disant qu'elle réservait ses dons à monsieur le curé. Mais avec Honoré, les hommes n'ont qu'à lui faire un discours tremblotant de douleur pour que le petit homme fonde d'émotion et leur donne leur café, qu'il paie lui-même après leur départ.

Parfois, le soir, Honoré voit des familles entières descendre des trains pour venir s'installer à Trois-Rivières. Ils entrent au restaurant pour s'informer de la situation de l'emploi et du logement. Ce sont souvent des cultivateurs endettés, touchés par la crise et dont les villages ne veulent plus. Comme le système de secours direct n'est pas en vigueur dans les campagnes, on les envoie en ville où, au moins, ils pourront toucher des pitons. Honoré ne comprend pas qu'on puisse quitter une terre familiale pour venir crever de misère avec quelques bons de secours.

La ville de Trois-Rivières dit qu'il y a eu près de quatre

cents familles qui se sont livrées à ce manège au cours des deux dernières années. On parle de les expulser, de leur enlever leur droit de travailler pour des pitons. Parfois, ils partagent un pauvre logement avec une autre famille. Honoré connaît deux maris, deux femmes et leurs dix-sept enfants qui demeurent dans un cinq pièces de la rue Sainte-Cécile. Et quand ils ne trouvent pas de lieu où se loger, ils vont s'installer dans le bidonville de *La Pierre*, là où Honoré a vécu un temps.

Honoré sait facilement reconnaître ces pauvres gueux: ce sont ceux qui quêtent des sous le long de la rue des Forges. Les chômeurs trifluviens utilisent les pitons ou la Saint-Vincent-de-Paul, tandis que les étrangers tendent la main aux passants. Le froid arrivé, la situation devient catastrophique pour eux. Plusieurs sont venus chercher du carton au restaurant, afin d'isoler leurs cabanes contre la menaçante neige, qui bientôt rendra leur vie encore plus indigente.

À la Saint-Vincent-de-Paul, Honoré aide les religieuses à préparer de plus en plus de repas. Il donne aussi un coup de main au curé Beauregard pour faire le tri dans les sacs de dons. Honoré y a vu des souliers percés, des robes déchirées et des pantalons usés. Ces vêtements pitoyables feront l'affaire des chômeurs campagnards.

«Moi, ça m' fâche parfois. Oui, me fâcher.

— Quoi donc, mon brave Honoré?

— Qu'des gens en moyens, sous prétexte de générosité, donnent des guenilles et s'vantent auprès d'leurs amis qu'ils aident les pauvres et les chômeurs. Oui, c'est comme ça, m'sieur l'curé.

— Mon pauvre Honoré... Le bon Dieu voit tout. Il voit aussi tout le temps que tu donnes ici et chez les religieuses. Il sait que tu es pauvre et que tu donnerais ton pain à moins pauvre que toi. Ta révolte ne sert à rien, tes prières servent à tout.»

Depuis le temps qu'il fréquente le comptoir de la Saint-Vincent-de-Paul, Honoré est considéré par les religieuses comme un de leurs employés. Honoré nettoie, balaie, déblaie, répare. En retour, il a son dîner chaque midi, bien qu'il l'ait refusé une partie de l'automne à cause de ses économies de l'été du tricentenaire. Riche de ces quelques sous, il continue tout de même à aider les religieuses, même si rien ne l'y oblige. La crise aura permis à Honoré d'apprendre le sens élevé de la générosité et de l'entraide. Autrefois, il travaillait ses dix heures par jour et retournait chez lui regarder les images dans les journaux. Il ne se préoccupait pas plus des autres qu'il ne le faut, rongé par une timidité maladive. Depuis, Honoré a appris à parler à tout le monde, à écouter, mais ses conseils paraissent souvent bien futiles aux oreilles des autres chômeurs.

Il n'y a pas longtemps, il a croisé, dans la rue du Platon, une jeune fille qui... Oh! il en a été bien effrayé! Surtout qu'elle était fille de cultivateur et que celui-ci était au courant de ses gestes. «C'est pour venir en aide à ma famille. On est quinze», lui avait-elle dit. De son temps, les jeunes filles aidaient leur mère à la cuisine afin d'apprendre à devenir une bonne épouse. À la ville, elles travaillent au textile pour appuyer le salaire de leur père. Mais si la crise pousse les filles de cultivateurs à... Honoré a tenté de lui expliquer les voies du bon Dieu et la gravité de sa faute. Elle a dû le trouver idiot, ce petit homme. Idiot et pas très au courant des nouvelles réalités de ce monde moderne. Quand un chômeur en colère lui dit: «Regroupons-nous et allons leur montrer ce qu'on pense d'eux!», la réponse catholique d'Honoré est souvent accueillie avec mépris. Mais lui sait qu'il a fait son devoir. Autrefois, il n'aurait pas ouvert la bouche.

Une mesure de novembre lui fait grincer des dents: les chômeurs doivent se rendre au terrain de l'exposition pour préparer des cordes de bois. La municipalité désire tous les voir, sans exception. Mais certains se déclarent malades, d'autres disent qu'ils n'ont pas de vêtements assez chauds pour travailler. Les autorités ont fait preuve de tolérance envers les chômeurs qui ne se présentaient pas chaque matin à l'hôtel de ville. Mais cette fois, ceux qui n'iront pas aux travaux verront leurs noms rayés de la liste du secours direct. Tout en coupant son bois, Honoré pense aux hommes qui ont osé défier ces ordres. Il songe surtout à ces anciens cultivateurs, habitant le bidonville, situé tout près de son lieu de travail. Un cri aigu d'un contremaître le fait sortir de son songe. Honoré redouble d'ardeur, se croyant de retour dans l'infernal camp militaire de Valcartier.

À sa pause, il voit des enfants traînant le long des clôtures. Ils sont habillés si misérablement que le cœur lui serre dans la poitrine. À les écouter, il voit tout de suite qu'il s'agit des petits de ces pauvres cultivateurs déracinés. Honoré sort de sa poche un piton qu'il tend à une fillette.

«C'pour ta mère. Avec ça, elle va pouvoir avoir d'la farine. Oui, d'la farine.

— On est pas inscrits, m'sieur. On n'a pas le droit.

— Tu pries très fort l'bon Dieu et tu diras à ta maman de s'présenter chez l'marchand avec c'piton. Tu vas voir, ça va marcher. Oui, marcher.

— Il n'y a plus de bon Dieu, m'sieur. Il est en crise lui aussi.

— Oh! il n'faut pas dire d'aussi vilaines choses, ma p'tite! Non, il faut pas, parce que l'bon Dieu, dans son ciel, entend tout et voit tout. Oui, tout.»

Les enfants n'ont rien à voir avec les jeux des grands. Ils n'ont rien demandé. Ceux qui ont appris à marcher à la naissance de la crise ne savent peut-être même pas ce que le mot enfance signifie. Ne pas manger à sa faim, ne pas être vêtu chaudement, ne plus croire au petit Jésus, est-ce là des signes d'une jeunesse normale? Ils sont comme dans la chanson de madame Bolduc: «Mais dans tout ça, le plus affreux, ce sont nos chers p'tits malheureux, pas d'argent pour les faire soigner, on finit par les enterrer.» Quand ils viennent regarder les beaux jouets de bois de Joseph, Honoré a le cœur tremblant de voir leurs regards envieux devant un chiot prisonnier de la grande vitrine du comptoir. Leur fortune n'est pas dans l'espoir d'un emploi pour leur père, mais bien dans celui, un jour, de posséder un jouet du présentoir de pépère Tremblay.

Louise apprend des drames qu'elle imagine à peine et qui se passent dans les écoles de sa ville: les maîtresses enseignent à des petits si faibles, parce qu'ils n'ont pas mangé, qu'ils ne peuvent se concentrer pour apprendre leurs leçons. Mademoiselle voit toujours le chemin de l'école comme celui de ses souvenirs, alors qu'elle emmenait le petit Adrien en le tenant par la main, son sac de livres sur l'épaule et une pomme dans un sac pour la collation de la récréation.

Il faudrait leur donner un verre de lait et un biscuit avant chaque début de classe! Comment leur faire croire que «qui s'instruit s'enrichit» lorsque leur père, qui a terminé son élémentaire, doit travailler de longues heures pour des pitons qui ne nourrissent la famille que d'un seul repas par jour? Faudrait-il photographier ces enfants un à un et envoyer le tout à Bennett et à Taschereau?

Honoré a été élevé à la dure. La discipline dans son orphelinat était plus que sévère. Jamais une bonne sœur ne l'a pris maternellement dans ses bras. Il a appris à craindre, à travailler, à respecter. Mais même dans sa misère d'enfant de la crèche, il prenait ses trois repas par jour. Il possédait même quelques jouets.

Les enfants de la crise sont confrontés à ceux qui sont élevés dans du velours. Pour ce garçon morveux et cette petite fille aux pieds nus, il y en a deux autres pour qui tous les jours sont des fêtes. Et ces privilégiés, qui ne comprennent rien à cette société cruelle, ignorent les plus démunis. Ils sont comme ce monde épouvantable dans lequel Honoré vit.

Louise revient ravie et transformée de ses premiers mois à l'École normale. Le congé du temps des fêtes lui permet de retrouver avec un immense bonheur le confort de sa chambre, son cher *Petit Train,* la présence de son père et de Roméo. Elle est même heureuse de revoir Renée et le grand Maurice! Derrière, dans son coin reculé, Honoré sourit en regardant son bonheur. Tous ces visiteurs partis, mademoiselle accorde au petit homme ce chaste baiser qu'il attend depuis quatre mois. Dans le regard de Louise, il y a toujours cet amour pour son Honoré. Comme il se sent comblé! Il avait tant craint qu'elle ne le délaisse. Mais elle l'arrête quand il réclame un second baiser.

À Noël, le gros bonhomme rouge est revenu chez Fortin. Honoré imaginait les petits gueux sur ses genoux, répondant à ses questions sur leurs désirs d'étrennes par: «Ce que je veux pour Noël, c'est de l'ouvrage pour mon papa, de la nourriture pour maman et des souliers pour mon petit frère.» Mais ces enfants n'ont même pas le droit d'entrer dans le magasin. Les responsables craignent les petits voleurs des chômeurs. Ils sont à la rue, tendant leurs mains rougies aux riches dames qui dépensent sans compter pour le temps des fêtes. Ils vont aussi à l'arrière du magasin, sachant qu'il y aura plus de carton qu'à l'habitude. Ils rêvent de la négligence d'un commis qui jetterait un jouet resté collé au fond d'une boîte.

Le temps que Roméo, Louise et ses jeunes amies s'organisent un peu, Honoré flotte dans un costume de père Noël fabriqué en toute hâte par Céline. Ils trouvent à gauche et à droite des vieux jouets et de la nourriture. Roméo et sa famille oublient leur temps des fêtes. Avec Honoré ainsi déguisé, ils se rendent le premier janvier à *La Pierre* pour distribuer le fruit de leurs quêtes à ces enfants victimes de la crise. Ce furent les plus belles fêtes de leur vie, le seul jour de l'an avec le véritable esprit du Christ.

Montbeillard, 22 février 1935
Monsieur le maire Robichon,
Depuis plus de deux ans déjà nous sommes installés comme colons à Montbeillard. Nous possédons tous les qualités requises pour réussir ici, c'est-à-dire que nous sommes pleins d'ardeur au travail, nous avons beaucoup de vigueur, une volonté de fer, une grande ténacité, nous sommes très courageux et en plus nous avons la fierté pour faire un succès complet de notre nouvelle situation.

Beaucoup de gens de différentes villes sont venus s'établir ici. Plusieurs se sont découragés et sont retournés à leurs places respectives. Jusqu'à maintenant, nous affirmons que les colons venus des Trois-Rivières sont les plus persévérants de tous.

À venir jusqu'à présent, nous nous sommes contentés de notre sort; quoique, bien peinés, nous nous pensions oubliés de notre ville. Mais voilà que nous apprenons que certains secours sont venus des Trois-Rivières, mais comme ces emballages étaient adressés à Rivière Solitaire, ils se sont rendus là, et nous, colons de Montbeillard, nous n'avons rien reçu.

S'il vous était possible de nous envoyer certaines

choses comme des charrues et herses, vieilles roues, harnais et autres machines agricoles, du vieux linge ou n'importe quoi qui pourrait nous être utile... Nous vous remercions à l'avance de tout ce que vous ferez pour nous et toujours nous ferons de manière à faire honneur à notre ville des Trois-Rivières que nous regrettons beaucoup, tout en étant assez courageux pour essayer de nous relever en étant de braves colons cultivateurs.

Le Nouvelliste, 15 mars 1935.

Si Louise trouve parfois ses compagnes de classe bavardes et débordantes d'une folle jeunesse qu'elle comprend mal, elles ont à leur avantage un grand désir de devenir de bonnes institutrices. Leur ambition fait tripler celle de Louise, si bien qu'elle ne pense plus qu'à étudier, que *Le Petit Train* passe au second plan dans ses préoccupations. Tout l'automne, elle accourait au restaurant non pas pour dîner, mais bien pour s'occuper de son *Petit Train*. Maintenant, il lui arrive de plus en plus de préférer manger à l'école, et quand elle profite de cette heure de sortie, elle ne cache plus son uniforme et passe par les grands boulevards, désireuse de prouver à tous les Trifluviens qu'elle est une fière normalienne.

Il est venu un temps, au mois de février, où le restaurant a si peu reçu de clients qu'il aurait été plus sage de le fermer et de le transformer en un autre commerce. Même les enfants n'y venaient plus, lassés de voir le père Tremblay faire ces sculptures qu'ils ne posséderont jamais. Roméo croyait qu'en installant des cloisons, il pourrait louer des chambres à bon prix aux gens de passage. C'est en ayant le cœur serré qu'il a eu cette idée et qu'il en a parlé à Louise, qui le surprit en avouant: «Fais donc ce que tu veux, tant que tu ne touches pas à la maison paternelle.»

Ce sont Maurice et Renée qui rappellent à leur père l'importance de ce restaurant pour la famille. Renée propose une réduction à tous les clients se présentant avec un billet de train, et des prix spéciaux le mardi et le jeudi midi pour les séminaristes. Ces fils de riches étudient tout près, et lors de ces deux journées, ils ont l'habitude d'aller faire les quatre cents coups au centre-ville. Pourquoi ne pas les attirer au *Petit Train?* Renée apporte le phonographe et les disques de jazz de Jeanne. On ne peut pas dire que ces garçons viennent en grand nombre, mais leur petit groupe permet de faire les frais de la nourriture achetée et d'en tirer un petit profit.

Quant à l'histoire des voyageurs avec leurs billets, Renée, Maurice et Simone poussent l'audace jusqu'à envahir le plancher de la gare et faire leur offre à tous les gens descendant des wagons, ceci, bien sûr, tant que les responsables de la gare ne les ont pas chassés en brandissant leurs poings. Mais les quelques voyageurs dont ils ont piqué la curiosité sont venus et repartis satisfaits, promettant de revenir et d'emmener leurs parents et amis.

Roméo se sent alors très fier de ses enfants, heureux de constater leur amour pour le restaurant. Ils lui donnent une leçon en sachant se redresser pour la survie de l'entreprise familiale. Lui, confronté à la réponse désarmante de Louise, avait baissé les bras avec cette idée de chambres. «Ce n'est pas un hôtel, papa! C'est un restaurant! Le meilleur de tout Trois-Rivières!» a dit Maurice.

Renée songe aussi à un juke-box. Ces abominables machines américaines font fureur à Montréal. Or, il n'y en a pas encore à Trois-Rivières. Elle est certaine que si *Le Petit Train* en possédait un, toute la population trifluvienne passerait par le restaurant pour le voir. Si une seule de ces personnes dépose des sous pour entendre une chanson, les dix autres à sa suite vont sans doute rester et peut-être prendre un cola, le temps de quelques mélodies. Roméo sourit en se souvenant que Joseph avait fait le même coup en devenant, en 1901, le premier natif du quartier Saint-Philippe à posséder un gramophone à rouleaux. Il l'avait installé dans son magasin général, et tout le monde venait entendre cette invention de génie.

Roméo va se renseigner à propos de cette machine. Il retourne vite sur ses pas en entendant le prix. Mais Maurice et Renée tapent du pied et traitent poliment leur père de défaitiste. Si l'acquisition de ce truc correspond à un large déboursé, Roméo n'est pas certain que le juke-box fera ses frais, à raison de trois chansons pour cinq sous. Mais Renée maugrée comme une jeune Jeanne et Maurice calcule comme un Joseph. La nouvelle génération gagne. Un mardi midi, Louise a le désagrément de voir cette horreur trôner au milieu du restaurant.

«C'est vulgaire, cet objet! Monsieur le curé est contre cette musique moderne qui attire le péché et va nous rendre semblables aux Américains! *Le Petit Train* a toujours été un endroit respectable et marchant dans le droit chemin et je...

— Louise! Je t'arrête!

— Et de façon très mal élevée, mon frère!

— Ce n'est qu'un essai! Renée et Maurice ont su me convaincre que cette machine va attirer du monde.

— Tu te laisses mener par le bout du nez par tes enfants?

— Ils ont de bons arguments.

— Roméo! Je ne veux pas de ça ici! Un point, c'est tout!»

Si elle avait eu le temps, Louise aurait sorti cette abomination elle-même. Mais le devoir l'appelle et elle retourne vite à l'école, même si le juke-box ne lui sort pas de la tête le reste de la journée. Heureusement, mademoiselle ne voit pas la petite Renée en adoration devant l'objet de son triomphe. Mais Roméo ne lui permet qu'un seul cinq sous, afin de vérifier le bon fonctionnement.

Comme prévu par les enfants Tremblay, toute les jeunes du quartier Notre-Dame-des-sept-Allégresses accourent. Et comme ils désirent entendre au moins une chanson de leur choix, quelques cinq sont dépensés. Or, par le fait même, plus personne n'a d'argent pour une boisson ou une pointe de tarte. Ils écoutent et s'en vont tout de suite. Le vendredi, Louise arrive au *Petit Train,* fermement décidée à remettre du bon ordre dans son restaurant, quand elle voit plus de clients qu'à l'habitude. Certains consomment, d'autres non. Elle tolère leur présence mais vient près de s'évanouir quand le vicaire Brunelle entre pour constater la véracité de la rumeur qui court dans la paroisse depuis quatre jours.

«Les temps sont difficiles, mademoiselle Tremblay. Vous devriez savoir que pour chaque famille de la paroisse, chaque sou est important.

— Oui, je le sais très bien, monsieur le vicaire.

— Votre machine invite la jeunesse à dépenser au lieu d'économiser et ainsi aider leurs parents et leurs voisins à se nourrir et à payer le loyer.

— Je suis parfaitement de votre dire... heu... je veux dire que je suis d'accord avec vous. Mais ce n'est pas moi qui ai pris l'initiative d'installer cet engin dans le restaurant. C'est mon frère Roméo et ses enfants. Je ne viens ici que quelques heures par semaine, et je n'ai pas le temps de voir à tout. Mais soyez assuré que je vais donner des ordres précis au sujet de cette machine.»

Le vicaire fait le tour du monstre, un doigt sur le menton, se penchant pour en regarder le fonctionnement. Mais quand ses yeux se portent sur les étiquettes annonçant le choix des chansons, il se relève brusquement pour dévisager Louise.

«Ce ne sont pas des chansons de notre langue. Ce sont probablement des chansons païennes et protestantes. Est-ce que votre restaurant va descendre au niveau d'une taverne et d'un mauvais hôtel?

— J'ai tout dit cela à Roméo, monsieur le vicaire.

— Et votre frère est le propriétaire de cette machine? Où est votre frère?

— Chez lui. Je vais lui téléphoner immédiatement.

— J'aimerais bien, mademoiselle.»

Renée arrive en sautillant, suivie par sa bande d'amies. Tout ce beau monde se calme en apercevant le vicaire. Les jeunes filles s'assoient sagement, gardant un œil envieux vers le juke-box. Louise a le goût de tirer la langue à sa nièce pour lui signifier que, pour une fois, elle ne gagnera pas. Renée et ses copines attendent pendant que Roméo négocie. Louise garde la tête haute. Joseph s'en mêle sans que personne le lui demande. Après tout, il est toujours le propriétaire du *Petit Train*. Joseph se pense dans sa phase «mangeur de curé» et se plante devant le religieux comme le jeune coq indépendant qu'il était à vingt-cinq ans.

Le vicaire quitte le restaurant d'un pas décidé, disant que monsieur le curé réglera la question. Louise débranche l'appareil et les adolescentes la huent. Elle part en taxi pour éviter un retard. Renée rebranche tout de suite le juke-box. Et le lendemain midi, Louise tire sur la corde, même si cinq personnes étaient en train d'écouter une chanson. Elles s'en vont immédiatement, tout en protestant.

«Ah! tu vois? C'était plein, et maintenant c'est vide!

— Roméo, il n'y a pas juste l'argent qui compte. Il y a la moralité de la jeunesse. En qualité de commerce, nous avons une responsabilité morale envers les jeunes du quartier. Cette machine n'attire que des problèmes depuis sa venue.

— Surtout que si personne ne met d'argent dedans, je ne serai jamais remboursé. Tu sais combien coûte ce truc?

— Mais tu ne penses qu'à tes goussets, mon frère!»

Quand un maître est dans la maison, le chat ne monte pas sur les fauteuils; mais quand le maître s'absente, l'animal passe sa journée couché confortablement là où c'est défendu. Voilà ce qui arrive quand Louise s'en va à l'école. Mais après une semaine, Roméo fait ses comptes: une catastrophe! Il ne lui reste qu'à vite revendre son investissement, pendant qu'il n'est pas trop usagé.

«Donne-moi deux jours, papa, et je remplis ce restaurant de clients. Et quand je dis remplir, je n'exagère pas.

— Tes idées ont du bon, mon Maurice, mais elles ne durent jamais longtemps. Les tickets de train, le rabais pour séminariste n'ont pas fait long feu.

— Deux jours, papa. Juré.

— C'est une idée de ta petite sœur Renée que tu manigances?

— Non, de moi. Tu verras.»

Bien que Louise ne l'ait jamais beaucoup aimé, l'aîné de Roméo est un jeune homme ingénieux et plein d'initiative, déterminé à se faire une place au soleil. S'il travaille à l'imprimerie du *Nouvelliste*, ce n'est pas son idéal pour l'avenir. Mais il est parmi les chanceux de sa génération qui peuvent toucher un salaire régulièrement. Dans un mois, il va se marier à Micheline Després et espère bien faire de Roméo un jeune grand-père. Avec une femme et un enfant, Maurice aura avantage à être son propre patron. Il souhaite fermement devenir responsable du *Petit Train,* tout comme Renée désire y travailler.

Mais Renée boude quand elle voit son frère partir à la recherche de tous les disques de La Bolduc qu'il peut trouver en vingt-quatre heures. Il a aussi le flair de dénicher des enregistrements de musique religieuse, afin de calmer le curé et ses vicaires. Il avance le juke-box près de la porte, et, aux bonnes heures, fait entendre les turlutes de la joyeuse Gaspésienne à tous les passants. Et il gagne son point: les gens accourent en très grand nombre, dépensent pour des pièces musicales et pour un rafraîchissement. Ils sont tous venus: les riches, les chanceux, les pauvres et les plus que misérables. Et les travailleurs du piton et les gérants de magasins. Tous pour les amusantes turlutes. Quand la situation se redressera enfin, ils vont se souvenir que *Le Petit Train* leur avait offert ces chansons de bel espoir. T'as le R-100? La chanson sur les jumelles Dionne? Puis celle où elle rit en turlutant? Celle qu'elle chante avec Ovila Légaré?

«Tout ceci est d'un tel commun, Roméo.

— C'est du folklore, Louise! Des chansons du bon vieux temps! Tu ne peux tout de même pas lui demander de chanter avec l'accent de Lucienne Boyer!

— C'est commun quand même! Et puis ces gens qui dépensent dans ta machine au lieu de... oh et puis je ne m'en mêle plus! Je m'en lave les mains. Plus personne ne m'écoute! Et j'ai mieux à faire. Notre mère directrice est très malade et elle a besoin de mes prières.

— Même le vicaire aime les chansons de La Bolduc.

— Si je m'en lave les mains, je t'avertis qu'au congé de Pâques, je vais revenir mettre un peu d'ordre ici! Tes enfants transforment mon restaurant en un cirque!

— Pour t'en laver les mains, je vois que tu en oublies des petits bouts...»

Honoré aime bien les chansons de madame Bolduc, car elles lui rappellent la campagne – qu'il n'a pourtant jamais connue – tout en parlant d'une actualité qu'il vit trop bien. Mais l'écoute répétée finit par l'attrister, noyé qu'il est dans la joie de Joseph, de Roméo et de ses enfants. Si, tout en respectant les convenances, il est fou d'amour pour Louise, la distance entre eux se creuse à mesure que mademoiselle s'implique corps et âme à son nouveau destin. La semaine dernière, il a tenté de lui prendre les mains et mademoiselle l'a repoussé. Il se sent minable, incapable de faire quoi que ce soit qui pourrait prouver à Louise sa grande valeur.

En janvier dernier, Roméo lui a encore déniché du travail pour deux semaines. Depuis qu'il vit à Trois-Rivières, le petit homme n'a trouvé qu'un emploi par lui-même, à la quincaillerie Saint-Pierre, malgré ses prières et ses efforts. C'est toujours Roméo qui le tire d'embarras. Pourtant, ce n'est pas l'énergie qui lui manque. Il est de tous les travaux municipaux, alors que tant d'autres ont décidé de ne plus bouger, car, de toute façon, ils auront quand même leurs pitons, malgré les règlements et les menaces. Honoré se dit qu'en travaillant fort, après la crise, il sera le premier appelé. C'est du moins ce qu'il pense jusqu'à ce qu'un contremaître du garage municipal lui demande son nom en lui assurant que c'est la première fois qu'il le voit. Et Honoré sait très bien qu'il y a beaucoup de gaillards dans la force de l'âge qui seront préférés à sa petite taille et à sa trop proche cinquantaine. Le petit homme n'est qu'un misérable, un sans espoir, un raté, un laid, un demi-chauve, un démodé, un incapable. Il sait qu'il est toujours possible que Louise, lorsqu'elle deviendra une respectable maîtresse d'école, se déniche un veuf, avec des beaux cheveux gris et un habit à trente piastres. Un pire que tout, qu'il est, Honoré Tremblay.

Il pourrait s'accrocher au premier train venu et devenir vagabond. Peut-être qu'en errant de rang en rang, il se trouverait du bon travail comme journalier sur une riche terre. S'il mettait ce projet à exécution pendant quelques semaines, peut-être que Louise se morfondrait et il verrait si elle l'aime vraiment. Oui! C'est ce qu'il va faire! Seul dans son coin de la maison, Honoré élabore sa fuite. Il partira de bon matin, avant le quart de travail des contrôleurs, afin de se glisser en tout confort dans un wagon. Et il roulera jusqu'à Montréal. De là, il trouvera un autre train pour les Cantons de l'Est, vers les bonnes terres. La veille de son départ, il est plus que jamais décidé. Mais deux heures plus tard, il pense que son nom sera rayé des listes, qu'il ne pourra plus toucher de pitons... Un lâche! Un craintif! Un moins que rien!

Si petit, Honoré Tremblay! Il n'ose même pas demander à Roméo de lui prêter à nouveau un coin de sa cour pour faire un jardin. Pourtant, il a passé l'hiver à préparer ses plans, suite à la lecture de conseils agricoles tirés d'un vieil almanach qu'un chômeur lui a trouvé dans une poubelle.

À quoi servent les rêves? Louise l'aime-t-elle assez pour partir vers une aventure incertaine sur une terre de roche du Témiscamingue? Surtout après avoir tant étudié pour devenir maîtresse d'école? Honoré se fait donc une raison: il est de la ville. Il y est né et y mourra sans doute. S'il devenait agriculteur, ni ses prières ni son ardeur n'arriveraient à faire de lui un vrai cultivateur. Pas à son âge. Oh! s'il avait vingt ans de moins, il ne dit pas... Tout ce qu'il accomplit pour la municipalité lui prouve qu'il est un citadin. Ratisser les pelouses des parcs, nettoyer les rues, voir aux rigoles et boucher les trous, Honoré sait le faire comme pas un. Et qu'importe si personne ne le remarque au garage municipal!

En mai, la ville annonce ce dont tout le monde se doutait déjà: la fin du régime des pitons. Dorénavant, les chômeurs seront payés en argent, mais seulement après avoir accompli leur travail. Une façon de se débarrasser des profiteurs qui encaissent leurs bons sans lever le petit doigt. Le premier jour, il y a deux fois plus d'hommes que d'habitude. Des Louis Cyr à la barbe rude et aux mains crevassées, des grands six pieds à la voix de canon. En quelques coups de coude, ils devancent le minuscule Honoré, qui a beau lever la main et crier son nom. Rien à faire! Les robustes l'emportent cinq jours sur cinq, si bien qu'Honoré ne peut travailler. Plus de pitons, plus d'argent.

Le petit homme demande à un compagnon qu'il connaît bien s'il ne peut pas lui emprunter deux dollars pour passer la semaine. L'homme refuse, prétextant qu'il a cinq enfants à nourrir. Il ne se souvient pas qu'il y a peu de temps, il a vanté la beauté de son premier bébé. L'âme en peine, Honoré erre dans le centre-ville, surtout après avoir vu quelques chômeurs bruyants entrer dans une taverne pour enfin faire sonner du solide sur le comptoir. Honoré se redresse et frappe dans ses poings, s'exclamant: «Ça n'se passera pas comme ça! Je vais m'plaindre! Oui, m'plaindre!»

Après tout ce temps donné à la ville, le petit homme croit qu'il serait juste qu'on le traite avec plus d'égard. Mais, trop timide, Honoré ne se plaint pas aux responsables des travaux. Il oublie qu'il a eu quelques secondes l'envie de chialer un peu. Et le lendemain midi, le cœur en peine, Honoré tente de se confier à Louise, cherchant la saine douceur dont il a tant besoin. Mais Louise repousse sa prudente ardeur affectueuse. Oh! il sait bien! Il n'a pas de classe et il est certain qu'elle doit le trouver affreux, que l'amour qu'elle lui a donné n'était que de la pitié. Rejeté, piétiné, démoralisé, Honoré trouve quand même le courage de se rendre enfin au bureau de colonisation pour se renseigner.

Justement, il y a des colons qui vont partir au mois de juin. Les célibataires ne peuvent avoir des terres bien à eux, mais il y a de l'ouvrage pour tous les hommes courageux, dans cette contrée nordique. Un jeune couple sans enfant l'engagera sans doute comme homme à tout faire. Il pourra aussi travailler dans une mine ou un chantier de coupe de bois. L'ouvrage sera dur, il le sait. Mais au Témiscamingue, il n'y a pas de crise économique pour les hommes vaillants et décidés. Le curé responsable le lui affirme.

«J'm'en vais, Roméo. J'voudrais vous remercier pour toutes vos bontés. L'bon Dieu saura s'en souvenir quand vous vous présenterez devant saint Pierre. Oui, il s'en souviendra.

— Mais où allez-vous, mon bon Honoré?

— À Montbeillard, au début d'juin. Y a d'la place pour moi. Oui, pour moi.

— Vous ne devriez pas songer à un tel projet, Honoré. Ici, ils vous présentent tout ça de belle façon pour la simple raison qu'ils veulent décongestionner les villes de leurs chômeurs par crainte d'une révolte ou de l'expansion du communisme. La misère qu'il y a là-bas est probablement trois fois plus insupportable que celle de Trois-Rivières. Vous travaillez quand même, ici. Et vous êtes maintenant payé en argent.

— J'avais plus à manger lorsque j'travaillais pour des pitons. Oui, plus. La campagne, y a rien d'mieux, Roméo. La ville n'apporte qu'la souffrance et personne ne m'fera changer cette idée-là. Non, personne.

— Et il y a Louise! Vous quitteriez ma sœur?

— Votre sœur n'm'aime pas.

— Allons donc... Vous vous fréquentez depuis plus d'un an. Qui sait? Si vous la mariez un jour, vous pourriez avoir une vraie terre bien à vous dans le Témiscamingue. Actuellement, ils n'en donnent pas aux célibataires.

— Astheure, vous voulez que j'y aille, à Montbeillard? Vous changez vite d'idée. Oui, vite.

— Calmez-vous, Honoré... Vous faites cela sur un coup de tête. Qu'est-ce qui ne va pas? Vous avez un problème? Vous voulez qu'on en parle?

— Non. J'n'ai pas d'problème.

— Louise ne vous laissera pas partir, car elle vous aime. Bien sûr, elle a sa façon un peu à pic. Elle n'est pas très romantique, mais je sais qu'elle vous aime.»

Les encouragements de Roméo ne le font pas changer d'idée. Roméo le regarde s'éloigner à petits pas, fin prêt à parier sa fortune que le vieux garçon sera encore en ville après le départ du groupe de colons. Honoré va rencontrer certains d'entre eux. L'enthousiasme déborde pour les mêmes raisons: rien ne peut être pire que leur situation de Trifluviens. Ils ont un moral de fer et une montagne de courage dans leur cœur. Les prêtres colonisateurs ne veulent pas n'importe qui sur leurs terres! Des enquêtes minutieuses sont faites et les candidats doivent passer des examens prouvant leur parfait état de santé. Bien que plus âgé que les autres candidats, Honoré répond avec excellence aux critères.

C'est quand même avec beaucoup de nervosité qu'il annonce la nouvelle à Louise. Elle reste immobile pendant quinze secondes, puis, comme prévu par Roméo, mademoiselle lève le petit doigt, installe des flèches dans l'arc de ses yeux et lui pond un «Je te l'interdis» radical et irrévocable.

«Tu es bien, ici. Tu ne connais pas ta chance.

— Oh! Louise, j't'en prie! Oser dire que j'suis bien!

— Il y en a des pires que toi! As-tu perdu confiance en Notre Seigneur? Après toutes tes prières?

— Tu sais très bien que nos saints curés nous invitent à retourner à la terre et que l'bon Dieu sera toujours avec moi. Oui, toujours.

— Et moi? Tu n'as aucune considération pour moi?

— Pour sûr, Louise. T'as été très bonne pour moi. Oui, très bonne.

— Je ne te parle pas de générosité, niaiseux! Je te parle d'amour!»

Honoré garde silence et avale un sanglot. Il aimerait qu'elle se lance dans ses bras pour l'embrasser et le supplier. Mais elle ne bouge pas et son visage demeure impassible, même quand elle utilise le mot amour.

«Nous en avions parlé, d'la colonisation. Nous avons toujours été saluer les gens qui partaient en les assurant de nos prières. Même qu'en les regardant, nous les enviions. Oui, envier.

— C'est vrai. Et je suis toujours d'accord.

— Ben... j'sais pas quoi dire...

— Ce n'est pas aux femmes de dire ces choses.

— Quelles choses?

— Puisque tu ne vois rien, je vais le dire à ta place, quitte à me confesser demain. Si tu te maries avec moi, tu auras droit à une terre et je sais qu'ils ont besoin de maîtresses d'école dans tous les cantons du Témiscamingue. C'est à cela que je pense.

— Moi? M'marier avec toi?

— Je suis faite pour me marier. Je l'ai toujours été. J'ai juste joué de malchance en rencontrant si tardivement un homme honnête, travaillant et respectueux. Tu y as pensé, toi, à te marier?

— Oh oui... si souvent. Oui, souvent.

— Ce n'est pas drôle d'être seule quand on voit arriver la vieillesse. En attendant, je peux encore faire la classe pendant vingt ans et peut-être même davantage. Mais les vieux jours, entretenue par mon frère et sa femme, ça ne m'intéresse pas. Tu peux partir si tu veux, Honoré. Je vois que tu as fait tes plans. Mais je serai déçue de penser que tu auras été juste comme les autres hommes à qui j'ai offert mon cœur et mon honnêteté de femme.

— Mais non, Louise!

— Alors? Tu restes?

525

— Dans c'cas...

— C'est très bien. Bon! Passons à autre chose! Mon évier dégoutte. Tu peux me le réparer? Je veux que ce soit fait quand je reviendrai demain.»

Allégrement, les yeux pleins de foi confiante en l'avenir, un autre groupe de colons ont quitté notre ville hier après-midi, par le train du C.P.R., à destination du canton de Montbeillard, dans le Témiscamingue. Tous sont des hommes déterminés, solides, courageux et formant peut-être le groupe le plus intéressant qui se puisse voir. Ils ont subi des examens sévères, et avant d'être acceptés, ont été soumis à des enquêtes multiples, au point de vue moral et physique. Le départ ne fut pas empreint, ainsi qu'à l'ordinaire, de ces scènes pénibles pour le cœur. Point de larmes amollissantes, pas d'embrassades désespérées, pas de poupons pleurnichards; des hommes énergiques partant vers une tâche gigantesque, mais dont ils n'avaient pas peur. Avant que ne s'ébranlât le train, ils serrèrent vigoureusement et sans soupirs romantiques les mains tendues vers eux.

Le Nouvelliste, 15 juin 1935.

Au milieu de juin, Louise a assisté à la remise des prix des normaliennes terminant leurs études. Sa jeune amie Claire Bélisle a obtenu plusieurs prix d'excellence, notamment pour la qualité de son français. Tout au long de l'année scolaire, mademoiselle s'est attachée à cette adolescente de dix-sept ans, très impliquée dans la vie communautaire de l'école, qui participait à toutes les pièces de théâtre et était en tête des activités religieuses de ses consœurs. Louise a vu le père de Claire embrasser fièrement sa fille et a même parlé avec Yvonne, de trois ans l'aînée de Claire, ancienne élève de l'École normale et exerçant enfin son métier. Immédiatement après la cérémonie, Claire s'est éloignée avec les siens, a envoyé la main à Louise. Mademoiselle a eu l'impression de perdre la seule amie de toute sa vie. Elle se dit que l'an prochain, à pareille date, Joseph, Roméo, Honoré et tous ses proches seront aussi fiers d'elle que les bons parents de Claire. C'est ainsi que Louise, enrichie de ces huit mois extraordinaires, retourne à la vie civile pour l'été 1935. Honoré a passé une belle saison estivale. Il prenait soin de son petit jardin avec le panache d'un véritable agriculteur. Louise venait souvent lui donner un coup de pouce, afin de combler ses longues heures hors de l'École normale. Si elle acceptait d'aider Maurice au *Petit Train*, elle le faisait avec la politesse d'une employée à l'égard de son patron. C'était son premier congé depuis les jours lointains de la petite école des filles du quartier Saint-Philippe, au début du siècle.

Parfois, elle se rendait au parc Champlain, s'assoyait sur un banc vert et révisait ses matières scolaires. Quand des gens, mi-sourire, lui demandaient s'il était vrai qu'elle était retournée à l'école à son âge, Louise clamait tout haut sa grande fierté d'être normalienne. Claire Bélisle et ses jeunes amies l'invitaient à des sorties instructives, dont un inoubliable voyage à Sainte-Anne-de-Beaupré. Elle a même chaperonné, comme une grande sœur, une soirée organisée par les étudiantes. Elle les regardait danser et s'amuser comme de vraies jeunes filles honnêtes doivent le faire. À ses côtés, Honoré restait tranquille en appréciant les salutations des prétendants.

C'est lors de cette soirée que le petit homme trouve un emploi pour le mois d'août. Le cousin du père d'une des élèves a une riche ferme en Outaouais. Honoré, fou d'amour, hésite d'abord à quitter Louise, qu'il peut enfin côtoyer chaque jour, avant d'accepter une offre aussi alléchante. Louise prend donc le relais du bon maintien du jardin d'Honoré, sous le regard inquiet de son frère Roméo.

Depuis qu'à la Saint-Jean-Baptiste il a marié son Maurice, Roméo a pris un coup de vieux et s'imagine mal en grand-père, à l'aube de ses quarante ans. Il lui semble qu'il n'y a pas si longtemps, il était lui-même un jeune marié, frustré de ne pouvoir devenir journaliste et qui avait accepté de tenter l'aventure de la guerre, afin de goûter au parfum de cet ailleurs qui l'attirait tant. Le temps file si vite...

Louise, coquine, lui passe une remarque sur la naissance de sa calvitie. Il met sa main dans ses cheveux, offre un bref sourire et retourne dans la maison. Seule sa femme Céline connaît la véritable raison de ses soucis. Les lettres de plus en plus espacées de Jeanne cachent un drame qu'il hésite à confier à Louise ou à Joseph. En mai, il a reçu une enveloppe de Vancouver. Elle était de Sweetie, l'amie américaine de Jeanne; elle demandait à Roméo d'essayer de prendre soin de Jeanne. Sweetie ne pouvait plus supporter le genre de vie qu'elle menait avec la sœur de Roméo et avait décidé de revenir en Amérique, même si elle savait que Jeanne se remettrait à boire. «Elle n'a jamais réellement cessé», précisait-elle.

Est-ce que Roméo doit annoncer à une Louise si heureuse que Jeanne attend un enfant d'un père inconnu? Ce ne serait qu'une façon officieuse de faire triompher Louise dans son mépris pour l'exilée, et blesser davantage le pauvre Joseph, qui prononce le nom de sa Jeanne à chaque fois qu'une fillette de sept ans passe devant *Le Petit Train*.

Roméo a gardé ce terrible secret et a écrit de longues lettres qui n'ont eu qu'une seule incohérente réponse. Elle a maintenant trente-trois ans, la petite sœur, mais Roméo sait qu'elle réagit si instinctivement, si émotivement qu'on la prendrait pour une enfant de douze ans. Ce qu'elle a vécu avec cette Américaine n'est pas à crier sur tous les toits, mais Roméo lui a pardonné, car il savait qu'ainsi elle serait heureuse. Roméo est certain qu'elle ne trouvera jamais une autre relation de cette nature et que, d'une certaine façon, cet amour était aussi fort que le sien pour Céline. Or, si le ciel enlevait prématurément Céline à Roméo, il ne chercherait jamais à se remarier. Il serait veuf jusqu'à sa mort. Il devine que Jeanne s'est plutôt remise à boire en disant oui à tout ce qui porte pantalon.

Roméo lui a écrit pour lui demander de revenir, lui jurant qu'il prendrait soin de son enfant, qu'il l'appuierait dans son chagrin, qu'il l'aiderait à la remettre en bon état, comme un grand frère protecteur se doit de le faire et comme il l'a toujours fait quand elle vivait à Trois-Rivières. Mais Jeanne a Paris. Et le Paris des artistes vit aussi la crise économique. Or, Sweetie a aussi signalé à Roméo que Jeanne peignait de moins en moins et de plus en plus mal. Les derniers temps,

Sweetie jouait du jazz dans les cafés et Jeanne travaillait quelques heures comme vendeuse de gants dans un bazar. Roméo devine trop bien comment Jeanne est en train de vivre. Il lui importe avant tout de sauver le bébé de sa sœur. Il aurait le cœur déchiré de savoir cet enfant dans un orphelinat parisien, parce que sa mère ivrogne serait incapable de s'en occuper. Et, de plus, Roméo a si peur de voir surgir une guerre en Europe. Ce chef allemand est un redoutable mégalomane et est à la tête d'un peuple que Roméo juge féroce. Et l'Allemagne n'est pas très loin de Paris...

Il regarde Louise sous le soleil, avec son grand chapeau de paille et son arrosoir à la main. Elle a l'air si sereine et radieuse. Roméo ne se souvient pas d'avoir vu sa grande sœur aussi heureuse. Comme si la vie inversait les pôles des deux sœurs ennemies.

«Qu'est-ce que tu as à me regarder ainsi?

— Tu es radieuse et heureuse, Louise.

— Merci bien.

— Il y a cinq ans, tu m'aurais traité de niaiseux de te faire un tel compliment. Pourquoi ce changement?

— Parce que je suis radieuse et heureuse.»

Louise fait une révérence et l'eau de son arrosoir déborde un peu. Elle met la main devant sa bouche, ricane, et entre pour le remplir. Au retour, elle arrête devant Roméo et lui donne un verre d'eau.

«Ce sera un beau potager. Mieux que l'an passé, en tout cas. J'ai appris beaucoup dans mes cours d'agriculture. Tu te rends compte? Je cultive des légumes! Habituellement, les légumes, je les transformais en soupes ou en sandwichs. Cultiver, c'est un peu donner la vie et aider sagement la belle nature de Dieu.

— Tu vas te marier, Louise?

— Il serait temps, non? Je vais me marier et être maîtresse d'école, comme je le rêvais à l'âge de dix ans. Je serai comme Claire. Et puis, tu sais, il y a autre chose, aussi...

— Quoi donc?

— Je comprends mieux Notre Seigneur et sa bonté. À force d'être avec des religieuses, je perçois notre religion de façon plus sage. Quand nos bonnes mères nous ont permis de rencontrer les novices, j'ai été touchée par la grâce de la paix de ces futures adoratrices du Christ. Et nos leçons de religion étaient quand même un peu plus savantes que celles reçues à la petite école. Je n'ai pas toujours bien prié. Maintenant, une foi plus sincère m'habite.

— Tu comprends mieux le pardon?

— Allons donc... qu'est-ce qu'elle a encore fait?»

Croyant Louise dans de bonnes dispositions, Roméo lui raconte tout. Mais il retrouve vite sa sœur habituelle: impitoyable, vengeresse, têtue et terriblement froide face au malheur qui frappe Jeanne. Si froide et sèche que, si elle avait regardé ses légumes, ils se seraient terrés pour pourrir.

Roméo reste seul avec son amour infini pour Jeanne. Céline, qui a toujours eu de la compassion pour la jeune sœur de son mari, feint la compréhension pour ne pas lui déplaire. Mais Roméo sait deviner sa pensée: Jeanne a couru après ses malheurs avec la vie pécheresse qu'elle a menée. Ni Céline, ni Joseph et ni Louise ne pourraient appuyer Roméo dans ce projet qu'il rumine: aller chercher Jeanne à Paris.

C'est avec ces sombres pensées que Roméo voit revenir l'automne et Honoré. Le petit homme a économisé assez d'argent pour survivre toute la saison, mais il a surtout dans son sac une multitude de bons conseils qu'on lui a prodigués pour cultiver cette terre salvatrice qu'il désire plus que jamais. Oui, il sera agriculteur. C'est son vrai destin, tout comme celui de Louise est de travailler comme maîtresse d'école.

Au mois d'octobre, *Le Petit Train* devient officiellement la propriété de Roméo, qui confie la gérance à son fils Maurice. Joseph, de son côté, accepte d'aller vivre avec Roméo. Maurice et son épouse Micheline prennent possession de la maison familiale, et Honoré retourne dans son garage. Ce changement d'administration n'arrête cependant pas la crise économique. Mais Roméo est certain que l'imagination et la jeunesse de son garçon feront survivre l'entreprise familiale et que, par la suite, *Le Petit Train* redeviendra prospère.

Les anciens habitués seront peut-être tristes de ne plus y voir mademoiselle. À sa place, quelques jeunes trop souriants, dont une adolescente de quinze ans parlant sans cesse de «son» restaurant, sous le regard amusé de son grand frère Maurice et de sa sœur Simone. Ce trio plein d'espoir jure que *Le Petit Train* triomphera de la crise.

Le midi, polie, Louise vient dîner au restaurant, et elle ne se prive pas, sourire moqueur aux lèvres, de se plaindre du mauvais service aux tables de Renée. Maintenant, sa vie de restauratrice fait partie du passé. Dorénavant, rien ne peut éteindre son profond désir de devenir institutrice. C'est avec une légère nervosité qu'elle se présente devant une classe modèle, surveillée par son enseignante. Les écolières, habituées aux normaliennes de seize ans, sont curieuses de voir cette laïque plus âgée que les autres débutantes.

Après le premier «Bonjour mademoiselle», Louise se sent soulagée et donne la leçon dans le temps voulu, appliquant à la lettre toutes les techniques qu'on lui a enseignées. Les autres normaliennes, à leur premier essai, en disent toujours trop ou pas assez. Après le cours, elle attend une critique sévère. La religieuse apporte quelques remarques sur des points à corriger légèrement. On dirait que Louise veut être imparfaite afin de s'améliorer. Mais il n'y a rien à redire, et pas davantage pour les trois leçons suivantes.

À la cinquième, la religieuse quitte le local, laissant Louise seule avec sa classe. Les élèves interprètent ce départ comme le début d'une récréation et se mettent à manquer de discipline. Les rappels à l'ordre prodigués par Louise tombent comme des coups d'épée dans l'eau, jusqu'à ce que mademoiselle cogne sa grosse règle sur le pupitre d'une fillette. «Ça ne se passera plus ainsi!» se dit-elle fermement en préparant la prochaine leçon. Mais le même groupe a été très sage, pour redevenir bruyant le lendemain. Louise tremble, mêlant sa théorie à son inexpérience. Tout le monde apprend de ses erreurs. Elles sont analysées en détail et profitent à toutes les autres normaliennes, lors du retour dans leur propre salle de cours.

Elles ont une tout autre opinion de leur futur métier après cette première expérience devant de vraies élèves. Souvent, elles clament tout haut qu'elles sont faites pour ce travail, qu'elles ont la vocation. Les religieuses calment leur ardeur.

Seule Louise a la maturité pour réfléchir à ses défauts et pour élaborer des plans susceptibles de l'améliorer la prochaine fois. Certaines jeunes filles veulent dépasser le brevet élémentaire. D'autres désirent devenir religieuses et évangéliser les Chinois. Et le reste poursuit un rêve d'enfance qui risque de s'évaporer devant les roucoulades d'un beau jeune parleur désirant les épouser. Toutes croient fermement que Louise fera une excellente institutrice. Elles l'imaginent dans une «maison d'école», sonnant la cloche pour appeler les fils et filles de cultivateurs.

Honoré pense la même chose. Il voit Louise maîtresse d'école d'un beau rang de colonisation. Après la classe, elle reviendra chez elle. Il aura préparé le souper avec les légumes de son champ. Puis, il l'aidera à réparer l'école, à la tenir propre. Le soir, monsieur le curé les visitera en toute amitié. Il bénira leur maison et sera fier d'avoir Honoré comme marguillier. À Montbeillard, tout le monde saura que monsieur et madame Honoré Tremblay sont des personnes honnêtes et recommandables. Souvent, d'autres colons viendront veiller: ces malheureux qui ont quitté la Mauricie pour une meilleure vie au Témiscamingue. Peut-être même qu'ils parleront avec nostalgie du *Petit Train* et des usines de Trois-Rivières. Mais les souvenirs s'envoleront rapidement, car leur vie, la vraie, sera en ce nouveau pays. Ils seront comme leurs lointains ancêtres, venus de France, et qui avaient mis pied sur cette terre canadienne pour le peupler, la faire prospérer dans un bon esprit catholique.

Louise et Honoré n'ont pas décidé d'une date de mariage, mais ils se fianceront devant la famille Tremblay un peu avant le jour de l'an. Louise désire une cérémonie discrète parce que tant d'oncles et de tantes se sont moqués d'elle en la traitant d'année en année de servante de sainte Catherine. De plus, elle ne voudrait pas que des lointains cousins l'accusent d'épouser un restant d'homme, un travailleur du piton, un moins que rien. Ils ne pourraient pas comprendre ce bel amour basé sur le respect humain et la foi catholique.

Lui est si heureux! Enfin, il aura une vraie famille! Ces gens vont apprendre à le connaître et ils seront fiers de lui, même s'il n'habitera plus sa ville d'accueil. Lors de précédents réveillons du temps des fêtes, on le regardait de façon moqueuse. Maintenant, il sera monsieur Honoré Tremblay, époux de madame Louise Tremblay, l'institutrice. Et sur sa terre du Témiscamingue, il travaillera avec ardeur pour faire vivre honorablement sa femme.

Peut-être auront-ils un enfant. Les orphelinats débordent de ces pauvres petits nés d'un péché. Honoré sait plus que quiconque que ces victimes du destin ont besoin, pour s'épanouir, d'un amour véritable donné par un père et une mère qui sauront l'élever comme des catholiques exemplaires. Et quand Honoré sera vieux, il laissera à son garçon cette terre qu'il aura défrichée et qui aura été si généreuse pour lui-même, son épouse et le petit.

Sa vie a maintenant un sens et celle de Louise un but. Tous deux travaillent avec acharnement en vue du grand jour. Le petit homme remercie le bon Dieu de cette chance. Quand il a quelques sous, Honoré s'empresse de faire brûler des lampions pour signifier au Seigneur et à tous les saints sa joie et son bonheur d'avoir un jour rencontré une femme aussi exceptionnelle que Louise.

À chaque matin, il va à la messe de six heures. Louise lui a montré comment prier avec plus de cœur. Un *Je vous salue, Marie* est une belle prière à réciter souvent, mais elle devient encore plus précieuse quand on comprend véritablement chacun des mots, comme Louise le lui a enseigné. Et depuis qu'il sait lire, chaque soir, il parcourt le catéchisme.

«J'm'en vais à l'église prier pour ta tante Jeanne, Maurice. C'est terrible, de tels péchés. J'dois mettre tout mon cœur dans mes prières afin que Dieu lui pardonne, comme sa sœur, ta tante Louise, lui a pardonné. Oui, pardonné.

— Qu'est-ce que vous me racontez là, Honoré? Ma tante Louise a pardonné à sa sœur Jeanne?

— Oui, Maurice. La religion, c'est le pardon. Moi aussi, j'pardonne à Jeanne, même si j'l'ai jamais rencontrée. J'vais faire brûler un lampion pour elle. Oui, un lampion.»

Le curé Beauregard est fier de ce paroissien, tout comme il admire le courage de Louise de persévérer dans ce retour tardif aux études. Il n'a jamais cru tous les bavardages les concernant. Il y a même, dans le quartier, une blague à propos de la vieille fille Tremblay qui ne détestait pas aller «se faire huiler la mécanique» par le vieux garçon dans le garage du père Joseph. Quelles calomnies! Mais Honoré leur pardonne aussi. Dans une paroisse si durement touchée par la crise économique, il peut arriver que des gens, qui n'ont rien à faire, perdent leur temps à inventer de telles histoires. «Est-ce que tu vas t'ennuyer de c'quartier quand nous serons à Montbeillard?

— Oui, sûrement que je vais le regretter. Je l'ai vue naître et grandir, cette paroisse. J'ai assisté à la première messe de notre église. L'an prochain, ils vont fêter les noces d'argent. Dommage de ne pouvoir être là pour être témoin des cérémonies. Monsieur le curé m'en a parlé. Il y aura des messes et des processions.

— Ce sera d'valeur de manquer ça. Parce que moi aussi, j'aime bien c'quartier. Oui, j'l'aime bien.»

Si Notre-Dame-des-sept-Allégresses est né après le grand incendie de 1908, à l'ombre des cheminées d'usines, s'il a absorbé presque à lui seul l'essor démographique de Trois-Rivières, le quartier semble souffrir plus que les autres de la crise, puisque la majorité de ses habitants sont des ouvriers.

Quand il était petit, Roméo venait tendre des pièges avec son frère Adrien au-delà de la voie ferrée, dans ce qui est aujourd'hui la paroisse Saint-François-d'Assise. Il n'y avait alors que des champs et une forêt, et beaucoup de lièvres qu'Adrien capturait grâce à des collets ingénieux qu'il confectionnait lui-même. Louise aidait sa mère à préparer des civets et Joseph échangeait le surplus de chasse à des voisins du vieux quartier Saint-Philippe. Parfois, Roméo et Adrien revenaient avec des fraises et des bleuets que Louise transformait en compote ou en délicieuses tartes. On appelait alors cette partie de la ville le quartier Notre-Dame, mais à part quelques maisons près de l'hôpital Saint-Joseph et au bout de la rue Saint-Maurice, il n'y avait rien d'autre que des arbres. Tous les voyageurs qui descendaient à la gare se croyaient dans un village.

Quelle peine avaient ressentie les enfants de Joseph lorsqu'au début de 1908, ils avaient quitté leur quartier natal de

Saint-Philippe pour habiter ce coin perdu! Mais, peu à peu, les maisons ont poussé autour de la nouvelle usine de textiles. Ensuite, elles se sont érigées plus rapidement, de plus en plus vite, si bien qu'en 1911, le quartier est devenu paroisse, et une énorme église a été construite près de l'usine Wabasso, sur un terrain jadis occupé par la première école.

Puis les commerçants sont arrivés à la suite du *Petit Train*. Et le poste de police. Et la bibliothèque. Et les écoles. Et les parcs. Et le tramway. Et toute une vie a germé sur les anciens terrains de chasse d'Adrien. Une vie grouillante et rapide, avec une population travaillante; ces gens mêmes qui aujourd'hui tendent la main aux passants de la rue des Forges et qui pillent les poubelles des restaurants. Tous ces citoyens qui venaient prendre des nouvelles au *Petit Train* en y emmenant leurs enfants après la messe du dimanche, pour leur offrir une bière d'épinette ou une frite et faire de leur journée un enchantement.

Quelle belle ville exceptionnelle! Quel exemple de courage de s'être relevé d'un incendie qui avait détruit le cœur de la cité! On parlait de Trois-Rivières partout dans la province et au Canada. Trois-Rivières était la plus grande productrice de papier à journal au monde! Le monde entier: pas un canton ou un pays! Le monde! Ah! la société moderne rêvée par Joseph Tremblay, où chacun et chacune a sa place, où tous peuvent vivre et prospérer! Une grande illusion, de penser certains, aujourd'hui. En attendant, la désillusion s'installe, grognante ou menaçante. Et pourtant, ces grandes usines fument toujours, attendant de rugir à nouveau.

Jeune journaliste, Roméo voyait la fierté des élus, des patrons et des bourgeois. Il se souvient aussi de Lucie Bournival, une jeune amie de Jeanne, qui avait perdu des doigts dans une machine à tisser de la Wabasso. La colère de Jeanne s'était transformée en une toile surréaliste représentant l'usine comme une araignée, qui menaçait les ouvrières de ses crochets à venin. Aujourd'hui, l'usine Wabasso a mangé bien d'autres doigts, et ses crochets tiennent en son pouvoir les trois quarts des femmes du quartier Notre-Dame. Celles qui s'échappent connaissent le sort des quelque six mille chômeurs de Trois-Rivières. Roméo et Louise aiment toujours leur quartier, même s'il a tendance à leur faire de plus en plus peur. Mais Louise est certaine de pleurer le jour où elle le quittera.

La population des Trois-Rivières et de la région, qui a émigré vers Montbeillard au Témiscamingue, sera portée à 667 personnes, quand parviendront au canton de colonisation les 46 personnes des 10 familles qui partiront des Trois-Rivières et de Shawinigan le 16 janvier.

Ce groupe sera le dernier à partir cet hiver pour Montbeillard. Ainsi les familles qui ont été appelées à coloniser cette partie du nord québécois se retrouveront réunies au complet pour une première fois. Le changement sera entier pour eux, et nulle attache ne les reliera plus à la Mauricie que la parenté et l'amitié qu'ils y ont laissées et le souvenir heureux qu'ils en conservent.

Le Nouvelliste, 11 janvier 1936.

Après les fiançailles de Louise et d'Honoré, le petit homme la voit de moins en moins puisque mademoiselle étudie de plus en plus. Ses jeunes consœurs de l'École normale trouvent curieux de la voir avec cette alliance au doigt. Elles l'envient, même si Louise ne peut pas leur confirmer la date du mariage. Roméo devine que ce sera probablement au début de l'été 1936, après la fin des études de Louise. Mademoiselle assure son frère qu'elle a bel et bien l'intention d'aller exercer son nouveau métier au Témiscamingue.

Honoré attend ce jour avec une grande patience et avec des bouts de rêves bien légitimes. Il continue sa petite routine de chômeur en donnant de son temps à la municipalité. En retour, il obtient une maigre somme, dont il a appris à se contenter. Comme d'autres, il s'est habitué à cette situation anormale. Rien n'est plus comme avant. Beaucoup croient que ce ne le sera plus jamais. Donc, la plupart des miséreux apprennent à faire des miracles avec ce mince avoir, surtout les célibataires et les jeunes mariés. C'est cependant beaucoup plus difficile pour les pères de famille.

Un peu de temps pour la ville, quelques services rendus à des bourgeois, des repas à la Saint-Vincent-de-Paul, une visite aux dispensaires des paroisses et le tour est joué. D'autres ajoutent à leur fortune la fouille des poubelles et la vente de cigarettes confectionnées à partir de mégots jetés sur le pavé. Au mois de février, Honoré est tenté de répondre à l'appel des patrons de la Wabasso pour remplacer les ouvriers qui se sont mis en grève.

«Faire une grève en pleine crise économique! Ça n'a pas de bon sens! Ce sont des paresseux qui ne connaissent pas leur chance! Vous, monsieur! Je suis sûr que vous êtes un bon travaillant qui ne crachera pas sur un salaire honnêtement gagné.

— Ben, c'est-à-dire...

— C'est de l'argent propre pour un travail propre.

— C'est vrai que j'vais m'marier bientôt... Oui, m'marier.

— Mais c'est parfait! On vous attend à sept heures et demie demain matin!»

Les ouvriers ont voté pour la grève parce que Louis-Philippe Fortin, un des membres actifs de l'Union, a été congédié par les patrons. Il avait demandé à plusieurs reprises l'amélioration des conditions de travail dans l'usine. Samedi dernier, les grévistes ont fait une parade jusqu'à la maison du grand patron Charles Whitehead. Les policiers ont dû être dépêchés pour les surveiller. Tout Trois-Rivières parle de cette idée saugrenue: faire une grève alors que les rues débordent de gens sans travail.

Honoré n'est pas le seul chômeur à avoir été approché pour remplacer les récalcitrants. Les uns sont pour, d'autres contre. Les deux clans expriment leurs opinions avec violence. L'hiver est dur et froid et ils ont besoin d'argent pour survivre. D'un autre côté, ils ont peur d'être mis sur la liste noire de l'Union ou de se faire tabasser par les grévistes.

L'argent! Honoré pense à l'argent... Il n'en a jamais eu beaucoup, même du temps où il travaillait régulièrement à Montréal. Il ne s'est jamais plaint de cette situation, car le principal était d'en avoir suffisamment pour payer le loyer, la nourriture, un peu de vêtements, la dîme, la quête du dimanche et les œuvres aux pauvres. Mais maintenant...

Quelle honte l'envahirait si les gens devaient dire que c'est son épouse qui le fait vivre avec ses gages de maîtresse d'école! Quel embarras de se présenter à son propre mariage avec un habit payé par son beau-frère Roméo! Il ne demande pas une fortune: juste ce qu'il faut pour garder la tête haute à son mariage. Oui, il ira travailler à la place des grévistes! Et il n'a même pas à en parler à quiconque! Il prend la route à l'heure prévue, le lendemain. Il n'a pas dépassé le terrain du séminaire que quatre fiers-à-bras lui barrent le chemin, le prenant par le collet en lui crachant au visage: «Où vas-tu, petit?» Honoré sent des sueurs sur son front et ses lèvres tremblent.

«Où j'vais? J'vais à la messe! Oui, à la messe!

— La messe, c'était y a une heure. Où vas-tu, morpion?

— Nulle part! Nulle part! Je me promène! Oui, promène!»

Ils le déposent. Honoré continue à marcher en ne se retournant pas. Il n'aura qu'à passer par une autre voie. Mais il semble bien qu'à chaque coin de rue, un matamore l'attend pour lui demander où il se rend. Honoré prend donc la direction sud, vers son rendez-vous habituel à l'hôtel de ville. Chemin faisant, il se convainc de l'erreur de son intention. C'est vrai, après tout! Il a longtemps travaillé en usine et connaît les injustices faites aux membres des syndicats catholiques. Il presse le pas pour ne pas être en retard à la distribution d'ouvrage. «Va à la patinoire Laviolette! Et dépêche-toi! Cinquante cennes pour ta journée! Vite!» Honoré baisse la tête et part sans mot dire, une pelle entre ses mains. Le contremaître responsable de la patinoire prend bonne note du cinq minutes de retard de son chômeur. «Va entretenir la glace! Et que ça saute!» Honoré essaie de tenir son équilibre. Il pousse sur sa pelle et prie pour ne pas se casser le nez.

«Comment ça, à l'hôpital?

— Il travaillait à la patinoire Laviolette, il a glissé et s'est brisé un pied.

— Quel maladroit!

— Un peu de compassion, Louise.»

Qui paie la chambre, le docteur et les soins du petit

homme? Roméo. Qui lui a trouvé les seuls emplois qu'il a tenus à Trois-Rivières? Toujours Roméo. Qui lui a souvent donné à manger, lui a permis de faire un jardin? Qui va lui payer son habit de noce? Toujours monsieur le frère de mademoiselle.

«J'suis un pas bon, Roméo. Un moins que rien. Pourquoi vot' sœur veut-elle marier un minable? Oui, un minable?

— Honoré, il y a beaucoup de gens dans le besoin. Moi, je n'ai pas eu réellement à souffrir de la crise. Alors, je ne vois aucun mal à faire la charité pour une personne que j'aime, et comme vous êtes mon futur beau-frère, je vous paie ces soins avec grand plaisir. Un bon agriculteur a besoin de deux pieds solides.

— J'vous dois trop, Roméo. Trop.

— Vous me devez surtout le bonheur de ma sœur.

— Comme si vous n'aviez qu'ça à penser. Minable... Oui, minable!»

Honoré passe sa convalescence chez Roméo. Tant de temps perdu à ne pas toucher un seul sou! Et il a beau s'offrir pour aider Céline au ménage de la maison, elle refuse en lui ordonnant de se reposer et en lui disant que ce n'est pas un travail d'homme. Cependant, les enfants sont heureux de voir le petit homme dans leur entourage. Depuis le temps, il les a vus grandir. Carole, que Louise aime tant à cause de sa ferveur religieuse, prend modèle sur sa tante en affirmant à Honoré qu'elle veut devenir maîtresse d'école quand elle sera grande. Gaston, lui, semble aussi bruyant que Renée. Il traîne sa trompette jusqu'au garage de son père pour exercer ses airs de fanfare lorsque Renée est loin et ne peut lui ordonner de jouer du jazz. Dans ce décor chaleureux, entre les petits qui grandissent trop vite et les grands qui ne pourront jamais rétrécir, Honoré sent qu'il fait partie d'une vraie famille. Quel bonheur quand il a pris dans ses bras le bébé Céline, le premier enfant de Maurice et de Micheline.

Cela n'empêche pas qu'Honoré passe trop de temps à soigner son pied blessé. Enfin remis, le petit homme va s'informer du prochain départ de colons pour Montbeillard. «On vous réserve une place pour le mois de juillet, monsieur?» Honoré se tient droit, hoche la tête fermement. Enfin il ira au bout de son désir, comme Louise l'a fait! Et même si Roméo a surtout des inquiétudes pour Jeanne, il promet une grande fête à Louise lorsqu'elle obtiendra son brevet. Il n'a jamais douté de sa grande sœur, car elle est aussi entêtée et orgueilleuse que leur père Joseph. Quelle admiration mademoiselle suscite-t-elle chez tous les gens qu'elle croise! S'inventer une nouvelle vie la quarantaine passée, alors que tant d'autres vieilles filles ont tout abandonné! Et le petit homme... Oh! c'est certain qu'il n'a pas l'éducation ni l'envergure de mademoiselle, mais il a du cœur et tous savent qu'il est un bon travaillant. Des histoires semblables donnent espoir à tous les miséreux. Car si la crise économique a touché le porte-monnaie de ces deux-là, elle a réussi à faire éveiller leurs cœurs vers un grand rêve qui va se matérialiser.

«Roméo, je vais t'annoncer une nouvelle dont je suis fière, mais qui me gêne quand même un peu. J'ai besoin d'un peu de ton tact et de ta sagesse afin de trouver le courage de dire à Honoré que je ne me marierai pas avec lui.

— Pardon?

— Je ne me marie pas.

— Pourquoi? T'es tombée sur la tête? Le pauvre ne vit que pour ce moment!

— Roméo, j'ai décidé de continuer mes études jusqu'au niveau supérieur, tout en entreprenant mon noviciat.

— Tu veux devenir une nonne???

— Une religieuse, Roméo! Une religieuse!

— Mais t'es cinglée!

— Roméo, je t'en prie! Un peu de respect! Dans la vie de chaque femme, il y a trois choix. Le célibat, auquel j'ai trop goûté, le matrimoniat, qui s'offre à moi de façon catholique et honnête, et la vie religieuse, qui est au-dessus de tout. Je serai enseignante, mais enseignante religieuse. Je serai une ursuline, une fille de Dieu.

— Mais t'es complètement malade! On t'a bousillé le crâne à l'École normale!

— Roméo, je t'interdis de parler en de tels termes! Notre famille n'a jamais donné de religieux au Seigneur et nous en avons bien besoin pour le repos de nos défunts et le salut de nos vivants. Il y a des appels qui sont plus puissants que d'autres. Je sais qu'Honoré va comprendre. S'il avait été à ma place, il aurait fait la même chose. Honoré est un grand catholique qui saura approuver ma décision. Je veux juste que tu lui annonces cette nouvelle qui va d'abord l'attrister, mais qu'il va finir par accepter, car il est un homme de cœur, de foi et de bon sens.»

Roméo passe la semaine suivante à essayer de comprendre cette décision, tout comme il tente de convaincre sa sœur de son erreur. Mais Louise ne se fâche même plus, comme elle l'aurait fait il y a cinq ans. Mademoiselle semble certaine d'elle-même. Il va même voir la sœur supérieure du couvent qui lui dit qu'il s'agit de la décision d'une femme mature et certaine de sa foi; pas celle d'une jeune fille poussée aux vœux par des pressions familiales ou parce qu'elle ne peut trouver de mari.

Honoré, de son côté, quitte le garage de Joseph pour vivre chez Roméo. Il ne parle pas beaucoup. Céline et les enfants essaient de le consoler, sans trop savoir s'il a réellement besoin de l'être. Tous les matins, il se rend à la messe avant de se présenter à l'hôtel de ville, comme si rien n'avait changé. À la fin du mois de mai, il montre à Roméo son billet d'autorisation pour partir à Montbeillard avec les colons. Roméo voit des étoiles dans le fond de ses yeux. Le petit homme s'apprête à lui offrir à nouveau un long discours de remerciements quand Roméo l'arrête de la main, lui disant qu'il a tout compris. Il vaut mieux réaliser une moitié de rêve que pas de rêve du tout.

Roméo compte aller le reconduire jusqu'à la gare, de l'étreindre, de le remercier et de lui jurer son amitié éternelle. Mais le jour du départ, il s'aperçoit qu'Honoré est déjà parti. Roméo s'habille à toute vitesse pour le rejoindre, quand un coup de fil de la France le retient. Avec grand mal, Jeanne vient de donner naissance à une petite fille. Un médecin français lui pose des questions qu'il a peine à entendre. Céline cogne l'épaule de son mari en brandissant le billet de train qu'Honoré a oublié.

Roméo roule rapidement jusqu'à la gare, cherchant le petit homme parmi la foule de colons. Ils ne semblent pas savoir de qui il est question. Un prêtre s'approche pour l'aider et lui répond que ce départ ne concerne que les hommes mariés et les chefs de familles, que ce billet n'est plus valide. Roméo court à l'hôtel de ville, arpente toutes les églises, se rend à la Saint-Vincent-de-Paul. Rien. Plus d'Honoré. Il termine son périple au *Petit Train* pour vérifier s'il reste quelques-uns de ses effets dans le garage.

«Qu'est-ce que tu cherches, papa?

— Je cherche Honoré. Tu ne l'as pas vu?

— Honoré? Mais il est parti.»

Maurice l'a vu de très bonne heure, ce matin. Il l'a salué, mais le petit homme ne lui a pas répondu. De la fenêtre du restaurant, Maurice l'a vu rôder près des rails et sauter dans un wagon de marchandises. Honoré est parti comme il était arrivé: le cœur en bouillie et le ventre vide. Il est parti comme tous ces gens d'ailleurs venus changer la vie des membres de la famille de Joseph Tremblay. Parti tel le petit homme qu'il est et qu'il sera toujours: un vrai Canadien français victime de la crise économique des années trente.

Épilogue

C'est en septembre 1939 que Louise Tremblay prononça ses vœux perpétuels, devant sœur Marie-Sainte-Séverine, ursuline enseignante.

Après avoir exercé son métier dans différentes écoles élémentaires de Trois-Rivières pendant les années 1940, elle participa avec un grand succès aux écoles ménagères de l'abbé Albert Tessier. Elle termina sa carrière d'enseignante en 1964, au collège Marie-de-l'Incarnation, de Trois-Rivières, et mourut une année plus tard.

Honoré Tremblay travailla comme journalier dans différentes fermes de Montbeillard et du Témiscamingue avant de devenir mineur à Rouyn, en 1947.

Il mourut dans la mine en 1955, suite à un arrêt cardiaque. Pressé de terminer comme il faut son travail, il manqua le monte-charge et personne ne s'aperçut qu'on l'avait oublié au fond de la mine, jusqu'à ce qu'on le retrouve le lendemain, un chapelet entre ses mains refroidies.

DISTRIBUTEURS EXCLUSIFS

Distributeur pour le Canada et les États-Unis
LES MESSAGERIES ADP
MONTRÉAL (Canada)
Téléphone: (514) 523-1182 ou 1 800 361-4806
Télécopieur: (514) 521-4434

Distributeur pour la France et les autres pays
HISTOIRE ET DOCUMENTS
CHENNEVIÈRES-SUR-MARNE (France)
Téléphone: (01) 45 76 77 41
Télécopieur: (01) 45 93 34 70

Distributeur pour la Suisse
TRANSAT S.A.
GENÈVE
Téléphone: 022/342 77 40
Télécopieur: 022/343 46 46

Dépôts légaux
2ᵉ trimestre 1999
Bibliothèque nationale du Canada
Bibliothèque nationale du Québec

AGMV
MARQUIS
Québec, Canada
1999